COLLECTION FOLIO

Michel Déon
de l'Académie française

Pages grecques

Le balcon de Spetsai
Le rendez-vous de Patmos
Spetsai revisité

Gallimard

Michel Déon est né à Paris en 1919. Après avoir longtemps séjourné en Grèce, il vit en Irlande.

Il a reçu le prix Interallié en 1970 pour *Les poneys sauvages* et le Grand Prix du roman de l'Académie française en 1973 pour *Un taxi mauve*. Il a publié depuis *Le jeune homme vert, Les vingt ans du jeune homme vert, Un déjeuner de soleil, « Je vous écris d'Italie... », La montée du soir, Je ne veux jamais l'oublier, Un souvenir, La cour des grands,* fait jouer deux pièces de théâtre, *Ma vie n'est plus un roman* et *Ariane et l'oubli,* et rassemblé quelques souvenirs dans *Mes arches de Noé, Bagages pour Vancouver* et *Je me suis beaucoup promené.* Il est membre de l'Académie française depuis 1978.

Pour C.

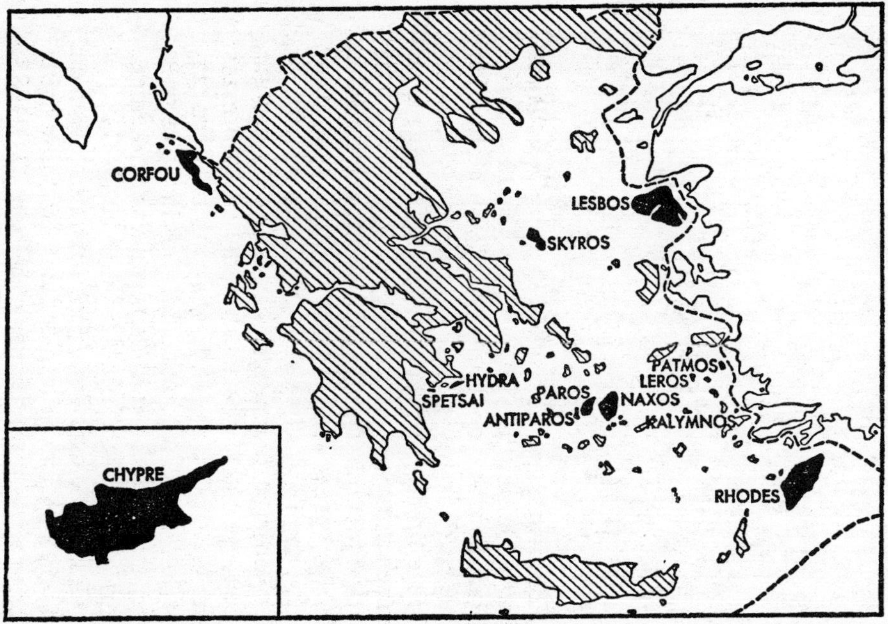
CORFOU
LESBOS
SKYROS
PATMOS
LEROS
HYDRA
SPETSAI
PAROS
NAXOS
ANTIPAROS
KALYMNOS
RHODES
CHYPRE

PRÉFACE

Le balcon de Spetsai et *Le rendez-vous de Patmos* datent respectivement de 1960 et de 1965. Je n'ai rien voulu changer à ce que j'ai raconté sur les premières années vécues en Grèce même si, depuis, mon sentiment a pu varier à maintes reprises, balancé entre l'irritation inévitable quand on voit un pays perdre de ses vertus et la reconnaissance que je lui dois, une reconnaissance qui efface tout. Je n'ai donc rien changé sauf ce qu'un certain recul permet de déceler dans des textes anciens relus d'un œil de plus en plus critique : une obscurité ici ou là, quelques erreurs de noms et de faits qui s'accumulaient dans les éditions successives.

Ces deux livres dont je souhaitais qu'ils n'en fissent qu'un avec la postface, *Spetsai revisité,* écrite après mon dernier séjour en 1987-1988, ne relatent pas un voyage mais une véritable immersion au cœur de la Grèce. Après mille lectures, de Chateaubriand à Henry Miller et André Fraigneau, un jour s'est imposée la nécessité impérieuse de découvrir la réalité grecque. Comme Reverdy cité en tête du

Balcon, « d'être allé délibérément vers la vie et non vers la légende, m'a valu de n'être pas déçu mais enchanté ». Je ne rendais pas visite aux dieux et aux héros dans leur propriété privée, j'étais même décidé à leur tourner le dos quand il a bien fallu admettre qu'ils se dressaient sans cesse sur mon chemin et me provoquaient. Cocteau dans *Le journal d'un inconnu* donnait la clé de cette magique attirance :

La mythologie grecque, si l'on s'y plonge, nous intéresse davantage que les déformations et simplifications de l'Histoire parce que ses mensonges restent sans alliage de réel et de mensonges. Le réel de l'Histoire devient un mensonge. L'irréel de la fable devient vérité.

C'est là une constatation à laquelle pas un visiteur n'échappera même si elle agace les Grecs qui désirent tant exister par eux-mêmes, sans qu'on les accable du poids d'un écrasant passé. On verra, dans les pages qui suivent, que si j'ai, parfois, été tenté de répondre aux questions que pose la mythologie, j'ai surtout vécu la Grèce quotidienne, celle qui vit, mange, boit, chante, danse, peine, souffre, et, un jour, meurt, passant du rire aux larmes aussi vite qu'elle passe des larmes au rire.

Après un premier séjour, je n'ai plus rêvé que de retourner à Spetsai et de m'y poser longuement. Disons les choses avec simplicité : je m'y trouvais bien. Là, plus qu'en aucun endroit au monde j'ai mûri. Le spectacle d'une exaltante beauté chaque matin renouvelée chassait les Érinyes, forçait le cœur. Un tournant se dessinait dans ma vie d'écrivain et j'étais conscient qu'il ne fallait pas le manquer.

Je travaillais la fenêtre ouverte sur le port, la mer. Nous nous promenions dans la montagne, nous baignions en bateau à l'abri de criques encore immaculées. Bien entendu, il y avait des failles et nul ne pouvait ignorer la dégradation des êtres et des sites, mais l'émotion restait inoubliable et je savais devoir à la terre grecque une gratitude difficile à mesurer.

En somme, je découvrais cette chose fort rare, assez décriée par les modes de notre temps, fragile et pas toujours reconnaissable quand on la rencontre, je découvrais à l'opposé de Fontenelle qui, sur son lit de mourant, avouait une « difficulté d'être », oui je découvrais une « facilité d'être », autrement dit le bonheur et une terre où s'enraciner et vivre dans l'étroite compagnie des êtres qui m'étaient les plus chers, ma femme et mes enfants. Même quand nous commençâmes de passer l'automne et l'hiver en Irlande, le retour à Spetsai, au printemps, restait une fête.

Puis, brusquement, une année, l'environnement s'est détérioré. De chers amis ont disparu. Nous avions oublié leur âge. Des maisons fermaient leurs volets une saison, puis les rouvraient, mais des têtes nouvelles apparaissaient aux fenêtres, et nous avions l'impression qu'une immigration clandestine menaçait notre ethnie. Des terriers à lapins poussaient un peu partout. On y enfournait des touristes hébétés, vite cramoisis et boursouflés par les piqûres de moustiques. La nuit se faisait plus bruyante que le jour. Le Cap de la Panayia Armata dont, avec deux maisons amies, nous étions les seuls indigènes, se hérissait de constructions verruqueuses. Les autorités nous menaçaient d'une nouvelle route qui, tracée au cordeau dans un bureau du Pirée par un urbaniste débile, traverserait nos jardins tant aimés, conquis sur la roche volcanique. Nous ne reconnaissions plus notre île et nous avons préféré plier bagage pour conserver intacts nos souvenirs.

Je ne suis revenu à Spetsai qu'une fois. L'hiver 87-88 pour passer une semaine auprès de Hod Fuller. Ce compagnon des beaux jours s'éteignait avec le courage qui fut toujours le sien à la guerre et sur mer. Dans sa maison de Kouzounou, entouré des souvenirs de sa noble et aventureuse existence, il maintenait des rendez-vous radio avec des inconnus dans le reste du monde. Si son émetteur avait été plus puissant, il aurait conversé avec l'Univers. Pour conjurer l'ombre qui gagnait chaque jour du terrain sur son corps miné par la maladie, nous avons parlé des temps heureux. Ce sont les pages de *Spetsai revisité* que j'ai osé ajouter au *Balcon* et au *Rendez-vous*. Elles sont pour lui.

I

Le balcon de Spetsai

1959-1960

Et d'être allé délibérément vers la vie et non vers la légende, m'a valu de n'être pas déçu mais enchanté.

Pierre Reverdy.

DÉCOUVERTE DE SPETSAI

Spetsai, 1er janvier 1960.

Ce matin, les cloches de Saint-Nicolas ont, dans un joyeux désordre, fêté la Saint-Vassili. Quand les plus turbulentes se taisent, l'air porte encore longtemps la note fuselée, étirée, de la plus grave. En poussant les volets, j'ai tout retrouvé doré par le soleil d'hiver : Hydra, au loin, nimbée d'une buée grise qui adoucit les arêtes trop dures de ce rocher ancré dans la mer, les autres îles groupées en un arc de cercle qui nous protège des vents d'Orient, la côte du Péloponnèse, mince langue de terre jaune couronnée de pins, et enfin ce morceau de Spetsai sur lequel règne mon regard depuis quinze jours : les maisons chaulées, les oliviers et les cyprès du jardin qui entoure le monastère, et le clocher à jour qui porte, haut dans le ciel pâle, sa croix de marbre. C'est le soir seulement que monte vers la terrasse l'odeur fraîche du citronnier chargé de fruits. Le jour, l'île sent le thym et la menthe. Dirai-je aussi qu'elle respire le silence ? Les rares bruits qui trouent la journée ont la mer et le ciel pour se perdre : teuf-teuf asthmatique du moteur d'un caïque de pêche, trottinement d'un âne sur le chemin qui longe la maison, ou voix étrange, serrant le cœur, d'une petite fille de huit ou neuf ans à peine qui passe en chantant. Voix de gorge avec des intonations arabes et une modulation beaucoup moins monotone. Voix grecque dont le timbre n'existe dans aucun autre pays au monde. À l'écouter trop, quelque chose se déchire en nous : cette plainte est née de cinq siècles d'oppression et, dans la Grèce libre d'aujourd'hui, elle en rappelle le désespoir. Quand la petite fille passe, nous nous cachons pour qu'elle ne se taise pas. Mais hier, elle nous a vus, s'est arrêtée devant la maison et nous a regardés craintivement de son œil unique. Une mèche cache mal l'autre œil crevé. Nous lui avons donné une orange, une de ces navelles à la peau pelucheuse, dont les quartiers parfumés éclatent dans la bouche. Elle l'a prise en murmurant : « *Efkaristo* [1] » et elle est partie sur ses jambes maigres et brunies par le soleil, emportant respectueusement l'orange.

Nous avons d'autres amis. En ce premier janvier, ils viennent nous souhaiter : « *Kronia polla* [2]. » Spiro arrive dans son beau costume noir du dimanche. C'est de la bonne étoffe comme on en faisait autrefois en Turquie où il s'est marié. Il est parti de Constantinople en 1924 avec un million d'autres Grecs pour revenir dans son pays. Récemment, il a fait retourner son costume qui pourra servir encore

1. Merci.
2. Beaucoup d'années.

trente-cinq ans. Spiro a appris le français chez les petits frères des écoles chrétiennes. D'après les notions qui lui en restent, on devine qu'il a dû bien le parler, mais dans sa bouche édentée, les mots forment une bouillie qu'il faut éclaircir. Si décousues soient-elles, les histoires de Spiro sont admirables. Il y est toujours beaucoup question d'argent. Spiro est pauvre : à soixante-dix ans, il est débardeur sur le port et guette les touristes pour porter des valises. En hiver, il n'y a pas de touristes, alors il décharge les bateaux de charbon, le caïque qui apporte le pétrogaz ou les légumes frais. La pauvreté lui a donné une âme de seigneur : il est assez triste d'être sans le sou, s'il fallait encore se priver d'être généreux et de gaspiller, ce serait intolérable. Aussi a-t-il les poches pleines de billets de loterie, bien que jusqu'ici la chance lui ait seulement permis de décrocher deux cents drachmes. Les billets coûtent quarante, cinquante drachmes, le prix d'une journée de travail. Il les cache à sa femme et va dans un café écouter la radio qui récite la litanie des gagnants. Et quand je le rencontre :

— Alors, Spiro ?

— Nous avons perdu ! dit-il en m'associant à sa défaite car, depuis que notre amitié a commencé, il me promet de grandes réjouissances au Pirée le jour où il gagnera.

Je donnerais beaucoup pour que Spiro emportât le gros lot pendant mon séjour, ne serait-ce que pour le voir prendre le bateau dans son costume de marié et nous revenir tout neuf, avec un râtelier, des lunettes à monture d'or et une haleine sérieusement imprégnée d'ouzo. Si « nous » gagnons, « nous » irons faire la foire dans cette rue du Pirée où les boîtes aux noms ronflants « Walhalla », « C'est Paris », « Il diavolo ! » guettent les marins de passage comme autant de pièges :

— J'achèterai belle maison, dit Spiro. Maison à vingt-cinq mille drachmes. J'achèterai aussi une pour mon fille, et j'y trouverai un bon garçon pour marier. Un vrai bon garçon, pas un paresseux. Un homme. Et qui travaillera. Elle aura cinq cents livres d'or[1] pour sa dot. Ça c'est bien, n'est-ce pas ? Et puis moi, j'vivrai seul, sans rien faire, avec mon madame. Ça, ce sera la vie !

Au café, Spiro veut toujours payer. Il faut se fâcher pour l'en empêcher. Du premier jour où, venant visiter la maison, nous l'avons rencontré sur le port, et où il nous a indiqué un restaurant et un hôtel pour passer la nuit, il n'a rien voulu accepter. Et maintenant, malgré les menus services qu'il nous rend, il en est encore moins question. Tout ce qu'il aime c'est passer chez lui, endosser un veston propre et dire à « son madame » : « Je vais voir mon camarade, mon cher ami Michel. » Sa visite quotidienne ne dure pas. Il s'assied sans gêne, sans fausse honte et boit son verre de résiné en nous racontant tout ce que nous avons fait dans la journée, révélant l'intérêt que porte le village au moindre de nos gestes, à la plus petite de nos aventures. Il y a là tout de même des mystères : comment expliquer qu'un matin, ayant mal aux dents, je le dise au réveil,

1. Une livre d'or vaut à peu près trois cents drachmes soit dix dollars en 1960.

me lève et ouvre les volets pour apercevoir Spiro qui, de la rue, m'interpelle :

— On m'a dit que tu as mal aux dents. Il faut que tu mettes gorgée d'ouzo dans ta bouche. Tu rinces bien et ça tue les microbes. Après tu mangeras aspirine et ce soir à cinq heures tu as rendez-vous avec la dentiste, *Despinis*[1] Matina. Elle t'attend. Tu parleras anglais avec elle.

Je voudrais l'inviter au petit déjeuner, mais Spiro est pressé. Il va sur le port, guigner un peu de travail. Qu'il en trouve ou qu'il n'en trouve pas, il restera là toute la journée à boire des coups de résiné avec les uns et les autres, assis sur une chaise, égrenant son chapelet d'ambre. Le soir venu il rentre souper chez lui. Chez lui, c'est une petite maison blanche d'une mirobolante propreté. Mme Spiro ne sort jamais. Sa fille, Maria, non plus. Elles ne font même pas le marché. C'est lui qui s'en occupe. Abeilles du foyer, les deux femmes brossent, lavent, récurent, astiquent à en perdre la raison. Au mur, est pendue une tapisserie représentant un marché turc :

— J'ai acheté cent drachmes, dit-il très fier avant de passer en revue les *kourelloudès*, tapis de sol en gros coton tressé, les couvertures de lit et les dessus de table dont il indique chaque fois le prix.

Pendant ce temps-là, Maria apporte sur un plateau deux dés à coudre de cognac grec et une cuillerée de confiture de coing que nous lampons d'un trait. Mme Spiro s'est assise sur le bord d'une chaise. Au-dessus d'elle, il y a

1. Mademoiselle.

une photo de son mariage. Si sur Spiro septuagénaire, on retrouve encore les traits du jeune homme, il n'en est pas de même pour sa femme. Qu'est devenue la belle Grecque aux cheveux de jais, au visage à l'ovale régulier, aux grands yeux noirs ? On imagine avec peine qu'elle est là, trente-cinq ans après, le nez en pied de marmite, les yeux percés avec deux vrilles dans le visage bouffi et plissé.

— Celui-là, dit Spiro, en désignant une autre photo, c'est mon enfant. Il a été *corporal* dans l'armée. Et celui-là aussi c'est mon enfant. Il est sur un *ship* qui va en Perse. Tout ce qu'il gagne, mon enfant l'envoie à son sœur pour qu'elle ait au moins trois cents livres d'or et se marie. C'est un bon enfant.

Puis, satisfait d'avoir montré à sa femme et à sa fille son camarade Michel, il m'entraîne dehors et je le ramène boire un dernier verre de résiné à la maison.

— Oui, c'est un bon enfant que j'ai avec mon fils le marin. Et il me rapporte des pantalons d'Amérique. C'est Maïa qui lui a trouvé du travail…

De l'un à l'autre, depuis que nous sommes là, grossit l'histoire de Maïa. À Athènes, nous avons vu sa mère qui nous a aidés à trouver cette maison de Spetsai voisine de la sienne. Si Mme K… a déjà un grand charme, s'il émane d'elle beaucoup d'indulgence, le personnage de Maïa apparaît plus étrange. Depuis quelques jours, l'île annonce son arrivée… Maïa est à Paris et se prépare à prendre l'avion… Maïa est dans l'avion… Maïa est à Athènes… Maïa est au Pirée… Maïa est montée à bord, elle passe au large d'Égine, elle a quitté le golfe Saronique et elle aperçoit Hydra… Enfin, Yannis qui fait nos courses arrive essoufflé hier après-midi et nous traîne sur la terrasse.

— *Kotero*[1]…, Maïa.

Sur la mer rose, fonce droit vers nous un cotre ailé qui grossit à vue d'œil. Nous regardons dans les jumelles sans pouvoir distinguer de femme à bord. Rien que des hommes en tenue bleue qui courent déjà vers la proue pour carguer le grand foc. Le *Maïa III* entre dans l'ancien port de Spetsai que nous cache en partie une maison. Cependant son mât dépasse et en haut flotte le pavillon de la propriétaire. Elle est bien à bord. Le téléphone grec est un instrument encore plus perfectionné que le téléphone arabe. À en croire la précision des nouvelles que nous recevions tous les jours, il est même doublé par une mystérieuse télévision… Spiro alerté est arrivé aussi.

— Maïa est venue avec nous pour la Saint-Vassili. Ce soir, elle achète cinquante kilos de viande et les distribue aux pauvres. Puis elle joue aux cartes dans les cafés et danse avec nous. Oh, c'est une personne très bonne, très, très bonne…

Peu après, elle a frappé à la porte. Deux marins la suivaient chargés de paquets enrubannés. Dans la nuit, j'ai d'abord eu l'impression d'ouvrir à un garçon de quatorze, quinze ans, aux cheveux roux bouclés, coupés à la garçonne, vêtu d'un chandail à col roulé, d'une

1. Le cotre.

vareuse bleue, de pantalons à larges pattes, de souliers noirs.

— Vous avez deviné que je suis Maïa. Je viens d'arriver mais il faut que j'aille au village : c'est la fête. Demain, vous déjeunez à bord. Je vous ai apporté du champagne pour la Saint-Vassili.

Elle est partie comme elle est venue, Mais nous avons maintenant une silhouette à donner au nom de Maïa, une voix rauque et rapide à lui prêter. Elle a un style. Avant de le lui reprocher, je pense à tous ceux qui n'en ont pas, qui n'en auront jamais.

Tout à l'heure, nous déjeunerons sur le *Maïa III*. Un vent de terre s'est levé et la mer a viré au bleu âpre. Hydra émerge de sa buée. En tournant, le soleil caresse son épine dorsale et quelques maisons blanches se détachent du rocher qu'elles agrippent.

Au petit déjeuner, nous avons mangé des *melamakarona* encore chauds du four, cadeau d'Elefteria[1], notre cuisinière. Je garde sur la langue leur goût de sucre et de cannelle. Il me semble que la Grèce m'entre *aussi* par la bouche, avec le parfum du résiné, la douceur de l'ouzo, le gigot de mouton, les sauces parfumées aux herbes sauvages et la saveur âcre du fromage blanc. Et, sur tout, ces quelques gouttes de citron qui donnent des ailes à la faim. Depuis deux jours, les rues du village embaument. Les femmes préparent fébrilement le grand déjeuner du 1er janvier. Mais j'ai idée que les hommes n'y toucheront guère. Les

1. Elefteria, Elefteri ou Liberté, prénom courant en Grèce chez les garçons et les filles, souvenir de l'occupation turque.

fêtes — et surtout la Saint-Vassili, car il y en a bien un sur trois qui s'appelle Vassili — leur donnent plutôt soif. Il est midi et ils tanguent encore (ou de nouveau) en passant sous nos fenêtres. La présence parmi eux d'un couple d'Américains n'en est que plus étrange. Voilà quelques jours que je les ai repérés. Ils détournent la tête en nous croisant comme si nous avions l'idée tout à fait biscornue de vouloir entrer en relation. Lui est interminable de maigreur malgré la superposition des chandails qui lui permettent de bomber le torse. Assez beau visage au demeurant, avec des traits fins, une bouche cruelle et des yeux bleu clair. Dans ce pays où il y a un coiffeur tous les trois mètres, il a laissé pousser sa barbe et ses cheveux blonds et raides. Elle trottine à côté de lui, vraiment sa moitié, les cheveux noirs tirés en arrière par un chignon, des lunettes qui cachent son regard, du rose aux joues, pareillement bardée de chandails, et les fesses, les cuisses moulées dans un blue-jean délavé. Ils habitent un peu plus haut, près du chantier de calfatage, une maison dont la porte disparaît sous une voûte d'hibiscus et de lauriers mêlés.

3 janvier.

Le temps a changé. Le ciel s'est bourrelé de nuages et il tombe de brèves ondées qu'il faut considérer comme une bénédiction pour le jardin et la citerne dont le niveau baissait lentement sous nos yeux effarés. Les olivettes ont perdu leur éclat et le vent décoiffe un palmier.

La mer saute contre le chemin de ronde. C'est un bon jour pour allumer des bûches d'eucalyptus dans la cheminée du living-room et pour lire au coin du feu. Depuis mon arrivée, j'ai repris *La Liberté ou la Mort*, *Le Christ recrucifié*, *Alexis Zorba* de Nikos Kazantzaki. Trois romans géants dont le poids soudain déchire le triste rideau de papier qui nous entoure. Arrimé aujourd'hui sur un morceau de terre grecque, je trouve à ces pages une résonance bien plus profonde qu'à leur première découverte. Passent sous ma fenêtre des popes comme ceux de Kazantzaki, gras et majestueux, le ventre en avant, un sosie de l'instituteur Pet-de-Loup, un colosse au bras de fer comme le capétan Michael (c'est le boucher), un colporteur de tapis avec son âne pareil au Youssoufaki de Yannakos, un vieux berger à la moustache tombante, aux cheveux de cendre, maigre et long comme un jour sans ouzo, le seigneur Léonidas (c'est le maire) qui discute sur le port entouré d'une cour admirative, et voilà même Alexis Zorba, un vigoureux vieillard aux fonctions indécises dans l'île ; il ne joue pas du santouri mais du bouzouki, une sorte de luth qu'il gratte avec une plume d'oie taillée. Sous les noms des romans, je distribue des visages. Au-dessus, je pose un ciel et, autour, des champs où la charrue laboure entre les pierres, des églises où les vieilles femmes apportent leurs icônes pour les jours de fête, et les remportent le lendemain chez elles, triomphantes, les offrant au baiser des voisines.

Kazantzaki est hanté par le sacrifice du Christ. Cette histoire qui l'exalte, il voudrait la raconter dans toute son œuvre ; il ne la lâche pas, c'est son fil d'Ariane dans le labyrinthe des idées. Elle resurgit, à chaque instant, de son imagination. Et le Christ, c'est tantôt le berger Manolos, tantôt la Crète martyre. Que Rome ait jeté la suspicion sur cette œuvre n'étonne pas. Dans une Histoire Sainte embaumée, parfumée d'encens et enrobée de guimauve, Kazantzaki a fait passer un souffle d'une chaleur qui brûle les lieux communs, les images sulpiciennes. Par sa voix, le sang du crucifié, de tous les crucifiés crie vengeance et pardon à la fois. Chaque page vibre d'une furieuse espérance qui en appelle à la justice humaine et à Dieu. Je ne crois pas qu'il y ait actuellement d'œuvre plus profondément enracinée dans un sol et plus désespérément tendue vers la divinité. Avec Kazantzaki, la Grèce offre au monde un écrivain de la taille et de l'importance des plus grands Russes, la fusion déchirante d'un Dostoïevski et d'un Tolstoï dans un monde de soleil. Que dire de mieux de ces livres, sinon qu'à peine quittés, ils commencent leur véritable vie souterraine en nous ? Impossible d'étouffer ce grouillement, d'éteindre ce feu, Kazantzaki est de ces hommes qui sèment le désordre, ouvrent les plaies et nous convient à les contempler béantes et ensanglantées. L'amour du prochain, quelle maladie !

La pluie a cessé, la mer se calme et le plumeau du palmier a retrouvé son équilibre. La nuit approche. Ce soir, le crépuscule sera bleuté, et nous ne verrons pas les îles de Dokos, d'Hydra et de Trikeri recueillir l'une après l'autre, comme les notes d'une gamme, les roseurs du couchant. Le mât du *Maïa III* n'arbore plus le pavillon de la propriétaire. Elle est allée passer vingt-quatre heures à Athènes et revient par la route jusqu'à Porto-Kéli. Avant-hier, nous avons déjeuné à bord. Pendant qu'elle parlait, j'examinais son visage dont la coiffure rase accentue les traits. Ce qu'il pourrait avoir d'ingrat est adouci par un plissement enfantin autour des yeux quand elle daigne s'animer. Le front est droit, les lèvres fortes, les pommettes saillantes. Le nom d'amazone vient tout de suite parce que le corps est plat, mince et musclé, les mains dures. Tout indique l'entêtement jusqu'à l'absurde, la volonté, l'assurance et un fond d'extrême violence. Rien de ce qu'elle avance ne semble pouvoir être l'objet d'un doute. À ce point-là, ça devient un jeu. Est-ce parce que nous sommes étrangers, elle se met à parler de la Grèce avec une farouche passion, à la défendre comme si on l'attaquait. Me voilà soudain accusé avec une presse française qui, pourtant, ne me plaît guère, d'avoir pensé que la Grèce est un pays fasciste. Elle le serait que cela ne me gênerait guère pour l'admirer, mais il n'est pas question de s'expliquer. Maïa appartient à ce genre d'interlocuteur qui mène seul une conversation à deux. Elle est ulcérée qu'un hebdomadaire français n'ait pas publié sa lettre rétablissant sa vérité sur Manolis Glézos, ce communiste grec récemment condamné à cinq ans de prison pour intelligence avec une puissance étrangère. L'Occident a pris parti en faveur de l'ancien résistant auquel on attribue un fait d'armes sensationnel : le vol du drapeau à croix gammée qui injuriait l'Acropole. « C'est moi qui l'ai subtilisé, ce drapeau, dit-elle. Enfin, moi et une poignée d'amis. Pendant ce temps-là, Manolis se terrait dans une cachette du quartier de Plaka. Les Français ont pris sa défense, mais les vrais fascistes sont les Français… »

Ces violences absurdes dans la bouche d'une Grecque, il faut les replacer dans leur contexte, dans ce qui vient de trouver une solution avec l'indépendance de Chypre. Depuis dix ans, la Grèce aide de toute sa volonté, de toutes ses forces souterraines, l'île de Vénus contre les Anglais. C'est le dernier lambeau de chair qui manque au corps toujours pantelant d'un pays déchiré autant par ses ennemis que par ses amis. Dans tout homme qui, quelle que soit sa religion ou sa race, lutte pour la liberté, la Grèce voit un frère des siècles terribles. « Tous les grands peuples, écrit Kazantzaki, qui ont eu une mission historique ont possédé leur propre cri : les Hébreux appelaient Dieu, les Hindous cherchaient au-delà du monde visible à découvrir son essence, les Chinois s'efforçaient de mettre de l'ordre dans la vie terrestre et les Égyptiens, du fond de leurs tombes, réclamaient l'immortalité. Quant aux Grecs, ayant fixé leurs regards sur cette terre, ils entreprirent une grande et difficile mission : muer l'anarchie et l'esclavage en liberté… À travers tous les événements de l'histoire grecque, apparemment contradictoires, on découvre une harmonie interne, un élément stable et immuable qui a constitué l'essence de cette race : c'est la lutte pour la liberté. Cette lutte fut le véritable miracle grec… En conservant les éléments positifs de l'individualisme primitif, et en acceptant ceux de la soumission disciplinée, l'*Homo Hellenicus* accomplit ce miracle humain qui s'appelle Liberté. »

Injustes ou stupides, mais dites et même envoyées avec force à la tête d'un Français, les réflexions d'une Maïa incitent à d'autres réflexions : il y a peu d'années encore, même faible, même battu, notre pays gardait un prestige, une auréole de gloire qui protégeaient ses envoyés spéciaux. En chacun de nous, on fêtait un certain esprit de la France, une certaine manière de penser, un message d'humanité, la représentation d'une certaine gloire artistique ou littéraire. De cette auréole il ne reste pas grand-chose. Les Grecs qui nous aimaient beaucoup sont peut-être tombés de plus haut que les autres. Les uns sans forme comme cette jeune millionnaire sur son bateau, les autres avec des formes comme cet Athénien grave avec qui nous avons déjeuné avant de partir pour Spetsai, tous nous jugent d'après ce que nous leur offrons. Le respect et la considération ne sauraient durer éternellement. La concurrence internationale joue aussi pour le bon goût, la culture, le génie créateur. Depuis un temps difficile à préciser, la France exporte ce qu'elle a de plus médiocre : des conférenciers officiels, des écrivains policés par les honneurs, des hommes politiques en retard d'une guerre ou d'une alliance. Est-ce là notre vrai visage ? Sincèrement, sans orgueil, je crois que non. Alors quelle aberration préside à ce choix ? Un rude coup a été porté au prestige français en Grèce par la présentation, l'an dernier, d'un spectacle son et lumière sur l'Acropole. L'idée — déjà démente en soi — a permis aux Athéniens de mesurer avec effarement le vide, la platitude et la sottise d'un texte commandé par les relations culturelles françaises à un ancien ambassadeur. Était-ce là ce que nous pouvions offrir de mieux à la gloire du génie hellène ? N'y avait-il plus en France un seul écrivain qui eût la voix de Barrès, la puissance de Maurras, la grandeur de Renan, l'enthousiasme de Gobineau, l'intelligence de Morand, la grâce de Fraigneau pour parler du génie grec ? Non, il n'y avait plus — parmi les morts comme parmi les vivants — personne. Un fonctionnaire du Quai d'Orsay allait les remplacer d'un trait de plume. Et pour couronner le tout, un discours de Malraux. Sur ce discours, les Athéniens font encore, plus d'un an après, de spirituels commentaires : « Le plus rude coup qu'ait subi le Parthénon depuis le boulet du doge Morosini qui fit sauter la poudrière turque. »

4 janvier.

Visite de Spiro. Il est en loques.

— Ma fille voulait que je change de pantalon, mais j'ai dit non : je vais voir mon camarade Michel. Il sait que je suis pauvre. Ça lui est égal.

C'est bien vrai que ça m'est égal. Je rassure Spiro et nous buvons un verre de résiné qu'il a d'abord énergiquement refusé parce que, dit-il, « j'en ai déjà bu deux kilos au magasin avec des camarades ». Le « magasin » est un bistrot de la rue qui conduit au port. Le vendredi on y donne concert dans une atmosphère de cris, de chants, de danse, de tabagie. Sur une estrade, deux guitaristes et deux chanteuses grattent et hurlent des chansons monocordes. L'un des guitaristes est grêlé comme un corsaire et l'une des chanteuses, les joues avivées d'un fard vermillon se coiffe d'un plumet de cheveux blonds qui fait penser au toupet d'Allah. La saisir par là ? Il faudrait du courage et des muscles à Allah. La chanteuse a forte carrure, surtout aux alentours de la taille. Mais elle s'anime, tandis que l'autre est d'une placidité admirable : le regard bovin, la poitrine grasse, les genoux écartés par les cuisses trop solides. Quand son tour vient, elle respire un grand coup puis se lance dans sa litanie, les yeux fermés. Ce ne sont pas là des voix qu'on écoute, de toute façon elles dominent tous les tumultes, mauresques et slaves à la fois, moins pures déjà que celle de la petite borgne qui passe le matin devant notre maison. Mais de la pureté on n'a que faire au « magasin » le vendredi soir. Il faut boire du résiné, hurler, chanter, danser entre hommes, brûler en une nuit les quelques drachmes gagnées à la pêche, pendant que les femmes attendent chez elles, patientes et passives, que la nuit s'achève. C'était curieux d'entrer là un soir, avec C. et de nous asseoir à la table du cordonnier et du marchand de marrons chauds. Au rythme des laoutos, les hommes dansaient par groupes de quatre ou cinq, les mains unies par des mouchoirs. Puis les deux plus excités se détachaient et, face à face, sautillaient ou lançaient leurs jambes en l'air à la manière des danseurs russes, sans beaucoup de grâce, mais sans lourdeur non plus. Un petit homme râblé, à la moustache en brosse, y mettait plus de rage que les autres et tourbillonnait autour du mouchoir maintenu au-dessus de sa tête par son partenaire. Nous l'avons invité à boire un verre de résiné et maintenant chaque fois que nous le rencontrons — car il jette et tire ses filets en bas de notre maison — il cligne de l'œil, complice. C'est qu'avec beaucoup d'autres ce soir-là, il a fumé quelques bouffées de ma pipe qui est passée de table en table provoquant des rires inextinguibles. Mais C. n'était pas la seule femme du « magasin », à part les deux chanteuses qui ne comptent pas dans l'auditoire. À l'angle, se tenait le couple américain dans une désespérante solitude, face à une bouteille d'ouzo. De temps à autre, je les regardais. L'échine de l'homme s'affaissait de verre en verre, son regard devenait vitreux, tandis que la femme se tassait, disparaissait presque, comme effacée de honte et de lassitude. Il s'est levé en bousculant la table, renversant la bouteille d'ouzo. Bras écartés, mains tendues, il a gagné la sortie, s'appuyant sur des épaules, des chaises, butant contre un fût de vin, luttant avec la poignée de la porte qui s'ouvrait, bien sûr, au-dedans. Derrière lui, la femme payait, s'excusait, le rattrapait, puis le soutenait. Il a mis son bras autour du cou qui s'offrait, serrant contre sa poitrine la tête minuscule et ils sont partis dans la nuit, laissant derrière eux les quolibets qui ne les atteignaient plus. Si je n'avais pas commencé d'écrire ces lignes, je crois que je ne me serais peut-être jamais souvenu de cette brève vision, frappante de détresse. Après leur départ, nous sommes restés encore un long moment à regarder danser le petit moustachu déchaîné, à trinquer « *Issiguïa !* », à manger au bout de la fourchette que nous tendait le cordonnier, de la salade de choux, des boulettes à l'ail, des olives vertes et des morceaux de calamars grillés.

— J'y connais l'Américain, dit Spiro. C'est un... comment tu appelles ça ?

Il fait avec sa main un geste de haut en bas, de bas en haut. J'hésite et je lâche un des seuls mots grecs que je connaissais avant de venir ici :

— *Zographos ?*

— Oui, c'est ça, un *zographos*.

Autrement dit, un peintre. Spiro, qui est allé porter une bouteille de gaz à leur maison, a vu les peintures. Malgré mes efforts, je ne saurai pas ce qu'il en pense. Dommage ! j'aurais assez volontiers fait confiance à son jugement.

7 janvier.

Hier l'Épiphanie, beaucoup plus grande fête que Noël. *Despinis* Matina, la dentiste, est venue nous chercher pour que nous ne perdions rien de la cérémonie. Elle se dit notre amie depuis que j'ai essayé de me faire soigner les dents par elle. *Despinis* Matina a trente-cinq ans et cherche toujours un mari, mais les commérages de l'île l'empêchent de parler ou de faire trois pas dans la rue avec les rares hommes qui seraient susceptibles de l'épouser.

C'est un grave problème dont on sent qu'il agite ses nuits et redouble son activité. Elle se dit la nièce du magnat Anargyros, aujourd'hui décédé, mécène de l'île, parti pieds nus sur un bateau pour l'Amérique à quinze ans, et revenu milliardaire, possesseur d'une fabrique de cigarettes portant son nom. Anargyros a offert à l'île le beau collège qui est à un kilomètre à peine du village. Trois cents pensionnaires venus de tous les coins de la Grèce, de Turquie comme d'Égypte y suivent des méthodes d'éducation anglaise. Le dimanche, on les rencontre en liberté dans la pâtisserie, uniformément habillés de pantalons de flanelle grise et de blazers bleus écussonnés. Anargyros était un ami de Venizelos qui, venu avec un croiseur saluer la dépouille mortelle, est reparti avec la fortune du marchand de cigarettes, le magnat ayant déshérité son île natale, la dernière année, parce qu'on lui avait empoisonné son chien. *Despinis* Matina n'a pu recueillir que des bribes de ce qui restait : une petite maison derrière le port des calfats, une pièce « en ville » pour recevoir ses clients et leur coller automatiquement des dents en or dès qu'ils ouvrent la bouche. Elle parle anglais assez convenablement, ponctuant ses phrases de décroissants « pô, pô, pô... » qui rappellent le parler de Bab-el-Oued. Mais le plus curieux est de l'entendre chanter en entier, sans une faute, des chansons de Tino Rossi, alors qu'elle ne sait pas plus de trois mots de français. « Quand tu me prends dans tes bras — que tes baisers ardents — sur mes lèvres frémissantes... »

Le matin de l'Épiphanie, il ne s'agit pas de

chanter du Tino Rossi, mais de retrouver la procession partie de Saint-Nicolas où le pope a béni l'eau que les fidèles rapportent chez eux dans des verres ou de petites jarres. L'intérieur de l'église a été orné de palmes qui forment un arc de triomphe devant l'autel, chassant d'un coup le mystère sombre et parfumé d'encens de ce lieu saint où d'habitude ne brillent qu'une lampe votive et le vieil or des icônes. À l'endroit où nous rejoignons la procession, les quatre popes de l'île, en chasuble chamarrée, sans barrettes, la natte sur la nuque, bénissent l'eau d'un puits. Les femmes sont sorties de chez elles. C'est la première fois que j'en vois autant, engoncées dans des vêtements neufs, maladroites sur leurs hauts talons. Muettes, effacées encore, elles écoutent un chantre qui module les prières d'une belle voix de baryton et les prêtres qui lui répondent à tour de rôle. Le plus âgé bénit d'une main le puits et la foule avec une poignée de basilic, l'herbe sainte qui poussa sur le tombeau du Christ. De l'autre main, il brandit une petite croix d'acajou clouté, et se tourne de temps à autre vers le maire pour lui lancer une œillade et une bénédiction. Puis, d'un bon pas, nous partons tous vers le port, précédés par le chantre et des bannières. *Despinis* Matina est enchantée de marcher à côté du maire dont elle pince la peau molle des joues et tapote le ventre important.

Sur le port, il y a foule et des caïques tournent en rond chargés de jeunes gens en maillot de bain. Le ciel a été clément. Il fait beau, c'est-à-dire que l'eau donnera l'illusion d'être moins froide. Le môle a été dégagé pour les popes qu'en notre qualité d'étrangers nous pouvons suivre. Dès que les saints hommes avancent, les garçons plongent du haut des mâts ou des bastingages avec des cris de Sioux et nagent vers la jetée, une quinzaine, tassés les uns contre les autres, jouant des coudes et des pieds dans l'eau qui bouillonne autour d'eux. Le vieux pope est grave : il ouvre son grand évangéliaire aux feuilles de parchemin et lit d'une voix monocorde. À dix mètres de lui, c'est un beau tintamarre : on se griffe, se bouscule, s'enfonce sous l'eau. Le pope s'arrête et les menace de sa croix : « Arrière ! Taisez-vous ! » sans d'ailleurs rien obtenir. Alors, excédé, il ferme son manuscrit et lance la croix qui voltige avant d'atteindre la mer où ce n'est plus qu'un tourbillon d'écume, de bras, de jambes, de torses, une bataille furieuse jusqu'à ce qu'un garçon blond, au visage bleui de froid brandisse la croix repêchée. Le quartier du port, la Dapia, a gagné. Des têtes réapparaissent d'un long séjour sous l'eau, un des nageurs a la bouche en sang, l'autre un bras plus ou moins démis. Un sous-officier de la marine repêche par la tignasse les plus atteints et les hisse dans une barque. Il n'y a pas eu trop de mal, dit le maire content. Parce que, au Pirée la cérémonie se termine souvent beaucoup plus cruellement et que chaque nageur a dissimulé dans son maillot un couteau avec lequel il se défend et attaque... Le champion de Spetsai s'appelle Niko. Hâtivement rhabillé, il va promener sa croix dans la foule, l'offrir aux baisers des dévots, c'est-à-dire aujourd'hui de tout le monde, tandis que ses camarades le suivent, une panière à la main dans laquelle s'entassent les pièces de monnaie et les billets jaunes de dix drachmes. À la fin de la journée, quand toute l'île aura cotisé, ils disposeront d'une bonne somme qui filera dans une nuit au restaurant, à la pâtisserie et surtout au « magasin » dont Spiro est l'habitué.

Nous rencontrons d'ailleurs la joyeuse bande errante, hurlant des chants bachiques vers deux heures du matin, en revenant nous-mêmes du repas de fiançailles de Yannis, un des marins du *Maïa III*. Fiançailles selon les rites anciens. Yannis épousera la dernière des cinq sœurs d'une famille très accablée par ce nombre désastreux de filles, car aucun frère ne peut songer à se marier tant que ses sœurs ne sont pas casées. Et à chacune il faut une dot accumulée livre d'or par livre d'or. Les parents ne font qu'un cadeau. C'est aux frères à gagner le petit capital avec lequel la jeune fille trouvera un époux. Yannis a, lui, marié deux de ses sœurs. Il en reste une. Le benjamin pourvoira à sa dot, puis à son tour pourra se marier. C'est la règle et nul ne songe à la transgresser. Comme c'est la règle aussi de se réunir d'abord au domicile du fiancé avec le pope et les parents pour y boire un verre de liqueur et souhaiter beaucoup d'années de bonheur au promis. Assis en rang d'oignon dans le salon sous le portrait du père en marin de la guerre de 14-18 (uniforme à la française et belles moustaches cirées) nous nous sommes regardés en échangeant de grands sourires. Je sentais ce qu'avaient d'incongru nos laisser-aller d'évolués parmi ces endimanchés, mais la note était donnée par Maïa en pantalon de marin et chandail blanc à col roulé. Il n'y eut pas un regard réprobateur pour nos tenues de décivilisés si désinvoltes en ce grand jour. La politesse grecque atteint cette hauteur : cérémonieuse mais simple, stricte et large à la fois. Ceux qui vivent en dehors du cercle ont droit aux mêmes égards sans que l'on exige d'eux les mêmes devoirs. Preuve que cette politesse vient du cœur et implique un grand respect de la personnalité, de l'honneur de chacun. Il y a peu de peuples où l'on puisse danser une nuit avec ses domestiques et, le lendemain, retrouver l'exacte distance qui permet d'être servi. Je n'en vois pas beaucoup d'autre explication que la certitude chez tout Grec d'appartenir à un égal genre humain et la soumission de bonne volonté à l'ordre naturel des choses. Si enfermé soit-il dans des frontières qui lui paraissent étroites comparées aux grands rêves anciens, il a le sentiment inné d'être le chaînon d'une race exceptionnelle, forgée par des siècles d'incroyables grandeurs et des siècles d'atroces misères. Le Turc lui a enseigné la vanité de l'orgueil, mais la conscience claire et irréfragable que rien ne peut être changé à la dignité d'un homme. Parmi toutes les leçons de la Grèce, en voilà une qui ne doit rien aux philosophes, aux artistes, aux poètes de l'Antiquité. Elle tient à ce génie particulier qu'insuffle une terre comme l'Attique ou le Péloponnèse. Elle appartient aux pauvres comme aux riches, et comme toujours plus aux pauvres qu'aux riches. Je la perçois aussi dans l'attitude des Grecs à l'égard des infirmes. Alors que dans notre Occident, les infirmes sont le plus souvent la risée, l'objet du mépris ou, pis encore, de la pitié du peuple, ici rien ne semble les différencier du reste des humains. À Poros, nous nous étions arrêtés vingt-quatre heures pour goûter le repos d'une île où les citronniers jettent de violentes taches de jaune clair dans la forêt de pins et de cyprès, et nous buvions du résiné et mangions des châtaignes chaudes devant la cheminée quand est entré, rampant, un de ces monstres que l'on croirait sortis du crayon de Granville : deux jambes squelettiques et difformes aux genoux calleux comme des talons, deux bras noueux aux mains d'égorgeur. Le torse était large et fort, mais la tête étranglée à la hauteur des oreilles faisait invinciblement penser aux figurines des gargouilles gothiques. Il nous a tendu la main avant de se hisser sur une chaise d'où pendaient ses membres atrophiés : « C'est un pauvre garçon qui fait notre ménage, a dit Mme Leonardos en français. Il est né comme ça, mais il n'est pas malheureux, il vit avec nous. C'est notre ami. » Il est resté là tout le temps de notre visite et je ne pouvais m'empêcher de lui jeter des coups d'œil à la dérobée : il souriait sans comprendre ce que nous disions, il n'avait pas cet air de chien battu qu'ont les gnomes au ban des humains. Il vivait, il avait sa part de châtaignes, son verre de résiné. Il était comme nous... En bas de notre maison, nous croisons tous les jours un pauvre être tassé dans une voiture à roues. Je lui achète des cigarettes et il me demande ce que je fais dans l'existence. Des livres ! Il hoche la tête et rit avec les amis qui l'entourent, car il y en a toujours une nuée pour pousser sa chaise sur la promenade, jouer aux cartes avec lui et même se battre main à main comme s'il était valide. Depuis que je passe devant lui, je ne l'ai vu que gai.

Après le verre de liqueur chez Yannis, nous avons gagné la maison dont la fiancée n'est pas sortie depuis deux ans. D'autres invités nous y attendaient, assis pareillement en rang d'oignon, dans la grande pièce nette et claire où la jeune fille a passé les verres d'anis. Chacun buvait le sien d'un trait comme c'est l'usage, le reposait et offrait son cadeau : une livre d'or pour les hommes qui la faisaient tinter sur le plateau d'argent, une chaîne ou une médaille pour les femmes. La future belle-mère a mis au doigt du fiancé une bague avec un rubis enchâssé. Puis, les vœux de bon mariage « que vous viviez ! » ayant été souhaités par chacun, on a dressé les tables et servi l'agneau rôti à la broche, les boulettes de viande à l'ail, les olives vertes, la salade de choux et les poissons grillés froids. Les musiciens sont arrivés : un violoniste et deux joueurs de laoutos qu'on a bourrés de résiné avant qu'ils commencent. En face de nous, le pope avait retiré sa barrette. Dans la broussaille de ses cheveux, de ses sourcils proéminents, de sa barbe grise de patriarche, on voyait luire ses yeux et rougir sa trogne. À la fin d'une dure journée de prières en public, la nature reprenait ses droits et ce pope que Rabelais eût aimé glisser dans sa collection de moines à bonne fourchette, se donnait à la nourriture avec une joie énorme, bienfaisante. Chaque bouchée semblait une louange à Dieu, un hymne à la terre grecque qui produit une si douce huile d'olive, un vin si parfumé et donne à la chair de l'agneau ce goût de caramel au four, onctueux et fondant. Maïa nous a assurés que le pope était un confesseur exemplaire, que le Vendredi Saint il absolvait des centaines de pauvres pécheurs avec une endurance de bête de somme. Pour le remonter en ce jour difficile, elle a coutume de lui envoyer le matin une bouteille de cognac et de passer dernière des pénitentes. Le jeûne et l'alcool rendent notre pope lyrique et d'une indulgence extrême. Il lui suffit de savoir qu'on a péché comme c'est l'habitude de tous les chrétiens sans exception, qu'on s'en repent et qu'on n'a pas enfreint les règles naturelles de sa conscience. Ce pope est un sage.

J'ai regretté son départ. Il nous a quittés avec des bénédictions un peu avant minuit alors que nous avions encore beaucoup de résiné à boire, beaucoup de *issiguïa sas !* à échanger. Une grande fraternité naissait autour de la table en fer à cheval. Yannis le fiancé et Yannis le capitaine du cotre plongeaient leurs fourchettes dans la salade ou les plats de boulettes, et nous les tendaient en criant : « Vive la France ! » à quoi l'on ne pouvait que répondre : « *Zito i Ellas*[1] *!* » Dans l'entrée, un des grands-pères en gilet croisé jusqu'au cou menait la ronde au son des laoutos et du violon déchaînés. Nous l'avons suivi parce qu'il n'y a qu'à être naturel pour n'être pas ridicule et que ces rondes grecques sont d'une simplicité désarmante, à la portée de l'oreille la moins sensible. Seul le danseur de tête improvise et s'ingénie à varier la mono-

1. Vive la Grèce !

tonie des pas en obligeant les suivants à se croiser sous deux mains reliées par un mouchoir. L'intrusion des femmes est discrète, effacée, sauf celle de Maïa qui a dansé un pas des montagnes, rapide, endiablé, en face d'un blondinet au front têtu dont elle affirme qu'il a un meurtre sur la conscience. Il est vrai qu'il s'agit d'un meurtre électoral, ce qui excuse tout, et qu'il commit, assure-t-elle, parce qu'un orateur l'avait insultée, elle.

Dans la nuit du village, le violon et les laoutos nous ont raccompagnés à nos demeures respectives au son de la même rengaine. À notre passage, les lumières s'allumaient dans les maisons. Ce n'était pas pour nous injurier, mais pour jeter un coup d'œil indiscret sur l'équipée bruyante. Je pensais aux seaux d'eau que nous aurions reçus en France. Mais sur les bords de la Méditerranée le sommeil n'est pas sacré. Il est interrompu sans regrets, repris, et abandonné à l'aube. La sieste remédie à ces imperfections de la nuit.

10 janvier.

C'était fatal. Nous ne pouvions guère nous ignorer plus longtemps. Peut-être avais-je tort de croire qu'ils nous fuyaient. Tout de même l'entrée en matière a été irrésistible et si je la raconte, c'est pourtant sans espoir qu'on y croie. Au réveil, à huit heures, Elefteria commence une histoire à peine compréhensible. Quelqu'un est venu nous voir vers sept heures. Une étrangère. Spiro, miraculeusement tombé du ciel, débrouille et embrouille l'écheveau. La visiteuse est la femme du peintre américain. Elle voulait voir C. Elle reviendra. Et Spiro s'est installé dans la cuisine pour être le premier informé. Nous avons à peine terminé le petit déjeuner qu'entre la jeune femme, introduite d'autorité par Elefteria. Elle parle très bien le français.

— Bonjour, dit-elle. Je suis venue vous voir parce que j'ai un problème de femme... j'ai mes règles depuis hier soir et je n'ai rien à me mettre. Le pharmacien ne détient cet article que pendant l'été, quand il y a des touristes. Qu'est-ce que je dois faire ?

Je grimpe en hâte au premier, à la fois gêné et saisi par une envie de rire que je ne peux étouffer. C. m'y rejoint quelques minutes plus tard, écarlate elle aussi. En bas, l'Américaine attend, sagement assise sur le sofa, caressant notre chien qui la renifle, paraît-il, comme s'il avait compris. C., un peu calmée, redescend pour conseiller l'achat d'un prosaïque paquet de coton. Je demande qu'elle invite l'Américaine et son mari à prendre un café après le déjeuner. Sur le pas de la porte, la jeune femme s'arrête et je l'entends :

— Comment s'appelle votre chien ?

— Gollywog[1].

— Ah ! ça lui va bien ! Phil l'a remarqué et le trouve très beau. Phil est mon mari. Moi, je suis Claire M...

L'après-midi, ils sont venus. Il est assez charmant il faut dire, sans aucune vulgarité malgré l'argot assez bas qu'il emploie et l'ennui brusque qui se peint sur son visage dès qu'il a

1. Polichinelle anglais.

prononcé trois mots. Claire n'a pas non plus dû être élevée pour se promener en blue-jean crasseux dans une île grecque. Son anglais est exempt d'américanismes. Elle se dit de Cap Cod, dans le Massachusetts. Phil est vraiment beau, et, sur le moment, me fait songer à une réincarnation de Shelley, réincarnation imbibée d'alcool, il est vrai. À plus d'un mètre de lui, les effluves en arrivent, directs et violents. Pourtant il est à jeun.

— Il faudra venir nous voir, dit Claire. Phil vous montrera ses toiles. Notre petite servante, Rita, nous a dit que vous étiez écrivain. J'aimerais bien vous lire.

Je les ai regardés s'éloigner, elle trottinant à côté de lui et parlant avec précipitation sans qu'il réponde autrement que par des hochements de tête.

12 janvier.

Le mât du cotre se balance toujours dans l'ancien port. Maïa est encore là, extrêmement occupée à jouer aux cartes tout l'après-midi dans un café avec le coiffeur, le marchand de marrons et le quincaillier. Elle n'émerge de la fumée que pour un banquet quotidien chez un membre de l'équipage ou l'un quelconque de ses amis. Nous échappons autant que possible aux invitations. Il a bien fallu en subir une quand même où la soirée s'est passée à discuter football en grec. C'était d'un ennui tellement vertigineux que j'ai fini par m'y plaire. Heureusement, un des convives a eu, lui, la politesse de s'en apercevoir au bout de deux heures et a demandé à l'hôte, Yannis Nano[1], de jouer du bouzouki et de chanter. Chansons monotones et plaintives dont le registre ne varie guère, mais qui ont toutes quelque chose de déchirant. Nous les réentendons par la voix aiguë de la petite borgne qui passe sous nos fenêtres. Elle s'appelle Matina et se laisse lentement apprivoiser. Chaque jour, elle amène une nouvelle sœur, un nouveau frère. Ils doivent être dix en tout, pauvres mais propres, avec de bonnes billes toujours rieuses. Le père est pêcheur. Matina s'est crevé l'œil avec un couteau en taillant un bout de bois.

Lecture de Myrivilis : *Notre-Dame de la Sirène,* volumineux roman qui se passe à Mytilène après l'exode d'Anatolie en 1923. Les réfugiés gréco-turcs s'installent sur l'île d'où ils peuvent encore apercevoir en face la rive du pays perdu. On leur bâtit un village, contre leur gré car ils ne pensent qu'à retourner vers cette terre fertile arrosée depuis des siècles par leur sueur et leur sang. Mais le roman qui campe de pittoresques silhouettes et fourmille de saynètes n'a ni la grandeur ni la force de ceux de Kazantzaki. Beaucoup de qualités baignent dans une certaine mièvrerie, due sans doute au peu d'art de la traduction, mais aussi au manque de souffle de l'auteur. Kazantzaki est, lui, irrésistiblement épique, auteur qui vibre avec une telle intensité qu'on le croit toujours proche du sanglot ou du hurlement. Peut-être faut-il expliquer ainsi la méfiance qu'il inspire aux Grecs que cette exaltation atteint dans leur

1. Jean le Nain.

pudeur. Myrivilis est mou et assez attendrissant. On sent qu'à force de s'être penché sur des simples, il a pris leur ton. Je ne crois pas que ce soit l'adresse même pour un romancier, je crois même que c'est l'écueil s'il n'impose pas sa voix.

14 janvier.

Comme Robinson sur son île, nous découvrons lentement que nous ne sommes pas seuls. Un peu plus haut, vers l'ancien port, trois garçons vivent ensemble dans une maison aux volets bleu de Prusse : un blond de type scandinave, deux bruns de type méditerranéen. Ils parlent anglais. On ne les voit guère sur le port et dans les ruelles. Spiro, toujours bien renseigné, nous dit :

— Il écrit des livres !

Sans que l'on puisse bien savoir si les trois écrivent un même livre ou si l'un d'eux se dévoue pour les autres. Je les ai vus se croiser près de leur repaire avec Claire et Phil M..., sans échanger même un signe de tête. La sagesse est, ici, de se limiter à soi, rien qu'à soi. Toute parole imprévue me semble du gaspillage. Nous fuyons Maïa autant qu'elle nous ignore. Sa gentillesse est lourde. Après tout, elle est dans son île, et j'aime imaginer qu'elle se décrasse à Spetsai du monde dans lequel elle vit à Paris.

VOYAGE VERS ATHÈNES

Athènes, le 18 janvier.

Retrouvé Athènes après un mois d'absence. Passé la fraîcheur des premières émotions, la ville demeure une éblouissante bigarrure, un tourbillon. Son ordre et sa fièvre se conjuguent avec de déroutantes alternances. L'admirable est que l'on puisse toujours arriver par la Voie Sacrée et découvrir Athènes qui émerge lentement de sa poussière d'or, l'Acropole que transpercent les rayons du couchant. Vingt-cinq siècles n'ont pu écraser ce miracle. Qu'il ait pris des visages différents, ne change rien. La foule est la même, que ce soit dans les quartiers populaires où l'odeur puissante du cuir, le parfum du safran, les relents du café grillé mordent doucement les narines, ou dans les quartiers neufs qui brassent des piétons impétueux. Le pouls bat au rythme d'épaisses saccades. Les agents en gants blancs, coiffés de casques argentés, libèrent d'un geste de la main un flot de sang noir qui coule entre les voitures. Je pense à cette jeune fille de Metsovon en Épire, qui demandait à

Mme D... : « Est-ce vrai qu'Athènes est une ville si grande qu'il y a des gens qui ne se connaissent pas ? » D'où nous avons passé notre dimanche, hier à Kiladia, pareille question pourrait aussi bien surgir.

Le matin, le *Maïa III* nous a emmenés sur la rive du Péloponnèse, à Porto-Kéli où j'avais laissé la voiture. De là, en troupe avec l'équipage, nous sommes allés à Kiladia assister au baptême de celui qui doit être à peu près le millième filleul de Maïa. Le parrain est Panayotis, le jeune coiffeur à la moustache crétoise qui tient boutique sur le port. Selon Maia, Panayotis est un sujet exceptionnel, un dévoreur de livres, un passionné d'Histoire qui connaît l'affaire Dreyfus comme s'il l'avait vécue. Le fait est que son érudition a éclaté dès les premiers mots :

— Vous, Français ! Ah... Picasso !

D'un claquement du pouce et de l'index, il a exprimé sa haute admiration, me faisant irrésistiblement souvenir de la rencontre de Geo London avec Al Capone, et le journaliste se présentant au gangster comme venant de Paris. « Ah ! Paris dans l'Ohio ! » avait dit Al Capone. « Non, Paris en France ! » « Paris, Paris, ah oui... Paris... Landru. » La célébrité de Paris mesurée par Landru vaut bien celle de la France mesurée par un peintre espagnol. Mais Panayotis avait encore d'autres sujets de conversation :

— Victor Hugo !... *Kala, poly kala* [1].

Cette fois ses yeux se sont levés au ciel avant qu'il dise encore :

1. Bien, très bien.

— Zola !

J'ai répondu « *kala* » sans en penser un mot et parce qu'une discussion nous aurait entraînés trop loin. Le temps que le *Maïa III* franchisse le détroit et nous avons aussi parlé politique :

PANAYOTIS. — Tito ? *Kakos*[1] !

MOI. — *Poly kakos.*

PANAYOTIS. — De Gaulle ? *Kalos*[2] !

Le vent a emporté ma réponse. Nous arrivions dans la rade de Porto-Kéli où rouille un cargo désarmé. Panayotis a juste encore eu le temps de me dire :

— Ah ! la France ! *Cyrano de Balzac.*

Sur le quai, des enfants ont commencé de courir en criant : « Maïa ! Maïa ! » Il y en avait une vingtaine parmi lesquels une bonne moitié de filleuls et, derrière eux, énorme, le patron du café qui versait déjà du résiné, de la bière, de l'ouzo, et coupait en tranches un carré d'agneau dont il nous tendait les morceaux fumants au bout d'une fourchette.

Kiladia, à dix kilomètres, est au bord d'une lagune, village de pêcheurs posé au ras de l'eau bleue qui sommeille, abrité du vent par une montagne de cette roche grise piquetée de genêts à l'image de la Grèce. Ici pas d'arbres. À quoi s'accrocheraient-ils ? Le sol est de pierre, les maisons s'avancent dans l'eau, parées sur leurs façades, sur leurs flancs de grands filets lilas, bruns ou vert pâle dont les mailles arachnéennes tissent autour du village comme un rideau de mousseline. La plus

1. Mauvais.
2. Bon.

tendre couleur, le vert pâle, glisse avec des doux chatoiements entre les mains des femmes qui trient, réparent, enroulent les filets sur la berge, entre les barques échouées, protégées du soleil par des toits de palmes sèches. Tendue au fond de la mer, cette pâleur verte se fond à celle des sables, des rochers, des algues. Des barques avec leurs proues aux museaux de requins posent les filets au crépuscule, les relèvent à l'aube. Il serait cependant téméraire de croire qu'on ne pêche ici qu'au filet. Le jeune pope vigoureux qui nous a accueillis est entré dans les ordres après avoir, comme tout le monde, pillé la mer avec des cartouches de dynamite et des grenades. Une explosion lui a emporté la moitié de la main droite et le sacerdoce l'a empâté. Tel quel, il est encore superbe avec d'énormes yeux noirs tantôt furibonds, tantôt rieurs. Son église est pauvre, mais elle domine le goulet par lequel la lagune communique avec le golfe d'Argos. Un jour bleu y pénètre et caresse les modestes icônes dont les saints ont des mains d'argent et la Vierge une couronne dorée.

Au centre, on a placé une grande bassine de cuivre qu'une vieille a remplie d'eau tiède, puis le pope a commencé les prières, reprises par un chantre qui maniait un encensoir d'argent dont les grelots sonnent comme ceux d'un petit cheval au trot. Quel effet magique est celui de l'encens ? On ne saura jamais si c'est par la grâce des souvenirs d'enfance qu'il évoque ou s'il est réellement d'essence divine. Ses volutes dessinaient autour de la bassine un cercle enchanté que le pope a rompu pour demander l'enfant, un garçon de trois mois à la peau rose, à la bonne tête étonnée. Maia l'a tenu au-dessus de la bassine pendant que le prêtre le frictionnait d'huile partout, sur les cheveux, le visage, le corps. « Je te baptise, Vassili », et Vassili enfin nommé s'est mis à hurler avec d'autant plus d'indignation que le prêtre l'immergeait et refrottait son petit corps nu avec l'huile épaisse et jaune, ouvrait ses mains pour le marquer avec de la cendre dans les paumes, lui écrasait du sel sur le front. Autour de la bassine, ils ont encore décrit une ronde, l'enfant dans les bras de Maia suivie de Panayotis, la larme à l'œil, tandis que le pope maniait l'encensoir à grelots. Il y eut encore des dizaines d'autres exorcismes avant que nous regagnions la maison des parents, dans le village. On nous avait préparé des verres de mastic et des *amygdalota* [1]. Malheureusement, le pope ne déjeunait pas avec nous, à la grande table dressée au bord de l'eau. J'aurais aimé le voir manger, ce robuste ministre de Dieu, avec ses dents blanches qui luisaient entre les poils de la barbe, ses mains, l'une valide, l'autre atrophiée, solidement attachées par des poignets de lutteur à des avant-bras velus et musclés. Mais s'il avait gagné un chrétien ce matin-là, il en perdait un autre en même temps. Il nous a quittés pour aller le chercher dans sa demeure au bout du village, accompagné d'enfants qui portaient les bannières. Au passage, il a béni nos assiettes remplies de mouton grillé et de poisson tiède.

Quelques instants après, il revenait précédé

1. *Amygdalota* : gâteaux aux amandes et à l'eau de rose saupoudrés de sucre.

d'un enfant qui portait le couvercle du cercueil, et du cercueil même, ouvert et tenu par six hommes. Le mort y était allongé, mains jointes, des roses rouges et blanches en demi-couronne autour de sa tête, accentuant la maigreur cireuse du visage desséché. Chacun pouvait le voir et lui adresser un dernier adieu. Au loin, sonnait la cloche pauvre de l'église. Hommes et femmes suivaient, ni graves, ni gais, comme si la mort était un spectacle entre d'autres, un événement ni plus ni moins intéressant qu'un baptême ou une noce. Dernière promenade de cette dépouille qui avait longtemps attendu l'heure suprême assise sur un banc de pierre chauffé par le soleil devant sa maison. Une ultime fois, il lui était accordé de se montrer à ses voisins, à cette lagune bleue, aux montagnes qui nous entouraient, à ce ciel du Péloponnèse où les nuages évoquent souvent un terrifiant chaos cosmique dont Zeus olympien va émerger, sa poignée d'éclairs à la main, pour foudroyer la terre desséchée et la mer qui heurte ses vagues courtes et sa crête d'écume. Peut-être les narines du mort ont-elles humé encore, avant d'entrer dans l'église, le vent tiède du golfe d'Argos, apportant la légère odeur des mers méditerranéennes, parfum mêlé du pin et de l'eau fraîche, qui sublimait le départ pour les grandes aventures.

Depuis quelque temps, il m'arrive de me demander ce que serait la mort en Grèce et de ne plus lui trouver le même néant désespéré. Je regarde les cimetières clos de murs chaulés, piquetés de cyprès, gardés par une chapelle immaculée. Tous sont beaux. Tous dorment sous un ciel divin. Tous regardent la mer. La mort y paraît moins aride, moins brutale. Ce n'est pas possible qu'elle soit ici la chute atroce dans le vide que j'imaginais ailleurs. Quelque chose de cette terre doit retenir prisonnières les âmes. Il ne peut pas être dit que l'on quitte ces rives pour toujours. J'aime à tout le moins croire qu'on les quitte lentement, que les corps pourrissants conservent jusqu'à la dernière poussière un peu d'une âme qui regrette infiniment le sel de la vie...

Une chose par jour doit suffire. Pourtant après le baptême, l'enterrement et le déjeuner au soleil au bord de la lagune, après avoir abandonné Maïa à un de ces matches de football local pour lesquels je ne partage pas sa passion ingénue, nous nous sommes arrêtés à Épidaure, sur notre route d'Athènes. Comme beaucoup d'autres sites grecs, celui d'Épidaure ne se découvre qu'à la minute où l'on arrive au centre, où, d'un coup, le désordre apparent devient ordre naturel. Un dernier effort et le décor prend sa place, le cirque des montagnes se dresse, le ciel est à la bonne altitude. Le génie commence avec ce premier choix. Tant de peuples ne savent pas voir ! Ou au moins ne savent pas accorder leurs aspirations avec celles du sol. Des derniers gradins du théâtre, voici un des paysages les mieux fermés du monde. Le regard n'y bute pas contre des montagnes, il rebondit de crête en crête, doucement, intelligemment. On croit qu'il suffira d'étendre le bras pour toucher ces collines, les mamelles d'Héra, pour en caresser du doigt le vert-de-gris fondu dans le ciel. Rien n'écrase. Tout est léger. Il semble que le moindre vent va mettre à portée d'une aile imaginaire ces purs sommets d'un dessin si hardi. Comment ne pas laisser dériver la pensée vers cette manifestation de l'orgueil grec ? Du haut des gradins l'homme écrase l'homme, le domine et l'étreint, ne lui laisse pour jouer qu'une demi-lune de marbre à dos et à ciel ouvert. Mais ce qu'il se permet contre lui-même, il le refuse à l'œuvre des dieux, et le théâtre d'Épidaure, taillé dans un porphyre dont le couchant ravive les roses, commande à un paysage immuable qu'à vue d'œil rien ne semble avoir déparé depuis des siècles.

Tout le reste n'est que pierres et je suis bien de l'avis de Jean-Louis Vaudoyer qui apprécie médiocrement les reconstitutions tentées par le petit musée. Elles aident cependant à se faire une idée de ce que fut cette ville d'eau, moitié Vichy, moitié Lourdes où l'on priait Esculape et prenait des bains. Les ruines parlent d'un temple en rotonde, d'un Parthénon miniature et un peu rococo avec ses plafonds sculptés. On y trouve du bon et du mauvais goût. La foule des curistes avait des exigences plus terre à terre que celle de Delphes ou d'Éleusis. Un malade ne guérit pas ses ulcères ou ses poumons dans un lieu dont l'élévation n'en appelle qu'à l'âme. Il lui faut une foire où charlatans et médecins, devins et prêtres mettent du baume sur ses plaies, de l'espoir dans son cœur, une foire où on lui joue la comédie comme il la joue peut-être à d'autres. Mais dans l'hiver silencieux, il est difficile de rendre à ces pierres mortes la chaleur et la vie qu'elles ont perdues. Invinciblement, le regard revient au théâtre dont l'état de conservation éblouit. Là, oui, il semble que la pierre vive et garde encore la tiédeur des spectateurs pressés sur les gradins, que le grand coquillage renversé comme une coquille Saint-Jacques contre la colline, renverra les échos des rires qui saluaient Aristophane.

20 janvier.

Nous déjeunons de poisson au Pirée, je ne sais quoi m'empêchant, comme aux précédents séjours, de goûter encore aux tavernes athéniennes, tandis que le port des voiliers, à Microlimani, dominé par le massif bâtiment du Royal Yacht Club de Grèce, est d'un charme déjà éprouvé. La première fois, au début décembre, nous étions attablés au bord de l'eau, sous une tonnelle. Le soleil d'hiver chauffait les caïques de pêche et les yachts. Mais le froid d'aujourd'hui et surtout le vent nous confinent derrière les vitres d'un restaurant d'où nous apercevons les bateaux qui dansent en tirant sur leurs ancres. Les vagues passent par-dessus la jetée. Le golfe Saronique est d'un vert opalescent. De longs rouleaux d'écume courent vers le rivage. Dans notre abri, on nous sert des crevettes fraîches et des daurades. Plaisir de la mer. À Spetsai, comme dans beaucoup d'îles, il n'y a pas de poisson, ou un choix si restreint qu'il est vain d'en parler. C'est-à-dire que je soupçonne les belles pièces de partir en secret pour Athènes où elles se vendent plus cher. Cruellement sevrés, nous goûtons les fines daurades farcies de crevettes, de champignons, de tomate. Dehors, le vent a soufflé avec une telle violence que quand nous prenons la route du cap Sounion, le ciel est miraculeusement bleu. Mieux protégée, la mer est apaisée, d'un indigo qui semble indélébile. La nouvelle route suit le dessin de la côte, passe par une espèce de Juan-les-Pins qui doit être atroce pendant les beaux jours, puis épouse des criques dénudées, des caps déserts sur lesquels brillent des chapelles, croise des îles à peine détachées du rivage, posées solitaires au ras de l'eau. Les arbres rabougrissent un à un. Fini les belles pinèdes qui amollissent le regard. Nous avançons vers l'Attique véritable, gris fer mordu par la rouille. Tout pourrait être d'une dureté insoutenable et pourtant c'est merveilleux. Un petit vapeur blanc douteux navigue à notre hauteur, coupe au plus court, trouve, entre les îles, d'étroits chenaux. Il arrivera au pied du Sounion en même temps que nous, tache claire sur l'Égée resplendissante, lavée par le vent et la tempête des derniers jours. Le temple de Poséidon dresse ses treize colonnes sur la plus haute falaise. Le sel a mordu le marbre et le marbre a pris la consistance du sel. Sous le doigt, il s'effrite, brille en cristaux. Comme si ces colonnes surgies un jour de l'empire poséidonien y retournaient en poussière parce que les hommes ont démérité de la paix du cœur et de l'enivrement des sens. Ce n'est pas la première fois que j'éprouve l'impression d'un châtiment devant d'admirables ruines. Une main sans pitié broie ce qui est le plus digne de notre orgueil. Rien n'échappe. Nous menons, contre l'Éternité, une lutte dérisoire parce qu'elle prétend vaincre les éléments alors que c'est l'homme qui écrase tout, de son poids, de sa sauvagerie, de sa bêtise et que c'est de lui qu'il faut se méfier d'abord. Détruits par les Perses, abandonnés par la foi, le temple de Poséidon et ce qui reste du temple d'Athéna demeurent, dans leur nudité décharnée, l'image symbolique de l'extrême pointe de l'Attique, face à la mer immense, face à l'Asie d'où apparurent un jour les douze cents vaisseaux perses conduits par Xerxès à l'assaut d'un monde fabuleux. L'Égée a englouti ces milliers de cadavres que les Athéniens de Thémistocle achevèrent comme des thons, ces riches vaisseaux de cuir et d'or, bardés d'acier luisant. De tant d'audace, de folie, de courage, subsistent pour seuls témoins ces treize colonnes que rongent le sel et l'iode. Alors que sur l'Acropole, il faut savoir fermer les yeux pour retrouver l'écho d'une rumeur lointaine, ici il n'est que de les ouvrir éperdument pour s'identifier à l'aventureuse histoire grecque irrésistiblement tendue vers l'Orient et repoussée par lui, saisie par le délire et ruinée par la cupidité.

Une si belle image — et si pure, nettoyée par un hiver de soleil — il faudrait la garder intacte sous les paupières. Mais nous avons un dîner et c'est un dîner dont je me réjouis trop pour penser une seconde à le manquer. Il s'agit, grâce aux D..., de rencontrer *Le colosse de Maroussi*, Georges Katsimbalis, personnage que le livre de Henry Miller a fait entrer dans la fable. Je sais bien que l'on m'a dit : « Attention, Katsimbalis a été écrasé par ce dithyrambe. Il lui en reste comme un complexe. » Mais de complexe je n'en trouve guère quand il arrive chez les D..., colosse en vérité par la taille, le tour de ceinture, le visage rond, la voix de stentor. Katsimbalis a peu écrit, mais il a servi les poètes grecs depuis quarante ans avec une ferveur, une intelligence et un goût qui font de lui beaucoup mieux qu'un écrivain. Tout ce qui a été traduit en français, en anglais de Cavafy, Palamas, Sikélianos, Elytis ou Séféris lui doit une irremplaçable collaboration, car il parle aussi ces deux langues sans le moindre accent, le français avec une richesse argotique qui éblouit, l'anglais avec une sonorité de joueur de cymbales. D'entrée, j'admire que ce prestigieux parleur qui part en flèche sur une histoire sache aussi écouter, écouter avec amitié, reprendre sans pédanterie, avec cette vivacité suprême que donne un profond goût de la vie. Et ravi, enchanté que la fusée soviétique qui vient de tomber en plein Pacifique éclaboussant les États-Unis, lui rappelle une chanson de Montel, le père spirituel de tous les chansonniers français : « Nous avons fait pipi dans la Manche, pour emmerder la reine Victoria. »

— Les Russes ont fait pipi dans le Pacifique ! Et voilà les Américains bien emmerdés... Est-ce que vous buvez du résiné ?

Je l'assure que oui et il se réjouit de nous emmener dans une taverne du quartier de Patissia où le cochon de lait est rôti à la broche. J'avais donc bien raison de différer la découverte du « bien-manger » grec à Athènes, car nous voilà peu après dans un endroit plein de fumets dont Katsimbalis vante la richesse et l'onctuosité. Le résiné est bon. Il n'a pas le goût acide de la modeste bibine que l'on nous sert à Spetsai. C'est une boisson mâle chargée du parfum des pinèdes qui rôtissent au soleil. Nous le goûtons accompagné de rondelles de saucisses farcies et Katsimbalis a déjà raconté dix histoires où se mêlent la guerre, Verhaeren, Montparnasse, Chardonne version 23, Fraigneau retrouvé rue de Rennes en 1948 et, bien entendu... Miller. Voici donc le contre-chant, une partie de l'histoire de Miller débarquant en Grèce en 1939, sans le sou, s'accrochant à Katsimbalis :

— Je le fuyais plutôt, dit-il. J'avais toujours l'impression qu'il allait me taper. Il se promenait avec un pantalon tellement élimé qu'on lui voyait le cul. Et puis ce type qui maudissait tout le temps son pays m'agaçait. Quand le livre a paru, j'ai regretté de n'avoir pas été plus gentil avec lui. C'était trop tard. Maintenant, il y a une espèce de froid entre nous. En 1952, je suis allé aux États-Unis et à New York, on m'a demandé quels écrivains je voulais rencontrer. J'ai d'abord dit Miller. Il habitait Big Sur, en Californie, dans la forêt de séquoias. Je suis arrivé les bras pleins de bouteilles, du whisky, du vin français. Miller vivait là avec sa jeune femme, ses enfants, dans une maison de campagne que le gouvernement prête aux artistes et aux écrivains. Bien sûr, il n'avait toujours pas le sou, mais il a tout de suite mis les petits plats dans les grands et j'ai vécu là plusieurs jours comme un roi, un roi qui aurait eu le plaisir de voir tous les matins Mme Miller prendre son tub à poil sous ma fenêtre. C'était à la fois très agaçant et très agréable. Nous nous sommes quittés un peu froids, je me demande pourquoi, parce que nous avons bien bu et bien mangé, parlé des jours et des nuits entières. Mais sur ce froid qui s'est glissé entre nous, j'ai rêvé et à force de m'interroger, je me demande si je n'aurais pas dû baiser sa femme pour que nous devenions des copains devant l'Éternel. Je l'aurais bien fait, mais ce sont des choses auxquelles on ne pense qu'après. Je n'ai pas été assez rapide…

Le cochon de lait est bon, encore que Katsimbalis ait renvoyé trois fois mon assiette à la cuisine pour que j'aie très exactement le morceau qu'il a l'intention de me voir déguster. La peau surtout est exquise, cuite comme du caramel, craquante sous la dent. Le temps que j'y goûte et Katsimbalis est déjà parti sur une autre histoire où j'entends éclater des crânes, crever des intestins, râler des mourants. C'est la guerre avec l'armée d'Orient où il s'est engagé à seize ans et dont il est revenu transpercé de balles, la jambe en trente-six morceaux, ce qui l'oblige à marcher avec une énorme canne de bambou qu'il tient un peu comme un évêque sa crosse. Il n'y a que cela d'ecclésiastique dans le personnage. Le reste est pure vitalité, génie de l'anecdote et passion de la poésie. Impossible de citer un vers sans qu'il en retrouve le contexte avec une sûreté de mémoire qui me confond, moi qui en ai si peu.

Notre sortie du restaurant sera aussi bruyante que notre entrée. D'un geste impérieux de la canne, Katsimbalis salue le patron et le rôtisseur. La taverne lui appartient. Athènes aussi, la nuit. Mais il a un rendez-vous comme tous les mardis. Avec le capitaine Antoniou, autre héros de Miller, commandant du *Patroclès* qui couvre la ligne Venise-Le

Pirée-Alexandrie. Le mardi soir, le capitaine fait escale à Athènes, s'habille en terrien et retrouve Katsimbalis dans une pâtisserie, le Select, où, Dieu merci, on boit aussi du vrai cognac. Le capitaine Antoniou est également poète. Il a, m'assure-t-on, dans un très beau poème, dit la monotonie des voyages, leur mélancolique retour. Mais le capitaine est silencieux : nous entendrons à peine sa voix. Il ne parle que seul avec Katsimbalis. Nous les laisserons donc, sur la promesse que notre ami se rendra à Spetsai en mars, date pour laquelle nous faisons déjà de brefs projets culinaires. Je vais le quitter, quand il me retient par la manche et me glisse un papier dans la main.

— Lisez ça. C'est une réponse à Miller !

Réponse si l'on veut, cet article daté de 1945 et paru dans *Arches* sous la signature de Robert Levesque, le traducteur et le présentateur en France de Sikélianos. Katsimbalis a fait tirer pour ses amis un nombre impressionnant, je suppose, d'épreuves de ce brillant morceau où il apparaît de pied en cap, et non plus seulement en buste, avec sa voix et sa gourmandise, comme dans *Le colosse de Maroussi*. Je me jure de regarder la prochaine fois avec plus d'émotion et moins d'amusement cet homme qui a voué sa vie à la littérature, à l'illustration de la poésie grecque, à l'amitié et qui, à soixante ans, bout encore d'enthousiasme. C'est là que se cache sa qualité. À le voir si sûr de soi, si redondant, si infaillible dans le goût, je me demande si Katsimbalis ne serait pas un timide qui se connaît bien et je relève dans l'article de

Robert Levesque ces lignes qui pourraient justifier un jugement aussi ingénu après une première rencontre : « Si Katsimbalis a consacré sa vie entière, sa fortune, son loisir à la poésie, il n'est pas de poète qu'il ait servi plus vaillamment que Palamas. Déjà, dans les tranchées, il le traduisait en anglais ; puis plus tard, il fit imprimer à Paris les traductions d'Eugène Clément, tandis que dans Athènes il rassemblait sans se lasser les moindres témoignages sur le poète. Quand, en 1943, le glorieux vieillard s'éteignit, on comprendra que, dans la consternation de la Grèce enchaînée, la douleur de Katsimbalis, réticente, sauvage, ne trouva pas de mots pour s'exprimer. Lorsque la Grèce entière conduisit au tombeau son poète national et que, dans le cimetière, devant un peuple en larmes, on vit les délégués des armées occupantes, en grand uniforme, venir poser des couronnes sur les restes de Palamas, chacun se sentit mordu au cœur, et Katsimbalis, tout à coup, entendit une voix blanche, déchirée, entonner l'hymne national, le chant de Solomos à la Liberté. Tous alors tournèrent les yeux vers Katsimbalis, qui s'aperçut avec stupeur que c'était lui-même qui chantait. Impossible à présent de s'arrêter ; à grand-peine, étouffant un sanglot, il alla de l'avant, puis le peuple, au mot de "liberté", reprit en chœur l'hymne devant les délégués stupidement au garde-à-vous. »

SPETSAI AU RALENTI

Spetsai, 22 janvier.

Retour avec arrêt à Mycènes. Mycènes seulement et ni Corinthe, ni Tirynthe, ni Argos, ni même Nauplie où nous ne longeons que la promenade. Une chose par jour, c'est la règle. Une chose dont on garde la vision intacte, qu'on ne mêle à aucune autre. Une chose sur laquelle ensuite travaille librement l'imagination, l'émerveillement, la stupeur. J'écris le mot stupeur parce que je n'en trouve pas d'autre pour qualifier ma première impression de Mycènes. Au musée d'Athènes, les fouilles de Schliemann ont rempli les vitrines de quelques merveilles sauvées sous les décombres d'une ville fabuleuse. À partir des masques et des vases d'or, des bijoux, des poteries, on rêve d'un haut degré de civilisation, d'une Mycènes au carrefour des routes, baignée des eaux de la mer, extrême pointe d'un raffinement qui allait conquérir le Péloponnèse et l'Attique, berceau certes des sanglants Atrides, mais le drame d'Agamemnon, d'Égisthe, d'Oreste et d'Électre ne se conçoit que dans un certain luxe, dans un épanouissement matériel qui laisse libre jeu à la violence des passions pures.

Là-dessus, on découvre soudain le nid d'aigle si bien confondu avec la montagne qui le surplombe et le protège, qu'il respecte la première règle de l'art militaire : voir sans être vu. Quoi d'étonnant que les siècles l'aient enfoui sous la pierraille sans que la cupidité instinctive des hommes ait jamais pensé à fouiller cet amas de roches ? Rien n'y conduit. Et Mycènes ne conduit nulle part. C'est Berchtesgaden peut-être : une folie d'orgueil et de volonté adossée à une montagne pelée que broutent des chèvres noires dont les clochettes tintent dans l'air léger avec une persistance diabolique. Les Érinyes déguisées en chèvres ? Pourquoi pas ? Mais la civilisation de Mycènes s'imagine mal derrière ces murs cyclopéens, cette ceinture prodigieuse de blocs jaunâtres percée de l'unique porte des Lionnes. L'angoisse étreint dès l'entrée comme si durait la malédiction infernale. Tout est silence autour de ces tombes aux ventres ouverts qu'aucun sentiment de respect n'a épargnées. Vidées de leurs poussières d'ossements, de leurs trésors, elles béent au ciel gris, tapissées d'herbes sauvages. On se prend à maudire aussi Schliemann. Quelques décennies de plus et Mycènes n'aurait pas été dépouillée de sa gloire. On eût conservé l'antidote à ce lieu sinistre : les témoignages de la Grâce qui régnait *aussi* sur la ville. Telle quelle, dans son chaos, dans la terrible nudité de ses pierres, elle rejoint mieux la légende que l'Histoire. Un seul instant d'apaisement nous gagne dans la salle du trône. Par miracle, elle s'ouvre sur la plaine d'Argos et le golfe qui brille au loin dans une légère buée. Cette ville aveugle avait tout de même une ouverture. Par une baie que l'on doit croire large, le roi pouvait apercevoir *son* royaume, *ses* terres, *sa* mer et sentir s'évader son cœur. Rien ne donne, plus que Mycènes, l'impression de la formidable puissance de l'homme et de sa misérable disparition. Quel Dieu aurait pu — ou même prétendu — protéger cet orgueilleux fortin bardé de défenses et relié aux enfers par le fantastique escalier en spirale qui descend vers la citerne ? Je n'en vois aucun qui eût pu défier quarante siècles avec une pareille légende et une pareille vanité.

Quittant Mycènes, j'emportais avec moi une assez terrible révélation : le temps est une injure. Sous la fausse couleur des saisons, il nous charme et nous endort pour mieux nous engloutir. Il faut le violenter, lui opposer des murs de roc, de flamme et d'acier pour le contenir la durée d'une civilisation, durée qui se fait de plus en plus courte. Même mutilée, Mycènes crie victoire. Elle parle à notre sens du fabuleux, le seul par lequel nous traversons les millénaires et gardons chaud le passé. Tout le reste est tromperie.

23 janvier.

Spiro est désolé. Toute la journée d'hier, il a guetté l'arrivée des caïques de Porto-Kéli et ne nous a trouvés dans aucun. Il est rentré chez lui à sept heures, l'instant même où nous débarquions après une douce traversée sur la mer phosphorescente. Spiro voulait porter notre valise et, bien plus, je crois, être le premier à nous donner les nouvelles de l'île. D'abord, Maïa s'en va. Le cotre a pris le large ce matin en direction du Pirée où il sera ce soir à temps pour qu'elle saute dans un train avec son équipage au complet et se rende à Salonique où jouent les deux grands clubs grecs.

— Quand il y a argent, dit Spiro, il va partout ! Il va à Pirea, il va à Paris, à New York. Oui, quand il y a argent, il va même à Dieu !

Mais Spiro n'est pas amer pour autant : la chance se précise pour lui. Il y a une semaine, il s'en est fallu de vingt numéros qu'il décroche le gros lot d'un million de drachmes. Cette semaine, il s'en est fallu de deux numéros qu'il gagne mille drachmes. Encore un coup de pouce et il aura sa maison et Maria, sa fille, une dot. Il est plein d'espoir. Je l'encourage vivement à persévérer, ayant depuis longtemps la certitude que les loteries populaires sont une invention de génie qui retarde les révolutions à chaque tirage. Comment serait-on communiste et partisan d'un chambardement général quand on a dans sa poche un billet qui demain peut faire de vous un capitaliste ? L'île ne compte d'ailleurs pas de communistes, à part Maia qui prétend l'avoir été et semble maintenant avoir abandonné une partie de cette prétention. La petite propriété explique sans doute ce goût pour l'autoconservation. Chacun a sa maison, son bout de jardin. Le percepteur ne guette personne, le médecin est gratuit. Avec une soupe de riz, un yaourt, de la salade et de la viande une fois par semaine, chacun se nourrit à peu près à sa faim, ne travaille, comme les Arabes, que quand la nécessité impérieuse s'en fait sentir. Les jours noirs de l'occupation sont loin. On n'en parle guère comme si le Grec, une fois sorti du malheur, n'y songeait plus. Un petit groupe d'Italiens loqueteux est venu s'installer ici en 1941, interdisant toute sortie de caïque et à peu près toute relation avec le continent. Pendant deux ans l'île a vécu d'herbes, d'un peu d'huile quand la récolte était bonne, de quelques poissons pêchés dans les rochers. Les Italiens volaient tout. Malgré cela, on ne les détestait pas complètement : ils étaient loin de leur patrie, pas cruels, misérables, assez méprisés. Il y eut même, paraît-il, quelques idylles. Mais la moitié de la population est morte, morte de faim : quinze cents personnes sur trois mille. La naissance d'un enfant était une catastrophe. Les Italiens prisonniers à leur tour, des Allemands ont occupé l'île qu'un an de plus à ce régime aurait vouée à la destruction complète. Ils ont fait venir du lait pour les enfants, ils ont arrêté le pillage des ressources locales ; on a pu aller sur la rive d'en face cueillir des pissenlits, de la mâche, échanger de l'huile contre quelques légumes. Ils n'étaient pas brutaux, ils ont même plutôt laissé un bon souvenir. Ici, du moins, où le climat les adoucissait. Ailleurs, c'est autre chose.

Nous vivons dans un monde d'horreur avec de courtes récréations. Celle qu'on nous accorde en ce moment n'est là que pour nous mieux préparer au prochain massacre.

Les bourreaux n'aiment pas les victimes exsangues. Il leur en faut de grasses et confiantes. Nous serons bientôt à point.

24 janvier.

Comment baptiser ce temps ? Un été en hiver. Au matin, le soleil entre dans la chambre après une aurore rouge, puis tourne lentement caressant deux façades de la maison avant d'aller se coucher derrière la colline. Tard dans la soirée, la pierre reste tiède. Dans le jardin voisin, un amandier en folie s'est couvert de fleurs grêles sur les branches nues. Il a été le premier de l'île, donnant le signal dans les champs et les vergers. Partout où le regard dérive, il rencontre cette note fraîche et rose qui avive le gris des oliviers et le vert des champs de blé en herbe. L'éclosion d'un amandier en hiver est d'une douceur infinie : allusion discrète, promesse d'un temps léger. Au bord des chemins se sont levées des haies d'asphodèles, fleurs du froid, encore sans parfum, fragiles et pourtant ne pliant pas sous le vent. Mais sur les deux rives du golfe d'Argos à l'entrée duquel veille Spetsai, les montagnes du continent sont crêtées de neige. Vers Kranidi, ce n'est qu'une légère couche. En revanche, sur Leonidion, c'est un épais manteau qui coiffe la chaîne bleu horizon grimpant vers le ciel sans tache. La mer est d'huile. Le bonheur pourrait commencer ici. Je l'écris à des amis. Kleber Haedens répond de Toulouse : « Je dois vous dire que se chauffer au soleil sur une terrasse est une des choses que je redoute le plus. Sans compter que l'hiver ne me déplaît pas (depuis que j'ai quitté Paris). Nous venons de vivre des moments extraordinaires dans la brume de Murrayfield, au pied du château ténébreux où passait l'ombre de Lady Macbeth. Nous nous préparons à partir bientôt pour le pays de Galles, à la recherche d'un port plein de fumées sur la mer d'Irlande. Autrement dit, tout le contraire de ce que vous faites ! » Les marins qui ont pris leur retraite à Spetsai ne me parlent que de Rouen, de Cherbourg, des ports gelés de la Baltique, de la poix sur la Tamise, de la grisaille de Hambourg. Le mauvais temps, le froid, le brouillard auraient-ils aussi leur magie ? J'avoue que je n'y pensais plus et que, tout compte fait, c'est une sérieuse lacune. Méditerranéen je suis devenu, méditerranéen je reste, hanté par un ciel et une mer qui parlent seuls à mon imagination, croyant, peut-être naïvement, qu'ici seulement le cœur se délivre, l'esprit divague. Illusion encore, mais illusion partagée par beaucoup si je compte d'autres écrivains en quête d'un peu de ce souffle que dispense la Méditerranée. À nous remettre dans les conditions qui permirent à la Grèce, à l'Italie d'être les sources du monde moderne, l'exemple incomparable et inégalé de deux civilisations mûres, avons-nous la chance de retrouver le fil perdu ? Ce que je sais de l'Italie, ce que je sais de la Grèce c'est en tout cas qu'elles n'ont jamais déçu l'instinct qui se portait vers elles, qu'elles gardent une intarissable puissance de séduction pour l'achèvement du goût et offrent l'occasion d'une méditation interminable sur soi-même. Cela dit, je reconnais aux brumes de la mer d'Irlande ou de la mer du Nord un envoûtement qui, pour n'être pas encore dans ma nature, mais le sera peut-être un jour, attise les songeries et glisse en nous d'insatiables mélancolies.

HYDRA LA MORTE

Hydra, 30 janvier.

Nous venons passer deux jours à Hydra. Un enfant nous a accompagnés jusqu'à l'hôtel Touriste dont la porte était rigoureusement close. Après avoir bien tambouriné, nous avons entendu des bruits de chaînes et de doubles verrous : une tête écarlate aux cheveux blancs s'est montrée, et une main a repoussé l'enfant en criant avec un furieux accent anglais : Exo ! Exo ! J'ai dû mettre mon pied dans le battant pour empêcher la porte de se refermer. Un Anglais aux grosses mains rouges s'est dévoilé entièrement, filiforme en flanelle grise : le captain G.W. B... de la Royal Navy, en retraite. Il garde l'hôtel quand le directeur est à la pêche. Unique client, il nous abandonnait la plus belle chambre qui domine la ville encaissée entre les falaises abruptes au fond de son goulet. La nuit était tombée après que, de Spetsai à Hydra, à l'heure du coucher de soleil, le *Pindos* eut navigué dans une « confiture de crime » ; levant rouge, ponant jaune d'or. Entre les îlots, la mer de miroir.

Nous avions fui les tristes nouvelles d'Alger que distillait une mauvaise radio. Je veux n'y pas penser, je veux n'attacher mes regards qu'à la découverte d'Hydra, ce roc de fer planté dans la mer Égée. Les philosophies courtes savent isoler les instants. Celui qui s'offre est beau et digne d'une réflexion triste. L'île aux dix mille marins, la forteresse grecque dont les *karavis*, les *trikhantères* et les bricks monopolisèrent le commerce du Moyen-Orient, est en passe de devenir une île déserte. Déserte, elle le serait sans doute tout à fait si les touristes, à la belle saison, ne lui apportaient un semblant d'activité. Les austères palais des amiraux n'ont trouvé de survie que grâce à l'école de la Marine marchande et à une école des Beaux-Arts. Partout ailleurs se creusent des poches lézardées : maisons effondrées dont les toits bâillent, murs dont la rouille tache l'amas des cubes blancs qui grimpent à l'assaut de la montagne vers le monastère immaculé. Pas un arbre. Pour qui rêve d'une île grecque, en voilà une dans son originel dépouillement : une grandeur un peu terrible et une grâce ferme. Des troupeaux affamés broutent la roche grisâtre. Quelques nuées planent dans le ciel : lambeaux de nuages arrêtés par les crêtes rocheuses.

Nous dînons sur le port dans un petit restaurant délabré à une table voisine de l'Anglais rouge. Il compose son menu à l'aide de quelques mots grecs prononcés avec un accent irrésistible, et nous explique qu'il réalise le rêve de sa jeunesse : descendre dans toutes les îles où la flotte anglaise faisait escale sans lui donner ni le temps ni la permission de mettre pied à terre. Rien ne l'étonne, pas même que je sois écrivain, encore que les écrivains français lui inspirent une certaine méfiance. Il en a rencontré un en Crète, qui avait une tête de forçat, un langage de charretier et se promenait sans bagages ni papiers, empruntant de l'argent à tout le monde sous prétexte qu'on lui avait volé sa veste et son portefeuille dans un restaurant du Pirée. Le captain a du mal à croire qu'un homme aussi peu distingué puisse réellement être un écrivain. Comme je demande si ce personnage n'ajoute pas de mauvaises mœurs à ses mauvaises manières, son rouge s'altère. Sans doute a-t-il blêmi, et je suis obligé de reconnaître, au risque de lui faire de la peine, qu'il s'agit bien d'un écrivain français au casier judiciaire chargé, mais au talent poétique plus que certain. Il me croit avec difficulté et nous quitte brusquement à la sortie du restaurant. Deux ou trois fois, tandis que nous buvons du café et mangeons des *amygdalota* à la terrasse du pâtissier, nous le voyons passer à grands pas, gêné, détournant la tête, à la recherche, peut-être, d'une âme sœur. Le soir est doux, sans tristesse. Quelques silhouettes très peu locales apparaissent et disparaissent aussitôt. Il y a une vie secrète que j'imagine à base de peintres scandinaves, de bohèmes anglais, de ratés internationaux. L'envie manque de parler à aucun d'entre eux.

Nous marchons le matin sur le sentier de ronde qui longe la mer vers l'ouest : des villas patriciennes bâties de cette pierre de taille qui est la couleur même d'Hydra, sont livrées indivises à des pêcheurs dont les caïques dorment sur les galets des criques. À l'est, c'est pire encore : un village entier, Mandraki, s'effondre. Sa belle ordonnance témoigne de l'ancien goût des Hydriotes pour l'ordre et la force. Toits crevés, portes arrachées découvrent des maisons orgueilleuses bâties face à l'ennemi. Hydra menait la vie dure aux Turcs avec sa flotte de corsaires. Mais elle était aussi obligée de composer avec l'oppresseur : ce qu'elle lui prenait d'un côté, on le lui reprenait de l'autre et cent cinquante jeunes gens par an était le tribut que payait l'île à la flotte turque qui les embarquait sur ses bateaux. Cent cinquante marins, c'est plus que sept jeunes filles par an pour le Minotaure. Le Moloch avait faim et ses propres guerriers s'endormaient. Hydra était riche. Elle est redevenue pauvre. On la fuit pour sa vie ingrate qui, au XVe siècle, décida les derniers mercenaires de Mystra fuyant l'Arcadie après la chute de Byzance, à s'y fixer, certains que, là au moins, personne ne leur disputerait ce quartier de roc grillé par le soleil. Une vision pessimiste de l'avenir permet d'imaginer qu'on y retournera. Quand le globe sera trop petit. Quand la nouvelle poussée mongole n'aura laissé aux derniers Blancs que ces asiles de miséreuse splendeur. Alors les caïques reviendront dans le port tranquille. Mais les hommes auront-ils encore le cœur de les peindre de toutes ces couleurs éclatantes : bleu roi, rouge sang, vert amande qui symbolisent leur confiance en un accord profond, éternel, du ciel et de la terre ?

SPETSAI TOUJOURS

Spetsai, 2 février.

Visite de Spiro à l'heure du déjeuner.

— Ça y est, dit-il. J'ai lu dans le journal grec : tous les Algériens i' sont prisonniers. Le général de Gaulle est dictateur. Ça c'est bon, n'est-ce pas ?

Ma réponse figurera ailleurs que dans ce journal.

4 février.

Un vent froid souffle du Levant. Un mètre de neige couvre l'Anatolie, dit-on. Spetsai se calfeutre. Les rues sentent le bois de pin brûlé et les cheminées fument. On guette, cependant, un vrai nuage dans le ciel. Ne pleuvra-t-il pas cet hiver ? Un jour de pluie en deux mois, c'est angoissant. Les champs déjà caillouteux se crevassent et les amandiers secouent leurs pétales roses et blancs qui dessinent un tapis de neige à leur pied. Je lis Thrasso Castanakis : *Tasso Tassoulo*, recueil de vingt nouvelles qui s'échelonnent de 1928 à 1945. La nouvelle est un genre traître. L'extrême naïveté d'un auteur intelligent y éclate parfois d'une façon surprenante. C'est, au moins, ce qu'on est en droit de penser des premiers récits de ce volume. Castanakis a fortement subi l'influence française, mais n'est pas Maupassant qui veut. *Le voyage de Madame, Yanni l'aveugle* sentent le devoir de bon élève. Castanakis, au fil des années, a dû prendre confiance en soi. Le ton s'élève. Il ne parle plus franco-grec, mais grec : *Heure d'amour, Manœuvre* et surtout *Toit familial*. Là, un lecteur est à même de saisir une réalité grecque moderne qui s'appuie sur un peuple, une race immuable à travers les siècles. Castanakis y perd sa gaucherie. L'émotion passe la rampe. Quelques-unes de ces pages sont très belles. Des âmes se désespèrent de leur propre tristesse. Mais ce sont des âmes d'aujourd'hui. Elles n'ont plus de racines et elles errent désœuvrées, pauvres, sauf parmi le peuple où les vertus ont gardé ce côté rude et passionné qui a survécu à tous les désastres, toutes les oppressions. Moins littéraires les dernières nouvelles ont de la force et du sang. Elles se passent pendant l'occupation allemande. Aucune haine n'y suinte. L'auteur s'est effacé, laissant son témoignage nu, aride, parler pour lui. C'est excellent. On compte sur les doigts d'une main les auteurs français capables d'un tel dépouillement.

Autre lecture : Constantin Cavafy, poèmes traduits par Marguerite Yourcenar et Constantin Dimaras. De la préface de Marguerite Yourcenar se dégage le portrait d'un Grec d'Orient, sans compromis avec l'Occident. Je ne sais quoi de sans doute faux ou hâtif me fait penser à une sorte de Maurice Sachs, oriental lui aussi. Mais Sachs a ambitionné l'argent autant que la gloire. Il a finalement sacrifié la gloire à l'argent. Cavafy n'était que poète et, toute sa vie, humble fonctionnaire, s'est penché le jour sur un travail obscur, pour être libre d'errer la nuit dans Alexandrie à la recherche d'une jeune proie et d'un petit cercle d'intimes à fasciner. Le rapport Cavafy-Sachs n'est probablement qu'une illusion née de leurs apparences physiques assez semblables : « Un visage aux yeux lourds, une bouche sensuelle et judicieuse. » Une amie de Mme Yourcenar se souvient d'avoir rencontré le poète peu avant sa mort. Elle n'était qu'une enfant et cet homme étrange « lui inspirait tout ensemble une curiosité passionnée et quelque terreur par son air "de ne ressembler à personne", sa pâleur, son cou entouré de bandages (Cavafy mourut quelques mois plus tard d'un cancer à la gorge), ses vêtements sombres, et son habitude, lorsqu'il se croyait seul, de murmurer pensivement quelque chose. Murmure confus, car le malade était déjà presque aphone, mais qui rappelait d'autant plus la psalmodie d'un sorcier ». Il en reste quelque chose de malsain dans les poèmes, par ailleurs fort grossièrement traduits. Le malsain de la décadence. Comme sur ces jeunes Bacchus de la fin de l'Empire romain : gras, les joues pleines, le regard ironique et vicieux. Le talent de Cavafy aura peut-être été de faire de cette décadence un nouveau point de départ, de redonner aux sources les plus lâches de la poésie une grâce et une fermeté qu'on n'attendait pas d'elles. Il est précieux et classique à la fois, déchirant et glacé, sordide et lumineux. D'année en année, son homosexualité se dévoile, ose s'affirmer, se préciser. Comme dans presque tous les cas de ce genre, elle est avide de contrastes : le plaisir est fixé par un « humble lit plébéien », par « un coin de taverne, derrière la cloison de bois... Une lampe à pétrole éclairait à peine ». De quel voyou ne devine-t-on pas qu'il se rappelle les « deux beaux yeux gris ». J'écris plus haut le mot « malsain » et en feuilletant de nouveau les poèmes, je retrouve Iménos : « ... Et il faut aimer davantage encore la volupté malsaine dont la possession nous use... » Cavafy, de son Égypte natale, retrouvait d'instinct les dimensions du monde grec ancien, de ces rivages méditerranéens qui parlèrent une seule et même langue. Nostalgie et émerveillement. La traduction irrite par de constants hiatus (« à Alexandrie », « m'a appartenu ») qui heurtent la langue, des laisser-aller infidèles. De Cavafy, nous voyons ainsi le squelette. La chair n'est pas loin. On la subodore. La musique des mots ne pouvait se transcrire que dans un français limpide. Le génie de Cavafy n'en reste pas moins évident. Mais c'est une pierre précieuse d'Orient. On la regarde avec respect sans en deviner le secret. Parfois on y goûte comme à un sorbet fondant dont les lèvres cherchent le souvenir dès le dernier mot envolé.

10 février.

C. a rencontré Claire M… qui nous a invités hier soir à un verre d'ouzo. La maison est simple : des meubles de bois peint, des murs blancs et les inévitables coquillages sur une commode au miroir fêlé. Spectacle d'une volonté faible qui lutte contre un désordre puissant et recule, peu à peu, se réservant en un dernier sursaut des caches et des étagères surélevées. Dans quelle mesure le désordre est-il inhérent à la vie d'artiste ? Si un écrivain peut le circonscrire à sa table, un peintre a besoin de plus d'espace, de recul, et il lui faut égailler autour de lui des morceaux de ce monde qu'il transpose sur sa toile. On a conservé beaucoup de palettes d'artistes et jamais le fouillis intact d'un atelier, ce bric-à-brac dont le hasard fait surgir pour le peintre l'objet ou le ton qui manquent à sa composition. C'est un tort : nous en apprendrions plus sur une œuvre par l'étroite, pauvre et même mesquine atmosphère dans laquelle elle s'est élaborée, que par les observations des critiques. Du living-room des M… nous sommes passés dans l'atelier dont les deux fenêtres donnent sur l'ancien port où ne se réfugient plus, maintenant, que les yachts de plaisance et quelques caïques orangés et gris au tirant d'eau trop fort pour la nouvelle Dapia. Il y avait bien, dans cet atelier, cinquante toiles de formats divers et des cartons ouverts remplis de dessins à la plume. Avec pour seul, pour unique objet : le phallus. Des isolés, des paires, des gerbes, des forêts, des troupeaux, des bosquets, des caravanes, des mélancoliques, des joyeux, des pâlots, des rubiconds, des courtois, des rêveurs, des agressifs, des timides, des las, des dandys, des rabelaisiens, des agités, un univers de phallus passant par la gamme complète des sentiments et des situations, posés à même des terrains, adossés à un mur nu, flottant sur la mer ou volant entre les nuages. C'était, au premier coup d'œil, beaucoup moins ahurissant, beaucoup moins choquant qu'une image hétéroclite perdue au milieu d'images pieuses ou bonasses, que la brusque apparition d'un objet insolite parmi des objets domestiques. L'obscénité était dépassée par le souci de vérité du collectionneur, sa passion d'entomologiste. L'atelier entier se dédiait à la célébration du phallus, à son illustration glorieuse. Des guitares ou des pommes auraient lassé. Les phallus ainsi représentés, symboliquement ou avec précision, avaient la dignité un peu risible d'une collection de papillons. Phil M... a feuilleté d'une main indifférente un album de croquis où chaque page s'ornait d'un commentaire : représentation phallique de l'œuvre d'Henry James, de George Eliot, de Mary MacCarthy, de Zane Grey, d'Ezra Pound, de Mazo de la Roche, de John Dos Passos, d'Hemingway, de Mayne Reid, de James Lord... j'en oublie. Une vingtaine au moins.

— C'est de la critique littéraire, a dit Phil M... Je ne m'y aventure qu'avec discrétion. Si je parviens à développer ma méthode, j'étudierai les écrivains russes, puis les français, et peut-être m'attaquerai-je aux musiciens. Imaginez ce que l'on tirerait de Beethoven et de Chopin, de Bach et de Gershwin, de Saint-Saëns et de Berlioz. Après il y aura encore les philosophes : Platon, la pensée socratique, Heidegger, Bergson... le terrain est vaste.

— Il y en a un que vous oubliez : D. H. Lawrence. Il me semble tout à fait indiqué pour votre panoplie. Il en serait même le roi. N'avez-vous pas pensé à lui ?

— Je lui dois tout, mais je ne parlerai jamais de lui.

— C'est moi qui l'ai fait lire à Phil, a dit Claire. Toutes ses conceptions esthétiques en ont été transformées.

J'ai demandé à Phil s'il avait trouvé un nom pour sa méthode. Il a dit que non, mais qu'il y songerait. J'ai suggéré une appellation dalinienne : méthode phallocritique, qui aurait le mérite de la simplicité, de la précision. Il a paru intéressé. Un moment, mon regard s'est perdu sur le port aux eaux calmes, le phare qui venait de s'allumer, jaune dans la lumière du couchant. Je me suis souvenu d'une visite à l'atelier d'un peintre vénitien, V..., quinze ans plus tôt, géant et maigre lui aussi, mais barbu noir et la prunelle charbonneuse. Cet atelier donnait sur un exquis petit canal aux reflets rougeâtres et une église tendre et timide. Face à ce décor, V... collait sur de la toile des morceaux de journaux, écrasait de la boue ou du cambouis, agrafait une épingle à nourrice et composait des tableaux futuromécanistes comme Picasso en 1910. Que faisait-il de l'admirable vue cernée par la fenêtre de l'atelier et qui, dès qu'on avait jeté un coup d'œil sur les œuvres du peintre attirait irrésistiblement le regard ? Au passage à Venise, en novembre dernier, j'ai demandé à Franco Lombardi ce que devenait V… Il s'est marié, m'a-t-il dit, avec une femme riche, et, du coup, semble avoir perdu la foi dans le communisme et les collages. Phil M... n'est pas plus intéressé que V… par le spectacle que découpe sa fenêtre, le doux balancement des caïques à l'amarre, les barques qui jettent les filets à l'entrée du port et la côte du Péloponnèse que l'on aperçoit jaune et verte dans le crépuscule. J'ai regardé Claire, appuyée au grand chevalet. Sa tête menue, aux traits fins déformés par les trop grosses lunettes d'écaille, arrivait juste à la hauteur d'une toile inachevée représentant un phallus émergeant d'une mer naïve peinte comme sur les ex-voto avec des vagues soulignées d'un court trait blanc.

Nous sommes revenus dans la première pièce où la petite Rita apportait le plateau d'ouzo. Rita ne doit pas avoir plus de dix-sept ans. Elle est de la côte, de Kranidi. Ses parents sont morts dans l'incendie de leur maison. Une famille l'a recueillie à Spetsai et n'a pas été mécontente de s'en débarrasser en la plaçant chez les M… où elle couche dans la mansarde. C'est, probablement, la seule jolie fille de l'île, avec un visage encadré de nattes brunes, des yeux verts et un corps qui n'a pas encore eu le temps de s'affadir. Comme Claire, elle marche pieds nus, silencieuse, dans la maison aux carpettes de coton multicolore.

À demi vautrés sur des divans, nous avons parlé de la Grèce. Les M… y vivent depuis deux ans. Ils ont essayé Mykonos dont le vent les a chassés, Hydra dont les touristes et les invertis les ont fait fuir, enfin Spetsai où ils ont trouvé la paix et un semblant d'indifférence.

— Vous fumez de la marijuana ? a-t-elle demandé en tendant un coffret où étaient roulées des cigarettes minces comme des allumettes. Phil part deux ou trois jours tous les mois s'en procurer au Pirée. Il fume surtout le soir en travaillant à la lueur d'une ampoule électrique.

Et il boit aussi, je suppose, car, à la manière dont il avale l'ouzo pur, ses doigts longs et maigres aux ongles en deuil crispés sur le verre, on devine le buveur grave qui travaille son ébriété, et bâcle sans plaisir la période froide pendant laquelle la lucidité reste entière, jusqu'à ce qu'il arrive à l'état où nous l'avons laissé en partant : les yeux rouges, la parole saccadée, la main tremblante. Elle, à son côté, se rapetisse lentement, tend vers l'invisibilité, l'atonie, ne gardant dans un visage effacé qu'un regard ardent d'amour et d'inquiétude. De quoi avons-nous parlé ? Je ne sais plus au juste. De Whitman beaucoup, d'Ezra Pound aussi, de T. S. Eliot et de Saint-John Perse dont il vient de découvrir les vers traduits récemment. L'*american way of life* le hérisse, mais il rend à la littérature de son pays une bien plus grande justice qu'Henry Miller. Nous avons manqué tomber dans les bras l'un de l'autre quand je lui ai appris que j'étais le premier traducteur de Saul Bellow en France. Il met au-dessus de tout son premier livre *Dangling Man*, et le troisième *The adventures of Augie March*, avec *Barbary Shore* de Norman Mailer. Truman Capote, Tennessee

Williams lui semblent tellement faisandés que leur odeur le fait vomir. Cette conversation hachée et sans pitié a déblayé le terrain, mais nous a laissés face à face dans un *no man's land* où je n'osais pas risquer un mot sur la peinture. Qu'arriverait-il si j'affirmais aussi péremptoirement que Matisse est un bon décorateur, sans plus, Chagall un demeuré, Miró un truqueur et que je n'aime qu'une époque de Picasso, certains Dali, tout Braque, un peu de Derain, et, au fond, rien d'autre, en tout cas peu d'abstraits, sauf Willy Mucha. Il faudrait plus d'assurance que mes quarante ans ne m'en ont laissé.

Nous sommes partis tard dans la nuit fraîche, sous le ciel constellé, moi un peu agacé de m'être laissé aller à la littérature quand la Grèce est ma seule pensée.

12 février.

L'été est revenu avec un ciel lisse. Les amandiers perdent leurs fleurs mais les premiers mimosas apparaissent. Nous louons des chevaux et partons dans la montagne. Quand nous arrivons à Prophitilias, la chapelle du prophète Élie, toute l'île à nos pieds flotte magiquement sur les eaux de la mer Égée et du golfe d'Argos. Le parfum du thym et des pinèdes monte doucement à la tête. Aux alentours de la chapelle, broute toujours un troupeau de moutons conduit par un berger énorme avec des bras de lutteur, un nez violent et une bouche édentée : Miltiade. Il rit et nous échangeons quelques mots. Miltiade vit par là dans une cahute de branchages et une fois par semaine, confiant ses bêtes à un aide, descend en ville pour se livrer à une saoulerie monstre au bout de laquelle on le retrouve à l'aube, couché contre une porte, veillé par son corniaud.

D'autres fois, nous passons sur la crête pour dévaler le versant Ouest vers une plage déserte, gardée par la chapelle blanche. Grande plage de galets où s'échoue le bois mort, usé, rongé, blanchi par la mer et lisse comme de l'ivoire. En face, c'est la côte bleu sombre de Leonidion. Un silence léger, admirable, pèse sur cette partie de l'île. La tentation est de s'installer ici et de ne plus bouger. Que pourrait-on trouver de plus parfait ? À travers les vitres de verre grossier de la chapelle on devine la vasque pour les baptêmes, des lampes à huile, un chandelier, une pauvre icône, le petit autel caché par un rideau de cretonne. Et sur le porche, quelques mots gravés indiquant que des marins sauvés d'un naufrage par l'intervention de saint Georges ont construit de leurs mains ce timide et frais hommage à Dieu.

14 février.

Spiro nous apporte les dernières nouvelles.

— Ton camarade, le peintre américain, il est devenu fou au « magasin » hier soir. Il voulait tout casser. Il a trop bu de résiné. Il a jeté les verres et s'a coupé ses mains avec les morceaux. On l'a ramené chez lui. Son madame, il avait honte.

Je lorgne Spiro qui a un éclair de malice dans les yeux, et me souviens de son geste vague lorsque je lui avais demandé à quel genre de peinture se livrait Phil M... Il rit fort et ses joues tannées, où le rasoir ne passe qu'une fois par semaine, se crevassent de rides et se colorent d'une rougeur inattendue.

— Tu as vu ce qu'il fait l'Américain ! dit-il. Alors ça ! C'est un fou. Tout à fait fou.

16 février.

Les journées sont si belles que nous les passons toutes dehors, le matin à cheval pour grimper jusqu'à Prophitilias, ou redescendre vers la chapelle de saint Georges. On ne rencontre à heure fixe dans la pinède qu'un vieil aveugle qui marche derrière ses deux ânes chargés de fagots. Il en suit un la main posée sur la croupe, tête levée et ses yeux sans prunelle regardant le ciel. De loin, il nous entend, et de loin, je vois le sourire qui s'amorce sur son visage brûlé, couronné de cheveux blancs et souligné d'une barbe hérissée qui a toujours une semaine de retard sur le rasoir. Au passage, il rugit un *kaliméra* accompagné de deux ou trois mots inintelligibles. Après lui, c'est le silence et l'horizon pur, la mer qui bat dans une grotte où se cachent, dit-on, des phoques. Mais ces phoques, il est peu probable que nous les verrons. Ils font partie des mythes de Spetsai, de Mykonos et de Cythère. Des sentiers permettent de passer de crique en crique et de découvrir de nouvelles chapelles abandonnées blanches au bord des plages ou cachées dans la pinède. C'est dans l'une d'elles que nous sommes entrés ce matin pour trouver Phil M... accroupi au pied d'une pauvre icône de papier mangée par l'humidité. Il n'avait pas pu ignorer le pas de nos chevaux et je n'ai pas aimé son immobilité. C'était de la comédie et quand je lui ai touché l'épaule, il a trop nettement feint de tressaillir.

— Voilà, dit-il, on est toujours pris en faute. Ça ne fait rien, ce n'est pas grave. Vous me prenez à blasphémer, moi je vous prends à aimer la nature. Nous sommes quittes.

Devant lui, sur le carrelage, entre deux bougies, il y avait un tas de cendres mal brulées, les restes d'un livre. Sur la couverture qui achevait de se consumer, on déchiffrait encore le titre et le nom de l'auteur : *Le serpent à plumes* par D. H. Lawrence. Phil avait suivi mon regard.

— C'est un livre maudit ! Il fallait l'exorciser.

Je n'ai rien répondu. Phil est fou certainement, mais d'une folie qui ne fait pas rire. Il s'est relevé brusquement et il a quitté la chapelle pour prendre le chemin du retour, les mains dans les poches, donnant des coups de pied dans les cailloux du chemin.

14 février.

Chez Sarando, la taverne où nous allons dîner parfois pour rompre les habitudes, vient souvent s'asseoir à la table voisine un superbe Grec en chandail bleu à col roulé. Sur sa poitrine, on peut lire, en demi-cercle, le mot *Créole* souligné par les initiales du Royal Yacht Club de Grèce ; teint brûlé, grosses lèvres presque négroïdes, yeux de velours et d'almée, cheveux d'un noir huileux. Avant-hier il a partagé notre résiné et nous avons parlé italien. Dans l'île on l'envie un peu. Pas trop non plus, car il travaille. C'est un des marins du yacht de Niarchos. Le *Créole* est mouillé à Skaramanga dans la baie d'Éleusis, et une partie de l'équipage participe aux travaux d'aménagement du satellite de Spetsai, ce Spetsopoula que le milliardaire grec a acheté l'an dernier et qu'il transforme en réserve de chasse pour lui et en port pour ses bateaux de plaisance : l'*Éros,* un cotre et le *Créole,* le plus grand trois-mâts du monde. Un chenal de trois cents mètres nous sépare de Spetsopoula qu'on n'aperçoit bien qu'à l'extrémité sud de l'île, petit éden couvert de pins et taché par les maisonnettes blanches des gardes et une haute villa de marbre, tournée face à Hydra, encore inachevée. Le marin du *Créole* s'appelle, comme tout le monde, Elefteri. Il est corfiote et connaît la Méditerranée entière. Au mouillage à Cannes, il a rencontré une Parisienne, une certaine Nicole qui semble ensuite avoir disparu de sa vie. Hélas, bien que nous soyons parisiens, nous ne la connaissons pas. Déçu, il a douté que j'aie réellement séjourné à Gênes où je n'ai pas non plus rencontré une certaine Adriana. La terre n'est pas si petite qu'on le croirait de prime abord. En l'absence de Niarchos, Elefteri nous a invités à visiter Spetsopoula. Nous y sommes allés ce matin par un canot qui nous a déposés sur le môle de l'embryon de port. Elefteri nous attendait au volant d'un Dodge dont il faisait tourner le moteur avec une joie sauvage. Niarchos a construit autour de son île une autoroute de ciment sur laquelle le Dodge s'est élancé à près de cent à l'heure. Elefteri avait le sourcil froncé, l'œil mauvais. C'était un peu effrayant et stupide, mais grisant aussi. Le Dodge levait des compagnies de perdreaux, des faisans dorés, des coqs de bruyère, des bécasses, une multitude d'oiseaux inquiets qui n'ont pas encore compris pourquoi on les a transplantés ainsi dans cette île chaude, couverte de pinèdes, semée de rigoles et de bassins artificiels où un ingénieux système hydraulique renouvelle constamment l'eau. Cette folie de gibier a quelque chose de poignant : c'est tout juste si, comme dans Central Park les écureuils, les faisans vénérés à l'aigrette d'or ne viennent pas manger des graines dans la main. Pourtant Niarchos chasse et à l'entrée de l'île, des gardes allemands dressent douze drathaars, hirsutes et rageurs, qui hurlent de concert dans leurs cages dès qu'on s'approche d'eux. Des cerfs, des chevreuils, des biches et des faons errent aussi dans l'île, marquant leur passage à coups de dents sur les troncs des jeunes pins dont la résine suinte. Elefteri a consenti à arrêter son Dodge vrombissant à l'approche d'une harde et nous avons vu les faons s'éloigner sans hâte et se retourner pour nous jeter un coup d'œil. La réserve créée par Niarchos est féerique : paradis d'un chasseur mais aussi paradis pour qui aime les animaux. Une telle profusion fait rêver : tout cela n'est-il voulu que pour mieux exterminer ? L'armateur est un des rares nouveaux riches grecs qui, ayant réalisé une fabuleuse fortune à l'étranger, reprend la tradition d'en dépenser une partie dans son pays où manquent les hôpitaux, les écoles et les universités. Mais il la dépense aussi pour son plaisir et on ne peut que regretter l'absurde villa de marbre qu'il se construit à pic sur les rochers face à Hydra et à l'horizon, alors que le style de l'archipel est à la maison chaulée aux murs épais, aux lourdes voûtes, aux fenêtres étroites qui ne découpent qu'un morceau de ciel ou de mer traversé par la branche fleurie d'un oranger.

Elefteri nous a raccompagnés au port en freinant des quatre roues dans la poussière. Il était content, son visage de brute éclairé par un sourire d'orgueil : « M. Niarchos, c'est beaucoup d'argent, c'est très bon », dit-il. Le soir, il est venu prendre un verre d'ouzo à la maison, et pour nous montrer qu'il est un évolué, il a amené sa femme, une Corfiote comme lui, dont, à travers la graisse envahissante, on sent qu'elle a dû posséder, bien à elle, une sorte de beauté vulgaire maintenant satisfaite par une canine en or et de gros bijoux qui boudinent ses poignets et ses doigts peints. Le couple n'est pas resté longtemps, avec cette politesse grecque si parfaite qui sait ne jamais abuser de rien. Elefteri s'était endimanché : costume rayé, col amidonné, cravate avec une épingle et soulier pointu. Nous l'avons trouvé beaucoup moins beau.

20 février.

Aujourd'hui fête des Morts, le *Psychosabbaton*, le samedi des âmes. À Saint-Nicolas, le pope a béni les grands plats remplis de *kolybo* apportés par les ménagères. Depuis la veille, on prépare amoureusement dans les maisons ce mélange de blé cru, de raisins secs, de basilic, de fruits confits, arrosé de vin doux et saupoudré de sucre. Puis, chacun est parti, en emportant une poignée ou une petite assiette pleine dans laquelle les enfants qui jouent sur le chemin viennent picorer, interrompant une partie de balle. Elefteria nous en sert à déjeuner : ni bon ni mauvais. Il s'agit plutôt d'un dessert symbolique, d'une offrande dont la tradition — je le découvre soudain en ouvrant par hasard à la bonne page le livre de Martin P. Nilsson : *La religion populaire dans la Grèce antique* — est particulièrement émouvante parce qu'elle se rattache aux plus anciennes croyances. Sous le nom de *panspermia*, le *kolybo* honorait les morts, les jeunes mariés, la première moisson ou la cueillette des fruits. À l'époque de la Grèce préhistorique, les bucoliastes, coiffés de bois de cerf, allaient de maison en maison, portant un sac de fruits et une outre de vin. Ils répandaient les fruits sur le seuil et offraient un gobelet de vin, chantant : « Prenez la bonne chance, prenez le pain de santé que nous apportons de la part de la déesse. » Les femmes se promenaient dans les villages, coiffées d'un van, le *liknon*, rempli de fruits variés au milieu desquels émergeait un phallus, double représentation de la fécondité. Le phallus a disparu. Il faut le retrouver dans les obsessions de Phil M..., et je vois mal les bonnes Spetsiotes endimanchées se promener dans les rues du village avec une image de cet organe pourtant essentiel et dont la possession leur coûte en moyenne de trois cents à cinq cents livres d'or par fiancé. À part l'accouchement qui leur permet de donner le jour, elles n'ont pas d'autre rapport avec la vie que le membre masculin. Pour l'avoir à domicile, elles paient le prix d'une semi-claustration qui commence à la puberté et finit à la mort. En Épire, à Metsovon que nous avons traversé sous des trombes d'eau après une angoissante tempête de neige au sommet du col de Katara où la voiture roulait au jugé entre deux précipices, à Metsovon les coutumes sont restées particulièrement sévères. Dès la puberté, les jeunes filles ne vont même plus à l'église, et restent cloîtrées chez elles jusqu'au jour du mariage, de ce mariage comme nous en avons rencontré un, où la noce se promène dans le bourg, montée sur de nerveux poneys de montagne, les femmes en costume brodé, en bas blancs et souliers noirs, assises en amazone, tandis que les hommes marchent à côté, une main sur le licou. Ce doit être d'ailleurs le seul jour où les femmes ont droit à tant d'égards.

Mme K... nous a raconté qu'à Metsovon elle s'était faite l'interprète d'une amie américaine indignée qui demandait à une paysanne chargée d'un énorme fagot que son homme suivait, désinvolte, à dos d'âne : « Comment pouvez-vous tolérer d'aller à pied quand votre mari se prélasse sur sa monture ? » « Dites à cette dame, avait répondu la paysanne, qu'elle se mêle de ce qui la regarde. Si ça lui plaît que son mari se tue au travail, nous ça nous plaît que les nôtres soient frais et bien reposés quand nous nous mettons au lit. » Les femmes spetsiotes n'ont guère à craindre que leurs paresseux époux se tuent au travail, et elles-mêmes risquent peu. Elles se croiraient, en effet, déshonorées de servir dans une de ces villas où les riches Athéniens passent leurs vacances. Il faut amener, du continent, son personnel. Elefteria, qui veille sur notre maison, n'est pas spetsiote. Elle est de Santorin où ne règnent pas les mêmes interdits, île martyre bouleversée par les tremblements de terre dont le dernier, celui de 1955, a fait près de deux mille morts, rasant toutes les habitations. Et le mari d'Elefteria a l'esprit large : il consent que sa femme gagne l'argent du ménage quand lui-même ne travaille pas, c'est-à-dire dix mois par an. Elle exceptée, les autres vivent des existences de taupes. On ne les voit qu'à peine dehors, et jamais au marché ou dans les magasins. Ce sont les maris qui font les courses, détail que je retrouve dans l'ouvrage de H. D. F. Kitto : *Les Grecs, autoportrait d'une civilisation* qui l'affirme d'après Aristophane et Ménandre : « Les demeures athéniennes étaient séparées en appartements pour les hommes et appartements pour les femmes ; ceux des femmes étaient munis de barreaux et de verrous... Le fait qu'une épouse ait bu ou mangé avec les hôtes de son mari est même cité comme la preuve présomptive qu'elle est une prostituée... Les femmes ne sortaient pas sans surveillance sauf lorsqu'elles se rendaient à une de leurs fêtes féminines. » Ainsi par deux fois, ici même, nous avons assisté à des dîners chez un pêcheur ou un paysan, sans apercevoir l'épouse. Le mari ou un parent allaient chercher eux-mêmes les plats à la cuisine.

Il ne faudrait sans doute pas en conclure trop vite que la Grèce moderne a gardé le visage de la Grèce antique. Les contemporains s'en irritent facilement pour des raisons faciles à comprendre : on n'a que trop tendance à les plonger dans leur passé sans leur accorder une réalité présente : tant de sacrifices, tant de luttes ne peuvent aboutir à un pays qui ne se reconnaîtrait que dans les musées ou les basiliques byzantines. La Grèce touchée à mort par les coups de Sylla et la chute de Constantinople, renaît à peine de ses cendres. Le « sens de l'Histoire » n'entre pas dans le système logique de la pensée grecque ancienne ou moderne. Ce mécanisme insulte à l'orgueilleuse idée que se fait de la liberté, de sa liberté, un peuple qui n'a jamais démérité de l'ambition. Cela dit, pour tout étranger le problème se pose : comment n'être pas fasciné, obnubilé par la fabuleuse Antiquité ? Le Grec en est pétri sans le savoir et, même étouffé par l'Islam triomphant, il se défendait de « la nuit et du brouillard » turcs avec ses popes et ses instituteurs. Les popes maintenaient un christianisme orthodoxe gardien de mythes, de coutumes (comme celle du *kolybo*) et d'une morale sociale (le rôle des femmes) qui remontaient à la plus haute Antiquité. Les instituteurs dont l'enseignement restait des plus frustes, nourrissaient, en revanche, ce grand corps léthargique de songes et de rêveries guerrières. L'esprit était sauf, même sous des formes grossières, et la terre, le ciel inchangés aidaient à cette perpétuation du souvenir. Mais nous, nous en étions coupés : pour le reste de l'Europe, l'histoire de la pensée grecque et la geste des Hellènes ne semblaient plus qu'un brillant exercice de style. Un peuple était mort sous les décombres de ses temples. Aussi, le retrouver vivant en plein XXe siècle est une émotion qui étreint le cœur. D'un trait s'efface un Moyen Âge qui nous le cachait. Les siècles défilent à toute allure. Et la fragilité même de cette victoire ajoute à son prix. En 1945 la guerre civile a manqué basculer ce pays dans une nouvelle nuit et un nouveau brouillard, rouges ceux-là, qui eussent, pour une période indéterminée, plongé la Grèce dans l'oubli et peut-être la mort, car les miracles n'ont pas la grâce de se renouveler indéfiniment.

22 février.

On ne me parlera plus du téléphone arabe. Le téléphone grec est cent fois plus perfectionné. Nous contemplions le coucher du soleil quand Spiro est venu nous prévenir que l'Américain avait tenté, en l'absence de sa femme, de violer la petite Rita qui leur sert de bonne. Claire était rentrée pour les trouver en train de lutter par terre, sur le tapis de coton. Elle avait étourdi Phil avec une chaise, dégagé Rita et appelé au secours. Les gendarmes accouraient. Il y avait foule autour de la maison. Ce spectacle ne nous concernait pas. Il me semble avoir, dès la première minute, éprouvé une sorte de honte. Cette île vit dans la paix sans nuages. L'été elle subit les touristes, mais l'hiver elle a droit au repos, à ses mœurs, à sa pruderie. Si nous venons pour y semer le désordre, c'est que l'Occident ne comprend plus rien à rien… Un peu plus tard on nous a dit que Phil s'était échappé dans la montagne avant l'arrivée des gendarmes. Rita est chez le médecin du village avec Claire. On veut organiser une battue.

24 février.

C. a tenté de voir Claire M… qui a refusé. Elle se calfeutre chez le médecin en attendant qu'on ait retrouvé son mari. Hier, le *Saronis* a emporté, vers Le Pirée, Rita sur un brancard. Elle n'est pas sérieusement blessée, mais la commotion a été forte. Un troupeau de commères l'a suivie jusqu'au bateau. On piaillait ferme, on pleurait un peu pour cette enfant qui semblait dormir, livide, sur son oreiller blanc. Spiro est venu nous expliquer que la vie de Rita était gâchée, que plus un homme de l'île ne voudrait l'approcher. Il fallait qu'elle aille habiter loin, loin, au moins au Pirée si elle voulait se faire oublier et trouver un fiancé. C'était là le drame, le vrai drame. Quant aux gendarmes, ils sont six pour fouiller toute l'île. C'est peu et malgré leur indignation, les pêcheurs ne se montrent pas très empressés à les aider. Chacun a quelque occupation urgente. Je ne pense pas qu'ils aient peur, mais la police est payée pour cela. Pas eux. Aucune barque n'ayant été volée, Phil ne peut pas avoir quitté Spetsai. Et il ne peut pas non plus vivre longtemps dans la pinède ou sur les plages de l'autre versant : il n'y a pas d'eau, pas une seule source, pas le moindre ruisselet. S'il ne veut pas mourir de soif, il lui faudra bien sortir de sa tanière. Cette certitude excuse la paresse de tous. Le ciel se chargera de faire justice.

25 février.

Nous y avons pensé en même temps et ce qui est mieux sans nous le dire. Ce matin, nous sommes partis à l'aube pour Prophitilias. La mer était rouge et calme comme un lac. L'aveugle nous a croisés comme nous redescendions sur l'autre versant. Cette fois je crois qu'il a dit : *Kaliméra ! Kalos, kalos*. Je ne sais pas si nous sommes si gentils qu'il le croit, mais quelque chose nous empêche de dormir : la pensée de cet homme qui meurt de soif dans la pinède, ou dans la petite chapelle qui l'a vu étrangement brûler le livre de Lawrence. Il y était, naturellement, sale, couvert de résine, les lèvres craquelées, le nez pincé. C. lui a donné le lait et le pain que nous avions emportés. Il a bu et mangé sans dire un mot.

— Il faudra vous rendre aux gendarmes, ai-je conseillé.

— Claire est-elle encore dans l'île ?

— Oui, elle se cache chez le médecin.

— Alors, je ne me rendrai pas. Je veux qu'elle parte. Je ne veux plus jamais la revoir.

— Pourquoi ?

— Ça ne vous regarde pas.

— Il ne faudra pas compter sur nous pour venir vous ravitailler tous les jours. On vous découvrira.

— Jamais. J'ai bien réfléchi à tout cela. Quand Claire sera partie, je me rendrai.

Il n'y avait rien d'autre à tirer de lui. J'étais agacé. Nous l'avons quitté sans lui promettre de revenir le lendemain. Il est resté couché sur le sol de terre battue, nous regardant de ses yeux fiévreux et fous.

Au retour, C. a vu Claire chez le médecin. Elle dort sur le lit de consultation dans la pièce qui domine le port. De là, elle peut voir les groupes d'hommes et de femmes qui discutent. Elle sait qu'on parle d'elle et de Phil, que si elle apparaissait brusquement, tout le monde se tairait. C. lui a rapporté ce qu'a dit son mari. Elle a pleuré et juré qu'elle ne s'en irait qu'avec lui.

26 février.

Nous l'avons trouvé ce matin pendu dans la chapelle. Les gendarmes partent avec une civière pour le ramener. Les langues vont bon train sur la Dapia. Chacun donne son opinion. Peut-être se seraient-ils tous mis en chasse si Rita était née dans l'île. Mais elle vient de la côte, de Kranidi. Et puis, elle avait consenti à être servante, ce qu'aucune Septsiote n'accepterait, préférant mourir de faim. Dans cet orgueil dur et borné, je voudrais ne voir qu'une belle fierté remontant à l'époque où Spetsai était une île de corsaires, où des esclaves tenaient les maisons. Le dédain que les femmes affichent pour Rita sert en tout cas la détresse de Claire. On ne l'a pas écharpée. Elle est partie avec les gendarmes pour dépendre Phil. Ils le ramèneront, mais c'est dans nos yeux à C. et à moi que demeurera l'atroce image de ce matin : le corps longiforme se balançant à la poutre centrale de la chapelle et le visage aux yeux révulsés, à la bouche ouverte d'où pendait une langue noirâtre. J'ai touché sa main glacée. Qu'espérait-il de cette sorte de suicide ? Un dernier rappel de son obsession ? En ce cas, c'était raté. Il est possible que ce soit une légende de plus sur les pendus.

27 février.

Claire est partie. Le corps l'accompagne. Nous sommes allés jusqu'au môle avec elle qui ne pleurait plus. On s'est écarté de nous. Elle nous a embrassés avant de grimper très vite sur le pont des premières. Quand le *Saronis* s'est dégagé du môle, elle a fait un signe timide de la main. Pas un au revoir. Un signe négatif : sa main ouverte passant et repassant devant son visage étroitement serré dans un foulard de soie noire.

ATHÈNES DE CARNAVAL ET NAUPLIE DES MIRAGES…

Athènes, 28 février.

Ce n'est certes pas Spetsai que nous avons fui hier, mais les relents d'une histoire qu'il faut quelques jours pour apaiser. De Porto-Kéli à Épidaure, l'Argolide était en fête. Dans les villages, la voiture coupait des rondes de danseuses : jeunes filles en costume grec, le visage voilé de gaze, qui farandolaient au son des bouzoukia. Et partout des cerfs-volants, des milliers de cerfs-volants tenus en laisse par des enfants. La Voie Sacrée n'était qu'une voûte de cerfs-volants à l'approche d'Athènes, le long des cités ouvrières qui suivent Daphni où nous nous sommes arrêtés pour revoir le terrible Pantocrator de la voûte. Le courroux de son regard étonne. La sévérité contraste avec le geste de la main, d'une main si belle qu'elle semble magique avec ses longs doigts fuselés, délicatement écartés. Le Pantocrator s'irrite-t-il de l'air de fête qui règne sur Athènes ? Car nous sommes tombés hier dans une Athènes de carnaval. Tout le quartier populaire de Plaka grouille d'une foule heu reuse et bruyante, coiffée de chapeaux en papier, masquée et agitant des crécelles, des trompettes, de grinçants coqs en carton, jetant des confetti et des serpentins. Les ruelles sentent le *souvlaki*, la brochette d'agneau servie dans une crêpe, le pain chaud à l'anis, les amandes grillées, la cacahuète. Des colporteurs en tablier blanc poussent des voiturettes à plateaux où les pistaches et les bonbons de couleur forment de petits monticules bien propres, bien ordonnés. Des enfants, un cornet de papier à la main, vendent une poignée de confetti pour une drachme. Les tavernes bourrées de dîneurs qui chantent en chœur *Zingouala* ou *Mantoubala* débordent sur la chaussée, et voici les tables à cheval sur les marches de l'escalier, en équilibre au bord des étroits trottoirs, bousculées par les passants, aspergées de confetti qui retombent dans les verres de résiné, les assiettes de salade verte hachée et la sauce du cochon rôti. Deux garçons en gibus et costume d'Arlequin tournent un orgue de barbarie à un carrefour. La gentillesse et la gaieté ont pris possession du quartier et ceux qui n'y participent pas se sont installés à leurs fenêtres, vieilles femmes et enfants, lumière éteinte, pour ne rien perdre du spectacle. La foule est dense, mais sans brutalité, la moquerie à la bouche, un peu ivre, pas trop, sauf deux garçons de dix-huit, vingt ans qui se serrent l'un contre l'autre près d'un porche, miment l'amour et finissent titubants en plein milieu de la chaussée par se sucer mutuellement la bouche, repoussés avec douceur par les couples qui passent en riant et leur lancent des quolibets. Le quartier offre un curieux mélange : à la fois petit-bourgeois et peuple, en ruine (certaines maisons sont tout juste des cabanes à lapins) et reconstruit dans le style pavillon de banlieue. L'Acropole qui n'est, pourtant, qu'à quelques dizaines de mètres au-dessus, semble aspiré par la nuit noire, indifférent, épais, massif et immobile devant ce déchaînement. Presque tous les masques sont des monstres : orangs-outangs, fauves lubriques, ogres ricanants, ivrognes, pustuleux, aveugles, idiots de village, loups aux canines phosphorescentes, gueules de chien, de poisson. Si on les arrachait, la foule qui se cache derrière aurait peut-être, par contraste, une vague beauté passagère. Pourtant, nous savons qu'elle est sans grâce, le jour comme la nuit. Un visage est rare. Bien plus encore chez les femmes que chez les hommes. La race n'a pas embelli avec les siècles ni gagné aux mélanges de sang. Le lendemain, quand nous retournons au musée de l'Acropole, je cherche en vain ce qui a pu se transmettre de la beauté d'un peuple qui, compte tenu de la puissance d'idéalisation des artistes, a dû être admirable. La série des bas-reliefs de la salle de droite est un tel hymne à la gloire des corps et des visages, qu'elle ne peut avoir été inspirée que par des modèles vivants, que par une foule dont la grâce harmonieuse enivrait les yeux. Alors, que s'est-il passé, quel désastre a ruiné les apparences physiques de ce peuple, quelle main lui a modelé un autre visage, brisant d'un coup de ciseau maladroit le sublime alignement du front et du nez ?

À revoir ce musée, je me demande s'il n'est pas un des plus parfaits, peut-être le plus parfait du monde. On descend quelques marches, abandonnant la lumière de l'Acropole et, le seuil à peine franchi, on est ébloui, comme la chouette d'Athéna, par une autre lumière, intérieure celle-là, d'une pureté moqueuse avec les Korés, féroce avec les lions dévorants et les serpents peinturlurés, allègre avec les cavaliers et les porteurs d'amphore des bas-reliefs. L'extrême condensation des chefs-d'œuvre, la présence du cavalier, du chien et de la gueule de lion attribués à Phidias, les torses tendus ou puissants, une veine qui court sous le ventre d'un cheval, les fermes drapés, un pied dont le marbre jauni et poli a la transparence de la chair morte, une main molle qui retient une tunique flottante, le profil d'un jeune homme écoutant un vieillard, tout est perfection insigne. Comment ne pas s'asseoir au fond de la salle de gauche sur le banc face au demi-cercle des belles Korés, pour contempler, le cœur battant, les déesses aux lèvres bridées par un sourire ironique ? Le bonheur d'un musée, c'est le choix. Notre propre choix. Qui ne se fie qu'à une entente tacite, un dialogue de muets. Je cherche la Koré qui me plaira et je la trouve, détachée à dessein des autres, sans doute moins parfaite, le menton écorché, l'arête du nez rongée par les intempéries, mais sa silhouette a la rondeur enveloppée des adolescentes, l'attache de la tête sur le cou est presque lourde, le regard autrefois peint s'est effacé comme celui des aveugles, et l'arc des sourcils est d'une noblesse telle que toute l'expression s'y réfugie, mélange d'étonnement et de dédain. Elle boude. Sans conviction — un rien la dériderait —, mais elle boude, seule parmi les autres Korés aux sourires obliques. D'emblée je l'élis, certain à l'instant où je la contemple de graver ses traits dans ma mémoire, de n'oublier pas un plissé de sa robe, une natte de sa coiffure sacrée, et jusqu'à ce moignon gauche qu'elle tend, sans reproche, avec une sorte d'impudeur et d'indifférence qui choquent atrocement.

Au sortir du musée, j'ai emporté son image avec le sentiment secret que cette Koré avait le droit de revivre dans la foule comme au jour où elle posa. Sa tunique entravée a frôlé les grandes dalles de pierre grise qui entourent le Parthénon, balayé les marches usées des Propylées et les escaliers qui conduisent à l'Agora. Passante mystérieuse à la moue figée par un coup de génie comme seul Vinci, depuis, en eut un, elle a frayé son chemin avec autorité dans l'Athènes moderne à laquelle je la conviais et où les jeunes filles ne sont plus à sa ressemblance. Nous sommes passés devant le stade qu'elle a reconnu d'un imperceptible mouvement de sourcil parce qu'il est neuf, reconstruit en un marbre pentélique couleur de lait, tel le stade antique qu'elle connut. Tout le reste était ruines ou carton-pâte en comparaison : l'Hymette glorieux et couvert de fleurs une montagne pelée que l'on reboise à grand-peine, le Lycabette un chandelier planté au cœur de la ville où je ne pouvais lui promettre que d'attendre la nuit de Pâques quand des milliers de pèlerins, un cierge à la main, montent l'escalier en lacet conduisant à la chapelle d'Ayios Yorgios. Koré boudait. Même rue du Stade quand nous rencontrâmes

Katsimbalis qui nous entraîna dans la taverne d'Apotsos où on mange, dit-il, le meilleur jambon d'York du monde accompagné d'un grand verre d'ouzo glacé. La faconde de cet énorme Athénien aurait, cependant, dû amener un sourire, mais fermant les yeux, de temps à autre, je cherchais sur le visage de Koré une lueur nouvelle. Elle était absente. Pourtant Katsimbalis racontait une histoire qui aurait dû l'enchanter, une histoire de Montpellier, la ville la plus hellène de France, où on le voit jeune étudiant grec bâfrant une fois par semaine dans le restaurant le plus cher de la ville, et excitant l'admiration d'un dîneur solitaire qui glissa son image dans un de ses récits : *Amants, heureux amants*[1]. Ou Katsimbalis amoureux d'une Montpelliéraine, s'ingéniant à se trouver sur le chemin de la belle, y parvenant un jour où elle était seule et restant figé comme une statue de sel sans dire un mot, tandis que le chien de cette créature de rêve, trompé par l'immobilité du soupirant, levait la patte et compissait le beau pantalon neuf. Mais Koré boudait. Boudait encore au bord de l'eau, à Microlimani pendant que nous goûtions, comme aux précédents séjours, à la daurade farcie de Kanarys. Boudait toujours au petit musée du Pirée où je l'ai entraînée en la priant d'excuser le mauvais fatras des copies romaines accumulées dans la première salle. Elle a soudain disparu quand nous avons découvert dans une sorte de

1. Force m'est d'avouer qu'après lecture et relecture de la nouvelle de Valery Larbaud, je n'y trouve pas trace d'un jeune Grec. Katsimbalis a-t-il confondu ?

cagibi, allongées sur des brancards de fortune et protégées du public — pourtant rare —, deux des cinq merveilles de bronze que le marteau-piqueur d'un terrassier a découvertes au mois de juillet dernier sous l'asphalte de l'avenue Philon. Les trois autres reposent dans des bains d'acide où elles perdront les sécrétions calcaires et les croûtes d'oxydation incrustées dans le bronze après un séjour de plus de vingt siècles sous terre et dans les cendres. Ci-gisent, en attendant leur tour de baignoire, Athéna casquée et une déesse qui pourrait bien être Artémis, implacables et vivantes comme à la veille de leur ensevelissement, le regard ouvert sur le nouveau monde qui les découvre plus qu'elles ne le découvrent. Artémis plus belle qu'Athéna, par la pureté abandonnée de son visage, la simplicité de sa coiffure qui dégage la nuque adolescente et le calme hautain de l'expression. Athéna plus puissante qu'Artémis, parée de l'égide en bandoulière, la main grasse et forte, aux doigts effilés, tendue, retenant encore entre les doigts un morceau de plâtre, et divinement casquée. Comme elles sont renversées, apparaît l'ingénieux trucage des pieds dont les orteils dépassent seuls la tunique tombante. Le bronzier n'a voulu que ces orteils et pour le voyeur qui accède au cagibi, les deux statues ouvrent, béantes, leurs jupes pareilles à deux cloches sans battant. Sous l'une des jupes on a retrouvé, dissimulé par les ravisseurs de Sylla qui allaient rapporter en Italie ces merveilles volées lors du sac d'Athènes, un masque tragique d'une force saisissante, tête de génie à bouche hurlante.

Je ne doute pas que ces trésors restaurés et ayant rejoint au musée d'Archéologie les cinq autres bronzes repêchés, eux, dans la mer, exciteront une admiration sans bornes qui jettera un peu d'ombre sur le Poséidon ou sur l'Apollon de Piombino exilé à Paris. Mais tels quels, encore ternis, encore vert-de-grisés, il m'a semblé les voir à une minute unique de leur renaissance, avant la lumière du grand jour, avant que le déferlement des « *How Lovely* », « *Come é bello !* » « C'que c'est beau ! » leur aient enlevé une virginité retrouvée dans le silence et la paix de la terre.

Nauplie, 3 mars.

Le ciel est tombé sur Nauplie blanche et couverte de grêlons comme des boules de naphtaline. C'est l'image la moins attendue de cette ville plusieurs fois traversée déjà sous le soleil et qui ressemble tant, note si justement Henry Miller, à une Avignon égéenne. Même ennui morne, dès la tombée du jour, que dans les cités méridionales qui ressassent une gloire passée. Des lumières pauvres tachent les esplanades où errent des collégiens en casquette à visière de cuir. Ce soir, ils apprennent à pétrir dans leurs paumes rouges des boules de neige qui volent, un peu partout, au hasard des ruelles étroites éclairées par les devantures baroques des petits magasins fourre-tout. Au-dessus, le ciel noir engloutit le *kastro* de Palamidi. On ne peut que deviner sa silhouette grandiloquente, imaginer cette nuit du 29 novembre 1822 où Staikos Staikopoulos, chef des insurgés grecs qui assiégeaient le fort, prit la tête de ses cinquante meilleurs palikares et jura de célébrer la Saint-André par la prise de la forteresse. Où est passée cette furie ? Qu'est devenue cette gloire ? La nuit n'a même pas gardé en écho les hurlements des Turcs égorgés. La cité vivote, abandonnée par la Grèce après en avoir été l'héroïne et la capitale. Ce sort cruel est celui des ouvriers de la première heure. Nauplie ne garde plus qu'un atout : posséder, en dehors d'Athènes, le meilleur hôtel de Grèce, juste en face de l'îlot Bourtzi, ancienne petite forteresse vénitienne elle aussi, maintenant un hôtel mais fermé pendant l'hiver. Cette tour blonde, ces murailles crénelées qui servaient de retraite aux bourreaux frappés d'ostracisme par le peuple, voguent sur une eau si calme qu'on dirait d'un lac. L'*Amphitryon* est le premier hôtel grec qui ne tourne pas résolument le dos au panorama. Du balcon, nous avons vu les ombres glisser sur la plaine et grimper sur les montagnes qui nous enferment dans leur tenaille. De gros caïques orangés, chargés de tabac, sont amarrés au port qui fut la clé de l'Argolide. Si la civilisation crétoise a pénétré le continent trois mille cinq cents ans plus tôt, c'est à cet endroit même, dans ce décor somptueux. Au passage, nous nous sommes arrêtés de nouveau à Mycènes. Il y pleuvait et, plus que jamais, l'étrange place forte se confondait avec sa toile de fond. Il a fallu arriver le nez dessus pour que les murailles se détachent de l'ensemble, que le relief se révèle et que la porte des Lionnes découpe, soudain, une échancrure dans le ciel gris, zébré d'éclairs. Il tonnait à ébranler le monde. Un fracas assourdissant roulait sur le flanc des deux falaises de granit qui encadrent Mycènes. Les Érinyes broutantes avaient disparu, avalées par des grottes, cachées peut-être dans l'infernal escalier de Perséia dont la descente de quelques marches suffit à glacer d'angoisse. La terre et la pierre fumaient. Au fond des tombeaux d'Agamemnon, d'Électre et de la malheureuse Cassandre, croupissait une eau brune. Pas une âme. C'était la solitude, le désert, la malédiction retrouvée comme si certains crimes, dépassant la mesure humaine, ne relevaient plus que de l'éternelle vengeance immanente.

Tirynthe — encore que la disposition soit assez semblable — n'inspire pas la même horreur, inspire même le calme et une certaine réserve, bien qu'on se demande à quoi pouvaient servir des murailles cyclopéennes épaisses de treize mètres. Quels canons modernes, à part les canons atomiques, démoliraient ces défenses qui n'avaient à craindre que les projectiles des catapultes et, peut-être, la poix ou le feu ? Ce qui laisse rêveur, c'est l'exiguïté des villes antiques qui gravèrent leur nom dans l'histoire du monde. Combien d'hommes contenaient-elles ? Quelques centaines à peine. La *polis* grecque, la cité-État, était une république miniature dont tous les citoyens, loin de là, ne furent pas, comme à Sparte, des soldats. Lorsque Mycènes — aux temps historiques, il est vrai, alors qu'elle avait perdu son rayonnement —, soutenait la cause grecque contre la Perse, elle déléguait à la bataille de Platée une armée de quatre-vingts hommes. Aux Thermopyles, Léonidas n'avait que trois cents hommes pour arrêter l'armée de Xerxès. À Marathon, Miltiade défit à un contre dix les hordes de Darius. Ainsi s'inscrit dans l'Histoire le véritable honneur de la Grèce antique : une victoire de la qualité, de l'intelligence, du courage, du beau et du noble, c'est-à-dire tout le contraire de ce qui mène le monde : la grossièreté, la bestialité, la lâcheté, la laideur et la foule. Et cette victoire a pu durer des siècles, repousser la barbarie, la contenir et même la domestiquer. Le désastre n'est venu que par Rome, par une émule. De ce jour-là, l'Histoire a pris un virage fatal dont la chute de Byzance (quatre cent mille Turcs et cinq cents navires contre huit mille Byzantins et quinze navires) n'est plus qu'un épisode. On ne saurait en douter : c'est là qu'est la charnière fatale.

Mycènes, Tirynthe, quelle vengeance pour l'orgueil ! Elles ont — même démantelées — survécu et rien n'y peut décevoir l'imagination qui s'enflamme à leur nom. Ces deux destins rassurent après de tristes déceptions comme Nauplie, Thèbes ou Missolonghi. C'était certes une erreur que de forcer les kilomètres en décembre dernier pour passer une nuit à Missolonghi. Mais Byron est un nom magique. Il conduit presque toujours à des beautés. Là où il s'est arrêté, on est à peu près certain de ne pas se tromper : un accord profond et grandiose du ciel, de la terre et de la mer est à marquer d'une pierre blanche. Ainsi avais-je découvert, voici cinq ans, Portovenere sur la baie de La Spezia et, l'an dernier, Sintra où il écrivit *Childe Harold* devant sa fenêtre ouverte sur la forêt. Il est évident que

Missolonghi ne participe pas du même choix. Byron est venu là en 1824 pour offrir sa vie à l'indépendance grecque. La Mort a accepté cette vie. Mais la Mort est souvent sans goût, assez basse, mesquine pour tout dire. Elle a enlevé Byron dans une petite ville de province qui tourne le dos à l'entrée du golfe de Corinthe et baigne dans des lagunes malsaines. Des murailles qui sautèrent avec trois mille femmes et enfants, il ne reste plus que les pans, tristes, ébréchés. Et la ville elle-même est d'un ennui si rigoureux, si implacable que l'esprit en divague. Basse, étroite, tracée au cordeau, sillonnée le samedi soir d'une foule épaisse et noire qui déambule bêtement dans la rue principale. Sur la grand-place où l'on s'attend à trouver une statue du poète, se pavanent deux bustes d'honnêtes — trop honnêtes — héros en faux col. Missolonghi : le nom est d'une consonance qui, je ne sais pourquoi, m'enivrait. J'y voyais des terrasses décorées de pampres, des barques échouées sur la douce grève, une foule de couleurs, et je m'apprêtais à respirer dans l'air comme un relent de poudre. Hélas, non ! Missolonghi n'est plus qu'un mot perdu qui vogue tout seul dans le présent, dépouillé de ses charmes peut-être imaginaires, et c'est, plus haut, en Arta qu'il faut chercher un hôtel Byron violemment éclairé au néon rouge. Je dirais la même chose pour Thèbes, si la déception, là, n'était pas plus attendue. Y arriver en février, un jour de carnaval, est un autre genre d'ironie. Tout le fabuleux est demeuré dans le seul nom d'une bourgade agricole, lépreuse mais ocrée, plantée sur un mamelon qui découvre la Béotie : chant harmonieux de grisaille et de terre de Sienne que le soleil avive et déjà caresse de son souffle chaud. Oui, c'est là, c'est pourtant là... Des hauteurs de Thèbes on peut suivre la marche hésitante, à travers champs, d'Œdipe guidé par la petite Antigone, du héros aux orbites sanglantes, vaincu par son destin. Il avance dans la poussière, trébuche dans les sillons fraîchement creusés, s'accote, haletant, à un olivier dont l'ombre maigre le protège à peine, boit à une source qui portera son nom et reprend sa marche hagarde et fatale. Derrière lui commence l'orgie des crimes et des querelles. Oublier Thèbes permet de croire que tout est encore intact, que le drame n'est encore qu'une menace. Libre à nous d'intervenir, de donner à la légende le coup de pouce qui l'aurait fait dévier, de prévenir Jocaste et Œdipe, et devant le vide énorme laissé par la légende brisée, de regretter notre intervention. On n'a pas le droit de sauver Marguerite Gautier avec de la pénicilline et le roi Marc avec des dragées d'Hercule. (Œdipe *doit* tuer son père. Cette terre et ce ciel ont besoin des frères ennemis, du sacrifice d'Antigone et de Créon ou la raison d'État. Mais on ne saurait trop rêver : le cortège des chars de carnaval pénètre dans Thèbes. Et le premier — contrairement à ce que l'on pourrait penser — ne promène pas l'effigie de Jocaste pendue par le cou. Volent les confetti et les serpentins. Une bonne foule paysanne rit et trépigne. Des gendarmes verts avec des moustaches de bandits crétois, coiffés du casque des pompiers de Nanterre, règlent la circulation, imperturbables.

De Thèbes, nous avons couru à Chalcis où, en franchissant le col qui délivre la vue, si haïssables que soient toutes les comparaisons, je me suis souvenu de la descente parmi les mimosas sur Mogador. On se rend à Thèbes attiré par des relents de mythologie et on en part le cœur désolé. En revanche, Chalcis qui ne s'enorgueillit d'aucune fable, est un bonheur en soi, abandonnée paresseusement au bord de l'eau, coupée du monde par un chenal et un pont tournant. Derrière un rideau de filets bruns tendus entre les mâts des caïques de pêche, nous avons pris un café à côté d'un énorme Grec qui tétait son narghilé et rotait avec une égale satisfaction. Le jour tirait à sa fin. Le pont s'est ouvert pour laisser le passage à deux chalutiers. Nous prenions la mer, sur le S.S. *Eubée*, grande île flottante couronnée de neige à son sommet, creusée de vallées mauves, cernée de sapins et de cyprès noirs. Dans la lumière basse du crépuscule, le continent s'éloignait. C'était beau.

Mais Nauplie ? Elle dort tandis que j'achève cette page. Les vents violents qui labourent d'ordinaire le golfe d'Argos ne l'atteignent pas. Ville morte où les reliefs du passé résistent mal aux constructions tristement neuves. Un petit palais de pierre brune meurt à l'étroit entre un cinéma et un café éclairé au néon. Reste l'ombre du *kastro* de Palamidi, de Palamède le héros qui donna aux Grecs les clés de la navigation. Mais un héros, même follement ingénieux, ne suffit pas à immortaliser une ville, à la sauver du sommeil qui la noie. Nauplie ne doit d'exister qu'au décor qui se dresse et s'étale devant elle.

SPETSAI AU RALENTI…

Spetsai, le 5 mars.

Spiro nous attendait sur le quai de la Dapia, impatient. Notre absence lui a duré. Les nouvelles se sont accumulées pendant que nous étions sur le continent. Pour nous les raconter en paix à la maison, il a acheté sur sa maigre paye de la veille (il a déchargé un caïque de ciment) un « huit-pieds ». Ainsi traduit-il fièrement et fidèlement le nom grec de ces petits poulpes qui hantent les fonds rocheux de la côte, les *octopodia*. Maria l'a fait cuire la veille et Elefteria l'a mis au frais en attendant notre retour. À nous de fournir le résiné. Tandis que nous marchons vers la maison, Spiro m'apprend qu'il ne se passe jamais rien en Athènes et dans le reste du monde. Seule Spetsai a des histoires, un univers d'histoires. À peine arrivés, les valises encore bouclées, nous devons nous asseoir pour goûter des tronçons de poulpe qui baignent dans l'huile poivrée. C'est aussi succulent que du homard. Le visage de Spiro s'irradie de bonheur, quand nous remercions en remplissant les verres.

— Pendant que tu étais pas là, il a pleuré une fois, dit-il. Un' p'tite fois. Ça c'est bon pour le jardin. Pas pour la citerne. Il faut pleurer beaucoup pour la citerne. Mais le bateau à l'eau, il va venir pour les fêtes. Il remplira les citernes des hôtels et la tienne, si tu veux.

Hélas, après l'orage d'hier sur Mycènes et Nauplie, le ciel est de nouveau clair, simplement plus lavé et plus lointain. Le printemps est en avance. Les amandiers qui ont secoué leurs fleurs se couvrent de feuilles et de fruits d'un beau vert-de-gris. Seuls restent nus les figuiers dont les branches torves et les troncs lisses d'un gris pâle silhouettent la campagne d'inquiétants monstres qui me font penser tantôt à un entrelacs de trompes d'éléphants, tantôt à ces objets hétéroclites que l'on retire des fontaines pétrifiantes. Qu'il ne « pleure » pas plus et nous aurons un printemps presque sans fleurs.

— Les trois autres qui écrivent un livre, ils sont partis avant-hier sur le bateau, dit Spiro. Il y en a un qui était tout triste. Il se mouchait.

Je pense que nous avons vécu deux mois dans des maisons voisines et que nous n'avons pas échangé un mot, à peine des regards sans curiosité. La vaccination est en bonne voie... En plus d'une brève ondée s'est déroulée une aventure extraordinaire pour l'île. Une des deux hardes amenées en avion à Spetsopoula pour Niarchos s'est évadée. Daguet en tête, la harde a traversé le bras de mer et nagé les trois cents mètres qui séparent l'îlette de Spetsai. Nikolo, le loueur de chevaux, était sur le pas de sa porte quand il a vu la troupe arriver. Il les a d'abord pris pour des mammifères marins et ne les a reconnus que quand ils ont mis le pied sur la plage et se sont enfuis au trot vers la pinède qui couvre l'extrémité sud de l'île. Prévenu par radio, Niarchos a envoyé par avion spécial des gardes-chasse allemands qui ont dirigé dans Spetsai une équipe de rabatteurs. Mais la harde est passée à travers le filet. On n'a retrouvé encore que deux faons. Les autres se cachent dans les bois pendant le jour et descendent la nuit ravager les champs où le blé est déjà haut, et ronger les jeunes arbres. Parfois, un berger les aperçoit, mais nul n'a pu les approcher. Et, depuis deux jours, un autre malheur a fondu sur la ménagerie du milliardaire : les oiseaux, mal acclimatés ou victimes d'une épidémie, meurent par dizaines : cent avant-hier, deux cents hier, trois cents ce matin. Un vétérinaire américain doit arriver par avion pour vacciner les survivants.

Spiro est content. Il nous a tout raconté, le premier, et nous avons mangé son « huit-pieds » accompagné de force verres de résiné. Et, peut-être, à sa précipitation, à son plaisir de nous informer, puis-je mieux mesurer ce qui est important et ce qui ne l'est pas, ce qui compte pour les uns et ne saurait même exister pour les autres. Les journaux français que nous rapportons d'Athènes sont aux trois quarts remplis des fiançailles de la princesse Margaret, événement considérable qui alimente l'état de stupidité dans lequel on entretient le monde. Spetsai l'ignore sans éprouver aucune frustration. Je n'ose même pas poser la question : qui a raison ? C'est trop criant. D'un côté la surexcitation à vide, la sentimentalité imbécile, l'inattention complète à tout ce qui importe. De l'autre, un univers où la pluie, le scandale du voisin, une harde en folie, le passage d'un banc d'anchois remplissent si bien le temps que les insulaires ont perdu toute antenne avec le drame qui se joue en dehors d'eux dans la folie, l'abêtissement et la psychose de la technique.

7 mars.

Chaque après-midi ou presque le *Néraïda* apporte une lettre de Chardonne. Cela commençait en janvier par : « En décembre prochain, nous irons en Grèce. Là ou vous êtes. Un seul endroit, mais par avion. » Un peu plus tard, les précisions venaient : « Nous irons en Grèce, avril prochain, quinze jours (avion ou train). Le plan du séjour est défini : un jour à Athènes ; coup d'œil sur l'Acropole. C'est tout. Et puis le reste, dans un endroit à choisir, où nous demeurerons. Une toute petite ville, ou village plutôt en pleine vie locale et agreste ; une île (très proche du Pirée) ou bien un village sur la côte, près d'Athènes. Pour l'hôtel, un seul luxe est souhaité : silence des voisins. Dans les hôtels, je ne mange rien. C'est cet endroit que C. voudra bien trouver pour nous. » L'endroit trouvé — Spetsai — la maison silencieuse offerte — la nôtre — une grande valse-hésitation a commencé. « Nous sommes les gens les plus accommodants qui soient. Un seul point chatouilleux : le silence dans la nuit ; aucun palace n'offre ce luxe. Cela vient : 1° de la sensibilité au bruit de la nuit, chez Camille (si elle est réveillée, elle ne s'endort plus) ; 2° de mon bon cœur qui compatit. Vous proposez deux chambres chez vous. Ce serait parfait si nous n'avions pas le sentiment d'apporter la terreur. On n'est à l'aise que si on ne gêne pas les autres. » Rassurés sur ce point, les voyageurs ont médité l'itinéraire. La Caravelle supprime les distances entre Paris et Athènes, mais reste le trajet du Pirée à Spetsai, car : « Le moindre bateau fait chavirer Camille. C'est le mal de mer à coup sûr. Cela peut la démolir pour quinze jours. Cela ne sera drôle pour personne. Voilà le point grave. Cela peut tout gâcher. Il faut considérer ce risque sérieusement. » Aussi une nouvelle lettre apporte-t-elle une solution. Camille, craignant la fatigue possible de l'avion, se reposerait à Athènes et il viendrait nous voir seul à Spetsai pendant deux jours. La solution lui plaît déjà. Il en arrondit les angles. « J'irai vous voir deux jours. Camille viendra peut-être, et alors ce serait quelques jours de plus. Mais cela ne se décidera que sur place. Il ne faut pas en parler avant. Elle ne peut pas avoir l'idée de la femme qu'elle sera à ce moment-là, ni moi. » Hélas, ces beaux projets s'écroulent : « Nous n'avions pas tout prévu. Il m'a fallu deux mois pour deviner que l'avion donne le mal de mer à Camille et qu'elle en a la terreur. Tout lui donne le mal de mer. Si j'avais compris, l'idée ne me serait pas venue d'aller en Grèce. En tout cas, c'est une date pour moi. Je sais à présent que je ne sortirai plus de La Frette. Reste à cultiver ma tombe. » Trois jours après, le découragement cédait sa place à l'esprit de décision : « Attention ! Changement ! Il est possible et même il est probable que j'irai seul en Grèce. Il faut seulement que Camille me persuade qu'elle supportera bien une absence de dix jours, à quoi elle est presque parvenue. Dans ce cas, tout est simple. Je reste deux jours à Athènes ; je prends le bateau ; je reste huit jours chez vous ; et je reviens à Paris. » Le lendemain, il semblait bien que Camille l'avait déjà persuadé. On en arrivait aux détails : « Une certitude : j'irai vous voir huit jours. Il n'y aura pas à se soucier de moi. La Caravelle me plaira beaucoup et la suite sera facile. Il suffira que vous et Morand (il me l'a proposé) vous me recommandiez au directeur de l'hôtel d'Athènes. On lui dira qu'il doit veiller sur un écrivain notoire, assez fragile et un peu infantile, car j'arriverai éberlué. Il me fera conduire au bateau, le lendemain. Après, je serai un homme, et tout se passera bien. » Une semaine encore et il était enfin persuadé que « Camille supporterait fort bien son absence et même saurait en tirer parti ». Comme je proposais à Camille de se bourrer de dramamine pour voyager sans angoisse, Chardonne était sceptique : « Le progrès, c'est beau. La mer, l'avion sans douleur ; l'accouchement sans douleur. Reste à trouver la pilule conjugale. » Et, un après-midi, nous arrive la décision ferme qui ne tient aucun compte du fait qu'à cette date exacte je me trouverai pour huit jours à Paris. « Je prendrai la Caravelle le 3 avril. Vous serez là ou non. N'ayez aucun souci pour moi. L'important c'est que le directeur de l'hôtel de Grande-Bretagne soit prévenu. Je lui écrirai, mais il doit être avisé qu'un pacha débile, du nom de J. C., descendra chez lui, incognito, et qu'il doit veiller sur ses pas, pour éviter toutes complications internationales. »

Au fond, je me demande s'il a jamais eu l'idée, sinon l'envie de venir maritalement. L'aisance avec laquelle il s'est laissé convaincre que Camille supporterait bien son absence donne à réfléchir. Toujours est-il que le voilà tombant du ciel dans notre vie, apportant son style sur cette île qui n'en a jamais connu de pareil. C. est inquiète : « Il va s'ennuyer tant que tu ne seras pas là. » On pourrait aussi craindre que nous nous ennuyions quand il ne sera plus là. Sa conversation comme ses lettres sont des livres. On y puise au hasard mille richesses qui scintillent dans les raccourcis, une information qui tient du miracle quand on le sait aux trois quarts reclus dans sa maison de La Frette. Que sera la Grèce pour cet homme plus curieux des êtres que des choses ? Il peut la trouver horrible et — si plein de tact qu'il soit — nous la gâcher. Qu'il l'aime et c'est nous qui l'aimerons, lui, un peu plus ! Quel pari !

10 mars.

Le matin, je me fais couper les cheveux par Panayotis dans sa petite boutique du port, sous le bureau de la police maritime. C'est sans doute le moins riche des neuf ou dix salons de coiffure du village, un pour trois cents habitants et toujours occupés par des barbes dures, des moustaches à tailler, des cheveux à gominer. La population masculine est plus coquette que la population féminine. Ou bien les femmes ne confieraient-elles pas leur chef à des mains d'homme puisqu'il n'y a pas de femmes qui travaillent ici, ni serveuses dans les restaurants ni vendeuses dans les magasins, et que la seule qu'on puisse apercevoir derrière un comptoir est la caissière du cinéma, une personne qui a eu des échappées sur le monde occidental, blonde platinée vêtue d'épais chandails angoras, d'ailleurs assez bien de son buste, qui a le type exact de cette race assez méconnue sur laquelle il faudra bien qu'un jour les sociologues se penchent : les employées de Prisunic. Panayotis n'est pas souvent à sa boutique. Quand j'arrive, un commis part le chercher dans un des cafés du port et il accourt, le sourire aux lèvres sous sa grosse moustache crétoise, une brochure à la main, car il a entrepris de lire tout Zola qui paraît en feuilleton dans un affreux magazine illustré. Nos conversations sont limitées par la pauvreté de mon vocabulaire grec, mais sur la chaise voisine il y a toujours un marin de Niarchos ou un pêcheur qui a navigué et parle anglais, italien ou espagnol. Alors nous échangeons des ports : Rouen contre Vancouver, La Spezia contre Smyrne, Barcelone contre Liverpool, Rotterdam contre Hambourg, un peu distraitement de ma part souvent car Panayotis a fixé au mur, avec des punaises, une belle collection de cartes postales en couleurs représentant des pin-up internationales. Et depuis trois mois que je viens, mon regard se fixe irrésistiblement sur un derrière qui donne à penser : celui de Sophia Loren.

Immense, agressif et prometteur, il occupe mes réflexions pendant les claquements des ciseaux de Panayotis qui commande vite du café que je fais suivre d'ouzo. C'est Vangeli qui les apporte de la taverne voisine, sur un plateau. Vangeli est mon ami depuis notre arrivée à Spetsai quand il nous a vendu des cacahuètes, car il fait tous les métiers. Nous ne parlons guère, mais du plus loin qu'il me voit il accourt et mon plaisir est de passer la main sur sa tête ronde aux cheveux noirs et drus coupés ras. Dans l'île, il se livre à tous les métiers que commandent les circonstances ou les saisons : cireur de chaussures, coursier, *micro*[1] des tavernes, marchand d'amuse-gueule, de marrons chauds (là il est l'auxiliaire de Yannis-la-casquette, un malin à la moustache d'Hitler et aux oreilles décollées), porteur de valises à l'arrivée des bateaux. Son père, un ivrogne, l'attend le soir pour rafler la recette et retourner au bistrot. Alors Vangeli n'est pas toujours à l'heure. Il traîne une partie de la nuit, couche dehors, frileusement serré dans son blazer dont le bleu tourne au violet, cadeau d'un petit-bourgeois d'Athènes. Son visage rond aux joues lisses et brunes est creusé de deux profondes fossettes, et de longs cils frisés voilent son regard noir. On ne l'aime qu'à moitié : il est spetsiote par son père, et macédonien par sa mère qui en a eu assez des coups et qui est repartie un beau matin pour le Nord avec le dernier-né.

Ce qu'il y a entre Vangeli et moi, je l'exprimerais mal. Une entente secrète ne s'explique pas.

1. Aide-garçon qui apporte l'eau et les couverts.

Quand Vangeli rencontre C., il lui demande où je suis et repart comme s'il allait me voir. Jamais pourtant il n'a franchi le portail de la maison et il faut des ruses de Sioux pour qu'il accepte — non de l'argent, il n'en est pas question — mais un gâteau, une sucrerie, un fruit après lequel il disparaît à toutes jambes. Impossible de le faire aller à l'école. Il sait à peine écrire et lire. Il ne fera jamais de progrès. La loi c'est qu'il gagne la vie de l'ivrogne, avec de multiples petits commerces d'une ingéniosité sans cesse en éveil. Dur aux coups, dur à la peine, obstiné, travailleur, nourri de rien, d'une honnêteté insensée, vers quel avenir va cet enfant ? Il m'arrive de me dire que si j'étais riche, nous l'achèterions à son père pour l'emmener en France, lui apprendre un métier, lui offrir la chance qu'il mérite. Mais voilà, je ne suis pas riche et je ne le serai sans doute jamais, ce qui exclut l'idée de garder avec soi l'enfant qu'on aimerait avoir eu.

Quand Panayotis a fini de me couper les cheveux, nous allons ensemble paresser à la terrasse de la taverne voisine. Il est midi. Le port est calme. Un pêcheur bricole son caïque. Nous buvons un nouvel ouzo et Spiro apparaît comme dans les miracles, toujours un peu jaloux de mes amitiés avec les autres Spetsiotes, prêt à me dire qu'un monsieur comme moi ne se commet pas avec le coiffeur ou Yannis-la-casquette. Ce dernier m'étonne par ses silences et la ruse de son regard. Toujours à traîner d'une chaise à l'autre, avec son panier d'osier sous le bras, vendant de temps à autre avec mépris un paquet de pistaches ou de graines de pastèque, retroussant sa babine supérieure sur deux grandes et uniques dents de lapin quand il approche de ses lèvres un verre d'ouzo, offrant sans conviction de payer la dixième tournée ou partant sans plus d'explication car le bateau de treize heures est en vue et vient de doubler le cap qui nous cache Ermioni sur la côte du Péloponnèse. Des marrons chauds de l'hiver, le voici maintenant aux friandises du printemps. Cet été, il vendra des sorbets aux baigneurs. Spiro ne l'aime pas. Mais qui Spiro aime-t-il ? En vérité personne. Son amitié est ombrageuse. Il est le premier à nous avoir parlé et il voudrait rester le seul. Que C. ait appris suffisamment de grec pour pouvoir se passer de ses traductions fantaisistes l'irrite grandement, et dès qu'elle se promène en ville et entre dans un magasin, il la suit, traduit d'autorité les propos les plus banals, et commande pour elle une boîte d'allumettes ou une carte postale en engueulant proprement le marchand parce qu'il n'est pas assez rapide. Cet intermédiaire coléreux pourrait nous valoir des inimitiés, mais on connaît Spiro. Ce n'est pas un Spetsiote, c'est un Turc de la lointaine Constantinople, il a le goût de l'autorité que n'ont pas les autres, et quand on décharge un bateau de ciment, il joue au caporal sans pour autant fainéanter sur sa part de travail.

Il n'y a guère qu'une personne qui lui sourie au nez, c'est notre Elefteria. Les ordres de Spiro ne l'émeuvent pas quand chez nous il se carre dans un fauteuil et commande sa bouteille de résiné. Je perçois même de l'ironie dans les réponses d'Elefteria, un léger clin d'œil à notre adresse. Spiro n'est pas sans le savoir, mais elle a beau être la meilleure amie de sa fille Maria, il n'en parle pas moins d'elle avec une nuance de dédain. Ce n'est pas Maria qui travaillerait chez des étrangers, et même pas chez des Grecs ! Car Maria se prendrait facilement pour une dame. Le dimanche, elle part pour la messe sur ses talons pointus, drapée dans un beau manteau de laine, les cheveux bouclés, les lèvres et les joues rosées, son sac en « vrai » cuir pendant au bout de son bras. Cette munificence, elle la doit à son frère qui navigue et envoie régulièrement une partie de sa paye pour la dot de sa sœur. Quant au vieux Spiro, il porte encore, les grands jours, son costume de noces et dans la semaine ses loques qui nous sont chères. Maria ne sait rien faire, ni tricoter ni coudre, à peine laver. Elle n'aiderait pas sans honte Spiro à trier la montagne d'oignons que le frère, lors de son dernier passage à Spetsai, acheta pour monter un commerce et que le père ne put jamais revendre. Les oignons sont là dans un hangar, germant et pourrissant, au grand désespoir de Spiro qui n'en finira jamais de les trier et les céder au kilo à bas prix. Mais Maria est une dame. Si elle veut trouver un mari, elle doit garder les mains blanches et non crevassées et ridées comme celles d'Elefteria qui lave notre linge, nettoie la maison et cuisine gentiment. Il est vrai que si Elefteria ne travaillait pas, elle vivrait de l'air du temps. Michaelis, son mari, souffre d'une affection chronique : une inguérissable inappétence au travail. Long, maigre, la bouche rendue terrible par une moustache en balai, il a la voix molle des malades. Du moins pendant le jour, car, la nuit, s'il lui arrive de s'égarer dans une taverne où l'on joue du bouzouki, les forces lui reviennent et sa voix s'affermit. N'importe, ce couple s'aime, mais d'une manière secrète. Un regard seul le laisse deviner. Il est vrai qu'Elefteria n'est pas d'ici, mais de Santorin où tout ce qui lui restait de famille a péri lors du dernier tremblement de terre. Transplantée parmi ces Spetsiotes à l'origine albanaise, elle, une Grecque, une vraie Grecque des Cyclades, elle ne sera jamais accordée à eux. De jour en jour, depuis que nous sommes là, je sens que nous gagnons son affection, qu'elle sort de sa réserve et s'acclimate. Quand nous partons deux ou trois jours, elle prépare pour notre retour une montagne de ces gâteaux que j'aime, les *melamakarona*, au miel et à l'orange. C. lui donne des blouses, des chandails. Elle remercie, les emporte, mais jamais nous ne la voyons les mettre. Ce sera pour après, pour quand nous serons partis, par une intuitive discrétion, pour ne pas s'habiller comme Madame. Sans argent, elle est toujours impeccable, nette comme une femme de chambre de grande maison, et ses enfants sont vêtus comme des enfants de bourgeois. C. lui a demandé comment elle faisait pour vivre quand il n'y avait pas d'étrangers comme nous pendant l'hiver. Des dettes. Elle s'endette chez tous les commerçants et rembourse à la belle saison, travaillant quatorze heures par jour chez des particuliers ou au grand hôtel Poséidon. Michaelis — pas de chance — ne trouve pas de travail, et quand par hasard il en trouve, il n'est pas, ce jour-là, en état physique de s'y livrer. Il a fallu du temps pour découvrir la seule ambition d'Elefteria : un bracelet-montre. Lorsqu'il était steward sur un transport grec, Michaelis a fait escale à Marseille où il s'est acheté une montre qui marche toujours. Il n'y a que les montres françaises, assure-t-il. Elefteria veut une montre. La sœur de C. lui en apportera une ces jours-ci. Le seul point délicat est qu'Elefteria ne saura pas quoi en faire. Elle n'a appris ni à lire ni à écrire, ce qui lui vaut les sarcasmes de notre Yannis.

Celui-là est un bienheureux : toujours gai, toujours riant, d'une activité folle, pompant l'eau d'un bras d'haltérophile, bêchant et semant les six ou sept jardins des maisons dont il a la garde, courant les magasins pour nos achats ou ceux de Mme K... quand elle est là, cumulant toutes les fonctions dans l'île, son honnêteté scrupuleuse lui ayant valu des étrangers comme des Athéniens en villégiature une confiance illimitée. Spiro — est-il besoin de le dire — ne l'aime pas. « Il travaille trop ! dit-il avec un peu de mépris. Ça ne se fait pas quand il y en a qui ne travaillent pas assez. » En réalité — nous l'avons compris — Yannis a joué et gagné une partie qui agace les autres. Dans une île où tous volent un peu, autant par plaisanterie que par goût, il ne carotterait pas un centime. Est-ce loyal ? C'est là la question posée avec mépris par Spiro qui nous dit que toute la famille de Yannis est pareille et que, de père en fils, on les a surnommés les *Passalara*, mot indéfinissable, dérivé de « pacha ». Andréas, son plus jeune frère, est revenu la semaine dernière du tour du monde à bord d'un cargo sur lequel l'avait placé Maïa. Il est habillé comme un monsieur : pardessus mastic, grosses chaussures de daim, perle à la cravate, cheveux blonds frisés et gominés. Il a rapporté trois mille dollars qui sont en sécurité à la banque. Les filles le lorgnent, mais Andréas ne pense qu'à repartir pour augmenter son magot et la prochaine fois s'acheter un caïque. Quand il passe devant la table où je bois le énième et dernier ouzo avec Panayotis et Yannis-la-casquette, il s'arrête, tend la main : « *Buenos dias ! Comé sta ?* » car il mélange agréablement l'espagnol et l'italien, mais ne trinque pas avec nous. Les Passalara ne touchent pas à l'alcool, il en irait de leur réputation.

Angelos, le fruitier, n'a pas les mêmes scrupules. Il est si couperosé qu'au début je le prenais pour un Anglais. Maigre et lugubre, il boit seul à la table voisine, après nous avoir fait signe. Son histoire est triste : il avait un beau commerce, sa femme est morte, il a commencé à se saouler pour passer le temps et maintenant les affaires périclitent. Des ardoises sérieuses l'attendent dans les différentes tavernes de Spetsai. Il paiera en vendant sa boutique, mais alors comment vivra-t-il ? J'aimerais lui parler. Ses yeux d'un bleu glauque implorent comme ceux d'un cocker larmoyant. Quelque chose de désespéré émane de lui, que j'ai du mal à supporter. Les Spetsiotes se moquent de sa silhouette et de son apathie, presque tous du moins car notre Yannis et Panayotis ont pitié, le premier lui distribue un peu de notre manne en achetant chez lui, et le second offre un verre. Car Panayotis a du cœur et quand il m'explique qu'il connaît l'histoire de la Dame aux Camélias, il figure de deux doigts sur ses joues le sillon des larmes que Marguerite Gautier lui a fait verser quand il a lu le récit de sa vie en bande dessinée dans le journal d'Athènes.

Il faut l'arrivée du bateau pour nous interrompre. Les tables se vident. Yannis-la-casquette est déjà sur le môle, prêt à monter pour vendre ses amuse-gueule aux passagers qui vont à Leonidion ou repartent aussitôt pour Hydra. Vangeli, le petit Macédonien, frotte ses mains de sable pour s'apprêter à porter les valises. Spiro ajuste ses verres fumés et donne quelques ordres. Notre Yannis et son frère ont, eux, toujours un commerce avec l'un des marins du bateau qui apporte du tabac, des graines du Pirée. Nikos le postier pose nonchalamment à terre le sac du courrier. Le capitaine de gendarmerie sort de sa tanière pour repérer qui va et vient dans son île sur laquelle il exerce une surveillance, je dois dire discrète. Sarandos, le restaurateur, pousse son ventre en avant, les mains dans les poches du veston qui bat. Un moment toute l'attention de l'île se porte sur le *Néraïda*, le *Saronis* ou le *Pindos* qui accostent sans bruit, jettent leur passerelles de bois et agitent l'eau verte de la darse. Le continent fait une incursion jusqu'à nous.

12 mars.

Un froid inattendu est tombé. La mer bat la jetée. Le vent souffle. L'olivier brûle mal dans la cheminée. Il faut y mêler des bûches de pin qui s'embrasent comme des allumettes et suintent de la résine. Près du feu, je reste une partie de l'après-midi dans la maison morte, les poèmes d'Elytis ouverts devant moi, le texte grec face à la traduction de Robert Levesque.

De douces pluies surviennent, des grêles
[inopinées
Les terres fouettées passent par les griffes de la
[neige
Qui s'assombrit là-bas en vagues ensauvagées
Les collines s'enfoncent dans les mamelles
[denses des nuages
Pourtant, par-delà, tu souris insoucieux
Et tu retrouves ton heure impérissable
Comme le soleil te retrouve sur les sables
Comme le ciel te retrouve dans ta verdeur nue.

Il n'y a qu'à fermer les yeux. Un ciel voilé, une bourrasque rendent plus sensible encore au souvenir la Grèce chaude et immense sous son ciel bleu, que j'ai déjà goûté.

Voici longtemps que la dernière pluie s'est fait
[entendre
Sur les fourmis et les lézards
À présent le ciel brûle sans limite
Les fruits teignent leurs lèvres
Les pores de la terre peu à peu s'entrouvrent
Et près de l'eau qui goutte en ânonnant
Une plante immense braque ses yeux sur le
[soleil.

La sensualité est plus saine que dans Cavafy, violente et suave à la fois, glorieuse aussi : moins de décadence et plus de grâces rendues à la Nature. Dans les poèmes d'Elytis se promènent de grands corps chauds et brûlés de soleil (« Ô chair d'été, nue, brûlée — Mangée par l'huile et le sel… »), des êtres qui se glissent dans la nature et s'y fondent avec émerveillement, des nymphes que l'appétit du poète réincarne et enrobe de grâces terrestres. Il me semble qu'en d'autres pays la poésie d'Elytis paraîtrait naïve, qu'elle daterait sans doute, mais la Grèce dépouille de toute puérilité ce qui chante — éternellement — le plaisir des sens et dans le cœur et le désir des hommes ce quelque chose d'éperdu et de confiant qui crie toujours au bonheur. Je reprends la première page :

J'ai conduit ma vie jusqu'ici
À cet endroit toujours
En lutte près de la mer
Jeunesse sur les rocs
En corps à corps avec le vent…

Si ces vers ne résonnaient pas en moi, en qui résonneraient-ils ? Il me semble que je les écoute après les avoir relus, repris en contrepoint par la voix de basse du Colosse mâchant et roulant, dans le gouffre de son gosier gargantuesque, les cailloux des syllabes grecques.

14 mars.

Despinis Matina, la dentiste, tambourine à la porte. Nous ne l'apercevions plus guère depuis quelque temps. Pour un oui ou pour un non, elle ferme son cabinet de consultation, prend le bateau, passe la nuit au Pirée, revient le lendemain, repart sur la côte avec le caïque de l'aube qui transporte du lait, arrache une dent à Kranidi, encourage l'équipe de football d'Ermioni contre celle de Porto-Kéli, apparaît sur la Dapia, grignote des gâteaux chez le pâtissier, s'enferme dans sa petite maison repeinte à neuf près de l'ancien port, y hurle à tue-tête des chansons d'amour accompagnées par un disque, dîne dans une vieille taverne où avec Niko le postier, au son d'un transistor, elle danse une gigue qu'elle baptise rock-and-roll, puis repart soudain sur le bateau sans se soucier que chaque traversée, même la plus calme, lui donne le mal de mer. Un tel rythme d'existence n'entre pas dans nos mœurs et malgré ses nombreuses offres de participation à des pique-niques, nous nous cachons plutôt quand elle apparaît à l'horizon. Mais cette fois, il faut bien l'accueillir, lui offrir un ouzo qu'elle refuse (« Je deviens toute rouge »), un verre de résiné (« Non, j'ai mal au foie »), un jus de fruit qu'elle boit, l'auriculaire dressé, gourmande.

— Vous allez à Paris ? me demande-t-elle.

Comment le sait-elle ? J'ai eu l'impression de ne l'avoir encore dit à personne, d'être si peu certain du courage qu'il me faudra pour quitter Spetsai huit jours, que je tiens secret un voyage déjà remis plusieurs fois, si bien que je passerais pour le professeur Cosinus. Mais Matina est certaine de ses renseignements et elle vient passer commande de frivolités : des bas de soie, des cartes à jouer en plastique, un jupon, un foulard, un petit clip représentant une tour Eiffel... Je promets et elle repart contente, déjà rêvant à ces articles de Paris qui lui conquerront des cœurs nouveaux, ou peut-être un seul cœur, car elle ne doit pas être complètement déraisonnable et sait que le temps a passé.

Spiro, informé lui aussi, n'a fait qu'un vœu plus modeste. Il voudrait que, de là-bas, je lui envoie une carte postale représentant Paris, la tour Eiffel de préférence, bien qu'il ne sache pas exactement ce que c'est. Je promets aussi, mais Spiro est au fond du cœur un désenchanté :

— Tu dis, tu dis et tu feras pas. Tu es comme l'Hollandais.

Non, non, je ne suis pas comme le Hollandais qui a passé un été à bavarder avec Spiro, a juré qu'il enverrait une carte dès qu'il serait de retour à Rotterdam et finalement a oublié son ami grec qui est allé pendant des semaines et des semaines chercher sa carte au bureau de poste. Quelle amertume ronge le cœur de Spiro ! Il n'y a plus de vraie amitié en ce monde. Pourtant le Hollandais paraissait être un honnête homme et sa carte postale aurait éclairé Spiro sur le voyage qu'il projette quand il aura gagné à la loterie.

— Quel voyage, Spiro ? Je croyais que nous allions tout boire au Pirée.

— Après, après... Je dois aller Hambourg. J'ai une affaire là-bas.

— Une affaire ?

Il cligne des yeux, vieux renard.

— C'est mon sœur. Elle a marié un Allemand en 1925.

— Elle t'écrit ?

— Non, jamais. Il faut que j'aille voir. Tu m'écriras de Paris ?

J'en fais le serment.

22 mars.

Notre popularité, déjà bonne dans l'île, s'est encore améliorée depuis une huitaine de jours après l'arrivée de la sœur de C. L'événement était attendu. Une jeune fille qui voyageait seule ? Sans savoir un mot de grec ? Saurait-elle trouver le bateau du Pirée ? Apporterait-elle la montre promise à Elefteria ? Comment était-elle ? Brune ou blonde ? M... est arrivée un jour en fin de matinée, ayant surmonté toutes les difficultés et séduit le capitaine du *Saronis* qui lui a fait faire les cinq heures du voyage sur la dunette, au poste de pilotage. Les badauds habituels du port l'ont mesurée du regard et elle a été acceptée tout de suite. La vérité oblige à dire qu'elle n'est pas maigre. Sa venue a suscité des remous fort compréhensibles. Une aussi belle personne réveille les imaginations endormies. Deux ou trois fois, Niko a bravé la fatigue des cinq cents mètres qui séparent la poste de notre maison pour nous apporter le courrier que nous nous résignions auparavant à passer prendre nous-mêmes. Lambro, le poissonnier, est tout sourire. Impossible de passer avec M... devant une taverne sans être hélé par dix amis. Elefteri le tailleur a baissé ses prix pour lui couper un pantalon. Il y a eu plusieurs essayages. Notre Yannis a tenu à lui donner des leçons de grec. Le capitaine de gendarmerie — un célibataire dont la sœur tient la maison — nous a rendu visite sous le prétexte futile que nos permis de séjour ont besoin d'être renouvelés. Nikolo a prêté le meilleur de ses canassons à M... et je soupçonne Panayotis de se plonger dans des revues scientifiques afin d'apprendre l'art des permanentes et d'ouvrir un salon de coiffure pour dames. Un peu de cette gloire rejaillit sur nous, mais complique nos relations avec Spiro qui surveille jalousement les fréquentations de M... A-t-elle accordé un sourire en réponse au bonjour de Lambro ou échangé trois mots de sabir avec Andréas qu'il vient nous en faire rapport, ayant tout vu derrière ses verres fumés.

— Ça, c'est pas bon pour une jeune fille. Pas bon. Elle pourra pas se marier.

Depuis trois jours, heureusement, la surveillance de Spiro s'est un peu relâchée. Il a trouvé un nouveau « camarade » en la personne de Bernard George que nous a déposé sur la Dapia le bateau du samedi soir. Certes, je reste son « ami », nuance qu'il souligne bien, mais le « camarade » compte aussi, d'autant plus que Bernard est debout aux aurores et ne dédaigne pas d'ouvrir la première taverne avec Spiro jeté à bas de son lit par les insomnies. Ainsi devisant, ils conduisent la matinée à un terme assez avancé pour que je puisse les rejoindre. Ce *xenos* — le Grec n'a qu'un mot pour désigner celui qui n'est pas de son village, l'étranger — risquait d'apporter à Spetsai un air de Paris dont nous n'avons aucune envie. Le connaissant à peine, je m'inquiétais. Mais sa lettre-question était gentille. « Connaissez-vous un endroit en Grèce où je puisse m'installer pendant quelques semaines, avant et après une croisière dans les Cyclades, et travailler pour moi après avoir travaillé pour les autres ? » La première tentation aurait été de l'envoyer à Rhodes ou quelque autre île éloignée. La seconde était de dire : « Venez à Spetsai. Il y a un bon hôtel. Nous nous verrons quand ça nous plaira. » Il est venu : l'hôtel s'appelle Star pour appâter les éventuels touristes anglo-saxons et tout y est neuf, ce qui ne veut pas dire que robinets, verrous et interrupteurs marchent. De son balcon, Bernard George surveille la Dapia et les terrasses des tavernes. Il y a toujours une table de libre quand l'inspiration ne le visite pas. Saisi d'un beau zèle les deux premiers jours, il se relâche un peu déjà. Le charme opère sur ce personnage pourtant lunaire qui, l'après-midi, part avec un livre se vautrer sur une petite plage en face de Spetsopoula. J'admire qu'il puisse lire encore avec passion alors que les livres m'ont quitté un à un depuis mon arrivée. Nous parlons des journaux et des maisons d'édition. Voilà un monde aussi que j'ai oublié. De la politique ? Elle s'est désormais vidée de tout espoir. Restent les instants. J'admire qu'ici au rebours de la France, ils ne tirent pas leur goût de leur fragilité. Les journées en sont riches : promenades à cheval au sommet de l'île et sur les plages de l'autre versant dans le maquis des gentianes, crépuscules bleus d'une poignante beauté, arrivée du bateau blanc, Matina la petite borgne qui passe en chantant le dernier air de Nana Mouskouri, parfums du jasmin et de la fleur d'oranger, verre de résiné frais ouvrant le repas, mot que l'on trouve soudain, presque au hasard, pour s'avouer heureux. Le *xenos* a deviné tout cela et on voudrait, pour cette compréhension si rapide et cette sensibilité, le remercier d'être venu.

24 mars.

Le *Saronis* débarque un flot de voyageurs disparates qui viennent respirer l'air de l'île après s'être confinés dans des bureaux ou des usines, les premiers touristes et les premiers appareils de photos et enfin le ventre de Katsimbalis, ce sympathique ballon de rugby en équilibre sur deux jambes courtes, cette stèle sur laquelle le buste large et puissant annonce une tête que je découvre tout d'un coup être celle de Raimu. Comment ne pas s'en être aperçu plus tôt ? Il ne ressemble pas à Raimu. Il est Raimu, avec les grimaces, les haussements de sourcils, la bouche mince, le visage glabre et lisse. C'est criant comme si, au bord de la Méditerranée gréco-latine, il n'y avait qu'un seul type de beau parleur héroïque. Derrière, suit, mince, l'œil souriant, déjà équipée pour une randonnée dans l'île, sa femme Aspasie, qui préfère qu'on la prénomme Spatch. À peine le colosse a-t-il mis le pied sur le môle que je nous sens partis pour trois jours d'histoires mirobolantes. Ce n'est pas trop de dire que j'en ai soif. Les parleurs me procurent un doux vertige. Le mécanisme qui les anime plonge dans l'admiration les naïfs qui ruminent et lâchent un mot par-ci par-là. Il y a du diable là-dessous et une des formes les plus généreuses de l'inspiration : la gratuite. Katsimbalis ne récite aucun de ses livres puisqu'il n'en a écrit aucun, et qu'il n'en écrira pas plus. Il se répète sans doute, mais qui le saura à part l'adorable Spatch dont l'indulgence a quelque chose d'inhumain ? Katsimbalis au cœur ouvert renouvelle ses auditoires. Il est à prévoir qu'il en trouvera toujours de frais qui l'écouteront bouche bée et qu'il y puisera, comme à une source intarissable, cette éternelle attention des badauds sans laquelle les mythes ne prendraient jamais corps.

Le drame de Katsimbalis, je ne le décèle qu'à table. Là, se déroule une tragédie cornélienne : parler ou manger. Comment concilie-t-il les deux ? Le rythme des repas s'en ressent et les plats refroidissent. Il est vrai que ce n'est pas un crime en Grèce où l'on mange tiède. En revanche, cette méthode permet de boire sérieusement sans verser dans la divagation : une gorgée de résiné accompagne un morceau de poisson, éclaire la voix au lieu de l'assombrir. Katsimbalis à table, c'est la vie qui prend son temps. Et le temps grec est immense, merveilleusement élastique. Il distend les journées qui, commencées à l'aube, s'assoupissent un moment l'après-midi, et repartent avec des forces nouvelles à l'assaut du soir et de la nuit. Il a commencé, il y a quatre mille ans, à Cnossos et il continue encore. Rien ne me dit qu'il n'a pas encore quatre mille ans à vivre. Avec un passé pareil, il a des ressources et confiance en soi. Il n'est pressé par aucun impératif moderne. Il lui faudrait s'appuyer à un ciel et il ne trouve que l'espace, à un mur et la Grèce est ouverte sur la mer. Le regard et la pensée rebondissent d'île en île jusqu'à la

Crète au moment où les yeux les plus perçants rencontrent le vide avant l'Afrique. Le temps grec n'a pas trouvé sa mesure. Et où la trouverait-il ? Présent et passé se confondent. Demain, nous allons célébrer la fête nationale grecque et ce sera l'Annonciation. Et l'Annonciation est la date clé des mystères d'Éleusis. À cheval nous grimpons jusqu'à une chapelle qui domine toute l'île : Prophitilias (prophète Élie) et nous savons que dans toute la Grèce le culte d'Élie est installé à la place du culte d'Ilios, le soleil. Le Vendredi Saint est lui-même un jour confus, beaucoup d'orthodoxes croyant célébrer la mort d'un certain saint Antoine qui fut, dans l'Antiquité, la mort d'Adonis. Qui ne s'y perdrait pas ? En voyant Katsimbalis reprendre sa respiration et partir à l'aventure sur la mer des images et des mots, je comprends qu'il faut se soumettre, s'enflammer, avoir froid et faim, manger du fromage blanc sur un caïque en perdition, boire un résiné frais après une ascension démente du Lycabette en plein mois d'août, risquer la mort entre Mykonos et Délos dans une barque dématée où vomit un âne, tranquillement lire Verhaeren au fond d'une tranchée sous un déluge d'acier et de feu, ou aimer une lépreuse, la nuit, dans les halles de Montpellier.

Et à peine sommes-nous assis à table devant des biftèques au thym, que voici l'histoire du cauchemar de Katsimbalis, de la maison hantée, de Paris couvert d'un tel brouillard qu'on n'y voyait pas à un mètre, et d'Héraclès Johannidès achevé par les psychiatres. Je ne la raconte pas. C'est une histoire fantastique et, comme toutes les histoires fantastiques, elle ne supporterait pas l'écriture. Mais j'en attends d'autres. Nous avons Katsimbalis à nous seuls pendant trois jours et j'espère en profiter.

25 mars.

Le secret d'Henry Miller aura été de ne jamais voler les histoires de Katsimbalis pour les livrer à ses lecteurs, mais seulement de les faire miroiter, de leur accorder un génie intransmissible. Je le comprends. Il aurait manqué la voix, les *suspenses*, les grimaces, les images soudain arrêtées dans leur éclosion par une bouchée de pain, une gorgée de vin, et reprises, achevées, avec une force renouvelée. Pourtant, ce 25 mars, je voudrais courir un risque immense en mémoire de la minute où Elefteria a déposé sur la table l'aiguière remplie de *skordalia*, cet aïoli qui accompagne la morue frite traditionnelle le jour de l'Annonciation. La *skordalia* est à Katsimbalis ce que la madeleine fut à Proust. D'un fumet moins délicat mais plus viril, elle déclenche la fabuleuse histoire du naufrage de notre héros en 1916, à son retour de Marseille, histoire qui dure tout un repas de deux heures et déborde légèrement sur l'après-midi, dépassant le café grec et repoussant la sieste. En la prenant par le bon bout, avec un grand souci de vérité, on en ferait un livre. Je n'en retiens donc qu'un résumé, avec la conscience exacte de ce qu'ont de glacé les mots tracés en petits caractères noirs sur papier blanc, quand on se souvient d'un timbre de baryton ou qu'on l'imagine.

« J'attendais à Marseille de pouvoir m'embarquer sur un bateau qui me ramènerait en Grèce. Qu'est-ce qu'on pouvait faire à Marseille, en pleine guerre, un vendredi, jour maigre, donc jour de l'aïoli ? j'allai dans un restaurant du vieux port et mangeai avec l'appétit de mes seize ans. À la table voisine, deux filles me lorgnaient. Mon appétit les sidérait. Des putes ? Probablement. Moi, je ne les différenciais pas beaucoup des autres femmes. Elles étaient gentilles et propres, habillées comme des petites-bourgeoises. Nous avons parlé. J'aurais pu les emmener tout de suite à l'hôtel, mais c'était un vendredi et on donnait *Carmen* à l'opéra. Un truc à ne pas manquer. J'ai pris trois places et nous avons écouté *Carmen* dans une atmosphère hallucinante. Toute la salle avait mangé l'aïoli et les chanteurs aussi. Nous étions au deuxième rang et chaque fois que la soprano ou le ténor ouvraient la bouche, une brise embaumée d'ail nous enveloppait. Les fauteuils, les décors, les vêtements sentaient l'ail. On se serait cru dans une cuisine. Après le spectacle, nous sommes allés à mon hôtel tous les trois et ça a été une des nuits les plus formidables de ma vie, un festival de jambes en l'air, un terrible va-comme-je-te-pousse. Au matin, nous étions sur les genoux, épuisés, hagards et contents, un peu tristes de nous quitter. Comme il y avait plusieurs jours que j'attendais mon bateau à Marseille, je commençais à être à fond de cale. Me restait juste un beau louis. Je l'ai donné aux filles avec une claque sur les fesses pour qu'elles s'en aillent. J'étais sans le sou quand la Providence a apporté la nouvelle que le bateau partait enfin en convoi dans la journée. Bon voyage au ralenti jusqu'à Malte où le convoi s'est disloqué. À Malte, j'ai pris un transporteur grec qui regagnait Le Pirée. Nous avons levé l'ancre après le coucher du soleil, mais il y avait la lune, une sacrée lune qui ne trouvait pas un nuage pour se cacher. Je m'étais installé sur le pont, près d'une dame grecque allongée sur un transatlantique. Nous regardions le clair de lune sur la mer du Levant. On y voyait comme en plein jour. N'importe quel sous-marin en surface pouvait nous repérer à plus de cinquante milles. Et tout d'un coup, ma voisine a sursauté :

« — La voilà !

« — Quoi ?

« — La torpille !

« Boum ! Badaboum ! Vlan ! Bing, bang, boum ! Ça y était, on l'avait reçue en plein dans le flanc et le bateau coulait. Tout le monde criait, hurlait, mais moi je ne pensais qu'à mon rasoir Gillette, un beau rasoir tout neuf que je m'étais acheté à Marseille, une merveille qui n'avait pas d'égale. Il était resté dans ma cabine et je voulais bien tout perdre, mais pas mon rasoir, un instrument extraordinaire sans lequel je ne pourrais plus jamais me raser. Je me précipite dans l'escalier qui commençait déjà à s'incliner dangereusement. Je cavale comme un fou et voilà-t-y pas qu'à l'étage en dessous, je tombe nez à nez avec une femme nue qui pousse un cri d'horreur en m'apercevant, me coiffe du peignoir qu'elle avait à la main et grimpe vers le pont, me laissant, aveuglé, rouler jusqu'en bas et atterrir dans le salon où la flotte commençait à monter. On n'y voyait plus rien. J'avais perdu la porte de sortie et on s'empêtrait dans les fauteuils et les tables qui naviguaient dans tous les sens. Heureusement, il y avait un steward qui se promenait par là. J'ai fini par me cogner dans lui. C'était une de ces crapules de Maltais. Il parlait le français avec un terrible accent de Marseille.

« — Où est la sortie ?

« — Chacun pour soi ! Chacun pour soi ! braillait-il.

« J'ai quand même récupéré mon rasoir et suis remonté sur le pont. Là-haut, c'était une pagaille terrible, un foutoir monstre. On nous avait bien fait répéter les exercices de sauvetage, mais personne ne se souvenait de rien dans l'affolement général, et naturellement je me suis trompé de canot. Quant à la femme nue qui sortait de son bain et était encore toute trempée, on essayait en vain de la tirer dans une chaloupe, mais sa peau humide glissait et elle retombait en piaillant sur le pont. C'est dans cette bagarre, ce désordre, ce va-comme-je-te-pousse, cette empoignade que le bateau a explosé. J'ai d'abord cru qu'il se gonflait comme une vessie et que ses flancs allaient se déchirer, mais l'explosion a secoué le pont et la dunette où s'agrippait le capitaine. Nous avons pris une telle bande que j'ai sauté dans la mer, armé de ma ceinture de sauvetage. Un vrai drame. J'avais sauté de très haut et j'ai commencé par couler irrésistiblement. Et alors tout s'est mêlé dans ma tête au moment où je suffoquais : la Méditerranée sentait l'ail, une voluptueuse, une terrible odeur d'ail qui m'entrait par les narines, pendant que l'eau qui, elle, entrait dans mes oreilles, me chantait : "Si tu ne m'aimes pas, je t'aime…, si tu m'aimes, prends garde à toi." Combien de temps je suis resté au fond de la Méditerranée, je ne sais pas. Je crois que ça a duré des heures et que j'ai pu réentendre toute ma soirée de vendredi, *Carmen* en entier depuis l'ouverture jusqu'au finale. Naturellement, c'était très irréel à cause de l'odeur d'ail, de cette ambiance marseillaise au milieu des poissons et des débris du bateau qui coulait à côté de moi. Quand je suis remonté, il n'y avait plus que quelques canots qui cherchaient les rescapés. J'en ai trouvé un où deux marins m'ont aidé à monter. Ils étaient en train de bouffer les provisions de bord (quelques biscuits durs) et de boire l'eau douce. Je leur ai donné ma part et ils se sont goinfrés avec reconnaissance. À l'aube, nous avons vu passer un navire-hôpital qui s'est arrêté pour nous recueillir. C'était un anglais, en route pour Alexandrie, avec une cargaison d'Indiens complètement pourris qui dégageaient une odeur de vomi et de gangrène. On nous a hissés à bord, car la mer était mauvaise. Dans la chaloupe voisine, il y avait deux bonnes sœurs qui refusaient de se laisser pousser au cul. Comme elles n'avaient pas assez de force pour se hisser seules, elles ont été prises entre le canot et le navire-hôpital, l'une après l'autre et on a entendu leurs jambes qui faisaient crac-crac, crac-crac. Alors elles ont bien été obligées de se laisser pousser au cul, à demi mortes de douleur et de honte. J'étais à peine sur le pont qu'on m'a descendu à l'infirmerie, gelé, trempé ; raidi par des crampes. Deux nurses anglaises, superbes et blondes, avec des bras nus de déesses, se sont emparées de moi, m'ont déshabillé, étendu sur une table pour me frictionner et me masser. Mais j'avais gardé un œil bien ouvert et quand ces diablesses ont commencé à me baratiner les cuisses, l'effet a été immédiat. J'avais le naufrage triomphant ! Ça devenait si évident que, malgré leur flegme, elles ont fini par pousser un *"God"* et l'une d'elles a pudiquement jeté une serviette sur mon admiration pendant que l'autre continuait à me palper. Je leur ai offert mon plaisir et me suis endormi pour ne me réveiller qu'à Alexandrie avec une faim formidable. »

— Voilà pourquoi, chaque fois que je vois apporter la *skordalia* sur une table et que je respire son parfum d'ail, une bouffée de souvenirs m'étreint : vendredi à Marseille, la salle de l'Opéra embaumant l'aïoli, les deux gentilles putes, *Carmen*, la torpille, la Méditerranée à l'ail et les sirènes chantant Bizet, les quatre beaux bras blancs des nurses acharnés sur mes cuisses et mon plaisir parti dans la serviette... Dites donc, ce résiné, d'où vient-il ?

— De chez Vaïa.

— Ah, je pense bien, c'est le meilleur de l'île.

Bernard George est de cet avis et je regarde avec de plus en plus de sympathie ce gourmand dont j'avais craint, pour le connaître à peine, qu'il fût seulement un de ces animaux littéraires qui ont tout lu et ne retrouvent le goût des choses qu'à travers les livres. Mais à le voir croquer du halva je me rassure : sa tête est dans la lune, mais ses pieds sont sur terre. Je regrette seulement qu'il écoute Katsimbalis avec ce léger agacement des gens dont on détourne le cours des pensées.

27 mars.

J'endosse de nouveau les vêtements de ville. Avec un costume et une cravate, on est déjà parti. À deux heures je prendrai le *Néraïda* pour Le Pirée avec les Katsimbalis. J'ai mis le doigt dans l'engrenage en boutonnant mon col. Il faut plonger. Avec horreur, même si ce n'est que pour dix jours. Presque tous les *xeni* de l'île partent par le bateau de l'après-midi. Ils reviendront pour Pâques. Chardonne sera là. C. et sa sœur l'attendent avec un plaisir mêlé d'inquiétude. Il me faudra après-demain, à Paris, faire à lui aussi mes recommandations. Spatch l'attendra à l'aérogare d'Athènes. Le « pacha débile » sera en bonnes mains. La confrontation avec Katsimbalis m'inquiète plus, même si elle ne dure que les deux jours du passage de Chardonne par Athènes. Deux parleurs face à face ? Une équation impossible à résoudre. On imaginerait pourtant que le « colosse » aime se reposer de temps à autre. Il a été infatigable pendant ces trois jours, hier soir encore, lancé à fond contre Kazantzaki que, comme beaucoup de Grecs, il n'aime guère. Un auteur marque mal qui va se faire consacrer à l'étranger, et surtout en France, dans ce pays que le romancier d'*Alexis Zorba* commença par détester franchement. J'ai peine à le croire ayant entendu Kazantzaki parler de la France avec des sanglots tels dans la voix qu'il lui fallut s'arrêter. Mort à Antibes, sa terre d'élection ? Mort de n'avoir pas la couronne du Prix Nobel, assure Katsimbalis qui ajoute :

De 1907 à 1909, Kazantzaki était l'envoyé d'un grand journal athénien dont il est facile de consulter les anciens numéros. Un article de lui est intéressant, celui où il raconte une apparition de Clemenceau dans les jardins du Palais-Royal. L'homme lui a fait une impression si grande qu'il n'hésite pas à voir en lui le futur chef que se donnera la France quand elle traversera les moments difficiles que lui promettent ses vices et ses inconséquences. Il était nietzschéen à fond, voyait du Nietzsche partout et traitait les Français de tuberculeux et de syphilitiques, les Françaises de putes. Quand il consentait à les admirer, c'était uniquement pour la qualité de leur esprit et de leur travail. Tout dans son œuvre est exagérément gonflé. *Le Christ recrucifié* est une pure fantaisie. Il n'y a jamais eu de représentation de la Passion parmi les Grecs de Grèce ou d'Anatolie. Quant au capétan Michael de *La Liberté ou la Mort*, s'il a plus ou moins existé, il est absolument incroyable qu'il ait pu s'éprendre d'une houri musulmane et abandonner pour elle ses palikares. Ça ne s'est jamais vu dans l'histoire de la résistance crétoise aux Turcs.

Je laisse passer ce flot d'accusations qui a ses raisons d'être, mais qu'efface à mes yeux le souffle épique d'un auteur que j'aime et dont les livres relus ici, au début de mon séjour, m'ont brûlé. Que Kazantzaki soit tout cela, c'est bien possible, mais son imagination héroïque se moque des vraisemblances et des erreurs de jeunesse. La Grèce a des grands poètes. Avec ce Crétois, elle a sans doute trouvé un romancier à la taille de ses rêves et de ses misères. Un jour viendra où ce qu'il a inventé sera plus vrai que la réalité. Alors, on pourra être sûr qu'il a écrit des chefs-d'œuvre.

CHARDONNE EN GRÈCE

Spetsai, 8 avril.

Ce n'est pas vrai, je ne suis pas encore tout à fait de retour. La fenêtre s'ouvre de nouveau sur la mer et le clocher de Saint-Nicolas. La pâle glycine est en fleur et ce soir, à la nuit tombante, le jasmin s'ouvrira pour embaumer la terrasse. Ce n'est pas vrai que j'ai quitté huit jours cette seule réalité qui compte : Spetsai. Paris n'est pas une réalité. Voilà bien des années que je me le répète avec conviction et que je l'oublie. Cette fois, j'ai trouvé la mesure exacte de mon intuition : une île grecque vers laquelle mon cœur a bondi quand, du *Néraïda*, je l'ai aperçue ce matin. Tout le reste s'effaçait. Paris n'était plus qu'un mirage dont, d'un coup de sonde, je venais d'explorer la trompeuse vanité. Oui, j'allais être chez moi. Chez moi. La dernière heure de trajet m'a semblé interminable. Le bateau jouait à cache-cache entre les îlots. Spetsai apparaissait, disparaissait puis revenait un peu plus précise, moins pâle dans la lumière de printemps qui agrandit tout magiquement. Ce jeu me désespérait. La halte d'Hydra et le détour par Ermioni étaient insupportables. J'ai en vain essayé de lire depuis le départ du Pirée : trois livres de « jeune littérature » me sont tombés des mains. Il a fallu les jeter par-dessus bord. Leurs couvertures ont flotté dans le sillage du *Néraïda*. Les mots ne résistaient pas aux bleus de la mer et du ciel, à la rouille de la côte déchiquetée, au bonheur que j'entrevoyais de nouveau possible. Dans Athènes, hier soir, j'étais encore à Paris, malgré le poisson aux tomates et le résiné de Katsimbalis, malgré la fulgurante histoire du Colosse sur Sikélianos et l'oiseau noir. Ah oui ! la belle histoire mimée, chantée, glapie par un Katsimbalis déchaîné ! La chère Spatch écoutait sans doute pour la cinquantième fois ce récit qu'elle avait vécu et que son mari ne lui épargnera jamais. Est-il possible d'avoir tant de douceur et de grâce dans la bonté ? Ce couple dont l'amitié nous aura, C. et moi, rendus plus grecs que les Grecs m'avait encadré huit jours plus tôt à mon départ de l'avion et m'encadrait de nouveau à la descente. Ils étaient les intercesseurs. On ne peut que les aimer.

Je n'ai pas dormi, bien qu'Athènes fût silencieuse. Mon lit dérivait : tantôt à dix mille mètres d'altitude, tantôt sur les eaux de l'Égée. J'aurais voulu rêver d'un grand oiseau noir comme celui qui était entré dans la pièce où, un soir d'occupation, Katsimbalis et Sikélianos se récitaient des poèmes. L'oiseau avait cassé la lampe, les plongeant dans une obscurité d'apocalypse. Mais la lumière des réverbères et d'une nuit de clair de lune pénétrait dans ma chambre par les jalousies, zébrant le plafond comme une fenêtre de prison. Je n'aimais plus les voyages solitaires. C. m'en avait dégoûté. Une bien agréable surprise. Mon impatience n'en a qu'augmenté jusqu'à l'instant où j'ai embarqué. Mme K... était à bord avec une autre dame grecque de belle allure à laquelle elle m'a présenté : Mme Bouboulis. Dans ce pays sans aristocratie, les noms des héros tiennent lieu de blason. La Bouboulina c'est la Jeanne d'Arc grecque, l'égérie de l'Indépendance et l'héroïne de Spetsai. J'ai parlé, un peu, pas trop, anxieux de ne rien manquer du départ, de l'approche d'Égine. Mme K... continuait sa tapisserie. Mme Bouboulis somnolait, rigide dans sa robe noire corsetée, le cheveu blanc, le visage impassible, me rappelant cette autre héroïne de mon enfance, la marquise de Grand-Air dans les histoires de Bécassine.

Le bateau était comble. Nous avons perdu du monde à Égine, à Poros et à Hydra. Après, il m'a semblé que nous n'étions plus que des initiés voguant vers Spetsai. Le dernier cap franchi, le *Néraïda* file droit sur l'île. Montre en main, il faut vingt minutes. Encore vingt minutes. Je les ai comptées une à une, ma valise déjà prête. Spetsai émergeait avec lenteur : le port se dessinait, les maisons blanches scintillaient. La nôtre était l'une d'elles, encore indiscernable dans le fouillis du village. Mme Bouboulis a ouvert les yeux et Mme K... a plié son ouvrage. Mon cœur ne battait pas. L'angoisse l'étreignait trop. Le bonheur ressemblerait-il encore à ce que j'attendais ? La vie n'est pas si riche en sensations de ce goût que l'on ne puisse craindre les pires menaces sur nos fragiles espérances. La perfection côtoie des abîmes. Il allait falloir marcher comme un somnambule sur le fil tendu pendant les trois mois de Grèce qui nous restaient à C. et à moi.

Elle était là, mais c'est Gollywog qui m'a vu le premier, aboyant comme un fou. Ça y est, j'étais rendu, sauvé. Spiro a pris ma valise. J'ai dit bonjour à notre Yannis, qui riait : « *Kyrios Missel.. kyrios Missel...* », au petit Vangeli dont le crâne avait été fraîchement rasé, à l'élégant Andréas, à l'imposant M. Sarando au col de chemise toujours boutonné sur une absence de cravate, à Yannis-la-casquette, Yannis-le-marin, Yannis-le-cocher, à Panayotis le coiffeur, à tous ceux pour qui j'étais parti à peine le temps d'une sieste alors qu'il me semblait revenir d'une éternité. Sur le pas de leurs portes, nos amis attendaient : le cordonnier, le tailleur, l'infirme à la voiturette, Vassili et Maria, la femme et la fille de Spiro. J'étais revenu. Ils voulaient le constater de leurs yeux. Dans sa montagne, avec son troupeau, le brave Miltiade devait déjà le savoir.

— Chardonne est bien arrivé ?

— Il est là depuis quatre jours et Bernard George est parti pour les Cyclades. Quel soulagement que tu sois revenu ! Il nous couvre de cadeaux, mais il fait plein de caprices. Il veut tout savoir sur Spetsai et il m'envoie trois fois par jour à la poste pour rattraper les lettres qu'il a déjà envoyées. Heureusement que Niko est un ami, sans ça je ne pourrais jamais les récupérer. Naturellement, il ne sait pas la différence entre une pièce d'une drachme et un billet de mille. Il a cru couvrir Spiro d'or et le tirer du besoin pour le restant de sa vie en le forçant à accepter cinq drachmes. La nuit, il mange du chocolat et il en met plein ses draps. Il faut aussi que je le freine, sinon il reviendrait tous les matins avec un agneau ou un poisson géant pour le déjeuner. Si je le laissais faire, il nous offrirait tout le marché. Et puis, tu ne sais pas la meilleure... Hier, il a fait un drame parce que son bloc de papier blanc avait disparu. On a mis la maison sens dessus dessous. J'étais certaine qu'il ne l'avait pas apporté avec lui. « C'est mon papier à mensonge, disait-il. Je suis sûr qu'on me l'a pris. » Et il m'a expliqué qu'il écrit sur du papier quadrillé quand il dit la vérité, et du papier vierge quand il ment. Alors, je suis montée dans ton bureau, et j'ai ouvert le dossier où sont classées les lettres qu'il t'a envoyées : elles sont toutes sur papier quadrillé, sauf deux, celles où il te dit que *La carotte et le bâton* et *Tout l'amour du monde II* sont des livres géniaux. N'est-ce pas inouï ?

Non, ce n'est pas inouï : c'est irrésistible. Et nous avons ri à l'idée qu'un jour je publierais cette petite révélation et que les correspondants de Chardonne se précipiteraient sur leurs lettres pour savoir quand le bon maître les a encensés sans en penser un mot.

Nous arrivions, précédés par Spiro. Elefteria attendait sur le pas de la porte, radieuse. Elle partage nos bonheurs et nos rares tristesses, ange discret qui ne peut pas toujours retenir ses élans. Chardonne était dans le living-room, en tenue insulaire : béret basque, foulard autour du cou, gros chandail de laine verte, pantalon gris, acclimaté déjà, différent de l'homme avec lequel, à Paris, une semaine auparavant, à ma descente d'avion je déjeunais chez Josette Day, à une table dont l'ordonnance me laissait rêveur après des mois de frugalité. Qu'avait-il abandonné à Paris du personnage élégant, policé et sûr de soi que Kléber Haedens osait à peine contredire de quelques nuances ? En réalité, peu de chose, malgré l'enveloppe nouvelle.

À peine assis à table, j'apprends qu'il a reconstitué la Grèce avec quelques bribes cueillies en moins d'une semaine. L'approximation est plus que juste. Une première généralité cependant me blesse : il n'y a pas d'amour dans une île comme Spetsai. Je voudrais que ce ne fût pas vrai. Rien ne prouve le contraire. Chardonne a entendu parler d'une jeune nonne du monastère. Elle est entrée dans les ordres après la mort en mer de son fiancé. Aux yeux d'un écrivain, elle est l'exception qui justifie la règle. Voilà des choses auxquelles je n'ai pas réfléchi et que je me reproche maintenant de n'avoir pas tenté de déduire. Sur ce terrain, il est imbattable : intelligence tournée vers la spéculation sentimentale, l'essence du cœur. Mais cette constatation sans fards sur l'absence d'amour me chagrine. Pourtant, j'avoue que, en dehors de la nonne, les histoires d'amour ne courent pas les ruelles de Spetsai. Celle du beau Niko le facteur qui nous apporte les lettres (quand il y a du soleil seulement, les autres jours il faut aller les chercher soi-même) ne plaide pas en faveur de l'amour. Une jeune fille de petite bourgeoisie s'est éprise de lui alors qu'il était encore au collège Anargyros. Elle acceptait le mariage à condition qu'il fît des études pour devenir officier de la marine marchande, mais Niko a passé deux ans sur le continent avant de revenir et d'accepter un emploi de postier. Ce n'est pas sa faute : il préférait devenir facteur que capitaine au long cours. La jeune fille est restée intraitable jusqu'aujourd'hui. Elle ne l'épousera pas, elle n'épousera personne. Niko s'est consolé. Il papillonne de maison en maison, une rose nouvelle chaque matin à la boutonnière de sa veste de gros tweed voyant.

J'écris, j'écris... Le crépuscule est venu. La vigie du port est allumée. Dans un instant ce sera le phare. Un vieux cheval gris erre parmi les ombres du jardin d'oliviers sous le monastère. La mer est de plomb fondu.

10 avril.

Pour ce dimanche des Rameaux, les femmes ont prêté leurs icônes à l'église. Elles les rapportent chez elles à midi et de ma fenêtre je les aperçois qui marchent à pas lents la belle image naïve serrée contre leur poitrine. Quand elles croisent une voisine ou une amie, elles s'arrêtent et offrent l'icône à baiser. Les cloches de Saint-Nicolas sonnent plusieurs fois par jour. Nous entrons dans la quinzaine pascale et les églises se remplissent à heures régulières de pieuses créatures qui viennent respirer l'encens et papoter sous les lustres d'argent. Les enfants jouent par terre, à leurs pieds, bruyamment et férocement, tandis que le pope couvre son autel de palmes, d'arums et de branches de jasmin. Le grand jeûne de quarante jours touche à sa fin. Il est temps pour Elefteria dont le visage se creuse et les yeux s'enfièvrent. C. doit ruser pour qu'elle accepte un gâteau ou des fruits. Il faut l'assurer que le pâtissier est un aussi fervent chrétien qu'elle et ne met pas un gramme de beurre dans ses cadaïfs ou ses baclavas.

Chardonne trouve ce jeûne inhumain. D'autant plus inhumain que d'une part on nous sert à table les premiers agneaux de lait et que, d'autre part, Michaelis, le mari d'Elefteria, s'empiffre à la taverne avec les mauvais sujets de la Dapia. Une belle fête approche. Si agnostiques que nous soyons les uns et les autres, il est impossible de ne pas participer. La joie l'emporte sur les craintes du Vendredi Saint. On se prépare pour la grande allégresse comme si le jour de deuil n'était qu'une formalité. Notre pope à la grosse trogne est d'une activité débordante dans son église et hors de son église. Les dons affluent à la veille de confessions en série. La bouteille de cognac offerte traditionnellement par Maïa les couronnera. Mais Maïa sera-t-elle là pour Pâques ? On en parle déjà dans l'île et le bruit court qu'il n'y a plus de places dans l'avion. Seul Spiro est affirmatif : « Il n'y a jamais eu de Pâques à Spetsai sans Maïa. Elle viendra. »

Il a fallu faire un portrait d'elle à Chardonne. Il voudrait qu'elle soit comme sa mère, Mme K..., dont le charme l'a conquis ce matin après qu'en Athènes, pendant son court passage de deux jours, il a refusé de la rencontrer sous le prétexte hénaurme qu'elle est la femme la plus riche de Grèce. D'où, de qui tenait-il cette information bizarre et singulièrement exagérée ? Mystère que je n'approfondis pas. Mme K..., très mortifiée et certaine de n'être, hélas, pas la Grecque la plus riche, ne s'est montrée que ce matin. Chardonne a, de la façon la plus inattendue, déployé toutes ses grâces, les nobles comme les spirituelles. Elle est repartie enivrée. Il ne l'était pas moins, sans que je puisse faire le partage entre ses sentiments réels et la griserie que lui procure l'exercice de ses charmes et de son intelligence. Nous avons observé son jeu. Il est d'une extrême perfection. Même une attention impitoyable ne peut en déceler les failles ou les exagérations. Le compliment léger glisse avec volupté dans la conversation, et c'est par sa légèreté qu'il touche juste et que la personne à envoûter fond de délices. Force est d'avouer que cet art est d'une autre époque. La séduction n'a plus cours. Ce n'est pas une question de temps. Les hommes d'aujourd'hui ne sont pas plus pressés que les hommes d'il y a quarante ans, mais moins spéculatifs, moins gratuits, ils ne cultivent plus la séduction pour la séduction. D'une rencontre, on ne tient guère à ce qu'elle se prolonge en pensée. L'amour est rendement. L'art de séduire est une morale qui implique du respect.

11 avril.

Ce printemps est un bonheur dont, pas un instant, nous ne cessons de nous émerveiller. Une brève pluie hier soir, nous vaut ce matin une île couverte de fleurs : pavots, coquelicots, glaïeuls sauvages, boutons d'or et marguerites blanches. La glycine semble avoir repris du mauve et dans les jardins, les orangers embaument. Par le chemin de terre en lacet, Chardonne monte avec un fiacre jusqu'à Prophitilias où nous le rejoignons à cheval. Le plaisir de lui offrir Spetsai verte et blanche, scintillant sous le soleil, la mer d'un bleu éteint par la chaleur et la silhouette d'Hydra, ce plaisir est tel que je me sens saisi par l'orgueil. Mais il sait m'en récompenser :

— L'exquis est un privilège de notre continent ; il est fait de choses modérées : pour le ciel et la mer, nuances fines dans les bleus et les gris. C'est en Grèce qu'il faut voir ces délicates lumières ; on dirait une image transposée du bonheur ; on respire bien, le cœur n'est pas lourd, on est content de vivre.

Nous revenons par un chemin difficile et le fiacre côtoie d'inquiétants précipices. Chardonne est sublime d'indifférence et nous entraîne sur le port pour boire de l'ouzo et goûter les pâtisseries défendues aux bons chrétiens. Mais les vacances ont amené du monde et c'est avec mauvaise humeur que je vois l'île envahie par les *xeni* d'Athènes. Les étrangers de Pâques offensent notre sens de la propriété et l'ombrageux amour porté à l'île. Ils passeront certes, et nous resterons, mais le port si calme où le soleil de l'hiver caressait les pierres blanches et les caïques peints, où chaque visage était ami, le port n'est plus le nôtre. Le *Néraïda* et le *Saronis* qui débarquent un flot de touristes nous effrayent. Il est juste, en revanche, de dire que notre maison est une tour d'ivoire. La terrasse et le jardinet ignorent les passants et les curieux. Chez Mme K..., le silence est encore plus grand. Nous y allons après le déjeuner. Il y a des dames mûres dont l'une au moins a été très jolie et garde de la beauté. Chardonne les baptise les « dames d'Athènes », s'émerveille (sans exagérer, car cela va de soi) de leur français parfait, et jure qu'il ne s'est jamais intéressé dans la vie qu'aux femmes de plus de vingt-cinq ans.

— Vous avez un mari ? demande-t-il à chacune.

Les réponses le laissent gourmand ou rêveur. On enchaîne sur le fait que les « dames d'Athènes » ont toutes lu *L'Épithalame* en son temps. Ce fut le roman des épouses, bien qu'écrit par l'époux. Loin, dans le monde, il apportait une image, une conception du bonheur français. L'auteur se flatte et reconnaît qu'il n'apprécie pas peu son œuvre. « Le vieux s'estime », répète-t-il comme Faguet. Il s'en explique même avec brio : la modestie n'est pas naturelle, ni sincère. Elle est le signe d'un gros orgueil. Une certaine satisfaction de soi témoigne de plus de sincérité. Les « dames d'Athènes » sont ravies. Chardonne voudrait beaucoup confesser la plus jolie. Il pressent une aura de roman autour d'elle : elle a été ruinée et son mari est absent, il y a de la mélancolie dans son regard. Les autres excitent moins son intérêt. Est-ce pour lui-même ou pour elles qu'il parle ? On ne jurerait ni l'un ni l'autre. Il joue, comme un harpiste, de sa voix célèbre, pinçant telle ou telle corde avec art. Je croirais entendre Félicien Marceau ou Christian Millau qui sont ses deux meilleurs imitateurs. Mais non, c'est lui et de le voir tout d'un coup assis dans un fauteuil, sur cette terrasse de soleil, face à un paysage grec, me paraît relever de la sorcellerie.

C. m'interrompt.

— Est-ce que tu trouves que je suis devenue laide ?

— Non, pourquoi ?

— Chardonne fait son courrier en bas. Il m'a tendu une lettre qu'il venait de recevoir de Camille pour que je la lise, mais il s'est trompé de feuille et m'a donné celle qu'il lui écrivait en réponse. Je n'ai lu que les trois premières lignes : il dit que je suis devenue laide, le visage noirci, la bouche tordue. Il m'a repris la lettre avant que j'aille plus loin. Tu crois que c'est vrai ?

Je la rassure. S'est-il rendu compte de son erreur ? Oui, sans doute, à moins qu'elle soit voulue. Il est souvent difficile de faire chez lui le départ entre une merveilleuse perfidie et une sincérité absolue qui n'ose pas dire son nom. Je ne jurerais pas qu'il ne l'a pas fait exprès, trouvant ce biais pour exprimer ses reproches. À Barbezieux, les femmes ne s'offraient pas à la brûlure du soleil. L'été venu, elles se cloîtraient. Il n'y avait que les gitanes pour courir sur les routes comme des moricaudes. Par son teint, C. offense la conception qu'il garde de la beauté d'Ève. On me demanderait ce qu'il est : sensible ou insensible, que j'hésiterais indéfiniment. La force de son œuvre est sans doute d'avoir été l'un et l'autre à la fois, c'est-à-dire un choix. Ce choix aura été sa personnalité véritable. Des mots cruels ou des gentillesses exquises viennent du même homme, d'un homme sans facettes. Les insensibles ne perçoivent pas le monde et les sensibles l'imaginent autrement qu'il est. Tout est question d'équilibre. Les propos parfaitement cyniques que Chardonne tient sur autrui, on s'attend à ce qu'il les tienne un jour sur vous qui vous amusiez de ses méchancetés. Mais on accepte de bon cœur cette éventualité. C'est à ce prix qu'il éblouit et fait rire.

13 avril.

Nous nous promenons beaucoup. Il est peu d'invités aussi faciles. Un rien l'enchante. Il réservait, en mon absence, ses caprices pour C. et ma belle-sœur. Il semble que mon apparente autorité ait mis de l'ordre. Elefteria assure même qu'il ne mange plus de chocolat au lit. En revanche, à table, il goûte avec volupté la cuisine grecque. Au petit déjeuner, il avale un pot de miel et jure qu'il n'y en a pas de meilleur au monde. Je l'écoute parler de l'huile d'olive, du laurier qui cuit avec les brochettes, des yaourts au lait de brebis, des gâteaux grecs qui sont d'ailleurs des gâteaux turcs, de l'ouzo auquel il s'est adonné sans hésitation, le troublant d'à peine une goutte d'eau. Il ne boude que le vin résiné pour lequel, moi-même, le premier enthousiasme passé, je ressens une certaine fatigue. Katsimbalis nous fusillerait du regard. Nous ne sommes que des profanes et nous en prenons trop bien notre parti. Sur le Colosse avec qui il a dîné à Athènes, Chardonne a des idées arrêtées. Ils se sont mesurés de la voix. La légende veut que le Français ait réussi à faire taire le Grec, chose qui, paraît-il, ne s'était encore jamais vue. Le premier n'en a pas moins été saisi par la vitalité du second, et à peine arrivé à Spetsai a demandé de lire le livre de Miller.

— Je vois ce que c'est, dit-il. Avec Katsimbalis, Miller était dans son propre monde. Le monde fulgurant des romantiques. Ils se créent un monde pour eux. Katsimbalis va mourir étouffé de nourritures ; mangeant tout le temps pour se conformer à l'image que Miller s'est faite de lui. Maupassant en ferait un conte : le romantique meurtrier.

— Vous a-t-il raconté qu'il était allé vous voir, en 1923, chez Stock, pour vous proposer l'édition en français des poèmes de Palamas ?

— Moi ? Non. Quand vous me parlez de quelqu'un qui m'a vu en 1923, je n'ai pas la sensation d'un passé accroché à moi. Il s'agit d'une époque qui m'est étrangère, d'un homme qui a mon nom et qui n'est pas moi. Vous devriez dire à Katsimbalis qu'il faut s'arrêter de manger. C'est trop dangereux.

On ne s'imagine guère faisant pareille commission. Katsimbalis a besoin de la table pour soutenir sa voix comme un ténor a besoin d'un orchestre. Chardonne n'a besoin que d'être seul avec peu d'interlocuteurs, et de préférence des interlocutrices. Sa conversation est d'ailleurs un monologue qu'il poursuit et reprend tout à trac le lendemain, à l'endroit même où il l'a arrêté, ayant enrichi et médité son jugement. Ce matin, avant le bonjour, il a repris des considérations sur le style inspirées la veille par Sagan.

— Je sais ce que je voulais dire exactement.

Quand, à un écrivain, il n'a pas été donné d'écrire des phrases longues, ses phrases courtes doivent être pleines et déborder l'une sur l'autre. Le genre : « Il alluma une cigarette. Il prit son chapeau. Il toussa », ne veut rien dire. Pour qu'un style se permette la maigreur, il faut qu'il soit riche. Le style fleuri, c'est autre chose. Tant mieux pour ceux à qui ça plaît.

Au cours de nos promenades le long de la côte, jusqu'à la plage d'où l'on découvre Spetsopoula, il aime rappeler ses souvenirs d'éditeur. Assis sur une pierre, dans un champ de marguerites jaunes et de coquelicots, il évoque Giraudoux.

— Ajalbert était venu me voir chez Stock : « Il y a un jeune diplomate qui a écrit récemment un petit essai. C'est très bon. Vous devriez le rencontrer. » Je suis resté évasif. On ne peut pas tout publier. C'était Giraudoux. Une vie d'éditeur est faite de ces ratages... Giraudoux est allé chez Grasset qui, un jour, lut une ligne de moi et voulut avoir tous mes romans, mais n'en ouvrit plus un seul, même pas pour la première phrase... Stock publiait des livres étrangers, sans succès. Après tout le scandale qui a entouré le procès d'Oscar Wilde, on n'a pas vendu plus de quinze cents exemplaires du *Portrait de Dorian Gray*. La pierre d'achoppement était les traductions : mal ficelées, bâclées, confiées à des tâcherons. Tout a changé quand on a pu dire au public français : « Voilà un livre étranger aussi bien écrit qu'un livre français. » Les éditeurs ont imité Stock, tuant du même coup la poule aux œufs d'or. On ne peut plus choisir. Il faut tout publier du même auteur, y compris ses livres ratés, sous peine de le voir signer un contrat chez un autre...

Le soir tombe. Il est bleu, si intensément bleu que le paysage chavire. On croirait d'un décor de nuit pour la scène de l'Opéra. Des danseuses en tutu, couronnées de fleurs, devraient sautiller dans les champs. Mais elles n'ont pas été convoquées et c'est dans un silence très doux que nous regagnons le vieux port, l'église Saint-Nicolas illuminée d'où les femmes entrent et sortent comme d'une ruche, puis la maison. Chardonne est fatigué et s'effondre sur le divan. C. lui apporte du whisky pur et il reprend vie instantanément. À l'écouter, j'ai tout simplement oublié ses soixante-dix-huit ans et l'ai ramené au pas de chasseur, sans même vérifier que le chien, attiré par quelque affreuse bâtarde, ne nous suivait pas. Elefteria est outrée.

— Kyrios a perdu la tête. Il va tuer le *papous* [1] et il abandonne notre enfant.

Je suis pardonné quand Gollywog rentre seul, la langue pendante, assez satisfait de sa fugue, et que Chardonne s'enquiert du dîner.

Pâques, 17 avril.

Nous nous sommes réveillés dans un grand vacarme de cloches. Les enfants grimpés sur le toit du monastère tiraient à qui mieux mieux sur les cordes. Le bruit fascine les peuples gentils. Au Portugal, les pétards

1. *Papous* : le grand-père, terme affectueux s'il en fut, que les Grecs donnent à toute personne d'âge.

partent pour un oui ou pour un non. Depuis hier soir minuit nous subissons la même mitraillade. Impossible d'esquisser un pas dans la rue sans qu'une boule éclate sous vos pieds. Le signal a été donné par le pope hier soir, à la messe de minuit, dans la cour du monastère qui embaumait l'encens et la fleur d'oranger. Après les cantiques, il est sorti dans le cloître, vêtu de sa plus riche chasuble et portant son grand évangéliaire en argent. Les femmes sont peureusement restées à l'intérieur de la chapelle tandis qu'une foule de garçons excités entourait notre saint homme terrorisé. Il s'agissait pour lui, après une dernière prière, de crier : « *Christos anesti*[1] ! », phrase rituelle qui déclenche la débauche des pétards jusque dans ses jupons. La prière durait. Les garçons s'excitaient. « Alors, tu vas le dire que Christ est ressuscité ? Tu vas le dire ? Tu as peur ! Tu as peur ! » Il a fini par lâcher les mots sacrés, se couvrant le visage pendant qu'on mettait l'évangéliaire à l'abri. Le paisible monastère a vibré de toutes parts. L'odeur de la poudre a chassé le parfum de fleur d'oranger. Christ était ressuscité dans le délire. Nous sommes allés souper chez Mme K... pour goûter à la soupe d'abats de poulets, la *magaritza*, qui rompt le jeûne, aux œufs durs multicolores dont il faut casser la coquille avec son voisin, aux fruits de Pâques. Maïa était là, tombée du ciel, en apparence de bonne humeur, accompagnée d'un Grec qui nous a tout de suite fait savoir qu'il avait été son fiancé. L'ex-fiancée, elle, en blouson noir et pantalon collant, res-

1. Christ est ressuscité !

semblait bien à ces étranges adolescents d'un sexe ambigu dont Carné parsème ses films. C. m'a persuadé que Maïa avait été aimable, amicale même, regrettant, paraît-il, que je ne lui aie pas téléphoné pendant ma semaine à Paris. Il est vrai que j'aurais dû, ne fût-ce que pour la voir sous un autre jour, avec un manteau de vison, une robe de couturier, et des bijoux. Mais la reconnaît-on ? Chardonne, moins à son aise, parce qu'il y avait trop de monde et que les conversations se croisaient en deux langues, l'a observée, méditant presque à voix haute ses observations, mais incapable de mondanités à la première rencontre, il a préféré les dames de plus de vingt-cinq ans qui ont beaucoup gloussé. En boxe, on appelle cela un premier round d'observation, la bataille étant réservée au second.

Elle n'a pas eu lieu cependant aujourd'hui. Il y avait trop de monde encore dans les différentes maisons où, selon la tradition, nous sommes allés goûter à l'agneau de lait cuit à la broche sur des braises. La dernière maison était celle du maire. Comme il se doit chez un homme riche, plusieurs agneaux y tournaient sur les broches selon un rite dont les servants ne se laissent pas distraire. Nous étions enfin à l'abri des pétards dont le village est infesté. La mairesse est belle femme et le maire trop dur d'oreille pour qu'on puisse échanger avec lui autre chose que des acquiescements. C'était un instant paisible et gourmand, sous l'éclatant soleil qui succédait à la fraîcheur et à la pluie du Vendredi Saint. Le jeûne s'achevait et nous sombrions dans l'abondance. Chaque famille — et pour les plus pauvres,

Mme K… et Maïa y pourvoyaient — goûtait à l'agneau pascal et aux sucreries ressuscitées. L'allégresse a duré tard dans l'après-midi. Spetsai avait changé de visage. De nombreuses maisons de vacances avaient rouvert leurs volets. Des Athéniens, que nous ne connaissions pas, se révélaient à nous, après un long isolement, une possession sans gêne. Spetsai peut se partager avec certains d'entre eux. Ce partage ne sera d'ailleurs que de courte durée. Demain le *Saronis* et le *Néraïda* emporteront les intrus les moins favorisés.

18 avril.

Chardonne n'a pas été insensible au charme de M… Il estime que c'est son devoir de la prévenir des illusions qui menacent les jeunes filles à marier. Ses leçons ne sont pas secrètes. Il les donne sur la terrasse quand le soleil a tourné et n'échauffe plus les pierres. Parfois je l'écoute :

— Ne vous précipitez pas dans le mariage. Il faut être formé pour se marier. Sinon on est déformé. Ah ! la vie en commun ! Croyez-moi, ce n'est pas supportable. Émile Faguet, qui avait vécu toute sa vie avec sa bonne dans une chambre d'étudiant, disait : « L'amour est inhabitable. » Une amie m'a donné à penser sur l'amour récemment et m'a fourni une conclusion à trente ans de méditation. Non seulement ce n'est pas un sentiment honorable, mais c'est encombrant comme une misère. L'amour est une redoutable invention sans cesse exaltée par l'imagination et qui atteint le comble de la folie dans un film intitulé : *Hiroshima, mon amour*. N'a-t-on pas fini de se monter la tête depuis le Moyen Âge ? À la place, je commande de se créer une « société ». Voilà qui est à la mesure humaine ; vrai, nuancé, riche. Le mariage est quelquefois cette « société ». À défaut du mariage, quelques personnes. On peut admettre les chevaux, les chiens. N'importe quoi, mais sans passion. Un jardin bien sûr.

— Ah ! dit M...

— Le mariage de raison est peut-être la seule voie du mariage. Voulez-vous un roman ? En voici un : une jeune fille de dix-neuf ans, très bien élevée par des femmes, mère et grand-mère, dans un château isolé, épouse un homme gentil, un peu trop jeune pour la fonction de mari. Dans une époque très trouble de l'histoire de France, elle se trouve jetée dans un milieu assez désordonné, brillant, dangereux, très nouveau pour elle, où l'amour brûle de tout côté, où elle prend feu et se perd. Elle y reste prise, elle semble y consentir, mais ne rêve plus qu'à un abri, un appui, du solide, un mari mûr, un mariage de raison. Il y a un moment où on aspire à l'amour ; un moment où on aspire à en sortir. Quand une femme parle d'amour à un homme, il doit se méfier. Il s'agit presque toujours d'autre chose. De quoi ? Personne n'en sait rien... Je veux vous trouver un bon mari, comme il vous en faut un. Vous serez une femme parfaite. Encore faut-il une préface au mariage. Je me charge de la préface.

19 avril.

Déjeuner épique hier à bord du *Maïa III*, avec Mme K..., M..., C., Chardonne, Maïa bien sûr, et moi au bout de la table. Le *Maïa III* évite sur son ancre à l'entrée de l'ancien port. Sur le pont, notre bon maître est une révélation : il a le pied marin et commence sa journée avec un grand verre d'ouzo. Il y aura ensuite du vin blanc, du bordeaux, du champagne et, pour finir, exquise attention involontaire, du cognac Delamain. Il goûte de tout, mais c'est avec le cognac que je reconnais en lui un prince. Le silence dans lequel il l'aborde, le silence qui suit sont d'un aristocrate et ne souffrent point de plaisanterie.

L'éloquence se fait plus profonde et plus symbolique, courtoise mais ferme à l'égard de Maïa qui en perd un peu de son assurance. La voilà, grâce à lui, plus humaine, compréhensive, intelligente même, osant se taire. J'admire cette transformation, le déjeuner parfait, le luxe juste. On n'en remontre pas à Chardonne sur le socialisme : il a admiré Jaurès quand ce dernier était encore un épouvantail pour bourgeois. Sur la répartition des richesses, il ne répond que par le bon sens, ce qui est facile à bord d'un yacht, avec six hommes d'équipage. Seront-ils plus heureux le jour où Maïa n'aura plus de fortune ? Et comme elle vient de tancer d'un ton sec son maître d'hôtel, il remarque :

— Vous parlez bien durement à votre personnel !

Mme K... triomphe :

— Ah ! tu vois, je te le dis toujours !

Maïa, assez petite fille soudain, réplique mal. On lui rappelle sans pitié les beaux temps du surréalisme où les dames richissimes s'offraient chez Cartier un médaillon en or avec le portrait de Staline. La mode n'aurait-elle pas passé des vicomtesses rouges et des duchesses roses ? Il y a de l'enfantillage là-dessous, et, dans l'aveuglement, quelque chose qui sent bien la fin d'une société. Cette société n'est pas à défendre plus qu'une autre. Son suicide est biologique. Elle ne se nourrit plus du sol et croit porter ombrage, au lieu de protéger. On ne la regrettera que pour ce qu'elle impliquait de liberté et de naturel, à la veille d'un monde où il n'y aura plus ni liberté, ni naturel. Le cas de Maïa n'est pas le seul, et d'ailleurs il n'est pas sans failles non plus, car elle sait faire le bien et ce n'est pas là une bonne méthode pour préparer des lendemains qui chantent. En étendant sa protection à une famille comme celle de Nautis, le cocher chez qui nous nous rendons après le déjeuner à bord du cotre, elle fait preuve de discernement. Nautis, entre deux courses en fiacre, cultive quelques arpents de vigne au nord de l'île, à cet endroit même où nous aimons si souvent porter nos pas. Il s'est construit une cabane et a dressé une table à l'ombre du grand platane. Il est quatre heures et il va falloir encore manger ! C'est impossible pour tous, sauf pour Chardonne qui s'installe, boit du rosé résiné et découpe, sans frémir, une cuisse d'agneau. Un ânon adorable, un cheval nommé Bey, une chienne et des ruches que l'on entend bourdonner complètent le tableau de cette famille heureuse. En face, à Spetsopoula, des dragueurs construisent le port privé de Niarchos, mais on ne les entend pas, et un silence virgilien plane sur cette cabane plantée au milieu des vignes. L'agneau a cuit au four à bois, enroulé sur lui-même dans une grande poêle à frire. J'y goûte. Il est bon. Tant pis. Redéjeunons. Chardonne tend de nouveau son assiette et trouve des pensées sur Jaurès, les grèves de Limoges, l'Allemagne. J'écoute moins : c'est trop simple et trop charmant pour qu'il ne me vienne pas l'idée de vivre dans un endroit aussi paisible, aussi détaché du monde, avec la vigne, quelques oliviers et un carré de blé. Qui n'a pas cette tentation un jour ? À la minute où elle surgit, elle s'impose. Le soir, elle n'est plus que poussière. Pourtant tout nous y convie, toute la raison nous incite à lâcher les vanités. Hélas, les vanités ont des chaînes invisibles. La vie virgilienne n'est pas pour demain et le bonheur reste la propriété du brave Nautis.

Nous rentrons en fiacre. La nuit tombe et Maïa nous invite à un whisky dans la maison de sa mère. Chardonne est vaillant, moi beaucoup moins. Ces ripailles, ces vins, ces alcools ont atténué mes facultés d'attention. Je regarde de la terrasse la mer d'argent, et la côte du Péloponnèse qui s'efface. La nuit venue, nous rentrons dans notre coquille. Quelle paix monte soudain ! Il faudrait étreindre ces choses-là et elles sont impalpables.

21 avril.

À quatre heures, je lève le nez d'un livre. C'est l'heure du fiacre de Mme Bouboulis. Il est venu la chercher après le déjeuner, empruntant un chemin détourné, sans escaliers, pour venir jusque derrière notre maison, tout près de celle des Bouboulis que le printemps a parée de glycines et de roses. La marquise de Grand-Air est là, bien assise sur sa banquette, toujours cambrée, souriant aux anges, heureuse de sa promenade quotidienne et rituelle par un itinéraire invariable. Le cocher l'aide à descendre et lui offre son bras jusqu'à la porte, car elle souffre d'arthrite. J'adore son salut quand nous la croisons dans son fiacre : un léger hochement de tête, la main fine qui se lève doigts joints, et le sourire qui s'accentue brièvement. Des « dames d'Athènes », nous avons une autre image quand elles se rassemblent dans le salon de Mme K... et jouent aux cartes six heures d'affilée dans une âcre odeur de fumée, environnées de tasses de café et de verres d'eau.

Chardonne ignore ces tabagies. Il rêve à des elfes, se promène dans le village avec une distraction feinte. En réalité, il voit tout et je le soupçonne de s'inventer un roman par jour. Ainsi a-t-il croisé deux fois, sur le pas de sa porte, une jeune femme qui tient son bébé dans les bras. Il nous la décrit avec feu : regard sombre, lèvres fortes, cheveux noirs et courts. Des deux rencontres, il a déduit que cette jeune femme connaissait l'amour et que, par conséquent, elle ne pouvait être spetsiote. Il faut que C. aille aux renseignements, ce qui n'est pas facile car les indications sont vagues. Tout de même, elle peut s'assurer que la jeune femme en question, effectivement assez belle, est originaire d'Athènes et ne vit à Spetsai que depuis un an, avec son mari qui est contremaître à Spetsopoula où il travaille pour Niarchos. Chardonne triomphe ; le seul visage qui respire l'amour sur cette île est celui d'une étrangère. Son roman est terminé et son principe vérifié par *a* + *b*. Il est si sûr de soi que je finis par vaciller, bien qu'il m'en coûte. Si l'on doit poursuivre son raisonnement jusqu'au bout, Spetsai a tout pour ressembler au paradis terrestre, y compris l'absence d'amour. Mais le cœur se rebelle. La société grecque ne peut pas être bâtie sur des mariages de raison, des mariages d'accommodement. Et si cela est, cela expliquerait-il que la beauté (surtout féminine) soit rare, que la moyenne de ce peuple soit même plutôt laide ? Une jeune fille fraîche a presque toujours du sang étranger. À Spetsai, pas plus qu'à Poros, Hydra ou Égine je n'ai aperçu d'Akrivie Phrangopoulo. L'espèce a disparu. Si la vertu règne, ce n'est pas la vertu en soi, c'est la vertu quasi forcée. Où un garçon de vingt ans irait-il faire ses armes ? Cela justifie les soirées dans le café chantant avec les orchestres de passage, les jeunes hommes dansant entre eux, mimant les approches de l'amour. Hors de ces soirées où chacun perd un peu la tête, l'austérité est de rigueur. Le vieux Spiro est le plus sévère censeur des mœurs. En vérité, Spiro croit que le mal est profond. Pendant l'été, des étrangères se baignent en maillot exigu sur la plage. Les garçons du village s'asseyent sur le quai et les regardent en faisant les malins. Mais ils ne sont pas aussi forts qu'ils veulent bien le faire croire, et leurs rêves sont agités.

— Alors, qu'est-ce tu veux qu'y fait ? dit Spiro. T'as compris. Eh bien ça, c'est mauvais pour la santé. Après on est fou.

Sévère pour les autres, il est plus indulgent pour lui-même. Égrillard, il me raconte que l'été il apporte les blocs de glace dans les maisons et qu'il sait très bien à quelle heure il faut frapper à chaque porte pour trouver des jeunes filles court vêtues. Comme je lui demande s'il n'encourt pas les mêmes tentations que les garçons qui lorgnent les étrangères sur la plage, il répond :

— Le Dieu il m'a retiré ça, mais il m'a laissé l'œil. Maintenant, c'est tout pour l'œil. L'autre chose c'est plus rien. Tu connais italien le mot macaroni ?

Athènes, le 23 avril.

Le printemps aura servi Chardonne jusqu'au bout. Quittant Spetsai à bord du caïque de Yorgos, nous avons vu l'île s'évanouir dans une lumière d'or. À Nauplie, le même éclat mais plus rouge parait le golfe aux eaux distraites. De la terrasse de l'Amphitryon, nous avons assisté à la mort du jour. Du Bourtzi, au réveil, un paysage entier s'est éveillé par petites touches, d'abord indécises, puis brillantes. Je connais le plaisir extrême de dévoiler des beautés à ceux qui les apprécient et ne tarissent pas de mots justes pour les qualifier. Pour cela, je recommande Chardonne, ce pèlerin tardif de Madère, de Sintra et de la Grèce. Il aura mis longtemps à dépasser Barbezieux et le lac Léman, mais ce long temps était la sagesse même. Le voilà goûtant Nauplie plus que je ne l'avais fait jusqu'ici et ayant déjà relu à l'aube les pages du *Colosse de Maroussi* pour me dire dès le petit déjeuner :

— Vous auriez dû me faire découvrir ce livre avant que je vienne en Grèce. J'aurais eu un aspect préliminaire de Katsimbalis que Miller a inventé comme le reste. C'est un livre intéressant avec des morceaux magnifiques. Ce bagou fulgurant n'est pas mon genre, mais cela m'amuse. Admirable quand il invente. Quand il regarde, comme par exemple à Nauplie, il ne voit rien. Moi j'ai vu Nauplie, pas Miller.

À Mycènes, nous nous arrêtons et je l'oblige à grimper jusqu'à la salle dite du trône. Dans les tombeaux à ciel ouvert des jeunes princes, des fleurs des champs ont poussé : coquelicots, marguerites jaunes. L'effrayant Mycènes a perdu de son formidable. Une équipe de jardiniers en grand chapeau et tablier blanc erre dans les ruines. À nos pieds, la plaine d'Argos, découpée en rectangles rouges et verts, fume au soleil. Pourquoi ai-je plus de mal à rêver aux crimes des Atrides dans ce palais à nu sous le soleil ? Le cadavre d'Agamemnon s'imagine sur une dalle froide qui fige la mare de sang tandis que le tonnerre roule dans les cieux et que la pluie crépite dans le silence angoissé de Mycènes pressentant toutes les calamités du monde. Les caravanes de touristes affligent aussi la ville morte et des bouts de conversations troublent l'air chargé d'une douce électricité. Une dame française : « Les gens ont beaucoup plus d'argent qu'on ne croit. Ainsi ma belle-sœur... » Une marche qui lui manque l'interrompt. Nous ne saurons jamais à Mycènes l'histoire de la belle-sœur. Chardonne n'écoute pas. Il songe aux Atrides :

— X... me reproche toujours avec mépris de n'aimer que l'exquis. S'il y en a sur terre, j'irai plutôt de ces côtés, goûtant peu l'horrible qui abonde. Qu'y a-t-il de plus fragile à peindre pour un écrivain ? Il me manquait ce visage de la Grèce. Vous me l'avez donné. Je ne l'oublierai pas. Partons.

En descendant, nous découvrîmes à quoi servaient les jardiniers de Mycènes, ces comparses égarés d'un drame de Giraudoux : ils fauchaient dans les tombes des enfants royaux et rassemblaient de grosses gerbes de foin et de coquelicots mêlés. Curieux souci en ce lieu de malédiction que nous avions vu par tous les temps, de l'automne à la veille de l'été, et maintenant fleuri puis tondu comme si aucune douceur ne devait jamais survivre entre ces pierres démantelées. Après quoi Corinthe ne pouvait plus être qu'une formalité. Il restait encore, après la route en corniche qui découvre le golfe Saronique jusqu'à Megara et Éleusis, à gagner Athènes par la Voie Sacrée, à grimper sur le Philoppapos et à recevoir en plein visage l'image, rose au couchant, de l'Acropole.

— C'est fini, je ne ne veux plus rien voir, a dit Chardonne. Je sais tout. Vous m'avez montré la Grèce. Je ne la reverrai plus. Il faut tourner la page. Ce serait trop.

Ce matin nous l'avons conduit à l'aérodrome. Je crois que nous étions plus tristes que lui. Un manteau, un chapeau, un nœud papillon, un costume civilisé nous l'arrachaient déjà. Il nous avait divertis, passionnés, amusés. Il avait joué la comédie et il s'était montré aussi d'une délicatesse, d'une bonté que nous n'attendions pas. En le quittant, je pensais que j'avais d'abord longtemps aimé l'écrivain et que maintenant j'aimais aussi et autant l'homme qui ingénument croyait qu'à Spetsai nous lui avions offert une des belles images de sa vie. Pour rendre ce départ plus bête encore et plus triste, l'aérodrome grouillait d'avions, de passagers, de voitures. C'était la foire. Une gentille hôtesse grecque a bien voulu se charger des formalités quand je lui ai dit qu'il s'agissait d'un écrivain français. Il s'est émerveillé que je lui rapporte son ticket d'embarquement, son passeport visé, le quitus de la douane pour ses bagages.

— Comment avez-vous fait ?

— J'ai dit que vous étiez le plus grand écrivain français. Le Bon Dieu me pardonnera ce mensonge puisqu'il croit, Lui, que c'est Mauriac.

— Ah oui, peut-être.

Un peu d'ironie a sauvé le départ.

PÉLOPONNÈSE

Olympie, le 24 avril.

Longue route d'Athènes à Olympie. Le ciel de l'avant-veille a pris de l'âge en certains endroits, il s'est boursouflé, crevassé. Le golfe Saronique est gris et le golfe de Corinthe vert d'eau, d'un calme endormant. Un orage s'accroche au-dessus de Delphes. La route longe une rive qui pourrait être d'un lac. Une autre Grèce surgit à gauche : la terre grasse et rouge verdoie adossée à une chaîne continue de montagnes qui la protège et l'ombre : le blé est déjà haut, la vigne avance ses premières feuilles. On traverse des forêts de néfliers en fruits ou des bosquets compacts d'orangers dont l'enivrant parfum assaille par vagues successives. Patras est affreux : une ville écrasée, laide, sale, chassieuse aux carrefours, saupoudrée d'une poussière fine qui donne soif. À deux heures de l'après-midi tout y dort et c'est à grand mal que l'on trouve une taverne ouverte. Les mouches butinent la toile cirée des tables. Le garçon comprend à peine les mots clés qui guérissent la faim : pain, vin, olives, mouton. Nous dérangeons sa léthargie. Après Patras, sur la route de Pyrgos, il faudrait pouvoir expliquer pourquoi la mer est une si mauvaise frontière. L'Italie est en face, encore loin cependant, mais elle a déteint sur cette rive occidentale du Péloponnèse. L'Italie et non Rome. L'Italie, c'est-à-dire Venise et les Vénitiens. On croit l'y retrouver avec ces maisons à balcon couvert, ces Grecs plus riants que les sévères paysans de l'Argolide. De kilomètre en kilomètre, la vigne prend de l'audace et de la force. Les ceps disparaissent sous les feuilles d'un vert incandescent. Puis ce vert se tache lui-même de sulfate. Entre les plants circule un petit homme équipé d'un scaphandre, qui marche précédé d'un nuage vert-de-gris. Les figuiers se musclent. Autour des sources, se serrent les orangeraies. Échappant un instant à la route droite, nous échouons à Killini dans le vain espoir d'y rencontrer une ancienne forteresse et un port vénitiens. Du port, il ne reste que quelques grosses pierres. La forteresse est trop loin. Il faudrait s'y rendre à pied. Pour découvrir quoi ? Encore de grosses pierres, des murs démantelés, des coquelicots et des chardons épars dans les ruines. Killini est bien plus intéressant : pauvre et lépreux, flanqué de baraques en bois avec des vérandas où une cinquantaine de personnes endimanchées sont attablées avec l'air étrange de n'appartenir à rien de ce village, à rien de la mer transparente qui vient lécher la plage et la jetée chaotique. Quelque chose de kafkaïen pèse sur ce rassemblement hétéroclite et gratuit, mélange de popes et de vieilles femmes, de couples ennuyés serrant contre leurs jambes des valises de fibre. On croirait des émigrants attendant un impossible visa. La mer est vide. Pourtant l'œil se fait à ce vide, et, à l'horizon, se silhouette une tache bleuâtre et vaporeuse. C'est Zakinthos, la plus méridionale des îles Ioniennes. Zanthe la forestière, disait Homère, *Fior di Levante,* disaient les Vénitiens. Ces voyageurs atones en vêtement de ville, assis devant des verres d'eau que le garçon remplit à la fontaine, attendent depuis des heures un problématique bateau. Ce sont — le croirait-on — d'anciens sujets d'Ulysse. Un moment, nous éprouvons la tentation de nous joindre à ce groupe sommeillant, comme pendant la guerre on s'agglutinait immédiatement à toute queue formée devant un magasin. Mais le *Guide Bleu* est un conseiller prudent : Zakinthos ne garde rien des promesses d'autrefois. À la suite du tremblement de terre de 1953, on a reconstruit dans le désordre. Et puis quand arrivera le bateau ? Cet après-midi ? Dans la nuit ? Demain ? Nul ne le sait au juste. Et personne ne s'en inquiète vraiment. Zakinthos sera pour une autre année.

Au bout de cette journée, nous avons posé Olympie comme un arc de triomphe, comme le fruit d'une belle attente mûrie par Pâques et le printemps. Après Pyrgos, on passe un petit col et c'est le miracle encore bien plus violent, bien plus enthousiasmant que je n'espérais : l'Arcadie. Je pense à Shangrila, vallée heureuse et rêve de romancier. Sur les montagnes alentour, il a plu et des lambeaux de nuages restent accrochés à leurs flancs, anneaux satellites indécis qui ceignent les sommets. Une affolante gamme de verts a été lustrée par la pluie. Le regard s'en emplit et un sentiment de paix coule en moi, émerveillement lucide que ne peut altérer aucune tristesse. La grisaille des oliviers s'allège. Des cyprès jumelés, toilettés comme des chiens de luxe, se dressent au bord de la route, et plus nous avançons, plus nous en découvrons, géants immobiles, presque noirs dans le soir qui tombe et garde ses dernières lueurs pour une visite du sanctuaire désert admirable de roseur grise sous le ciel du couchant. L'herbe est encore humide et nous marchons entre les pierres, le long des murettes sur un tapis de fleurs blanches et de marguerites jaunes, naviguant au hasard entre les temples de Zeus et d'Héra, entre le Palestre et le Leonidaeon, indifférents encore à ce qu'ils représentaient, sensibles seulement au concert d'Olympie. Car nos pas feutrés n'ont pas interrompu un divin et fou ramage qui se donne libre cours dans les hautes branches des pins envahissant le sanctuaire. Rafraîchis par la pluie, délivrés des touristes qui ont piétiné les ruines, les oiseaux se sont donné rendez-vous dans les arbres et chantent éperdument, discordants et accordés, ivres de bonheur, recréant ainsi — un soir que je voudrais croire sans pareil — la musique qui de tous les temps sacra Olympie. Mais ce concert est d'autant plus fou qu'il doit s'interrompre brutalement à un signal que j'ignorais jusqu'alors : le cri de la chouette saluant la nuit. Modulé d'abord avec douceur et comme un reste de timidité diurne, il s'humanise et se brise. Ce n'est plus un cri, mais une voix, tendre et inquiète, qui appelle la bienveillance des divinités ténébreuses. Oui à la nuit, puisqu'il le faut, mais à la nuit arcadienne, ce voile pudique jeté sur trop de beauté. Tandis que nous abandonnons le sanctuaire, une deuxième, puis une troisième chouette répondent à la première, dessinant dans la vallée de l'Alphée un triangle magique et triste au centre duquel s'élève le coassement des grenouilles. Nous rentrons sans avoir prononcé un mot puisqu'il n'y a pas de mots et seulement le sentiment exaltant d'une heure peut-être unique.

Le 25 avril.

J'écris dans le salon de l'hôtel Spap, face à la grande baie ouverte sur la vallée de l'Alphée. Des marionnettes multicolores errent entre les colonnes du Palestre. Ce sont les rescapés du déjeuner offert par une agence de voyages aux clients de son « tour ». Partis à l'aube d'Athènes ou de Nauplie, ils sont arrivés peu avant midi à Olympie, ont été enfournés dans le musée, puis conduits à table où le maître d'hôtel a poussé à la consommation du vin rouge (non compris dans le forfait). Les plus hépatiques ont cédé à la torpeur et se sont effondrés dans le salon. Deux d'entre eux sommeillent non loin de moi, la bouche ouverte. Dans une demi-heure, la trompe de l'autocar les réveillera en sursaut. Ils quitteront Olympie après l'avoir aperçue d'une fenêtre. Il est vrai que les plus courageux qui, en ce moment, affrontent les ruines, ne l'auront vue qu'à travers le viseur de leur appareil photographique et entendue que par la voix d'une jeune fille grecque en bas et lunettes noires. L'art et la patience avec lesquels cette curieuse personne rassemble son troupeau, le morigène gentiment, le pousse vers des portes et rattrape les attardés, font mon admiration. Mais les voyages organisés ne paraissent inhumains qu'à certains. L'instinct est à l'association, même hétéroclite. Une brave bonne humeur règne parmi ces touristes. Je suppose même qu'à la fin du voyage, ils échangeront des cartes, promettront de se revoir, de se passer mutuellement les films pris pendant la route. Que reste-t-il d'une visite organisée comme celle qui se déroule en ce moment ? Des bribes de phrases cueillies par-ci par-là feraient aisément croire que ces voyeurs d'un après-midi ne retirent d'Olympie qu'une image fabriquée. Mais nous savons aussi combien le langage commun est pauvre et combien il trahit ceux qui ont si peu de vocabulaire pour s'exprimer. Ne saisirait-on d'Olympie qu'un bref bonheur que ces sortes de voyages organisés pourraient ne pas être perdus. La beauté opère des miracles aussi invisibles qu'indicibles. Quelque chose de grave est en jeu ici. Qu'on ne le perçoive pas et on s'exclut du passé comme du présent. Je néglige l'avenir : il est plein de chiffres et de records. Le passé, le présent sont tout ce qui nous reste. Olympie les confond et c'est sans doute là son secret. Ce matin, après la visite du musée encore désert, nous nous sommes promenés le long de l'Alphée avant de grimper sur la colline qui surplombe l'hôtel. Il me revenait des pages entières des *Portes d'Arcadie*. Manquaient la chaleur et la rousseur d'un paysage brûlé par le soleil d'août.

Nous disparaissions entre les massifs de gentianes et les massifs de genêts au parfum de savon frais. Sur le sommet, nous attendaient le thym et la marjolaine, et sous nos yeux le déroulement de l'Alphée que les pluies de la veille ont gonflé d'un limon rouge ; une minute assez belle pour qu'on pût la goûter presque avec angoisse, le sang aux tempes, encore essoufflé. Les ruines du sanctuaire avaient disparu. À nos pieds, s'étalaient des champs frémissants de blé où voletaient des pies noir et blanc. Sur la montagne qui forme l'autre versant de la vallée, s'étageait, dans la lumière déjà noyée d'un matin chaud, une forêt de chênes, de cèdres, de pins et de noyers qui, par sa diversité, sa mobilité, nous rappelait soudain la saisissante grandeur de la forêt de Sintra que l'an dernier nous avions gardée six mois sous les yeux. Si, sous les tremblements de terre et l'érosion, ce paysage s'est écroulé, affadi, peut-être, dans ses lignes, il a conservé son éclatante lumière, ce don du ciel que ni la barbarie des premiers chrétiens, ni le temps sans pitié n'ont pu altérer : une valeur éternelle, une valeur qui écrase tout de sa perfection. Seule la nature est divine. Le reste est balivernes.

À cette Arcadie déployant ainsi sa grâce sous un ciel d'une limpidité *absolue*, un détail faisait défaut. Je cherchai lequel sans parvenir à le trouver comme au sortir d'un rêve on essaye en vain de séparer la vérité du mensonge. Ce n'était pas les bergers du Poussin entourant une futaille. À la rigueur, cela aurait pu être deux vers de Théocrite, mais là ma mémoire défaillait. À défaut de Théocrite, c'était cependant une chose lue ou entendue très récemment. Que je la retrouve et l'Arcadie réelle ressemblerait à l'Arcadie imaginaire cultivée en moi depuis trente ans. Il n'y avait rien d'angoissant à ne pas situer ce détail. Je savais que d'une minute à l'autre, il reviendrait. Nous nous sommes assis dans l'herbe tiède, près d'une source où une vieille femme en noir rinçait son linge. Un oiseau d'un jaune incandescent, aux ailes noires, voletait devant nous dans les branches des caroubiers et des figuiers. Plus le détail fuyait, plus l'attente devenait un véritable plaisir. À la minute de son éclosion, il allait d'un seul coup fixer, comme un éclair de magnésium, la perfection verdoyante et somptueuse qui s'étalait devant nous. Quand enfin, après de soyeuses minutes d'espoir, je le perçus, ce fut comme un choc au cœur. Un coup de fusil venait d'éclater dans la vallée et l'écho le répercutait de montagne en montagne, avec une sécheresse, une netteté extraordinaires. C'était bien le coup de fusil qui clôt les *Portes d'Arcadie* d'André Fraigneau. Trente ans après, il déchirait encore la paix du paysage.

Kalamai, le 27 avril.

L'hôtel donne sur le port où rouillent des cargos désarmés. Ils ont des noms grecs et des provenances qui ne font guère envie : Panama, Monrovia. Échoués à Kalamai, ils terminent une existence brève gui témoigne ici, comme à Skaramanga et dans la baie d'Éleusis, de la crise de fret dont souffrent la marine grecque et tout un pays qui vit de sa maîtrise commerciale des mers. Sans chargement, ces cargos semblent, avec leurs hauts bords, trop légers pour l'eau dormante sur laquelle ils reposent. D'heure en heure, l'homme de veille fait sa ronde, heurtant d'un trousseau de clés ou d'un outil quelconque les rambardes et les caisses vides. Ces chocs de métal se répètent de bateau en bateau et le port muet en diffuse l'écho attristé. De sévères falaises barrent Kalamai à l'est, fermant à demi une baie vide de caïques. La ville le dispute en laideur à Patras : écrasée, ambiguë, traversée par une rivière dont le filet coule dans un nid de cailloux. On assure que la rectiligne rue principale a été tracée par les Français en 1829. C'est bien possible : elle est fort laide et débouche sur le port qui agonise. Qui dira ce qui se passe avec ces villes de la Grèce moderne : Arta, Corinthe, Patras, Kalamai ? On les croirait sans racines, pareilles à ces villes nées dans le bled algérien et qui portent des noms fabuleux ou prometteurs : Bourbaki, Chateaubriand, Victor Hugo, Arcole, mais qui, lorsqu'on les approche, perdent toute fable et toute promesse et ne sont plus que des banlieues aux rues sales et tristes. Phénomène étrange qui pourrait faire croire que la Grèce moderne occupe une Grèce ancienne après l'avoir abolie, effacée de la carte.

À Pylos-Navarin où nous sommes allés ce matin, l'impression est contraire : si la Grèce moderne ne couche pas exactement dans le lit de la Grèce antique, du moins a-t-elle pris, à l'ombre du *kastro*, la relève auprès de cette baie héroïque. Le ciel est d'un bleu admirable qui teint si légèrement la mer qu'on aperçoit les dessins du fond rocheux, mais non point — hélas ! pour l'émotion — les restes des vaisseaux turcs écrasés au mouillage par la flotte des Occidentaux. Les yeux ouverts peuvent cependant reconstituer, dans ce cadre fermé, le sanglant combat de 1827 sous un ciel d'automne, l'accrochage bord à bord qui se termina, la nuit tombée, par l'écrasement des vaisseaux d'Ibrahim. L'histoire veut qu'ici la Grèce ait fait son premier grand pas vers la liberté au XIXe siècle. Pylos-Navarin n'est plus qu'un souvenir, village blanc qui s'efforce au tourisme avec son restaurant décoré de plantes vertes, l'orme géant sur la place publique et les hommes désœuvrés qui attendent, affalés sur les fauteuils de toile, le chapelet d'ambre à la main, l'arrivée d'un improbable bateau ou même d'un modeste caïque. Navarin est un nom pour l'histoire, pour ces instituteurs qui, bravement, racontent toujours aux enfants la geste des Hellènes. Nous en rencontrons justement un dans l'enceinte du *kastro*, grand et maigre, aux cheveux gris. Il vient du Dodécanèse et demain, à Kalamai, il doit embarquer son fils pour l'Australie. Nous parlons italien. Il le parle très bien, car jusqu'à son retour à la Grèce en 1947, Rhodes a dû être bilingue. Notre instituteur visite pour la première fois le Péloponnèse, mais il n'est pas venu à Pylos pour y retrouver le souvenir de Navarin. Ce qui le fascine, c'est la longue île qui barre la baie : Sphaghia. Il a lu Thucydide et le récit de la résistance désespérée des quatre cents Lacédémoniens, mourant de soif, aux troupes de Démosthène et de Cléon. « Un grand moment de l'histoire grecque », dit-il, les larmes aux yeux. « Athènes contre quatre cents hommes. Ils sont morts sur cette pierre. Il ne faut pas les oublier. » Sphaghia est nue et d'un violet sombre.

Déjeuner de *marides*[1], à dix kilomètres de là, sur la plage de Methoni où des pêcheurs, semblables à des vignerons, piétinent leurs grands filets dans des baquets remplis de résine. Ils ont les jambes, jusqu'aux mollets, les mains et les avant-bras d'un rouge sang. Ils seraient contents d'être pris en photo. Je m'exécute et l'un d'eux, qui sait écrire, calligraphie son nom en capitales sur ma boîte de cigarettes pour que je lui envoie une épreuve. C., qui a décidément fait beaucoup de progrès, sert d'interprète avec le plus malin. Il est très étonné. Des étrangers qui parlent grec ! Comment est-ce possible ? Lui ne sait pas un mot d'une autre langue bien qu'il ait voyagé sur des chalutiers. Tout effort lui semble d'ailleurs inutile. Les Grecs comme lui ne se comprennent même pas avec les Crétois, et à peine avec les gens du village voisin. Ainsi sur une plage avec des pêcheurs, comme avec des écrivains grecs continue l'éternelle discussion sur la langue démotique, son usage et son universalité. Katsimbalis serait content. La question, le problème sont inépuisables. Et nous ne les aurons pas épuisés avec les pêcheurs de Methoni.

Retour vers Kalamai avec un détour par Mavromati. Il est, parfois, bon de se trouver sur des rails. Le chemin muletier qui grimpe à

1. Petits poissons mi-anchois, mi-sardines dont la friture est un régal.

ce village dans la montagne est si étroit qu'il n'est, bien entendu, pas question de faire demi-tour. Qu'une roue dérape légèrement, et c'est le précipice. Mais les voitures sont plus intelligentes qu'on le croit. La Chevrolet a tout vu et tout avalé. Je suis certain qu'elle a acquis maintenant une sorte de sixième sens montagnard. Hier, elle nous a soutenus jusqu'à Bassae, n'ayant qu'une brève défaillance dans un bain de boue. À côté de la route d'Andritsaina, le chemin de Mavromati est presque un jeu d'enfant. Il n'a pas plu depuis la veille et la profondeur des nids-de-poule est mesurable à l'œil nu. C'est d'une roue presque sûre que nous avons atteint Mavromati plombé par un ciel d'orage. Il fallait y voir une petite merveille, un théâtre qu'à Paris on baptiserait d'essai, intact, pur et délicat, cent fois plus frais encore que celui d'Épidaure, adossé à une montagne de tragédie qui domine la Messénie, un ardent et mélancolique paysage, semé de ruines granitiques parmi lesquelles paissent des chèvres et des moutons. L'inaccessibilité pratique de cet endroit, l'abandon des fouilles donnent aux restes de l'ancienne Messène une grandeur tranquille proche du désespoir. Quoi ? Des hommes vivaient là, priaient les dieux des temples dont les soubassements indiquent qu'ils furent grands, assistaient au spectacle face à un panorama sublime, buvaient l'eau de cette source amenée par un aqueduc dont on se sert encore ? Oui, des hommes vivaient là, parvenus à un degré de civilisation dont les survivants, vingt-quatre siècles plus tard, ont perdu non seulement tout désir, mais toute idée. Car, au-dessus, Mavromati n'est plus qu'un antique village montagnard, encombré de fumier, se défaisant dans sa misère. Symbole à cette minute tragique où le ciel tombe sur la montagne et dissimule le monastère de Vourcano, de la mortalité des civilisations. Entre ce qui fut et ce qui est, un monde a disparu à jamais. Une cargaison de machines à laver et de réfrigérateurs, un nuage de D.D.T., l'électricité et une balayeuse municipale amélioreront, peut-être un jour, le sort de Mavromati, mais quant à lui rendre le degré de grâce atteint, autrefois, sur cette parcelle de terre grecque, je crains que rien n'y parvienne.

Nous quittons le village sous les premières gouttes de pluie qui s'écrasent sur le pare-brise et brouillent la vue. Je roule doucement, assez pour entendre derrière la voiture un pas gymnastique. Le rétroviseur renvoie l'image d'un jeune garçon de quinze ou seize ans qui court les coudes au corps. Je m'arrête et nous lui demandons ce qu'il veut :

— *Tipota*[1] *!* dit-il avec une expression inquiète.

Nous repartons et il nous suit longuement sans s'essouffler, lorsque, au bout de cinq ou six kilomètres, je le vois, toujours dans le rétroviseur, s'arrêter, lever le bras en signe d'adieu et repartir en courant vers son village. Au prochain tournant, le sentier de mule retrouve une route normale. Je comprends ainsi, mais tard, que le petit berger a tenu à reconduire jusqu'aux frontières de son village ces étranges étrangers.

1. Rien.

Mistra-Sparte, le 28 avril.

Sparte ne pouvait plus être une déception après les échecs précités de Missolonghi et de Kalamai. Il n'y a rien à espérer d'une ville moderne bâtie sur l'emplacement d'une ville antique dix fois rasée qui, en plus, se flattait de n'être que la capitale d'un peuple guerrier dont les vertus rigoureuses sont enseignées à tous les petits enfants du monde. Pas de déception donc, mais plutôt une sorte d'agréable et lumineuse surprise après la traversée de la *langada* du Tripiotiko, cette gorge étroite, effrayante, écrasée entre les flancs monstrueux du Taygète. Des guides pas trop anciens assurent qu'on ne passe là qu'avec de bons mulets et de solides montagnards. Le sentier s'est élargi et une route court, taillée à coups de serpe géante dans la roche rouge. Au plus profond du dédale, le jour parvient à peine et les eaux mugissent lugubrement. Au plus haut, une montagne d'airain se voile de nuées humides. Au sortir de la gorge, la route s'humanise et débouche sur la vallée de l'Eurotas.

Voici Sparte, une ville proprette dont les larges avenues se coupent à angle droit comme au Far West. Dans la meilleure pâtisserie un pope se gave de choux à la crème. Ce visage rubicond, cette barbe souillée offenseraient tous ceux qui viennent ici chercher le souvenir spartiate. Mais ce souvenir est une erreur. L'épopée antique n'est plus qu'une morale usée à la corde qui a laissé dans le vocabulaire des mots faciles et des images d'Épinal : les Spartiates, le brouet, l'ilote ivre, l'adolescent mordu au ventre par un renard. En somme beaucoup moins et beaucoup plus que des pierres en forme de colonnes brisées ou de statues mutilées[1].

Barrès avait raison. L'émotion qui s'impose tient à Mistra et date du Moyen Âge. Sparte n'est qu'une plaque commémorative. Le vrai souvenir commence à Mistra, sur les flancs du Taygète. Il est signé par les Francs et Villehardouin, par Byzance et les Paléologue, par les Vénitiens. Il faut la fin du XVIIIe siècle pour l'effacer. Comme c'est toujours la littérature qui finit par avoir le dernier mot, Mistra, dans ses ruines pathétiques, criant misère, ressemble, en cette fin de matinée couronnée de nuages mouvants, au décor héroïque du *Second Faust*. Barrès la vit ainsi et Goethe dans son Weimar de brume et de printemps imagina une Mistra plus vraie que Mistra. Il serait impie de revenir sur ces impressions.

Ce qui est digne d'admiration : murailles couleur de miel où s'épuisent des essaims buvant le suc de touffes de mauves, ruelles se glissant sous des voûtes menacées de mort,

1. Plusieurs mois après avoir écrit cette page, je rouvre Kazantzaki (opus déjà cité) et au chapitre « Sparte » lis ces réflexions si semblables, mais exprimées dans une forme qui me fait regretter mon interprétation elliptique bien que juste puisqu'elle rencontre celle d'un écrivain grec : « Quel est l'Ancien qui a dit : "Un jour viendra où l'on cherchera les traces de Sparte sans les trouver" ? Ainsi, cruellement l'esprit se venge. Si l'on n'écrit pas un beau vers, si l'on ne sculpte pas dans le marbre, si l'on n'exprime pas dans une forme parfaite une idée — n'importe laquelle, il suffit que sa forme soit parfaite — on est perdu, qu'on soit un individu ou qu'on soit un peuple. »

portes sévères, palais délabrés, églises byzantines restaurées un peu brutalement et, enfin, le couvent de la Pantanassa. Nous y errons longuement, sans but, violant les églises muettes aux fresques malades, distraits par le vol des corbeaux, le regard plus attiré par le paysage qui s'étale au pied du Taygète que par des pans de mur ou des arches en ruine : vallée bénie dont on comprend qu'elle ait inspiré aux Spartiates une réaction de défense contre sa mollesse et sa « tendreté ». Un jardin. Un jardin taché de vergers et d'oliviers découpés en prés verdoyants caressés par le vent. À la Pantanassa des fresques du XVe siècle restaurées sans art mais avec amour restituent l'atmosphère chaude du byzantinisme, cette religion austère mais douce où la Pantanassa, la mère de Dieu, et le Pantocrator, le Tout-Puissant, veillent de la coupole du narthex sur les fidèles qui baisent les icônes et allument les cierges bruns, puis discutent de leurs affaires à voix haute.

Au moment où nous allions quitter le couvent, une nonne est sortie de sa cellule, le visage à demi voilé comme une femme targuie, et d'un geste autoritaire, nous a poussés dans un salon aux meubles de bois noir tendus de tapisseries. La Mère supérieure nous recevait. Sans préparation aucune, nous nous trouvions en face d'une religieuse au visage rond et sans rides encadré par les voiles noirs qui, tout d'un coup, me fit penser irrésistiblement à ces marionnettes de Lafargue qui enchantaient les spectacles de la Fontaine des Quatre-Saisons. Il semblait n'y avoir de vivant que les mains et le visage blanc sans sourcils.

— Vous êtes de France ? a-t-elle dit presque sans accent.

J'ai répondu oui et prié qu'on excusât nos tenues désinvoltes. Nous croyions visiter des ruines et des chapelles désertes, un couvent muet, et voilà qu'on nous guettait derrière une porte, qu'à travers un huis on avait suivi notre promenade, épié nos stations devant les fresques.

— Entrez donc ! Je suis toujours heureuse de parler avec des Français.

Nous nous sommes assis sur une banquette, dans un angle et la Supérieure a tapé dans ses mains. Une laïque est apparue, portant un plateau d'argent avec trois dés à coudre de mastic que, malgré l'heure matinale, il a fallu boire d'un trait.

— Vous êtes écrivain, n'est-ce pas ?

C'était dit très doucement, d'un ton assuré, sans réplique. Il n'y avait pas de doute dans son esprit et je jure bien qu'à cette minute je n'étais pas dans la posture favorite de l'écrivain : le menton levé, le regard lourd de pensées, le stylo prêt. Non, j'étais en blue-jeans, comme C. et M..., gêné par un appareil de photo et un *Guide Bleu*, touriste classique s'il en fut. La Supérieure respirait la bonté, la distinction, et la maîtrise de soi.

— Ne vous étonnez pas. Nous autres femmes, nous avons des intuitions qui ne trompent pas. Hier, il est venu un Italien. Je lui ai dit qu'il était médecin. Il n'a jamais voulu croire que je l'avais deviné seule. Pourtant, c'était vrai. Il faut que vous signiez notre livre.

D'un geste elle a demandé à la laïque

d'apporter le livre d'or que nous avons signé sans trop oser déchiffrer les noms précédents.

— J'aime beaucoup le français, a-t-elle dit. Malheureusement, j'ai rarement l'occasion de le parler. Il faudrait répéter à vos compatriotes qu'ils doivent venir à Mistra.

Nous avons rendu le livre à la laïque qui a toute la discrétion feutrée d'un bedeau. Je voulais savoir si la supérieure a parfois l'occasion de lire des livres français.

— Oh non ! je suis trop occupée ! Mais l'an dernier, des pèlerins de votre pays m'ont envoyé un livre sur Bernadette, la Sainte Vierge de Lourdes. C'est très beau, très beau. J'aimerais en lire d'autres comme celui-là.

J'ai promis de lui en envoyer dès que nous serions de retour à Paris, mais à quel nom ? D'un signe, elle s'est fait apporter une carte postale sur laquelle elle a inscrit d'une écriture aussi grassouillette que sa main : « Mère supérieure Pélagie Gouzoulis, couvent de la Pantanassa, Mistra-Sparte. » La femme nous a tendu la carte qui représentait la Supérieure photographiée sous le portique à trois colonnes de l'église du couvent. Petite coquetterie assez charmante chez cette femme au visage indulgent. L'entretien était terminé. Nous avions gardé nos distances au cours d'un cérémonial d'une politesse chinoise. La laïque évitait de regarder les deux femmes en pantalon qui m'encadraient. Nous étions le diable. Mais la Supérieure s'est levée, nous précédant à la porte qu'elle a ouverte elle-même :

— En sortant à gauche, vous trouverez un nouveau chemin qui vous ramènera à votre point de départ. N'oubliez pas de visiter les autres églises. La Pantanassa est belle. Ce n'est pas la seule. Au revoir.

La porte s'est refermée et nous avons traversé la cour où chuintait une fontaine. Toutes les cellules étaient closes, mais par les huis des regards nous suivaient, témoignant de la double vie intérieure que continuait de mener Mistra : à l'intérieur de ses murailles et à l'intérieur de soi dans ses monastères. Byzance n'était pas tout à fait morte. Une veilleuse demeurait allumée et des prières perpétuaient la ferveur religieuse d'une civilisation enfouie sous les siècles de pierre. La Supérieure a-t-elle souvent de ces faveurs ? je ne sais, mais son intuition n'en laisse pas moins rêveur, comme toutes les intuitions. Celle-là eut des témoins. Je puis l'écrire.

Nauplie, les 28-29 avril.

Halte du dernier soir, avant le retour à Spetsai, au château fort de Bourtzi. Nous voulions rentrer d'un seul élan dans notre île mais la route Tripolis-Argos a le bonheur, après le col d'Akladokampos, de descendre en lacet vers la plaine et de découvrir le golfe avec une volupté inattendue. N'aurais-je pas été injuste pour Nauplie ? Aperçu ainsi, de haut, par une fin de journée de printemps où la chaleur n'a pas tout noyé dans ses brumes, c'est une révélation. Le golfe où elle s'abreuve est d'un bleu si léger, si proche de l'aigue-marine qu'il paraît irréel. Ocre et blanche, la ville, qui repose dans la saignée de cette anse parfaite, perd ses maladresses. C'est vraiment une reine et que rien ne peut détrôner. Les lointains exercent une irrésistible attraction, et je me mets à penser que ce qui fait rêver en Grèce, ce n'est pas tant la matière du paysage, sa pierraille, sa terre rouge, le gris des oliviers, mais surtout les lointains, rideaux transparents qui découpent l'horizon, le scindent en vallées mystérieuses, en collines, en montagnes. De n'importe quelle hauteur, on est toujours près de découvrir toute la Grèce, offerte au regard dans sa splendeur et sa force. Le cœur se prend d'une reconnaissance éperdue. Il est possible que ces mirages risquent gros à être dépouillés de leur magie. Les montagnes que nous apercevons au-delà de Nauplie, nous les connaissons pour les avoir parcourues dix fois grâce à la petite route qui relie Épidaure à Porto-Kéli. Elles sont puissantes et rudes, et voilà que la distance les métamorphose en un royaume de grâce et de légèreté. N'est-ce pas tout ce que nous demandons à la vie ?

Le Bourtzi est posé sur une eau immobile et transparente qui lèche les murs et les balcons des chambres-cellules. Le soleil s'est couché dans une orgie rutilante, et maintenant un crépuscule plein de mélancolie s'appesantit sur le golfe. Il faudrait recueillir, avant qu'elles s'envolent, les images dispersées de cette semaine de voyage à travers un Péloponnèse qui a souri, et s'est défendu âprement contre certaines intrusions. Au sommet, je voudrais placer Bassae et la route qui, de Pyrgos, y conduisait sous la pluie et dans le vent. Les Grecs croient souvent avoir des routes là où ils n'ont que des sentiers. Ce sentier avançait dans des montagnes noires et rouges sous l'orage. Nous étions à mille lieues de l'Arcadie olympienne, de ce royaume de la douceur. Passé une idéale frontière, la pierre retrouvait ses droits. Une atmosphère de crime et de damnation pesait sur le paysage torturé où, de temps à autre, éclatait, surprenante et dérisoire, la floraison d'un arbre de Judée. À Andritsaina, village accroché à flanc de montagne, pauvre et tortueux, mais décoré de balcons de bois, la grêle nous a convaincus de ne pas grimper tout de suite à Bassae. Une taverne glacée était ouverte. Nous y avons déjeuné dans la cuisine, près du fourneau, de mouton rôti et de pâtes sur lesquelles le cuisinier versait une huile assez singulièrement frite. Le départ matinal, la faim, le froid et la pluie étaient les meilleurs condiments de ce repas dégusté sur une table bancale. C'est le cuisinier qui nous avait attirés là, après une première question :

— *German ?*

— Ah non ! *Gallos !*

— Ah ! Français ! Moi aussi, je parle français. Cinq ans de Légion... Sidi-Bel-Abbès, tu connais ? Qu'est-ce que tu veux manger ?

Il parlait français comme les Arabes, avec le même accent, les mêmes intonations. Oui, c'était drôle vraiment, en plein cœur de ce pays perdu, d'entendre soudain parler petit-arabe par un grand maigre au visage couturé, à la bouche édentée, maniant ses casseroles avec l'autorité d'un ancien caporal de la Légion. Uniques clients, il nous a gâtés avec les moyens du bord. Assise sur un tonneau, une petite fille à nattes nous regardait, les yeux ronds, la bouche entrouverte, ne répondant aux questions que par un sourire timide. Les étrangers sont rares à Andritsaina malgré la nouvelle route qu'on vient de construire pour Bassae où, l'an dernier, on n'accédait encore qu'à dos de mulet. La vraie surprise est qu'il s'agissait bien d'une route asphaltée : quinze kilomètres taillés dans le roc pour aboutir à ce temple perdu. Il y a là un mystérieux calcul : pourquoi Andritsaina est-elle à peine accessible à d'autres voitures que des jeeps et pourquoi la route de Bassae est-elle si parfaite ? J'y verrais bien l'enthousiasme des Grecs à construire du neuf plutôt qu'à sauver ou rafistoler l'ancien. Quoi qu'il en soit, Bassae mérite plus que tout cet hommage et cet effort. Nous y sommes arrivés sous une pluie légère. Des lambeaux de brouillard traînaient à notre hauteur, chassés ou ramenés par des bourrasques. Après la route, il fallait encore grimper un sentier de chèvre pour découvrir soudain, luisant et lavé, le temple d'Ictinos, enchâssé dans le roc, et miraculeusement préservé par sa solitude alpestre. On assure qu'avec le Théseion, il est le temple le mieux conservé de la Grèce. Mais le Théseion m'a toujours semblé quelque peu factice dans son décor de ruines, alors que Bassae avec ses blessures apparentes, ses colonnades intactes, son beau dallage vert-de-grisé est une révélation sans artifice. J'imagine l'intense émotion du premier archéologue qui le découvrit au milieu du XVIIIe siècle, le Français Bocher, après un long parcours dans ces montagnes désertiques. Quel fut son cri, son délire ? Comment se promena-t-il dans la cella encore protégée par un toit ? De quelle main toucha-t-il ces épaisses colonnes rattachées aux murs par des contreforts qui donnent une si extraordinaire impression de puissance ? Cinquante ans après, les Anglais arrivaient et achetaient aussitôt vingt-trois plaques de frise et les métopes pour les transporter à Londres. Des statues avaient attendu plus de vingt siècles l'enlèvement par les vandales. Je ne veux pas revenir une fois de plus sur l'absurde et inesthétique entassement des chefs-d'œuvre dans les musées, et spécialement dans les musées étrangers. Il y a là quelque chose qui blesse notre respect pour la Grèce et relève de la piraterie. Bassae était un cas unique à préserver. Le temple avait échappé à la fureur imbécile des guerres. Au centre de ce paysage de calcaire gris, sans un arbre, en équilibre sur un éperon rocheux flanqué de deux précipices, il témoignait d'une ardeur religieuse triomphante. Il parlait à Apollon Epikourios comme une cathédrale gothique parle à Dieu. Les bâtisseurs de ce chef-d'œuvre avaient travaillé dans le froid, la pluie, l'ingratitude naturelle, contre l'oubli. Comment peut-on défigurer à ce point un vœu ?

Tandis que nous nous promenions entre les colonnes, parlant à voix basse, un petit vieux est arrivé, propre et rond, le sourire aux lèvres :

— *German ?*

— Non, *Gallos.*

Il nous a expliqué qu'il était le gardien. De la main, il a désigné un refuge voisin qu'une nuée avait caché et nous conviait à nous y réchauffer.

— J'ai mon petit musée, a-t-il dit en grec.

Et c'était vrai. Dans une des deux pièces du refuge, il avait recueilli quelques pierres méprisées par les Anglais. Dans l'autre pièce il y avait un feu de bois, des paquets de bougies, un lit de camp, des boites de conserve et un réchaud. Il habitait là seul. Et quand je lui ai demandé s'il vivait vraiment seul, son visage s'est éclairé : «« Oui, vraiment seul, a-t-il dit, sans même une chèvre ou un chien. Je suis comme un moine. Pas une femme. Rien. C'est comme ça qu'on est heureux. Regardez... » Un nuage de brouillard venait de s'emparer du temple, de l'envelopper et à moins de cent mètres nous n'en voyions plus rien. Une bourrasque dissipa le brouillard et le soleil inonda Bassae de lumière jaune. Le temple voguait dans les nuages.

— C'est beau, disait le gardien. Ça suffit. Quand j'ai besoin de quelque chose, je vais à Andritsaina. Deux heures et demie pour descendre, trois heures pour remonter. Au début j'y allais souvent. Maintenant, presque plus.

Un mince veston sur les épaules, la chemise ouverte, il était aussi inaccessible au froid qu'à la solitude. Je l'ai regardé une dernière fois avant de partir ; gros homme illuminé par un sourire heureux, les joues roses, la tête blanche et rasée, le contraire d'un ermite.

— Au revoir.

— *Kalo taxidi* [1] ! Il faudra revenir.

Je l'ai promis. Promesse légère. Bassae est au bout du monde. Il y a d'autres bouts du monde à connaître avant de revenir. N'importe ! L'image est là, gravée dans ma

1. Bon voyage !

mémoire, de ce temple gris vêtu et dévêtu par le brouillard.

Tandis que j'écris, la nuit est tombée sur le golfe d'Argos. Des lumières pauvres se sont allumées sur la rive d'en face. L'ancien château fort flotte sans bruit sur l'eau calme. Il faudrait encore noter les visages rencontrés, les quelques mots échangés et les détails qui, accumulés, donneraient meilleure vie à ces pages. Je revois le défilé des villages pauvres et des champs où travaillent les femmes en robe de cotonnade rouge imprimée, le visage à demi voilé par un foulard blanc ; un petit gitan à la tête d'archange sur son âne, son sourire inquiet, ses yeux luisants de plaisir à l'apparition d'une drachme ; le réparateur d'horloges à Tégée, solide vieux Grec à la moustache noircie au fusain — il était de Milo et dans la voiture où nous lui faisions faire un bout de chemin jusqu'à Tripolis il nous a raconté que son arrière-grand-père avait vendu la Vénus aux Français pour vingt-cinq drachmes : « Je serais beaucoup plus riche s'il avait rusé, disait-il. Mais je ne le suis pas. Ça ne fait rien. C'est bien quand même » — ; et sur son mulet, descendant de la montagne, une apparition datant d'un siècle : un vieux paysan en bas blancs, fustanelle et veste de bure marron, sa moustache encadrant tout le bas du visage — il était beau comme un personnage de Gustave Doré ; la peau mate, le regard absent pour ces étrangers qui ralentissaient sans en croire leurs yeux — ; et dans tous les villages ces hordes de gosses coiffés de la casquette à visière de cuir bouilli comme les casquettes des orphéonistes, hordes piaillantes qui s'amassaient autour de la voiture et tentaient de deviner notre nationalité ; et le garçon de café de Sparte qui parlait le français sans accent pour l'avoir appris à Constantinople dans la même école que Spiro ; et aux terrasses des tavernes, ces vieillards en gilet, le ventre solidement maintenu par une ceinture de flanelle, la grande canne à bec des bergers coincée entre les jambes ; et, sinon partout du moins souvent, cet air de tomber à demi du ciel quand on leur parle, d'appartenir à un autre monde de peines et de rêves.

Peines et rêves, voilà ce que suggère ce Péloponnèse des jours derniers. Comme si ce coin de terre avait connu trop d'invasions, trop de trahisons pour jamais retrouver l'enthousiasme, la joie pure.

LES ADIEUX

2 mai.

Le soleil se couchait quand nous sommes parvenus avant-hier à Porto-Kéli. Avec un miroir, le patron du bistrot a capté un des derniers rayons et alerté un caïque de Spetsai. Spiro avait sauté à bord, hilare, joyeux, tenant à nous informer le premier comme toujours des menus événements qui n'échappent à aucune de ses compétences.

— Mon ami Bernard est de retour, a-t-il dit.

J'ai admiré la nuance. Le camarade est passé ami. Bernard George a gagné le cœur de Spiro. Parmi les autres nouvelles, il y avait aussi l'arrivée d'invités de Maïa et le suicide du pauvre Angelos, l'épicier ivrogne dont la discrétion me plaisait tant. Des créanciers sont venus le voir pour estimer sa boutique qui allait être saisie. Le soir même, il a bu de l'esprit-de-sel et a râlé toute la nuit avant qu'on le découvre. Un bateau l'a conduit à Nauplie où il est mort hier. Spiro n'était que médiocrement affecté : tout juste s'il ne rigolait pas comme d'une bonne blague. Le caïque est entré dans le port où des silhouettes connues nous attendaient dont, tenu en laisse par notre Yannis, Gollywog qui, quand il nous a vus, s'est mis à courir comme un dément et jeté à l'eau pour nous rencontrer, oubliant qu'il nage comme un chien de plomb. Andreas l'a repêché par la touffe du crâne, misérable chose aux poils dégouttants d'eau huileuse, aboyant la voix étranglée, à demi asphyxié. On ne pouvait rêver de retour moins discret dans le soir finissant : cinquante personnes au moins rassemblées sur la Dapia pour ce débarquement mouvementé, et parmi elles, Bernard George, indulgent mais caustique, bronzé par sa croisière aux Cyclades. Elefteria avait cuisiné des rougets au citron et des gâteaux. La maison nous attendait encore chaude de la lumière du jour. Une lettre aussi apportait notre première déception : contrairement à ce qui avait été convenu avec le propriétaire, nous devions quitter les lieux le 18 mai après six mois d'occupation. Il faut compter nos jours. Peut-être est-ce bien ainsi. Trop attachés ici, nous n'aurions vu que la Crète avant de regagner la France. Déjà, les projets marchent bon train : nous irons à Mykonos, nous visiterons le Dodécanèse, nous nous arrêterons à Rhodes, nous séjournerons longuement en Crète. Le destin est bon qui prend des décisions contre notre indolence. Du coup, j'abandonne presque tout et depuis deux jours me plonge dans Séféris, avec un plaisir intense et une stupéfaction qui augmente de poème en poème. Voilà probablement un des grands poètes universels, un Grec de la grande Grèce, et dans une traduction admirable de justesse, de goût et de rythme, signée Robert Levesque encore, comme pour Sikélianos et Elytis[1]. Trois lignes rendent hommage au cher Colosse : « Monsieur Georges Katsimbalis a bien voulu, avec sa compétence inégalable, aider au choix des poèmes et à leur traduction. » Je ne doute guère qu'il y ait sa marque dans ces pages légères et sourdes, d'une grâce soutenue jusqu'au désespoir. Comment Séféris n'est-il pas plus connu, ou suis-je à ce point ignorant[2] ? Voilà ce que je cherchais : la voix qui raccorderait le présent au passé, composant pour la Grèce vivante l'aura d'une Grèce mourante :

Amour immense, immaculé, sérénité !
Dans la fièvre vivante un soir,
Tu fléchis humblement, courbe nue
Aile blanche au-dessus du troupeau

Telle une tendre paume contre la tempe.
La mer qui t'amena t'a remporté
Au loin vers les citronniers en fleur

ou ceci encore :

Le messager.
Nous l'avons attendu trois ans durant rivés
À regarder de très près
Les pins, la plage, les étoiles.
Nous unissant au soc de la charrue ou à la
[quille du navire

1. Éditeur Icaros, Athènes. Collection de l'Institut français.
2. Trois ans plus tard, le Prix Nobel rendait enfin justice à Séféris et le faisait connaître du monde entier.

Nous cherchions à découvrir le premier germe
Afin que le drame très antique recommençât.
Nous avons regagné, brisés, nos maisons
Les membres débilités et la bouche rongée
Par le goût de la rouille et de la saumure.
À notre réveil, loin des ailes immaculées des
[cygnes qui nous blessaient,
Nous partîmes vers le nord étrangers engloutis
[dans les brumes.
Les nuits d'hiver le vent impétueux de l'Est
[nous affolait
L'été nous nous perdions dans l'agonie du jour
[qui pouvait rendre l'âme.

8 mai.

Une journée commence par un ciel brumeux et pesant. L'horizon est lourd, vide, la côte impalpable. Les îles ont disparu, puis le vent souffle et quand je relève la tête, le ciel s'est apuré. N'y traînent plus que des accents circonflexes : la mer est bleu roi, le soleil dore Trikiri et Dokos, mais Hydra s'envole. On la croirait à peine posée sur l'eau, vaporeuse et légère comme une pierre ponce dont elle semble avoir la fragilité caverneuse. C'est tout d'un coup un spectacle si pur, si parfait que le regard s'en détache avec angoisse.

12 mai.

Retour ce matin, harassés et fourbus d'un panégyre sur la côte d'en face avec une cinquantaine de Spetsiotes. La responsable est

Elefteria qui voulait deux jours de congé pour aller prier saint Jean à Karacas. Incapables de nous passer d'elle, nous avons préféré la suivre. Deux caïques bondés sont partis de l'ancien port à l'aube. Nous avions choisi le moins délabré, conseillés par Michaelis qui a une nature faite pour le commandement. Je m'accuse de l'avoir à la légère considéré comme un paresseux. En réalité, c'est un chef. Et les chefs travaillent-ils dans les pays chauds ? Non. Alors ? Oui, Michaelis est un parfait organisateur. C'est tout juste si, à certains moments, il ne se laisserait pas aller à un peu de découragement devant la bêtise humaine. Au moment d'embarquer, je l'ai senti prêt à renoncer : les femmes avaient peur, elles s'encombraient de paniers, de couronnes de pain, de cierges, de couvertures et aucune ne se décidait à choisir. Michaelis était accablé. Il a préféré voyager avec nous, laissant Elefteria monter à bord de l'autre caïque, car sur les eaux les plus lisses, la pauvre souffre du mal de mer et il n'aime pas voir ça. Enfin après mille discussions, notre bateau est parti. On a lancé des pétards et un petit bonhomme tout rond a tiré une guitare de son étui. Celui-là, nous ne le connaissions pas, bien qu'il parût célèbre parmi les pèlerins. Michaelis nous a renseignés : ce Vangeli bruyant qui jouait de la guitare et chantait des napolitaineries était un Spetsiote émigré au Pirée où il coiffe les dames. Il a eu des ennuis avec sa femme et il a mis sa fille au couvent chez les sœurs françaises. Quand on lui a dit que nous étions français, il a soulevé son chapeau de planteur de café et a crié :

— Bonne nuit, comment allez-vous, Moussieu, Mandame ?

Tout le monde a ri. Vangeli-le-merlan est un irrésistible, gras et rieur, la poitrine ornée d'une caméra de quatre sous avec un flash cassé. Il aurait pu être notre iconographe, malheureusement son appareil s'est refusé à fonctionner. Les autres passagers nous étaient connus : Yannis-la-casquette et son adjoint Vangeli-le-Macédonien, Elefteri-le-commissionnaire dont la couperose n'a rien à envier à celle du pauvre Angelos, sa femme Maria, Frosso, une paysanne qui donne à boire à nos chevaux quand nous allons de l'autre côté de l'île, près de sa ferme, une petite vieille armée d'une seule grande dent jaune, toujours en train de rire et qui nous salue d'un : « Bonjour, bons enfants » quand nous passons devant sa maison, et enfin M. Sarandos, le restaurateur, calme et reposante silhouette de l'autorité. Que faire pendant une traversée de trois heures ? Nous avons mangé les provisions préparées par Elefteria dans un panier d'osier surveillé par Michaelis, chanté avec Vangeli-le-merlan, et nous serions morts de soif si Yannis-la-casquette n'avait pas tiré de sous une bâche un plein cageot de bouteilles de bière. Le commerce ne perdait pas ses droits, car, quelques instants après, Vangeli-le-Macédonien passait nous vendre des cacahuètes, des amandes grillées et des graines de citrouille, histoire de raviver notre soif et de faire appel à son patron. Le ciel était beau, à peine voilé, la côte du Péloponnèse avançait à notre rencontre, longue ligne de crête bleue, mur dressé, en apparence sans faille, sur la mer du Levant. Cette côte, je la connaissais : tout l'hiver elle est passée par une gamme de bleus insensés. De la neige l'a couronnée, puis elle a rebleui sous les nuages. Un jour même nous avons pris le *Néraïda* pour aller jusqu'à Leonidion où le vapeur fait escale pendant une demi-heure avant de retourner à Spetsai. Leonidion est un décor pour William Blake, une vallée étroite encaissée entre deux murailles rocheuses terrifiantes, cul-de-sac qui ne respire que par la mer deux fois par semaine. Kiparissi, le petit port vers lequel nous allions cette fois, se lovait au creux d'une anse timide surplombée par des à-pics, avec des maisons et une église blanches cernées par les oliviers. On nous y attendait avec des mulets pour grimper de l'autre côté de la paroi rocheuse jusqu'à Karacas. Notre arrivée a mis une grande animation dans le village où chaque habitation est flanquée d'un exquis jardinet fleuri. Les femmes sont sorties pour nous examiner comme des touristes, et nous avons eu droit, en particulier, à l'inévitable « Américain » du village, un cuisinier grec qui a passé vingt ans à San Francisco dans un grand hôtel avant de revenir à Kiparissi, fortune faite pour se construire une maison : « La plus belle, en briques, avec un étage, en face de celle du maire. » Il a paru déçu que nous ne soyons pas américains, et s'est mis à réciter comme une litanie des menus en français : « Canard aux petits pois — poulet chasseur — crêpes Suzette », à quoi nous répondions, l'eau à la bouche : « Bœuf bourguignon — émincé de veau à la crème — gigot sauce Pompadour. » Cela aurait pu durer encore longtemps, et je voyais venir le moment où il nous inviterait à déjeuner quand les mulets ont été enfin prêts. La caravane s'est ébranlée au milieu des cris des femmes, des rires des hommes. Elefteria ayant peur des mulets était déjà partie à pied avec son fils. Restaient le digne Michaelis et sa fille qui n'avaient pas les mêmes craintes. Ils nous précédaient dans la longue file des montures tenues chacune à la bride par un *agoyate*[1]. Vangeli-le-merlan fermait la marche, la guitare en bandoulière, lançant de temps à autre deux ou trois notes de *O Sole Mio* non suivies d'effet, ou m'interpellant avec ses trois mots de français : « Bonne nuit. Comment allez-vous, Moussieu, Mandame ? » C'était un départ de fête auquel nous nous étions préparés physiquement et moralement en apprenant par cœur les conseils inénarrables du *Guide Bleu* : « Quand on est satisfait des services de son agoyate, on a intérêt à le nourrir et à lui offrir de temps en temps une cigarette. » Hélas, ce furent eux qui nous offrirent les premiers des cigarettes et du saucisson. « L'agoyate de profession est le plus souvent un brave homme qui ne compte ni son temps ni sa peine. Il marche au besoin plusieurs jours de suite, dix à douze heures par jour, sans réclamer plus d'une heure ou deux de repos. Il faut intéresser sa bonne volonté en le traitant bien, sans morgue, sans exigences déraisonnables, mais avec fermeté, en lui faisant bien comprendre où l'on veut arriver et dans quel laps de temps. » La question se posait de savoir si nos agoyates étaient

1. Conducteur.

de braves hommes. Ils étaient jeunes en tout cas, et le mien avait accroché une fleur à son oreille. Celui de C. coiffait une casquette de parachutiste. Les autres paraissaient gais et singulièrement frais après les quatre premières heures de marche qui les avaient amenés de Karacas à Kiparissi, un peu distraits seulement et nous nous répétions avec effroi les conseils du *Guide Bleu* : « Un mulet ne se fait aucun scrupule de frôler les murs, d'entraîner le cavalier désarmé sous les basses branches des arbres, de longer les précipices, de tondre les buissons ou les maïs, ou de lambiner... On apprendra vite le vocabulaire spécial compris de toutes les bêtes en Grèce : *Dé* (du turc *haïdé !* marche) pour l'exciter, *oxo* (dehors) pour l'écarter d'un mur, d'un arbre ou d'une autre monture ; et d'un cri particulier pour la faire arrêter, ce qui est bien le plus difficile... » Nous aurions cru le contraire, nos mulets avaient tendance à s'arrêter devant chaque touffe d'herbe, celui de Bernard George en particulier encouragé par l'indolence naturelle de son cavalier qui ne savait que répéter mollement : « Mais avance donc ! Tu mangeras à la maison. » D'autres problèmes se posaient pour lesquels le *Guide Bleu* nous avait préparés : « Inutile de vouloir retenir une monture qui veut boire ; mais si c'est au milieu d'une rivière, veiller à ce qu'elle ne se roule pas dans le courant pour noyer ses mouches... On interpelle l'agoyate par son nom de baptême (le lui demander est la première chose à faire) ou par le mot : *Agoyati !* » Bien entendu, tous s'appelaient Vassili, Yannis ou Vangeli, ce qui simplifiait les choses. Quant aux rivières, elles n'étaient pas à craindre. Nous avancions à flanc de montagne dans la pierraille et les ronces, un précipice à notre gauche, à notre droite une muraille à pic aux blessures d'un brun-rouge. Le sentier conduisait à une gorge encaissée fermée par un mur vertical, apparemment sans issue. Après quatre heures de montée, nous atteignîmes le mur. Un escalier grossier, invisible de loin, avait été taillé à même le roc, en lacets abrupts. Une chute et c'étaient six cents mètres de mort jusqu'à la mer bleue. Le sommet du col fut la récompense. Une modeste chapelle et une tour en ruine le coiffaient. Nous arrivions parmi les genêts sur un plateau de terre rouge clôturée par des murettes de granit. Karacas n'était qu'un village pauvre où nous allions passer deux jours pendant que les femmes prieraient à l'église Saint-Jean. Notre qualité d'étrangers nous valut deux chambres dans la maison la plus riche. *Il y avait une baignoire !* Sans eau, bien sûr, et sans trou d'écoulement. Tout de même, c'était une baignoire, une vraie. Le propriétaire, M. Papageorgos, se présenta : colosse bancal en complet veston parmi ces paysans, l'homme riche du village, le seul de sa famille qui n'eût pas émigré en Amérique. Tous les autres frères Papageorgos y vivaient et avaient envoyé leurs photos, qui en officier de marine, qui au milieu du personnel de son restaurant, qui, en couleurs, devant sa télévision, et partout, autour des miroirs, florissaient des cartes postales de San Francisco, de New York, de Dallas, de Saint Louis. La famille Papageorgos avait essaimé aux États-Unis, et le plus ancien s'était fait photographier avec les attributs maçonniques et les membres de sa loge à Philadelphie. Un peu de leur gloire à tous rejaillissait sur cette maison qui jouissait d'une terrasse protégée par des pampres d'où nous apercevions la place. Déjà Yannis-la-casquette installait une table couverte d'une nappe blanche sur laquelle il dressait sa « roulette » — une flèche tournant sur son axe et désignant des lots variés : bonbons, bière, demi-bouteille d'ouzo. Les curieux s'assemblaient. Les affaires commençaient. Elles durèrent tard dans la nuit puisque nous étions entre hommes et que les femmes priaient saint Jean à deux kilomètres de là dans la montagne et ne reviendraient que le lendemain après une nuit de veille.

Nous les rejoignîmes au milieu de la matinée. L'église avait été bâtie au fond d'une cuvette où poussaient quelques blés à l'endroit même où le saint était apparu à un pope dont j'ai oublié le nom. Des centaines de paysans affluaient de tous côtés, la main sur la bride des mulets que montaient les femmes en amazone. On avait sorti les plus belles couvertures et les plus neufs vêtements de ville qui paraissaient singulièrement déplacés dans cet endroit sauvage où des nuées s'abattaient sur nous, enveloppant l'église et la redécouvrant dorée par un soleil timide. Elefteria, ses beaux yeux noirs cernés par la veillée, avait trouvé moyen de faire toilette. Michaelis lui apportait des sandwiches qu'elle refusa. La cérémonie n'était pas terminée. Derrière les trois popes qui officiaient, il fallait encore tourner sept fois autour de l'église, dans la fumée des pétards et les odeurs d'encens. Les popes rengainèrent leurs ostensoirs et retirèrent leurs riches chasubles. Ils avaient faim. Le village de Karacas offrait le mouton à tous les pèlerins. Quand nous rentrâmes, la rue embaumait la bonne cuisine aux herbes. Chez les Papageorgos il y avait un banquet : un « Américain » était arrivé le matin même par taxi, apportant des nouvelles fraîches de Los Angeles. Je n'oublierai pas le beau visage parcheminé de ce Grec d'Amérique qui revenait visiter son village natal après soixante ans d'absence. L'anglais rocaillait encore dans sa bouche et il le truffait de mots grecs pour expliquer son plaisir de retrouver dans l'assiette le mouton gras, les artichauts frits arrosés de yaourt, et dans son verre le résiné qui lui avait tant manqué. L'après-midi, il y eut des danses sur la place. Un petit orchestre de bouzoukia était venu de je ne sais où, à pied. Il joua tout l'après-midi et une partie de la nuit, concurrencé par Vangeli-le-merlan qui officiait dans une taverne et répétait un cha-cha-cha grec : *To griso gati*, le grand succès d'Aliki Vouyouklaki, que tout le monde serine à longueur de journée. Des danseurs à la taverne, Vangeli-le-Macédonien faisait la navette son panier sous le bras tandis que Yannis-la-casquette avait installé une lampe à acétylène au-dessus de sa roulette. Mais ce n'était plus lui qui criait : « Faites vos jeux. » Elefteri-le-commissionnaire le secondait, la voix avinée, trop content de plumer les gens de Karacas, tandis que Yannis le regardait faire, impassible, une petite cigarette plantée entre les dents, sous sa moustache à la Hitler. M. Sarandos s'était installé à une table, sur la place et regardait, rêveur, la danse. Où était le temps où il dansait ainsi avec Mme Sarandos sur la place d'un village ? Ses yeux s'allumaient au passage des jeunes filles et j'aime imaginer qu'il aurait voulu retrouver sa jeunesse travestie maintenant sous les traits d'une grosse taupe aux yeux exorbités qui tient la caisse du meilleur restaurant de Spetsai. Elle était restée là-bas assise devant la grande plaque de marbre où, de sa main boudinée, elle inscrit le passage des plats portés par Stavros aux clients, tandis que lui, le vieux, le beau Sarandos rêvassait sur la place de Karacas en contemplant les jeunes filles. Ses songes auraient pu rencontrer meilleur objet, mais on ne choisit pas en Grèce, et surtout dans un petit village. La grâce venait des gestes, des pas sautillants, des mains reliées entre elles par des mouchoirs, plus que des visages. Karacas n'échappait pas à la fatalité de la beauté grecque perdue. Mais la joie était là.

Le lendemain matin nous avons repris les mulets pour la terrible descente. Elle a duré quatre heures sous un soleil de feu. Vangeli-le-Macédonien courait entre les mulets. Il avait fait de belles affaires. Il était gai. Il a donné une tape sur la croupe de la mule de Maria et la mule s'est emballée. Maria est tombée dans le ravin d'où nous l'avons ramenée en sang et geignante. Elefteria l'a déchaussée et lui a retiré ses bas pour saupoudrer de tabac les plaies, puis nous avons repris le sentier derrière elle que maintenaient fermement sur sa mule deux solides agoyates. C'était la mauvaise ombre, la seule à ce tableau. Le retour s'est effectué sur une mer d'huile. Yannis-la-casquette n'avait plus rien à vendre. Il a essayé sans succès de nous intéresser à une loterie et il n'y a guère que moi qui lui ai acheté un billet. Vangeli-le-merlan n'osait plus gratter de la guitare à cause des gémissements de Maria. Elefteria dormait sur l'épaule de Michaelis que la vision de tant de bêtise humaine semblait avoir découragé de tout. Vangeli-le-Macédonien se faisait tout petit. Il avait raison. Sur la Dapia, son père l'attendait, courroucé d'avance. Le montant de la recette ne l'a pas fait fléchir quand il a su que son fils était la cause involontaire de l'accident de Maria. Mais la volée se donnerait à la maison. Vangeli est parti, tenu par le bras, la tête basse. Je ne l'ai pas revu de la journée. Il doit soigner ses bleus.

16 mai.

Il faudrait dire tous les matins où, nous levant très tôt pour partir à cheval aux heures encore fraîches, nous découvrons le soleil d'or orangé qui monte à l'horizon, la mer et les îles qui ressemblent à une gravure japonaise avec la silhouette immobile des caïques. Le monde semble figé dans l'attente. Des oiseaux chantent, puis le reflet rouge du soleil s'éparpille sur les eaux et le bleu triomphe. C'est par un matin pareil que nous sommes allés à Malvoisie en cinq heures de caïque sur la mer lisse, longeant de nouveau la côte du Péloponnèse, si belle et imprenable, moins mystérieuse depuis notre panégyre à Karacas, mais toujours dressée face au Levant. Naviguant à la surface d'une mer de méduse — longs serpents filiformes qui se tortillaient dans les fonds sableux ou cloches visqueuses qui ballottaient entre deux eaux — nous avons atteint le puissant rocher avant midi. C'est certainement un des lieux les plus fascinants de la Grèce, sorte de Gibraltar en avancée de cette côte sévère et sans autre faille que Leonidion, Kiparissi et Ieracas. Des ruines qui coiffent le rocher, des fortifications vénitiennes, de l'église byzantine, de cet ensemble unique sur lequel plane encore le souvenir de Guillaume de Villehardouin, je ne parlerai pas, mais plutôt du village qui se meurt au pied du rocher. Là, oui, la mort est certaine. Nulle malédiction, mais une de ces disparitions lentes et tristes[1]. La pierre retourne à la pierre. Des âmes défuntes croupissent sous les maisons écroulées que recouvrent les bougainvillées. Seules demeurent blanches et ceinturées de mimosas, de lauriers-roses, l'église d'Ayia Anna, quelques maisons Renaissance restaurées et l'ancienne mosquée devenue café. Nous y laissâmes Elefteria pour grimper à la citadelle. Au retour, elle avait une histoire pour nous, une histoire si typiquement chardonienne qu'on la croirait inventée par notre héros de Pâques. Un gros homme bien habillé, chaussé de bottines à talons comme on en porte dans le Texas, buvait une orangeade en lisant un journal grec. Une chaîne d'or barrait son ventre. Il était placide,

1. J'étais trop pessimiste. Pour une fois, une restauration lente, coûteuse et difficile a sauvé de la ruine tout un quartier (1993).

calme, satisfait de soi sans forfanterie. Sa présence insultait à cette ville morte où ne frémissaient plus que les ombres décharnées des vieillardes qui tissaient de vilains tapis avec des déchets de laine. C'était un « Américain », a expliqué Elefteria, vite renseignée. C'est-à-dire un Grec émigré aux États-Unis, puis revenu dans son village natal. À dix-huit ans, il était parti pour New York, jurant à son retour d'épouser une jeune fille de Malvoisie après fortune faite. La fortune avait été bâtie, mais moins vite qu'on peut l'espérer quand on imagine tout depuis un petit village du Péloponnèse. Il s'était marié là-bas, avait eu deux enfants. Rien ne semblait indiquer qu'il reviendrait un jour en Grèce. La partie était jouée lorsque, après quarante ans de mariage, un accident d'auto avait tué sa femme et ses deux fils. Il avait réalisé sa fortune pour regagner Malvoisie. Sa fiancée l'y attendait encore, mais non plus seule : après vingt ans de renoncement, elle avait adopté une orpheline du village. L'Américain débarqué sans crier gare avait retrouvé la maison de ses anciennes amours : une vieille femme soignait le jardinet secondée par une jeune fille de quinze ans. Il allait repartir sans s'être fait connaître quand on l'avait éclairé : la fiancée attendait toujours, la jeune fille était adoptive. Alors, il avait posé ses valises, acheté une maison, épousé la promise fidèle et adopté à son tour l'orpheline.

On dira que ce n'est pas de l'amour, mais de la mémoire. En partant, nous sommes passés devant la maison de ce bonheur. Philémon étant au café, Baucis travaillait à une tapisserie sur le pas de sa porte, petite vieille au visage maigre avec deux yeux noirs flambants. Derrière une vitre, est apparue la tête de l'orpheline. La transparence du verre adoucissait étrangement ses traits de blonde aux yeux bleus et au teint mat. En voilà une qui va croire à l'amour éternel.

Nos derniers jours de Spetsai meurent sans soubresauts. Les amis disent au revoir un par un : Panayotis le coiffeur, Nikolo le loueur de chevaux, Nautis le cocher. C. a demandé à Vangeli de venir. J'aimerais le photographier, mais je sais qu'il ne voudra pas. La petite Matina et son frère ont accepté un sac de caramels et sont partis en courant. Depuis quelques jours déjà, Maïa et ses invités sont partis à bord du cotre, ce qui a simplifié au mieux nos rapports distants. Il était impossible d'entendre pépier cette faune parisienne. Comment Maïa les supporte-t-elle, elle qui ne supporte rien ? Mystère. Le cas de Maïa reste d'ailleurs entièrement mystérieux sans qu'on ait aucune envie de le percer à jour. Elle est bien dans sa légende comme on est bien dans sa peau. Il me semble qu'à la regarder de trop près, nous l'aurions dérangée.

Athènes, le 18 mai.

La route tant de fois parcourue de Porto-Kéli à Nauplie, Corinthe et Éleusis, ne pouvait être que triste ce matin. Quitter Spetsai, c'était déjà quitter la Grèce ou tout au moins ce balcon d'où je l'avais vue pendant six mois passer par les nuances de l'arc-en-ciel pour se figer enfin les derniers jours sous un soleil éclatant qui, cependant, n'écrasait rien. Ce matin encore, une pure lumière caressait Hydra et la mer tandis que se bouclaient les derniers bagages emportés par Spiro sur sa vieille et solide épaule jusqu'à la barque à moteur qui nous attendait en bas de la maison. Notre Yannis avait décidé de nous accompagner sous prétexte de se rendre à Athènes pour acheter des graines. Prétexte pur car je le soupçonne fort de n'avoir jamais eu besoin de ce voyage, mais Yannis, protégé par une solide santé, nous a, peut-être, regrettés aussi, obscurément, sans se l'avouer. Aller jusqu'à Éleusis avec nous retardait la séparation et lui donnait une petite supériorité sur les autres, sur le pauvre Spiro amarré à son île jusqu'au jour où il gagnera le gros lot, sur Elefteria qui n'était plus notre servante mais notre amie, et statue du regret, depuis deux jours déjà ne souriait plus. Il me semble que je la verrai longtemps partir comme elle est partie à la minute où la barque de Yorgos s'est détachée du débarcadère : à pas tranquilles, sans se retourner, levant de temps à autre le bras pour un adieu mais continuant de cacher son visage où les larmes, sans doute, affluaient après avoir été contenues depuis l'aube. Toute sa grande dignité était là, tout son courage et sa sensibilité. Elle représentait ainsi pour nous, simple image qui diminuait de minute en minute, beaucoup de ce que nous avions aimé dans le peuple grec : la profondeur et la vérité des sentiments, le don généreux de soi, et dans l'affection et l'attachement, la gravité tempérée par le sourire et la légèreté. En somme quelque chose qui ne se trouve plus, qui se trouvera de moins en moins, et que, quel que soit le destin, nous ne pouvons pas espérer une seconde fois dans la vie.

Spiro, armé d'un grand mouchoir à carreaux, marchait le long de la promenade. Longtemps aussi, nous avons vu sa bonne silhouette cagneuse. Quand elle a disparu, il n'y avait plus que Spetsai lourdement étendue sur l'eau, l'entassement des maisons blanches, la montagne couronnée de pins, la fine tache blanche de Prophitilias, les caïques dans la Dapia et le soleil qui, déjà, montait insoutenable alors que, levés avant l'aube, nous avions accueilli sa première apparition orangée, admirant cette boule de feu qui sortait, pure et intacte, de la mer, teignant l'horizon et les îles de reflets moirés. Et tandis que notre canot s'éloignait vers la côte, je retrouvais un mot de Chardonne : « Une tenace impression chez moi : tout ce que l'on voit, c'est fini. On ne le reverra plus. Ce n'est pas une impression triste. » Ah si, pardon, c'est une impression triste. Angoissante même. Partir de Spetsai, c'était déjà glisser un peu de mort en moi. Sous les doigts, la page ne tourne pas : elle se froisse, se déchire. En somme, il faut l'arracher. Je reverrai peut-être Spetsai, mais je ne le vivrai plus comme pendant ces six mois. Et c'est bien ainsi.

SUITE ET FIN

Au balcon de Spetsai, les heures, les jours, les semaines ne comptaient plus. J'écrivais doucement, distrait par le passage d'une voile, par un livre de poèmes grecs, par un appel amical. De superbes journées s'écoulaient dans la distraction. Je n'avais pas voyagé frénétiquement. J'avais pris des racines. Après ces dernières images, j'aurais pu repartir. L'envie ne m'en a pas manqué. Tout de même oublier aussi résolument Delphes, les Cyclades, le Dodécanèse, Rhodes, la Crète, Volos et le Pilion relevait du crime. Il nous restait quelques semaines. Elles leur furent consacrées. Mais le journal tenu régulièrement appartenait à Spetsai. Le continuer aurait été une trahison. Et peut-être aussi une impossibilité. Au hasard des hôtels et des bateaux, l'écriture avait perdu de son plaisir. Ce que je découvrais encore de la Grèce resterait pour moi.

Si je rajoute ces pages, c'est qu'en Crète nous rencontrâmes des héros. Le premier appartient à Henry Miller. C'est le guide de Phaestos, le désormais célèbre Alexandre. Phaestos, brûlant sous le soleil, ne ressemblait guère à l'image lourde de menaces qu'en avait dessinée Miller. La plaine de la Messara, rouge et or, flamboyait dans le matin. De la route, les ruines se confondaient avec la silhouette heurtée du tumulus. Puis ce fut la découverte du palais, l'apparition de l'escalier magique, la vision de la cour centrale, des caves où se cachent encore les grandes jarres. Après l'inénarrable bazar de Cnossos, Phaestos saisit d'angoisse. Cinquante siècles de civilisation surgissent de terre. Pour parcourir à pied ce palais, il faut suivre Alexandre, un petit homme habillé de toile grise, coiffé de la casquette des guides. Voilà trente ans qu'il officie à Phaestos avec le même enthousiasme. Minos n'est pas son cousin. Surtout depuis la page que Miller lui a consacrée dans *Le colosse de Maroussi*. Alexandre nous prit donc par la main pour visiter « son » palais. Je ne raconterai pas tous ses commentaires, ni comment il mima une course de taureaux dans la cour, expliqua la façon dont se plaçaient et se déplaçaient les gardes lorsque le roi sortait de sa chambre pour se rendre à la salle à manger, mais seulement son envolée poétique lorsque nous atteignîmes les bains de la reine, ou du moins la pièce que les archéologues baptisent ainsi au conditionnel. Alexandre avait deviné en nous des auditeurs attentifs et qui mieux est, des Français, ces gens chez qui Miller avait le plus aimé vivre avant que la Grèce se révélât à lui.

— Monsieur, Madame, vous allez maintenant visiter la salle de bains et assister à la toilette de la reine. Dévêtue par ses servantes, Sa Majesté descend la marche que voici pour se placer au centre de la grande baignoire où elle s'assied à la turque. Des esclaves porteurs de jarres versent de l'eau sur ses belles épaules et peu à peu la baignoire se remplit. La reine au comble du bonheur donne libre cours à sa grande imagination et se laisse gagner par des rêves : elle nage en pleine mer. En effet, sur cette façade que vous voyez étaient peints des dauphins, des poissons de toutes espèces et des vagues. Elle reste là encore une dizaine de minutes seulement, car son horaire très précis ne lui permet pas de s'attarder. Il lui faut passer dans la pièce voisine où d'autres esclaves la frictionnent, la sèchent et la rhabillent. Le bain est terminé. Veuillez me suivre...

Ce fut lui qui nous suivit sur la terrasse du refuge où nous l'invitâmes à se désaltérer après la visite du palais. Oui, Miller avait raison, Alexandre est un poète. Et de la grande espèce. De l'espèce de ces bardes qui réinventaient le passé aux couleurs dont nous rêvons. À Cnossos, Sir Arthur Evans ne s'est pas montré moins naïf. Le palais qu'il a reconstitué de pure imagination est le même que celui recréé chaque jour par le petit guide crétois que les doutes et les réticences des archéologues n'atteignent pas. D'une pierre polie par les eaux il tire une statue, d'un éboulement un étage noble, d'une rigole un fleuve domestiqué. Alexandre m'attendrissait. Je lui dis que j'étais écrivain et que je publierais bientôt sans doute un livre sur la Grèce. Des larmes lui vinrent aux yeux et il me demanda de bien vouloir signaler dans un livre que : « Alexandros Venetikos, guide polyglotte, accueille très bien tous les touristes à

Phaestos. » Mais puisque j'étais écrivain, je devais connaître M. Miller. Oui, un peu. Alors il fallait lui dire plusieurs choses. Je proposai de me charger d'une lettre. Ce fut C. qui la recueillit et la traduisit du grec en français, respectant le mot à mot de notre ami. Miller me pardonnera de reproduire indiscrètement ce petit chef-d'œuvre :

Cher monsieur Miller,

J'ai maintenant votre adresse pour vous écrire et je vous demande de m'excuser de ne pas vous avoir écrit depuis si longtemps.

Je parle de vous à tous les touristes et tous les touristes me parlent de vous.

Avec une très grande joie j'ai appris aujourd'hui que vous étiez à Paris comme l'an dernier.

Votre livre, qui a été traduit dans toutes les langues, m'a fait très plaisir et je vous remercie beaucoup d'y avoir cité mon nom. J'ai beaucoup de peine à croire que notre cher ami Kyrios Katsimbalis ne veut pas le laisser traduire en grec et ainsi je ne peux pas lire ce que vous avez écrit.

Si c'est possible, il faut que vous insistiez, je vous prie, encore auprès de Kyrios Katsimbalis pour que la traduction grecque se réalise bientôt.

Je vous envoie mon respectueux souvenir, monsieur Miller, maintenant que je sais que vous êtes à Paris, j'espère que vous allez bien et je vous attends ici avec une extrême impatience, moi et aussi tout le monde autour de moi.

Vous me dites que vous avez soixante-huit ans, je vous attends tout de même, j'ai des visiteurs qui ont cent ans..., vous êtes encore très jeune et votre visite me serait une si grande joie.

Mes salutations à Mme Eva Miller, à Tony et à Val et à tous nos amis français.

Je vous embrasse la main et je suis toujours votre

ALEXANDROS VENETIKOS
Phaestos Messara.

Nous partîmes laissant un heureux derrière nous. Miller aurait de ses nouvelles et un autre écrivain allait parler d'Alexandre, le guide de Phaestos.

L'autre rencontre se situe à notre arrivée en Crète. Nous venions de Rhodes et, après un arrêt à Karpathos, nous avions affronté la mer célèbre que l'on dit toujours furieuse. Elle l'était. L'*Andros* avait bravement pris par le flanc les vagues déchaînées sur lesquelles il flottait comme un vieux bouchon, craquant et gémissant de toutes parts. Mais la côte valait cette tempête : belle, terrifiante, de roc plongeant dans l'écume. La grâce grecque avait disparu, nous entrions dans la force et la violence. La baie d'Ayios Nikolaos a été la bienvenue. Le vapeur est entré en marche arrière dans le petit port, accostant avec difficulté sous le vent. Notre premier Crétois est venu prendre la valise et nous a conseillé de déjeuner sur l'agora.

— Là, au « Rififi », c'est trop cher, a-t-il dit en désignant du doigt une taverne qui donne sur le quai.

En grosses lettres, on pouvait lire, en effet, Ριφιφι. Nous avons ri. Cela rappelait curieusement un film célèbre. Le plus curieux est qu'il s'agissait bien de ce film. Le restaurant s'est baptisé « Rififi » après le passage des cinéastes qui ont tourné *Celui qui doit mourir* d'après *Le Christ recrucifié*. Et le metteur en scène n'était autre que Jules Dassin, l'auteur de *Du rififi chez les hommes*. La première fierté d'Ayios Nikolaos est d'avoir servi de décor à la reconstitution du roman de Kazantzaki. Notre porteur n'a cessé d'énumérer au passage les maisons repeintes par les cinéastes, l'escalier reconstruit pour une grande scène d'amour entre Manolos et la Madeleine. C'était accablant. On avait violé Ayios Nikolaos avant nous.

Nous avions une lettre pour un médecin. Notre porteur est allé le chercher. Le docteur Z... nous a rejoints au café, un livre sous le bras. Homme jeune et timide qui n'a quitté la Crète que pour aller étudier à Athènes. Il avait déjà, tout prêt, un plan de campagne pour nous : visites à Gournia, Ierapetra et Kritsa. Machinalement, pendant qu'il parlait, j'ai retourné son livre. C'était *Le serpent à plumes* de D. H. Lawrence, dans une édition allemande.

— Je ne lis pas bien l'anglais, ni l'italien, a-t-il dit en souriant. Mais je comprends facilement l'allemand. Un ménage de peintres m'a prêté ce roman. Elle est américaine, lui est allemand. Ils se sont mariés tout récemment en Grèce et sont venus ici. Ils habitent sur le port depuis un mois, une petite maison que leur a prêtée le maire du pays. Vous devriez les voir, ils sont très intéressants. Je crois que la jeune femme parle bien le français. C'est elle qui a révélé Lawrence à son mari. Ils en parlent sans cesse, et j'ai dû demander à le lire pour être de plain-pied avec eux. Vous connaissez cet auteur ?

J'ai dit oui en regardant C. Nous avions la même pensée. C'était pourtant absurde, inepte, incroyable même. J'ai demandé au docteur Z... si l'Allemand peignait des paysages. Il a ri avec gêne et s'est penché vers mon oreille pour murmurer :

— Non. Pas du tout. Il peint des choses impossibles. Enfin une chose impossible. Toujours la même, sous des aspects différents et à des moments d'inspiration différents... Vous me comprenez.

J'ai précisé le mot et il a rougi, puis retourné le livre, pour en cacher le titre. C'était donc vrai. Il fallait croire à l'incroyable. Je n'étais plus si pressé de voir Gournia et Kritsa. Claire me paraissait beaucoup plus importante.

— Où sont-ils exactement ? Je crois que nous connaissons la jeune femme et je voudrais leur rendre visite.

— Oh, en ce moment, ce ne doit guère être possible. Hans est un peu... fatigué. Il fait la sieste. Ce matin, il a terriblement bu avec les pêcheurs du port. Je vous le ferai rencontrer ce soir. En attendant, il y a sur l'agora un taxi libre qui, pour cent drachmes, vous conduira à Gournia et à Ierapetra. Je vous attendrai, sur l'agora, dans ce café et nous irons dîner en ville au « Rififi ».

Nous avons distraitement visité Gournia battu par un vent fou. C. m'a rappelé la conversation du gardien et de Kazantzaki dans *Alexis Zorba*. Je l'avais oubliée et le gardien avait changé. Ce n'était plus un désespéré, mais un jeune homme blond en blue-jeans qui acceptait des cigarettes et nous attendait au pied de la ville morte. Entre les pierres, gisent encore des morceaux de jarres. J'ai trouvé une anse. Il y a cinq mille ans, un artisan avait poli cet arrondi. Le chauffeur de taxi nous a dit :

— Des pirates habitaient Gournia. Ils volaient tout et cachaient leurs trésors sous terre : en fouillant bien, on devrait trouver, mais c'est interdit. Les murettes s'écrouleraient. Il faudrait venir la nuit, et la nuit, tout le monde a peur. À cause du vent.

Nous avons dû marcher courbés pour n'être pas emportés comme des fétus. Tous les arbres, sur cette portion de la côte, poussent en oblique et leur feuillage est rebroussé. On les croirait pétrifiés par la foudre. Ierapetra ne répondait en rien à l'image glorieuse que nous avait peinte un Crétois d'Athènes : « Si vous allez en Crète, ne manquez pas Ierapetra. C'est la perle de l'île. » La perle est un bidonville au bord d'une plage de cailloux gris. Certes, le décor est sublime, mais comment le verrait-on, entre les ruelles étroites et sordides où triomphe la saleté crétoise ?

Au retour, à Ayios Nikolaos, nous sommes allés boire un raki sur l'agora où passaient de vieux Crétois en braies, ceinture rouge et mouchoir noué autour du crâne. C. était très déçue : ils n'avaient pas de couteau à la ceinture et ils paraissaient plutôt cacochymes, ces fiers brigands. Quelques jeunes portaient encore des bottes et arboraient d'admirables moustaches comme les pilotes de la R.A.F., mais on se dépouille visiblement du passé. La Crète secoue ses vieilleries. Le docteur Z... est arrivé avec une cravate flambante. Lui-même n'a plus de moustache.

— Les voilà ! a-t-il dit. Je vais leur demander de boire un raki avec nous.

Il s'est levé pour appeler Hans et Claire. Car c'était bien elle, accrochée au bras d'un géant brun, aux cheveux longs, à la barbe d'artiste, aux yeux brillants injectés d'alcool. Ils se sont approchés. Elle n'avait absolument pas changé : toujours cet air timide, doux et craintif, cet air de victime qui nous avait tellement trompés. Puis, soudain, elle nous a reconnus : son petit visage s'est crispé d'effroi. Elle a retenu l'homme par le bras et a presque crié en mauvais allemand :

— Je ne veux pas voir ces gens-là.

Il s'est laissé entraîner sans difficulté avec un geste las du bras. Le docteur Z... a voulu courir après eux. Je l'en ai empêché.

— Elle ne veut pas nous voir. Ne la forcez pas.

— Mais c'est une insulte !

— Non. Une précaution.

Puis, toute la soirée, au « Rififi », nous avons parlé des mantes religieuses et des serpents à plumes.

POSTFACE DE 1972

Mai.

Douze ans ont passé depuis ce premier séjour en Grèce. En 1963, nous sommes revenus à Spetsai pour ne pratiquement plus quitter notre île. Avec le temps, elle a perdu quelques-uns de ses fards, mais je ne renierai pas le premier coup d'œil jeté du balcon à ce monde auquel je me suis senti si vite accordé. Ce coup d'œil était vrai dans son ensemble, bien qu'un peu exalté sans doute par la nouveauté de la découverte, mais le plaisir ressenti est resté le même chaque fois que nous revenons après avoir été écartés par l'hiver ou par quelque voyage. Certes, je pleure la jolie Dapia défigurée par des hôtels imbéciles et sans goût, déplore les quelques camions qui circulent sur « la » route, m'irrite de l'incapacité d'une municipalité qui laisse construire n'importe quoi. C'est la rançon de la prospérité qui n'enlaidit pas seulement les paysages, mais aussi, parfois, les âmes. Pourquoi les Grecs seuls seraient-ils invulnérables ? En fait, nous les aimons autant, avec, seulement, un meilleur discernement, et les joies de l'existence restent d'une essence inaltérable. Du petit peuple qui nous a enchantés dès notre arrivée j'aimerais donner des nouvelles. Spiro a quatre-vingt-six ans, autrement dit il a bien vieilli et chaque printemps je ne suis plus très sûr de retrouver sur le port sa silhouette tassée, son visage couturé de rides noires. Il n'achète plus de billets de loterie et ne porte plus de valises. En revanche, il guette les visiteurs français, s'accroche à eux : « C'est moi Spiro », mais tous, tant s'en faut, n'ont pas lu *Le balcon de Spetsai* et Spiro essuie des déconvenues dont il me fait porter la responsabilité. Je ne le plaisante plus à propos du mariage de sa fille. Cette honnête personne commence à prendre ses quartiers d'automne. Elefteria nous a quittés parce que nous habitons trop loin de chez elle et son départ nous a attristés plus que nous l'aurions cru, mais une autre l'a remplacée qui est aussi notre amie. Vangeli, le petit Macédonien, est devenu un grand gaillard guetté par la graisse. Il est garçon de restaurant, marié à une créature aussi large que haute. *Despinis* Matina, la dentiste, n'est plus « *despinis* ». Elle a épousé un professeur du collège. Le mariage n'a pas mis un frein à sa soif de chants, de danses et de cris divers, mais je crois qu'elle fréquente un peu plus assidûment son cabinet dentaire où l'attendent, une main sur la joue, toutes sortes de créatures gémissantes. L'exquise Mme Bouboulis nous a quittés pour toujours. Il me semble, en passant devant chez elle, que je vois encore le fiacre qui, jusqu'à la dernière semaine de sa vie, l'emmenait pour une promenade vespérale. Yannis Passalara n'a jamais cessé de travailler pour nous. Il est notre gardien, notre jardinier, notre sauveur au moindre incident, et s'il lui arrive de tourmenter de ses assiduités les gouvernantes anglaises, il sait s'en excuser d'un rire fracassant qui nous vainc d'avance.

Les mœurs aussi ont quelque peu évolué avec l'apparition d'une certaine aisance. Si l'on n'en est pas encore aux mariages d'amour, les femmes ont conquis quelques droits. On en voit qui accompagnent leurs maris dans les tavernes le soir. Enfin, une faune féminine étrangère, court vêtue, apparemment affamée d'amour, a singulièrement déluré la jeunesse autochtone. Les craintes inspirées à Spiro, un jour, par le spectacle de tant de chair grillée, sont devenues dérisoires. La demande féminine est très supérieure à l'offre masculine. Dans le couvent d'Ayioi Pandes, les nonnes ignorent ces mutations. Leur vie continue au rythme du siècle passé. Voient-elles seulement ce qui se passe quand, voilées de noir, elles descendent à dos d'âne vers la Dapia pour y vendre leurs œufs et leurs poules ? Ce n'est pas certain. Que deux univers aussi dissemblables puissent se côtoyer ainsi sans se heurter, me plaît infiniment. Ce sont peut-être les deux univers que je porte en moi.

POSTFACE DE 1984

Janvier.

Serais-je voué à écrire tous les douze ans une nouvelle postface ? Écrit en 1960, réédité en 1972, *Le balcon de Spetsai* reparaît en 1984 dans « Folio ». Saint Jean, dans l'*Apocalypse*, sauve « 144 000 fidèles à la parole de Dieu, c'est-à-dire douze fois douze mille hommes, douze étant le nombre des apôtres, celui des tribus d'Israël, celui des portes du ciel », ai-je noté dans *Le rendez-vous de Patmos*, autre récit de Grèce. On devient superstitieux à moins. J'ai dû écrire, commencer ou achever douze livres en Grèce en vingt-quatre ans et j'aime toujours travailler dans mon bureau qui domine le vieux port. À la tombée du jour, l'odeur mielleuse du jasmin me rappelle l'heure où l'horizon sanglant teint en violet les montagnes, où la mer prend cette couleur vineuse qu'elle a déjà dans l'*Iliade*. De ce point de vue-là, rien n'a changé, mais la Grèce est comme une de ces trop belles femmes dont on s'amourache sans s'inquiéter assez de son caractère. Une sage philosophie suggère d'oublier le caractère et de se contenter de la beauté qui a le mérite de n'être pas une vertu abstraite. Nous y avons vécu les dernières années de la monarchie, les désordres prévisibles qui attirèrent la dictature comme la foudre, le régime des colonels dont la déconfiture se consuma dans les rodomontades de Chypre, le retour de Caramanlis, l'inaction de la droite traditionnelle et les mirages habituels de la gauche. En somme, la logomachie n'a cessé de triompher dans un pays où elle est de tradition. Nous avons pris garde de ne jamais en parler avec les Grecs. C'était leur affaire, pas la nôtre. Nous vivions là pour trouver la paix, le calme, la splendeur des jours et une certaine solitude. Il n'était cependant pas possible d'ignorer la métamorphose de l'île. Elle découvrait la prospérité et ne s'en accommodait pas toujours bien. Nous n'y venions plus que l'été où cette évolution est particulièrement sensible. À part certains moments d'irritation inévitables, il est prudent de s'en moquer. Il ne fallait pas être ingrat et oublier tout ce que Spetsai avait si généreusement révélé les premières années, à nos enfants et à nous. Et puis, l'île garde des secrets que nous sommes seuls à connaître, qui ont établi depuis plus de vingt ans une complicité à nulle autre pareille. Nous savons où sont ses criques désertes, ses eaux les plus bleues, les plus fortes senteurs de thym. Nous savons parmi les Spetsiotes ceux qui sauvent les autres. Le vieux Spiro est mort à près de quatre-vingt-dix ans. Mme K..., à la générosité de qui nous devions la découverte de Spetsai, a disparu depuis peu, après de tragiques tristesses : l'avidité de sa famille la privait de la moitié de sa maison. Le soir d'un 30 juin, Yannis, notre jardinier est passé se faire payer et nous a annoncé qu'à partir du lendemain matin, il travaillait pour quelqu'un d'autre après vingt ans de joyeux services. Nous l'avons effacé de notre cœur, mécontents de nous être laissé prendre si longtemps à ses protestations de fidélité et ravis de constater peu après qu'il ne nous était pas du tout indispensable. Un matin, notre bateau à moteur a explosé avec deux cents litres d'essence à bord, en plein milieu de la Dapia. Je n'ai jamais plongé aussi vite dans les eaux poisseuses du port. Ce n'était pas encore le jour, ni l'endroit, mais je continue de monter au cimetière du couvent et je lis les noms sur les tombes : Dozia Fuller si généreuse, Lambro, ami des premiers jours, jeunes gens que nous avons connus enfants, fauchés tous les ans sur ces motos dont les hurlements déchirent la nuit. Il a fallu s'habituer au bruit : camions, voitures (mais les cochers heureusement, pour les dissuader, crèvent leurs pneus), motos et, la nuit, au mouillage, les générateurs des gros yachts ventrus dont les passagers jouent aux cartes ou regardent leurs télévisions tremblotantes. L'électricité, l'eau et le téléphone sont venus. De mon bureau je peux d'un doigt nonchalant composer un numéro à Tôkyô, mais ne connaissant personne au Japon je me contente de Paris ou de l'Irlande. C'est un progrès indiscutable et l'île reste quand même une île bien que des bateaux volants la relient en deux heures au Pirée. Aux premiers jours de septembre, un orage brutal chasse les brumes de chaleur et les jours suivants la visibilité est si grande qu'on distingue les maisons d'Hydra à quinze milles nautiques. Les touristes sont partis. Spetsai est de nouveau à nous. Les visages se détendent. Le bruit diminue, les nuits sont plus fraîches. Nous allons nous baigner à Xylocheriza. La grande baie où les pins descendent boire dans la mer est déserte. Des milliers de cigales chantent dans les arbres. Je me dis : il est si facile d'être heureux. Comment les hommes ne le sont-ils pas ?

II

Le rendez-vous de Patmos

1963-1965

Mais que cherchent-elles, nos âmes, à voyager ainsi
Sur des ponts de bateaux délabrés,
Entassées parmi des femmes blêmes et des enfants qui pleurent,
Que ne peuvent distraire ni les poissons volants
Ni les étoiles que les mâts désignent de leur pointe,
Usées par les disques des phonographes,
Liées sans le vouloir à d'inopérants pèlerinages ?
Murmurant en langues étrangères des miettes de pensées ?

Mais que cherchent-elles nos âmes à voyager ainsi
De port en port
Sur des coques pourries ?

Déplaçant des pierres éclatées, respirant
La fraîcheur des pins plus péniblement chaque jour,
Nageant tantôt dans les eaux d'une mer
Et tantôt dans celles d'une autre mer,
Sans contact,
Sans hommes,
Dans un pays qui n'est plus le nôtre
Ni le vôtre non plus.
Nous le savions qu'elles étaient belles, les îles
Quelque part près du lieu où nous allons à l'aveuglette,
Un peu plus bas, un peu plus haut,
À une distance infime.

Georges Séféris*.

* Les astérisques renvoient aux notes placées page 615.

RHODES

Rhodes s'éloigna dans le soir rouge comme elle s'était rapprochée dans un même soir rouge une semaine plus tôt. Mais une semaine plus tôt, nous arrivions de Patmos sur un cotre dont le vent du nord gonflait les hautes voiles blanches, et, cette fois, nous repartions sur un rafiot cachexique crachant des ballons de fumée noirâtre. L'*Andros* était, nous assurait-on, un ancien yacht du Roi d'Angleterre. De quand datait cette royale appartenance ? Un demi-siècle au bas mot, dont le souvenir demeurait dans la décoration victorienne de la salle à manger. Rhodes s'éloigna et je la vis s'estomper avec mélancolie. Le palais du Magister, les minarets, les murailles franques se détachèrent du reste de la ville et, avec le déclin de la lumière, semblèrent un mirage, un de ces beaux mirages de l'Orient trompeur. Après des semaines de vagabondage dans les Sporades du Sud et le Dodécanèse, Rhodes avait offert des baignoires, des portes qui se fermaient, des moustiquaires et, dans nos verres, des vins moins rustiques. Nous avions aussi, malheureusement, retrouvé des touristes, spectacle décourageant qui rabattait sur nous, comme des bouffées d'Europe, la laideur et la bêtise. L'après-midi même, l'*Iberia* des *Indian lines* ayant mouillé au large, des canots immaculés montés par des Indiens en costume écarlate avaient déversé sur le port une volière de vieilles Anglaises en organdi rose. Répandues aux terrasses des cafés, buvant de sirupeux sodas, elles avaient dévoré à grands coups de râteliers les sandwiches d'un pique-nique aseptisé, tirant Rhodes de sa somnolence et nous de nos rêves. À un signal invisible, ces dames s'étaient levées en piaillant pour courir vers les magasins et enfourner dans leurs sacs de cuir repoussé achetés au Caire (un chamelier et une pyramide) tout ce que l'artisanat de l'île fabriquait de plus hideux. Puis, à un autre signal invisible, elles s'étaient rembarquées dans les canots sous la protection de leurs gardiens basanés, abandonnant derrière elles une odeur de citronnelle. Sans crainte de les rencontrer à chaque coin de rue, nous avions alors fait une dernière incursion dans le ghetto et le quartier turc où les artisans rouvraient leurs boutiques, le visage encore bouffi par la sieste. Je voulais revoir la taverne où nous avions mangé des brochettes d'agneau parfumées à l'origan en buvant du vin rosé, mais le gril de Mustapha était éteint et la rôtissoire pendait, inoffensive, à côté. Un garçon en tablier crasseux se curait les ongles, assis sur une marche. Toute l'atmosphère de la curieuse soirée s'évanouissait. Ne restaient qu'une taverne à la devanture branlante, le platane dont les branches torses portaient une guirlande d'ampoules peintes. Mustapha, le géant à la moustache en croc, aux bras velus et au crâne rasé, ne nous invitait plus d'une œillade terrible à nous asseoir pour goûter ses souvlakias. La veille, alors que nous étions attablés sous l'arbre, un gros homme était venu s'installer avec un harmonium portatif. De la main gauche il actionnait le soufflet, de l'autre il tapotait un clavier dont les touches perdaient leur ivoire. Les yeux fermés, la tête renversée, il avait chanté une mélopée grecque, quelque chose de si poignant que, sans en saisir les paroles, nos cœurs s'étaient serrés. Tout son répertoire, accompagné sans variantes par l'harmonium, reflétait la même douleur désespérée. Je n'avais pas oublié son visage aux traits fins amollis par la graisse, sa casquette à la visière cassée et relevée sur un front dégarni, ses doigts blancs et boudinés, sa lâche corpulence, ses vêtements usés, luisants. Nous lui faisions servir du vin, des brochettes, et les tables voisines, qui l'appelaient Vangeli, envoyaient de la salade et des fritures. Il picorait entre chaque chanson, preste, le regard atone, son harmonium sur les genoux, calé contre son ventre ballonné. C'était un homme désarmé dans la vie, qui n'avait jamais su faire autre chose que de la musique. Dans sa faiblesse, Vangeli évoquait la Grèce opprimée, réduite à ses chansons et à son folklore tandis que les Mustapha étalaient une force insolente et tranquille. Cela semblait d'autant plus anachronique que les Turcs quittaient Rhodes peu à peu sous la pression lente et sûre des Grecs ou se convertissaient pour se fondre dans une population déjà mêlée. Mais, sous nos yeux, les rôles semblaient renversés, et dans ce quartier exclusivement musulman, nous croyions revivre la longue occupation commencée un soir de 1er janvier 1523 quand Villiers de l'Isle-Adam avait quitté l'île avec les 180 chevaliers de l'Ordre de Saint-Jean survivants du siège conduit par Suleyman II. Payant l'addition, j'avais remis à Mustapha une pièce de 10 drachmes pour le musicien. Ce qui s'était passé ensuite avait été si rapide que je n'en conservais qu'un souvenir vague. Au passage le Turc avait empoché la moitié de l'argent déposant seulement 5 drachmes sur la table du chanteur malgré ses protestations. Trois ou quatre injures avaient suffi à remuer soudain Vangeli qui s'était levé, le visage livide, la lèvre tremblante, repoussant son harmonium et s'emparant de la rôtissoire pour la manier comme une épée et poursuivre Mustapha autour du platane. Il était plus leste que nous l'avions pensé, le Vangeli, sur ses jambes courtes, perdant sa casquette qui le révélait chauve comme une boule de billard. Ils avaient couru plusieurs tours, et c'était à la fois irrésistible et angoissant parce que nous savions que si le Grec coinçait le Turc, il lui passerait la rôtissoire à travers le corps, fin plutôt noble pour un marchand de brochettes, mais assez répugnante à voir, il faut l'avouer. Puis quelqu'un avait lancé un croc-en-jambe à Vangeli qui s'était étalé de tout son long, lâchant son arme. Du coup, Mustapha reprenant du courage et prêt à faire une bouchée de son adversaire sans défense, avait dû être ceinturé par deux consommateurs tandis que le musicien, gémissant, le menton écorché par le gravier, se redressait, s'époussetait et partait, son harmonium en bandoulière, se tapotant la bouche avec un mouchoir sale, image de sa propre détresse plus triste encore que ses chansons. Je me reprochais, maintenant que nous nous éloignions de Rhodes, de n'avoir pas eu un geste et d'avoir attendu avec les curieux que la colère de Mustapha se calmât, sans doute parce qu'elle était d'un grand comique et que, sa peur passée, le Turc s'apprêtait à trucider le monde entier. Trop tard nous avions couru C. et moi après Vangeli disparu dans une ruelle, absorbé par la nuit, et nous l'avions retrouvé sur une placette, penché au-dessus d'une fontaine décorée d'hippocampes. Une forme féminine se collait à lui et lavait ses égratignures pendant qu'il pleurait comme un enfant. Nous étions de trop.

Le lendemain, Mustapha sans doute mal remis de ses émotions, ne régnait plus à côté de son gril. Le serveur continuait de se curer les ongles avec un soin qui méritait de meilleurs résultats. Pour retrouver Vangeli, il fallait attendre le soir à la terrasse des tavernes, mais nous n'avions plus que deux heures avant le départ de l'*Andros*, deux heures pour errer parmi les souks du quartier turc.

Traversant le jaune ghetto, une scène irrésistible nous avait arrêtés. Sur un terrain vague encerclé par des taudis et les ruines d'un bain turc, trois filles ravissantes, trois mannequins présentaient la dernière mode d'été à un public de morveux en haillons, de pauvres femmes enceintes sous le classique tablier en grosse cretonne fleurie et d'hommes qui les contemplaient fixement, bras ballants dans une attitude de stupeur simiesque. Fardées comme pour une représentation à Paris, les trois filles marchaient de long en large, se dandinant dans la pierraille et la poussière qui tordaient leurs pieds nus et peints chaussés de sandales à lanières dorées. Dans leur marche, elles s'arrêtaient soudain pour retirer un boléro de leurs épaules nues et pâles, creusées de salières, ou pour entrouvrir leurs robes boutonnées par-devant et révéler des dessous d'un même tissu. C'était à la fois comique et totalement incompréhensible, incroyablement scandaleux et d'un érotisme qui frisait la démence. Leurs longues cuisses maigres, leurs genoux osseux, leurs bras nus qui se croisaient, dessinant d'étranges figures géométriques comme celles des premières poteries mycéniennes, cette chair poncée, livide, offerte sans ombre, sans pudeur à ces pauvres juifs enlisés dans une misère sans espoir, enfermés dans un quartier puant la vase et la pourriture, toute cette chair avait quelque chose de révoltant et d'absurde. Allaient-elles, ces trois folles, se déshabiller entièrement, se livrer à une danse dionysiaque — dont soudain sourds nous n'entendrions pas la musique —, allaient-elles chanter, rire en cascade pour un public ébaubi qui les contemplait en silence comme trois apparitions tombées du ciel, trois publicités d'une boisson américaine pour apporter un rayon d'espoir dans un des plus pauvres ghettos du Moyen-Orient ? Leurs gestes mesurés, mécaniques incitaient à les prendre pour des automates aux yeux maquillés façon biche, comme ceux de ces poupées qui trônent sur les lits des concierges. Tout, en une minute à peine, semblait tellement irréel que j'avais dû me forcer pour y croire, mais en nous approchant, nous avions découvert, parmi les badauds, un être ambigu en chemise rose et pantalon mauve, aussi froid et indifférent que les trois filles et qui prenait photo sur photo, dirigeant en français, derrière son trépied, la mise en scène de cette folie.

Voilà les délicats contrastes dont se gorgeait la presse retrouvée depuis quelques jours dans le hall de notre hôtel. Pareil tact donnait peu envie de l'Europe. On était bien dans cette ville close, hors du temps où les commerçants retiraient les vantaux de bois de leurs échoppes. L'ancienne Rhodes sentait le cuir, les épices, le café, toutes odeurs de l'Orient que l'on hume déjà en arrivant à Salonique ou en Athènes mais qui, sur cette île, prennent leur vraie saveur, un entêtement grisant. Cordonniers, fabricants de bouzoukia *, ébénistes, bric-à-brac, marchands de tissus se tenaient derrière leurs étals, patients, rêveurs. Les rues se remplissaient de vendeurs de brochettes ou de pistaches dont le cri âpre résonnait plus fort que l'appel du muezzin. À la porte des mosquées délabrées où le plâtre rose s'écaillait, des gardiens en guenilles remuaient un doigt crochu pour nous attirer, mais nous savions que l'intérieur n'était que déceptions : de vieux tapis usés à la corde, une chaire vide, un air irrespirable. L'Islam reculait ici, se contentant d'avancer ailleurs. Rhodes était bien ce que j'avais espéré : une belle sentinelle avancée de la chrétienté avec de nobles bâtiments taillés dans une pierre beige, inaltérable, et distillant en même temps ces relents d'Asie qui racontaient une lutte de trente siècles, mais ce n'était pas à proprement parler une île grecque. La nature y avait été trop généreuse, creusant des vallées où voletaient des myriades de papillons, bordant de brillants vergers les plages ardoisées du nord. Depuis que nous nous promenions dans les îles, les Cyclades et les Sporades avaient glissé en nous un besoin de blancheur et de dépouillement qui empêchait de goûter à la beauté méditerranéenne de Rhodes autrement qu'en passant et par souci de ne rien manquer. C'était fait : nous connaissions Rhodes et nous y reviendrions, mais pas pour lui demander l'impossible, seulement pour ses douceurs, ses langueurs, et la leçon franque des palais et de la rue des Chevaliers, ses souvenirs d'un Moyen Âge éclatant de grandeur et de témérité. À Rhodes demeure le souvenir plein de nostalgie d'un Occident en armes et conquérant.

Quittant la vieille ville, nous avions regardé le port qui s'animait avec la fin du jour. Si de bonnes raisons ne nous avaient pas rappelés à Spetsai, nous aurions pu sauter dans un petit cargo qui partait pour Castelorizo. Le capitaine, un nain jovial, nous y invitait pendant que l'on chargeait des madriers.

— C'est la perle des îles grecques, disait-il. Une île toute rouge, rouge comme le feu.

Mais nos places étaient retenues, les bagages embarqués. Il fallait rentrer. Un peu d'ordre dans les souvenirs s'imposait aussi après la rencontre que nous avions faite à Patmos. Le capitaine, pris d'une amitié née à l'instant sur le quai, insistait :

— Je reste trente-six heures pour décharger mon bois et embarquer des moutons. Vous habiterez chez mes parents. Ma sœur vous cuisinera un moussaka aux aubergines, le meilleur de la Grèce, vous vous promènerez dans l'île et vous repartirez avec nous. Si vous allez à Castelorizo avec le courrier régulier, vous êtes obligés de rester une semaine.

Oui, cela tentait, et après tout deux ou trois jours de retard ne signifiaient rien, mais le besoin que j'éprouvais d'être entre quatre murs à moi suffisait à nous laisser fermes.

Un peu plus loin, au fond du port, nous avions croisé un couple de touristes qui me laissaient un souvenir gêné. Ils étaient bêtes et assez vulgaires il faut le dire, chose qu'on pouvait pardonner ou ignorer en ne leur adressant pas la parole, mais quatre jours auparavant, le hasard nous les avait fait rencontrer à Embora, cet Embora dont on apercevait maintenant les lumières à bord de l'*Andros*, petites étoiles jaunes et clignotantes piquées dans la masse sombre de la montagne avalée par la nuit. Un autobus branlant conduisait dans ce village célèbre pour la beauté de ses costumes. Et c'était vrai : les femmes chaussées de bottes en veau retourné, vêtues de robes grises avec un justaucorps brodé de rouge, la tête ceinte d'un foulard noir, nous avaient beaucoup plu. Les portes s'ouvraient sur des intérieurs richement décorés de lits en bois sculpté et d'étagères sur lesquelles on apercevait des piles de linge finement ajouré. Du costume, les hommes semblaient ne garder que les bottes, sauf trois d'entre eux installés à la terrasse d'une taverne, sur la place, engagés dans une discussion incompréhensible et passionnée. Ce qu'il y avait de curieux, c'était leur jeunesse, alors que le costume traditionnel n'est plus guère porté en Grèce que par les vieillards. Mais ces trois-là, superbement moustachus, coiffés de la calotte noire, bien à l'aise dans leurs braies neuves, levaient le coude avec ardeur. Nous n'étions pas attablés à côté d'eux depuis dix minutes qu'un autocar azur avait débouché sur la place. Debout à côté du chauffeur une énorme personne à l'accent tudesque hurlait dans un amplificateur. Une vingtaine de personnes étaient descendues avec le genre de grimaces et d'ankylose qu'imposent ces voyages à leurs adeptes. On les avait promenés dans le village puis amenés sur la place d'où les trois palikares avaient disparu comme par enchantement à la grande fureur de la guide qui, sans son amplificateur, perdait les trois quarts de ses moyens. Des négociations laborieuses avaient commencé. Le prix de l'excursion comprenait une danse costumée à Embora. L'agence tenait ses engagements, mais danseurs, danseuses et musiciens réclamaient une augmentation. Une demi-heure avait passé ainsi en allées et venues, puis l'orchestre, un violon et un bouzouki, était enfin arrivé, suivi d'une guirlande de filles et de garçons. Mais pour avoir trop vu de danses grecques, nous ne pouvions guère supporter cette mascarade sans joie de pantins déguisés aux visages indifférents. Les danses grecques sont des fêtes, non pas des fêtes savantes et compliquées comme les danses occidentales, mais des fêtes légères auxquelles tout le monde peut participer tant les pas sont simples et la musique expressionniste. On y dit sa joie d'avoir bu, d'aimer sa femme, ses amis, de révérer ses saints et de vivre de l'air du temps. C'est encore une façon de se parler, pudique et charmante, les mains reliées les unes aux autres par des mouchoirs de couleur. La danse d'Embora, si rapide et si agile fût-elle, était tout sauf une fête. Il n'y avait pas eu de préliminaires, aucune voix de tête ne s'était élevée pour chanter comme toujours la lune, un amour secret ou le départ d'un marin, on n'avait pas apporté sur la table tous ces plats qui aiguisent la soif, on n'avait pas trinqué cinquante fois. Garçons et filles au sourire figé inspiraient plutôt pitié. Ils dansaient pour des étrangers qui ne les connaissaient pas, qui ne savaient rien de leurs misères, de leurs joies. Cela dépassait leur entendement que l'on pût s'intéresser à cette apparence de vie et pas à la vie elle-même, celle à laquelle ils retournaient après le départ du bel autocar azur, dans les champs étagés en terrasses où le blé, la vigne, le maïs, les oliviers et les figuiers poussaient dans la pierraille, toujours menacés tantôt par la sécheresse, tantôt par les pluies torrentielles qui ravagent les flancs de la montagne. Un sentiment de honte m'avait envahi. Dans voyageur il y a voyeur. Même les touristes le devinaient. Pourquoi le gros homme assis avec sa femme à la table voisine s'était-il penché pour me dire en français avec un accent impossible à localiser :

— Ces jeunes filles grecques n'ont aucune grâce.

Or, elles avaient de la grâce, elles n'avaient même que ça dans cette parodie de leurs plaisirs. De mauvaise humeur j'avais grossièrement répondu :

— Et vous deux, croyez-vous avoir de la grâce ?

Ils étaient devenus rouges, marmottant des injures et je m'en étais aussitôt voulu de les avoir blessés inutilement. Oui, de quel droit ? La Grèce qui m'avait appris tant de choses, ne m'avait pas appris la xénophilie, elle qui la pratique si bien, qui couvre l'étranger d'égards charmants comme s'il représentait le reste du monde, comme si accablé de cadeaux et d'attentions il allait repartir ébloui pour son pays et raconter à tous ses compatriotes que le Grec est le dernier homme civilisé à pratiquer l'hospitalité. J'avais blessé quelqu'un et même s'il s'agissait d'un de ces imbéciles qui promènent partout leur complexe de supériorité, ce n'était pas bien. Mais depuis quelques années, je supportais de plus en plus mal ce qui me rapprochait de l'Europe dont à cette demi-distance l'agitation, le grouillement semblaient plus vains que jamais. Patmos m'avait aussi apporté une révélation si brutale — vraie ou non — que je commençais, malgré moi, malgré une espérance chevillée au fond du cœur, à couper les ponts. Il ferait peut-être bon, à un moment donné, d'être seul, de refuser les compromis au nom de la liberté.

L'*Andros* s'écarta de la côte et la nuit éteignit les lumières d'Embora. Les vagues commençaient à nous prendre par le travers. Notre bateau entama un roulis qui ne cesserait qu'à Heraklion. Rhodes fondait dans la mer, sous le ciel sombre, et on eût dit d'un autre grand navire qui s'en allait à la dérive, nouvelle arche de Noé avec ses hommes, ses animaux, ses temples et ses débris de civilisation. À Lindos, j'avais éprouvé jusqu'à l'écœurement cette vanité de tous les efforts humains. Sur l'acropole, trente siècles ne laissaient que des traces sporadiques, ingénieusement mises en valeur par les archéologues suédois, mais la ville en bas se mourait, et la poussière, l'oubli recouvraient lentement l'ancienne métropole de 100 000 habitants. Où était passée sa gloire ? Un village en ruine aux jolies faïences recueillait un héritage au-dessus de ses forces. Sous la galerie d'accès au temple, nous avions rencontré un gardien, longiligne comme un Alexis Zorba, bavard autant que lui. Il s'appelait Panayotis Quelque-chose et avait longtemps vécu en France. Une averse nous avait obligés à demeurer un instant près de lui, provoquant ses confidences :

— C'est un joli tombeau, disait-il, joli tombeau que Lindos. Avec des morceaux de marbre partout. Autrefois il y avait plein de statues, mais on a tout cassé. Les hommes cassent tout. Ils n'aiment que ça. Moi, je suis parti à quinze ans d'ici. Nous n'avions pas à manger. À Marseille, j'ai travaillé sur le port et appris le français. Quand je l'ai bien su, on m'a donné un travail moins dur et je gagnais ma vie. Je louais une petite chambre à Endoume. On voyait la mer. Je me suis acheté une bicyclette, puis une moto. J'aurais eu une auto sans la guerre. J'étais revenu à Lindos quand elle a éclaté. J'avais rapporté de l'argent : 30 000 francs ! Ça en faisait des drachmes à cette époque-là ! Mes parents ont rebâti la maison qui s'effondrait. À Marseille, j'avais laissé encore 30 000 francs à la banque. Ça c'était pour moi, pour me marier avec une petite très gentille à Endoume, une brune, Mariette elle s'appelait, mais quand j'ai voulu repartir, les Italiens m'ont empêché. Ils avaient déclaré la guerre à la Grèce et Rhodes leur appartenait encore. Alors je suis resté ici, sans argent, sans travail, sans rien. La maison était reconstruite, c'était déjà ça, mais nous avions froid et faim. La grand-mère est morte, puis ma mère et mon père. Mon frère avait attrapé une maladie qui l'a laissé paralysé parce qu'on n'avait pas les médicaments pour le soigner. Quand les Anglais ont débarqué, on a été un peu mieux et on a pris mon frère à l'hôpital de Rhodes et je suis reparti comme marin pour la France. À Marseille, j'ai cherché Mariette, elle avait disparu. La banque m'avait gardé mes 30 000 francs mais ils ne valaient plus rien. Et puis les Français n'étaient plus les mêmes. Ils changeaient, ils étaient hargneux et méchants. Ils avaient peur des uns et des autres, et ils appelaient tout le temps la police. Alors, je suis revenu et j'ai repris mon frère avec moi. Nous vivons dans la maison qui est trop grande pour nous. On voudrait louer des chambres, mais les gens ne s'arrêtent pas. Ils arrivent ici pour la matinée ou l'après-midi, ils regardent si toutes les pierres sont encore en place comme sur les images qu'on leur a montrées à l'agence de tourisme, et puis ils s'en vont après s'être pris mutuellement en photo sur l'acropole. Je me demande ce qu'ils font de ces photos où ils sont tous le menton levé comme Mussolini et les yeux fermés parce qu'il y a trop de soleil. Moi, quand je les regarde, ils me font rire. À quoi s'intéressent-ils ? Ils ne s'intéressent à rien, tantôt le nez dans leur guide, tantôt l'œil vissé au viseur. Ce n'est pas avec ça que Lindos revivra. Quand je suis né ici, il y avait trois mille habitants. Aujourd'hui j'ai cinquante ans et il n'en reste pas mille. Les toits s'effondrent et on vend les faïences de famille pour manger, l'hiver quand il n'y a plus de touristes. C'est comme ça ! Il ne faut pas se plaindre. Moi, j'ai du travail et puis je vends des brochures sur Lindos en anglais, en français, en allemand et ça nous permet à mon frère et à moi de vivre pendant le mauvais temps…

Bien sûr, je lui avais acheté une brochure. La pluie avait cessé et nous nous étions promenés sur l'acropole dont les dalles luisaient au pâle soleil apparu entre deux nuages. Au pied des rochers, à l'horizon, la mer étalait un bleu fantastique. Avec le Sounion, Lindos était un des hauts lieux de la Grèce, mais tout autour la désolation l'encerclait. Le tremblement de terre qui avait détrôné l'ancienne capitale, le phylloxera qui avait ravagé les vignes ne laissaient que des rocs arides entassés en chaos. J'aimais aussi la loi des petits nombres qui avait maintenu la forteresse médiévale bâtie sur les ruines grecques : douze chevaliers de l'Ordre de Saint-Jean pour faire face aux hordes orientales. Les hommes ont perdu cette sorte de courage tranquille. En descendant, nous avions croisé de nouveau le gardien.

— Au moins, vous, vous ne prenez pas de photos ! avait-il dit avec un air de triomphe. Voulez-vous signer le livre des visiteurs ?

Il tendait un stylo en or et un cahier en piteux état. J'avais signé et demandé l'adresse d'une taverne où nous pourrions déjeuner en attendant le départ du vieil autobus qui nous reconduirait à Rhodes.

— En bas, près de l'arrêt des cars. Si vous êtes sur la terrasse, vous apercevrez encore l'acropole. Je viendrai peut-être prendre un café avec vous, ça me fait tellement plaisir de parler français.

— Venez !

Mais la pluie s'était remise à tomber et à travers les vitres brouillées de la véranda, nous n'apercevions qu'une image tremblée de l'acropole.

— As-tu remarqué, m'avait dit C., le stylo en or ? Au poignet il portait un chronomètre en or, et il a allumé sa cigarette avec un briquet en or.

— Il avait aussi de l'or plein la bouche.

— Ça c'est très grec, mais pour le reste c'est étrange de la part d'un gardien de ruines, même si le petit commerce des brochures marche bien.

Le reste m'avait échappé, mais lorsque

Panayotis était venu nous rejoindre, les objets qu'il avait posés sur la table avec ostentation trahissaient une aisance hors du commun : briquet, étui à cigarettes en véritable écaille avec son initiale P., fume-cigarette également en écaille. Son costume pourtant contrastait avec ces signes extérieurs de richesse ; il criait misère : poches aux genoux, manchettes effilochées, coudes rapiécés, chemise cent fois lavée et repassée, cravate réduite à l'état de ficelle. Il avait siroté son café, puis quelques verres de cognac grec, doux et sentant encore le sucre de raisin.

— Les affaires ne vont pas si mal ! avais-je dit.

Il souriait d'un air entendu. Je voyais bien qu'il avait un peu bu avant de nous rejoindre et que les cognacs le libéraient de sa réserve.

— Vous regardez mon briquet ! Il est beau n'est-ce pas ? C'est un cadeau. Tous les ans, il y a un Suisse qui m'envoie un cadeau. Voilà cinq ans que ça dure. Cinq ans ! Et peut-être que ça durera toute la vie, enfin toute ma vie à moi et à celle du Suisse. Combien de temps ça vit un Suisse ? Je veux dire un Suisse, en général…

Je ne savais pas au juste, mais normalement cela devrait faire quelques années de plus qu'un homme ordinaire.

— Je voudrais qu'on le soigne bien, mon Suisse. Quand j'écris pour le remercier de son cadeau, je lui demande des nouvelles de sa santé ; je lui dis de ne pas aller trop vite en voiture, de bien voir son médecin et de ne pas se pencher au-dessus des parapets ! *Surtout* de ne pas se pencher au-dessus des parapets !

c'est ça qui est très important, les parapets ! Vous êtes là, tranquille, heureux en voyage et vous rencontrez un parapet, vous vous appuyez dessus, vous glissez, et plouf dans la mer...

— En Suisse, il n'y a pas de mer ! C'est moins à craindre.

— Oui, mais il y a des rochers et des lacs. D'abord vous tombez sur les rochers et ça fait mal, très mal. Ceux de Lindos sont coupants, pleins d'arêtes et ensuite la mer est profonde, profonde... Au moins cent mètres. On ne l'a jamais retrouvée !

— Qui ?

— La femme de mon Suisse.

— Elle est tombée de l'acropole ?

— Oui, il y a cinq ans.

— Voilà une triste fin de voyage.

— Oh oui, il était très ennuyé. Il est venu me chercher et il m'a dit : « Ma femme est dans la mer. » J'ai dit : « Je sais. » Il a dit : « Comment ? » J'ai dit : « Je l'ai entendue crier. » Et c'est vrai, elle avait poussé un grand cri. On ne les oublie pas ces cris-là. En plus, je n'étais pas loin. J'avais quitté l'entrée pour prendre un peu l'air sur les marches. Les Suisses étaient seuls au bout du promontoire où les archéologues ont reconstitué l'angle du temple. Ils se prenaient en photo. D'abord lui, puis elle. Elle s'est assise sur le parapet. Il lui a dit de se pencher un peu plus. À cet endroit, il y avait une pierre qui branlait. La pauvre dame a disparu. Nous sommes allés avec des barques pour essayer de retrouver son corps. Les pêcheurs ont jeté leurs filets mais, pour moi, les chiens de mer l'avaient déjà emportée dans leurs grottes pour la manger. Après, la police est venue, et tout, et tout... Mon Suisse pleurait. Moi j'ai dit que je n'avais rien vu. Je n'avais pas le droit de quitter mon entrée. On m'a demandé s'ils avaient l'air de bien s'entendre. Comment voulez-vous savoir si les gens s'entendent mal ou bien ? Est-ce que c'est mon travail ? Le travail d'un gardien ? Bien sûr, ces deux-là ils s'engueulaient en arrivant et sur l'acropole ils s'engueulaient encore avec des mots très gros. La femme avait bien quarante ans et l'homme aussi, mais il faisait beaucoup plus vieux qu'elle, et elle était très jolie, toute blonde avec du rose et du blanc sur la figure. Qu'est-ce qu'ils se disaient... oh là, là... Moi je sais bien l'argot parce qu'à Marseille on ne parlait que ça... Eh bien, c'était pas joli... Mais j'ai répété aux gendarmes que je n'avais rien remarqué : des touristes comme les autres ! Mon Suisse était très content. Il ne voulait plus me quitter. Il me remerciait. Je répondais : « Je suis gardien de monuments historiques, c'est tout. Un point, c'est tout. » Il a voulu me donner de l'argent, mais l'argent comme ça me dégoûte. Alors, il m'a fait un cadeau, son briquet, et tous les ans il m'envoie un nouveau cadeau... Ça me plaît. Je n'ai pas de quoi m'habiller, mais j'ai des belles choses avec moi, des choses comme un milord. C'est ça la vie ! On est pauvre et riche en même temps. Les Grecs sont très pauvres mais ils ont la mer, le ciel et ça c'est très riche... La pluie s'est arrêtée. Vous repartez par l'autobus ?

— Oui.

— Vous avez raison. Il ne faut pas venir ici avec les cars de touristes. On ne voit rien...

Nous nous étions quittés sur la placette où s'arrêtent les voitures. Panayotis s'était éloigné de trois pas puis était revenu vers nous :

— Je ne vous l'ai pas dit ? Mon Suisse s'est remarié, il m'a écrit qu'il était très heureux et qu'il ne faisait plus de photos.

Un énorme clin d'œil avait accompagné ces derniers mots puis Panayotis, portant un doigt à la visière de sa casquette, était parti à pas mal assurés.

Rhodes était loin derrière nous. L'*Andros* roulait abominablement et dans la salle à manger victorienne on renonça à nous servir du potage. À la table, en face, dînait un important fonctionnaire du Dodécanèse entouré d'une cour qui soulignait bruyamment ses plaisanteries. L'esprit de table d'hôte atteignit son zénith lorsqu'un coup de roulis plus sec que les autres envoya sous nos pieds le morceau de poisson frit qui se promenait dans l'assiette du proèdre. Un steward se baissa et, le prenant avec délicatesse entre ses doigts, le remit dans l'assiette noble. La glace ainsi rompue, nous reçûmes mille invitations pour nous arrêter à Karpathos. Ensuite nous irions à Kasos. On allait faire mille choses pour le tourisme dans ces îles déshéritées. Oui, bien sûr, c'était le moment de les voir dans leur isolement encore superbe pour compléter notre collection. Quatre-vingts îles étaient dignes d'intérêt dans l'Adriatique et l'Égée. Nous en connaissions déjà beaucoup. J'avais envie de parler de certaines d'entre elles avant d'explorer les autres…

CORFOU

SILÈNE : *Moi ? Que la peste m'étouffe !*
ULYSSE : *Oui, si c'est moi qui mens.*

Euripide.

Brindisi est une ville grecque et Corfou une île italienne. Passant de l'une à l'autre, on est tenté de croire à quelque erreur de géographes, ces éternels distraits qui tracent des frontières au tire-ligne, partagent les peuples et sèment les guerres. L'Adriatique n'est d'ailleurs pas une frontière, mais plutôt un véhicule, une sorte de tapis roulant mal tendu dont les plis, les creux charrient des bateaux, des îlots arrachés au continent, de grandes taches de boue jaune, des arbres, des corps humains, tout ce que l'Europe a dégluti et rejeté de Venise à Trieste, de Fiume au long de la côte dalmate. Ces reliefs d'un repas monstrueux et mal digéré descendent vers la Méditerranée qui les disperse, les enfouit dans ses poches les plus profondes, mais se fâche aussi parfois et les repousse avec furie, y mêlant ses propres épaves qui s'échouent sur les rives des îles Ioniennes. Parmi ces épaves, la plus célèbre est celle du naufragé Ulysse. Après avoir navigué dix-huit jours poussé par des vents favorables, il essuie, dans l'Adriatique, une abominable tempête et ne gagne les rives corfiotes à la nage que grâce au talisman prêté par la bonne Ino. D'où vient-il ? De Madère, affirment les glossateurs allemands, mais cela peut aussi bien être de Gibraltar, des Baléares, de Pantellaria, de Malte ou de l'une quelconque des petites îles de la Méditerranée, paradis étouffants aujourd'hui désertés par les nymphes. Dix-huit jours seul sur un radeau représentent un long voyage. Il est plaisant d'imaginer les adieux d'Ulysse à Calypso et les trésors d'hypocrisie déployés par le fils de Laërte pour celer sa joie et ne pas blesser outre mesure sa compagne résignée. Homère a soin de préciser que le désir a quitté Ulysse et que les nuits auprès de la nymphe lui paraissent longues. Pour la dernière, il fait, semble-t-il, un effort, et dans la joie de n'avoir plus à se répéter, exécute même quelques prouesses. Et voilà comment on part, léger, traînant un cœur après soi. Mais les ordres de Zeus sont des ordres et Calypso à contrecœur conseille Ulysse dans la fabrication de son radeau. En quatre jours, cet habile homme se construit en pin, en orme, en peuplier une embarcation solide. La nymphe dépose sur le radeau des outres d'eau et de vin, des provisions que son amant grignotera en rêvant aux douceurs abandonnées. Les deux premières semaines de navigation enchantent Ulysse. C'est l'hiver, les alcyons l'accompagnent, le ciel est pur et pâle, et le vent d'Afrique tiédit les nuits étoilées. Appuyé au timon, Ulysse a toujours soin de laisser à bâbord l'Ourse qui règle sa route. La Méditerranée a de ces abandons au moment où les autres mers et les océans durcissent et multiplient leurs coups, mais il importe de ne pas le lui faire remarquer, de ne pas se féliciter trop tôt de ses bontés. Que lui crie Ulysse ? La tradition est muette à ce sujet. Peut-être se permet-il de chanter d'indécentes mélopées où se mêlent les charmes de Calypso et de Pénélope. Ulysse vient de découvrir qu'on se lasse des immortelles plus vite encore que des mortelles. Auprès d'une nymphe, un seul temps s'écoule, celui d'un amant. C'est là quelque chose d'intolérable pour un homme qui ne déteste pas se regarder en un miroir. Dans la lutte que se livrent le mobile et l'immobile, le relatif et l'absolu, le mobile et le relatif ont pour eux la poursuite de la jeunesse, c'est-à-dire la soif et la faim. Ce beau barbu, richement vêtu et parfumé par sa maîtresse, satisfait de ses aventures, fier de ses ruses, agace Poséidon. Il y a, chez Ulysse, un côté méditerranéen, vantard et galéjeur qui irriterait les natures les plus placides. Une envie vous prend de les doucher pour les défriser, de les abattre d'un croc-en-jambe pour saboter leur prestance. Ainsi le beau parleur se retrouve-t-il soudain aveuglé par des paquets de mer, accroché à une poutre de son radeau, assommé sur les rochers de la côte corfiote, repris par le flot et nageant avec désespoir vers une éclaircie, l'estuaire d'un fleuve dont la barre ne s'apaise qu'après une humble prière du naufragé.

Ce fleuve existe encore sous la forme d'un ruisselet qui coule entre les ronces à Paleocastrizza et gagne la mer tant bien que mal sur un lit de galets. Un petit hôtel rose, désert pendant l'hiver et fortement imprégné d'une odeur de friture, veille sur l'anse dominée par un monastère où prient trois moines aux soutanes effrangées. Un concert de chiens vous accueille au monastère dans la cour déserte sur laquelle ouvre une chapelle décorée d'icônes maladroitement imitées des peintures byzantines bazardées à de riches passants ou subtilisées par des touristes en culotte courte. C'est la fin. On ferme. Encore vingt ans et il n'y aura plus un moine aux Météores, plus un moine dans les innombrables monastères de la Grèce. Seuls subsisteront les couvents de femmes qui recueillent pour une vie paisible, occupée aux travaux des jardins, celles qui renoncent sans regret aux rigueurs du siècle, à la dure condition d'épouse grecque confinée entre les enfants et le ménage, avec pour seules éclaircies les baptêmes, les fiançailles, les mariages, les panégyres, puis les enterrements.

Quand nous arrivâmes à Paleocastrizza, un après-midi de décembre, la pluie qui lave Corfou et en fait, avec Lesbos et Rhodes, la plus verte des îles grecques, cessa brusquement. Un bel arc-en-ciel glissa dans la mer. Je contemplai avec émotion la plage où Homère fait aborder Ulysse couvert d'écume, les genoux et les mains ensanglantés, la barbe et les cheveux mêlés de varech. À quatre pattes, suffoquant et vomissant, il rampe sur les galets, vers un abri. Pour être plus libre de ses gestes, il a déchiré ses vêtements. Son corps nu au poil grisonnant, bien que bourrelé de muscles ronds, inspire pitié tant la mer et les récifs l'ont meurtri et souillé. Un moment, Ulysse s'arrête de ramper et s'affale dans les roseaux d'où le crépuscule frais le chasse. Remontant le cours d'eau, il parvient à un bois d'olivier et se couche à l'abri d'une voûte de racines tandis que la nuit tombe, scandée par l'appel des chouettes et la rumeur du ressac. Couvert de feuilles sèches, il s'endort lové dans le creux de l'arbre.

Accoudé à la fenêtre, je restai un long moment à regarder les vagues phosphorescentes ourler la plage. Le destin d'Ulysse a de curieuses résonances quand on y songe en cette île qui fut l'avant-dernière étape de son long voyage de retour à Ithaque. Quelle est la fatalité particulière qui s'acharne contre lui ? Dans un monde où il n'y a pas de faute de protocole sans châtiment, où tout malheur relève de la susceptibilité des Dieux, Ulysse paie un lourd tribut pour son passé. Certes, il a échappé, il échappera à la mort qui a frappé deux autres chefs des Grecs, Ajax, fils d'Oïlée, englouti avec l'îlot d'où il narguait Poséidon, et Agamemnon, fils d'Atrée, assassiné le soir de son retour par Égisthe et Clytemnestre. Mais d'autres compagnons du roi d'Argos ont regagné leur patrie sans encombre, portés par des vents aimables : le vieux Nestor souverain de la Pylos des sables, l'archer Philoctète, guéri de son pied puant, Néoptolème, fils d'Achille et chef des Myrmidons qui emporte pour esclave la triste Andromaque, veuve d'Hector. Ménélas, seul comme Ulysse, a vécu un tragique voyage, frôlé la mort et finalement ramené en Laconie son épouse qu'il entend absoudre par un vain mensonge : ce n'était pas la vraie Hélène qui se trouvait à Troie, c'était sa trompeuse image, la vraie demeurait prisonnière en Égypte. Mais que Ménélas ait, volontairement, retardé son retour pour ne pas avoir à connaître de la mort d'Agamemnon et aussi pour laisser couler le temps qui permettra d'oublier les fautes d'Hélène, cela est concevable et peut-être juste. Pourquoi Ulysse ? Il est sans doute le seul à avoir pressenti la folie de cette guerre, les maux innombrables qui s'ensuivraient, et quand les envoyés d'Agamemnon sont venus lui rappeler le serment des prétendants d'Hélène, unis à la vie à la mort pour défendre, quel que fût son choix, la fille de Léda, Ulysse a feint la démence. Il est donc parti pour la guerre à contrecœur. Sa contribution est des plus modestes : 12 vaisseaux, alors que les Crétois en alignent 100, Diomède 80, Nestor 90, les Béotiens 50. Mais la guerre acceptée, Ulysse s'y lance avec son génie propre : la ruse. Et cette ruse le pousse à une ingratitude qui le marque du déshonneur. Quand la flotte des Grecs est encore à Aulis attendant les vents favorables, Ulysse, à bord d'une embarcation de pêche, franchit seul l'Égée et débarque à l'embouchure du Scamandre. Il déchire ses vêtements, se roule dans la poussière, dépeigne sa chevelure et part se présenter à une porte de Troie. On ouvre à ce mendiant inconnu aux yeux chassieux qui mange son pain en parcourant les rues et en bavardant avec les soldats des remparts. Il faut deux jours à Ulysse pour relever un plan de la ville et se faire une idée de la solidité des murs. Il erre encore devant le palais royal de Priam quand Hélène en sort, accompagnée de la reine Hécube. Malgré le déguisement, Hélène reconnaît Ulysse qui prétendait autrefois à son lit. Elle va vers lui qui ne peut fuir et lui parle en grec. Hécube s'approche, comprend. Ulysse est perdu et Hélène achève de le perdre en prononçant son nom. Un mot, et des soldats, des passants se jetteront sur lui. À un contre une foule il n'a pas une chance de s'en sortir. Le héros s'agenouille, enlace les genoux d'Hécube, touche sa main, sa joue, lui promet tout si elle ne le dénonce pas. La reine se tait, remet quelque monnaie au mendiant et entraîne Hélène. Cette mère qui souffrira mille morts, dont les fils tomberont un à un dans la plaine et sous les murs de la ville, dont les sujets seront exterminés, pressent-elle ce qu'a d'atroce, d'irrémédiable la première goutte de sang versé ? Son silence est presque une trahison des siens et pourtant c'est la dernière chose dont on puisse l'accuser. Hécube n'a voulu que donner une ultime chance au pardon et à la bonté. C'est un moment dramatique, admirable et fou. À peine sauvé Ulysse se cache dans la ville, puis, le soir venu, se glisse dans le temple d'Athéna, vole une image de sa protectrice, égorge deux sentinelles, sort de la ville et regagne son embarcation. Un vent d'Anatolie le conduit en deux jours à Aulis où la flotte est toujours immobilisée. À personne, il ne racontera la rencontre avec Hécube et Hélène. Tout se passe comme s'il voulait effacer de son souvenir cet instant où il a dû le salut à la charité d'une femme.

Dix ans plus tard, Troie est un tas fumant de ruines, les Troyens sont morts ou enfuis comme Énée, leurs femmes, leurs filles, esclaves ou maîtresses des vainqueurs. La flotte grecque fait voile vers la Thrace quand soudain le vent tombe au large des côtes de la Chersonèse. L'ombre d'Achille apparaît sur son tertre funéraire. Il exige qu'on lui sacrifie Polyxène, la plus jeune fille d'Hécube, la dernière que la Reine, dans sa misère extrême, ait été autorisée à garder près d'elle puisque Cassandre partage la couche d'Agamemnon. Qui vient en porter l'ordre à la malheureuse Reine, qui n'a que des paroles sans pitié pour elle, qui l'insulte et la méprise en l'invitant à se résigner, qui repousse dans un passé mort la générosité d'Hécube ? Ulysse qui lui doit la vie. Dans la tragédie d'Euripide, le débat intérieur du roi d'Ithaque apparaît à peine, pour ne pas dire pas du tout. Agamemnon est finalement plus sensible qu'Ulysse au drame vécu par la Reine. Son attitude fuyante et lâche trahit son désarroi. Nul désarroi chez Ulysse. Les ordres sont des ordres. Il est là pour exécuter. Polyxène sera égorgée sur la tombe d'Achille, protégeant de son sang l'heureux retour de la flotte grecque comme Iphigénie avait versé le sien pour que les vents gonflent les huniers des assaillants. C'est peut-être là l'origine de la malédiction qui frappe Ulysse, le détourne pendant huit ans des siens et de sa patrie, et le jette sur cette grève de Paleocastrizza où, un soir de décembre, j'ai longuement rêvé à lui.

Le lendemain, de bonne heure, je poussai les volets. L'Adriatique se calmait, bleu intense au loin, encore verte le long de la côte où elle s'était battue. Des racines mortes jonchaient la plage, polies et blanchies par le flux et le reflux. À nous qui arrivions de Brindisi, l'extraordinaire pureté du ciel rendait la Grèce d'un seul coup telle qu'elle était à jamais dans notre souvenir : limpide et transparente, si transparente que son passé se dessine à chaque instant dans le présent, images superposées dont les temps sont confusément mêlés. Sur des buissons, un peu en retrait, du linge séchait, mais les lavandières avaient disparu.

L'arrivée de Nausicaa sur la plage de Paleocastrizza est un frais et délicieux poème. Dans la pudeur et le charme, Homère n'a rien conçu de plus parfait que cette vierge à la fois décidée et pleine de réserve, qui croit à ses songes et sait entourer le sauvetage d'Ulysse des meilleures conventions de la respectabilité. Que peut-on imaginer de plus exquis qu'une troupe de jeunes filles occupées de jouer à la balle tandis que le linge sèche sur l'herbe, et leur effroi quand Ulysse, réveillé par des cris, se lève, casse une branche pour voiler sa nudité et s'approche de la seule qui n'a pas fui. Homère n'a pas besoin de nous dire que Nausicaa est belle. Nous le souhaitons tellement qu'elle ne peut que l'être. Sa beauté est une nécessité profonde. La première mortelle qui se montre après Calypso doit effacer jusqu'au soupçon de regret que pourrait garder Ulysse et symboliser le retour parmi les humains dont les amours terrestres vivent d'enchantements plus nuancés que ceux un peu brutaux des nymphes. Il faut aussi que ce retour soit protégé des tourments endurés pendant le périple méditerranéen du héros, exempt des vices dont il a eu le spectacle. Ulysse est gagné par la pudeur des jeunes filles. Il prend seul son bain, refuse qu'on le frotte et l'oigne. Dans le lit du fleuve il rend à son corps éclat et prestance, et, même vêtu des chiffons qui ont emballé le linge royal, se retrouve plus séduisant que jamais. Quelle tentation pourrait alors être la sienne ? Se prouver qu'il est encore capable d'enflammer un cœur, d'exercer son subtil pouvoir ? Ce n'est pas la fatigue ou l'âge qui l'arrêteront, mais un réflexe plus heureux : la pureté de la jeune fille, cette allusion à un mari qu'elle espère choisir parmi les plus valeureux hommes de son île. Ulysse retrouve la société, ses interdits et ses rêves. Il suit à pied le convoi des lavandières, lui le héros, le rusé guerrier, accompagné des jeunes filles qui chantent et dansent. Après les dix-huit jours de mer, après la grotte de Calypso, les passes de Charybde et Scylla, la Sicile des Cyclopes, voici, sous les yeux d'Ulysse, une île occupée uniquement du bonheur de vivre. Ses montagnes arrêtent les nuages et les champs verdoient sous les pluies. Les vergers regorgent de fruits, les oliviers boivent dans la mer. Des torrents dévalent la montagne et creusent leur lit dans la terre grasse et rouge. Partout des anses, des ports naturels, des prairies où paissent des moutons, des vignes étagées dans la montagne, des villages aux treilles de pampres, des plages solitaires où les troncs morts caressés par la mer dressent leurs branches lisses et grises, et une population gaie, au visage ouvert, qui marche à grands pas sur les routes ombrées. Ulysse découvre tout cela que nous découvrions, nous, trois mille ans après lui. Corfou, brillante des pluies d'automne, exhalait un beau matin de décembre une haleine bleutée qui flottait au-dessus des pinèdes. Nous roulions entre des haies de paysannes accroupies ramassant des olives dans les caniveaux. Sous le fichu blanc serré au cou, elles offraient des visages mats, aux traits forts et harmonieux, et leurs corps lourds qui balançaient d'épaisses jupes de laine rappelaient les corps des plantureuses Catalanes de Maillol. Cette île exprimait une certaine plénitude, un bonheur tranquille aux racines agrippées à un sol ferme et riche.

Je me souviens des mots de Nausicaa sur son peuple, les Phéaciens aux longues rames, habiles dans l'art de tisser les voiles et de gréer les navires, peu enclins aux choses de la guerre. En lui choisissant Corfou pour retourner chez les mortels, les Dieux pardonnaient à Ulysse. Ils rendaient un paradis à un exilé, mais un paradis à la mesure de l'homme, où le vin, les fruits, l'huile, le bétail au lieu de naître d'un décevant coup de baguette magique, se cultivent et se récoltent par le travail et l'ingéniosité. Ulysse retrouve aussi les règles de l'hospitalité cérémonieuse et, après tant d'années de danger, la sécurité sacrée d'un toit royal, les rites qui enveloppent l'étranger non sans quelque défiance d'ailleurs comme il convient à un peuple pacifique qui n'envie rien à ses voisins et désire qu'on ne lui envie rien.

Aux portes de la ville, Nausicaa abandonne Ulysse. Il ne convient pas qu'on la voie en compagnie d'un étranger. Les Phéaciens sont bavards et, sinon médisants, du moins prompts aux commérages. Elle le déplore mais se plie aux usages. À quoi sert une vie sans tache quand une réputation est ternie par des imprudences même innocentes. Ulysse se débrouillera seul pour entrer au palais et se placer sous la protection de la reine Arété. Nausicaa, elle, gagne son appartement où une vieille servante, Eurymédousa, allume du feu et lui prépare, dans sa chambre, le repas du soir. Nous ne la reverrons plus qu'au moment du départ d'Ulysse. Libre à nous de l'imaginer, cloîtrée avec sa nourrice et ses suivantes, tissant les draps de lin de son mariage. Homère l'efface, la couvre d'une ombre pudique et digne. Pendant ce temps, Ulysse, conduit par Athéna déguisée en petite fille, pénètre dans le palais, s'agenouille auprès de la Reine, conquiert l'estime du Roi et, restauré, rendu à la confiance, entame, après les chants de l'aède Démodokos, le récit de son voyage qui dévoile en lui l'un des héros de la guerre de Troie. Faut-il supposer que Nausicaa, absente de ces agapes, ignore ce discours ? J'ai peine à le croire. Les palais de l'époque pré-homérique n'ont pas de séparations rigoureuses. Des toiles tendues en travers des portes préservent l'intimité des femmes dont les appartements donnent sur le mégaron. Nausicaa, de sa chambre, entend donc tout, frémit aux histoires du massacre des Cicones, du séjour chez les mangeurs de fleurs, les Lotophages, de la victoire d'Ulysse sur le cyclope Polyphème, des enchantements de Circé, pleure la mort stupide du pilote Elpénor, le terrible séjour aux enfers, s'angoisse des colères de Charybde, de Scylla et d'Hélios Hypérion, a le cœur serré d'apprendre le long, long séjour du héros dans la grotte de Calypso. Comment ne serait-elle pas amoureuse d'Ulysse auréolé de sa légende, unique rescapé d'une aventure sans pareille ? Il est beau, il n'a pas d'âge, il a vaincu les embûches dressées sur sa route par les Dieux et les hommes, et il est encore un exilé que guette un dangereux retour dans sa patrie. Un jeune cœur dont c'est le premier émoi se doit de succomber à tant de lauriers et de charme. Ulysse sait que Nausicaa l'écoute et quand on relit son récit avec cette pensée, la texture s'en éclaire. C'est un discours châtié dont les quelques vulgarités semblent bien des interpolations depuis longtemps décelées par les commentateurs. Rien ne manque de ce qui peut séduire une jeune fille romanesque, pas même les amours avec des créatures parfaites, amours hors nature après lesquelles Ulysse aspire à des rencontres terrestres et périssables. Comme il évoque son retour à Ithaque, il y glisse encore une incertitude. Que va-t-il trouver à son foyer ? On le presserait un tant soit peu qu'il s'attarderait en Phéacie. Le roi Alcinoos, la reine Arété, les patriciens ne devineront jamais l'exercice de séduction auquel s'est livré leur hôte.

Le jour suivant, sur l'Agora, Ulysse se couvre encore de gloire. Comme Laodamas, le fils d'Alcinoos, le provoque aux jeux du corps, il se dérobe d'abord avec une humilité feinte, puis se ravise sous les brocards et naturellement l'emporte de très loin sur ses adversaires. Mais plus habile encore, il a demandé que Laodamas fût écarté de la compétition, car cette victoire il la dédie en son for intérieur à Nausicaa qui n'en voudrait pas si elle devait blesser la vanité de son frère. Bien entendu la jeune fille n'est pas présente à ces jeux d'hommes, mais comment imaginer qu'elle n'en est pas informée — peut-être même cachée dans la foule assiste-t-elle, de loin, au triomphe du roi d'Ithaque. Elle seule sait qu'il parle et agit ainsi pour elle. Le beau secret gonfle son cœur. Elle ne l'avouera jamais et ne se laissera deviner que par Ulysse. Le lendemain, peu avant le départ le héros se baigne, des servantes le frottent d'huile, l'habillent. Comme il se rend au mégaron, il rencontre, adossée à un portique, la tendre jeune fille. Elle plonge son regard dans celui d'Ulysse :

— Je te salue, étranger, pour qu'une fois de retour dans ta patrie, tu te souviennes de moi à qui tu dois la vie.

Ulysse (« fécond en ruses », dit Homère) lui répond :

— Nausicaa, si Zeus m'accorde de revenir en mon palais et de ressentir les joies du retour, alors, là-bas, de mon Ithaque, je te prierai comme une déesse chaque jour que les

Dieux font, car c'est à toi que je dois le salut, jeune fille *.

C'est fini. Ulysse ne reverra pas Nausicaa. Il ne saura plus rien d'elle qui s'efface du portique et rentre dans sa chambre. Leur aventure est terminée. Elle a tenu en quelques mots et s'est conclue par un regard. La belle toile tissée par Ulysse avec son récit a doucement emprisonné la jeune princesse. C'est la dernière victoire amoureuse remportée par ce conquérant avant son retour au foyer conjugal. Il emporte le secret d'un amour bref, délicieusement préservé de la vieillesse et des aigreurs de la vie. Cette fleur bleue, si pâle, que l'on cueille dans l'*Odyssée* est unique en ce livre grouillant de tueries et d'amours tragiques. Tout reste dans l'inachevé, les demitons. Nous en rêvons encore, même si Ulysse retrouve ensuite Pénélope et s'installe dans le bonheur bourgeois, même si, comme nous le supposons, Nausicaa épouse quelque fils d'armateur phéacien et met au monde une kyrielle d'enfants. Deux êtres, un jour, se sont devinés, aimés sans un mot et ont renoncé l'un à l'autre.

Quittant Paleocastrizza, nous montâmes par une route en lacet jusqu'à Laconia. Le versant occidental de la longue île s'étendait à nos pieds et l'Adriatique sculptait de grottes, de promontoires cette côte grandiose et déchiquetée. Au large, un rocher en forme de caravelle rappelait la dernière colère de Poséidon, sa vengeance contre les Phéaciens qui avaient conduit Ulysse sain et sauf à Ithaque. Des gerbes d'écume attaquaient furieusement la nef pétrifiée. Comme tout semblait vrai à cet instant !

Les paysannes de Laconia partaient pour les champs en jupe noire, boléro de velours brodé et fichu blanc. Une vieille femme vint nous poser les questions rituelles :

— Allemands ?

— Non, Français...

— Ah Français... et comment vous appelez-vous ?

Elle répéta nos noms avec difficulté, mais un grand contentement de soi. Il fallut ajouter le nom du chien, puis lui dire que nous avions aussi un enfant. Elle en avait eu sept. Il en restait cinq. Deux travaillaient en Amérique. Pourquoi ne venions-nous pas l'été ? C'est bien plus gai. Non, nous préférions l'automne, l'hiver et le printemps. Cela ne s'expliquait pas. C'était ainsi. Elle hocha la tête et repartit d'un bon pas. Le village entier sentait l'huile d'olive. Sous une grange, des meules écrasaient les fruits enfermés dans les sacs en poil de chèvre, et l'odeur se répandait dans les ruelles, les maisons, douce et âcre à la fois.

SPETSAI

There are no tourists coming to Spetsai in the winter.

Henry Miller.

Le bac nous emmena dans l'après-midi. Après son éclat matinal, le soleil se cachait derrière des nuages. Corfou parut moins verte, tirant soudain sur le gris acier. Le nord de l'île était zone interdite. Avec la voiture nous étions allés aussi loin que possible, jusqu'à un col d'où l'on apercevait de superbes falaises rocheuses surmontées d'installations de radar. À nos pieds, l'Adriatique courait par vagues pressées vers les montagnes d'Albanie pâlies par la brume, terre mystérieuse où nul ne pénétrait plus. Confiné dans sa misère, écrasé par sa police et son armée, toutes frontières bouclées, secoué par des attaques de partisans cachés dans les solitudes les plus arides, ce pays était séparé du paradis corfiote par quelques milles marins et cependant on y allait moins facilement que dans le cosmos. Étranges, ces mondes hostiles. L'un se barricadait, se hérissait d'armes terrifiantes ; l'autre alangui appelait les étrangers à l'aimer et répondait par la défensive, sacrifiant un peu de son bonheur à l'écoute de cette menace formidable. Je venais de lire *L'île de Prospero*, mais le livre de Durrell datait d'avant la guerre. La terre riait encore, comme dit Chardonne. Maintenant il lui arrivait de sourire, mais en de rares endroits. Des haines, des cauchemars ne s'éteignaient pas. Derrière ces montagnes dont des nuages lourds couvraient les arêtes, des peurs s'accumulaient. Un geste d'un technicien ivre et l'étincelle mettrait le feu aux poudres, Corfou brûlerait comme une meule de paille, première victime d'une guerre qui n'a plus de nom. Le Prospero shakespearien qui déchaîne la tempête et l'apaise d'un geste nous manquait bien. La politique a toujours besoin de magiciens.

Le bac était fortement secoué. Des paysannes sortaient en hâte du salon-café installé au-dessus des voitures. Le mouchoir pressé contre la bouche, elles couraient vers la lisse et les mains crispées sur la rambarde de bois, elles vomissaient pour les dauphins qui jouaient autour de nous. Puis, accroupies sur le pont, têtes enfouies dans les bras, elles restaient là, immobiles comme de grosses tortues en robe de cotonnade ambrée. Les maris, les fils, debout à côté d'elles, tentaient d'apaiser leurs gémissements. Mais les gémissements des femmes grecques font partie intégrante des voyages en mer. Rien ne les calme que l'arrivée au port où elles retrouvent soudain toute leur vigueur pour saisir des paniers d'osier bourrés de victuailles, des jarres remplies d'huile ou des bonbonnes de vin. Le temps de débarquer la voiture du bac à Igoumenitsa et plusieurs d'entre elles avaient déjà pris un, deux, trois kilomètres d'avance, marchant d'un pas sec sur leurs jambes torses. Nous fîmes la route jusqu'à Épidaure sous la pluie, mais le surlendemain, au réveil, l'Argolide apparut dans sa beauté sauvage. Du haut d'un col, nous aperçûmes enfin Spetsai encore pâle, effacée dans le lointain, calmement posée à la surface des eaux. J'arrêtai la voiture pour contempler l'île retrouvée doucement posée au large du golfe d'Argos. Nous ne l'avions pas revue depuis près de deux ans, et en la quittant trois ans et demi auparavant pour la première fois, je m'étais dit qu'on ne retrouve pas de joie pareille, qu'il fallait renoncer. Mais le souvenir était demeuré si tenace, si vif que, contre toutes les fatalités, nous étions déjà revenus une fois et que, maintenant, nous arrivions avec de grandes intentions de rester.

Nous remontions en voiture pour descendre l'autre versant du col quand des moutons barrèrent le chemin. Un troupeau suivait, puis le berger, vieillard long et maigre, appuyé sur sa haute canne à la crosse sculptée polie par la main et le menton qui s'y reposaient depuis des ans. La barbe grise, pas rasée depuis des jours, mangeait un fin visage souligné, au-dessus des lèvres, d'une épaisse moustache blonde. Je lui offris des cigarettes, il en prit une et la glissa dans sa poche de chemise.

— Pourquoi ne la fumes-tu pas ?

— C'est pour dimanche.

— Alors prends le paquet et fume aujourd'hui.

Il ne remercia pas. Il n'avait pas demandé, c'est moi qui offrais et de toute façon il n'alluma pas sa cigarette. D'un coup de sifflet il appela son chien, et le troupeau franchit la route, sauta dans la rocaille épineuse à la recherche d'un brin d'herbe. L'homme nous avait déjà oubliés tandis que nous descendions vers le pauvre village de Didima, si solitaire au fond de sa cuvette. Après le village, la route remonte et glisse lentement jusqu'à Porto-Kéli parmi les oliviers et les arganiers. L'Argolide retrouve sa douceur. Je voulus ralentir pour aimer encore plus ces derniers kilomètres qui nous attendaient inchangés. Enfin ce fut l'arrivée sur la rade où achève de pourrir un vieux cargo, puis notre ami Yannis qui leva les bras au ciel, Stavro et Nico les patrons de la *Bouboulina*, Michaelis toujours flegmatique. Un grand bonheur m'envahit. Encore une demi-heure de traversée et nous serions à l'abri, entourés d'eau, notre fenêtre ouverte sur le chapelet des îles : Dhokos, Hydra, Trikeri..

L'après-midi même, je montai à la chapelle du prophète Élie. La montagne embaumait le thym et la résine. Tout parut encore plus beau que dans le souvenir. Au pied de la petite église, un troupeau paissait entre les pins. Leonidas le surveillait, habillé de kaki, la musette au côté.

— Bonjour Leonidas !

— Bonjour !

Il ne me reconnaissait pas. Je lui dis :

— Tu bois toujours autant de vin résiné ?

— Ah ça, pourquoi donc est-ce que je n'en boirais pas ?

— C'est que le lendemain tu as mal à la tête et qu'on te retrouve couché dans la chapelle d'Ayios Nicolaos.

— Ah oui, tu sais ça !

Son rire énorme éclata entre les arbres. Il se tint le ventre. Une fameuse cuite que celle-là !

— J'en ai pris d'autres depuis, dit-il. La semaine dernière, avec Nicolo, le cocher. Tu le connais ?

— Tu penses, si je le connais !

Un lent travail avait dû se faire dans son esprit et il se souvenait, mais la civilité exigeait qu'il fît semblant de m'avoir remis depuis le début.

— Tu as toujours ton chien noir ? demanda-t-il.

J'appelai Gollywog qui sauta sur le parapet.

— Et ta femme ?

— Elle déballe nos valises, nous sommes arrivés ce matin. Tu viendras nous voir ?

— Tu habites toujours la même maison ?

— Bien sûr.

— La semaine prochaine, je descendrai.

— Nous t'attendrons.

Ses moutons étaient déjà loin. Il les rattrapa à grandes enjambées.

— C'est un homme bon, ce Leonidas, dit une voix cassée derrière moi.

Je me retournai. Un petit vieux se tenait sur la terrasse formée par le toit d'une citerne. Il était coiffé d'une casquette américaine en toile et portait une veste de daim sur une chemise kaki, un blue-jean délavé. Les lunettes à monture d'or, le râtelier parlaient d'une civilisation plus avancée que celle des Spetsiotes ordinaires. Il n'était pas besoin de poser de questions. Au village on devait l'appeler l'Américain. Comme tant d'autres, après un long séjour aux États-Unis, il était revenu finir ses jours ici.

— Je ne vous avais pas entendu arriver.

— Je suis monté par le raidillon à gauche.

Je connaissais ce raidillon et j'évitais de le prendre pour ne pas arriver hors d'haleine à la chapelle.

— Bravo !

— Quel âge me donnez-vous ?

Je le flattai un peu.

— Soixante.

— J'ai quatre-vingt-quatre ans.

Il entrebâilla sa veste et tapota son ventre décoré d'une chaîne d'or.

— Tout est solide là-dedans, dit-il. Soixante années de travail, ça donne de la santé.

— Pas à tout le monde.

— De quel pays êtes-vous ?

— Français.

— Moi j'aurais pu être américain. C'était facile à ce moment-là, en 1900, mais je n'ai jamais voulu. Je savais que je reviendrais ici, en Grèce. Alors, à quoi bon ?

— Vous êtes de Spetsai ?

— Non. De Kiparissi, en face.

— Je connais.

Nous nous retournâmes pour contempler la chaîne du Péloponnèse, bleu-mauve, estompée au-dessus de la mer. En face, on distinguait Leonidion, mais Kiparissi, plus au sud, échappait au regard. Un jour, avec des mulets nous étions partis de ce petit port pour escalader la montagne et assister au panégyre de Karakas.

— Vous parlez américain ? demanda-t-il.

— Oui.

Cela lui fit grand plaisir. Il mâchouillait un yankee très nasillard et imagé.

— Quand je suis rentré ma sœur m'a accueilli. Je lui ai donné tout mon argent. Elle est morte il y a trois semaines, alors je suis venu habiter chez ma nièce, ici. Je lui ai remis ce qui restait : 2 000 dollars. Je l'aide un peu au jardin.

Il y avait quelque chose de si malicieux dans son regard que je ne pus m'empêcher de faire le calcul : 2 000 dollars, 60 000 drachmes. Très modestement, on pouvait vivre cinq ans là-dessus. Mais cet homme-là n'avait pas du tout envie de mourir dans cinq ans. Il partait pour le centenariat. Dans le marché conclu, il y aurait une dupe.

— J'ai été très riche, dit-il.

— Je n'en doute pas.

— J'ai eu 50 000 dollars à mon compte.

— C'est une jolie somme.

— J'allais rentrer à soixante-dix ans quand on m'a proposé d'acheter la mine où j'avais travaillé à Pittsburgh.

— Et alors ?

— Je l'ai achetée et puis trois mois après le gouvernement l'a fermée. Je devais encore 10 000 dollars.

— Vous n'avez pas eu d'indemnité ?

— Non ! c'est la vie. J'ai travaillé encore dix ans pour rembourser ma dette et puis revenir en Grèce. Maintenant je ne fais plus rien. Je suis rentier.

Nous descendîmes ensemble vers le village. Son pas était sûr et vif. Il sautait les terrasses et se recevait en souplesse sur ses jambes courtes. Au passage, il cueillait de l'origan :

— Demain, je me cuisinerai des *keftédès*, dit-il. Il faut mettre beaucoup d'origan. Ça conserve en bonne santé.

— Vous avez dû en manger des quantités dans votre vie !

— Eh oui… c'est peut-être bien pour ça que je suis encore jeune à quatre-vingt-quatre ans. Vous devriez faire comme moi.

— Je n'y manquerai pas.

Nous arrivions à une maison blanche à demi enfouie dans les rochers. Par-dessus le mur on apercevait le potager, aux salades bien alignées.

— Elles poussent sans engrais, rien que du fumier. Ce sont les meilleures salades de l'île. En Amérique, on n'a pas ça !

— On a d'autres choses.

— Oui, mais ça ne vaut pas les bonnes salades.

— Peut-être pas.

— Au revoir. On se reverra. Je monte tous les après-midi à Prophète Élie. Et vous ?

— Pas tous les jours. Je fais d'autres promenades, mais nous viendrons vous acheter des salades…

— Sans engrais ! dit-il le doigt levé. Sans engrais, des salades pures…

Une forte femme en noir, l'œil ombrageux, attendait sur le pas de la porte :

— Oncle Jimmy, dit-elle, tu es en retard.

— J'arrive, j'arrive, je parlais avec un ami.

Il disparut après un signe de la main. La femme le suivit. Je ne sais quoi me fit penser qu'elle calculait tous les jours si l'affaire était bonne ou non : quatre-vingt-quatre ans, 2 000 dollars. Avec une santé pareille, l'opération était risquée. À partir de quand la nièce s'impatienterait-elle ?

Sur le port je retrouvai Panayotis le coiffeur à la belle moustache crétoise, fin liseur entre deux coups de ciseaux ou de rasoir. Nos conversations d'autrefois s'émaillaient de noms fameux, Balzac, Dumas, Sagan, Georges Ohnet dont il avait lu les romans découpés en images dans les journaux athéniens. Cette fois, il m'attendait avec un bon sourire, une sincère chaleur. Il était très, très content. Nous bûmes quelques ouza. Panayotis avait appris des mots d'anglais. L'été, les touristes envahissent l'île et il faut bien se débrouiller avec eux qui ne comprennent rien.

— Et tu lis toujours autant ?

Il cligna de l'œil, d'un air enchanté. J'attendais de nouveaux noms ajoutés à sa collection, peut-être Zola ou Pierre Decourcelle, mais Panayotis me réservait une surprise. Il se pencha vers moi et presque à l'oreille :

— Ambroise Vollard ! dit-il.

— Ah, très bien.

— Ambroise Vollard et Renoir. C'est bon, n'est-ce pas ?

— Oui, c'est bon.

Je le quittai. Nous avions des mois pour échanger ainsi d'autres noms qui donnent à rêver. Il fallait en garder une réserve. Je regagnai la maison. Un soir rose tombait sur la mer calme et les îles légèrement posées à la surface de l'eau. Le vent du sud soufflait son odeur de sable tiède. Au bord de la digue, des pêcheurs halaient sur un filet, corps obliques, le dernier passant le premier quand il touchait le mur. Cela pouvait durer deux, trois heures et ne rapporter qu'un filet vide. Au pied de l'escalier, Stellio, le petit poliomyélitique, voulut savoir combien de kilomètres nous avions parcourus et en combien de temps. Les distances l'intéressent énormément, lui qui parcourt 300 mètres par jour, invariablement depuis des années. Stellio ne vend plus ses cigarettes et ses bonbons dans son fauteuil roulant. On lui a fait cadeau d'un kiosque vitré, son royaume, bourré de tabac, de sucreries, de jouets, de cartes postales, de lampes de poche et de briquets au milieu desquels il ressemble à un père Noël enfoui dans sa hotte. Là, tout le monde lui rend visite, des gendarmes aux enfants, apportant les dernières nouvelles de l'île. Il les reçoit et les redistribue comme un changeur dans sa boutique. Avec les gros billets il fabrique de petites coupures que les commères enflent et lui renvoient méconnaissables. C'est la joie de Stellio que cette bourse aux nouvelles. Il y joue aussi le rôle de la Pythie et le temps, avec ses hauts et ses bas, n'a pas de plus sûr commentateur. J'achetais mes cigarettes quand on me tapa sur l'épaule :

— Alors, tu es arrivé ?

C'était Spiro, ratatiné comme jamais. Nos relations n'étaient plus aussi bonnes qu'autrefois, à notre premier séjour. J'avais fait un portrait de lui dans un livre et un des plus importants journaux grecs, *Ta Nea*, avec une malhonnêteté inouïe, avait traduit ces pages en y ajoutant sous mon nom des commentaires d'une bêtise qui dépasse l'imagination. À Spetsai tout le monde s'était jeté sur *Ta Nea* qui montrait un Spiro franchement imbécile. J'avais pu faire passer un rectificatif sous la menace d'un procès au bureau international des copyrights et Spiro gardait dans son portefeuille l'article où je me plaignais de ce vol et de cet abus de confiance. Mais le mal avait été fait et il en restait, entre lui et moi, un malaise qui m'irritait d'autant plus que je ne m'en sentais pas responsable. Je savais cependant que Spiro surmontait commercialement sa légitime amertume. Le français qu'il avait appris à l'école des petits frères de Constantinople lui servait à raccrocher les touristes et à se proposer comme traducteur : « Vous connaissez Michel Déon ? Alors, Spiro c'est moi ! » Tous les touristes ne me connaissaient pas, ce qui l'étonnait fort et avait diminué un peu de son estime. Quand on est un homme bien on est connu de tout le monde. Mais ceux qui avaient entendu parler de Spiro s'assuraient ses services et Spiro portait leur bagage, les conduisait au restaurant, à l'hôtel.

— Tu es là pour longtemps ? demanda-t-il.

— Pour des mois et des mois.

— Je sais que tu as une fille.

— On ne peut rien te cacher, Spiro.

— Pourquoi tu l'amènes pas ?

— Elle arrive demain par avion.

— Ah bien ! Quel âge ?

— Deux mois.

— Il ne faudra pas la laisser seule avec le chien. C'est mauvais.

— Je te le promets.

— C'est mauvais les chiens et les enfants.

— Nous ferons attention.

Le voilà qui recommençait à diriger ma vie. Si nous ne faisions pas attention, il réglerait nos sorties, nos repas, notre sommeil et nos amitiés.

— Et toi comment vas-tu ?

— Moi, je vais, je vais... j'ai soixante-quatorze ans. J'ai mal à l'estomac. Plus de résiné. Cet hiver j'ai dépensé 1 800 drachmes pour les médicaments, une première fois 300 que le médecin avait dit. Ça ne m'a pas guéri. Alors, je suis allé à Pirea : 200 drachmes pour le voyage, 150 pour le médecin, 500 pour la radio et puis encore 750 pour les médicaments. Je mange seulement les yaourti et les macaroni.

— Et tu portes toujours les valises ?

— Hé ! Il faut bien. Mon enfant il envoie tout son argent mais c'est pour sa sœur.

— Elle n'est toujours pas mariée ?

— C'est difficile de trouver un homme bon, très bon. Il va revenir, mon enfant, Vangeli. Dans quelques jours. Il était au Japon sur un bateau.

— Tu es content ?

— Çà oui !... À demain.

Il est reparti, son pot de yaourt à la main, traînant les pieds, vieux soudain, lui qui se tenait si droit, si fier il y a peu d'années encore, hochant la tête.

— L'Oncle Spiro ! a dit Stellio en riant et en se vissant un doigt dans la tempe.

— Il a vieilli.
— C'est la tête.
— À demain, Stellio.
— À demain.

Quand je retrouvai la maison, la nuit était tombée et le tiède sirocco soufflait toujours, apportant l'odeur des derniers jasmins. Sous le balcon, les vagues caressaient les rochers avec une douce obstination. Noël approchait, un Noël qui ne ressemblerait pas à ceux d'Europe, une simple fête religieuse, une longue messe nocturne à Saint-Nicolas, quelques gâteaux dans les maisons et des souhaits de longévité dans la rue. Notre chère Elefteria avait fini de ranger la maison, heureuse de retrouver pour chaque chose son emplacement passé, emboîtant ainsi notre nouveau séjour dans les précédents comme si rien ne les séparait. Ombre silencieuse, elle préparait maintenant la chambre d'enfant qui allait être quelque chose de plus dans la vie qu'elle partageait avec nous.

Mais prétendre que rien n'a changé serait farder la vérité. De nouvelles maisons sont sorties de terre, les unes fort belles, les autres hideuses. Sur le port on construit un hôtel en ciment qui en ruinera beaucoup le charme. Une fièvre de spéculation s'est emparée des propriétaires de terrain. On ne parle plus par milliers de drachmes, mais par milliers de livres d'or. L'été charrie des milliardaires qui s'arrachent les plages à coups de dollars. Les milliardaires sont, comme on le sait, des gens sans le moindre grain d'imagination. Ils se ruent sur Spetsai en plein mois d'août pendant leurs trois semaines de congés payés pour se retrouver entre eux. Le reste de l'année ils vivent dans des bureaux. Trois saisons nous restent, calmes, parfumées, fleuries. L'hiver surtout garde intacte sa solitude, à quelques exceptions près. On peut encore ignorer ces exceptions ou choisir parmi elles. À Hydra la situation semble plus dramatique : une bohème internationale s'est installée dans les maisons en ruine réparées avec des moyens de fortune, et se vautre dans les tavernes du port. La rareté de l'eau douce n'excuse pas toute leur crasse. À Mykonos, la rumeur laisse entendre qu'une centaine environ de Scandinaves, d'Allemands, d'Américains s'apprêtent à passer l'hiver pour écrire des livres, peindre des tableaux, sculpter des bouts de bois. Comparé à ces deux îles, Spetsai semble le plus sûr des refuges. N'y traînent que des ombres filiformes.

J'en ai rencontré une, un après-midi de pluie, dans la taverne de Vassili sur le vieux port. Elle se disait anglaise. Elle était ivre, la voix rauque. Son âge ? Impossible à préciser. Ce pouvait être quarante ou cinquante. Il lui restait de sa jeunesse une beauté garçonnière qui ne troublait plus mais qui suggérait un passé et distrayait de son effroyable accent cockney. On avait beaucoup fumé chez Vassili. La salle voûtée était grise, des ronds de verre marquaient les tables jonchées d'écorces de pistache. Des hommes buvaient dans un coin, d'autres jouaient aux tarots. La pluie frappait les vitres, brouillait les eaux plates du port désert. La femme s'appelait Carole. Elle parlait en serrant son verre vide dans sa main droite, une belle main maigre tachée de rousseurs, aux ongles ras. Je ne l'interrompais pas, elle parlait pour elle, pour les fantômes qui traînaient devant ses yeux vitreux :

— Et d'abord qu'est-ce que vous foutez ici ? Un pays de cons. Tous des cons, je vous le dis. Moi, je les connais. N'en veulent qu'à votre fric. Le fric, toujours le fric. J' parie que vous voulez acheter une maison ! Laissez-moi rire ! Si on les écoute, ils vendent tout. Si on parle, ils ne vendent rien. Un sou, c'est un sou. L'hospitalité grecque ? Mon cul ! Qu'est-ce qui vous prend de vous installer dans ce cauchemar ? Les années passent et on devient comme eux, aussi dégueulasses, paumés, des raclures d'humanité. Cherchez-en un qui vous regarde dans les yeux. Vous m'en direz des nouvelles. Et puis si vous voulez faire une affaire, allez vous montrer... Sont tellement méfiants qu'ils tueraient leur mère pour voir ce qu'elle a de caché dans le ventre. Bêtes, en même temps. Mais c'est ça, les îles. Toutes les îles du monde. Un jour, j'ai voulu m'installer aux Bahamas. Ah, les Bahamas ! Un paradis ! Vous avez jamais vu les réclames ? Des plages de sable, des cocotiers, des bungalows avec des toits de palme, des nègres pour vous servir, vous tenir le front quand vous dégueulez, vous mettre au lit, coucher avec vous, même, si ça vous plaît. Le paradis, quoi ! Trouverez rien de mieux. Rien. J'étais là quand ça valait rien, maintenant c'est 50 000 dollars le bungalow et y a même plus de nègres pour vous tenir le front. J'aurais fait fortune si j'avais voulu, mais l'argent je m'en fous. Ici, pareil. Ça ne valait rien il y a deux ans. Rien. Des clous. Maintenant ils se prennent tous pour Onassis et ils nous font suer, suer, suer, alors mais suer...

Vassili lui remplissait son verre qu'elle buvait sans y ajouter une goutte d'eau, d'un trait, les yeux fermés, dédaignant les olives noires qu'on posait sur notre table à chaque tournée. Ses yeux s'injectaient de sang, se voilaient, et, aux commissures des lèvres, je retrouvais les signes de cette veulerie qui nous avait tous atteints en Europe après la guerre, ce goût de se détruire, de s'avilir dont certains ne s'étaient évadés que par le suicide, l'accident, dans lequel d'autres continuaient de se noyer avec un entêtement enfantin qui avoisinait déjà le gâtisme. Les rares rescapés se fuyaient les uns les autres, divisés par la vie enfin acceptée, gênés d'avoir renoncé à cette aventure qui est la perte de soi, honteux et effrayés par le spectacle de ceux qui persistaient. Mais qu'y avait-il eu dans cette tête-là ? Rien, sans doute, car elle continuait son long monologue saumâtre et ennuyeux, sans humour, comme une machine remontée qui dévide son rouleau. Elle me faisait penser à ces poissons qui traînent derrière eux une longue bave, un ectoplasme de déchets et de pourritures.

— Les Bahamas, c'était du miel à côté d'ici. Il pleuvait la nuit. Seulement la nuit, et le matin le sable était tout frais et vous couriez vous jeter dans la mer et vous nagiez et quand vous rentriez il y avait le nègre avec une serviette et des sandales parce que le sable était devenu brûlant en quelques minutes. Vous rentriez et vous buviez des jus de fruits qui vous lavaient de toute la nuit, qui lavaient le sang, la peau, la bouche. Ça c'étaient des îles avec de grands arbres et des récifs de corail, et des poissons qu'on tuait au harpon, qu'on grillait sur du charbon de bois en plein air et qu'on mangeait arrosés de jus de citron. Et puis après on dormait ou on baisait comme on voulait et à 6 heures du soir le soleil se couchait et on buvait, on buvait jusqu'à ce que le soleil se lève. L'océan était tout rouge. Parlez-moi de ça et pas de ces îles de tordus où il n'y a rien à bouffer. Allez, c'est pas la peine de nier, vous allez trouver une maison ici, vous installer et puis dans un an ou deux, vous serez comme eux, moches alors, mais moches, dégueulasses à vomir et vous ne foutrez plus rien, vous n'écrirez plus une ligne, vous allez vous ratatiner comme ces petits vieux qui jouent aux tarots et qui lorgnent mes fesses quand je sors d'ici, car, Dieu merci, j'ai encore des fesses et ça peut me servir, et c'est mon plaisir à moi mes fesses qu'elles soient bien moulées dans mon blue-jean, pas un pli de graisse. Pouvez voir…

J'avais déjà vu. La silhouette restait jeune, mais les mains ridées, tavelées parlaient d'une grande fatigue. La pluie ne s'arrêtait pas. Nous sortîmes sans Carole pour marcher dans le vent jusqu'au phare où la mer écrasait ses vagues. Nous ne saurions sans doute jamais comment sont les Bahamas, avec quelques regrets peut-être, mais les Pityuses, un des rares jours de pluie de l'année, emplissaient notre cœur d'allégresse. Demain l'île lavée de frais embaumerait et tous les horizons, la terre, les îles voisines, se détacheraient avec une netteté incroyable, nous entourant d'un cercle magique, barrière dressée contre l'autre monde.

Par morceaux on nous apprit l'histoire de Carole débarquée un an auparavant avec une sœur très jeune et pour bagage un baluchon. Elles avaient loué une maison isolée vers Ayia Marina, promettant de payer dès qu'un chèque attendu arriverait. Mais au bout de trois mois il n'y avait toujours pas de chèque et elles vivaient de crédit chez l'épicier et dans les tavernes. Le propriétaire les avait expulsées. La déchéance avait alors commencé. La charité publique les nourrissait et la sœur se prostituait pour un citron, une tranche de pain. L'été elles dormaient sur la plage ou dans les maisons ouvertes pour une nuit. Un yacht avait fini par emmener la sœur qui téléphonait quelquefois de Paris, de Londres, de Rome, à Carole généralement trop saoule pour répondre autrement que par des hoquets dans le téléphone public. Depuis quelques mois Carole vivait dans une chambre prêtée par un pêcheur et on ne la voyait jamais se nourrir. Elle buvait. Un Américain de passage l'avait vaguement reconnue. Elle n'avait pas plus de quarante ans et tout de suite après la guerre, elle avait joué dans deux ou trois films anglais, puis elle était partie pour Hollywood où son contrat avait été rompu dès qu'on s'était aperçu qu'elle se saoulait à mort. Le reste n'était pas difficile à imaginer : l'amant de passage qui vous emporte et vous dépose en Europe sur une île, puis se lasse, part un matin à l'aube, abandonnant quelques dollars sur la table. Un jour vient où les amants se font rares ou sinon rares moins riches. Alors on échoue dans une île perdue, on s'invente des chèques, on gruge un peu les naïfs, puis une nuit on s'embarque et on file vers une autre île. Cette fois, le rouleau était à bout. Carole n'avait sans doute même plus les 50 drachmes nécessaires pour partir à l'anglaise.

Nous l'avons aperçue encore quelques fois, puis elle a disparu. Le bruit court qu'un caïque a accepté de la déposer à Hydra où elle pourra clochardiser à son aise et exploiter de nouveau la crédulité publique. Je n'ai pas envie de l'entendre me raconter encore les délices des Bahamas. Et puis quoi ? Ne sommes-nous capables les uns et les autres que d'apporter notre pourrissement dans ces îles ? C'est trop triste.

La vie nous a repris dans son moule : travail, promenades, fêtes. Au cours des promenades nous rencontrons l'oncle Jimmy qui grimpe toujours avec ardeur et surtout Éliséo, ancien maçon devenu entrepreneur. Éliséo est le Chaliapine de Spetsai. Dans les soirées, quand les bouzoukia se taisent fatigués, soudain la voix d'Éliséo s'élève, profonde, basse et, sans accompagnement, chante une romance naïve et cruelle, l'histoire de quelque berger dont les amours finissent tragiquement. Alors tout le monde se tait et l'écoute. Assis, les yeux fixés dans le vague, il se concentre et sa veine frontale saille sous l'effort. Ses mains posées sur les cuisses, il ouvre et ferme une large bouche où ondule une langue énorme. Éliséo est à peu près illettré mais ce gaucher sait dessiner un escalier, une voûte, une terrasse sans une erreur de goût quand on le laisse faire. Le malheur est qu'on ne le laisse pas toujours faire et c'est avec une profonde répugnance qu'il contemple ensuite les maisons où on l'a obligé à des croisements hybrides entre le pavillon de banlieue et le modern' style 1925. La blancheur sauve beaucoup de choses, mais Éliséo hoche la tête avec tristesse.

Toujours vêtu d'une chemise à carreaux passée sur un épais chandail de laine à même la peau, poussant devant lui un ventre en forme d'œuf, les mains derrière le dos, une cigarette aux lèvres, précédé de son chien, il entame tôt le matin, vers 4 heures en été, 5 heures en hiver, une promenade qui le conduit de chantier en chantier. Dans mon dernier sommeil, je l'entends passer sous la fenêtre, raclant puissamment sa gorge. Il se rend au vieux port où les Z. lui ont confié la restauration de leur maison, une des plus belles de l'île, simple et hautaine à la fois, avec un soubassement de pierres grises et des fenêtres aux dormants vert olive. Rien n'échappe à l'œil globuleux d'Éliséo. Ses maçons sont ses amis. Il a commencé avec eux et s'est élevé lentement, malin et avisé à la fois, ayant choisi l'honnêteté pour réclame, ce qui suppose un calcul à longue échéance dont les autres entrepreneurs ne semblent pas capables. Du vieux port il monte sur la colline à l'instant où le soleil se lève, spectacle qui l'emplit de satisfaction et de poésie avant qu'il replonge dans la vallée et inspecte la maison que l'on construit pour sa fille, la route que l'on cimente pour lui, les bouts de terrain achetés par morceaux et dont il ne fait rien pour l'instant, confiant dans un avenir où le moindre mètre carré sera aussi cher à Spetsai que sur la place Syntagma d'Athènes. Sachant tout sur chacun mais discret, ne prévenant que d'un mot, muet sur le reste, prodigue de conseils sur les us et coutumes d'un achat de maison ou de terrain, il parcourt l'île, poussant son œuf, le crâne chauve et brûlé ceint d'une couronne de cheveux gris bouclés. De profil, c'est peut-être un kangourou, de face ce serait plutôt le Gnafron du Guignol lyonnais avec son nez en patate et sa petite moustache. Sa promenade est semée de boîtes de cigarettes au dos desquelles, avec un crayon de charpentier, il dessine maisons, voûtes, terrains, fenêtres et aussi ces parterres de galets verts et blancs, spécialité de Spetsai, qui retracent avec de naïves silhouettes, des bateaux et des canons, les épisodes de la guerre d'indépendance, les profils des amiraux moustachus et enturbannés, anciens pirates de la mer Égée.

Vers 9 heures, Éliséo repasse devant chez nous, accepte un café, s'assied sous la terrasse dans le jardin et raconte une histoire. C'est sa récréation. Il se détend avant de reprendre son parcours sinueux qui le conduit dans la montagne où il repère les ruines et entame de longues négociations avec les multiples héritiers pour racheter des tuiles anciennes, des pierres taillées et des chambranles dont le dessin s'est perdu chez les artisans d'aujourd'hui. Vers midi, l'œuf qu'Éliséo pousse devant lui est vide. Il faut le remplir. Puis c'est la sieste jusqu'à l'heure des tarots sur le port, toujours dans le même café, à la même table, avec pour partenaire un de ses maçons. En fait, c'est là son bureau. On vient l'y voir et entre deux cartes abattues, il donne une adresse, traite une affaire, promet de réfléchir, puis se replonge dans son jeu et pendant un moment on ne voit plus de lui que sa tonsure, son cou tanné et strié de rides en losange, les épaules rondes de sa chemise à carreaux.

C'est l'heure où nous préférons aller au vieux port que le couchant teint de rouge. À cet instant le vent tombe soudain et les deux chantiers navals se taisent. Les odeurs du suif et du goudron, de la peinture fraîche et du bois chaud, de la rouille qui attaque les chaînes d'ancre flottent dans l'air, mais la vie s'est arrêtée à bord des bateaux au mouillage et les mâts se balancent dans l'ombre qui guette.

LESBOS

The isles of Greece, the isles of Greece !
Where burning Sappho loved and sung,
Where grew the arts of war and peace,
Where Delos rose, and Phoebus sprung !
Eternal summer gilds them yet,
But all, except their sun, is set.

Byron.

C'était la mi-mars et déjà le printemps couvrait Spetsai et l'Argolide de glaïeuls sauvages et de coquelicots, mais l'avion, au départ d'Athènes, s'enfonça dans une mer d'ouate qui s'ouvrit seulement au-dessus de Lesbos, découvrant, dans une trouée, comme au fond d'un puits éclairé, une île vert-de-grisée, entaillée de larges golfes, cernée par un ruban d'écume. L'avion atterrit dans le vent, parmi les roseaux. Stratis Anastaselis nous attendait à l'aérogare avec sa voiture américaine couleur framboise panachée d'un toit crème. Nous savions encore peu de choses sur lui sinon — par des relations qui l'avaient prévenu de notre arrivée — que ce chauffeur de taxi poète, conteur et peintre publiait dans des revues comme *Technis* des récits que le grand Sikelianos, l'auteur des *Consciences*, avait aimés. Contes et poèmes étaient traduits du dialecte mytilénien, grec elliptique bourré d'apostrophes et riche en onomatopées. Stratis n'avait rien des extérieurs tapageurs d'un poète conventionnel comme on en rencontre en province. Vêtu d'un costume marron et d'un polo de laine, il avait plutôt l'air d'un modeste employé de mairie si tant est qu'un employé quelconque puisse avoir l'air modeste en Grèce où la connaissance de l'alphabet et de la table de multiplication emplit d'orgueil le premier imbécile venu qui se trouve derrière un guichet. Stratis était vraiment modeste. Nous le sûmes dès les premiers mots en montant dans sa voiture ornée par lui, à l'intérieur, de petits personnages dansant ou travaillant aux divers métiers de l'île. Ce n'étaient pas du tout des dessins naïfs, mais de charmantes esquisses bien composées, un peu comme celles que l'on voit sur les prospectus d'une école par correspondance : « Silhouette de vieille femme, par M. S... après trois mois de cours. »

Le taxi suivait la côte, de courtes plages de galets et de rochers bruns interrompus par des villas rococos dont les peintures, après les pluies d'hiver, pleuraient. Volets, toits, portes, plantes grimpantes avaient déteint sur les façades écaillées et dégouliné comme sur le visage d'un Pierrot en larmes. Quels riches Mytiléniens, retour d'Amérique, avaient pu se faire construire ces villas aux balcons à colonnettes, épaves d'un style florissant au début du siècle sur les rivieras françaises et italiennes ? Tout cela, après les orages, prenait un air désolé, abandonné et tristement dépourvu de mélancolie. On aurait dit de verrues posées sur un corps immense et inerte dont les tournants de la route et, bientôt, l'entrée dans les faubourgs nous masquaient les formes. Mytilène était une ville quelconque, plutôt laide dans son désordre et son mélange de bâtiments neufs et de maisons anciennes croulantes mais souvent encore agrémentées de vérandas à la turque en bois peint. Dans le port, des caïques séchaient leurs filets accrochés aux mâts et le kastro nous apparut à travers des mailles rouges qui le découpaient comme un puzzle.

C. posait cent questions à Stratis qui répondait avec gentillesse et déférence. Dans le rétroviseur, je voyais son visage couturé de rides, les lunettes à monture de fer, et, derrière les verres, deux petits yeux bruns, pétillant de malice. Il était d'abord chauffeur de taxi. Le reste ? Des violons d'Ingres quand les clients manquaient. Il m'inquiéta en prenant un air dubitatif lorsqu'il sut que nous cherchions une maison pour les quatre mois d'été. Une maison comment ? Nous n'étions pas des campeurs. Il nous fallait une maison propre avec de l'eau, des lits, des placards et une vue sur la mer. Oui, sur la mer parce qu'on ne pourrait pas vivre sans elle. Des Mytiléniens d'Athènes nous avaient assuré que nous aurions l'embarras du choix à Molyvos, au nord de l'île. Stratis parut trop poli pour nous contredire. Je commençai de m'angoisser. Les Grecs souffrent d'un chauvinisme qui attire d'amères déceptions. Il était cependant difficile d'imaginer que l'aimable couple qui habitait à Kifissia une somptueuse et confortable villa, nous conseillerait, même pour la saison chaude, des cabanes à lapins dans son île natale. C'était pourtant ce que Stratis fut amené à nous faire visiter avec une certaine gêne, sa finesse ne l'ayant pas trompé.

Nous déposâmes notre bagage à l'hôtel *Lesbos* dont les fenêtres donnent sur le port. Le hall était décoré de charmantes aquarelles représentant de petits personnages en costume de l'île. Cela tranchait agréablement avec les gravures des roses de Redouté qui ornent uniformément les murs de tous les hôtels de Grèce. C. le dit à Stratis.

— Oh je n'ai plus le temps d'en faire maintenant, mais ça m'amuse.

Ainsi, ces aquarelles étaient de lui. Il ne les signait que de ses initiales. Sa modestie décidément nous plaisait. Sa complicité devait nous plaire encore plus lorsqu'il nous signala, entrant dans l'hôtel que nous quittions, une personne en uniforme. Je veux dire dans un uniforme auquel on pouvait s'attendre à Lesbos, mais qui n'en paraissait pas moins incongru comme un déguisement. On aurait dit d'un Tartarin femelle partant pour la chasse au lion avec tout son harnachement. Ce que nous venions de voir passer était une épaisse créature aux cheveux noirs en brosse, à la nuque rasée, vêtue d'un costume tailleur amadou, chaussée de souliers plats à triple semelle et lacets à pompons. Elle portait cravate et chevalière et marchait d'un pas assuré. À Paris, au Monocle ou à la Montagne Sainte-Geneviève, elle eût fait un plausible maître de cérémonie, mais ici ? Quel gibier espérait-elle trouver ? C'était à la fois comique et inquiétant.

— Qui est-ce ? demandai-je.

— Oh, c'est une des dames pour le monument.

— Quel monument ?

— Le monument à Sapho. Elles sont plusieurs qui ne s'entendent pas, alors je crois qu'il va y avoir plusieurs monuments. Vous verrez les autres dames ce soir à l'hôtel.

L'épaisse créature disparut dans le hall. Stratis nous ouvrit la porte de sa voiture et quelques instants plus tard nous roulions sur la route de Molyvos qui serpente entre d'admirables champs d'oliviers, puis de pins, puis d'oliviers encore donnant à l'île cet aspect vert-de-grisé si étrange à la surface des eaux bleues de l'Égée. La terre était rouge. Au fond du golfe de Yera, la route coupait à travers une lagune. Stratis ralentit. Nous passions entre deux haies de bécassines qui piquaient la vase de leurs longs becs, tranquilles, même pas dérangées par le bruit du moteur. L'île d'ailleurs regorgeait d'oiseaux sauvages auxquels la fermeture de la chasse rendait confiance. Après Yera, la route quitta la mer et s'enfonça à travers les terres parmi des paysages tantôt chaotiques et déserts, tantôt couverts de forêts d'oliviers ou de champs verts. La beauté en était, ce mois de mars, majestueuse et ardente. Lesbos donnait une impression de plénitude que nous ne connaissions pas aux autres îles de l'Égée, sèches et souvent hautaines. Les villages contrastaient avec cet air de richesse : laids, peinturlurés du plus affreux des verts, sales, sans unité architecturale, ils parlaient d'une misère indicible et sinistre. Stratis nous raconta des histoires de chasse. Pendant la période d'ouverture, il ne roulait jamais sans son fusil à côté de lui sur la banquette. Maintenant on pouvait encore tuer des grives, mais la période glorieuse serait le mois de septembre. Serions-nous là en septembre ? Oui, peut-être, si nous trouvions une maison à Molyvos ou ailleurs.

— Ça sera difficile, dit Stratis. Enfin... avec un peu de chance !

Après un col, la route descendit sur Petra dont l'église de la Panaghia Glycophiloussa dressée en haut d'un dolmen naturel commande une longue plage ardoisée, puis par une corniche taillée dans des falaises violettes nous approchâmes de Molyvos qui surgit brusquement à un détour, petit village accroché à un énorme bloc rocheux coiffé d'un kastro. De loin, l'impression était saisissante et je crus comprendre pourquoi on assurait que des peintres et des graveurs s'y donnaient rendez-vous pendant l'été. Je reconnus pourtant mal le havre décrit par Myrivilis dans *Notre-Dame de la Sirène* avec poésie et candeur. Au pied du village avançant dans la mer, une usine noire surmontée d'une haute cheminée détruisait l'harmonie de la plage. Mais Stratis semblait pressé. Il regardait sans cesse sa montre, geste très peu grec.

— Il faut que nous nous dépêchions, dit-il, sans cela le maire s'endormira et ne se réveillera de sa sieste que vers six heures du soir.

Il n'était pas midi. À quoi donc ce magistrat employait-il ses nuits blanches ?

— À dormir aussi ! dit Stratis. C'est le plus grand dormeur de Lesbos et peut-être de toute la Grèce. Cinq heures de sieste, douze à treize heures de nuit. Quand on retire le temps des repas et des aller et retour à la mairie, il lui reste environ quatre heures pour administrer son village. Même le ministre des Finances qui est venu l'an dernier visiter Molyvos n'a pas pu le changer de ses habitudes et il a dû attendre que le maire soit réveillé pour lui parler. Oh oui, je crois bien que c'est le plus grand dormeur de toute la Grèce et peut-être du monde entier.

Il arrêta son taxi en bas du village et nous grimpâmes en courant vers la mairie. Par chance, le maire ne dormait pas déjà. Nous avions imaginé un gros bouffi de sommeil et fûmes surpris de découvrir un homme jeune, tout à fait éveillé, fort aimable, parlant très correctement le français. Une atmosphère étouffante régnait dans son bureau surchauffé par un poêle, encombré de vieilleries inimaginables. L'odeur qui régnait là rappelait celle toujours si triste des commissariats parisiens.

M. le Maire était bien organisé. Il ouvrit un cahier et son auriculaire gauche orné d'un ongle jaune démesuré * pointa quelques adresses de maisons à louer. On nous y conduisit par les ruelles que cette fois nous prîmes le temps de voir. Dès la fin du printemps, la vigne grimpante devait les ombrer. À peu près partout subsistaient encore les vérandas en bois à la turque, qui, du premier étage, surplombent la rue. Le village sentait le souk.

Nous n'étions plus en Grèce, mais en Asie Mineure dont les côtes sauvages et violettes se profilaient au loin. La pierre rouge-gris était assez belle. Cependant pas plus que dans les villages déjà traversés on ne retrouvait la moindre élégance architecturale, et des maisons modernes en ciment avec de hideuses terrasses, des marquises en verre surgissaient comme des pustules dans un ensemble qui aurait pu avoir de la force, mais se dégradait lentement érodé par le vent et le sel marin. Un gendarme couvert de peinture nous fit visiter sa maison. Elle était glaciale et je pense qu'au temps du muet on avait dû y tourner une partie des intérieurs de *Nosferatu le vampire*. Très fièrement le gendarme nous montra, en haut d'un escalier, un robinet qui laissait passer un filet d'eau dans une vasque grande comme une coquille Saint-Jacques. Avec un paravent, nous aurions ainsi une salle de bains où l'on pourrait s'éclairer à la bougie. Ce qui suivit était plutôt moins bien : des maisons suintantes où pourrissaient des reliefs de repas abandonnés l'été précédent par des campeurs, des bicoques en brique où des lits immenses décorés de coussins en satin orange occupaient les neuf dixièmes de la place, une cabane hantée, l'ancienne guérite du garde-barrière de Fouilly-les-Oies transportée là, intacte, comme par miracle. La dépression nous guettait de visite en visite, malgré l'accueil charmant des Molyviens qui supputaient déjà la bonne affaire. Un vent glacial s'était mis à souffler que nous retrouvions avec angoisse au coin des rues, oppressant et mauvais dans ses accès de rage. Dès que nous ouvrions la fenêtre d'une chambre à l'odeur de moisi surgissait devant nous la cheminée de l'usine noire qui souillait la plage. C'était obsédant et nous finissions par ne plus voir que cette cheminée, suppliant notre guide de nous montrer une maison d'où on ne l'apercevrait plus. Il hochait la tête, amer. Oui, la cheminée était laide, mais on allait la déplacer. Je me voyais de nuit, porteur d'une cartouche de dynamite, faisant sauter la colonne de brique qui, si mince fût-elle, envahissait le paysage. Stratis nous suivait, découragé, essayant quand même de mettre un peu de liant et de gaieté dans notre bouderie. Nous ne pensions plus qu'à fuir, incapables de cacher notre déception. Vivre là, c'était courir au suicide, j'en ressentais les prémices. En nous faisant visiter sa maison le gendarme peinturluré avait ouvert des volets de fer pleins qui grinçaient comme la mort et ce bruit je l'entendais encore. Une odeur de moisissure et de rat nous poursuivait et nous collait si fort à la peau que nous avions hâte de retrouver le vent qui coupait la respiration. Au moins quand il soufflait avions-nous, devant, la mer bleu indigo, le ciel pâle et les côtes turques. Nous retournâmes chez le maire. Il endossait un pardessus énorme, se ficelait dans des châles, se gantait de laine. Un léger voile ternissait déjà son regard aimable, l'heure du sommeil approchait. Nous le déçûmes poliment avec mille compliments sur Molyvos qu'il ne prit pas pour argent comptant. Tout était beau, nous reviendrions. Il n'en crut rien, regarda sa montre, serra nos mains, et sortit nous laissant seuls dans son bureau. Stratis rit, posa sa joue sur sa paume ouverte et ferma les yeux.

Nous, nous n'avions pas sommeil mais faim. Après de laborieuses recherches nous finîmes par obtenir deux œufs dans une taverne que la cuisson et la recuisson de la même casserole de haricots depuis quinze jours avait imprégnée d'une odeur molle et bourrative. Décidément notre rendez-vous avec Molyvos était raté. Quand les déceptions commencent elles vont en chaîne. Sans la présence de Stratis, nous n'aurions plus pensé qu'à reprendre l'avion ou à sauter dans un bateau. Mais il était là, drôle, fin, prodigue d'histoires, récitant de petits poèmes astucieux comme des limericks, composés de mots français ou grecs aux consonances voisines, intraduisibles parce que leur jargon même était tout leur esprit.

Des nuages s'amoncelaient. La prudence conseillait de rentrer avant que la route fût coupée par des pluies diluviennes. Stratis reprit son volant en continuant ses histoires :

— Dix-sept fois ma mère a accouché, dit-il. Dix-sept fois ! Et finalement nous n'avons été que sept : trois garçons et, calamité des calamités, quatre filles. Quatre filles à doter, à marier…

Son geste de la main était éloquent.

— Ma mère était illettrée mais mon père était lui un philologue passionné, partisan du grec puriste, ennemi acharné du grec démotique dans lequel s'exprimaient depuis Palamas les poètes et les écrivains de la nouvelle littérature grecque.

— Il était professeur ?

— Oh non ! Mon père était cordonnier.

Enfin il a été cordonnier jusque vers 1920, et puis il s'est fait chauffeur comme moi maintenant. Il ne voulait plus entendre parler de chaussures. Il lui fallait une voiture pour se promener dans l'île et mettre au point ses inventions. De temps à autre il vendait une de nos olivettes pour se payer le voyage d'Athènes et faire homologuer un brevet. Quatorze brevets, il a pris.

— Mais quel genre de brevet ?

— Sur la manière la plus économique de ramasser les olives. Au quatorzième, ma mère a dit : assez. Nous n'avions plus rien à vendre pour les voyages et les frais, et il fallait construire les maisons de mes quatre sœurs. Alors mon père n'a plus rien dit. Il m'a passé le volant. J'avais seize ans et j'ai travaillé pour nourrir tout le monde. C'était un drôle d'homme que mon père. Il nous a élevés à la dure. Je ne me suis jamais couché sans être battu. Çà j'en ai eu ma ration ! Quand les vacances arrivaient, mon père m'emmenait dans sa boutique et je préparais les clous, l'alène, la poix pour lui en relisant mes leçons de l'année écoulée. Quelquefois il me donnait des rédactions à écrire en grec puriste, mais comme je ne devais pas rester inutile pendant ce temps-là il fallait aussi que je garde les chèvres. Un jour, on m'a dit de conduire la chèvre au bouc et comme je ne savais pas quoi raconter dans ma rédaction j'ai décrit tout ce que je voyais : le bouc sur la chèvre, et la chèvre qui courait et le bouc qui la poursuivait. J'ai rapporté ça à mon père et il m'a flanqué une telle volée que j'ai juré de ne plus rien apprendre à l'école. Aussi, aujourd'hui je ne sais rien de l'orthographe et je préfère écrire en mytilénien qu'en grec parce que, là au moins, l'orthographe personne ne sait ce qu'elle est et on écrit avec l'oreille... Mais maintenant il n'y a plus que les paysans qui parlent le mytilénien. Les gens de la ville font les dégoûtés. C'est depuis qu'on a supprimé le journal de Papanicolaou...

— Quel journal ?

— Le *Trivolo*. Il était très à gauche. Toute l'île est très à gauche depuis toujours. On nous appelle l'île rouge. Nous sommes les seuls. Au contraire, les autres îles sont très à droite. Vous n'avez pas entendu parler de Papanicolaou ?

— Non, jamais !

— Un grand poète de Lesbos et un homme très bon. Il a publié mes premières histoires. Sous un pseudonyme naturellement parce que j'étais taxi et qu'il ne fallait pas que les gens se méfient de moi. Tout de même ça s'est su ! Papanicolaou me disait : « Écris-moi n'importe comment les histoires que tu racontes, je les utiliserai pour moi. » Mais il les a publiées sans y toucher et, à Athènes, Dimitri Photiadis qui dirigeait une revue, *Les Lettres néo-helléniques*, a repris quelques-uns de mes contes. À ce moment-là j'ai émigré sur le continent. J'avais vingt-cinq ans et on m'a donné une place de chauffeur d'autobus et un jour je suis allé au siège de la revue pour voir Sotirakis qui m'avait écrit... Vous connaissez Sotirakis ?

— Hélas, non plus...

— C'est un ami de Thrasso Castanakis.

— Celui-là nous le connaissons. Il vit à Paris. Il a été mon professeur aux Langues orientales, dit C. C'est notre ami et l'ami de tous les écrivains français.

— Alors vous lui direz bonjour de ma part. Je l'admire beaucoup et je corresponds avec lui.

— Nous le lui dirons.

— Mais Sotirakis n'était pas là quand je suis allé à la revue et Photiadis m'a demandé comment je m'appelais. J'ai dit mon nom. Il a dit : « Tu es le prosateur ? » J'ai répondu : « Non, je suis le chauffeur d'autobus. » Alors Photiadis a dit : « Tériade s'est trompé. » Tériade je savais qui c'était, un Mytilénien qui vivait à Paris avec les plus grands artistes et qui dirigeait une revue. Vous le connaissez ?

— Non seulement nous le connaissons, mais nous habitons la même rue et la même maison où il édite sa revue *Verve*.

— Eh bien Tériade en lisant mes contes avait écrit à Photiadis : « Cet Anastasélis est une blague. C'est sûrement un Grec qui a étudié à Paris et qui s'inspire d'un écrivain français connu. »

— Lequel ?

— Il disait lequel, mais j'ai oublié le nom. Photiadis a compris que ce n'était pas vrai et que je ne savais rien, que j'écrivais les choses comme je les entendais, et que si j'avais encore des cheveux c'est parce que je ne me grattais pas la tête, que je n'attendais pas que l'inspiration me tombe du ciel. D'ailleurs quand on mange des haricots, l'inspiration elle descend.

Il éclata de rire, heureux de sa plaisanterie. Il avait encore beaucoup de souvenirs et toujours revenait son antienne : « Je suis chauffeur, c'est ça mon métier. Le reste, c'est pour m'amuser et ne pas avoir le cafard parce que la vie est plus qu'amère. » Le temps, les moyens lui manqueraient toujours. Sans doute était-ce mieux ainsi. Il faut vivre et vivre jusqu'à la mort.

Le temps passait délicieusement. Nous jouissions de la belle campagne peuplée d'oiseaux. Stratis conduisait son taxi à la manière grecque : prenant son élan pour les côtes puis coupant le moteur dans les descentes afin d'économiser l'essence si chère. Dans le rétroviseur je voyais son visage toujours plissé de malice. Il nous déposa devant notre hôtel comme le soir tombait. Le lendemain, il reviendrait nous chercher pour aller à Thermi. J'ouvris la fenêtre donnant sur le port aux eaux plombées. Un cargo à quai chargeait des tonneaux d'huile. Les caïques, filets rentrés, dormaient à l'amarre, grosses tortues immobiles dans le soir mélancolique. Seul naviguait entre les bateaux un canard plongeur à l'air irrésistiblement effronté. Il avait les ailes fauves et un corps blanc que souillaient des taches de mazout. Désinvolte, il circulait entre les caïques et les bouées, intéressé comme un touriste, puis plongeait tout d'un coup, disparaissant une ou deux minutes, émergeant là où on l'attendait le moins, le cou animé de spasmes annonçant une heureuse digestion. Il me plaisait ce canard indépendant. La nuit finit par le dérober à la vue. C. se plongea dans un livre d'Eftaliotis poète de Molyvos, et j'ouvris un essai sur l'école des belles manières où Sapho enseignait aux jeunes filles douées les arts conjugués de la musique, de la poésie et de l'amour.

Stratis ne nous trompait pas. L'hôtel cachait des dames particulières. Nous les rencontrâmes au bar le soir même. D'abord celle qui nous était apparue le matin. Ses énormes fesses recouvraient un haut tabouret qu'elles enveloppaient de rotondités molles bien que sanglées dans la jupe de tweed amadou. Elle s'essayait à parler quelques mots de grec avec un accent français grasseyant. Notre présence sur les tabourets voisins ne lui fit même pas tourner la tête et nous ressentîmes avec force son mépris. Seul le barman, dans son état d'infériorité naturelle, lui semblait digne de ses réflexions, mais les mots d'un vocabulaire passe-partout ne parvenaient pas à exprimer toute sa pensée et les phrases qu'elle ajoutait mi en français, mi en anglais secouaient mal l'apathie bienveillante de Yorgo occupé à casser la glace. Nul doute que notre présence l'irritait et la rendait désireuse de nous en mettre plein la vue. Elle buvait un grand verre d'ouzo de Mytilène qu'elle reposait sur le comptoir en faisant tinter sa gourmette d'or. De profil, elle eût racialement déplu à notre chien qui hait les bulldogs. C'était bien Tartarin, mais sans son agréable faconde. Que pouvait-elle chasser ici ? Une connaissance approfondie de l'île n'était pas nécessaire pour s'assurer que la beauté des Lesbiennes (si j'ose dire) n'avait rien de singulièrement frappant. Sur la route, à Molyvos, à Mytilène, on ne croisait que des femmes amorphes, aux visages ruinés dès la trentaine par une vie sans douceur. C'était donc la légende et plus exactement encore le mythe qui attiraient ici l'amazone en costume tailleur.

— Ne te retourne pas, me dit C. Surtout ne te retourne pas.

Deux autres personnes venaient d'entrer dans le bar-salle à manger et s'asseyaient à une table de coin. Elles appelèrent Yorgo, commandèrent en anglais des whiskies et des amuse-gueule. Une des voix me parut familière mais elle pouvait être familière comme le sont toutes les voix qui, dans les bars, ont acquis, avec le temps, l'usure, la fatigue, une certaine tessiture éraillée.

— Devine ! dit C.

Mais je ne devinais pas. Un miroir me renvoyait l'image d'une nuque aux cheveux courts et blonds, d'un cou bronzé qui ne m'étaient pas inconnus. Je me tournai donc pour reconnaître la Carole imbibée d'alcool de Spetsai, en blue-jean délavé et chandail rouge, face à une caricature d'Emily Brontë, une sorte d'oiseau maigrichon coiffé de bandeaux gris, qui lisait le menu en portant à ses yeux un lorgnon à queue d'écaille incrustée d'or. Les deux formaient un couple absurde, dépareillé, comme on en rencontre dans les studios de cinéma entre deux prises de vues quand les figurants d'un film d'aventures se rencontrent à la buvette devant un verre de bière avec les figurants d'un film sur la reine Victoria. Ainsi, tel était le nouveau destin de Carole. Les hommes ayant commencé de faillir, le relais était pris par une poétesse ambiguë.

À peine découvrais-je Carole qu'une autre personne étrange pénétrait dans le bar et s'asseyait à une table dans le coin opposé : celle-là relevait du style des armoires à glace. Un instant elle me fit penser à cet ancien fort des Halles, au nom de gentil animal, qui, habillé en femme, s'était mis à peindre, remportant quelques succès à Paris après la fin de la guerre, surtout auprès des amateurs scandinaves. Ce géant peinturluré, armé de deux formidables battoirs, grimpé sur des talons à aiguille qui faisaient saillir des mollets de catcheur, coiffé d'un maigre chignon noir, maquillé comme une diva de tournée en province, minaudait au milieu de ses tableaux avec les grâces d'une pucelle à laquelle des messieurs vicieux glissent dans l'oreille des mots orduriers. La nouvelle apparition lui ressemblait point pour point, au détail près qu'un décolleté audacieux dévoilait la naissance de deux globes comme des mappemondes. C'était bien, selon toutes les apparences, une femme aux yeux charbonneux, à la peau mate des Sud-Américaines. Une émeraude brillait à son annulaire et une rivière de rubis étincelait à son cou.

Notre voisine de bar descendit de son tabouret et s'installa dans le troisième angle de la salle. Je priai Yorgo de nous réserver le coin demeuré libre. La voix cassée de Carole déversait un flot de récriminations amères dont nous connaissions l'essentiel. Son nouvel avatar ne l'avait fait changer d'avis ni sur la Grèce, ni sur les Bahamas. Elle y ajoutait seulement quelques accusations sordides sur les hommes en général, en matière de flagornerie, et la dame aux bandeaux gris opinait essayant de placer une phrase qui s'arrêtait à « *Yes, but...* »

Le comble de l'excentricité fut atteint lorsqu'une famille grecque vint s'installer à la table du centre avec deux enfants en larmes. On avait pu feindre d'ignorer notre présence si peu orthodoxe, mais les cris, les pleurnicheries des enfants et les reproches de la mère à la voix aiguë firent passer un souffle de réprobation. Les moutards finirent par s'endormir dans leurs assiettes. Ces dames se regardèrent avec soulagement et ce fut la seule complicité à noter entre elles, quelque chose comme : « Pas de ça ici... » Le père, la mère emportèrent les enfants. Yorgo servit un dixième whisky à Carole. Au retour, chaque fois, il nous adressait un clin d'œil. La présumée Sud-Américaine se fit apporter une boîte de loukoums en guise de dessert. Elle empiffra sans respirer les petits cubes roses et jaunes saupoudrés de sucre. Ses lèvres rouges se barbouillèrent de blanc et il y en eut même jusqu'entre ses seins qui semblaient enfler depuis le début du dîner. Le bulldog solitaire grognait, réclamait des sauces, de l'huile, du poivre, de la salade, des cure-dents, du pain, du vin résiné. Yorgo ne cessait de courir pour elle et je la soupçonnais de vouloir le mobiliser afin qu'il dédaignât les autres tables. Son ironie naturelle le défendait contre cette mainmise et le bulldog manquait s'étrangler quand il s'attardait auprès de Carole ou de la dame aux loukoums qui, enfin gavée, se renversa en arrière sur sa chaise et alluma un cigare dont elle oublia de retirer la bague. Ce cigare fut comme un signal d'apaisement. L'odeur en remplit la salle à manger.

La poétesse — je ne savais pas si elle était poétesse mais l'idée qu'elle fût quelque chose d'autre semblait exclue — la poétesse prit un air indigné et entraîna Carole qui passa sans nous reconnaître. Le bulldog suivit, puis le cigare. Nous restâmes seuls avec Yorgo qui s'épongea le front.

— Alors ? dis-je.

Il fit un geste ascendant de la main, très grec et qui exprimait une plénitude de choses.

— C'est comme ça depuis huit jours. Des folles !

— Elles sont là pour le monument ?

— Pour les monuments ! Il y en aura trois. Elles feraient mieux de donner leur argent aux pauvres. Parce que des pauvres, ici, il y en a. Et ça, on l'oublie un peu ! Tandis que Sapho, elle s'en passerait très bien de ces monuments. Qu'est-ce qu'elle en a à faire ?

— De quelles nationalités sont ces dames ?

— La grosse noire est cubaine, les deux sont anglaises et celle qui s'habille en homme est belge. Des drôles de pays qui ont de l'argent à foutre en l'air. Z'ont de la chance.

Je lui offris du résiné. Après un regard vers la porte — mais il était tard — il s'assit à notre table.

— C'est l'Anglaise qui a commencé ! dit-il. Il y a trois ans. Elle est venue avec 2 000 livres sterling commander une statue offerte par le Comité pour Sapho des dames de Manchester. Mais elle n'a pas trouvé de sculpteur à Mytilène. Alors elle est revenue l'année suivante avec une caisse qui contenait une chose bizarre en bronze. La municipalité ne savait pas quoi en faire. On l'a remerciée et elle a attendu pendant six mois qu'on lui trouve un emplacement sur le quai, à l'endroit où accoste le bateau. Pendant ce temps-là, on a fait un trou dans la caisse et tout le monde a défilé sur le quai pour voir la statue.

— Comment est-ce ?

— Eh bien, ce n'est pas une personne, c'est une chose avec des ronds, des bosses, des piquants. Par le trou, on ne peut pas se rendre compte mais ce n'est sûrement pas Sapho. Au bout de six mois l'Anglaise est partie en demandant qu'on lui télégraphie. Comme on ne lui a pas télégraphié elle est de retour. Je crois que le maire ne donnera jamais l'autorisation de monter son machin sur un socle. Il lui dit qu'il attend une réponse d'Athènes et qu'à cause des élections personne ne prend de décision. Après ça, comme il ne sera plus maire en juillet prochain, il laissera son successeur se débrouiller

— Et la Cubaine ?

— Oh ! celle-là c'est avec son argent qu'elle veut planter une statue sur le quai. Elle l'a apportée avec elle et on l'a entreposée à la mairie. Nous avons aussi fait un trou dans la caisse. Tout ce qu'on devine, c'est un derrière. Mais il est énorme. Le maire dit que la dame a dû faire faire son portrait toute nue et qu'elle veut nous le coller sur le port.

Un moment, je restai rêveur à l'idée de cette volumineuse créature accueillant en pierre ou en bronze, figée, les pêcheurs et les touristes faisant escale à Mytilène. Quel spectacle merveilleux et propre à susciter des réflexions, les unes obscènes, les autres poétiques sur l'éternel féminin !

— Je suppose, dis-je, que pas plus que l'Anglaise elle n'obtient d'autorisation.

Yorgo cligna de l'œil.

— Le maire est un malin.

— Et la Belge ?

— Elle n'a pas apporté son monument, mais l'argent : 100 000 drachmes. Elle dit qu'elle vient de la part d'une société de dames belges. Moi je crois que c'est celle-là qui gagnera. On mettra trois pierres l'une sur l'autre et une inscription. La mairie n'a pas peur. Et puis une partie de l'argent ira à la ville.

Nous n'en sûmes pas plus ce soir-là. Yorgo qui avait voyagé sur des transatlantiques connaissait le monde et son monde. La folie des étrangers ne l'étonnait plus. Seule l'intéressait la façon dont la municipalité se sucrerait au passage. Il en jouissait d'avance. Nous le quittâmes pour regagner notre chambre. La fenêtre ouverte sur la nuit du port cueillait tous les bruits des caïques en partance pour la pêche. Je m'endormais quand une course dans les couloirs, des mots étouffés, quelques jurons en anglais, deux portes claquant, secouèrent l'hôtel. Puis le silence retomba et de nouveau parvinrent jusqu'à nous le teuf-teuf des caïques, les appels enroués des hommes et enfin le martèlement d'une pluie violente qui dura une bonne heure. Je pensai au petit canard si solitaire sur les eaux noires de la darse. Où dormait-il ?

Au réveil, il fut là, toujours aussi espiègle, nageant, le cou tendu, l'œil vif, habile à éviter les cailloux que lui jetaient de sales gosses en passant, ricanant avec les pêcheurs qui tendaient et remaillaient les filets à bord des caïques. C. mit du pain de côté pour lui et nous descendîmes le lui jeter. Circonspect au début, il finit par s'enhardir et quand nous n'eûmes plus rien dans les mains, il nous injuria, à la grande joie de Stratis sortant de son taxi framboise et crème.

— Voilà, dit-il, pourquoi les riches ne donnent pas aux pauvres ! Ils ont toujours peur de se faire insulter.

La route de Thermi était d'une laideur déprimante. Il fallait traverser une zone pestilentielle de baraquements de tôle ondulée complètement pourrie, d'usines aux toits crevés où des ouvriers noirs de crasse erraient comme des ombres en peine. Tout semblait se désagréger autour de nous dans une odeur de vase et de cambouis. Une impression de tristesse immense se dégageait de cette côte basse et molle léchée par des eaux grises. Stratis s'efforça de distraire la maussaderie qui s'emparait de nous. Malgré des promesses formelles, nous étions déjà certains qu'aucune maison digne de ce nom ne serait à louer à Thermi qui apparut enfin, rencontre de quelques constructions disparates, d'un palace dans le style des villas Riviera 1900, de baraques lépreuses et d'un hideux motel inachevé. Un homme charmant nous attendait, le propriétaire d'un pressoir à olives. Il connaissait la France, il avait voyagé dans la Méditerranée mais, nous affirma-t-il, Thermi était plus beau que tout. J'avais peine à le croire : on aurait dit d'un chantier abandonné aux marais et à la pluie. Partout rouillait de la ferraille en vrac. Pourtant Myrivilis était venu là s'enfermer pour écrire. On nous montra sa maison, cachée derrière les cuisines du palace croulant : quatre pièces sordides, sans aucune vue, fleurant le pipi et le graillon. C'était à louer, fort cher.

— Vous aimerez cet endroit tranquille, disait notre guide. La paix y est immense.

Je n'en étais pas sûr, pas du tout. Plus encore qu'à Molyvos nous aurait guettés une dépression rapide. Si près de la mer pour ne la voir ni l'entendre ! Autant passer ses vacances dans la banlieue industrielle de Saint-Étienne.

— Si cela ne vous arrange pas, il y a d'autres logements près d'ici !

Après l'hôtel, en effet, la route suivait la côte bordée de pavillons dans le style des films d'épouvante anglais, avec des jardins aux arbustes morts, des façades rongées par l'humidité, le sel et la rouille. Nous nous arrêtâmes devant un de ces pavillons découpés en petits appartements auxquels on accédait par des planches en pente qui franchissaient des égouts éventrés. Une femme en noir, la crasse du cou apparente, nous attendait avec impatience. Avant même que nous ayons pu placer un mot elle énumérait les pauvres biens qu'elle entendait nous louer :

— Il y a un lit, des chaises, un buffet, un cabinet, une douche…

— Où est la douche ? demanda C.

La femme ouvrit un placard obscur où luisait un arrosoir en zinc.

— Ici.

— Mais ce n'est pas une douche !

— Mais si ! Tu mets de l'eau dans l'arrosoir et tu te le renverses sur la tête.

— Ah bien ! Et cette pièce ?

— Elle va être libre bientôt. C'est la grand-mère qui l'habite.

La femme poussa la porte et dans un réduit nous aperçûmes un lit de camp garni de couvertures bosselées par une forme gémissante.

— Elle est en train de mourir, dit la femme. Oh non, ne craignez rien, elle est sourde.

Je n'en fus pas certain car la forme se dressa et nous vîmes surgir des couvertures une momie jaunâtre aux yeux bleus qui cessa de geindre et nous sourit.

— Quand venez-vous ? demanda la femme comme si l'affaire était réglée.

— En juin, peut-être.

— D'ici là, elle sera morte et ma fille et moi nous pourrons habiter chez mon frère. Le logement sera libre.

Sa fille apparut sur le seuil, bouffie, le teint vert, les cheveux frisés, vêtue d'une cotonnade criarde. Elle nous regardait avec convoitise. C. fit encore un effort pour laisser un peu d'espoir derrière elle.

— Y a-t-il des draps ?

— Des draps ?

Les deux femmes ahuries s'interrogèrent du regard.

— Il y en a un, dit la fille.

— Oui, il y aura un drap, nous assura la femme. C'est pour quoi faire ?

La réponse était compliquée. C. éluda. La grand-mère avait rejeté sa couverture. Elle couchait habillée dans sa robe de voile noir, ses bas en tire-bouchon. Elle se leva en titubant et vint vers nous.

— Vous êtes bons, vous êtes bons, répéta-t-elle.

La mort la tassait déjà, sculptant sous la peau jaune, les arêtes du nez, les pommettes aiguës. Ses yeux transparents nous contemplaient avec une joie intense. Nous fûmes presque tristes de la quitter, mais soulagés de retrouver l'air du dehors. L'odeur amère de la plage chassa les relents cadavériques qui nous assaillaient encore.

— Ça ne vous va pas ? demanda notre guide.

— Non, pas très bien, il faut l'avouer. L'automne, l'hiver, le printemps, nous vivons dans une île blanche dont chaque maison brille au soleil, où les femmes passent leur temps à laver, astiquer. Le moindre mur est une fête. Nous avons été trop gâtés. Ici, c'est l'Asie, c'est autre chose.

Il parut fâché. Stratis qui nous suivait pas à pas tenta d'expliquer, mais sans succès. Nous avions blessé un homme qui aimait son île et la contemplait avec les yeux de l'amour. De la main notre hôte dessina de lointaines collines descendant vers la mer. Il est vrai qu'elles étaient belles et vaporeuses dans la lumière du matin. En face, se retrouvaient les côtes de Turquie, toujours violettes et dentelées.

— Ici, dit-il en nous montrant un sordide hangar, vous avez une gentille taverne en été. À l'ombre du platane, on mange des sorbets, on boit du café et on parle. Quelquefois passe un joueur de guitare... C'est un endroit très agréable où vous seriez bien aux heures chaudes...

Le cœur n'y était plus. Commençait-il à voir les choses par nos yeux ? J'eus des remords car c'eût été là un cadeau empoisonné. Il avait été si fier de nous montrer Thermi ! Il ne fallait pas lui détruire son chromo. Nous le remerciâmes avec effusion et Stratis nous emmena vers Mytilène.

— Si je comprends bien, dit-il, rien ne va et on ne vous verra pas cet été...

— Je le crains.

— Bon, c'est dommage, mais tant pis ! Je vais au moins vous faire connaître l'île.

Tout l'après-midi, il nous promena par des routes solitaires. Ce que l'homme avait épargné était admirable de majesté, de grandeur : des forêts rousses descendaient dans la mer, des golfes avançaient leurs eaux paisibles et transparentes à l'intérieur des terres, le ciel changeait à chaque instant, passant du gris le plus dur au bleu le plus tendre. Je pensai aux vers d'Elytis sur Lesbos :

Nous avons parcouru les domaines tout le jour
Avec les femmes le soleil nos chiens
Nous avons joué chanté bu d'une eau
Fraîche alors qu'elle jaillissait du fond des siècles
L'après-midi nous nous sommes assis un instant
Et nous nous regardâmes profondément dans les yeux
Un papillon s'envola de nos poitrines
Il était plus blanc

Que le petit rameau blanc du confin de nos rêves
Nous savions qu'il ne devait jamais s'anéantir
Qu'il avait tout à fait oublié quels vers le précédaient *

Il ne fut pas question d'aller à Eressos pour le souvenir de Sapho, la route ayant été coupée par des pluies et des éboulements, mais Stratis ajouta quelques détails à nos connaissances sur les dames aux monuments. Elles se détestaient si cordialement que la Cubaine disait de l'Anglaise : « C'est une espionne. Comme tous les touristes anglais. Elle est pour les Turcs dans la question de Chypre », que l'Anglaise disait de la Belge : « Elle est caissière dans une boucherie de Charleroi et elle a volé la recette pour venir dilapider l'argent à Lesbos en débauchant des petites filles. Les parents feraient bien de se méfier. » Enfin il apparaissait, d'après la Belge, que la Cubaine était une anarchiste à la solde de Fidel Castro. Stratis n'avait qu'une opinion sur les trois : il fallait les enfermer dans leurs caisses et les renvoyer aux expéditeurs, ces sociétés de poésie qui, autour de tasses de thé et de petits fours, cultivaient des pensées douteuses sous des mots sirupeux.

Stratis adorait les mystifications. Plusieurs fois il s'arrêta pour parler à des paysans un anglais imagé :

— *Hello ! Me americain boy... O.K... chewing gum Coca-cola... Good bye... New York. Thank you very much... Silly ass...*

On le contemplait avec admiration, les yeux

ronds, la bouche ouverte et il partait suivi d'un long regard plein de convoitise. L'an dernier il s'était amusé à parler ainsi avec un paysan qui traversait la campagne sur un âne étique, désignant le pauvre animal comme s'il le convoitait, puis il était revenu deux heures plus tard, coiffé d'une casquette et parlant grec :

— Il y a un riche Américain à la ville qui dit qu'il a vu un âne merveilleux. Est-ce que ça ne serait pas le tien ?

— Ben oui, j'ai vu un Américain tout à l'heure, mais je ne vends pas mon âne.

— Il est prêt à payer n'importe quel prix. Dis-moi combien tu veux.

— Au moins 1 000 drachmes.

— Tu es fou ! Tu gâches le commerce !

— Bon, 500 !

— Non je veux dire beaucoup plus. Si tu demandes 10 000 drachmes il te les donnera. Il est fou de ton âne. Il veut l'emmener en Amérique...

— Dix mille drachmes ! En Amérique...

Le paysan s'était assis par terre. Non seulement il n'avait jamais vu une somme pareille, mais même il n'en avait jamais entendu parler.

— Alors, tu es décidé ?

— Bien sûr.

— Attends-moi. Je reviens avec l'argent.

Un mois après il était repassé par là dans son taxi. Le paysan ne l'avait peut-être pas attendu jour et nuit mais il était retourné quotidiennement au même endroit et cette fois il avait reconnu Stratis.

— Et mes 10 000 drachmes ?

— L'Américain a dit que tu es un sacré

voleur et qu'un âne ça ne vaut pas plus de 300 drachmes.

Il était reparti sous une grêle de pierres. Une autre fois, deux Américaines l'avaient retenu, depuis Athènes, par télégramme. Elles ne pouvaient visiter Lesbos que conduites dans le taxi de Stratis dont on leur avait parlé. Il les avait promenées partout et pendant les arrêts, selon son habitude, il avait dessiné au marqueur à encre dans un cahier. En quittant Lesbos, les Américaines avaient voulu lui acheter un dessin. Il avait refusé gentiment, pensant le leur donner, mais elles ne comprenaient pas et, devant ses réticences, avaient proposé des sommes de plus en plus inconsidérées : 500 dollars pour finir. Vaincu, il s'était laissé faire, leur offrant le cahier entier, et elles lui avaient finalement remis un chèque de 1 000 dollars, persuadées, en s'en allant, d'emporter un trésor.

— J'ai acheté un énorme gigot, dit Stratis, et je suis rentré à la maison. Ma femme était furieuse : « Nous avons mangé de la viande il y a deux jours. Tu vas nous ruiner ! » Elle m'a pardonné quand elle a vu le chèque.

Les dollars avaient servi à envoyer son fils à Athènes dans une école professionnelle.

Nous rentrions avec la nuit dans Mytilène pauvrement éclairée. Stratis tenta une nouvelle fois de nous consoler de nos échecs. Il fallait revenir en été. La lumière sauvait tout, Lesbos n'était qu'un parfum. Nous en étions persuadés bien que nos pensées volassent déjà vers une autre île, vers Skyros où de New York James Lord nous ordonnait d'aller pour retrouver la maison et la glycine qu'il avait tant aimées deux années de suite. Mais Stratis ne pouvait lire dans nos pensées, quelle que fût sa subtilité. Il tenait, en tout cas, à nous conduire à l'avion le lendemain matin et nous prîmes rendez-vous.

À l'heure du dîner, le bulldog en tailleur gris perle était juché sur son tabouret. Apparemment, cette personne avait renoncé aux conversations avec Yorgo dont la bouche ouverte, chaque fois qu'elle lui parlait, dénonçait trop d'étonnement. Elle buvait son verre d'ouzo en l'écrasant sur sa grosse lèvre brune. Je la regardai de profil : front bas planté de cheveux serrés noirs où apparaissaient des fils argentés, nez qui réussissait le difficile tour de force d'être à la fois en trompette et en pomme de terre, menton lâche plus brun que le reste du visage et comme écrasé par un coup de poing qui l'avait transformé en pomme blette. Ce n'était pas ce qu'on appelle une jolie femme. Il y avait même en elle quelque chose de buté, de méchant qui faisait peur. Nous étions là depuis quelques instants quand la caricature d'Emily Brontë entra seule, les yeux rouges, avec un air d'une dignité si parfaite qu'il ne pouvait être qu'affecté. Une comique odeur de poudre de riz suivait le sillage de sa robe d'organdi vert pomme à volants. Elle gagna sa table, se plongea dans l'illisible menu où les taches de graisse diluaient l'encre à polycopie. Yorgo la secourut. Cinq minutes ne s'étaient pas écoulées que la colossale Cubaine apparut à son tour dans l'encadrement de la porte, droite comme une statue de Michel-Ange et drapée dans du velours rouge.

Carole la suivait, toujours en blue-jean délavé et chandail écarlate. L'effet était saisissant. Carole avait changé de partenaire. Je me rappelai l'altercation de la nuit, les bordées d'injures, les portes claquées. C'était donc cela. L'Anglaise affecta de regarder par la fenêtre. Les dispositions du dîner furent les mêmes. Carole commanda des whiskies et parla des Bahamas. La Cubaine éclatait de rire sans raison apparente, un rire trop léger pour son poids, et qu'elle finissait par étouffer en gloussements dans sa serviette. Il y eut deux ou trois regards indignés de l'Anglaise et du bulldog, mais le nouveau couple n'en avait cure. Tout était neuf entre ces dames. Carole fut bientôt saoule. Cela s'entendait rien qu'à la voix cassée qui descendait d'un ton et ne pouvait remonter. Il y eut un divertissement avec l'entrée d'une fille assez jeune, plutôt jolie mais déjà boursouflée de graisse, des bras nus gros comme des cuisses et sans doute des cuisses à étouffer un honnête homme. Elle salua la compagnie de quelques mots de français roucoulant lancés joyeusement à la ronde. Yorgo nous souffla dans l'oreille :

— C'est Rita Koundelios, une chanteuse. Cherche fortune ici. Ça n'a pas l'air de marcher.

Un rapide coup d'œil l'assura qu'il n'y avait pas d'homme libre dans la salle. Une grosse moue tordit sa lèvre très rouge.

— Yorgo ! appela-t-elle. Vite, je suis pressée. On m'attend. Par pitié ! Je meurs ! quelque chose à manger. Tant pis pour mon régime.

En effet, tant pis pour son régime : elle avala une livre de pain, renversa une salière sur sa salade, engouffra deux fois des brochettes, parlant toute seule, simple, heureuse de bouffer, de rire, d'interpeller Yorgo avec les quelques mots de français glanés au cours des tournées dans les cabarets du Moyen-Orient. Elle partit la dernière bouchée engloutie, tortillant du derrière. Ces dames ne l'avaient pas quittée des yeux. Je crois qu'elle sentait le benjoin, ou enfin une odeur que j'aime appeler le benjoin, collante, lourde. Carole qui s'était tue essaya de parler de nouveau, mais l'intermède avait rompu le charme, ou peut-être était-elle trop saoule. La Cubaine n'alluma pas de cigare dilatoire. Elle emmena sa conquête. Yorgo desservit les tables pour pousser tout le monde dehors. Nous fûmes encore les derniers. Je lui offris le fond de la bouteille.

— Ce sont de drôles de bonnes femmes, dit-il. Elles passent leur temps à se jouer des tours de cochon. Moi, je fais comme si je ne comprenais pas, comme si tout ça était très normal, mais il faut avouer qu'elles sont folles, n'est-ce pas ?

Je le rassurai : elles étaient folles. On n'y pouvait, on n'y pourrait jamais rien.

— C'est pas mieux d'avoir des enfants ? demandait Yorgo. Un jour, quand on est vieux, ils vous aident à vivre. Celles-là, où vont-elles aller quand elles seront vieilles ? Ça finira comme des misérables, de la charité publique.

Nous le laissâmes méditer sur le sombre avenir de ces dames. Les rues de Mytilène étaient désertes et plongées dans l'obscurité. Quelques tavernes chassaient les derniers clients, un cinéma affichait un film avec Aliki Vouyouklaki, la Bardot grecque, jolie blonde aux jambes un peu lourdes. Du dehors, nous entendîmes sa voix accompagnée des éternels bouzoukia dont le numéro constitue obligatoirement le tiers des films grecs. Aliki chantait du nez, avec un charme indéniable et cette puérilité voulue qui plaît tant aux hommes parce qu'elle leur donne l'illusion de leur puissance, de leur courage. Ce soir, la femme-enfant du cinéma grec versait sa part de rêves au public morne d'une salle aux banquettes de bois. Des photos affichées à la porte la détaillaient complaisamment : jolis seins sous le maillot rayé, petit derrière provocant serré dans un short, cheveux au vent dans une voiture de sport, blottie dans les bras d'un malabar au sourire en coin. La voix se tut, suivie par des dialogues qui soulevaient les rires complaisants des spectateurs. Nous reprîmes notre marche dans la ville morte aux souks barricadés. Le port dormait et nous cherchâmes en vain des traces de notre canard qui devait dormir, la tête sous l'aile, juché sur une bouée. À l'hôtel nous reprîmes nos livres, C. son Eftaliotis, moi l'histoire de Sapho. Peu après, de nouveaux cris, des jurons en anglais et en espagnol secouèrent l'hôtel comme la veille. Décidément, les nuits étaient orageuses. Des portes claquèrent encore puis ce fut le silence.

Au matin, il était là notre canard malicieux. C. lui descendit du pain qu'il avala goulûment et quand ce fut fini il ne nous injuria pas, mais resta un moment à croiser devant nous. J'aurais volontiers parlé avec lui si son humeur fantasque n'interdisait pas les rendez-vous. Pourtant, je ne sais quoi m'assurait qu'avec un peu de patience nous aurions pu devenir amis. Nous lui fîmes au revoir et il nous tourna le dos, nagea quelques brasses puis tout d'un coup étendit ses ailes fauves et s'envola vers la sortie du port. En se pressant, il rattraperait la compagnie qu'il avait quittée pour cette incursion à Mytilène. Depuis deux jours des vols de canards traversaient le ciel en direction du Nord. Malin comme il l'était, notre jeune ami pouvait aussi se faufiler parmi les membres d'une autre tribu. Stratis nous expliqua que ces canards étaient extraordinairement rusés : goulus, ils mangeaient n'importe quoi, mais trop durs on ne les mangeait pas. L'impunité parfaite.

Nous parcourûmes en sens inverse la route de l'autre jour. Le vent fouettait la mer et le ciel grisonnait. Les villas style Riviera 1900 nous parurent encore plus sinistres avec leurs volets clos, leurs façades larmoyantes. Des rafales tordaient les plumets des palmiers malades. Stratis ne faisait plus l'article. Il se lamentait du mauvais goût qui permettait de construire, un peu en retrait du bord de mer, des cabanons polychromes : murs jaunes et verts, toits rouges, volets mauves ou orange. Cela nous avait encore échappé à l'aller et maintenant crevait l'œil.

— Les gens ne savent pas ce qui est beau et ce qui est laid. Ils font confiance aux architectes et ils croient avoir une maison moderne, mais on ne pourrait même pas enfermer des fous là-dedans. Il faudrait une autorité. Il n'y en a pas. Si on laisse faire, tout va être affreux dans l'île.

Il y avait de grandes chances pour qu'on laissât faire et que, dans peu d'années, les admirables paysages de l'île fussent souillés par ces constructions abjectes. L'avion venait d'atterrir. Nous buvions un dernier café quand Carole apparut dans la petite aérogare, suivie du bulldog portant deux valises. Tel était donc le résultat du dernier esclandre nocturne à l'hôtel. En trois jours nous avions assisté à un chassé-croisé parfait. La Belge avait l'air moins rogue. La victoire déplissait son visage renfrogné. À la façon dont Carole passa près de nous, je m'aperçus qu'elle nous avait très bien reconnus depuis le premier jour. Les deux femmes allèrent s'accouder au bar. Stratis nous fit ses adieux. Il nous donnait des dessins et deux exemplaires de *Technis* où nous pourrions lire ses récits. Nous nous sentions tristes de le quitter. Il avait été un compagnon parfait et une fois de plus je me disais qu'on ne trouve qu'en Grèce cette sorte d'homme simple et sûr dans ses jugements, possédant un sens inné de la poésie et de la beauté, et un cœur qu'aucune des vicissitudes de la vie ne saurait altérer. Stratis était un homme de qualité.

Dans l'avion Carole et son nouveau maître s'assirent derrière nous. La stewardesse ferma les portes. Le pilote fit demi-tour pour se placer dans le vent. Comme nous passions devant l'aérogare, une silhouette en sortit, les bras levés au ciel, hurlant sans doute mais le bruit des moteurs étouffait ses cris. Deux hommes coururent après elle et tentèrent de l'arrêter. D'un revers de bras elle les envoya promener et continua de courir. La Cubaine finit par buter sur quelque chose et s'affala de tout son long tandis que l'avion prenait de la vitesse et quittait le sol pour foncer dans les nuages.

— C'est une piquée, dit Carole derrière nous. Ils ont à boire dans cet oiseau ?

— Tu boiras quand nous serons à Athènes.

— Et si j'ai soif maintenant !

— Tu attendras.

Le ton était ferme. Carole se tut. Sans la voir je devinais sa mine furieuse mais le silence était trop lourd pour elle :

— J'espère que ce coucou-là ne va pas tomber dans la mer. J'ai pas envie de me baigner. Elle est glacée cette mer-là. C'est pas comme aux Bahamas... Là-bas tu peux te tremper toute l'année... Il y a des nègres qui t'attendent avec une serviette...

J'ouvris un livre, et C. se plongea dans un des contes de Stratis :

LA BOÎTE NOIRE

« Elle attendait depuis des années qu'il revînt de l'étranger, de Boston exactement, désireuse, comme toutes les mères, de le voir avant de fermer tranquillement les yeux à jamais. Puis la guerre avait éclaté, isolant les continents, et apportant l'angoisse en son cœur : la crainte de mourir sans l'avoir chouchouté, sans s'en être réjouie et rassasiée. Embarqué à seize ans, il devait, à la réflexion, approcher la cinquantaine. Melissini allait sur ses soixante-dix-sept ans et son âme ne tenait plus que par un fil. Il est bien vrai que la mort n'est jamais loin quand la vieillesse est là.

« La guerre terminée et tous les ennuis avec elle, un tas d' "Américains" avaient débarqué mais toujours pas d'Antoni. Il aurait fallu avoir encore des oreilles pour entendre la vieille. Toute la maison s'employait à lui faire prendre aujourd'hui pour demain, jusqu'au jour où arriva la lettre porteuse de la bonne nouvelle. Avec les "rapatriés" il arriverait par avion le tant du mois. Il demandait qu'on vînt le chercher à Athènes. La famille embarqua Melissini sur le bateau et ils allèrent attendre l'oiseau de fer qui portait sur ses ailes, telle une grue, l'enfant prodigue. Ce qu'elle vit de ses yeux à Athènes est une autre histoire ! Comment l'écrire ici !

« Ils se rendirent donc dès l'aube à l'aérodrome et attendirent. À chaque atterrissage d'avion, d'où qu'il vînt, Melissini s'évanouissait et tombait à la renverse, par terre, sur le dos comme une brebis.

« À la descente de l'avion américain, Antoni la prit dans ses bras, où elle se tapit comme un gros oiseau apeuré. Ils se cajolèrent pendant des heures. Évanouissement, pleurs, rires et plaintes sans suite.

« On prit les valises, Toni garda à la main une mallette noire et ils partirent pour Athènes en voiture. Melissini ne se lassait pas d'admirer et de se rengorger de fierté devant son Toni, littéralement cousu d'or. Que de dents en or, de bagues, de chaînes croisées autour de son ventre ! Et quel ventre ! On aurait dit d'un gros cochon. Sa boîte noire, Toni ne la quittait pas. Et pour qu'il ne la remît entre les mains de personne, cela voulait dire qu'il y avait enfermé sa fortune, ses "livres d'or", du moins c'est ce que pensait Melissini. Partout Toni gardait sa cassette à la main et l'œil de Melissini restait fixé sur l'objet. Elle y voyait le fruit de toute une vie, le labeur de son enfant et elle échafaudait dans sa tête ce qui arriverait à l'heure de l'ouverture. Ses ennemis éclateraient et tomberaient à la renverse comme les bourreaux devant le Christ ressuscité. Le sommeil la fuyait. Et si l'attention de Toni se relâchait, on entendait les cris de Melissini :

« — La boîte, mon fils, la boîte !

« Une fois arrivés au village et installés, Toni ouvrit sa valise, y prit deux petites choses rouges et les introduisit dans la boîte noire. Melissini suivait des yeux, fascinée. Qui sait si elles n'étaient pas en or, elles aussi ! Alors il tourna un bouton et la boîte chanta. Toni paradait et regardait en souriant fièrement Melissini frappée de stupeur. Il semblait croire que les gens au village ignoraient encore tout des radios pourtant si répandues que les poules même venaient picorer dessus. Mais que lui dire ?

« — *Ouel mozer,* à quoi penses-tu ?

« — Hé ?

« — Je dis : qu'en penses-tu ?

« — Eh bien mon fils, dit-elle en souriant, je vois le trésor qui chante. Et je pense que partout où tu le cacheras, il va se trahir !

« — Eh bien, *old mozer,* dit Toni en tournant le bouton, ton "trésor", *mozer,* c'est une radio, comme vous dites ici, et sûr qu'en Amérique, *ouel* en Amérique, chacun en a cinq ou six. Tu as compris ?

« — Ça suffit, mon fils. Ça suffit. J'ai compris. C'était pas la peine d'apporter de si loin quelque chose qui aurait mieux fait de rester dans le cul du diable.

« Et elle éclata en sanglots. »

MIROULOS

In mauve stillness of westering days,
Lying like some giant centipede along the horizon,
Island hills creep off into darkness upside-down
Scurrying their way into the sea
On little pine feet.

Tom Pew.

Qu'on ne cherche pas, sur la carte, l'île dont je vais parler. Elle existe cependant. J'en ai changé le nom parce que l'histoire que j'entends raconter est vraie et que ses deux héroïnes portaient un des patronymes les plus connus de la Grèce. On relève parmi leurs ascendants des banquiers dont l'un fut même nommé pacha par les Turcs, mais aussi des armateurs et un des amiraux qui luttèrent pour l'indépendance. L'anonymat convient mieux également à un passé reconstitué d'après des données incertaines bien que très probables. J'appellerai donc cette île Miroulos. Nous y sommes beaucoup allés, C. et moi, tantôt sur le fier *Miaoulis*, tantôt à bord de caïques lourdement chargés de vins, d'huile ou de moutons. L'arrivée dans le port est inoubliable. On ne découvre le village et ses églises qu'après avoir doublé une pointe sur laquelle veille une chapelle byzantine. Toujours agitée par le vent du nord, la mer s'apaise soudain et le bateau navigue sur des eaux transparentes à fond de roche vert pâle. La vie de l'île est concentrée autour du port immaculé qu'encadrent le bâtiment de la police maritime, deux tavernes et quelques boutiques. Autrefois, au beau temps de la lutte pour l'indépendance, Miroulos était un centre commercial important. On y construisait de grands caïques, ou, si l'on veut, de petits bricks rapides qui pirataient dans l'Égée. La fin de la course a sonné le glas de l'île dont les fortunes ont émigré ailleurs. Sur le versant opposé au port, des bâtiments en ruine et des tours de guet décapitées rappellent que là se trouvait un des meilleurs chantiers navals de la Grèce. Mais sur ce versant on ne peut se rendre qu'à dos de mulet, deux heures de montée et deux heures de descente. Nous y sommes allés lors de notre premier séjour à Miroulos. C'est un endroit merveilleusement romantique. Une des maisons à demi effondrée découvre des murs intérieurs peints à fresques naïves, en bleu et noir, rappelant des épisodes de la guerre contre les Turcs. Des bombardes rongées par l'air marin veillent encore dans les tours, et sur la plage de galets traînent des ancres et des chaînes rouillées. Une carcasse de caïque inachevé pourrit au soleil. La vie s'est retirée de cette anse qui fut si active. La vie, mais non le bruit, car tous les oiseaux de l'île semblent s'être donné rendez-vous à l'entour dans la pinède qui encercle les anciens chantiers.

Nous nous souvenions si bien de cet enchantement qu'à notre second séjour, deux ans plus tard, notre premier soin fut de commander des mulets à notre ami Petro qui nous loue une chambre dans sa maison au-dessus du port. Petro a navigué sur des cargos. Comme tous les marins grecs retraités, il aime dès qu'on l'interroge égrener le chapelet de ses escales : Vancouver, Valparaiso, Volendam, Vigo. Il les dit malheureusement trop vite. Entre chaque mot, nous aimerions une minute de rêve, mais Petro est pressé : Amsterdam, Alger, Anvers, Aden. Je le laisse aller et cela devient une mélopée traversée d'éclairs, de brumes, de sirènes et d'embruns : Bahamas, Brest, Boston, Buenos Aires. Il a navigué trente ans sans autre interruption que, tous les cinq ans environ, un retour à Miroulos où il remettait ses économies à ses sœurs pour qu'elles se mariassent à tour de rôle. Le malheureux en avait cinq, catastrophe qui peut gâcher la vie d'un homme en Grèce puisque dans les familles pauvres c'est le frère qui offre les dots de ses sœurs. La dernière enfin mariée, il avait voyagé à son compte, gagnant assez pour s'acheter une maison dont le premier étage donne sur le port. Il y vit là, d'une petite retraite, d'une chambre louée aux étrangers de passage. Ses sœurs reconnaissantes font le ménage à tour de rôle.

Petro nous promit des mulets pour le lendemain. De nouveaux mulets, des mulets superbes, bien plus beaux que ceux que nous avions eus la première fois car entre-temps il s'était brouillé avec le premier loueur, Nicolo, et ne jurait plus que par un autre, un certain Marmatsouris à la silhouette de bandit crétois. De bonne heure, nous prîmes le départ. Je dois avouer que les mulets avaient bon pied, bon œil. Une heure après, ils nous avaient déjà hissés aux trois quarts du chemin. En nous retournant nous pouvions jouir d'une vue sublime : la mer fouettée par le vent, des îles estompées par la chaleur et à nos pieds le village blanc aux tuiles rondes. Les choses se gâtèrent à un sentier de traverse que nos mulets voulurent emprunter à tout prix. Il fallut les laisser faire. Au lieu de franchir le col, ils continuèrent à longer le flanc de la colline, marchant sans hésiter d'un pas solide parmi la pierraille et les ronces. Le port disparut. Nous arrivions sur le versant sud de l'île, assez heureux finalement car nous ne connaissions pas cette partie sauvage et déserte de Miroulos. Quelques pans de murs en ruine témoignaient qu'elle avait été habitée autrefois, au temps de la splendeur. Puis ce fut la surprise, à un détour du sentier : une grande maison blanche entourée de cyprès, une chapelle, des terrasses cultivées, des oliviers. Nos mulets hennirent. Leurs sabots frappèrent le sol avec vigueur. La barrière était ouverte, nous mîmes pied à terre. Une femme en noir, voilée, traversa la cour et s'enferma dans une cellule. Nous étions dans un couvent. J'attachai les montures à une borne et C. prit les devants. À la première porte, elle entendit un bruit de verrou. On n'ouvrait pas, on se barricadait. Mais au seuil de la chapelle, une nonne se montra enfin, une grosse femme au visage dévoilé, mou et bon.

— Vous êtes des étrangers, dit-elle. Entrez.

Elle tendit des cierges jaunes que nous allumâmes près de l'icône de Saint-Nicolas. Une douce odeur d'encens régnait sous la coupole. Des fleurs blanches encadraient un tableau de la Vierge serti d'argent étamé. La religieuse se signa et sourit :

— Comment voulez-vous votre café ?

Nous le désirions à demi sucré. Elle frappa dans ses mains. Un coin de tenture se souleva, une jeune nonne passa la tête et prit l'ordre.

— Nous serons mieux sur la terrasse.

Cette terrasse était le bout du monde, face à un horizon vide. En dessous des derniers oliviers, une falaise tombait à pic dans la mer. Nous étions environnés de jeunes pins parasols et des fleurs en pots ceinturaient le couvent : délicats géraniums ou marguerites blanches. Dans la cour deux citronniers croulaient sous les fruits.

— Alors, vous habitez chez Petro ? dit la Supérieure. Il est bon chrétien. Ses sœurs nous envoient souvent des gâteries. Nous les aimons bien.

Je ne l'interrogeai pas. Tout se sait dans une île, sans téléphone, sans pigeon voyageur. On se croit ignoré par discrétion, mais une présence étrangère est l'occasion d'un murmure continu qui court de maison en maison. La nouvelle de notre arrivée, deux jours auparavant, avait déjà atteint cette paisible retraite. C. raconta que nous ignorions l'existence du couvent mais que nos mulets nous y avaient conduits malgré notre volonté, qu'en fait nous avions eu l'intention de nous rendre sur l'autre versant pour revoir l'ancien chantier naval en ruine.

— Je ne le connais pas, dit la Supérieure. Je ne connais même pas Miroulos. Il y a quarante ans, j'ai débarqué ici de nuit. Je suis de Chio. On m'a mise sur un mulet et dans le noir, nous avons grimpé jusqu'au couvent d'où je n'ai jamais bougé. Aussi, pourquoi aller ailleurs ?

Son geste désigna le jardin, les terrasses et la mer. Oui, pourquoi aller ailleurs ?

— Une fois par semaine, un pope monte nous dire la messe. Il vient sur les mulets de Marmatsouris qui nous apporte quelques petites choses de la ville, des cierges, du sucre, du sel, un peu de farine car notre blé est pauvre, mais nous n'avons besoin de rien. Pendant la guerre qu'il y a eu dans le monde, nous n'avons vu personne, mais nous ne souffrions pas. La Supérieure est morte et c'est moi qui l'ai remplacée. Bientôt, ce sera mon tour. Je serai enterrée derrière le couvent. Nous avons un très joli cimetière, très joli, très frais l'été, grâce à l'ombre des cyprès.

Les mulets nous avaient conduits tout droit au couvent selon leur habitude. Je ne le regrettais pas. Il est bon de rencontrer un jour le bout du monde et d'en rapporter l'impression que la paix existe. Après une offrande à Saint-Nicolas, nous quittâmes le couvent. Nous attendions que nos montures reprissent l'initiative des opérations. Logiquement, elles devaient nous reconduire à Miroulos, mais l'espoir revint quand, quelques centaines de mètres plus loin, elles s'engagèrent d'un pas décidé dans un chemin de traverse et commencèrent à grimper vers le faîte de la montagne. Avec un peu de chance, nous allions retrouver le col et la belle descente parmi les pins. Je ne déteste pas l'obstination des mulets. Tant d'assurance me remplit d'aise. On côtoie des précipices, descend au fond d'abîmes avec une tranquillité d'âme qui permet de se livrer entièrement à ce que M. de Chateaubriand appelle le spectacle de la nature. Nos mulets grimpèrent donc et bientôt nous nous trouvâmes au plus haut point de l'île devant une curieuse porte en fer forgé surmontée d'une inscription en grec : « Le bonheur ». La porte entrebâillée donnait sur une allée ombragée de lauriers et bordée de cailloux blancs. De hauts murs encerclaient une propriété apparemment déserte et désertée. Les mulets tapèrent du pied. Ils voulaient être déchargés. Une fois de plus, nous leur obéîmes en mettant pied à terre et en les attachant à un arbre. Je poussai la porte. L'allée de lauriers conduisait à une pinède au milieu de laquelle nous aperçûmes une maisonnette et plus loin une chapelle joliment chaulée. Qui avait pu habiter ce domaine ? Des allées bien dessinées conduisaient à des points de vue, des balcons en demi-cercle avec des bancs d'où l'on pouvait contempler la mer et le reste de l'île verte et grise. Quelqu'un avait vécu là, quelqu'un qui aimait la mer et l'île. Et cela n'était pas très ancien car les allées, sans être ratissées, semblaient encore soignées. Quelques pas de plus nous portèrent vers l'extrémité sud de ce jardin d'un contemplatif. On y avait aménagé un terre-plein sans mur et au milieu il y avait une croix. Des coquilles Saint-Jacques dessinaient l'emplacement d'une tombe. Sur la croix, on pouvait lire en lettres grecques un nom tout ce qu'il y a de plus allemand et deux dates : 1870-1945. La tombe regardait la mer et la grande île voisine dont nous venions. Le silence tomba sur nous. Cette volonté d'un mort, de ne pas quitter au-delà de la vie le paysage qui l'avait bercé, rencontrait un de mes vœux secrets.

— Vous êtes dans une propriété privée. Il ne faut pas entrer.

Nous avons sursauté C. et moi, je crois, comme si la voix vieillie et cassée sortait de sous terre. Une femme en noir arrivait derrière nous. Le tapis d'aiguilles de pin avait étouffé ses pas. Je priai que l'on nous excusât : la porte était ouverte, nos mulets nous avaient conduits ici.

— Ah, mais vous êtes français, dit-elle en français cette fois et presque sans accent.

Son âge ? Quatre-vingts ans, peut-être, encore que rien ne soit plus difficile à préciser à partir d'un certain moment et d'un certain habillement. Coiffée d'un bonnet à bride, sanglée dans un manteau de grosse laine qui descendait jusqu'à ses chevilles, chaussée d'espadrilles sur des bas gris en tire-bouchon, serrant contre son ventre un réticule de velours, elle avait encore, cependant, un je-ne-sais-quoi d'aristocratique qui ne trompait pas.

— Ne vous étonnez pas que je parle français. Quand nous étions enfants, il y avait une inscription au-dessus de la cheminée dans la salle : « Les enfants bien élevés parlent français à table. » N'est-ce pas, Koula ?

— Oh oui, dit une autre voix, je me souviens.

Une seconde petite vieille apparut de derrière un arbre, vêtue pareillement, mais plus mince, plus fluette, plus voûtée.

— C'est ma sœur. Koula est poétesse. Ses poèmes ont paru dans de nombreuses revues. Et vous, que faites-vous ?

Je demandai de l'indulgence. Je n'étais pas poète, seulement écrivain et je vivais en Grèce avec ma femme. Nous habitions Spetsai, mais nous aimions beaucoup voyager, au hasard des bateaux, d'île en île.

— Si vous restez quelques jours à Miroulos, il faudra remonter nous voir. Vous demanderez à Marmatsouri qui nous le dira et vous fixera un rendez-vous. La tombe que vous regardez là est celle de mon mari. Quand vous reviendrez, je vous montrerai sa photo. Maintenant, au revoir, nous sommes très occupées, n'est-ce pas, Koula ?

— Oh, oui, très occupées, dit Koula.

Elle tendit la main, une main incroyablement crasseuse, aux ongles endeuillés. Alors, je remarquai sur leur visage à toutes deux, des plaques noires dans le cou, des rides grisâtres dans les joues. Elles ne sentaient pas la rose non plus, mais il y avait dans leur attitude, leur brusquerie, quelque chose d'infiniment gentil et d'égaré qui émouvait. Elles ne nous accompagnèrent pas jusqu'à la porte et restèrent plantées au milieu de l'allée côte à côte, nous adressant, chaque fois que nous nous retournions, de petits signes de la main.

Petro ne sourit même pas.

— Vous ne connaissiez pas « Le bonheur » ? C'est vrai que personne n'y va, sauf le Marmatsouris qui leur monte le courrier et quelques provisions, sans quoi elles mourraient de faim. Il va chez elles après le couvent, une fois par semaine. Il y a quarante ans qu'elles ne sont pas descendues à Miroulos. Le mari est mort il y a dix ou quinze ans, je ne sais plus. On disait qu'il était Suisse ou Allemand. Elles, ce sont des Athéniennes, des Protacoulos…

Marmatsouri n'était pas mieux renseigné. Il se contentait de monter des lettres, des colis, quelques fruits et des boîtes de conserve. Comme il s'y rendait, nous le priâmes de demander si nous pouvions revenir le lendemain. Dans le village, on ne semblait pas en savoir beaucoup plus que Petro. Très peu les avaient vues, nombreux étaient ceux qui ignoraient jusqu'à leur existence, quelques-uns les appelaient les Suissesses, d'autres les Allemandes selon cette habitude grecque qui donne à tout émigrant de retour dans sa patrie la nationalité du pays où il a vécu. Marmatsouri nous apporta la réponse : le jour que nous suggérions ne convenait pas, elles proposaient le surlendemain vers 4 heures. Quel jour, dans cette solitude, pouvait donc ne pas leur convenir ? Et 4 heures, n'était-ce pas l'heure européenne du thé ? Oui, nous rendions visite à des « dames ». Elles nous le rappelaient par un biais naïf mais élégant. Le lendemain, les mulets nous montèrent au sommet. Nous commencions à nous faire comprendre d'eux, d'une manière assez peu humaine il est vrai, proche de celle des Grecs, mais l'autorité est à ce prix. Le combat le plus sec se livra peu avant le monastère, à l'embranchement de traverse. C. triompha et j'eus moins de mal à emboîter le pas. La grille du « Bonheur » n'était pas ouverte. Il fallut agiter une cloche. Koula apparut, trottinant dans l'allée de lauriers et vint tirer le verrou.

— Andromaque — c'est ma sœur, moi je suis Koula — Andromaque vous attend devant la maison. Vous avez fait bonne route ?

Oui, nous avions fait bonne route. La montagne embaumait le thym après la pluie de la nuit dernière. Les mulets de Marmatsouris connaissaient le chemin par cœur et l'île commençait à n'avoir plus de secrets pour nous... Andromaque nous attendait devant la maisonnette sur une terrasse où achevaient de se délabrer quelques meubles de jardin. Les deux femmes avaient fait toilette. Elles ne s'étaient pas contentées de brosser leurs longs manteaux et leurs bonnets à bride, de tirer sur leurs bas de coton gris, de chausser des souliers vernis. Elles s'étaient aussi poudré le visage et mis du rouge, un rouge étrange éclatant qui dessinait deux taches rondes sur leurs pommettes. Peut-être même avaient-elles plus ou moins frotté leur cou car les plaques de crasse semblaient atténuées.

— Alors, vous voilà ! dit Andromaque. Nous allons faire un tour du parc. Vous avez attaché vos mulets ? Je ne veux pas qu'ils mangent mes arbres.

— Nous les avons attachés.

— Bien. Et toi, Koula, tu as pris toutes tes mesures ?

— Oh oui, Andromaque. Les portes sont fermées et j'ai les clés dans mon sac.

Elle brandit un réticule semblable à celui de sa sœur et on entendit, à l'intérieur, tinter les clés.

— Allons-y. Et marchez au milieu des allées pour ne pas abîmer les bordures.

Nous refîmes le tour des balcons où, à chaque pause, Andromaque nous rappelait que son mari aimait y venir, le matin, l'après-midi, le soir selon la course du soleil. Devant sa tombe, nous fîmes une courte halte sans prière.

— Et maintenant, dit Andromaque, vous allez visiter la chapelle. Marmatsouri l'a repeinte l'an dernier. Elle est toute fraîche.

Toute fraîche, mais un peu branlante. Koula sortit de son sac un trousseau de clés. À grand-peine, elle trouva la bonne, mais j'eus encore à donner un coup d'épaule pour ouvrir la porte. Deux icônes, des candélabres en faux argent, des lampes votives et un harmonium meublaient l'intérieur.

— Voulez-vous entendre l'hymne grec ? demanda Koula qui sans attendre notre réponse souleva le couvercle de l'harmonium, chassa la poussière des touches en soufflant dessus, et chercha gentiment un « la » qu'elle crut avoir trouvé. Andromaque posa la main sur l'épaule de sa sœur. Nous étions un peu en retrait, mais le glapissement des deux vieilles nous fit quand même sursauter. Douze chats qu'on égorge n'auraient pas réussi pareille cacophonie. C'était ahurissant, déchirant pour le tympan, irrésistible et trop triste. Je serrai la main de C. Nous ne devions pas rire. À aucun prix.

— Connaissez-vous le chant de Venizelos ? nous demanda Andromaque, à peine essoufflée et radieuse. C'était un grand ami de notre famille. En 1930, quand il est revenu au pouvoir, il nous a rendu visite ici sur son croiseur.

Douze nouveaux chats furent égorgés. Je frémis de ce massacre insensé qui allait attirer sur nous la malédiction du ciel. Il devait cependant y avoir encore douze dernières victimes.

— Écoutez encore en français, *Plus près de Toi, mon Dieu*, le chant qu'entonnèrent les passagers du *Titanic* lorsque le paquebot s'enfonça sous les eaux. Vous vous souvenez, n'est-ce pas ?

Je ne me souvenais pas, mais je savais. Koula referma l'harmonium et reprit son réticule.

— Vous allez aussi visiter notre petit musée, dit-elle. Là, nous avons un piano.

— C'est bien malheureux que tu ne joues presque plus, Koula, mais enfin tu vas quand même nous donner un aperçu de ton talent.

Nous marchions vers la maison aux fenêtres grillagées, aux portes closes. Les pins maritimes la protégeaient du soleil.

— Notre maison est très commode, dit Andromaque. On peut y circuler à son aise. Il y a des couloirs. Nous ne l'échangerions pas contre un palais.

— Sûrement pas, reprit en écho la petite sœur. Même pas contre un palais.

— As-tu la clé du musée ?

— La voilà.

Bien sûr, ce n'était pas la bonne clé et il fallut en essayer une demi-douzaine avant que grinçât la porte du pavillon. Koula se précipita pour ouvrir les volets. Nous étions dans une pièce carrée qui sentait le moisi et le rat. La lumière du jour éclairait un fascinant capharnaüm, une collection complète de toutes les horreurs que l'on peut rapporter de voyages à travers le monde : tour Eiffel, danseuses de plâtre, boules de verre avec le Sacré-Cœur en couleur, vases « souvenir d'Alexandrie » ou « de Bénarès », louve romaine, chamelier sur sa monture, bateaux hollandais, lapins mécaniques, ramoneur savoyard, hérissons autrichiens, cornemuse miniature, tête de mort mexicaine en sucre, geisha japonaise, etc. Le monde entier des bricoles s'était donné rendez-vous au musée des sœurs Protacoulos.

— Nous avons de l'eau du Jourdain, dit triomphalement Koula.

Elle brandissait un flacon rempli d'une eau trouble, fermé par un mauvais bouchon.

— Oui, nous l'avons recueillie nous-mêmes, en Palestine, quand nous visitions le Moyen-Orient.

Un à un, elles déballèrent leurs trésors. Elles avaient fait le tour de la terre. Paris était sans secrets pour elles. L'album de photos déployé sur la table du centre nous dévoila enfin le visage du mort : géant aux moustaches de Hohenzollern, au regard dur sous les épais sourcils, les reins cambrés, appuyé sur une canne comme sur un sabre. En Arabie il portait le casque colonial, au Mexique un panama, en Suède une toque de loutre, à Londres un melon, à Paris un chapeau mou.

— Adolphe était très beau, dit Andromaque, très, très beau. J'avais dix-neuf ans quand je l'ai épousé.

— Et moi dix-huit, précisa Koula.

— Et toi dix-huit. Nous sommes partis pour le tour du monde et nous sommes revenus en 1914. La guerre commençait. Nous n'avons plus bougé d'ici.

— Nous n'avons plus bougé d'ici, répéta Koula.

— Oui, nous sommes partis tous les trois. Koula tenait le journal de nos voyages et envoyait des sonnets aux sociétés de poésie dont elle fait partie. Montre tes poèmes, Koula.

— Mes poèmes ? oh, mais je ne sais pas où ils sont.

Elle se mit à chercher dans une pile de vieux papiers, brochures touristiques jaunies, cahiers de musique, revues déchirées.

— Nous ne nous sommes jamais quittées, ma sœur et moi.

— Jamais ! murmura Koula qui fit tomber une pile de prospectus. Je crois qu'en voilà un !

Elle nous tendait une vieille revue à la couverture jaunie. En bas d'une page on pouvait encore lire son nom sous un poème grec dont le titre était en français : *L'Amour de la nuit*.

— J'en ai d'autres mais je ne sais plus où ils sont. Je les chercherai et la prochaine fois que vous viendrez nous les réciterons ensemble. Voulez-vous que je vous joue un peu de piano ? Évidemment, il y a longtemps que l'accordeur n'est pas venu, mais c'est une très bonne marque, qui ne s'use pas.

Une housse recouvrait un piano. J'aidai à l'ôter et nous vîmes apparaître une sorte d'instrument antédiluvien dont la marqueterie s'en allait en lambeaux. Les touches d'ivoire jauni branlaient comme de vieilles dents. Koula fit tournoyer le tabouret, posa son réticule et feuilleta un cahier de musique.

— Vous aimez Chopin ?

Bien entendu, nous aimions Chopin et de toute façon nous n'attendions pas un autre compositeur que lui, à cet endroit même. Une casserole eût mieux fait l'affaire. Des touches restèrent coincées, d'autres ne répondirent pas. Koula s'en moquait. Bercée par la ballade, elle continuait tandis que sa sœur tournait les pages en fredonnant. Un dernier accord nous sauva.

— Mais vous n'avez pas vu notre album à nous deux ! C'est le plus beau, dit Andromaque.

Un autre album s'ajouta au premier sur la table. Une grande tristesse nous prit : deux jeunes filles en blanc jouaient au badminton sur une pelouse, deux jeunes filles chassaient à courre, une des jeunes filles se mariait et l'autre tenait sa traîne. Puis c'étaient les voyages en Austro-Daimler, en Rolls, en Ford, à bord d'un yacht, sur un steamer de la Cunard. Au Pérou elles chevauchaient des lamas, à Biskra des chameaux, au Donegal des poneys irlandais. Toujours radieuses, toujours ensemble, quelquefois encadrant le grand homme qui les toisait avec sévérité. Nous relevâmes la tête : devant nous se dandinaient deux petites vieilles avec des bonnets à bride, des grosses plaques de rouge sur les joues et de la crasse dans le cou. Elles nous offrirent encore des « gliqueurs », c'est-à-dire dans des dés à coudre une sorte de sirop alcoolisé fabriqué à la maison. Il en restait un fond de bouteille. Les dés à coudre venaient de Bohême. On referma le musée. La serrure grinça. Devant la maison, je m'arrêtai près d'une borne piquée d'un aiguillon.

— C'est notre cadran solaire, dit Andromaque. Il n'y a rien de plus commode pour savoir l'heure à tout moment. Et puis ça ne se dérègle jamais.

— Ça ne se dérègle jamais, répéta Koula.

Le moment des adieux était venu. Nous étions émus. Je demandai à Andromaque ce que nous pouvions lui envoyer par Marmatsouris.

— Oh rien ! Nous avons tout ce qu'il nous faut. Des cousins d'Athènes pensent à nous. Chaque semaine nous recevons les journaux et des bananes.

— Les journaux et des bananes, répéta sa sœur.

— Je l'ai déjà dit, Koula : les journaux et des bananes. Merci de penser à nous. Et revenez nous voir.

— Peut-être pas avant l'année prochaine, dis-je. Nous devons retourner en France quelque temps.

— Eh bien, l'année prochaine, alors. Rien ne presse. Au revoir, mes amis.

— Au revoir, mes amis, répéta une dernière fois Koula en agitant ses clés.

Nous fûmes de nouveau deux ans avant de revenir à Miroulos. Petro nous attendait sur le quai. Il souffrait d'arthrite mais son humeur restait égale. Les changements politiques l'affectaient bien plus. On a beau être démocrate, c'est toujours angoissant de changer de gouvernement. Et puis il y avait cette vilaine histoire de Chypre, comme une épine dans le pied de chaque Grec. Tous les efforts pour l'en retirer sembleraient vains tant que l'île ne retournerait pas à la mère patrie. Nous parlâmes de tout cela, le soir après dîner dans la salle à manger de Petro sous son grand portrait photographique en quartier-maître de la marine marchande. Puis je demandai des nouvelles des sœurs Protacoulos.

— Elles sont mortes à quelques jours d'intervalle. On les a enterrées là-haut et la famille est venue fermer la propriété. Je crois qu'aucun des héritiers ne tient à habiter cette maison. Ils sont arrivés la nuit. Presque personne ne les a vus, sauf le Marmatsouris. Partis sans bruit aussi. De drôles de gens...

Le lendemain nous grimpions à dos de mulet sur la montagne. La grille était fermée avec une chaîne et un cadenas et il fallut sauter le mur. Rien n'avait changé. Un tiède silence régnait dans le parc. Le tapis d'aiguilles de pin étouffait toujours les pas. Les trois tombes s'alignaient sur le terre-plein, le mari entre les deux sœurs comme sur ces photos où il les regardait de haut avec un œil sévère, la moustache en croc. Des fleurs artificielles avaient été déposées à même la terre sur les deux femmes et au pied de chacune de leurs croix se trouvait un bol qui avait dû être rempli d'eau bénite évaporée par le soleil. C'était touchant et dramatique à la fois : trois vies résumées en trois morts ; trois destins qui ne se séparaient pas et contemplaient l'Égée, si belle et si vaporeuse dans la chaleur de l'été. On ne pouvait plus sourire. Je pensais aux deux sœurs inséparables en costume d'amazone ou en exploratrice, voilées de gaze dans leur Austro-Daimler décapotable, chassant le tigre à dos d'éléphant en compagnie d'un maharadjah. Tout aboutissait là... La chapelle restait fermée. À travers un vitrail, nous pûmes revoir l'harmonium, les affreuses icônes. Le petit musée des horreurs gardait ses volets hermétiquement clos et le cadran solaire indiquait midi.

Nos mulets mouraient d'envie d'aller au couvent. Pourquoi les en empêcher après les avoir déjà détournés, lors de la montée ? Nous les suivîmes, mélancoliques. La chaleur était étouffante. Pour ce genre de promenade, il valait mieux se lever et partir avec l'aube. Le cloître frais parut un délice. Deux nonnes se barricadèrent en nous voyant arriver, mais la Supérieure apparut, comme la première fois, sur le porche de la chapelle. Elle nous reconnut et nous salua de quelques mots grecs de bienvenue. Le temps ne la marquait pas et ne marquerait sans doute jamais son bon visage aux tout petits yeux enfouis dans la chair molle des joues et des doubles paupières. On nous apporta des sièges et de grands verres d'eau teintée d'ouzo que nous bûmes à l'ombre d'un citronnier. L'année écoulée n'avait rien apporté de nouveau au couvent. Marmatsouri montait toujours une fois par semaine et par lui on apprenait les nouvelles du village, quelquefois de la Grèce. Le pope se faisait vieux et le trajet le fatiguait. Bientôt un jeune le remplacerait. Il faudrait s'habituer à lui. Mais enfin ce n'étaient là que de petits problèmes. Dieu pourvoyait aux grands.

— Les dames Protacoulos sont mortes, dis-je.

— Nous ne les voyions jamais. Les secours de la religion ne les intéressaient plus. Une de mes filles est montée veiller la plus jeune.

— Vous m'étonnez. Elles prenaient grand soin de leur chapelle.

— Ce n'était plus qu'une habitude. Depuis la mort du mari, elles n'écoutaient pas la messe. Vous savez... toute cette histoire... eh bien... elle est dangereuse... quand on cherche à s'en occuper. Mieux vaut pas. Les Protacoulos du continent sont puissants. Très puissants... Depuis toujours. Vous m'avez dit que vous êtes écrivain... ça ferait une étrange histoire pour vous, mais je crois qu'il est préférable de ne pas en parler.

Fallait-il insister ou se taire par discrétion ? La Supérieure semblait vouloir garder la clé de son mystère, mais ce pouvait n'être qu'affectation. Ce jour-là, je ne sus pas insister. Après l'offrande traditionnelle à Saint-Nicolas, nous regagnâmes le port. Petro nous attendait. Il avait acheté des pieuvres longuement tapées sur les rochers par un de ses neveux pour les vider de leur encre. Préparées à l'huile et au citron, nous allions les goûter avec le nouveau vin rosé débarqué la veille d'un caïque en provenance de Santorin. Je le priai d'inviter aussi le Marmatsouri dont la dalle en pente était très connue à Miroulos. Il arriva en fin d'après-midi, les yeux encore vagues de sa longue sieste, claquant de la langue. Nous ouvrîmes la fenêtre en grand sur le port. En dessous, le petit Épaminondas vendait ses *passa-tempo*, des graines de citrouille, des pistaches, des amandes. Je le fis monter et il vida son panier sur la table. Marmatsouri commença à boire, à grignoter, à reboire. Nous étions bien partis.

— S'agissait pas d'arriver sans prévenir, dit-il. Elles refusaient d'ouvrir et s'enfermaient dans leur maison. Une fois que je m'étais trompé de jour, elles m'ont crié de tout remporter et de revenir le lendemain. On se demande ce qu'elles fabriquaient toutes les deux. Rien. Peut-être qu'elles dormaient. Avant que j'arrive, elles pilaient de la brique sur une pierre et se rosissaient les joues. Bien sûr, elles ne se lavaient jamais. Il n'y a pas d'eau, là-haut. Ce qu'elles recueillaient dans des bassines, les rares jours de pluie, suffisait à peine à les empêcher de mourir de soif. Elles devaient se coucher avec les poules et se lever à l'aube. En quinze ans, je ne leur ai pas monté une seule fois du pétrole ou de l'acétylène. La mort du vieux les avait rendues folles.

Petro alla chercher une autre bonbonne de cinq *okades*. Il voulait envoyer Épaminondas chez Pandelis, le joueur de bouzouki. Je l'en dissuadai. Nous entendrions de la musique plus tard. Pour l'instant, nous étions heureux devant la fenêtre ouverte. La nuit venait. Deux barques partaient pour la pêche à la traîne.

— Moi, je crois qu'elles sont devenues folles après la mort du vieux, reprit Marmatsouri. On en a dit des choses là-dessus. Et avant la guerre et pendant, et après. M'est avis que ce n'était pas du tout un Suisse mais un Allemand. Ça c'est pas moi qui le dis, c'est tout le monde. Un Allemand avec un grand nom, un prince quoi ! Ici, il se faisait appeler Schmidt. En 42 ou 43 il a disparu six mois. Les vieilles disaient qu'il était malade. Mais Yannis le balayeur prétend qu'une nuit où il essayait de pêcher en fraude du côté de l'ancien chantier naval, à Ayios Koreas, il a vu un sous-marin qui faisait surface et envoyait un youyou à terre. Une heure après, le youyou ramenait à bord un grand homme enveloppé dans une cape noire. Il a dû revenir quelques mois après par le même moyen. Les vieilles ont dit qu'il était guéri. Le lieutenant italien qui commandait la garnison d'ici est monté en grande tenue pour le saluer.

— Tout ce vin qu'on boit ! ça me fait mal au cœur de penser que Pandelis n'en profite pas, dit Petro. Je vais le chercher.

— Attends un peu. Ça c'est des histoires que moi tout seul je sais et que je raconterai qu'à des étrangers... Après la guerre, le frère des vieilles est venu ici avec ses quatre fils. Y avait pas encore de bateau, ni rien. Ils sont arrivés sur un vieux caïque tout pourri. Personne n'a pu leur parler. Trois jours après ils sont partis en racontant que le Schmidt était mort, qu'ils l'avaient enterré eux-mêmes. Comme c'étaient des Protacoulos et qu'ils parlaient haut, le maire a enregistré sans rien aller voir. De ce jour, les vieilles ne sont jamais redescendues. Je montais le courrier, les colis. Un matin de cet hiver, j'ai trouvé la plus jeune, la demoiselle, qui m'attendait à la grille. « Chut ! qu'elle m'a dit. Ma sœur dort. » « Il faut la réveiller. » « Non, non, elle dort depuis quatre jours ; elle était très fatiguée. » Elle a essayé de m'empêcher mais je suis allé voir quand même. Bien sûr, elle était morte. Ça sentait déjà très fort. J'ai prévenu le couvent, puis le maire. On l'a enterrée le jour même. Une religieuse est montée pour soigner l'autre qui a suivi sa sœur quinze jours après. Les Protacoulos sont venus mettre des croix sur les tombes et fermer la maison. Ils refusent de vendre la propriété… Si vous me dites que le frère et les neveux ont tué le Schmidt, je répondrai que je n'en sais rien, que c'est possible, et que c'est leurs affaires… Et maintenant, Petro, tu peux envoyer chercher Pandelis. Moi aussi j'ai envie d'entendre le bouzouki…

Avant de quitter Miroulos, nous remontâmes une dernière fois au couvent, lestés de quelques cadeaux : des fruits confits et des amygdalotas, un livre d'images pieuses pour une jeune nonne qui, nous avait dit la Supérieure, ne savait pas lire. Comme à l'aube nous risquions de les trouver en dévotion, nous choisîmes la fin de l'après-midi, heure où les mouches et les taons se calment. Notre arrivée surprit. Les religieuses soignaient leur potager et arrosaient leurs mandariniers. On nous conduisit sur la terrasse avec de grands cris et des exclamations pour les paquets qui ne furent pas ouverts devant nous. Ces dames parurent moins effarouchées que lors de notre précédente visite. Deux d'entre elles dressèrent une petite table avec des « gliqueurs » et des gâteaux secs. Sous les yeux, nous avions la mer exceptionnellement calme et plombée.

— Il va pleuvoir, dit la Supérieure. Nous en avions besoin. Notre source n'est plus du tout joyeuse depuis quelques jours. Heureusement saint Nicolas veille…

— Il est très bon.

— Oh oui, il est très bon.

— Au village, on nous a parlé des sœurs Protacoulos.

— Ils ont bien tort d'en parler, eux. Ils ne savent rien.

— Mais vous, vous savez.

— Oh je sais… je sais… seul Dieu sait vraiment.

— Votre religieuse qui a veillé la plus jeune sœur ne se souvient de rien ?

— Rien. Elle m'a raconté et puis elle a oublié. Il n'y a plus que moi qui sache. Il y a des choses très tristes comme ça qu'il faut garder pour soi. Elles ne pouvaient pas se survivre l'une à l'autre. Chacune tirait sa vie de sa sœur. Elles ne s'étaient jamais séparées.

— Jamais ?

— Ce sont des choses difficiles à dire pour une religieuse.

— Je comprends.

Elle rougit et ses yeux parurent encore plus petits sous les doubles paupières. Un verre d'eau lui rendit contenance. Le soleil se couchait et la mer se plombait de plus en plus. Une légère brise agita les feuilles.

— C'est le vent qui apporte la pluie. Il agite les citronniers. Aimez-vous les citrons ?

— Oui.

— Je vais vous en faire apporter. Ils sont très acides.

— C'est ainsi que je les aime.

— La vie aussi est très acide pour certains.

— À qui pensez-vous ? demandai-je.

— À cette maison qui s'appelait « Le Bonheur ». On s'y croyait à l'abri du monde, de la guerre et puis un jour…

— Un jour ?

— Un jour un sous-marin arrive et c'est la tentation, la grande tentation. Pauvre M. Schmidt !

Elle se signa.

— Ce n'était pas son nom, dis-je.

— Bien sûr… c'était le prince H…

— Je n'en étais pas certain.

— Alors j'ai trop parlé.

Elle eut un bref recul. Son visage se ferma. Nous n'irions pas plus loin.

— Je crois, reprit-elle, que vous devriez rentrer. La pluie menace.

La pluie ne menaçait pas. Elle était déjà là. Dès que nous fûmes sur nos montures, elle nous assaillit de ses grosses gouttes chaudes. L'orage zébra la mer. Nous étions trempés en arrivant, la nuit tombée, à Miroulos. Marmatsouri eut pour ses mulets quelques bontés inattendues de la part d'un Grec. Petro nous entraîna dans une taverne où il avait fait préparer au four l'agneau des adieux. Le lendemain, le *Miaoulis* nous ramenait au Pirée.

Dans Athènes, je retrouvai des amis allemands philhellènes. Par morceaux nous reconstituâmes une partie de l'histoire. La Wehrmacht avait pensé, en 42, pourvoir la Grèce d'une nouvelle dynastie. Elle eut beaucoup de ces rêves dans l'Europe conquise, mais la défaite les réduisit à néant. On avait cherché un prétendant qui ne fût pas trop marqué et qui eût déjà quelques liens avec la Grèce. H... sollicité, avait accepté. Pour lui, cette offre prenait une allure de revanche, car si le Gotha donnait sa lignée et son très proche cousinage avec le Kronprinz, il ne mentionnait pas son mariage avec une demoiselle Protacoulos. Les épouses morganatiques n'existent pas. Elles sont transparentes aux yeux des familles royales. Que s'était-il passé au juste, quelles intrigues avaient réussi à détourner le prince H... de ses ambitions ? Personne ne le savait et les rares témoins survivants ne parleraient pas. Un sous-marin l'avait reconduit dans son île d'où il n'aurait jamais dû bouger. Cette tentative pour se replonger dans le siècle, si brève pourtant, n'en avait pas moins suscité des haines terribles et des projets de vengeance. La mort, en 45, mit un point final à cette aventure. J'en savais plus que le Gotha. À Miroulos, un album de photographies jaunies racontait la vie de ce prince égaré qui avait vécu sa vie entre deux femmes à sa dévotion, et trois tombes contemplaient pour une éternité relative la mer Égée que fouette le vent du Nord.

SKYROS

Ah ! le malheur des hommes devrait pouvoir retomber sur les dieux.

Euripide.

J'écris sous la glycine. Cela pourrait s'intituler quatre mois sous une glycine à Skyros. L'équinoxe a dispersé les dernières fleurs violettes et l'automne commence à grignoter les feuilles par la pointe, un rien, une sorte de brûlure cernée par une demi-auréole jaune, mais c'est quand même la fin. La vigne rouille et, hier, un grand coup de vent a ouvert les épis des bambous qui, maintenant, balancent leurs aigrettes dans la brise. L'air a retrouvé sa transparence après les vapeurs de l'été et tout le paysage qui nous entoure, de la pointe sud de l'île jusqu'au moulin du môle, s'est rapproché. La plage est déserte et les caïques, tirés sur le sable, ont l'air de hannetons endormis. Depuis quelques jours, les enfants retournent en classe et le matin de bonne heure, nous entendons leurs voix et leurs cris. À midi et en fin de journée, ils redescendent du village et longent le bord de mer, leurs cartables de plastique battant leurs jambes nues. Seul Olaf conduit sa fille jusqu'au bas du village et revient la chercher au même endroit. Depuis quatre mois, nous nous adressons des signes de tête. Pourtant, hier comme je sortais de l'eau au moment où il passait, il s'est arrêté et m'a demandé en français :

— Vous partez bientôt ?

Nulle hostilité dans le ton. J'ai quand même pensé à cette réserve dont il a fait preuve durant notre séjour. Nous étions, dans une certaine mesure, des intrus, des intrus discrets, mais des intrus.

— Dans huit jours, ai-je dit.

— Pour la France ?

— Non. Pas cette année encore. Nous retournons à Spetsai.

— Comment est l'hiver là-bas ?

— Plus doux qu'ici. On m'a dit le vent, le froid, la pluie…

— Oui, c'est dur, très très dur.

Olaf est un grand homme maigre et chauve. Il a dû être blond, mais la soixantaine ne lui a laissé qu'une couronne de cheveux gris. Ses yeux sont d'un bleu pâle qui n'est pas rare ici où la population offre un curieux mélange d'influences celtes et juives. Il est fréquent, dans une même famille, de voir des enfants aux cheveux couleur de paille, au teint clair et d'autres à la tignasse crépue, au nez courbe, au teint olivâtre. On dirait que le mélange est chimiquement impossible et que chacun, dans le ventre de la mère, a opté pour une race. Seule la fille d'Olaf avec ses yeux verts et ses nattes noires a trangressé la loi. Mais Olaf est norvégien et sa femme skyrianote.

— Ce n'est pas tellement le temps qui est dur, a-t-il ajouté.

— Il y a pire ?

— Vous ne vous en êtes pas encore rendu compte ?

— Un peu, je crois, une fois passé le premier enthousiasme.

— Mon premier enthousiasme est passé depuis longtemps. Je suis venu ici en 1925. J'avais vingt ans.

— Dites-moi que vous ne pouvez pas vivre ailleurs.

— C'est vrai. Je ne peux plus. Je suis devenu comme eux. Venez prendre un verre de vin à la maison ce soir.

— Nous viendrons.

Un geste de la main et il est parti vers le môle où sa maison en équerre se blottit contre un rocher, à l'abri du vent. Un verre de vin ne se refuse pas. Depuis quelques jours, nous n'avons plus que de l'eau à boire. Nico Efstathiou qui nous vendait depuis notre arrivée un vin léger, pur, à peine résiné, a vidé ses tonneaux. Tous nos efforts pour nous accommoder d'autres vins sont restés sans succès : excès de résine, goût de pharmacie ; relent de vinaigre. Le vin nouveau sera buvable dans six semaines. Pour l'instant il est encore en grappes que des hottes rapportent des collines à l'entour. C'est, dans le village sur son piton et en bas vers le pressoir, un long défilé de mulets chargés du raisin jaune et doré. Deux hommes, en haut de la cuve, piétinent de l'aube jusqu'au soir, le pantalon relevé à mi-mollets sur leurs jambes blanches et poilues, tandis qu'en dessous des bidons de fer-blanc recueillent le jus qu'une théorie de femmes reverse dans les tonneaux des celliers. Les maisons, l'unique ruelle sentent le moût de raisin, un parfum aigre-doux. Voilà de quoi passer l'hiver, lutter contre le froid, l'ennui, de quoi tuer les heures sur la place autour des feux de camp en attendant que le vent s'apaise, la mer se calme. Et on ne s'en prive pas. La dureté de la vie, l'isolement — un bateau par semaine — n'ont pas de meilleur remède que ce vin qui accompagne les poissons grillés et les pommes de terre chauffées sous la cendre. À ce rythme la provision boucle rarement l'année. La race s'en ressent : des vieillards superbes, droits comme des cyprès, les traits nobles, le regard indifférent ou méprisant, ont pour progéniture des bancroches, des idiots, des scrofuleux ou même des êtres comme le fabricant de paniers d'osier, qui naissent sans jambes. Mais ceux que le malheur a épargnés sont d'une surprenante beauté. Parmi les enfants qui, à l'aller et au retour de l'école, passent sur la plage devant notre moulin, il en est une dizaine au moins d'une grâce merveilleuse sans aucune de ces tares de la race grecque : jambes courtes et large bassin que, chez les filles, les maternités transforment rapidement en tonneau. Ces teints hâlés, ces yeux bleus fendus en amande, ces yeux sombres enfoncés sous les orbites, ces tresses blondes ou noires, parlent d'une race qui fut belle et n'a pas réussi à se détruire entièrement malgré l'alcool et la syphilis joyeusement rapportée par les marins. Parmi ces enfants, la fille d'Olaf, Annoula, est la plus éclatante, si éclatante même à ses onze ans que le regard ose à peine s'attarder sur elle. Quand nous dépassons le moulin du môle pour aller nous baigner sur la plage de Madouri, nous longeons la maison d'Olaf où la mère se tient sur le seuil : brune, effacée, cachant son front sous le classique foulard jaune à dessins noirs. Assise sur une chaise skyrianote basse et joliment sculptée, les genoux hauts, elle brode une étoffe de lin tendue par un tambourin. La maison est simple au possible ; trois pièces en angle protègent une terrasse ombrée par la vigne. Dans des bidons et des pots d'argile, des géraniums. Olaf apparaît parfois, la pipe à la bouche, habillé de coutil bleu. Il regarde la mer, les passants, puis rentre dans une pièce que, de l'extérieur, on peut voir tapissée de livres.

Bien sûr les gens parlent. C'est même leur principale occupation. Tout se sait mais aussi tout se déforme étrangement et sans explication possible sinon l'ignorance ou la bêtise. Ainsi selon les uns Olaf est-il richissime et selon les autres vit-il de la dot de sa femme, des broderies auxquelles elle travaille inlassablement. Il n'y a pas de vérité moyenne en Grèce, pas de solution intermédiaire. Tout ce qui touche aux étrangers, à leur mode de vie, tient du fabuleux. À Skyros on ne brode pas que le lin ou les étoffes de soie, on brode aussi la vie et cela donne de fascinantes arabesques. Comment s'évader autrement ? Voici l'été qui tire à sa fin, l'équinoxe avec ses nuages, ses coups de vent, ses brutales éclaircies. Nous ne sommes plus reliés à l'Eubée que par un caïque poussif qui aide son moteur avec une voile rapiécée. Dans un mois ou deux le caïque partira seulement par beau temps et quelquefois pour rester deux, trois jours en Eubée sans pouvoir revenir. L'île s'engourdira, plongera dans la brume grise, et la mer prendra cet air buté, méchant que nous lui avons déjà vu. Les vagues se briseront sur la côte cuivrée, achevant de la déchiqueter. Il me semble que je vois déjà la grande mâchoire de la mer se mettre en mouvement et manger notre plage courbe. De ses dents, elle use chaque année un ou deux mètres de dune entraînant des arbres et des maisons. Le moulin * que nous habitons a été construit à 150 mètres de la mer. Il n'en est plus qu'à une dizaine et un figuier extrême est menacé bien qu'il se cramponne au sable, bas et trapu ; un pin maritime, coiffé par le vent, est aussi en danger. Durant ces quatre mois à l'ombre de la glycine, j'ai vu le paysage immense roussir, verdoyer et maintenant rouiller. Des lys sont sortis du sable en bouquets éphémères répandant un parfum exquis la nuit quand le vent acceptait de souffler légèrement. Un à un, les arbres ont donné leurs fruits : le poirier, l'amandier, les figuiers, la vigne, le grenadier, le cognassier et voici déjà qu'apparaissent les premières pommes, les premières oranges amères. Je n'ai pas connu beaucoup d'endroits plus beaux et dont l'architecture naturelle soit comme une continuelle interrogation : pour qui sommes-nous faits ? vers qui allons-nous ? rappel incessant d'un mal qu'on endort sans peine ailleurs. Sous la glycine, j'ai beaucoup paressé, à la recherche de distractions faciles. Des fourmis tombaient sur mes pages bleuies d'écriture, dans mon cou, sur ma main : une vingtaine par jour, que j'écrasais sans pitié pour avoir osé déranger ma rêverie. Vingt par jour, en quatre mois cela doit faire quelque chose comme 2 400 fourmis, une hécatombe pour elles, mais comment les décourager ? Je ne compte pas pour rien non plus les visites d'une tortue. Elle apparaît mystérieusement, venant on ne sait jamais d'où, et quand je lève la tête elle est en face de moi à me contempler le cou tendu. Si je bouge un cil, elle se cache dans sa carapace. Si je replonge dans mon travail puis pense soudain à elle, elle a disparu et ses traces — surtout les traces de son ventre quadrillé — se perdent en plusieurs pistes dans le sable. Je ne saurai jamais où elle gîte mais je crois que nous sommes un peu amis. Comme avec Christo, notre voisin, qui monte le raidillon et fait un signe qu'on interprète facilement : il y a du poisson. Sa barque est échouée sur la plage et son aide n'a pas fini de retirer les poissons prisonniers des mailles du filet : rougets, loups, petites daurades, scorpions de mer, raies, soles et surtout les langoustes, les homards qui peuplent les fonds à 4 ou 5 milles au large. Christo est un silencieux qui lâche à peine quelques mots entre ses dents. J'aime bien voir marcher sur la plage sa silhouette carrée, aux jambes écartées, aux bras pendants. Un vrai singe, mais le regard est bon et l'on devine des sentiments rudes dépourvus de cupidité ou de ruse. Ce silencieux timide s'égaye parfois au village et devient extraordinairement loquace bien qu'il ne s'agisse pas d'en profiter pour lui soutirer un mot désagréable contre quiconque. Non, il parle de son caïque, de sa pêche, des endroits secrets où il pose ses filets. Et puis il redescend vers le môle, jambes arquées, pour regagner la maison où l'attend sa femme, Maria. Maria est plus âgée que lui. Elle est énorme et, de temps à autre, se baigne en maillot de bain à fleurs parce que le médecin lui a dit que c'est bon pour sa santé. Ce corps boursouflé est greffé d'une petite tête où les rides ont plaqué un sourire gentil. D'en bas, radieuse, elle crie à son mari :

— Je remonte. Prépare-moi un ouzaki et un mézé.

Et Christo, seul époux docile du hameau qui compose le môle, grille un poulpe ou un rouget, verse l'ouzo. Cette idylle n'en connaît pas moins des failles. Maria ne supporte pas que son homme s'enivre. S'il s'enivre, elle lui refuse le lit conjugal et l'envoie dormir dans son caïque. Christo bougonne, décroche la couronne de fleurs d'oranger au-dessus de leur lit et l'emporte pour aller coucher à bord de son bateau. Le lendemain, dessaoulé, il a retrouvé son mutisme et son air préoccupé tandis qu'il répare ses filets, assis en tailleur dans le sable. Il n'est pas le seul dont le caïque soit le refuge en cas d'orage matrimonial. Le Yanni de Marigoula élit domicile dans le sien pendant trois ou quatre jours et refuse d'écouter les ambassadeurs envoyés par sa femme à moins qu'ils ne boivent d'abord avec lui. Quand les ambassadeurs sont saouls, ils sont déjà moins convaincants. Mais chez Christo, les crises sont plutôt rares. L'été il pêche et nous allons quelquefois avec lui relever les filets à 4 heures du matin. Le soleil se lève devant nous dans un paysage que la nuit a déjà abandonné. L'eau rougeoie puis retrouve son bleu intense dès qu'il a pris de la hauteur. En pleine mer, sans repère pour le profane, nous rencontrons un bouchon de liège et le halage commence apportant les reliefs d'un festin sous-marin. De petits poissons gros comme l'ongle du pouce ont férocement attaqué les prisonniers. Parfois, il ne reste qu'une arête. Les jurons s'égrènent en chapelet, interrompus seulement quand apparaît la première langouste ou un homard monstrueux, vert pâle, ses terribles pinces agitées d'un frémissement, et entre les mailles, toujours des oursins géants, violacés et blancs, des pierres ponces, du corail, des araignées et des étoiles de mer, des algues roses. Tout s'entasse, encore agité de soubresauts sur le pont puis on regagne le rivage et tout d'un coup les yeux découvrent l'île dans la lumière du matin, orangée sur les maisons blanches aux toits plats. Au bord de la plage, les femmes sont déjà là avec des bassines, les pieds dans l'eau, poussant des cris. Christo pèse avec sa balance tandis que son aide achève de dépiauter le filet, rejetant à la mer les poissons mutilés, mettant de côté ce qui est intact, quelques rougets, des rascasses écarlates à l'œil torve et 25 ou 30 kilos de langoustes. Il a gagné sa journée et s'en va dormir avec ses trois chats sur son ventre. C'est lui qui sort le plus régulièrement. Les autres n'ont pas toujours « l'humeur », à moins que le moteur du caïque ne soit en panne ou qu'ils n'aient une cuite à cuver. Aussi le môle est-il pauvre. L'été apporte un peu de sang avec les étrangers auxquels on loue des chambres. Nous en avons vu défiler un assez grand nombre, ayant, chaque fois après leur départ, le sentiment de triompher d'eux, de durer plus longtemps, de passer pour des enracinés, sentiment qu'Olaf éprouvera sans doute après notre départ dans une semaine. Parmi ces étrangers je n'oublie pas l'apparition d'un couple homosexuel vieillissant qui s'agrémenta bientôt d'une conquête de plage, un joli hermaphrodite scandinave dont les apparitions en peignoir jaune serin et le bain à l'heure du déjeuner sous les yeux de ses deux commensaux, enivrés d'amour, mériteraient quelque chose comme le pinceau de David. Toute la journée, sur un carré de ciment devant la maison louée par le vieux ménage attendri, le joli hermaphrodite en short et chemise rayée rose et blanc, un livret à la main, s'essayait à des pas de danse. Ce n'était pas tant ce spectacle qu'il fallait voir que celui des pêcheurs ravaudant leurs filets autour de lui, le gros Agatouclis avec son nez rouge et tous les autres, Stamatis, Yanni, Christo, Costa, Nico contemplant bouche bée l'être hybride qui se croyait habité par le démon de la danse. Ces trognes enluminées, ces bouches édentées dans des visages aux barbes rasées tous les trente-six du mois exprimaient une sorte de stupéfaction mêlée d'envie. On ne riait pas par peur d'un sacrilège devant ce qui pouvait être une coutume étrangère dont les marins, revenus de voyages lointains, avaient omis de parler. Puis le spectacle entra dans les mœurs et je dois dire qu'à la fin aucun des habitants du môle n'y prêta plus attention. Seuls des étrangers de passage s'en étonnaient, attribuant vite aux mœurs grecques ces ébats érotico-chorégraphiques. Deux ou trois fois j'ai vu Olaf parler au jeune Scandinave. Il n'ôtait pas sa pipe de la bouche et toisait de ses impressionnants six pieds un pouce le frêle danseur. Il n'était pas beaucoup plus amène avec un curieux personnage qui a longtemps traîné sur la plage et que Theodori, dans sa taverne, surnommait Staline sans grande raison car le pauvre ressemblait plutôt à Groucho Marx, avec sa moustache-balai et ses énormes verres de lunettes. Staline se disait peintre. Il venait de l'Iowa, après un long détour par Mexico dont il gardait, en souvenir, un *sombrero de ale ancha* qui le faisait ressembler à ces médecins déchus par l'alcool que l'on peut voir dans les films américains sur le Mexique. Je l'ai rencontré pour la première fois à bord du bateau qui me ramenait de Kymi, en Eubée. Il tenait étroitement serrée contre lui une créature au visage assez fin, aux cheveux raides de crasse, nue sous une robe à fleurs sans taille. Elle marchait sur deux choses noires qui avaient dû être, dans le temps, des pieds nus. Ils s'étaient connus à Athènes où elle avait été séquestrée pendant huit jours dans une maison vide. Les circonstances étaient obscures et difficiles à croire : des amis grecs l'avaient oubliée au moment de partir en vacances et elle s'était réveillée dans une maison hermétiquement close, au téléphone coupé. Un jour, passant dans une rue peu fréquentée, Staline avait entendu de faibles cris derrière des volets. N'écoutant que son habituel courage, il avait sauté le mur, défoncé une porte, sauvé la jeune fille et couché avec elle comme il est recommandé aux héros de le faire en toutes circonstances. La jeune fille semblait reconnaissante, mais sans excès. Trois jours après son arrivée à Skyros, elle avait disparu. Staline assurait qu'elle était retournée aux États-Unis pour demander à ses parents l'autorisation d'épouser son artiste. Il l'attendait avec une certaine impatience en peignant des allégories qu'une galerie californienne lui achetait pour un maximum de 80 dollars par mois. La Grèce n'était qu'une étape de son voyage autour du monde sur une motocyclette d'occasion. Depuis quelque temps il avait découvert l'efficacité onirique des graines de volubilis et se promenait avec un petit sac à la main pour se trouver des partenaires. Les partenaires manquaient et Staline affirmait partout que ses appétits sexuels se trouvaient sans débouchés. Ni Olaf, ni moi n'y pouvions quelque chose. Le gibier était maigre. Ne parlons pas du gibier grec inaccessible, mais à la rigueur du gibier étranger égaré pour quelques jours sur la plage. Les rares âmes esseulées préféraient la couleur locale, si peu engageante fût-elle. À quoi conduit le goût de l'exotisme, nous disions-nous en regardant avec stupéfaction Adonis le chauffeur de taxi, suant le vin, sa bouche grande ouverte sur de longues dents jaunes, serrant contre son ventre d'hydropique une étrangère qui, hors de Skyros, connaissait d'autres raffinements. Staline restait seul, sans disciple et sans femelle, mais il était gentil dans sa balourdise pleine d'ambition (il envoyait des articles à des revues qui ne les publiaient jamais et des scenarii à Hollywood qui ne lui répondait pas), et surtout il nous émouvait quand il passait devant notre maison, affligé d'une rage de dents qui gonflait sa joue comme celle d'Harpo Marx dans *Soupe aux canards*.

Les femmes skyrianotes n'ont pas les mêmes distractions. Toujours occupées à chauler, couper du bois, traire la chèvre, vider les poissons, cuisiner, servir les hommes, torcher les mômes, elles ne relèvent la tête que le dimanche après-midi pour monter au village où la grande distraction est de parcourir une ou deux fois la rue principale et d'offrir une glace ou une sucrerie aux enfants pendant que les maris commencent la tournée des tavernes. Elles redescendent sans ces derniers, à la tombée de la nuit, pour quitter leurs vêtements du dimanche, reprendre le tablier, le foulard et nourrir et coucher les enfants. Puis elles attendront et vers minuit, après la fermeture de la dernière taverne, des voix avinées s'élèveront de la plage annonçant le retour des maris qui n'atteignent pas tous la maison. Les aboiements des chiens permettent de les retrouver, le nez dans le sable, ronflant déjà. Le beau-père d'Olaf est le plus lourd à ramener. Sa femme, pourtant forte, belle et droite, n'y suffit pas. Elle appelle à son secours le Norvégien et sa fille, et à eux trois ils tirent par les bras et les jambes le gros corps amorphe, comme une balle de son, du vieux Stratis, un des derniers hommes du môle à porter les braies serrées aux genoux, les guêtres de feutrine noire et les sandales à lanières montées sur des morceaux de pneu. À ce régime, les femmes sont vieilles à trente ans. Que leur reste-t-il des beautés de l'enfance ? À peine les yeux dans des visages maigres et creusés au-dessus de corps difformes gonflés par l'usure, le pain, les pâtes. On n'en retrouve pas moins la ressemblance dans les trois Anna qui approchent Olaf. Anna I, la grand-mère, a dû être une beauté si l'on en juge par le port de tête, la démarche. Anna II, sa fille et la femme d'Olaf, est tout aussi droite mais avec plus de douceur et d'abandon et son visage, bien que creusé aux orbites, maigre et déjà un peu jaune, est encore celui de la mère d'Anna III, la petite Annoula merveilleuse, au corps exquis de grâce.

Sur ce peuple du môle veille un pope angélique, Papa Mavrogeorgiou — Georges-Noir si l'on veut — dont la bonté se lit sur les traits fins, et dans les yeux amusés que laisse entr'apercevoir une pilosité particulièrement abondante, une barre de sourcils et une joue mangée par la barbe grise et noire. Ajouterai-je qu'il est maigre, signe favorable dans un pays où la prêtraille a plutôt l'habitude d'être cupide et gourmande. Papa Mavrogeorgiou a été ordonné tard, peu avant la quarantaine. Avant cela, il était berger dans la montagne, illettré jusqu'à trente ans, âge auquel il apprit à lire et à écrire à peu près seul et réussit à se faire accepter dans un séminaire où ses études furent plus dures et plus difficiles que celles des autres. Il en est sorti à trente-sept ans. Depuis son ordination il est pope à Skyros et, comme le môle n'est pas très porté sur les manifestations extérieures de la religion, il occupe ses loisirs en apprenant des mots de français. Je dis des mots car les liaisons manquent et les verbes articulent peu ou mal les phrases. Ainsi comme beaucoup de Grecs, comme notre ami Petro de Miroulos avec ses anciennes escales, notre pope aime-t-il la litanie et quand nous le rencontrons, où que ce soit, il pointe le doigt vers les objets qui nous entourent pour en faire des entités :

— Bonjour ! Êtes-vous ? Bien ? Merci. Moi de même. La terre… le mur… la pierre… le mouton… la chèvre… le sable… le figuier… la mer… la fleur… le bateau… le moteur… le poisson… le filet… le ciel… le soleil… le nuage…

De quoi rêver… Si nous le rencontrons en haut dans le village l'énumération change d'inspiration.

— Bonjour ! Êtes-vous ? Bien ? Merci. Moi de même. La rue… la maison… le toit… le boucher… le boulanger… l'épicier… l'église… la femme… le grand-père… la grand-mère… le chien…

Un jour un touriste qui ne l'avait pas oublié lui a envoyé un album de photos sur les églises de Paris et notre pope a appris les légendes par cœur :

— Bonjour ! Êtes-vous ? Bien. Merci. Moi de même. Quand retournez Paris vous voir Saint-Jacques-du-Haut-pas… Saint-Étienne-du-Mont… Notre-Dame… (ici un temps) très joli Notre-Dame… Saint-Germain-l'Auxerrois… Saint-Germain-des-Prés… Saint-Thomas-d'Aquin… Saint-Pierre de Montmartre…

J'abrège car la litanie est toujours longue. J'abrège aussi sur les salutations et l'intérêt que l'excellent pope porte à la santé de notre enfant qu'il s'obstine à nommer d'un autre nom que le sien malgré vingt démentis (mais c'est fou comme on devient patient après un instant de désespoir) et au bien-être de notre chien qui a passé l'été à se battre avec des molosses et que j'ai dû conduire à Athènes pour qu'on le recouse. Une fois rassuré sur nos personnes et satisfait d'avoir récité son énumération du jour, Papa Mavrogeorgiou nous bénit de sa main maigre et jaune. Son visage est toujours radieux de bonté et j'ai quelques remords de le fuir si vite maintenant que son pittoresque est épuisé. La population du môle l'aime, mais son église est loin : l'hiver il fait trop froid, l'été il y a trop de travail. On l'appelle cependant pour bénir une maison, baptiser un enfant, parler aux malades, haler une barque sur la plage ou porter un colis, toutes tâches dont il s'acquitte avec bonne humeur. Il est l'ami d'Olaf qui lui prête des livres, mais notre pauvre pope n'a que de très mauvaises lunettes. Sa vue se fatigue vite. Il rend les livres après les avoir humés.

Maintenant que le dernier bateau du service d'été a emporté les derniers étrangers, nous restons à peu près seuls dans l'île et cette ultime semaine semble singulièrement nue, attirante comme un abîme, inquiétante, peuplée de dangers invisibles. Il faut admirer un couple d'Américains qui est là depuis deux ans. Lui est peintre. Il s'appelle Werheim et vit là avec sa femme et ses trois filles dans une ferme à demi enterrée par les sables. Au milieu du potager, il s'est construit un atelier qui reçoit la belle lumière pure et froide du Nord. Nous nous disons quelques mots au hasard des rencontres comme avec Olaf et je regretterai de n'être pas sorti de ma tour pour lui parler. Il a l'air bon et gai, il a choisi la solitude avec un courage particulier, mais s'apprête pourtant à s'installer au village pour un dernier hiver avant de regagner la France. L'angoisse distillée par une certaine beauté tragique est inexprimable. On peut s'y adonner comme à une drogue, mais j'ai toujours eu peur des drogues. Olaf est-il autre chose qu'un drogué qui défend dans une pièce bourrée de livres un reste de passé ? Notre rencontre d'hier soir me laisse lourd de questions. Il nous a reçus dans la pièce dont la fenêtre s'ouvre sur la plage. Le soleil se couchait et la lumière découpait l'île en grands pans de lumière bleue et rose. La femme d'Olaf, celle que j'appelle Anna II dans la généalogie des Anna, nous a apporté le vin blanc dans une cruche, du fromage et de petites tomates, puis elle s'est assise dans un coin sur sa chaise basse et a replongé la tête dans ses broderies. C. a tenté de lui parler, mais elle répondait par monosyllabes.

— C'est inutile, a dit Olaf. Vous la fatiguez pour rien. Elle préfère ne penser qu'à son point. Mais vous ne pouvez pas savoir ce qu'elle a été belle. Et encore ce n'était rien par rapport à sa mère.

— Nous connaissons sa mère de vue.

— Vous ne voyez plus qu'une ombre. Elle avait onze ans quand je suis venu pour la première fois à Skyros. Et moi j'en avais vingt.

— En quelle année ?

— 1925. Peu avant qu'on inaugure la statue à la mémoire de Rupert Brooke. Vous n'avez pas idée de ce qu'était Skyros à cette époque-là, ses troupeaux, ses bergers superbes, tous les moulins qui tournaient dans le vent.

— Oui, je sais. Partout dans le monde, on nous dit que nous n'avons rien vu, qu'il y a dix ans, vingt ans, trente ans la terre était encore riche en miracles et en paradis. Je vous avouerai franchement que cela m'irrite à mort. Telle que je la vois, cette île, je la trouve encore belle et sauvage. Le téléphone, quelques poteaux électriques, dix kilomètres de route sur laquelle circulent un autocar et deux mauvais taxis, des caïques à moteur au lieu de caïques à voile ne me gênent guère. C'est moi qui m'importe, ce que je ressens et toutes les abstractions que je tire d'un monde qui se secoue et se lave comme il s'est toujours secoué ou lavé du passé.

— Alors vous pouvez être content, a dit Olaf. Ici, tout est abstraction ou sordidité.

— Le sordide a aussi de la force.

— Quand l'avez-vous ressenti ?

— L'attitude des uns et des autres au môle et au village. J'aime, nous aimons les Grecs. Ils sont ouverts, rapides, sensibles, généreux, compréhensifs. Les Skyrianotes ne sont pas grecs en cela : ils sont grossiers, abrutis, voleurs et médisants avec une férocité inouïe. Naturellement, il y a des exceptions : le bon pope Mavrogeorgiou, Christo et Maria, Yorgo Efstathiou qui est le propriétaire du moulin, un artiste et un homme généreux, mais il s'est remarié avec une variété de vache qui vient à l'aube razzier les fruits du jardin et ensuite accuse notre petite bonne de les avoir volés. Malheureusement nous l'avons surprise et elle le sait. Elle ne nous dit plus bonjour et nous lance des regards haineux. Il y a aussi dans quelques-uns ce que l'on peut prendre de meilleur : chez Nicolaou le potier quand son dragon de femme n'est pas là, une générosité, un goût, une amitié qu'il cache d'ordinaire, chez Kokalenia et Theodori dans leur taverne, un accueil qui ne trompe pas. Accordons encore le bénéfice du doute à deux ou trois autres, mais je m'arrête là.

Olaf s'est levé :

— Ça vous amuse d'entendre ce qu'on disait sur Skyros il y a deux siècles ?

Un rayon d'étagères était couvert de livres anciens brochés ou au maroquin déchiré laissant apercevoir les fils et la colle. Il en prit un et l'ouvrit à une page marquée par un signet :

— Anna, une lampe, s'il te plaît.

Le jour avait baissé brusquement sans que nous en ayons conscience. Comment ne se crevait-elle pas les yeux ainsi ? Elle gratta une allumette et nous entendîmes le sifflement de la flamme dans le tube de verre. Une vive lueur éclata dans la pièce, repoussant les étagères, la table et nous-mêmes dans la pénombre. Olaf s'assit à côté de la lampe :

« Il y avait anciennement, lut-il, au rapport de Strabon, de si bonnes chèvres qu'elles rendirent Skyros recommandable. Leur lait était excellent mais elles avaient le défaut de le renverser d'un coup de pied, bien souvent quand le seau où on venait de le traire était plein. D'où les anciens avaient pris occasion d'appeler chèvres de Skyros ceux qui se démentant dans leur conduite confondaient le vice avec la vertu et obscurcissaient l'éclat de leurs bonnes actions et de leurs bienfaits, par un mélange honteux d'un grand nombre d'autres pleins de lâchetés et d'injustice. »

Il referma le livre et le rangea dans la bibliothèque.

— Voilà, dit-il. Interpolez.

— Remplaçons les chèvres par les hommes et en effet ce ne sera pas mal observé. Les voyageurs du XVIIIe siècle ont eu du flair. L'Europe n'était pas encore parfaite. Je veux dire qu'elle n'avait pas fait sa révolution, qu'elle n'était pas entrée dans ce siècle de raison, de lumière, de justice et de paix qu'est devenu le XIXe. Au XIXe le mépris et le paternalisme sont dans les mœurs. On voyage, mais pour tout rapporter aux nations évoluées. Le caractère n'existe plus.

— Du caractère, Skyros en a, je puis vous le jurer. C'est même un laminoir. Anna, du vin, s'il te plaît…

Elle se leva sans un mot et disparut dans la pièce voisine. Si silencieuse fût-elle, nous ne pouvions oublier son existence. Elle était très présente : une douce respiration, une chair. La lumière crue de la lampe à pétrole durcissait les traits d'Olaf.

— On doit pouvoir se défendre quand même, dis-je.

— Avec des livres, oui. Voilà quinze ans que je relis les mêmes à peu de chose près, mais si je lève la tête de ma page, je revois d'un coup, dans cette maison ou par la fenêtre, les murs de ma prison. Il faudrait se suicider.

— C'est une idée qu'il est nécessaire d'avoir très vite et de réaliser tout de suite, sinon elle est l'ennui même. Les Grecs se suicident peu. Je connais un cas à Spetsai. Il était veuf, criblé de dettes et buvait son fonds, un magasin de fruits. Il a avalé de l'esprit-de-sel. Deux jours d'agonie atroce.

— Les Skyrianotes se pendent. Ainsi empoisonnent-ils encore le monde. Personne, héritier ou non, ne veut habiter la maison d'un pendu.

Anna remplit nos verres, puis attira sa chaise plus près de la lampe et se replongea dans sa broderie.

— Tout à l'heure, ai-je dit, vous avez parlé d'un laminoir. Pourtant, vous avez résisté.

— Si je me laissais aller tout à fait, je serais comme eux. Mais je ne me laisse pas aller, je ne veux pas, parce qu'alors je serais pire. Ce serait sans mesure. Il y a dans cette île des types qui viennent du continent. Prenez le pharmacien…

— Je le connais. Tapi dans sa boutique poussiéreuse, grossier, stupide, il vole comme dans un bois en vendant deux fois au-dessus de leur prix des médicaments dont il a déjà vidé les boîtes ou les flacons à moitié. Je ne lui reproche pas tant de voler que de vous injurier en même temps. Et puis il est vraiment trop laid, sans épaules, bas du cul…

— Les Skyrianotes sont ou très beaux ou dégénérés. Lui est du Péloponnèse. Il a adopté les mœurs de l'île, mais sans génie, sans classe. Il faut bien avouer que les autres sont odieux avec cependant une certaine fierté. Ce sont d'anciens pirates. Leurs pirateries datent de peu. L'arrière-grand-père de ma femme a été pendu par les Anglais. Pendant des siècles, les Skyrianotes ont vécu de vols et de rapines sur mer. Très bons marins, ils s'enfuyaient, le coup fait, sur des felouques à voiles latines bien plus rapides que celles des Hydriotes ou des Spetsiotes. Quand on les poursuivait, on arrivait sur cette plage et le village se barricadait en haut de son piton. Il aurait fallu une flotte, des canons, 2000 hommes à sacrifier pour les déloger. Cela ne valait pas le coup. Ils ont entassé dans leurs maisons ce qu'ils volaient sur mer, surtout de la faïence, des porcelaines, des objets en cuivre et en bois, des broderies, des tissus que leurs artisans imitaient sans vergogne.

— Ainsi s'expliquerait qu'ils sont peut-être les derniers Grecs à avoir du goût. J'aime leurs maisons, les hottes des cheminées et cette folie d'assiettes bleues et rouges sur les murs, la débauche des cuivres. Et les maisons elles-mêmes sont belles, imbriquées les unes dans les autres, blanches avec leurs toits gris. Le village monte à l'assaut de son piton par de grandes marches jusqu'au kastro. La sensation est unique, un mélange d'orgueil et de grâce encore intact.

Nous regardâmes par la fenêtre. La nuit engloutissait l'île. Quelques lumières brillaient en haut du piton. On pouvait les prendre pour des étoiles dans le ciel. La belle courbe de la plage ourlée par les vagues courait jusqu'au golfe d'Achille. Dans l'ombre, cette courbe semblait encore parfaite, mais le jour elle était brisée par la bâtisse de l'hôtel Xénia et par une villa cubique surmontée d'un cabinet, percée sur ses côtés et sa façade de grandes œillères fermées par des volets vernis. Ce cube hideux surmonté de son ostentatoire cabinet, je l'avais cru d'abord l'œuvre de quelque quincaillier athénien enrichi, mais non, il appartenait à un architecte qu'on voyait le jour se prélasser avec une satisfaction évidente devant son hangar. De notre maison, nous ne pouvions pas le voir. Des arbres cachaient ce chef-d'œuvre d'imbécillité prétentieuse, et le golfe déployait de la pointe sud de l'île jusqu'au môle sa splendeur sauvage. Ce qui restait m'émerveillait chaque matin, m'émerveille à l'instant où je lève la tête. La fragilité de cette beauté, l'intuition que l'on a de son saccage proche la font encore plus aimer.

La petite Anna III, Annoula, entra comme nous étions devant la fenêtre. Elle courut embrasser son père, puis s'assit à côté de sa mère sur une autre chaise basse et feuilleta un livre de classe. Les deux présences silencieuses, un court moment en désaccord, s'harmonisèrent, se fondirent l'une dans l'autre, magiquement. Olaf leur jeta un regard, puis remplit nos verres :

— Comment le trouvez-vous ?

— Bon, mais un peu riche en résine.

— C'est la fin du tonneau. Le vin se trouble et la résine s'est accumulée. Cela dit, ce vin est très pur. Vous n'en boirez pas souvent en Grèce d'aussi naturel. J'ai réussi à mettre un tonneau de côté. Je ferai la soudure. Voilà un mois que les autres n'en ont plus. Ils me traitent d'avare.

— La morale de la cigale et de la fourmi... Votre fille nous fascine ma femme et moi. Je crois que nous n'avons jamais vu d'enfant plus belle.

— Elle est belle, dit-il. Comme sa grand-mère l'était quand je suis venu pour la première fois à Skyros il y a quarante ans. Anna était une princesse. Vous le croirez difficilement.

— Il y a des restes : un port de tête, une façon de marcher, ses longues nattes grises, les yeux…

— J'en ai été fou.

Il alluma sa pipe, gêné peut-être de son aveu brutal, équivoque. Je tentai d'imaginer la grand-mère ravissante et fine comme Annoula. Oui, cela avait pu être, comme cela était encore un peu en Anna II.

— La rencontre avec la beauté, reprit-il, cela peut signifier la mort d'un homme par une obsession. Depuis 1925, je me survis.

— Beaucoup vous envieraient cette survie.

— J'avais vingt ans. Je me suis dit : il n'y aura pas de créature plus belle au monde qu'Anna. Il fallait que je termine mes études de philosophie. Cinq ans de suite je suis revenu pendant les étés. Je dormais sur la plage dans un sac de couchage et je vivais comme eux, de poissons et de fèves. Anna a eu douze, treize, quatorze, quinze, seize ans. Elle était de plus en plus belle. Le dimanche, en robe brodée, elle montait assister à la messe avec sa mère. J'ai dit que je devais faire mon service militaire. Deux ans. Mais au retour, je l'épouserais. Sans dot, sans rien. Cela plaisait beaucoup à ses parents qui étaient d'une avarice sordide. Anna ne voulait pas quitter l'île. J'ai promis que nous y resterions. J'avais un peu d'argent, une petite rente héritée d'un oncle. Cela suffisait. Il m'a fallu trois ans pour revenir et pour être libre. Ses parents n'avaient pas compris. Ils croyaient que je ne reviendrais jamais. Anna était mariée avec un beau garçon, ce Stratis que vous m'avez vu ramasser le soir sur la plage, ivre mort. Elle attendait un enfant. Celle-là…

Il désigna du menton sa femme qui ne le vit pas. La main piquait l'étoffe avec sûreté, puis ressortait l'aiguille et le fil d'un petit coup preste.

— Je suis quand même revenu. J'espérais je ne sais quoi… que Stratis se noierait en mer ou dans un tonneau. Il était très gentil avec moi et m'appelait toujours son cocu. Ça lui arrive encore maintenant quand il est bien saoul. Il rit tellement qu'il en a les larmes aux yeux. Mon beau-père est un fin plaisantin… Une dernière fois l'été de 1939, déjà si lourd d'orages, j'ai débarqué à Skyros. Anna, ma femme, avait six ans. Je l'ai trouvée mystérieusement belle, aussi belle que sa mère enfant, sa mère que les fausses couches, le froid, la faim, le chagrin ruinaient à toute allure. J'ai pensé que les choses seraient mieux ainsi. Stratis m'a vendu sa fille : elle serait à moi. Il me le jurait avec des claques dans le dos : « Je te dois bien ça ! » Il ne riait plus. Il voulait que le pope soit témoin de son serment. J'ai regagné la Norvège et il y a eu la guerre. Je me suis battu. J'ai été blessé et les Allemands m'ont fait prisonnier. Libéré, à demi mort, on m'a envoyé dans un sana. Je voyais les années passer et je ne pouvais plus bouger. Toutes les nuits je comptais : Anna a eu quatorze, quinze, seize, dix-sept ans. J'ai écrit. Stratis ne répondait jamais. En 1950 je suis sorti du sana. Je marchais, mangeais, buvais, dormais mais je ne me sentais pas plus d'existence qu'une ombre.

Si on m'avait pris ma seconde Anna je n'avais plus qu'à mourir. Ma vie de prisonnier, ma vie de malade n'avaient tenu qu'à un fil, à cette enfant dont je rêvais. Je suis arrivé en Grèce en 1950 et j'ai gagné l'Eubée à pied, sac au dos, comme pour un pèlerinage. Il n'y a pas eu de printemps plus triste que celui-là : des déluges de pluie, les récoltes pourries, le froid. L'armée protégeait les grandes voies de communication mais aussitôt qu'on s'en écartait on tombait sur des bandes armées cachées dans des villages terrifiés. La guerre civile s'éternisait et la famine régnait dans les campagnes. En traversant l'Eubée j'ai eu le sentiment qu'au bout de mon chemin, il ne pourrait plus y avoir que la fin du monde. Enfin un matin, du haut du col, j'ai revu la mer d'un bleu éblouissant et la silhouette des montagnes de Skyros. C'était un miracle. J'ai dévalé la montagne mais le temps que j'arrive au petit port de Kymi, l'orage s'était levé. La mer est devenue bleu-noir. Ce soir-là on a attendu en vain le caïque qui desservait l'île. La tempête l'avait écrasé contre les rochers de Skyropoula. On a retrouvé des morceaux, la voile, des planches. Pas un corps. Pendant huit jours, le vent du nord a soufflé en tornades. Aucun bateau ne voulait sortir. Je me suis installé dans une grange, mangeant des olives, des fèves, du pain noir mélangé de patates, et la nuit je grelottais sous des sacs. La fièvre m'a pris. Je délirais, je m'affolais. Après onze ans d'attente, huit jours de retard pouvaient être fatals. J'appelais Anna, j'avais soif et même plus la force d'étendre le bras pour atteindre une cruche d'eau, mon rêve. Le propriétaire de la grange et sa femme poussaient la porte, me contemplaient avec des yeux ronds et s'enfuyaient dès que je les appelais. Je crois qu'ils avaient peur d'une contagion, du typhus, de je ne sais quoi. À la fin, une sorte de médecin est apparu, vêtu comme un homme de l'espace, emmitouflé dans des châles, les yeux protégés par des lunettes de mica. Il m'a dit : « On va vous emmener. » J'ai hurlé que non, que jamais, que si je devais mourir, je mourrais à Kymi. Il a ri et il s'est enfermé avec moi pour me faire des piqûres. De la pénicilline, je suppose. Elle était rare à cette époque et les maquis attaquaient les convois pour s'en emparer. Le lendemain, je marchais presque. On m'a traîné jusqu'à un caïque en partance. Le vent s'apaisait mais à la voile nous avons quand même mis dix heures à parcourir les 22 milles qui séparent l'Eubée du port de Linaria. En arrivant, j'ai cru une seconde fois que j'allais mourir. Des mains compatissantes m'ont tiré du caïque, fourré dans un lit. J'étais chez le pope...

— Ce vieux miteux en soutane violette, toujours en train de faire des comptes sur un coin de table ?

— Ce vieux miteux est sans doute l'homme le plus riche de l'île. En quarante ans de sacerdoce, il est devenu propriétaire de la moitié du port de Linaria. Il truste le commerce des fromages et il perçoit sa dîme sur le commerce du poisson. Le café est à lui et sa fille sert les clients.

— Quoi, ce souillon est sa fille ?

— Oui, ce souillon... Même avec sa dot, elle n'arrive pas à se marier dans un pays où il n'y a que l'argent qui compte. Tous deux voulaient me garder dans leur maison. Je les chargeais de porter des messages à Stratis, à sa fille. Ils disaient oui et les étouffaient. J'ai vécu encore là trois ou quatre jours d'agonie, puis le soleil est venu, entrant dans ma chambre, glissant jusqu'à mon lit. J'ai appelé le vieux pope et lui ai promis de l'argent s'il me trouvait un cheval pour aller à Skyros. Il a hésité, puis m'a quand même fourni une monture sur laquelle on m'a ligoté, et je suis arrivé ici. Anna m'attendait. Stratis n'avait jamais ouvert mes lettres. Elles restaient sur le manteau de la cheminée, bien en évidence, cachetées avec leurs beaux timbres de couleur. Stratis m'a dit : « Quand j'ai vu que tu écrivais de plus en plus souvent, j'ai compris que tu allais arriver. Alors, pourquoi te répondre ? » Le vieux singe ne sait ni lire ni écrire. Mais à qui l'avouer ? Il a de l'orgueil. Anna était là, radieuse dans ses vêtements rapiécés, avertie de moi comme d'un mythe. Je l'ai épousée...

Cette confession nous mettait mal à l'aise, C. et moi et peut-être encore plus Olaf emporté par le démon de se raconter, de s'expliquer à des étrangers qu'il ne reverrait sans doute jamais. J'avais souvent remarqué ce besoin chez les solitaires : une explosion de la sensibilité, une tentation de justifier leur vie, et cela d'autant plus qu'ils n'ont pas d'autre occupation que de s'interroger sans fin sur ce qu'ils ont réussi ou raté. Il n'en fallait pas moins être un homme plein de romanesques innocences pour se choisir à vingt ans la femme de sa vie, la perdre, la retrouver, la reperdre, l'appréhender enfin après un long calvaire.

— Oui, j'ai épousé Anna, dit-il. Elle est là, vous voyez, chez moi, plongée dans son occupation favorite dont je ne sais plus lui faire lever les yeux. Elle brode, brode, brode... Annoula est née deux ans après dans cette maison construite par moi. La femme du pope est venue pour l'accouchement car le médecin ne se dérange pas pour des riens. Vous pouvez les regarder toutes les deux. Elles savent que je parle d'elles...

Notre gêne s'accrut. La femme et l'enfant levèrent en même temps les yeux. Seule l'enfant esquissa un sourire vite réprimé. Anna posa sa broderie et s'empara de la cruche.

— Nous devons rentrer, dis-je. J'ai été très heureux de vous connaître.

— Eh bien, revenez. Revenez une fois au moins avant votre départ.

Son ton suppliait mais je savais que nous ne reviendrions pas. Anna restait immobile, la cruche vide en main.

— Tu peux la remplir, dit-il. Je la finirai seul. Ils partent.

Elle disparut, répondant par un signe de tête à nos adieux.

— Elle est sauvage mon Anna. Comme une bête. Ça ne se guérit pas. Les femmes des îles ne sont pas faites pour le bonheur. Quand ça leur arrive, elles se défendent et restent méfiantes jusqu'à la mort. Toute leur vie s'arrête à l'adolescence. Alors elles sont plus belles, plus sensibles que tout, mais une fois passé l'épreuve de la nuit de noces, leur énergie, leur imagination meurent. Elles s'effondrent. Vieilles à trente ans. Centenaires à cinquante. Il y a une malédiction sur elles.

Quand Annoula aura quinze ans, je l'emmènerai loin d'ici.

— Sa mère le comprendra-t-elle ?

— Sa mère n'existe pas, dit-il. Et je ferai en sorte qu'elle n'existe jamais.

Je crois qu'il avait un peu bu. Nous le quittâmes sur le pas de sa porte pour rentrer à tâtons, suivant dans la nuit la frange des vagues qui mouraient sur le sable à nos pieds. Deux ou trois fois je me retournai pour l'apercevoir figé sur le pas de sa porte, haute silhouette découpée en carton noir sur le fond jaunâtre de la lumière qui tremblait. Maintenant il me faisait pitié avec son rêve cassé, usé comme un jouet d'enfant, avec cet amour qu'il reportait sur un troisième être, réincarnation de sa jeunesse, un leurre de plus. Annoula le décevrait et il attendrait de l'enfant d'Annoula une résurrection problématique, puis ce serait la mort, seule invaincue. On ne se nourrit pas de la beauté humaine, on s'y noie...

Tandis que j'achevais ces lignes, Olaf est apparu à la porte du jardin qui donne sur la plage. Il a lu l'écriteau en riant : « Attention, chien qui mord », dessiné par moi en grosses lettres, seul moyen efficace de défendre ma tranquillité contre les intrus, les colporteurs et les amateurs de raccourcis, seul moyen aussi d'écarter deux lardons embrenés, enfants d'un couple d'immondes instituteurs venus de Kymi passer leurs vacances dans une cabane à lapins derrière notre maison. La femme, un monstre de plus de 150 kilos, silhouettée comme une jarre avec une tête minuscule sur des épaules et des bras envahis par l'éléphantiasis, n'a d'abord eu que minauderies et grâces de fillette pour nous, mais le frein mis à de trop étroites relations de voisinage l'a vite exaspérée et son masque est tombé. Nous l'entendons rassembler sa basse-cour : « Venez vite, mes enfants, attention au chien et à ces méchants Français. Ils vont vous battre. Ils vous détestent. Il n'y a que votre maman et votre papa qui vous aiment. » Toute la journée elle poursuit les lardons avec des cuillers de confiture, des gâteaux qu'elle leur enfourne dans la bouche, et les deux affreux, le ventre ballonné, sont travaillés par une colique ininterrompue. Pendant ce temps-là le mari et père, installé dans un fauteuil, une planche posée sur ses cuisses courtes, essaye sans ardeur d'enfoncer un clou, le même sans doute depuis un mois. J'ai rencontré une fois son regard, quelque chose de si animal, de si inexpressif que cela fait peur. Je ne l'ai jamais aperçu ouvrant même un journal. Ces deux ruminants n'en sont pas moins admirés par la population autant pour leur graisse que pour leurs diplômes d'instituteur. Leurs prénoms sont toujours précédés d'un Kyrios ou d'un Kyria respectueux tant le moindre savoir reste fabuleux aux yeux des illettrés. Cette famille digne du zoo était servie par une enfant de douze ans, la petite Pitsa, au teint mat, aux yeux fendus, aux longues jambes minces qui, du matin au soir, balayait, brossait, lavait, cuisinait et, tête rentrée dans les épaules, recevait pour remerciements injures et coups. Elle a fini par tomber malade à notre soulagement, une maladie que je soupçonne diplomatique. Son visage maigre, sillonné de larmes, nous bouleversait. Maintenant Kyria V... se livre en gémissant aux basses besognes de sa maison. Mais quelle autre vie faudra-t-il attendre pour la voir à genoux, lavant le dallage, tandis que l'exquise Pitsa, armée d'un fouet, excitera son zèle ? En fait nous voyons peu ces bovidés. Notre maison leur tourne le dos et ne leur dédie que des bruits de chasse d'eau et des odeurs de cuisine. Pourtant leur présence haineuse, leurs racontars autant que leur laideur créent un certain malaise : la sensation qu'une guêpe bourdonne dans notre dos alors que tout le paysage déployé devant nos yeux est un miracle de sérénité ambitieuse.

— Vous devez faire fuir tout le monde avec votre écriteau, a dit Olaf.

— Je suis fâché que notre chien passe pour méchant, mais c'est, en effet, le seul moyen radical de préserver notre tranquillité.

— Regrettez-vous que je n'aie pas peur des chiens ?

— Pas du tout.

— Je suis venu vous demander si vous croyez au péché originel ?

— Non. Je ne crois pas au péché originel. Je crois à des péchés originels, à des malédictions parfaitement particularisées et inconfondables entre elles, à une justice bête et bornée, hargneuse par susceptibilité. Le genre humain n'a pas rencontré l'indulgence et c'est miracle que quelques individus en soient pourvus. D'où, de qui tiennent-ils cette grâce ? Je ne l'ai encore pas compris. Mais le gros, le paquet est cruel et bête parce qu'on ne lui apprend que la cruauté et la bêtise. Quant au péché originel au sens où l'entend la religion chrétienne, je crains fort qu'il faille le classer parmi les mystifications utilitaires.

— Eh bien, dit Olaf, nous n'aurons pas trop de mal à nous entendre. Je pensais au péché originel de Skyros.

— Je crois que je le connais.

— Vous voulez dire le meurtre de Thésée par Leucomède ?

— Oui, c'est bien cela.

J'avais été conduit à y penser un jour où nous nous étions promenés dans le sud de l'île, gravissant les pentes rocheuses — si semblables à celles d'Hydra — qui conduisent à un sommet ras comme un œuf. Des troupeaux de chèvres sauvages paissent sur les contreforts, se livrant à de fantastiques acrobaties pour gagner des vasques où croupit l'eau de pluie En dessous, à 500, 600 mètres, c'est la mer qui déchiquette la côte creusée de grottes mauves et beiges où habitent, dit-on, quelques-uns des derniers phoques de la Méditerranée. Des éperviers, des aigles fouillent les falaises à la recherche d'un chevreau égaré, d'un nid de mouette ou de tourterelle. Ce sommet est souvent couronné de nuages gris accrochés à ses flancs, rideau baissé sur un théâtre où se répète la scène muette, sans témoins, que rapporte la légende. On le sait — après la mort d'Hippolyte — Thésée roi de l'Attique s'est exilé volontairement à Skyros où il possède fermes et troupeaux dans la partie méridionale de l'île. Le Thésée « jeune, charmant, traînant tous les cœurs après soi », est maintenant un homme atteint dans son honneur et ses certitudes morales, un vieillard qui s'est luimême descendu de son piédestal. La solitude est seule digne de son chagrin et il faut au moins les échos des tempêtes pour répondre à ses lamentations. Leucomède est le roi de Skyros, probablement le vassal de Thésée qui va faire oraison chez son fermier. Mais Leucomède est aussi un prince ardent et cupide, prompt à prêter ses noirs desseins aux autres. Il imagine que Thésée est venu dans l'intention de le dépouiller par quelque ruse de sa petite royauté, et il entraîne son hôte sur la montagne, le prie d'admirer la mer qui les entoure, puis pousse Thésée distrait dans le vide. Le héros rebondit de roche en roche, s'écrase sur une plate-forme basse. C'en est fini du vainqueur de Periphétès, de Sinis, et de Sciron, les géants qui brigandaient le Péloponnèse et l'Attique, de Procuste le cruel, du Minotaure et des Amazones. Il n'est plus qu'un tas de chairs sanguinolentes lâchement abandonnées dans la région la plus hostile de Skyros. Quelques années plus tard, les Athéniens éplorés viennent chercher le corps de Thésée mais personne ne sait où il est, Leucomède ayant emporté le secret dans sa propre tombe. Alors un aigle guide les envoyés vers un tertre où gisent des ossements et des restes identifiables, grâce à la fameuse épée de bronze du feu roi Égée. La mythologie ne punit pas Leucomède de son crime bien que ce soit un des plus impardonnables de l'Antiquité : le crime contre l'hospitalité aussi grave que l'inceste. À moins que l'on ne considère comme une punition pour le roi de Skyros de voir une de ses filles, Déodamie, engrossée par Achille déguisé en femme, et donnant naissance à Néoptolème, le Pyrrhus de Racine, roi d'Épire et amant dédaigneux d'Andromaque. Mais la punition est trop légère et il n'est pas certain que dans l'Antiquité elle ait été considérée comme une honte. Loin de là. La mythologie est pleine de jeunes filles séduites par des dieux, des demi-dieux ou des héros qui empruntent des visages humains, des formes animales ou même se métamorphosent en l'un des éléments, l'eau, pour satisfaire leurs désirs. Leucomède fut, sans doute, plutôt flatté de cette « erreur » d'Achille abandonnant pour une nuit ses amitiés avec le beau Patrocle. Rien donc n'indique un châtiment pour le traître. Est-ce concevable dans une mythologie où la punition et la gloire sont sans cesse mesurées à chacun, où les Dieux gonflés de susceptibilité brandissent foudres et tempêtes sur les malheureux humains qui s'écartent du chemin du devoir ? Ou bien la légende tairait-elle que le crime de Leucomède porterait malheur aux Skyrianotes ?

— Ils ne sont pas heureux, a dit Olaf. Je crois même que ce sont les moins gais des Grecs et en tout cas les plus enfermés en eux-mêmes. Ces chansons, ces danses qui partout ailleurs naissent spontanément, ici sont provoquées par des fêtes, mariages, enterrements, baptêmes où l'on exhibe ses vêtements brodés, les costumes qui font ressembler les femmes à des poupées de cire. L'adversité rencontrée après des siècles donne du courage et de la fierté, mais le courage aujourd'hui ne sert plus à rien et la fierté ruine la cupidité. Dans leur appétit grossier, ils sont trop maladroits pour réussir, sans compter qu'entre eux ils se détestent et se nuisent méchamment. Rien qu'au môle, il n'y a pas deux frères ou deux cousins qui ne soient brouillés pour des histoires de terrain ou de maison.

— Comment n'avez-vous pas fui ?

— Je ne peux plus. Je suis comme eux. Je bois, je ne bats pas ma femme, mais j'en ai eu envie. Et puis je ne me séparerai pas de cette beauté, de la mer, des montagnes, du printemps où les fleuves de lauriers-roses descendent boire jusqu'à la mer. J'ai dans mon œil, pour toujours, la vision du village sur son piton, des chapelles perdues dans les vallées, avec leurs fresques naïves. Il faut la nuit que j'entende la mer mugir sur la plage sinon j'ai peur et je crois que c'est la mort qui déjà me saisit... Je vous ennuie ?

— Non.

Il ne m'ennuyait pas. Il me faisait pitié. Je n'avais rien à lui répondre, je n'aimais pas qu'il me prît pour témoin de sa décomposition et qu'il eût été moins fort que certains maléfices. Mais cela aussi était à la gloire de Skyros, une île trop dure, trop hérissée d'aspérités pour ceux qui n'y étaient pas nés. Partout ailleurs, les étrangers diffusaient leur corruption : pédérastie, marijuana, alcool et abrutissement, mais ici quand on s'installait, c'est l'île qui triomphait de vous.

— Je croyais, ai-je dit, que vous emmèneriez loin d'ici la petite Annoula pour ses quinze ans.

— J'ai prétendu cela ? Il est vrai qu'il y a des jours où je le crois.

— Et pas aujourd'hui ?

— Non. Pas aujourd'hui... Je suis assommant, n'est-ce pas ?

— Non.

— Je vous empêche de travailler ?

— Je ne travaille pas. Ou si je travaille, c'est qu'en écrivant j'essaye de comprendre cette île dans laquelle j'ai passé quatre mois comme un étranger sans y prendre pied.

— Vous avez de la chance ! Le jour où vous comprenez, alors vous êtes comme eux.

Il est parti sans que je le retienne. Je ne doute plus qu'il restera accroché à Skyros comme à un radeau. Peut-être espère-t-il, à quatre-vingts ans, conduire en classe une quatrième Annoula et, les jours de pluie, lui faire franchir dans ses bras les eaux grossies de la rivière. Les averses de la nuit ont déchaîné le torrent qui longe notre jardin, emportant le pont de fortune et j'entends les enfants qui appellent pour qu'on les passe. La rivière, stagnante en été où les beaux poneys porcelaine et alezans viennent boire, déborde de son lit et déverse dans la mer un torrent de boue rouge qui teint le golfe. Le vent agite les aigrettes du bosquet de bambous et la grande fleur de l'aloès mort s'incline au-dessus de la falaise. Une rafale et elle se brisera. Ce matin, nous sommes allés une dernière fois visiter le village et dire au revoir au Barba Yannoulis qui nous a sculpté des petites chaises skyrianotes. Montant par le raccourci en raidillon, nous avons découvert les maisons hermétiquement closes, les rues désertes. Derrière les portes cadenassées et les barricades des volets miaulaient les chats. Plus un enfant dans les rues. Les sombres ateliers où l'on tisse sur les métiers de bois avaient fermé leurs portes. À un tournant de la montée, en face d'une fontaine, la sorcière n'était même pas assise à son poste. Depuis des mois nous avions pris l'habitude de passer devant elle en évitant de rencontrer son regard d'un bleu trop pâle dans le visage squelettique. Elle se tient là, assise sur une chaise basse, les genoux maigres pointant sous la jupe en loques. De rares aumônes tombent dans une boîte de conserve à ses pieds. On la dit habile à préparer des philtres d'amour et à envoûter les enfants. Des femmes, des jeunes filles s'arrêtent pour lui tenir compagnie, et, quand elle parle, sa bouche édentée s'ouvre sur une langue rose qui jure avec le jaune citron des joues. Mendierait-elle qu'on ne la craindrait pas, mais son immobilité, la dérisoire boîte de conserve rouillée et le regard qui accompagne lentement les passants comme pour en arracher les secrets ou les peurs font passer un frisson dans le dos, même si l'on se refuse à croire à la magie. Son absence — à elle toujours si exacte — achevait de créer une impression étrange et absurde comme si nous nous étions promenés dans un décor de carton dressé pour quelque film et abandonné par la fausse vie du cinéma.

Dans les temps anciens, les nuits de tempête le village, nous avait-on raconté, se vidait ainsi. Les hommes descendaient allumer des feux successifs le long de la côte et les femmes dansaient autour. Trompés par ces lumières intermittentes qui se déplaçaient, les bateaux s'échouaient sur des brisants où les pilleurs d'épaves les dépeçaient. Mais ces temps étaient tout de même révolus. La grand-rue nous a paru aussi déserte. Ses tavernes fermées, ses magasins sans éventaires accentuaient encore l'impression de malédiction. Seul le Barba Yannoulis travaillait dans sa boutique, penché sur une plaque de noyer qu'il sculptait à petits coups de ciseau :

— Que se passe-t-il ?

Il a levé son fort nez poilu et mis sa main en cornet.

— Pourquoi ?

— Tout le monde a fui.

Sortant de sa boutique, il a regardé dans la rue.

— Ah des discours ! Encore des discours !

Ça ne l'intéressait pas. Le Barba Yannoulis a plus de quatre-vingts ans. Il est le dernier sculpteur sur bois de Skyros. Les autres travaillent déjà au tour mécanique alors que depuis des semaines nous le voyons creuser et polir des dossiers de chaise et des dessus de table avec un soin et une conscience qui datent d'un autre âge. Son atelier est encombré de coffres, de chaises, de tables, d'icônes en cuir repoussé, de peintures sur soie, de dessins au crayon où le maître a reproduit avec une complaisance infinie son gros profil moustachu au front barré d'une mèche. Tout est à vendre. Il ne serait pas mécontent de jouer un tour aux héritiers qui rôdent déjà autour de lui. Le petit travail qu'il fait pour nous est sans doute un des derniers. Il commence à se tromper dans ses bois, à confondre chêne, mûrier et noyer. Ses finitions sont rudimentaires. Il vernit à grands coups de pinceau et nous a avoué qu'il aimerait bien, comme les autres, vernir au pistolet. C'est tellement moins fatigant ! Ses forces s'en vont. Il aime rester sur son fauteuil à bascule devant un feu mort dans le désordre de sa boutique, ou se promener lentement dans la rue appuyé à une haute canne de berger. Seule l'idée qu'en travaillant pour nous à des petites chaises skyrianotes aux dossiers sculptés naïvement de rosaces ou d'animaux, il travaille pour l'« exportation » a pu le séduire. Chaque fois que nous le voyons, il nous rappelle que l'an dernier un Américain a emporté dans son pays une de ces chaises. Sur le tard de la vie il découvre la griserie de convertir des terres lointaines à son artisanat.

— Qui fait des discours ?

— Le maire, le nouveau maire.

Pendant notre séjour, il y a eu des élections municipales et les Skyrianotes ont choisi entre deux candidats : un homme jeune et entreprenant, médecin à Skyros, et un vieux politicien, pilier de bistrot au nez rougi, à la voix pâteuse, habile démagogue, qui l'a emporté, ralliant une majorité grâce aux taverniers. Ce matin il parlait sur l'agora et la population était venue en masse l'écouter après avoir soigneusement fermé ses maisons car la confiance ne règne pas et les intentions qu'on a eues soi-même, on les prête facilement à son voisin. Quelques bribes de discours nous sont parvenues et j'ai pensé aux mots de Léon Bloy : « Le prestige de la parole est si surnaturel que son simulacre paraît encore plus puissant qu'elle-même. Il est donc préférable d'être un imbécile quand on entreprend de parler au monde. » Les Grecs, incurablement démocrates, préfèrent voter contre leur inclination et leur bon sens plutôt que de revoir deux fois de suite la même tête. Seul le Barba Yannoulis nous a semblé sceptique, mais les années accumulées sur sa tête y sont pour quelque chose. Le démon de la politique l'a quitté. Penché sur ses panneaux de noyer, il les creuse et les polit avec amour. Ses rêves doivent être peuplés d'aigles à deux têtes, de tourterelles, de lapins et de moutons, de cyprès du bonheur, de fiers bergers et de fleurs des bois. Un monde dans lequel on peut encore vivre avec un cœur d'enfant.

PAROS… NAXOS

Ici s'achèvent les œuvres de la mer, les œuvres de l'amour.

Séféris.

Nous nous assîmes sur les marches d'une chapelle. Par la porte ouverte, le soleil léchait le sol blanc, éclairait le lutrin et son icône d'argent repoussé. Un modeste cierge, souvenir d'une prière matinale, brûlait encore. Devant nous s'étendait une campagne de pierres, de collines quadrillées de murettes. Trois cyprès marquaient l'entrée d'un cimetière. Antiparos était un gros caillou à demi immergé dans la mer des Cyclades, satellite du volumineux Paros paisible et beige sous le soleil d'automne d'un bleu infini, léger, tendu comme un voile de gaze au-dessus de l'Égée. Depuis quelques jours, nous naviguions au hasard des bateaux entre les Cyclades baignées d'une lumière froide et rendues à leurs habitants. La marée des touristes s'était retirée laissant derrière elle des hôtels aux paupières closes, des boutiques mal résignées à fermer où s'entassaient encore des chapeaux de paille fanés et des piles de sacs en tapisserie, restes oubliés par la grande razzia de couleur locale. Ce novembre mélancolique plongeait dans la léthargie les ports blancs blottis au creux des rades, les villages blancs piqués au flanc des montagnes rousses et chauves. À Antiparos, la vie se réfugiait dans un hameau lumineux serré autour d'une église peinte en bleu de Prusse souligné de tranches ocre comme une cassate napolitaine. Le reste n'était que pierres entre lesquelles les troupeaux de chèvres fouinaient pour trouver un brin d'herbe ou une feuille de chardon.

Un petit homme s'approchait, un seau à la main, la casquette en arrière. De plus près, son regard parut terriblement malin avec des rides bien serrées en éventail jusqu'aux tempes. Sa moustache avait dû être belle, mais le tabac et l'alcool l'avaient jaunie et maintenant elle pendait de chaque côté de la bouche, lasse et désabusée. Il vint s'asseoir sur une marche et je lui offris une cigarette.

— Allemands ?

Non, nous n'étions pas Allemands. Il essaya l'Amérique, l'Angleterre, l'Italie, enfin la France et à notre réponse un immense sourire déforma sa bouche édentée. Mais comment comprenions-nous le grec ? C'était une langue aussi difficile que le chinois. C. me dit : « Nous n'allons pas y couper. » Effectivement, il brandit son seau :

— Rien que pour cet objet-là, il y a au moins six ou sept mots.

Il se souvint de trois et C. lui fournit les trois autres qui sont cités par tous les Grecs, pont aux ânes des premiers exercices de vocabulaire.

— Eh bien, dit-il, ça n'est pas banal ! Tu en sais plus que moi ! Il faut arroser ça...

Nous le suivîmes sur le chemin qui reconduisait au village. Une vieille, sur un âne, nous croisa, pauvre créature efflanquée au nez de corbeau, bigleuse et sévère.

— Elle n'est pas très jolie, nous dit notre ami. Et son mari est encore moins joli. Eh bien pourtant ils ont eu trois fils superbes, trois palikares. Va donc y comprendre quelque chose ! La nature est remplie de mystères...

Il s'appelait Spiridon et semblait heureux de vivre.

— Quand on n'a pas de femme pour vous embêter et pas d'enfants pour vous manger votre argent, on est bien tranquille.

Nous ne pouvions pas acquiescer très sincèrement et il convint de quelques exceptions. Dans les rues tranquilles et chaudes, on nous regardait passer avec amusement. Le joyeux drille du village avait trouvé compagnie. De la terrasse d'une taverne on nous appela, mais Spiridon refusa :

— Ce sont des étrangers. Ils ne boivent pas votre tord-boyaux !

De chaudes plaisanteries nous poursuivirent. Les yeux de Spiridon se firent encore plus malicieux.

— Laissez-les rire ! Vous allez voir.

Nous vîmes une énorme clé sortir de sa poche. Elle ouvrait la porte d'un magasin qui sentait la poussière de blé et la vinasse. Le plafond menaçait ruine et sur les murs suintants de salpêtre rouillaient quelques affiches en métal pour des biscuits ou des boissons anglaises 1900. D'un revers de manche, Spiridon épousseta une table branlante, tira un vieux banc poli par des années et des années de fesses lourdement assises.

— Ici, c'est chez moi !

Y dormait-il ? Quelques sacs dans le fond du magasin gardaient la forme d'un corps. Spiridon découvrit un tonnelet dont il tira une mesure d'un vin à peine rosé et remplit trois verres minuscules. J'avalai le mien d'un coup. Ce n'était pas du vin mais de l'alcool à brûler. Une boule de feu descendit avec une lenteur angoissante jusque dans mon estomac qui s'en empara avec crainte et sembla surmonter son malaise. C. avait été plus prudente. Spiridon nous contemplait, l'air ravi.

— C'est moi qui le fais ! Personne d'autre que moi n'y touche. Personne !

Je ne demandais qu'à le croire, mais la parole me manquait encore et des larmes embuaient mes yeux. Il était déjà trop tard pour empêcher notre hôte de remplir les verres vides.

— Hein ! Tu n'en as pas du comme ça en France !

Heureusement ! Spiridon étalait sa philosophie.

— Ça c'est pur. Très pur. Ça remplace tout. Quand tu bois ça, tu n'as plus besoin de rien. Plus besoin d'argent, plus besoin de manger, plus besoin de femmes. Tu es tout seul et tu es heureux. À la tienne !... eh bien tu ne bois pas ?

Si, si, je buvais, mais en gourmet, par lampées. Il me regarda sévèrement. Je le décevais. Il me fallut refuser catégoriquement un troisième verre. L'humeur de Spiridon tourna au mépris :

— Et alors qu'est-ce que c'est ? J'avais trouvé des amis avec qui boire et chanter et tu ne veux pas boire, tu veux t'en aller. Tu parles d'une compagnie !

C. expliqua que nous nous étions promenés toute la matinée, que nous avions faim et que la faim était un plaisir dont il n'y a pas de raison de se priver.

— Mais où vas-tu déjeuner ? Il n'y a plus de tavernes ouvertes. Il faut venir l'été. Alors là, c'est plein de monde.

— On nous a dit que chez Dimitri…

— Le menuisier ?

— Il ne doit pas être menuisier s'il sert à déjeuner.

Spiridon cligna de l'œil.

— À déjeuner c'est beaucoup dire. Tu ferais mieux de rester là. Et puis ce Dimitri est un drôle…

— Pourquoi un drôle ?

— Tu verras, puisque tu veux t'en aller, puisque mon petit alcool à moi ne te suffit pas.

Il était vexé. Nous nous quittâmes presque fraîchement. Derrière nous, il referma la porte avec soin. Une fois le plein effectué, il s'allongeait sur les sacs et cuvait en rêvant. On ne pouvait pas nier que c'était là une belle vie. Mais nous n'y étions pas préparés et je tenais à lutter contre les vapeurs d'alcool avec n'importe quoi, fût-ce avec un morceau de pain. Dimitri était signalé du côté du port au seul endroit où quelques tamaris avaient pu pousser, misérables et poussiéreux. En effet, il était menuisier dans la salle de sa taverne dont les chaises et les tables s'empilaient dans un coin. Derrière l'établi, rabot en main, nous accueillit un personnage aux joues creuses, à la moustache hitlérienne, coiffé d'une casquette qui écartait ses oreilles déjà décollées naturellement. Que voulions-nous ? Deux œufs, une tomate, un peu de vin et de pain. Le pain, il fallait le prendre chez le boulanger. Nous n'avions qu'à traverser la rue. Il ouvrait son four juste maintenant. Le pain serait chaud. Au retour les œufs attendraient... Ils attendaient frais et jaunes dans nos assiettes quand nous revînmes. Dimitri rabotait sous une grande photo de mariage. On le reconnaissait à sa moustache et à ses oreilles décollées, aux côtés d'une épousée sanglée dans une robe de dentelle, coiffée de la classique couronne de fleurs d'oranger. Un palmier peint sur toile les bénissait. Dans la cuisine dont nous étions séparés par une porte battante, une femme s'agitait. Des bruits de casserole et de robinets nous parvenaient. J'aimais supposer qu'elle avait quitté sa robe de mariée ou tout au moins ceint un tablier qui en protégeait la dentelle. Dimitri posa son rabot et quitta son établi. Nous eûmes un coup au cœur. Si pour le torse il se contentait d'une chemise et d'un chandail, pour les reins et les jambes il avait adopté une jupe, une vraie jupe de toile grise tombant un peu au-dessous des genoux. Deux jambes nues et maigres et poilues en descendaient jusqu'à une paire de babouches éculées. Cet homme aux oreilles écartées, à la moustache pleine de réminiscences évoluait dans la salle vide de la taverne avec une totale absence de gêne.

Autant la confusion des travestis rend sarcastique, autant leur assurance vous remplit de doutes sur la règle des choses. Il vint s'asseoir à notre table, but un verre de rosé et appela sa femme : elle avait oublié les oignons dans la salade de tomates. Beaucoup de choses l'intriguaient. Les touristes avaient afflué pendant l'été. Pourquoi venions-nous en hiver ? Pour la centième fois j'expliquai que nous aimions la solitude et les îles au naturel et non pas fardées de tentes multicolores, les plages désertes et dépouillées de baigneurs. La femme entra, une poignée d'oignons à la main. On pouvait s'attendre au pire mais non : c'était une grosse fille à l'aspect assez revêche, habillée de la classique cotonnade grecque multicolore. Elle sema les oignons sur la tomate et repartit s'enfermer dans la cuisine. Dimitri eut sans doute conscience que cette froideur méritait une explication ou une excuse.

— Elle est très bonne ma femme. C'est une très bonne femme. On ne fait pas meilleure. Quand nous fermons la taverne, je me remets à la menuiserie et elle enfile des perles..

Bien sûr, je ne supposais pas qu'en grec cela eût la même signification qu'en argot de Paris. Tout de même, c'était étrange. Un moment après, elle vint s'asseoir à une table proche de nous avec son fil et des boîtes de perles en plastique et de coquillages percés.

— La voilà, dit-il. Rien ne la distrait. Elle travaille pour l'exportation.

Des poules enhardies s'approchèrent pour manger des miettes entre nos pieds. Dimitri s'en aperçut et se mit à gesticuler. Ses longs bras tournoyèrent et les poules offensées s'en furent en trottinant jusqu'à la porte d'où elles nous regardèrent.

— Si on les laisse faire, dit-il, elles vous mangent dans la main.

Nous approuvâmes cette vue réaliste des rapports avec des animaux aussi dépourvus de cervelle. Dimitri but un deuxième rosé.

— Il n'est pas tellement bon ! Revenez dans quinze jours, il sera parfait.

— Dans quinze jours, dis-je, il fera peut-être froid. Il faudra voyager avec un pardessus et des gants de laine. Vous-même vous ne pourrez plus travailler en jupe.

— Ah détrompez-vous ! La jupe il n'y a rien de plus chaud. Rien. L'hiver, c'est parfait. L'été on est à l'aise. Moi, je ne quitte pas la jupe. Vous devriez essayer tous les deux.

Il est vrai que C. portait un pantalon et qu'aux yeux d'un habitant d'Antiparos, c'était aussi inexplicable que sa jupe pour nous. Par la porte ouverte, nous apercevions des pêcheurs qui tapaient des poulpes sur la jetée. La chair molle s'écrasait avec un flac visqueux sur la pierre teintée par l'encre noire. C'était le seul bruit qui vînt du dehors, un bruit très grec. Dans toutes les îles, à cette heure-là, des hommes attendrissaient la chair des poulpes, mais nulle part ailleurs nous n'avions encore rencontré dans la rue des enfants mangeant les tentacules crus avec de pareils airs de délice. Il y avait quelque chose dans l'air d'Antiparos qui faisait que cette île ne ressemblait à rien : les ivrognes philosophaient, les taverniers menuisiers se promenaient en jupe. Avec un peu de temps, nous aurions trouvé sans doute d'autres étrangetés, mais à 4 heures un caïque venait pour nous ramener à Bouda sur la rive en face.

— En Écosse, demanda Dimitri, les hommes portent bien des jupes ?

— Oui, cela arrive. Pas tous bien sûr. Pour les fêtes, seulement.

— Pour les fêtes ? Ils sont fous. Moi pour les fêtes, je mets un pantalon. À mon mariage, je portais un pantalon.

Du doigt, il nous montra la photo accrochée au mur dans son cadre de bois. La femme leva les yeux de son ouvrage et contempla le souvenir pieusement gardé, puis elle haussa les épaules et recommença d'enfiler les coquillages et les perles.

— Cet été, des Allemands m'ont pris en photo. Ils devaient m'envoyer des clichés, mais... bah !... dès que les gens sont partis, ils oublient leurs promesses. C'est quand même malheureux, c'étaient des photos en couleurs. Qu'est-ce qu'il y a dans votre appareil ?

— Un film noir et blanc.

— Si vous en avez envie, je peux m'asseoir dehors.

— Eh bien allons-y.

Je fis semblant d'appuyer sur le déclic. Il ne me restait plus rien à prendre et je regrette encore de n'avoir pas gardé un souvenir de Dimitri assis sur une chaise devant son magasin, jambes croisées dévoilant ses mollets poilus. Rien que le bruit du déclic changea l'humeur de notre hôte. Un besoin de gloire le rongeait, qui ne trouvait pas d'issue dans son île si modeste. J'avais pris une photo de lui, la confiance régnait.

— Il y a quand même des étrangers qui ne m'oublient pas.

— Presque tous, Dimitri. Seulement l'Europe est loin et les gens quand ils ont retrouvé leur travail et leur vie quotidienne ne se souviennent plus de tout ce qui leur est arrivé.

— Oui, il y en a qui m'envoient des poupées.

— Des quoi ?

— Des poupées.

— Tu as des enfants ?

— Oh non ! Dieu ne l'a pas voulu. Mais moi j'aime les poupées. Vous voulez les voir ?

Il appela sa femme qui nous rejoignit et nous traversâmes la rue. De l'autre côté se trouvait sa maison blanche et neuve, avec l'inévitable auvent en ciment du modèle standard qui est en train de faire de la Grèce immortelle un rassemblement de garages. Mme Dimitri repoussa les volets et le soleil entra dans le salon au buffet, à la table et aux chaises vernis. Les chaises étaient garnies d'un de ces abominables tissus qui enchantent les nouveaux petits-bourgeois, un assemblage dément de bleus et de verts criards. Un bouquet de roses en plastique disposé devant le miroir du buffet achevait de donner à cette pièce d'apparat l'irréalité d'une boutique de pompes funèbres.

— Asseyez-vous, nous dit la femme.

Nous entendions sa voix pour la première fois, basse et triste. Elle apporta sur un plateau au fond orné d'une reproduction de l'Acropole, deux verres de « gliqueur », produit familial d'on ne sait quelles macérations, qu'il fallut boire d'un trait. Le rite observé, Dimitri ouvrit grandes les portes du buffet et d'un placard. Sur les étagères s'entassaient une centaine de poupées de toutes les tailles, depuis des baigneurs en celluloïd jusqu'à des evzones en costume, en passant par des clowns et des danseuses. Beaucoup étaient cassées et il leur manquait une jambe, un bras, un œil, une perruque, ce qui donnait à l'ensemble l'allure d'un hôpital archibondé où blessés et valides confondus par des infirmières débordées avaient été jetés en désordre sur les mêmes bat-flanc jusqu'à la visite du médecin. Une impression de déjà vu me sollicitait tandis que nous restions là, silencieux devant ce musée d'éclopés dont Dimitri prenait les pièces une à une entre ses gros doigts précautionneux. J'avais connu un autre collectionneur de poupées, mais où ? C'était loin, ni en Grèce, ni en France. Tout d'un coup, je retrouvai le souvenir vieux de près de vingt ans, juste après la fin de la guerre en Italie, dans les Pouilles. Un homme bon et fin m'avait dévoilé soudain le jour de mon départ sa passion cachée : une pièce remplie de poupées et de jouets d'enfants. Mais cet homme — gros propriétaire dans une province pleine de mystères et de fureurs, à la fois communiste et mystique — avait parfois des contacts avec le monde civilisé. Dans la pièce où il tenait les cahiers de compte de son exploitation, on découvrait sur les rayons de la bibliothèque les œuvres complètes de Proust et au mur un saint Sébastien de De Pisis. Il n'était pas difficile d'imaginer que sa passion de collectionneur servait d'exutoire à des désirs secrets, à un infantilisme refréné par les considérations sociales d'une terre pauvre et désespérée où le moindre geste compromettant passait dans la ligne de mire de toute une population. Dimitri ne pouvait lui être comparé. Sans doute savait-il lire et écrire, et parlait-il à des étrangers pendant la courte saison d'été, mais à l'instigation de qui, comment, à la suite de quels rêves et de quelles visions avait-il commencé cette collection hétéroclite que sa femme contemplait d'un regard atone ? Il brandit une Bécassine et me la fourra sous le nez :

— Française ! dit-il. C'est une Française. Un monsieur est venu de Paris cet été et il m'a envoyé ça. Elle est jolie, n'est-ce pas ? C'est une Française.

Il aurait été vain de lui expliquer que toutes les Françaises ne ressemblent pas à Bécassine et que depuis un certain temps déjà les Bretonnes ne descendent plus à Paris avec un parapluie rouge et une coiffe blanche. Dimitri sortit encore quelques pièces de sa collection, une négresse avec un tutu à paillettes, une fille de Metsovo à la jolie jupe brodée, un poilu de 1914. Le reste ne valait pas cher. Il allait le raccommoder. Seul le temps lui manquait. Hélas, c'est un bien dont je ne disposais pas plus que lui. À la vérité même, avec les années, je deviens avare du mien.

Nous quittâmes Antiparos. Un caïque attendait pour nous passer sur la rive en face à Bouda, hameau de trois maisons. Dimitri était retourné à son rabot, sa femme à ses colifichets. J'avais promis, avec remords, d'envoyer la photo qui n'existait pas. Une déception de plus qu'il mettrait sur le dos des étrangers. Il est triste de décevoir l'humanité mais on se console en s'assurant que d'autres se font un plaisir de la nourrir d'illusions. Des touristes généreux continueraient de contribuer au musée de Dimitri.

Le couchant teintait de rose le beau village de Paros. Une heure sereine descendait à nous depuis les montagnes encore tièdes. Nous avions aimé notre séjour dans cette île, la promenade à Naoussa dans la rade fouettée par le vent du nord, les chapelles et les grands monastères piqués dans la montagne. Paros était belle avec les signes distinctifs des Cyclades qui enchantaient Gobineau : pureté des lignes, discrétion des insulaires, couchants inoubliables et partout cette paix blanche que fait chanter le soleil. Le patron de l'hôtel nous tendit une carte pour un de ses confrères à Naxos : « Hôtel du Dieu — Petit palace vénitien — Ambiance grecque — tout confort. » Cela promettait beaucoup et nous embarquâmes sur le *Mirtiodiotissa* qui fait le trajet de nuit, un triste vapeur dont les barmen sont tous occupés à remplir les bouteilles vides de whisky avec de l'infect cognac grec. Que dire de l'arrivée nocturne à Naxos ? Un grand port se déploie, les jetées sont jonchées d'énormes blocs de marbre. Toute la ville disparaît dans l'ombre. Seul le front de mer est éclairé : maisons et cafés sans grâce. Mais il ne faut pas juger au premier coup d'œil. Nous avions à peine mis pied à terre qu'un type se précipitait sur nous. Il baragouinait l'anglais sans comprendre que C. lui parlait en excellent grec. J'allais le pousser délicatement dans la darse quand il fut frappé d'une illumination subite :

— Ma femme parle très bien le français. Elle arrangera tout ça !

Nous ne voulions rien arranger, nous voulions seulement trouver l'Hôtel du Dieu.

— Mais le Dieu, c'est moi !

Cette phrase le sauva d'un bain de minuit. À la lueur d'un lampadaire, je découvris un homme rondelet affublé d'un costume brique, un appareil de photos en sautoir sur la poitrine. Il parut enchanté d'avoir été recommandé par son collègue de Paros, mais continua de baragouiner en anglais.

— Nous ne sommes pas anglais, nous sommes français, disait C. au comble du désespoir, et nous parlons grec. Vous ne comprenez pas le grec ?

— Ma femme arrangera tout cela. Elle parle français, elle vous comprendra mieux que moi.

— Mais vous me comprenez parce que je vous parle en grec !

— Je ne peux pas dire, continuait-il en un anglais effroyable, que je parle le français, mais avec quelques mots par-ci par-là je me débrouille, je devine. Ah ma femme, ah ! Ce n'est pas pareil, elle a été élevée chez les Bonnes Sœurs. Elle sait tout. Vous vous entendrez très bien avec elle.

C'était sans espoir. Nous lui parlions grec, il entendait du français et répondait en son salmigondis d'anglais. Il prit possession d'un jeune Allemand qui descendait du bateau habillé comme les Allemands dessinés par Hansi avant la guerre de 14 : bas de laine, culotte de peau à bretelles, veste tyrolienne et chapeau bavarois à plume. En cette étrange compagnie, nous remontâmes les quais pour nous engouffrer dans une ruelle obscure, précédés de notre guide : couloirs, tunnels, traboules, ruelles grimpaient par des escaliers à travers une ville dont nous ne voyions rien, mais qui semblait nous écraser, nous digérer lentement. À chaque tournant, M. Dieu éclairait de sa lampe une main verte dessinée au pochoir sur les murs : hôtel.

— Vous ne vous perdrez pas, disait-il. Partout, j'ai dessiné des mains pour que les étrangers retrouvent leur chemin.

Cela ressemblait à un début d'organisation et au bout se trouvait le « petit palace vénitien à l'ambiance grecque, avec tout le confort ». À l'aube nous pourrions ouvrir nos fenêtres sur une ville en escalier, un port, la mer et, en face, les rives de Paros. M. Dieu s'effaça devant un porche ancien donnant sur une courette et un escalier de vieille pierre protégé par un lierre grimpant.

— Voilà !

Il redressait la tête et nous invitait. L'escalier débouchait sur une terrasse obscure et tendue de linge. Un flot de lumière éclaira de vieux pantalons troués et des dessous effrités. M. Dieu sembla ravi :

— La terrasse, dit-il, nous estimant sans doute incapables d'en juger par nous-mêmes.

Et il ajouta, le geste large :

— La porte.

Elle ouvrait sur un vestibule encombré de lits disposés autour d'une table.

— Je vais chercher ma femme. Elle parle français.

L'Allemand de Hansi nous regarda d'un air

inquiet. Fallait-il rire ? Il n'osait pas. Je posai notre valise et d'un déhanchement il se libéra de son lourd sac tyrolien pour le poser sur un lit. Un flot d'injures grecques faillit nous noyer. Quelqu'un, apparemment, dormait dans ce lit, une tête noire et hirsute. L'Allemand retira son sac et se confondit en excuses et en courbettes. Trop tard ! Toute sa famille, ses ancêtres étaient déshonorés, passés au fil de ce que je ne saurais dire par le dormeur qui, soulagé, rabattit le drap sur sa tête et se rendormit. Heureusement M. Dieu revenait :

— Asseyez-vous, asseyez-vous ! dit-il. Ma femme arrive, elle parle français.

Il indiquait trois chaises branlantes sur lesquelles nous nous posâmes avec circonspection.

— C'est beau la France ? demanda-t-il à l'Allemand qui se tourna vers nous pour une traduction.

C'était bien la première fois de sa vie qu'avec son costume national on le prenait pour un Français. Nous lui expliquâmes qu'il ne fallait pas s'émouvoir, que nous nous trouvions en face d'un cas particulier de doux égarement. Il acquiesçait avec sérieux. Un ronflement furieux et prolongé comme un hennissement d'âne s'éleva tout à coup d'un des lits. M. Dieu rougit et se tourna vers un autre dormeur caché sous son drap :

— Allons, Yorgo, tourne-toi.

Mme Dieu ne venait toujours pas. Je commençai de m'impatienter :

— Avez-vous une chambre oui ou non ?

— Ah vous voulez une chambre ? Pour

combien de personnes ? Ou bien peut-être plusieurs chambres ? J'ai tout ça.

— Pourquoi croyez-vous que nous sommes là ?

Il nous contemplait, hébété, tripotant son appareil de photos en sautoir. Une branche de ses lunettes était cassée et tout le temps il remettait les verres en équilibre. Ce n'était pas un homme laid ni vulgaire. Je dirais même qu'il avait plutôt une tête de professeur, de beaux cheveux gris, des mains assez fines. Sa présence dans cet endroit sinistre ne s'expliquait que par quelque déchéance dont il ne semblait pas responsable. Mme Dieu apparut enfin dans une blouse de cotonnade. Jeune encore, assez grasse, le regard mauvais, elle nous toisa tous les trois. Un bigoudi oublié la frisait au-dessus de l'oreille.

— Ce sont des amis français, dit-il. Tu vas pouvoir parler avec eux.

— Merci, dit C. en grec. Tout ce que nous voulons c'est une chambre. Pour parler on verra demain.

— Allons parle français, Coula, parle.

— Tu n'as pas compris, espèce d'imbécile, que cette dame parle le grec mieux que toi, dit Coula.

Sa bouche béa. La stupeur le paralysa et en même temps il découvrit pourquoi depuis le début de notre rencontre il nous comprenait si bien. Ce n'était pas un miracle de son entendement. C'était tout simple et s'il avait écouté il ne se serait pas trompé. Les traits de son visage s'affaissèrent et il baissa les yeux comme un enfant puni. Coula nous conduisit par un couloir à une chambre aux quatre lits défaits. Les cendriers étaient pleins. Cela sentait le mégot et le pied.

— Vous n'avez rien d'autre ?

En maugréant, elle nous conduisit vers une petite chambre qui semblait avoir été occupée moins récemment. L'atmosphère en était sinistre, mais nous n'avions plus le choix. Mme Dieu prépara nos lits avec des draps troués, fit l'aumône d'une serviette propre, s'assura que l'unique robinet du lavabo ne fonctionnait pas et sortit sur un « bonne nuit » mensonger. Le premier contact avec Naxos n'inspirait pas la gaieté. En ouvrant la fenêtre au petit matin, le deuxième contact ne fut pas plus enthousiasmant. Un pâle soleil s'efforçait de chauffer la ruelle obscure et suintante de salpêtre sur laquelle nous donnions. Une gifle sonore fit hurler un enfant. Nous bouclâmes notre valise et partîmes comme des voleurs, laissant l'argent sur la table. Dans le hall, on ronflait encore, un pied noirâtre dépassant d'un drap. « Ambiance grecque », précisait le prospectus. On ne pouvait le nier. Le « petit palace vénitien » avait dû connaître de meilleures heures et sa déchéance nous attristait trop. Au-dehors, Naxos s'ébrouait et le soleil réveillait une épouvantable odeur de pipi de chat et d'égout. Ce qui, la nuit, intriguait — une ville souterraine aux boyaux étranglés, aux voûtes sombres, aux placettes mystérieuses — le jour, parut abominable. Les maisons bariolées en rouge, vert, jaune, bleu ou mauve, l'agressif ciment gris dont la Grèce fait une consommation indigeste, les balcons en plastique, les portes en fer forgé 1900, tout était sincèrement hideux. Çà et là, on retrouvait encore les traces d'une ancienne belle demeure, une chapelle qui n'avait pas été entièrement mutilée, le soubassement d'une colonne, mais l'ensemble était cauchemardesque et, des quais, la ville nous apparut dans son chaos, un rassemblement de hideurs hétéroclites. Tout avait été joyeusement massacré. Naxos se révélait être le seul vilain port des Cyclades. Il fallait en prendre son parti et attendre le prochain bateau. Un hôtel à peine moins minable que le premier recueillit notre valise. Nous avions envie de marcher, d'échapper à la vase du port. En allant vers le sud de l'île, on avait peu de chances de se tromper...

C'est lorsque nous fûmes sur la plage que j'ai commencé de penser à elle. Nous avancions depuis deux heures le long de la côte. Le sable fin et tassé portait les pas. Un moment, nous avions coupé l'isthme d'une presqu'île rocheuse couverte de bruyères. De semi-troglodytes vivaient là dans des maisons accotées à d'énormes pierres vertes, menhirs dressés dans la lande. Des ânes étiques broutaient les chardons et des enfants à la peau noire de gitans guettaient notre passage, cachés derrière les murettes d'ardoises empilées. Les puits à sec plongeaient profondément dans la terre sableuse leurs norias immobiles et désemparées, chaînes rouillées par l'air marin et bois brûlés par la sécheresse. Il n'avait pas plu à Naxos depuis un an et dans les vallées encaissées entre les hautes montagnes de marbre les hommes commençaient de scruter le ciel avec angoisse. Mais le ciel répondait par un calme olympien en ce mois de novembre. Après l'isthme et les troglodytes nous avions traversé des salines où les pyramides de sel alignées brillaient d'éclats blancs et roses dans le soleil. De l'autre côté de la dune s'étendait une longue plage nue aux eaux calmes et transparentes.

En Grèce, les légendes ne cessent de nous distraire de la réalité. À Corfou, on cherche à mettre ses pas dans ceux d'Ulysse et de Nausicaa, à Skyros on contemple avec émotion le port naturel d'où Achille s'embarqua pour la guerre de Troie, à Kos on répète sous un platane monstrueux le serment d'Hippocrate. À Naxos, sur la plage déserte d'Ayios Procopios devant cette demi-lune de sable en poussière de marbre semée de pierres ponces mauves, j'ai commencé de penser à la malheureuse Ariane abandonnée par un amant bien vite las. Cela pouvait s'être passé sur cette rive belle et paisible, face à l'île de Paros. Les Grecs de l'Antiquité échouent leurs bateaux en ces endroits, dorment la nuit sur la plage, repartent à l'aube avec les premiers vents. Mauvais marins, ils redoutent la mer. À Aulis, avant le départ pour Troie, leurs hésitations les couvrent de ridicule. Il ne faut pas moins que le sacrifice d'une vierge pour leur redonner confiance. Ils expliquent les soudaines fureurs de l'Égée ou de l'Adriatique par l'humeur du plus susceptible des dieux. Dans le Panthéon grec, Poséidon est un hargneux caractère *. Les héros n'échappent aux tempêtes que grâce à l'intervention de nymphes bienveillantes ou amoureuses, plus subtiles que les déesses, et sachant ne pas affronter le roi des profondeurs abyssales, mais profitant de ses distractions ou de ses siestes. Quand Thésée aborde à Naxos, il vient de Crète et cherche à gagner Athènes. Ce n'est pas le chemin le plus court ; les vents l'ont déporté. Il est un médiocre navigateur. Ses précédents exploits sont d'un fantassin. Ce que les marins acceptent comme une fatalité, avec laquelle ils ont l'habitude de composer, l'irrite profondément. La plage qui miroite à l'aurore lui apparaît comme un havre. Ses compagnons et lui sont épuisés. Sur le pont, une femme gémit : Ariane.

Mais d'abord qui est Thésée ? Ne remontons pas trop loin dans les généalogies grecques si compliquées et si sujettes à interprétations. Arrêtons-nous à son père, Égée le roi de l'Attique. Égée n'est pas un foudre d'intelligence. Sans sa barbe bouclée, ses airs solennels et son sceptre, on le prendrait même assez aisément pour un naïf méditant de grossières ruses. Bien que fort content de soi, il est blessé dans son amour-propre parce que ses deux premières femmes, Mélite et Chalciope, ne lui ont pas donné d'enfants. Depuis des années, il se couvre d'amulettes et court les lieux saints, se répand en efforts louables, mais ne procrée pas. Un dernier pèlerinage le conduit à Delphes où il interroge Apollon dans son temple. C'est la Pythie qui répond et comme toujours par une image qu'Égée ne comprend pas :

— Tu ne délieras pas le pied qui sort de l'outre avant d'être arrivé dans ton pays.

Le symbole est clair pour n'importe quel Grec, mais Égée n'est pas doué pour les traductions. Inquiet, tête basse, cherchant de quel pied et de quelle outre il peut s'agir, il regagne Athènes par le chemin des écoliers, s'arrête à Corinthe. Là on est en plein drame. Jason est sur le point de quitter Médée et ses enfants pour épouser la fille du roi de Corinthe. Médée qui prémédite le meurtre de ses propres enfants et de sa rivale cherche à s'assurer d'un asile. Ce vieux beau stérile lui semble une proie de qualité. En quelques mots, la magicienne l'ensorcelle. Égée offre l'hospitalité d'Athènes, mais, prudent tout de même, laisse à Médée le soin de s'enfuir par ses propres moyens : un char tiré par des serpents. Égée quitte Corinthe et se rend à Trézène dont le roi, Pitthée, passe pour un homme pieux, habile à déchiffrer les messages de la Pythie. Il semble qu'il ne saurait mieux tomber : il suffit qu'Égée passe une nuit avec la princesse Æthra, fille de Pitthée. Les dieux s'occuperont du reste. La figure d'Æthra passe vite dans la mythologie. En dehors de cette nuit qui la rendra célèbre, on la retrouve vingt ans après quand son fils part pour Athènes, puis elle disparaît, son rôle joué. Égée enchanté s'enivre et passe dans la chambre de la princesse. Dès qu'il lui a rendu ses hommages, il s'endort vaincu par le vin. La fille de Pitthée en profite pour lui fausser compagnie. Accompagnée d'une servante, elle se rend à Galatea, trouve une barque, passe dans l'île de Poros qui embaume le citronnier et se donne à Poséidon. Elle rentre cependant à temps pour que le vieil Égée ne se doute de rien. Il se réveille dans le lit de la belle princesse, charmante et rose comme une vierge surprise. Avec cette solennité dont il a le goût, il lui dit :

— Adieu Æthra ! Les dieux nous ont unis par un lien qu'ils nous obligent de tenir absolument secret. Ne parle à personne de l'enfant que tu portes. Sous une énorme roche j'ai enfoui mon épée et caché mes sandales. Si tu accouches d'un fils, garde-le près de toi jusqu'au moment où il sera devenu assez fort pour soulever cette pierre et y trouver ce que j'ai enterré ; alors ceins-le de mon épée, chausse-le de mes sandales et envoie-le me rejoindre à Athènes.

Peu de mois après (quatre disent les mauvaises langues), Æthra mettra au monde un garçon qu'elle nomme Thésée. Le roi de Trézène n'est pas peu fier et, un rien snob, fait courir le bruit que son petit-fils est de Poséidon. Si nous étions Poséidon, nous n'en serions pas très certain. Les apparences de la paternité seraient plutôt en faveur de Bellérophon avec qui Æthra a été fiancée quelque temps auparavant. Bellérophon est ce merveilleux cavalier corinthien qui a su, grâce à un frein d'or, capturer Pégase le cheval ailé. Il est beau, pur et ardent. La légende ne lui prête pas d'autres amours que celles de sa monture. S'est-il quand même laissé aller avec Æthra ? On peut le croire, car la rusée princesse n'est pas femme à se contenter de promesses. On peut imaginer aussi qu'il ne s'agit ni de Poséidon, ni d'Égée, ni de Bellérophon, mais d'un quatrième compère comme les jeunes filles grecques d'alors en rencontraient souvent au cours de leurs promenades solitaires. De leurs charmants récits, les familles déduisaient que le beau jeune homme nu rencontré au bord d'un étang, le pâtre bouclé qui avait couché leur fille sur un lit d'aiguilles de pin et de bruyère, le guerrier en armure d'or arrêté au bord de la route ne pouvaient être que des dieux, des demi-dieux ou des héros. Et tout le monde se congratulait.

Ne doutons pas que Thésée fût au courant de ces diverses hypothèses. Bâtard donc, et en possédant le sentiment honteux, caché et exaspéré à la fois, Thésée est un homme que la vie tourmentera toujours sans qu'il en trouve la raison. Pour la forme, il accepte la paternité d'Égée, rejoint son père à Athènes, se fait reconnaître grâce à l'épée et aux sandales, et chasse Médée qui, comme bien l'on pense, s'était glissée dans le lit du vieux Roi. Mais les Athéniens ne l'aimeront pas tout de suite. Il lui faut d'abord prouver sa valeur autrement qu'en purgeant le pays des brigands qui l'infestent. Thésée est condamné, son existence durant, à courir d'exploit en exploit, comme s'il n'était qu'un *self-made-man*. De là sa hardiesse, sa soif de dangers qui le conduisent jusqu'à visiter les enfers. De là aussi son caractère ombrageux, sa violence naturelle et le besoin de séduire, de vaincre les cœurs et une fois le cœur vaincu, de n'éprouver plus que le désir de fuir. À peine arrivé à Athènes, Thésée s'offre à tuer le Minotaure crétois qui réclame tous les neuf ans un tribut de sept jeunes gens et sept jeunes filles en réparation de la mort d'Androgée, fils de Minos, qu'Égée a bêtement et lâchement fait tuer par un taureau en Attique. Thésée part pour Cnossos avec ses compatriotes. Son destin s'y nouera mais pas de la façon que l'on croit.

À Cnossos, en Crète, règne le dernier roi de la dynastie minoenne. Sa sagesse lui vaut de siéger aux enfers avec Éaque et Rhadamante. Cette sagesse a cependant des limites... Minos est marié. Sa femme est née des amours du Soleil et de la nymphe Perséis. Pasiphaé est donc de descendance divine comme son illustre époux, fils de Zeus et de la nymphe Europe. Les taureaux jouent un grand rôle dans cette famille. Pour enlever Europe, Zeus s'est métamorphosé en taureau. Pour prouver ses droits au royaume de Crète, Minos s'est vanté que Poséidon exécuterait le moindre de ses désirs, et après qu'il eut dressé un autel au bord de la mer, un taureau d'un blanc éblouissant est sorti des flots. Malheureusement le Roi a trouvé si beau ce fauve qu'il s'est refusé à le sacrifier au dieu et l'a parqué dans un enclos avec son troupeau. Poséidon pour se venger a inspiré un amour hors nature à Pasiphaé. La Reine est devenue folle du taureau blanc et s'est donnée à lui en se cachant dans le corps d'une vache en bois sculptée par Dédale. Les jambes glissées dans les postérieurs de la fausse vache, elle a reçu la semence et de cet accouplement terrible un monstre est né, le Minotaure, avec un corps d'homme et une tête de taureau. Nous ne savons pas l'âge du Minotaure mais nous savons qu'il vit au cœur d'un labyrinthe construit par Dédale et se nourrit de chair humaine. Le seul fils de Minos, Androgée, a été tué, nous l'avons vu, par un taureau alors qu'il se livrait à des jeux avec la jeunesse athénienne. Restent deux filles, Ariane et Phèdre, Ariane a peut-être vingt ans quand Thésée débarque avec sa cargaison de victimes. Phèdre est encore une enfant.

Penser à tout cela sur la plage d'Ayios Procopios à Naxos n'est pas une diversion. Ce qui a pu s'y dérouler selon la légende, il y a plus de trois millénaires, devient vérité obsédante quand le ciel, la terre et la mer se rencontrent un jour d'automne. Soudain, loin de la ville souillée, tout redevient beau et lumineux. On marche au bord de l'eau où viennent mourir les méduses, on ramasse des cailloux qui sont comme des grains d'ambre, des éclats de porphyre, une poussière d'améthyste, de l'albâtre. Des dauphins jouent dans la mer. Le silence règne limpide comme l'air qui permet de distinguer en face les côtes de Paros, la montagne sombre coiffée d'une chapelle blanche, celle du prophète Élie gardien de tous les sommets. On se déshabille, on entre dans l'eau froide qui brûle la peau, saisit les muscles. C'est un moment de joie intense. Derrière les dunes se dressent les montagnes de Naxos, fauves dans la lumière du matin. Comme à Paros, de profondes saignées blanches trahissent les carrières. Dans la nuit des temps, un groupe de nymphes a dansé au bord de cette plage, les Océanides. L'une d'elles, Amphitrite, éclipsait les autres par sa beauté quand Poséidon l'aperçut. Il voulut s'en saisir, mais la nymphe apeurée plongea et disparut. Poséidon chargea un dauphin de la filer. Quand elle fut lasse, le dauphin s'empara d'elle et la ramena dans le palais du dieu. De ce mariage naquit Triton, mi-homme, mi-poisson. Poséidon avait gardé une dilection particulière pour l'île d'Amphitrite. Faut-il croire que pour cette raison, en vue des rives de Naxos, sa colère s'apaisa et qu'il se laissa aller aux douceurs du souvenir de ses premières amours ? Et poursuivait-il réellement Thésée dont il pouvait se croire le père ? Nul ne le saura jamais.

À Cnossos, Minos a d'abord reçu le jeune Athénien comme un prince. Il l'a admis dans l'intimité de son palais et Ariane a senti le sang battre dans ses veines. Elle est jeune, belle, romanesque et — si elle a hérité le tempérament de sa mère — ardente. Thésée symbolise l'aventure et peut-être aussi la mort encourue par les héros. Nulle auréole n'est plus belle autour d'un jeune homme que celle d'une fin prochaine. À moins qu'une main bienveillante ne le guide à travers les dangers... Alors l'auréole s'efface et il reste un homme comme les autres, mais une amoureuse met toujours quelque temps à s'en apercevoir. Thésée pourrait n'écouter que son courage, refuser l'aide si tentante. Ce serait une façon élégante de risquer un destin qui lui pèse. Il faut, cependant, compter avec la passion de vivre qui s'empare de tout être jeune au bord du néant. Thésée accepte le fil d'Ariane, écrase le Minotaure de sa massue, sort du labyrinthe en triomphateur. Aux yeux des Crétois, cela tient de la magie *. Seule une jeune fille sait, mais elle se tait. Elle a choisi l'ombre, le rôle d'une servante. Thésée n'a pas pu ignorer le sentiment d'Ariane, ces bouffées de roseur qui courent à fleur de peau sur un visage lisse et noble. Il n'a pas non plus ignoré le visage de l'enfant qui s'appelle Phèdre : d'immenses yeux noirs dans un visage bistré d'Asiate, une voix implorante et forte à la fois. J'aime imaginer la première rencontre des deux héros d'Euripide, Sénèque et Racine. L'origine du drame est sans doute là, dans cet épisode oublié ou tu. Un regard d'enfant peut enchaîner pour la vie. Cela est vrai pour Thésée comme pour Olaf à Skyros. Le destin se noue parce que d'une frêle statue de chair sort une voix qui a déjà les accents de l'amour, qui est déjà l'écho d'une âme. Il est impossible que Thésée n'ait pas perçu, serait-ce d'une façon confuse, ce qui est virtuel en Phèdre : le feu de la passion qui vous jette dans la mort. Un homme ne peut se l'avouer clairement si un enfant, en revanche, a droit à ces sortes de rêves. Thésée entraîne Ariane sur son bateau pour vivre tout de suite ce dont il a eu la révélation. On reconnaît là une des jolies erreurs de l'amour qui vous fait convoler avec une personne quand en réalité c'en est une autre, sœur ou voisine, qui vous plaît. Tout est là pour égarer Thésée sur son choix : la tendresse éperdue que lui voue Ariane et l'appétit qu'il a pour ce beau corps de jeune fille mis en valeur par la mode crétoise : jupe serrée sur les minces hanches, ventre nu, boléro qui cache les épaules et découvre les seins. Il ravit Ariane, la dissimule dans l'entrepont et gagne la haute mer. La première nuit est belle et le jeune prince abandonne le timon au pilote pour rejoindre la princesse.

Je n'ai pas de détails sur cette nuit mais pourquoi différerait-elle de tant d'autres, transports ou déceptions, selon l'imagination et la volonté. Une jeune vierge est allongée sur des couvertures et des manteaux. Le navire tangue doucement, porté par le vent du sud. Sous les pas de l'homme de quart, le pont gémit à intervalles réguliers et par une coursive ouverte on aperçoit un carré de ciel encore semé d'étoiles. Ariane attend. Elle attend un homme qui lui doit la vie et qu'elle va combler de son corps. Elle ne sait pas qu'elle est sur le point de le perdre parce que cette offrande pèsera tout de suite à Thésée comme une chaîne, une nouvelle dette. C'est maintenant qu'il entrevoit son destin : un long combat amer sous les falbalas de la gloire. Un héros ne s'embarrasse pas de femmes et surtout de femmes amoureuses. Dans ce corps caressé, entre ces cuisses ouvertes, il cherche ce qu'on ne trouve pas : un oubli qui dure. Pour garder Thésée, il faudrait être savante. La vierge ne sait pas. Elle reçoit un homme, en souffre en silence, croit que le plaisir ne se partagera jamais. Pire même, elle souffre de décevoir. Thésée n'est pas plus heureux. Il manque Ariane parce que c'est Phèdre qu'il cherche sans le savoir, comme il manquera Phèdre plus tard parce qu'il retrouvera sur elle le goût — trouble pour la mémoire — de la chair d'Ariane.

Quand le soleil se lève sur la mer de Crète, Thésée a repris le commandement de son navire. Dans l'entrepont pleure une princesse déflorée, mais nul ne l'écoute. À l'horizon des nuages se sont amassés. La voile pend lamentablement et les hommes ont pris les avirons. Il ne faut pas plus de quelques minutes pour que la houle atteigne le bateau et commence à le rouler, puis c'est le vent qui le rejoint, sec et froid, soufflant par rafales. Les otages miraculeusement sauvés du Minotaure commencent à gémir. Est-ce la peine d'échapper à une mort ignominieuse pour rencontrer une autre mort atroce où les corps happés par la mer en furie seront roulés sans sépulture par les vagues ? Dans sa fuite, Thésée a omis de sacrifier à Poséidon. Le dieu se venge. Bientôt la voile n'est plus qu'un chiffon déchiré par le vent, puis le mât casse. On s'attache avec des cordages. Dans l'entrepont, les gémissements d'Ariane ont fait place à des nausées. Seule, accrochée aux nervures de la carène, elle rend son âme, appelle au secours. Quand Thésée descend, s'offre à lui le spectacle d'une femme souillée, au teint verdâtre, aux yeux glauques, lamentablement nue. Ce n'est plus le beau corps frais et pudique dont il a joui dans la nuit. Cette créature molle et désarmée l'irrite, le dégoûte. Il remonte, l'abandonnant à ses nausées. Le navire tient à la cape, avirons rentrés, avec une voile de fortune. Les paquets de mer inondent le pont. On a fermé la coursive pour ne pas noyer la cale. Dans les ténèbres de l'entrepont, Ariane gémit, roulée dans un manteau. Cela dure des heures, des heures jusqu'à la tombée de la nuit. Le vent se calme un instant et Thésée fait réparer le mât, hisser une nouvelle voile latine que le vent d'est gonfle. Le navire assure sa route, cesse de rouler, mais donne du nez dans la vague. La carcasse tremble, craque de toutes parts. Dans l'entrepont, c'est l'enfer. Ariane appelle la mort plutôt que de subir ce supplice qui cogne dans sa tête, serre sa gorge. La coursive s'ouvre et elle aperçoit un visage qui n'est pas celui, espéré, de Thésée. Un marin lui descend une cruche d'eau. Elle boit et vomit aussitôt. Le marin s'enfuit, referme l'écoutille et de nouveau c'est la nuit totale à l'intérieur, une nuit grinçante, hurlante. Ariane s'évanouit de peur. Quand elle revient à elle, le navire avance par saccades sous les coups de rames scandés par le timonier. Elle grelotte dans le manteau de Thésée. Une épouvantable odeur de moisi et de vomi règne dans la cale. La coursive s'ouvre découpant un carré de ciel gris-rose. Le jour se lève au-dessus des Cyclades. Ariane voudrait grimper à l'échelle mais les forces lui manquent et, sur un coup de roulis, elle glisse et tombe à fond de cale dans l'eau pourrie où barbotent les rats. Ses hurlements attirent un marin qui descend, la prend par les aisselles et la hisse sur le pont. La tempête s'est calmée et le navire est entré dans un large chenal entre deux îles qui le protègent des bourrasques du Levant. Thésée, debout près du timonier, n'a eu qu'un bref regard de dégoût pour la pauvre loque à demi nue qui roule sur le pont et se blottit contre un rouleau de cordages. Ce visage verdâtre, cette poitrine molle, cette peau jaune et tachée de plaques rouges par la garance du manteau n'ont rien à voir avec son souvenir de la veille, la vierge tendre et craintive au beau corps laiteux qu'il a pressé contre lui. Le sable enfin crisse sous l'étrave et, après un dernier effort des rameurs, le navire s'immobilise et se couche sur le flanc.

Les Océanides ne dansent plus sur la plage d'Ayios Procopios. Il n'y en avait déjà plus du temps de Thésée. Je crois qu'il a pu le regretter, mettant cela sur le compte de la civilisation envahissante comme nous mettons le viol de la Méditerranée sur le compte des voyages organisés. Amphitrite, nymphe farouche et pudique, s'est métamorphosée en épouse bourgeoise et jalouse. Occupée de prévenir ou de punir les incartades amoureuses de Poséidon, elle a délaissé les jeux séraphiques de ses compagnes. Le cœur n'y est plus. Dans les siècles qui suivront, les nymphes se démocratiseront. Nous les voyons se donner à des mortels, comme Calypso à Ulysse, élever des enfants mortels, comme Thétis qui s'unit à Pélée pour mettre Achille au monde tout en sachant quel sera l'inéluctable destin de son fils. La grande décélération mythologique commence avec Thésée. Les héros s'acharnent contre les derniers titans et cyclopes, font subir aux brigands légendaires la peine du talion. L'humanité se débarrasse de certaines de ses terreurs, mais aussi, hélas, de ses préjugés et de ses elfes. Un jour, les princes, fils des nymphes, épouseront des bergères puis les princesses, filles des bergères anoblies, épouseront des photographes. L'uniformité tend à devenir une loi dynamique dont la planète non seulement se satisfait mais se réjouit. L'ancienne jolie ville de Naxos s'arme de ciment gris, ce nouveau linceul des termitières. La calvitie totale menace les belles montagnes. Les chèvres ont mangé la Grèce en échange de quelques verres de lait aigre et de quelques chevreaux rôtis le dimanche de Pâques. La campagne dans laquelle nous nous promenâmes le lendemain du bain à Ayios Procopios était déserte et aride. Au fond des vallées subsistaient des oasis de vergers et de fleurs rassemblées autour d'une source. Le reste n'était que pierres et ronces, tristesse et décrépitude dans les villages empuantis par le fumier sur lequel pousse un jasmin dérisoire. Dans un vallon de lauriers nous trouvâmes un ruisselet où les mulets se désaltéraient. L'eau coulait entre les dalles polies et des oiseaux multicolores jouaient dans les arbres. Derrière une haie se cachait une maisonnette à demi en ruine. À notre approche, un vieillard qui se chauffait au soleil se leva en titubant et nous fit de grands gestes désordonnés. Il voulait nous montrer derrière son mur un Kouros gisant à demi enfoui dans la terre. La statue était à peine ébauchée ou peut-être simplement lavée, érodée par les siècles. Son granit taché de sécrétions calcaires blanches et verdâtres émergeait d'un limon argileux. À une époque imprécisable, des carriers et des sculpteurs avaient travaillé ce bloc de pierre. L'air embaumé avait retenti du bruit des marteaux et des ciseaux, et nous ne saurions jamais ce qui avait causé l'abandon du géant au visage ovale. Nous ne comprenions rien aux vociférations du gardien idiot et sourd-muet. Ses gestes fous tentaient de nous faire comprendre quelque chose d'inaccessible et de mystérieux. Dans sa face obtuse, couturée de rides, roulaient deux yeux jaunes. Il se précipita vers un parterre de fleurs et coupa un bouquet de zinnias maigrelets qu'il offrit à C. Comme elle le remerciait, une sorte de rictus heureux éclaira le visage de l'idiot. J'aurais voulu lui parler, lui demander depuis combien de siècles — trente peut-être — il gardait le Kouros enseveli. Cela devait suivre de peu le passage de Thésée à Naxos. Sa grand-mère avait pu lui parler du héros et de la jeune fille abandonnée sur la plage. Dommage ! La tradition était conservée par un idiot sourd-muet qui accompagnait de grands sourires ses aboiements rauques.

Couché, après le bain, sur le sable en cristaux de la plage d'Ayios Procopios je me disais qu'Ariane n'appartient pas seulement à ceux qui l'ont connue. Son amère mésaventure s'inscrit dans l'histoire de toutes les jeunes filles qui sacrifient un peu vite leur virginité au premier bellâtre venu. Sur le pont du navire enfin immobile, Ariane se redresse : tous l'observent, les jeunes gens et les jeunes filles sauvés de la gueule du Minotaure, l'équipage, le timonier, tous sauf Thésée. Qu'elle se penche par-dessus la lisse et elle verra dans l'eau calme son visage défait, ses cheveux souillés, ses yeux mangés par les cernes, ses seins — hier si beaux — ce matin flétris et tristes. Cent ans ont passé sur elle, durcissant ses traits, et dans ce visage amaigri on retrouve soudain les caractéristiques des Minoens : le nez d'aigle, les orbites enfoncées, la bouche mince, le front fuyant. Thésée donne un ordre et tout le monde saute sur la plage mais Ariane en est incapable et un marin la prend dans ses bras pour la débarquer et la poser sur le sable où l'on allume aussitôt un feu. Le soleil qui s'est levé derrière Naxos atteint de ses premiers rayons les sommets de Paros en face. Un petit temple de marbre y brille d'un éclat rose. Les deux îles semblent désertes. Pourtant des hommes s'y cachent qui craignent toujours l'arrivée d'un navire inconnu, et ne se risquent à l'approcher qu'après l'avoir longtemps épié. Des marins ont cueilli des fruits dans un verger abandonné et volé un mouton dans un enclos. Ariane s'est endormie, roulée dans le manteau de Thésée. Rien ne la tire de son épuisement, pas même le bruit des charpentiers qui travaillent sur la poupe endommagée. Thésée égorge le mouton, lui arrache sa peau et l'empale sur un fort bambou aiguisé pour l'exposer au feu. L'odeur écœurante de la viande grillée se répand sur la plage. Les jeunes filles sauvées du Minotaure se lavent dans la mer. Ariane dort, les mains pressées contre sa poitrine. Déjà le sommeil détend ses traits accusés par la fatigue, et le calme retrouvé efface les marbrures vertes et jaunes sur le front et les joues. À cet instant, quelque chose en elle m'émeut terriblement et peut-être est-ce l'abandon d'un corps épuisé, la faiblesse même de cette vie sans défense. Thésée, muet et distrait, surveille la broche, plante son poignard dans la chair roussie pour en éprouver la cuisson. La vie tumultueuse dont il sera le héros commence à peine. L'instinct le retient au bord de la pitié. S'il croit encore que le plaisir lui est dû, il n'est pas assez mûr pour le mépriser. Une seule femme lui fait déjà regretter toutes les femmes auxquelles elle fera obstacle, et un jour toutes les femmes lui feront regretter une femme. Serait-ce aussi un de ces défloreurs pathologiques que l'acte commis remplit de dégoût pour la créature dont il s'est servi ? Son regard passe à travers Ariane comme s'il ne la voyait pas, comme si elle n'existait plus. L'amour à vingt ans exige des miracles et le mal de mer est le contraire d'un miracle. Thésée découpe des lambeaux de chair sur le mouton, sert son équipage, puis mange en silence. La graisse coule de ses mains sur ses avant-bras velus cerclés d'or.

Quand Ariane émerge de son sommeil, il est déjà midi. Une jeune Athénienne lui apporte de l'eau et des fruits. Elle boit, goûte à une figue de Barbarie. La pulpe sucrée fond dans sa bouche. Elle appelle Thésée. Il est derrière elle, mais ne répond pas. Ariane pleure. Déjà les hommes embarquent de l'eau et des provisions à bord du navire. La jeune Athénienne parle avec douceur. Ariane n'écoute pas les mots qui ne disent rien, qui s'empilent les uns sur les autres pour rien, pour du vent. La grande solitude commence et même si elle est destinée à ne pas durer, elle est effrayante et pleine de fascinations. La jeune Athénienne caresse d'un revers de doigt la tempe d'Ariane, puis se lève, disparaît du champ de vision de la princesse couchée sur le flanc. Sans bouger la tête, Ariane aperçoit la longue plage irisée par le soleil. Elle peut aussi entendre les hommes qui s'arc-boutent pour désensabler le navire. La proue glisse lentement, puis flotte. Au bout de la plage, sur le promontoire qui avance dans la mer, on distingue les taches mauves de la bruyère et d'énormes pierres vertes dressées vers le ciel. En clignant des yeux on voit comme une buée tremblotante à la surface du sable et, après le promontoire, un horizon pâle qui confond le ciel et la mer. Ariane prend du gravier dans sa paume et le laisse filer entre ses doigts. S'y mêlent des coquillages orangés qui ressemblent à de petites oreilles vernies, des éclats de marbre, des pierres bleues comme des lapis-lazuli. Puis le paysage se brouille et vacille. Le navire s'est éloigné de quelques brasses, avirons levés comme les nervures de deux grandes ailes transparentes. Ariane baisse les paupières mais ses larmes coulent à travers les cils et roulent sur les joues. On lui a laissé le manteau garance et elle en rabat un des pans sur sa tête.

C'en est fini de Thésée, sans un mot, sans une explication. Plus tard, il se justifiera à sa façon, malgré les témoins et, une tempête emportant son navire, expliquera aux naïfs qu'il a été surpris sans pouvoir embarquer la princesse de Crète. Maintenant, il part pour son destin, un destin auquel il saura, dans deux ou trois jours, donner un coup de pouce pour le précipiter. Nul ne croira vraiment qu'il ait pu oublier, en vue d'Athènes, de hisser la voile blanche signe de victoire, et se soit signalé avec la voile noire signe de sa propre mort. Croyant son fils tué par le Minotaure, le vieil Égée se suicide en se jetant dans la mer qui portera son nom. Thésée devient roi tandis qu'Ariane erre sur la plage de Naxos, couche dans le sable qui a pris la forme de son corps, boit l'eau amère d'un étang et se nourrit de figues de Barbarie. Elle pleure ou supplie les dieux, mais, par moments aussi, un étrange calme s'empare d'elle et, apaisée soudain, elle joue avec des coquillages. Elle me fait penser à la Suzanne de Giraudoux, perdue dans le Pacifique. Comme à Suzanne le Pacifique, à la belle Crétoise l'Égée lance des signes : des dauphins viennent nager devant elle, des coups de vent apportent des myriades de méduses ou des épaves blanchies par le sel, échos d'un monde qui respire autour d'elle et l'oublie. De temps à autre, elle aperçoit un troupeau qu'à sa vue le berger rassemble pour l'emmener dans la montagne. Ariane n'attend plus rien de cette vie de somnambule quand, un matin, un vaisseau aux voiles grenat, aux cuivres luisants, débarque sur la plage un homme d'une beauté éblouissante, le front ceint de lauriers. Une cohorte de jeunes filles nues et dorées le suit en chantant un épithalame. Les unes jouent de la lyre, les autres portent des cruches de vin frais ou des corbeilles de fruits. Dionysos prend Ariane pour épouse. Ce dieu mystérieux aux multiples visages, tantôt débordant de générosité, tantôt atrocement cruel, ce dieu du plaisir et de la jouissance métaphysique, rend d'un geste sa fleur perdue à la belle Ariane, lui ferme les portes de la mémoire. Il est le dieu de la Grèce triomphante, synthèse du corps et de l'âme : « ... ce n'est que par les mystères dionysiens, dit Nietzsche, par la psychologie de l'état dionysien que s'exprime la réalité fondamentale de l'instinct hellénique : sa volonté de vie. Que se garantissait l'Hellène par ces mystères ? La vie éternelle, l'éternel retour de la vie ; l'avenir promis et sanctifié dans le passé ; l'affirmation triomphante de la vie au-dessus de la mort et du changement ; la vie véritable, prolongement collectif par la procréation, par les mystères de la sexualité ».

Ariane retrouve son corps et Dionysos en tire des accents inouïs. Ses plaintes, ses lamentations anciennes, je ne veux pas plus les entendre qu'elle. Le temps les efface. Il y a eu des cris pathétiques, d'autres enfantins. La nouvelle épouse de Dionysos ne s'en souvient plus. Elle se détache d'une île où elle a erré, l'âme en peine, scrutant en vain l'horizon noir ou pâle. Elle entre en religion. Les messes qui se sont célébrées ici n'ont pas laissé de traces sinon dans le désespoir inconscient des hommes. Le temps des dieux courroucés ou sauveurs est fini. Naxos retourne à ses plaisirs champêtres et marins.

Nous repartîmes vers la ville, traversant de nouveau les salines aux pyramides roses, puis la lande sablonneuse où vivent les troglodytes. Le bain nous avait enivrés. Nous cueillîmes des citrons dans un verger en friche. Leur chair pleine et dure donnait le frisson tant le jus était acide. Enfin la ville apparut dans son désordre et sa crasse. Le Dionysos'ciné jouait *La porteuse de pain* que nous nous promîmes d'aller voir le soir même. Comme nous déjeunions d'un rouget grillé dans une taverne baptisée Ariane, un inconnu vint nous avertir que M. Dieu, son appareil de photos en sautoir, nous cherchait partout. Il voulait savoir pourquoi nous avions quitté si brusquement son « petit palace vénitien ». Nous bûmes nos cafés à l'Amphitrite's bar. Il aurait été beau, comme au Relais d'Iphigénie à Mycènes où le chien s'appelle Égisthe, que le roquet jaune qui nous regarda entrer répondît au nom de Thésée. De l'intérieur de l'Amphitrite's nous vîmes M. Dieu qui arpentait les quais à grands pas. Il était humain de l'éviter et de rentrer à notre Hôtel du Triton par des ruelles secrètes. Comment lui aurais-je expliqué que son île conservait mal les rêves ? Il vivait dans l'avenir : « Petit palace vénitien — tout confort — ambiance grecque. » Nous vivions dans le passé : « Ariane, Thésée, Amphitrite, Dionysos. » Impossible de s'entendre dans ces conditions-là. Les dialogues de sourds ne font plus rire personne *.

SPETSAI... CHYPRE... HYDRA...

En arrivant, j'ai pensé : Spetsai est la plus belle des îles et je ne veux pas en connaître d'autres. Est-il permis de juger ainsi, sans comparer avec tout le possible ? Plus instruit aujourd'hui, je pourrais le croire ; ma première impression sur Spetsai ne m'a pas trompé.

Jacques Chardonne.

L'oncle Jimmy est passé sous ma fenêtre. Je ne l'ai pas reconnu tout de suite. Ses joues fraîches et roses ont tourné au jaune cire. L'absence de râtelier creuse la bouche entre le menton en galoche et le nez pincé. Sans ses lunettes à monture d'or, sa casquette américaine ou son chapeau beige clair à larges bords, il a l'air d'une pauvre petite momie fraîchement déterrée.

Voici à peine plus d'un an que l'après-midi de notre arrivée à Spetsai, je l'avais rencontré dans la montagne, près de la chapelle du prophète Élie où il grimpait chaque jour malgré ses quatre-vingt-quatre ans. Nous avions parlé de l'Amérique, des *keftédès* que l'on pétrit avec l'origan — l'herbe qui conserve à ses adeptes une éternelle jeunesse —, des dollars si durs à gagner, si faciles à perdre. L'oncle Jimmy était parti pour le centenariat et j'avais calculé qu'en le recueillant avec le reste de son pécule, sa nièce ne faisait pas une si bonne affaire. En octobre cependant, à notre retour de Skyros, il m'avait soudain paru las, frappé de surdité. Son teint se brouillait, il ne trouvait plus ses mots. Pendant notre semaine de voyage dans les Cyclades, il s'est couché pour ne pas se relever et nous ne l'avons plus rencontré.

Il se réservait pour cette dernière promenade de sa maison jusqu'au monastère d'Ayios Nikolaos, un matin ensoleillé de janvier. J'en ai été content pour lui qui a tant aimé les paysages et les rues de Spetsai. Il pouvait les contempler encore une fois, admirer les orangers chargés de fruits dans les jardins, respirer des bouffées de jasmin, suivre dans le ciel pâle les traînées floconneuses des avions à réaction. Au passage, des amis le saluaient, emboîtaient le pas derrière le cortège. En tête, un homme portait le couvercle du cercueil suivi par les popes en chasubles, leurs livres de prières à la main. Des enfants de chœur brandissaient des hampes ornées de croix et de reliques. L'oncle Jimmy habillé de son costume bleu pétrole des dimanches, avançait, un peu cahoté dans sa boîte ouverte capitonnée de satin, un bouquet dans ses mains jointes. Malgré sa mauvaise mine, une expression paisible adoucissait son visage anguleux.

Les porteurs ont eu quelque mal à le maintenir horizontal dans les escaliers, mais, arrivés sous la fenêtre de la pièce ou je travaille, dans le chemin en pente douce du monastère, ils ont respiré et repris leur pas régulier. Sur le seuil de son église, l'archimandrite Procopios Skourtis attend le mort en se frottant les mains, selon son habitude. Des enfants sonnent les cloches. La nièce suit en noir strict, épongeant à petits coups de mouchoir ses yeux et son nez rouges. Les cousins, les amis ont emboîté le pas par degrés d'affliction. Pour certains, dans les derniers rangs, c'est une promenade agréable, une occasion de se montrer dans des vêtements neufs, de distribuer des œillades et des sourires en coin. Il suffit que la douleur soit exprimée par une proche parente avec les larmes et les cris convenables. On s'empresse alors autour de la malheureuse qui sort du cortège et défaille sous le chagrin, hurle comme un chat piégé et supplie qu'on l'empêche de se rouler par terre. Au cours de ces cérémonies plutôt lugubres, les crises d'hystérie apportent quelques distractions. Les femmes se rassemblent et entourent la pleureuse. Quelqu'un va chercher de l'eau et un verre de cognac. Pendant un moment le mort reste seul avec le pope qui commence sa messe et les enfants qu'on écarte du spectacle.

Maintenant l'oncle Jimmy repose dans la montagne sous une dalle ornée d'un cyprès en mosaïque de galets. L'herbe et les ronces envahissent le cimetière, les racines de figuier chahutent les tombes sur lesquelles on vient allumer une veilleuse les dimanches et les jours de fête. L'oncle Jimmy ne quittera plus ce paysage. J'imagine qu'au fond des mines où il a passé presque toute sa vie à piocher ou à pousser des wagonnets pour se rêver riche un jour et se réveiller pauvre à l'heure de la retraite, il a souvent ranimé son courage avec les souvenirs de la Grèce. Il a pu, comme Hölderlin, se répéter : « Vivre est une mort, et la mort aussi est une vie. » On croit avoir vécu et on s'aperçoit, au dernier instant, que c'est une erreur, qu'on n'est pas encore né. Tout reste à faire, à voir, à sentir, à aimer ou détester. Un grand appétit vous prend à la veille de passer la frontière. Dieu merci, il reste du temps, un temps incommensurable. Il y a longtemps que les hommes se promettent mille délices d'un au-delà selon leur cœur, et sans doute les plus heureux sont-ils ceux qui ambitionnent une éternité où le pain sera toujours frais, les keftédès parfumées à l'origan, où de belles promenades conduiront en haut de montagnes qui dominent un paysage de grâce et de lumière. Il est généreux de ne pas souhaiter l'éternité à n'importe qui, mais si elle n'existe pas pour l'oncle Jimmy, il y a de quoi pleurer.

Entré hier dans le café de Stambolidi où Éliséo tape le carton en fin d'après-midi avec ses ouvriers, je regarde ces trognes assombries par un poil d'un noir virulent, ces faces boucanées de Doriens, d'Arabes, de Turcs, d'Albanais, couturées de cicatrices et de rides dont les yeux, souvent crevés par des plombs de chasse ou des éclats de pierre, accentuent l'asymétrie. Dans les cheveux hirsutes passent des mains mutilées par la pêche à la dynamite ou les scies mécaniques. Sombres, la voix rauque, ces hommes surgissent de la fumée avec des mâchoires de carnassiers. Les bouches s'ouvrent et des dents en or s'allument et clignotent dans la grisaille. On dirait des lucioles dansant dans le brouillard. Deux ou trois tables jouent aux cartes et les autres regardent, comptent les points. La porte s'ouvre, une bouffée d'air froid fait vaciller la fumée et une voix appelle : « Mitso ! Yanni ! Andréa ! » Il y a un caïque à décharger, des colis à porter, le bateau qui approche. Les hommes sortent efflanqués dans leurs vêtements rapiécés, usés jusqu'à la corde. Je me pose la question : « Sont-ils heureux ? » Le bonheur ne se distribue pas avec la même mesure dans le monde entier et il ne se ressent pas non plus avec la même intensité. Du temps de l'occupation turque, les Grecs ont gardé une capacité de souffrance physique et morale absolument inhumaine. Les fléaux et l'injustice les atteignent dans leur confiance naïve, mais la blessure est légère. Elle n'entame pas leur dignité. En fait, corsetés dans des coutumes, des peurs, des respects et une vague foi qui tient de la magie et de la religion, ils gardent intact, enfoui en eux-mêmes, un élément mystérieux, indescriptible et indestructible, le sentiment d'être nés Grecs, d'appartenir à une communauté morale et géologique dont le reste du monde est pitoyablement exclu. Et pourtant, si l'on fouillait, que ne trouverait-on pas comme croisements dans cette pseudo-race, rebut d'invasions successives qui ont déferlé sur la Grèce : Achéens mangés par les Doriens, Doriens mangés par les Barbares, Barbares assimilés par les

Latins, accommodés à la sauce byzantine, puis franque, puis turque et albanaise *, puis bulgare, puis italienne, puis allemande. L'incompréhensible est qu'à travers ces couches et ces couches superposées, une flamme ait continué de brûler et que le berger dans la montagne s'appelle Léonidas, le jardinier de nos voisins Épaminondas, un garçon de café Alcibiade, que les petites filles qui viennent jouer avec notre Alice répondent, même avec des diminutifs, aux noms d'Andromaque, Antigone, Iphigénie. Combien de Français se prénomment Vercingétorix, Mérovée ou Clovis ? Dans ce café où je les regarde vivre entre eux, où leurs grosses voix lancent des chapelets de jurons éculés, j'essaye de les comprendre et je ne suis plus sûr d'y arriver comme au début quand je trouvais leur gaieté délicieuse. Je connais mieux leur vie et leurs secrets qui ne sont d'ailleurs des secrets que pour les étrangers. Chardonne venu il y a cinq ans décréta vite : « L'amour est banni de Spetsai, du moins jusqu'ici. » Je ne le croyais pas absolument et pourtant il avait raison. Son œil ne le trompait pas, alors que j'avais seulement fixé mon attention sur quelques couples possédés exceptionnellement de sentiments réciproques. Ceux qui s'aiment, je pourrais les compter sur les doigts de la main. Deux ou trois se sont connus enfants et ont attendu leur majorité pour s'épouser en faisant fi des sévères questions d'argent. L'amour a plus ou moins bien survécu au mariage. Pour quelques autres, il est venu après, fruit du hasard, attachement profond, né des habitudes prises en commun, du ciment des enfants. Une dizaine d'hommes et de femmes jouissent ainsi d'un bonheur à domicile qu'ils respectent. Le reste semble exclu de ce partage. Il n'y a pas de pays moins romanesque que la Grèce, sinon peut-être l'Espagne. Fiançailles et noces donnent lieu à de sordides marchandages dont la femme sort dépouillée et réduite à un rôle domestique. L'homme disparaît : il navigue ou travaille dans l'île, passant le plus clair de son temps au café et dans les tavernes où il chante des chansons d'amour remplies de ces mots dont il ne se sert jamais dans la vie. La famille ne le voit que le dimanche matin. Mais il est parfois imprudent d'être si peu présent. Cette société que je croyais vertueuse et rigoriste connaît l'adultère ou la revanche de l'amour méprisé. Un gosse entre dans le café et crie à un joueur de cartes :

— Il y a des amis à toi qui m'envoient comme ça te dire que tu ferais bien de passer chez toi si tu veux une surprise.

Le joueur abandonne la partie, court à sa maison, perd du temps à déverrouiller la porte et entre pour trouver sa femme et sa belle-mère en train de tricoter. Cependant, à côté du grand coffre de marin, il y a une paire de chaussures d'homme. Le mari soulève le couvercle qui résiste mal. Au fond, est couché son ami Petro tout nu. Comme il veut le rosser, sa femme et sa belle-mère lui tombent dessus et l'accablent de coups pendant que Petro sarcastique se rhabille et prend la porte. Des commerçants font payer en nature, de futurs beaux-frères passent un examen probatoire avec les sœurs aînées très actives. L'amour —

si l'on peut dire — triomphe donc quand même, mais ce n'est pas celui qu'on affiche. Je ne parle pas de ceux qui ont résolu le problème de la pénurie de femmes et qui dansent entre eux dans les tavernes. Ils sont nombreux, discrets le jour, plus francs la nuit. L'image que l'on voudrait garder d'îles confites en dévotion, austères jusqu'à l'abnégation serait bien fausse. Seule la surface est lisse. En dessous, il y a des remous, un appétit sensuel parfois féroce dont les femmes sont toujours les premières victimes. Peut-être est-ce cet éloignement des crises et des exigences sentimentales de l'amour qui permet au Grec de se livrer à des explosions de gaieté au moment où on le croit désespéré. De tous les fardeaux que l'homme s'est inventés pour alourdir sa marche, celui de l'amour pèse le moins au Grec.

Ces gueules hâves, ces loqueteux qui se précipitent pour gagner quelques sous en déchargeant un caïque, le dimanche je ne les reconnais pas. Ils reviennent de la messe en costume bleu marine, cravatés, rasés, peignés, souliers astiqués, entourés d'épouses qui arborent un peu de fourrure au col ou aux manches et des talons hauts sur lesquels elles se tordent les chevilles. Je mesure la distance parcourue en six ans, du dénuement complet à l'agréable aisance. Tout se passe comme si chacun avait deux visages. L'archimandrite profite de cette euphorie pour restaurer son monastère. On lui fait cadeau de vieilles dalles maltaises qui seront remplacées dans les maisons par des parterres en affreuse mosaïque plastifiée. Des bénévoles lui réparent son toit de tuiles, peignent ses fenêtres et les portes des anciennes cellules. Il est venu demander à C. de traduire en français (« C'est une belle langue », dit-il en levant trois doigts comme les apôtres de l'iconographie byzantine) un texte qui relate les aventures de son monastère. Cela nous permet d'élucider en même temps un mystère que, depuis des années, je prenais à la légère. Dans les tavernes, on me disait :

— Tu es français ? Tu sais que Napoléon est mort ici et que nous l'avons gardé pendant cinq ans dans un baril de rhum avant de vous le rendre.

Non, je ne le savais pas, mais en ce qui concerne Napoléon rien ne saurait surprendre. En Louisiane, on m'a conduit près de sa tombe, à une cinquantaine de kilomètres de La Nouvelle-Orléans. Une vieille femme gardait un tumulus où Napoléon était enseveli en compagnie du pirate Jean Lafitte et de l'amiral américain John Paul Jones, ses compagnons de lutte contre l'Angleterre. Je viens de lire dans *L'Anti-Napoléon* de Jean Tulard, les extraits d'un livre particulièrement intéressant : *Napoléon n'a jamais existé*, par un certain Pagès, bibliothécaire à Agen en 1827. « Tout ce qu'on publie de Napoléon le Grand, affirme-t-il, est emprunté au Grand Astre. » Entre l'ubiquité et la non-existence le choix des aventures napoléoniennes est large. Je n'étais pas mécontent d'ajouter un chapitre de plus à une histoire déjà embrouillée : Napoléon évadé de Sainte-Hélène, luttant avec les Grecs contre les Turcs et finissant dans un baril de rhum *. Mais la lecture du document établi par un historien de passage me déçoit. Napoléon est un terme générique. Il couvre les actions d'une famille entière et celui qui a fini dans un baril de rhum est un Paul-Napoléon Bonaparte, fils de Lucien. En 1827 il se trouvait à bord du navire-amiral de Cochrane quand eut lieu un engagement avec des vaisseaux turcs. Son fusil explosa et le tua accidentellement. Le corps placé à l'intérieur d'un baril de rhum fut entreposé dans une des cellules du monastère d'Ayios Nikolaos. Cinq ans après, un navire de guerre français prit livraison de la dépouille ensevelie maintenant à Sfaktiria. On ne précise pas ce qu'il advint du rhum.

L'archimandrite est très content de la traduction. Il l'a placée à l'intérieur de l'église à côté du texte grec. Il n'y aura pas de copie en anglais. Les Anglais exhalent une légère odeur de soufre et comme il faut trouver des responsables à la guerre civile qui sévit à Chypre, comme les responsables ne sauraient être les Cypriotes grecs — de si doux agneaux — ni les Cypriotes turcs — ils ne savent pas ce qu'ils font —, les Anglais et les Américains doivent être l'âme du complot. La passion n'est cependant pas très grande ici, et quand les journaux et la radio ne s'en mêlent pas, quand les professeurs du collège Anargyros n'emmènent pas, drapeaux et tambours en tête, leurs élèves jurer devant le monument à la guerre d'indépendance, ΕΛΕΥΘΕΡΙΑ Η ΘΑΝΑΤΟΣ, qu'ils sont prêts à mourir pour le rattachement de Chypre à la Grèce, on aurait plutôt tendance à oublier l'imbécile conflit qui souille la Méditerranée.

J'ouvre Euripide et je lis :

Chypre, accueille-moi île d'Aphrodite
demeure des Amours qui charment les mortels,
Paphos où, en guise de pluie,
les cent bouches du Bocaros font la terre fer-
[tile *.

Nous n'y retournerons pas cette année, gardant pour nous le souvenir d'une Chypre paisible et alanguie dans les grâces d'un autre hiver. À Paphos le soir tombait et la terre rouge teignait la mer qui lèche les côtes crevassées. Cette terre rouge est minée par des catacombes, une ville souterraine avec des temples, des autels, des maisons dont la pierre s'effrite sous l'ongle comme du sel. L'argile colle aux pieds et on avance avec des semelles de plomb, pris dans un rêve à l'odeur de remugle. Chaque pas effraye des chouettes et des corneilles dont le ventre gris et les ailes noires passent au-dessus des têtes, flèches qui se perdent dans le ciel. La nuit, les squelettes dansent à la lumière des feux follets. C'est beau et inquiétant, plein de chausse-trapes, d'oubliettes sinistres. L'humidité vous glace et on pense à un peuple décharné, peau sur les os, qui continue d'habiter la nuit quand les chèvres ont déserté la lande salée, battue par le vent, léchée par une mer de feu. Une jeune femme française vivait à Paphos en compagnie de son mari, un Cypriote grec, dans une sorte de hangar tubulaire rendu à l'existence civile après le départ des troupes britanniques. Elle vivait courageusement, aidée de livres et de journaux qui l'empêchaient de succomber à l'asphyxie, mais la solitude aigrissait quand même quelques-uns de ses jugements.

— Les Grecs sont ceci… ou cela… Vous ne les connaissez pas !

Non, bien sûr, nous ne les connaissions pas, mais personne ne les connaît et toutes les idées que l'on se fabrique sur eux seront toujours fausses parce que leur caractère est la mobilité même et qu'ils prennent leur plus grand plaisir à vous tromper et à vous détromper. Il est en tout cas plus avisé pour une petite Française qui aime se tenir droite et qui claque dans le vent comme un drapeau, de ne pas épouser un Grec.

Sur la route de Limassol, des barbelés entouraient les bases britanniques. Du taxi où nous étions entassés à dix avec quelques poulets, des miches de pain et une bouteille de brandy cypriote, on apercevait les géants en tenue camouflée qui se promenaient sur la pointe des pieds, théières et toasts à la main. Entre les roues des camions bâchés, sous les affûts de canon sans recul, des enfants jaune paille jouaient avec des mitraillettes en carton. La vie anglaise reprenait ses droits après une période chaude. À l'abri des barbelés, la troupe maintenant désœuvrée retrouvait ses rites, son indifférence. Livrés à d'illusoires manœuvres, les soldats défilaient dans les villages où sur le fronton des écoles de naïfs sculpteurs avaient gravé l'imagerie de la nouvelle Chypre : un lion fuyant peureusement devant des gamins qui lui lançaient des pierres. Dans les rues de Nicosie, on rencontrait les parachutistes en civil, vêtus de blousons criards décorés de femmes nues ou de bêtes féroces, leurs nuques roses bien rasées, mâchant du chewing-gum. Ils hantaient cinq ou six bars à la lumière tamisée tenus par de grasses Syriennes aux yeux dégoulinants de khôl. Des bouffées de musique obscène passaient par les portes entrouvertes un instant. Les Cypriotes passaient en détournant la tête devant ces antres du diable.

Nicosie était une ville laide. Sans doute avait-elle frémi pendant la lutte contre l'occupant. Un an après on en aurait douté. Dans la fameuse rue de la mort qui avait compté un cadavre à chaque pas ou presque, les boutiques s'alignaient mornes et vides, avec leurs inscriptions bilingues. On ne pouvait adresser la parole à quelqu'un sans qu'il répondît en anglais. Mais en fouillant un peu, on découvrait les prémices du lendemain. Personne n'avait effacé sur les murs les inscriptions en grosses lettres bleues à la gloire de l'E.O.K., l'armée secrète des Cypriotes grecs. Partout on lisait ΕΝΟΣΙΣ, union avec la Grèce. Un aimable Nicosiote armé d'une formidable moustache rousse et d'une canne-épée en bambou, nous conduisit dans plusieurs clubs où se réunissait la jeunesse. Des garçons velus aux fronts barrés d'épais sourcils jouaient au ping-pong sous les photos en guirlande de leurs camarades pendus ou tués par les soldats britanniques. L'organisation demeurait intacte et la plupart de ses membres ne semblaient pas majeurs. Pour l'instant elle sommeillait mais son réveil ne tarderait pas. Tous ces visages butés cachaient un secret difficilement tu.

Nous avions rendez-vous avec un directeur de journal, un garçon de vingt ans à peine. S. était accueillant encore qu'aucun sourire ne vînt éclairer son visage. Des enfants en blouson de cuir gardaient son escalier et son antichambre, guettant l'aumône d'un ordre qui arrivait sec et hargneux. S. expliquait son nouveau combat d'une façon assez confuse. Le journal appuyait l'archevêque Makarios et luttait contre la tendance nationaliste modérée qui se réclamait du général Grivas, l'officier qui avait pris la tête de l'armée secrète contre l'occupant britannique. Grivas, célèbre un moment sous le pseudonyme de Dighenis le héros légendaire de la Grèce, un géant aux bottes de sept lieues, avait disparu de l'actualité. Il écrivait ses mémoires comme tous les généraux dès qu'ils ont commandé à un sous-ordre d'appuyer sur la gâchette, et les politiciens avaient pris le pas sur lui. Une déclaration de temps à autre maintenait la flamme chez ses partisans. On le savait rigide et foncièrement anticommuniste. Il n'aurait jamais reçu et pressé dans ses bras Gagarine comme venait de le faire le bouillant et rusé Makarios. Les portraits du premier cosmonaute décoraient l'île et dans les cabinets de notre hôtel une pile de Gagarine souriants remplaçait, sans mauvaise intention je crois, le classique papier hygiénique. S. ne tenait pas assis dans son fauteuil, derrière le bureau verni insigne de ses fonctions. Il se levait, se rasseyait, griffonnait un ordre pour un planton à la poche bosselée par un revolver. C'est triste de ne plus jouer à la guerre, même quand on a risqué à un jour près la pendaison. S. avait été arrêté, condamné à mort, emprisonné en Angleterre où il allait être exécuté quand la guerre s'était terminée enfin sur un accord qui ne satisfaisait guère que les Britanniques. Je regardais les mains de S. : petites, montées sur des poignets fragiles, mais extraordinairement larges avec des doigts spatulés indécrassables. Les pouces désarticulés exprimaient une force peu commune. On lui attribuait une dizaine d'attentats réussis contre des soldats et des officiers. Son vice : décapiter à coups de pelle les prisonniers agenouillés, les mains liées derrière le dos. J'essayais de ne pas y penser, de refuser l'image du blond lieutenant anglais à la tête en bouillie au centre d'un cercle de partisans, mais elle revenait sans cesse tandis que S. expliquait un programme politique où l'enfantillage le disputait à la mégalomanie. De nouveaux orages menaçaient Chypre. On avait barbouillé le cœur de sa jeunesse avec de la violence, on avait répandu, justifié le goût du sang.

Depuis un an que la guerre civile a repris cette fois entre Cypriotes grecs et Cypriotes turcs, je pense à l'île aperçue en ces jours de février où les amandiers et le mimosa fleurissaient dans la montagne. Nous étions allés à Bellavista rien que pour voir la maison dont Durrell parle dans *Citrons acides*, puis Evangeli Lloysos nous avait entraînés à Famagusta. Katsimbalis décrivait Lloysos en termes éloquents : l'ami des poètes, le protecteur des monuments cypriotes, un voyageur, un séducteur et, ce qui s'exprime par le même mot en grec, un homme bon et riche. Evangeli Lloysos était certainement tout cela et en plus un guide d'une discrétion exquise. Pendant quelques jours il nous suggéra la Chypre à petites touches comme pour nous laisser choisir ce que nous préférions : les fouilles blanches de Salamine dans le sable et les pins maritimes, le château vénitien d'Othello, le village ocre d'Ayanapa où nous récitions du Séféris :

Étrange, je le vois ici, la lumière du soleil, le filet
[d'or
où les choses frétillent tels des poissons
qu'un grand ange tire dans les filets des
[pêcheurs.

C'étaient les vers de *Journal de bord III* qui porte en exergue : « Au monde de Chypre, mémoire et amour. » Le soir, en rentrant, nous nous arrêtions à la maison d'Evangeli Lloysos aux volets toujours clos sur la rue mais respirant par une cour remplie de plantes vertes dont l'odeur de terre humide et de champignon nous avait fait croire un instant que nous étions revenus dans nos forêts, loin des îles qui sentent le thym et la bruyère. Cette cour était le poumon de l'austère maison de pierre barricadée. Les plantes y grimpaient aux murs, se vrillaient aux colonnades. Un jour elles feraient éclater la retraite d'alchimiste du petit homme à la grosse moustache qui avait l'air plus anglais qu'un Anglais, sanglé dans ses costumes de tweed, son parapluie à la main. Notre hôte accumulait, dans une vaste pièce carrée garnie jusqu'au plafond d'étagères, une fantastique bibliothèque polyglotte où tous les auteurs qui avaient écrit au moins une fois le mot Chypre étaient représentés, retraçant l'histoire de l'île depuis la naissance d'Aphrodite jusqu'à la résurrection, pour un avant-dernier combat, du terrible Dighenis. Les tables disparaissaient sous les atlas, les cartes, les mappemondes et les objets précieux abandonnés à ce beau désordre. Evangeli Lloysos n'était plus le même, toujours flegmatique certes, mais amoureux des accessoires de sa vie intérieure. La bibliothèque était son cocon. Léger, rapide, il retrouvait sous une pile de revues jaunies et de paperasses griffonnées le livre que nous citions, et le livre s'ouvrait d'instinct sur un poème tandis qu'un magnétophone nous rendait la voix timide et basse de Séféris, une voix de poète que ses propres mots effrayent et enchantent en même temps. Evangeli Lloysos m'a demandé d'inscrire ma voix après d'autres sur la bande magnétique et je pense souvent à ces paroles prisonnières qu'il s'offre le soir parfois dans sa maison silencieuse tandis que le pas lourd des patrouilles résonne dans les rues désertes de Famagusta divisée en deux camps. Avec lui, nous étions allés dans le quartier turc où s'opérait déjà la ségrégation fatale. Ce quartier, pauvre et jaune, affichait une cathédrale gothique dont la flèche transformée en minaret rugissait dans un mégaphone les appels à la prière du muezzin. Aux visages fermés des enfants, aux têtes des vieillards en tarbouche qui se détournaient, nous sentions déjà monter la haine née des craintes de toute minorité menacée. Que sont devenus dans cette atmosphère de guerre civile les trois moines d'Ayios Barnabas, les trois imagiers naïfs ? Dans leur monastère, au milieu d'une douce campagne aux tumuli éventrés par les pilleurs de tombes, ils nous avaient reçus en peignant avec un peigne d'écaille les longs poils blancs et jaunes de leurs barbes. Ils étaient frères et depuis leur noviciat avaient toujours vécu là. Quand leur mère était devenue veuve, elle avait pris le voile pour se joindre à eux. On venait de l'enterrer, presque centenaire, à l'ombre d'un figuier. Un novice aux cheveux graisseux dans le cou, au menton couvert de poils follets se cachait derrière les arbres et les pierres pour nous observer. Les bons moines peignaient en série des icônes léchées qui n'étaient pas toutes, tant s'en faut, des chefs-d'œuvre, mais leur application charmante touchait le cœur. Ils s'étaient prêtés aux photographies d'Evangeli Lloysos avec une satisfaction évidente et nous avaient vendu des cartes postales en couleurs les représentant en train d'admirer une de leurs œuvres. Les a-t-on étripés en l'honneur de quelque représaille ? Quand Grecs et Turcs ont un sujet de désaccord, le raffinement de cruauté auquel ils atteignent honore leur imagination. D'ici, fenêtres ouvertes sur la mer lisse où les caïques couleur de minium ouvrent de grands V qui se perdent au large, je rêve à la Chypre mutilée par un nouveau combat douteux. Si les politiciens acceptaient de se taire deux minutes, quelle extraordinaire paix se répandrait soudain sur le monde !

Mais les politiciens pas plus que les coqs ne se taisent quand un écho leur répond. Il importe donc de se placer, de temps en temps, hors de portée des échos, et sans rien oublier, d'écouter sa propre voix de préférence à celle des hystériques. Les mystères qui nous dépassent, ne feignons même plus d'en être les organisateurs. Cela ne trompe personne. Protester ? L'humanité ne fait que protester depuis son enfance, contre la tyrannie ou la liberté, les vrais ou les faux dieux, l'intelligence ou la bêtise, la vérité ou le mensonge. Et si elle cesse un jour c'est qu'elle aura été condamnée aux travaux forcés en silence. Rien n'a donc d'importance que d'aimer sa vie et de la protéger. Il n'y a pas d'autre attitude possible et peu importe qu'elle arrête ou accélère la marche du monde, cette glissade vers les abîmes selon les uns, cette montée vers le progrès selon les autres. En fait, glissade ou montée ne nous concernent guère. C'est à peine si nous les éprouvons le temps d'une existence. Des bonheurs inattendus surgissent qui bouleversent notre mort lente. Tout ce qui est beau est merveilleusement éphémère et surprenant. À Délos, un matin, en s'appuyant à une colonne brisée, on se prend pour un dieu gardé par des lions de pierre. À Poros, le parfum des citronniers, le jaune d'or des fruits vous transportent aux Hespérides. À Patmos, une nuit, nous écoutons, mêlée aux chants des cigales et au bruit du ressac, une fabuleuse histoire qui a peut-être six mille ans et que je vais me décider à raconter. Ici, un soir, Yannis Nano avec son bouzouki et Pandelis le mercier avec son banjo s'enivrent de leur gaieté et ne nous laissent pas souffler entre deux chansons. J'oublie les misères du monde vorace. Il fait froid et triste partout ailleurs quand on est avec des amis d'un soir, des amis dont on n'abuse pas et avec lesquels par un accord tacite on n'échange que le meilleur de soi. Je ne connais plus que les Grecs pour donner ce bonheur-là, je ne connais que leur caractère pour passer avec cette promptitude du noir au rose. Les étrangers sont fascinés. Il m'est arrivé de considérer avec tristesse la corruption que nous apportions, ce miroitement faux ou vrai de l'or qui aveugle les imbéciles, mais sans doute les imbéciles ne demandent-ils qu'à être aveuglés.

Le bateau sur lequel nous revenions d'Égine, il y a un mois, a fait escale à Hydra. De la passerelle nous avons aperçu le bulldog belge de Lesbos et sa proie : Carole en chandail rouge et coutil délavé. Elles avaient échoué là parce qu'à Hydra les étrangers se serrent les coudes, dînent tous dans la même taverne, boivent dans le même café. Au sein d'une population qui vend ses maisons une par une pour monter des petits commerces au Pirée et fuir la déchéance d'une île qui fut une reine de la mer, se développe, prolifère une faune sale et hagarde qui cultive ses talents avec un air d'ennui rébarbatif. Il y a peut-être des génies parmi ces hommes aux longs cheveux de fille et ces filles aux courts cheveux de garçon. Je le souhaite, encore que je reste incompréhensif devant cette inspiration qui se complaît dans la crasse. La vie d'artiste ? Ah oui, sûrement, mais trop de truqueurs s'y sont glissés, depuis quelque temps. L'inversion ne confère pas automatiquement un talent d'expression et la paresse n'est un brevet pour personne. Tout se résume peut-être à un réflexe vague : il faut vivre loin de Milwaukee, de Stockholm ou de Londres. Là-bas rien n'éclôt, ici tout est encore possible, mais si l'on échoue ici, alors on a tenté sa dernière chance. Que pouvaient espérer de ce Montparnasse grec la grosse Belge et Carole ? D'être considérées comme des réprouvées ? Encore faudrait-il que le monde réprouvât quelque chose. Et puis quel ennuyeux privilège !

La semaine dernière nous sommes retournés à Hydra. Comme à chacune de nos visites depuis des années, il y pleuvait des hallebardes, mais c'est ainsi que j'aime ce cul-de-sac, cette île du bout du monde. Le *melthémie* pousse la mer dans le port, et les quais, humides d'embruns, luisent comme dans les vieux films de Carné. Les fanaux se balancent lugubrement dans les rues, promenant des flaques de lumière sur les chaussées dallées et les maisons grises. À l'intérieur des cafés, les joueurs de cartes s'agglutinent autour des tables bancales, engoncés dans leurs cabans bleus dont l'odeur humide se mêle au relent des cigarettes écrasées dans le marc des tasses. De temps à autre un homme se lève et va essuyer du revers de la main une vitre embuée, dessinant une ouverture sombre par laquelle on aperçoit le quai désert aux lumières jaunes et les caïques secoués par les vagues. Une cloche lointaine rythme la vie, la cloche de l'école de la marine marchande aux pensionnaires habillés de bure bleue. On se croirait loin de l'Égée, dans un petit port d'Irlande, sur la côte du Donegal, n'étaient les cris enroués des joueurs.

À peine, au débarquer du bateau, entrions-nous chez Katsikas qu'une silhouette se leva d'une table et vint à notre rencontre. Je reconnus notre Staline de Skyros. Le chapeau mexicain avait pris un tour lamentable : calotte déchirée, jaune pisseux, mais en dessous triomphait toujours la moustache de Groucho Marx et les lunettes à gros verres. Staline était content de nous retrouver. En quinze jours à Hydra il n'avait pu se faire beaucoup d'amis. Personne ne prenait au sérieux ses graines de volubilis. On continuait de fumer le haschich comme au bon vieux temps et le haschich ne procurait pas de rêves aussi subtils. Hollywood venait encore de lui refuser un scénario : un homme jaloux découpait sa femme en morceaux, gardait le sexe, les seins et la tête et envoyait le reste à l'amant. Une revue hollandaise allait peut-être publier un article de lui. Enfin, il avait peint deux toiles depuis Skyros et la galerie californienne lui en réclamait d'autres. L'avenir était pour lui. On ne brime pas éternellement le génie. Un jour le génie éclate et tout le monde se prosterne. Je lui proposai, quand tout le monde se prosternerait, d'arriver traîtreusement par-derrière et de botter tous les culs offerts. Cette idée lui plut et nous allâmes dîner dans une taverne voisine. La bohème hydriote ne nous y avait laissé qu'une table. Staline recueillit quelques froids « hello ! ». Carole et le bulldog n'étaient pas là. Je les décrivis à Staline. Il les connaissait. Voilà dix jours, on avait arrêté la Belge pour escroquerie. Elle vivait à Hydra sur un grand pied et devait de l'argent à tous les commerçants. On la réclamait aussi dans son pays d'où elle était partie en emportant la caisse de secours d'un organisme de protection de la jeune fille. Le soir même Carole s'était mise en ménage avec un pêcheur qui avait abandonné sa femme pour elle. L'idylle durait depuis une semaine quand le Syndicat des Épouses Hydriotes Bafouées s'était révolté. Carole avait pris un bain forcé dans les eaux glaciales du port. On soignait sa congestion dans un hôpital du Pirée et l'ambassade de Grande-Bretagne se préoccupait de la rapatrier parce qu'elle ternissait le bon renom de la Couronne à l'étranger. Ainsi se terminait l'aventure. Nous éprouvâmes quelques regrets de voir disparaître ce personnage à répétition. Qui nous parlerait encore des Bahamas ? Carole nous manquera parmi nos hasards. La Grèce l'a dévorée. Ce qui en reste n'est plus grand-chose après le passage des pilleurs d'épaves.

Staline ne voulait plus nous quitter. Il nous entraîna prendre un verre chez M., une jeune femme d'origine slave mariée à un Hydriote. L'hiver, elle transforme sa boutique d'antiquités en une taverne joliment aménagée avec des meubles des îles : grands divans aux dossiers à volutes, tables basses, vieilles lanternes qui font ressentir soudain cruellement la hideur à laquelle on s'est habitué dans les cafés et les restaurants. La clientèle de Katsikas et de la taverne s'y retrouve. On ne parle qu'anglais. Je demandai un whisky pour lutter contre le froid et l'humidité.

— Oh non, monsieur, nous n'avons pas de whisky, dit M. Nous ne servons que du vin. Ici, c'est un bar pour artistes pauvres.

Je la regardai : un assez beau visage encadré de cheveux gris. Elle ne plaisantait pas. Je gardai pour Staline mes réflexions sur la pauvreté des artistes.

— Voyons, Staline, pour être un artiste faut-il être pauvre ? Est-ce qu'un artiste se reconnaît d'abord à sa pauvreté ? Quand va-t-on nous débarrasser de ces clichés ?

— Un artiste n'a pas besoin d'argent.

— Il en a d'autant moins besoin qu'il en gagne beaucoup. La société est si bien faite aujourd'hui que le moindre talent est honoré. L'argent ne pense qu'à une chose : se faire pardonner d'être l'argent. Dans sa peur même de se tromper, la société honore tout ce qui la contredit, l'impressionne, la bluffe, l'insulte, la gifle et lui prépare sa damnation ou sa mort par le ridicule. Les poètes ne meurent plus de faim : ils succombent sous les conférences et les voyages à l'étranger, les banquets et les réceptions chez les chefs d'État. Les peintres peignent directement pour les musées sans passer par l'intermédiaire amoureux des collectionneurs. Dali assure qu'un artiste de trente ans qui prend encore le métro est un raté.

— Moi, je voyage sur ma moto et j'ai une carte qui me permet d'embarquer sur n'importe quel cargo américain comme soutier ou manœuvre.

— Vous n'êtes qu'un demi-raté.

— Tout ce que je demande c'est la liberté.

Plus de société, plus de gouvernement, plus rien. Des hommes libres, c'est tout.

— La liberté est la pire des tyrannies, cher Staline. Des hommes sont tellement obsédés par cette lune qu'ils en deviennent les esclaves. Des peuples se soulèvent pour la liberté et finissent sous la coupe d'autocrates sanglants qui les parquent dans des enclos. Depuis la démocratie athénienne, l'idée de liberté est un tel échec qu'on se demande comment nous pouvons prononcer ce mot sans nous signer chaque fois pour combattre le mauvais œil.

— Encore un truc des curés et des capitalistes, ce mauvais œil !

— Ne dites pas cela en Grèce : le mauvais œil existe partout. Les Évangiles l'authentifient. Ici tout le monde vit dans la crainte des sorts, et à Hydra, à Spetsai, dans les îles et sur le continent, il y a des femmes qui se chargent d'exorciser avec une prière et un peu d'huile dans un verre d'eau.

— Je le croirai quand je le verrai.

— Restez, vous le verrez.

— Et qui jette des sorts ?

— Cher chef génial, tout le monde, la plupart du temps sans y penser. Ne dites pas d'un enfant à ses parents qu'il est beau, d'un cheval à son cocher qu'il a belle allure, d'un arbre à son propriétaire qu'il pousse bien sans prononcer aussitôt quelques mots pour conjurer l'œil. Si vous l'oubliez, l'enfant sombre dans une léthargie dont un médecin ne peut le tirer sans le secours d'une exorciseuse, le cheval boite, l'arbre meurt. La foi en cette croyance est si enracinée qu'elle donne des forces mentales incroyables aux plus faibles.

— Je vous ai dit : je croirai quand je le verrai.

— Doutez-vous de moi ?

— Non.

— Je l'ai vu. J'ai vu une enfant, la nôtre, revenir de promenade dans un état cataleptique et ne se réveiller que grâce aux exorcismes de la voisine.

— Et si la voisine n'était pas venue ?

— Nous n'avons pas couru ce risque. Les médecins n'y croient pas. Moi non plus. Et pourtant cela est. Comme la télépathie, comme les pressentiments, comme les rêves prémonitoires... Encore un peu de vin, cher libérateur des peuples.

— Oui, mais ça ne me fera pas revenir en arrière.

M. nous apporta du vin chaud à la cannelle. La lanterne dissipait mal la brume de fumée qui épaississait l'atmosphère de la taverne. Entrèrent un Noir américain et une blonde platinée. Quand les Noirs se mettent à vivre avec une femme blanche, ils exigent toujours qu'elle se décolore les cheveux. Nous avions rencontré assez de ces couples hétérogènes pour établir une loi qui ne souffrait guère d'exception.

— Que fait-il ? demandai-je.

— Il est poète.

— Voilà une saine occupation. Le monde manque terriblement de poésie. Les candidats ne seront jamais trop nombreux. Ce poète a raison de venir vivre en Grèce. Il faut faire la soudure entre les origines de notre civilisation et un continent africain sans passé. Henry Miller l'a tenté dans le *Colosse de Maroussi* où il marie Agamemnon à Louis Armstrong. Ce sont les seules pages un peu forcées et criardes du livre mais il y a une idée.

— En Amérique on étouffe.

— Les intellectuels grecs vous diront qu'ils étouffent dans leur pays.

— En Amérique on étouffe vraiment.

— Cher génial petit père des peuples, on étouffe toujours dans son pays. Moi, j'étouffe aussi dans mon pays et je crois respirer ailleurs. J'ai respiré en Amérique, en Italie, en Espagne, au Portugal, en Angleterre, en Suisse et maintenant ici. Cela semble drôle aux Américains, aux Italiens, aux Espagnols, aux Portugais, aux Anglais, aux Suisses et aux Grecs, mais je n'y peux rien, c'est ainsi. Et le pays où j'ai sans doute trouvé le plus de respect pour l'esprit est l'Amérique.

— Vous vous moquez de moi.

— Je n'oserais pas. Depuis quarante ans, les poètes ont été Whitman, T.S. Eliot, Frost, Ezra Pound, les écrivains Faulkner, Dos Passos, Henry Miller, Scott Fitzgerald, Hemingway. La littérature française a d'exquis raffinements dont on ne se lasse pas, un sens de l'économie des mots qui n'appartient qu'à elle, mais il lui est venu un fâcheux goût pour la politique et elle est d'usage à peu près strictement interne, ce qui n'est pas un vice mais une limitation. Quand elle gagne d'autres pays c'est qu'elle est une mode et que comme toutes les modes elle est éphémère. Son vrai génie n'est communicable qu'à quelques-uns. On peut préférer ce génie à tous les autres, mais aussi regretter que ce qu'il y a d'universel dans les peines et les souffrances de l'homme lui échappe totalement. La littérature française est une littérature pour aujourd'hui encore, à l'extrême limite, mais elle n'est pas une littérature pour les lendemains qu'on nous prépare. Son impuissance à prendre la mesure de l'avenir est d'ailleurs telle qu'elle se rue sur toutes les innovations destinées à épater le bourgeois, s'en grise et commet une erreur formidable : elle supprime l'homme alors qu'il n'y a que lui qui nous intéresse, il n'y a que lui dont le sort nous bouleverse, il n'y a que lui qu'il faudrait sauver. L'Amérique a senti cela et elle nous prépare des géants, des *Supermen* dont la stature nous effraye mais dont l'humanité, ou la tristesse, ou la solitude soudaines nous rassurent. Même les robots auront une âme. Il y a des laboratoires où l'on s'en occupe sérieusement.

— En Amérique, il n'y a que l'argent qui compte.

— Cher Staline, pardonnez-moi, mais vous êtes victime de la propagande européenne. Pendant ces trois derniers siècles de notre ère présupposée chrétienne, il n'y a eu de suprématie intellectuelle qu'européenne et même, disons-le, française. C'est fini. Nous vivons sur nos restes, sur des provisions accumulées par des parents prévoyants, situation pénible pour l'amour-propre et que nous nous refusons à reconnaître. La propagande antiaméricaine dont vous vous faites l'écho, c'est le coup de pied de l'âne. Ouvrez les journaux européens, ils ne triomphent qu'aux échecs et aux erreurs des Américains. Nos démagogues se font un piédestal d'un antiaméricanisme plein de dédain. Ils ignorent tout de l'Amérique, les intellectuels les premiers, ils ne voient rien de ce qu'on y fait pour la défense et l'illustration de l'esprit, ils ne voient rien de la générosité et de la passion qui s'y manifestent pour l'art, ils continuent de se promener dans des musées poussiéreux et sombres, ils remâchent un passé qui, dans trois nouveaux siècles, sera resté figé alors que l'art, la pensée, la littérature de demain se préparent hors d'eux dans ces pays immenses qu'on appelle la Russie, la Chine ou les Amériques, qui ont pris, eux, une sérieuse avance. Place aux jeunes, cher Staline. Je vous admire de couper les ponts comme vous le faites, de partir à l'aventure avec vos 80 dollars par mois, de compter sur l'amitié et la compréhension pour vivre, c'est courageux et nécessaire à votre âge, mais que ce ne soit pas pour transporter avec vous vos idées reçues. Ne jouez pas les Babbitt intellectuels.

— Alors pourquoi avez-vous choisi la Grèce ?

— Cela ne s'analyse pas, cela se sent. J'aime ses paysages, ce qu'ils évoquent… Encore le goût européen des ruines, ce doux masochisme des civilisations qui se suicident. J'aime le peuple grec. Il n'est pas plus intelligent que les autres peuples européens, peut-être même moins. Il est pourri de défauts évidents, mais c'est le peuple le moins nivelé qui soit. Les exceptions y sont plus nombreuses qu'ailleurs, je veux dire que les personnalités y sont plus fréquentes et plus nobles. Au début, on aime tout à la folie, au bout de quelque temps on n'aime plus rien du tout, à la fin on a choisi ses amis et alors c'est quelque chose d'inaltérable, une sorte de communion du sang, du cœur et de la sensibilité qui cache le reste : les mesquineries, l'étroitesse d'esprit, l'avidité.

— Les riches sont affreux.

— Parce qu'ils sont encore peu nombreux et sans tradition. Pour que la richesse soit supportable, il faut qu'elle soit fréquente et ne constitue pas un privilège, il faut que tout le monde puisse y accéder. Alors, ce n'est plus un objet d'envie, mais une sorte de gros lot qu'on tente de remporter. À la vérité, les Grecs passent par une mauvaise phase : l'aigre découverte qu'ils sont pauvres. Cela les conduit dans beaucoup de domaines à tricher sur l'addition, vendre de la camelote. Le vocabulaire grec ne dit pas : « J'ai gagné de l'argent », il dit : « J'ai pris de l'argent. » On « prend » l'argent là où il est, chez le touriste ou chez le naïf, opération à court terme, sans lendemain car celui à qui on a « pris » l'argent ne se fait pas avoir deux fois. À long terme les voleurs et les tricheurs y perdent, ce qui explique actuellement la fortune que peuvent faire ceux qui sont assez malins pour être honnêtes. Je ne connais rien de plus moral et de plus réconfortant.

Staline ne parut pas très convaincu. Le côté moral des choses lui échappait. Sous la grosse moustache, les lèvres marmonnaient des mots incompréhensibles. Une jolie fille que nous n'avions pas encore aperçue dans l'ombre et la fumée du bar, se leva d'un canapé où elle se vautrait et passa devant nous pour sortir. Bien qu'elle fût blonde elle n'était pas accompagnée d'un Noir et elle n'était pas vêtue de loques. Pour un instant sa silhouette agréable et charnue nous fit plaisir. Derrière les verres épais, les paupières de Staline se soulevèrent un peu. Un peu seulement car ces paupières pesaient si lourd que notre ami s'était fabriqué derrière les montures de ses lunettes un système en fil de fer tressé pour les maintenir entrouvertes et laisser filtrer son regard.

— Qu'est devenue la jeune fille qui vous accompagnait à Skyros ?

Il eut un haussement d'épaules. À son retour en Amérique, elle avait repris ses cours à Vassar. Ses parents ne la laisseraient jamais revenir. Sans doute maintenant marchait-elle avec des talons hauts et peut-être même se lavait-elle les cheveux. Elle avait succombé et retournait au néant. Staline ne lui accordait pas une pensée. La vie est pleine de ces déceptions. On croit à un être, ce n'était qu'un fantôme. Nous quittâmes Staline assez triste. L'âme sœur lui manquait pour entreprendre tout ce qu'il ambitionnait. Des rafales de pluie cinglaient la ruelle montant à l'Hôtel Miranda. Mêlé au bruit du vent et au crépitement des gouttes, on entendait le sourd grondement de la centrale électrique. Dans la ville morte ou endormie, ces machines qui ronronnaient nous rappelaient le *Cœur révélateur* d'Edgar Poe, comme si l'île avait emmuré dans une de ses forteresses de pierre une âme autrefois fière et glorieuse qui se rappelait à elle...

La promenade matinale nous conduit presque chaque matin sur le cap qui porte le phare de Spetsai. Cette terre sauvage, battue par le vent, se civilise. Un médecin grec restaure un moulin, Éliséo nous construit une maison dans le style des îles. Il est sur le chantier. De loin, nous apercevons sa grande silhouette dressée à l'entrée du terrain. Mains derrière le dos, il contemple d'un air bourru son œuvre qui prend forme. Il la sculpte de l'œil et de la voix, s'emparant parfois d'une masse pour casser un bloc de pierre ou s'arc-boutant avec ses hommes pour désembourber une charrette. Il me fait alors penser à un Vautrin grec, plein de sagesse et lourd d'expériences, méditant une philosophie ajustée à petits bouts après quarante ans de travail. Nous nous asseyons dans la bruyère. C. lui dit :

— Michel a fait un portrait de toi dans le livre qu'il est en train de finir.

— Alors le rêve de ma mère sera tout à fait vrai. Quand elle avait dix-sept ans elle s'était trouvée enceinte et ses parents l'ont chassée. Elle a dû aller vivre seule dans une maison abandonnée au-dessus du village. Une nuit, elle a rêvé qu'une tortue de mer entrait dans la maison et que tout le monde venait voir la tortue, lui parler et lui faire des amitiés. Quand mon père eut fini son service militaire j'étais déjà là. Il a épousé ma mère qui lui a raconté son rêve. Ensemble ils sont allés voir une gitane qui leur a dit : « Votre fils travaillera toute sa vie, et toute sa vie il peinera mais tu seras fière de lui parce qu'il construira des maisons et qu'on parlera de lui plus loin que Spetsai, plus loin que la Grèce. » La tortue c'était moi qui porte des maisons. Et maintenant on va parler de moi à l'étranger.

Je crois qu'il est content, bien que toute vanité soit absente de son caractère. Depuis qu'il est notre ami, nous apprécions la rectitude de son jugement, le sel de ses histoires et la réelle bonté qui l'habite.

— Je ne sais rien faire, dit-il. Que construire des maisons. En dehors de ça, je suis tout juste bon à jouer aux cartes et à aller au cinéma.

Ce n'est pas fausse modestie. Bien qu'il soit content de son sort, bien qu'il soit désormais un des hommes riches de Spetsai, il croit connaître ses limites. Autodidacte, il a concentré son attention sur un problème jusqu'au moment où il s'est senti le pouvoir de le résoudre seul avec son expérience. Stratis Anastasélis, le chauffeur de taxi de Mytilène, est de la même pâte grecque. Les deux ont en commun un égal amour de ce qui est à sa place, un égal goût pour l'œuvre bien faite. Ils aiment conter. Dépositaires d'un trésor d'histoires, ils n'imaginent pas qu'on les garde pour soi. Il faut les offrir, les transmettre. La mémoire et la parole sont dons de Dieu et la tradition orale lie les générations les unes aux autres mieux que ne le feront jamais les livres. Un monde se défait quand il n'a plus ces clés de voûte.

Assis dans la bruyère, Éliséo nous raconte une histoire qui s'est déroulée dans une maison de l'autre côté du port. Elle commence, comme souvent, par le portrait d'un palikare de première grandeur, un de ces hommes qui ont donné aux Grecs du XIXe siècle un renom de vaillance stupéfiante. Yanni Boukouris était un beau géant, au menton carré, à la moustache orgueilleuse, aux yeux profondément enfoncés sous les orbites. Comme tous les Hydriotes et les Spetsiotes il commerçait dans la Méditerranée sur un brick, cherchant toujours une occasion de combattre des pirates algériens. En 1837, il part avec un chargement précieux, on ne sait lequel, double Gibraltar, gagne Calais. Là son bateau émerveille. Des amateurs le pressent de le vendre avec la cargaison. Boukouris en demande une fortune, l'obtient en napoléons, s'achète une barque de 5 mètres équipée avec une voile latine, garde avec lui deux Spetsiotes et prend la mer. Son trésor est caché à l'avant dans un tonneau réservé d'ordinaire à l'eau douce. Avec son embarcation risible, il double la pointe du Raz, affronte les colères du golfe de Gascogne, longe le Portugal, passe Gibraltar. Là, les Anglais l'arrêtent. Bien que les Français soient en Algérie, la Méditerranée n'est toujours pas sûre. Des pirates la parcourent. Sur sa barque, il n'a pas une chance sur cent de leur échapper. Boukouris force la main des Anglais et remonte jusqu'à Majorque. De Majorque, il estime les vents favorables et met le cap sur Malte. La chance l'a servi. Elle le servira encore de Malte à Spetsai après avoir doublé Cythère, terreur des marins grecs. Quand il met le pied à terre, l'officier du port l'accueille et lui demande s'il a eu l'audace de venir de Nauplie sur une si petite embarcation, avec deux hommes et une voile latine. Boukouris répond qu'il arrive de Calais et qu'il a mis trente-deux jours. On le prend pour un mégalomane et un fou, mais il a gagné, il est un homme riche. Ce capitaine courageux a des enfants et parmi ses enfants une fille : Hélène, née en 1823. Elle semble taillée sur son modèle : visage mâle, forte carrure. Mais sous ses apparences hommasses, cette fille cache un grand don pour le dessin et la peinture. À l'école de Nauplie, elle dépasse vite son professeur et rêve d'aller en Italie. Imagine-t-on, vers 1845, dans la Grèce qui lutte encore pour son indépendance, la fille d'un boucanier partant pour une école d'art à Florence ? Boukouris ne ressemble à personne et il dit oui à une condition : qu'elle s'habille en homme pour voyager sans être importunée. Hélène arrive, costumée en homme, à Florence et découvre en même temps que seuls les vêtements masculins lui permettront d'étudier dans les académies où l'on fait du nu. C'est ainsi qu'elle se présente à son futur professeur, Saverio Altamura, peintre officiel dont les toiles allégoriques sont visibles aujourd'hui au musée Capodimonte de Naples. Saverio est un bel homme barbu et chevelu qui peint et enseigne avec distinction. Il se prend d'amitié pour le jeune élève très doué qu'on lui a envoyé de Grèce. Hélène, à cette époque, porte admirablement l'habit romantique. Elle est coiffée à peine plus flou qu'un Musset à Venise. Pendant les vacances de l'académie Altamura, elle accompagne son professeur en voyage et visite les musées. Ainsi se rendent-ils à Naples où Altamura lui fait connaître quelques personnalités de la colonie grecque au cours d'une soirée. Tout se passerait sans histoire si soudain une jeune Grecque ne se mettait à chanter pour l'assistance un hymne à l'indépendance de son pays. À peine a-t-elle terminé qu'Hélène, transportée d'enthousiasme, la serre dans ses bras et l'embrasse à l'étouffer. C'est le scandale ! Napolitains et Grecs menacent d'en venir aux mains. Il faut réparer, épouser la chanteuse ou faire des excuses qui ne seront peut-être pas acceptées par les parents. Alors Hélène monte sur une table et s'explique. Son geste n'a rien eu d'indécent pour la bonne raison qu'elle n'est pas un jeune homme mais une jeune fille. Quoi de plus naturel que deux jeunes filles se sautent au cou ! Elle n'a pas pu résister à l'émotion que lui a causée cet hymne et prie qu'on l'excuse. Saverio est ébloui. Il demande Hélène en mariage (1852) et avec une promptitude tout italienne lui fait trois enfants, Yannis qui porte à la mode grecque le prénom de son grand-père le palikare, Sophie, et un deuxième garçon. Hélène ne fréquente plus les académies mais elle peint et elle dessine chez elle. C'est un talent ferme et gracieux voisin de celui d'Ingres, assez sensuel et plutôt inattendu chez une femme. Comme elle manque de modèle et ne peut plus se rendre à l'Académie, elle engage une jeune Anglaise qui doit également s'occuper des enfants. Saverio fait aussi poser l'Anglaise, la déshabille et la met dans son lit. Quand Hélène le découvre, elle plie bagage et emmène ses enfants en Grèce. Ils vont vivre à Athènes où elle ouvre une école de peinture dont l'élève la plus assidue sera la douce et timide reine Olga, épouse d'Othon, premier roi des Grecs modernes. Hélène peint beaucoup, des sujets allégoriques comme son mari. Dante l'inspire, mais elle garde aussi la vision fraîche de son séjour en Italie et son carnet de croquis est plein de charmantes silhouettes qui évoquent Naples ou la Toscane. Elle semble s'être assez bien consolée de ses infortunes conjugales et a la joie de découvrir en son aîné un peintre de talent. En 1863, Othon a dû s'enfuir. Il a été remplacé par un prince de Danemark et la Grèce est attirée par la Scandinavie. C'est à Copenhague que Yannis Altamura poursuit ses études. Il en revient en 1877, peintre de marine, déjà célèbre. Dans une brochure * que l'on m'a prêtée après le récit d'Éliséo, j'ai trouvé le portrait de ce jeune talent précoce : visage dur et fort, aux lèvres et au nez puissants. En costume romantique il ressemble à sa mère étudiante à Florence, en costume de marin il est l'image de son grand-père. Le deuxième garçon rejoint son père en Italie. Sophie a un gentil visage ovale dessiné par des bandeaux noirs. Malheureusement elle tousse et le séjour d'Athènes est déconseillé par les médecins. Spetsai a les avantages d'un climat plus sec et régulier. Hélène embarque toutes ses toiles achevées et inachevées sur un caïque et gagne la maison de famille, une sorte de forteresse austère au bord de l'eau. Nous passons souvent le long de ses murs inhabituellement hauts pour une enceinte de jardin... *alta mura* peut-être. Deux caronades gardent la porte principale surmontée de lanternes vénitiennes aux parois de cristal taillé. De grands arbres ont poussé à l'abri de ces murs peints en ocre, mélange de style toscan et insulaire. Dans cette maison Sophie paraît se rétablir, puis c'est soudain la crise de phtisie galopante. Elle meurt après avoir contaminé son frère qui la suit à quelques jours près (1878) âgé de vingt-quatre ans. La haute maison ferme ses portes et ses volets. Un silence terrible fond sur cette demeure un moment joyeuse. Hélène Altamura prépare un autodafé. Dans la cour elle brûle toutes ses œuvres et celles de son fils. Quelques toiles et dessins déjà dans les mains des collectionneurs seront seuls sauvés. Quand il ne reste plus qu'un tas de cendres, Hélène jette un dernier regard au jardin puis se clôture avec une vieille bonne. Par un guichet, on leur apporte de quoi manger. Elles ne sortent jamais. Dans le village on dit que la maison est hantée, que, la nuit, Hélène déterre ses enfants pour les coucher dans leurs lits. Leur chambre est conservée comme s'ils étaient vivants : verres d'eau sur les tables de nuit, papiers et crayons pour qu'ils lui laissent des messages. En 1890 cependant, une journaliste réussit à l'approcher, à lui parler et même à l'entraîner à Athènes. C'est sans doute de cette époque que date une photo : le visage s'est creusé, les paupières bombées. La mort n'a pas de face plus imperméable. L'intermède est de courte durée. Hélène regagne Spetsai et sa clôture. Elle meurt en 1902...

Nous sommes toujours assis dans la bruyère. Éliséo a bruyamment raclé sa gorge et craché plusieurs fois à dix pas. À son auditoire s'est joint Tasso le berger qui conduit ses moutons dans les terrains libres autour du phare. Il écoute sans comprendre et rit en détournant la tête. Je n'ai jamais vu d'yeux aussi petits que les siens. Ils sont vrillés dans son visage de travers, si profondément que Tasso, comme les chevaux avec des œillères, ne semble pouvoir jeter un regard de côté. Toute sa tête montée sur une nuque bombée et un cou de goitreux tourne d'un bloc. Tasso ne dort jamais. La nuit il promène ses moutons dans la montagne. Un matin à l'aube, Éliséo qui partait avec un ami chasser de l'autre côté de l'île, a vu illuminée la chapelle du prophète Élie. Par la lucarne, on apercevait Tasso coiffé d'une barrette et vêtu d'une chasuble qui gesticulait devant les icônes et les cierges. Autour de lui ses moutons bêlaient désespérément. Puis Tasso a rangé dans leur armoire les vêtements du prêtre et éteint les cierges. Quand il a voulu sortir, les portes étaient bloquées. Il s'est mis à hurler de terreur au milieu de ses moutons affolés. Dehors, le diable le couvrait d'injures...

Les ouvriers s'arrêtent et s'accroupissent à la turque pour ouvrir leurs gamelles. Éliséo se lève et nous rentrons à son pas. Tout est beau ce matin. Il est inutile de se défendre. Nous serions infiniment coupables si nous n'étreignions pas tout cela avec une volonté proche du désespoir. Mais le désespoir est encore trop. Être heureux, vivre d'amitiés, lire un poète glissent dans le cœur un sentiment que je m'émerveille de trouver pur de toute inquiétude. Sans doute la beauté n'est-elle pas si fragile que nous le croyons dans notre pessimisme naturel. Demain n'existe pas. Demain émerge de nos rêves de la nuit dans des aurores rouges et violettes comme celles des gravures japonaises. Demain est notre merveilleux hasard, la manifestation du génie du temps...

KALYMNOS

« Je vous trouve fort indifférents devant les dieux », dit-il d'un air grave. Indifférents ! Mais qu'espérait-il enfin ?

Cavafy.

De Kalymnos, je me souviens d'abord du réveil. Quelques milliers de coqs saluèrent l'aube comme ils avaient déjà salué les douze coups de minuit. Ces cocoricos déchaînés tirèrent le soleil de la mer. Les punaises réintégrèrent leurs bois de lit après une veille gourmande. Je les avais supportées sans stoïcisme et j'aurais voulu dormir quelques heures pour réparer les effets d'une nuit passée sur le qui-vive, mais les coqs n'en finissaient plus de chanter la gloire du jour. Poussant les volets, je contemplai pour la première fois le port où nous avions abordé après le crépuscule. Une large rade s'ouvrait à la mer et des caïques balançaient leurs mâtures à l'abri d'une jetée. Les maisons étaient bleues et les anses de la baie d'un rouge brun à peine taché par quelques maigres buissons. Nous nous habillâmes pour descendre. Le « Palace des Dieux » était une ancienne maison bourgeoise convertie en hôtel par ses propriétaires ruinés. Toute une classe est en train de disparaître dans les îles grecques, cette classe à laquelle appartenaient les parents de la belle Akrivie Phrangopoulo de Gobineau, les bourgeois du trafic insulaire. Les lignes régulières de la navigation à moteur et les éponges synthétiques ont réduit à l'inactivité les petits armateurs et les commerçants de l'éponge sous-marine. Notre propriétaire n'avait pas su se « reconvertir ». Dans sa maison délabrée, le papier se détachait du mur par grands pans, dévoilant les lézardes. Une lente moisissure recouvrait, dans leurs cadres dorés, les photos de famille : marins ou officiers moustachus, grand-mères résignées ou grands-pères autoritaires engoncés dans des cols durs. La veille au soir, un enfant nous avait accueillis, désigné notre chambre et réclamé les passeports, mais le matin ce fut Mme Goulos qui se montra. Elle parlait français et nous apprit tout de suite qu'aux beaux jours elle avait vécu en Tunisie, à Sfax, et à Paris dans un appartement de la place de la République qu'elle évoquait comme un lieu de délices. Sa bibliothèque conservait de ces voyages des souvenirs jaunis : Delly, Dekobra, Marcel Prévost et les livres de Camille Flammarion sur l'astronomie. Des cheveux gris en bandeaux soulignaient l'aimable bonté de son visage. Elle nous rendit les passeports :

— J'ai vu votre profession, murmura-t-elle. Je lisais beaucoup autrefois…

— Et maintenant ?

— Oh ! maintenant...

Elle esquissa un geste gracieux qui n'exprimait ni désabusement, ni amertume. La vie était ainsi et personne n'y changerait rien. Mme Goulos disparut dans sa cuisine et revint avec le petit déjeuner servi sur un plateau à nappe de précieuse dentelle.

— Vous serez mieux dehors.

Un jardin en friche, planté seulement de quelques citronniers chargés de fruits, bordait la véranda où elle nous installa. Les coqs se taisaient. La chaleur montait. Une chaleur que je ne connaissais pas encore ou plutôt à laquelle je ne m'attendais pas, car sa moiteur, son poids me rappelaient brusquement, je ne sais pourquoi, une matinée à Biskra. Discrète notre hôtesse s'esquiva, mais M. Goulos apparut, la paupière lourde, les cheveux hérissés en épis, chaussé de pantoufles et habillé d'un pyjama. Le pyjama, en Grèce, est un costume diurne. Je suppose que la nuit on l'enlève. Le jour, il bariole le seuil des maisons. Les ventres s'y sentent au large. Jaunes, bleus, tabac, toujours rayés, les pyjamas affirment une certaine aisance. Le pauvre pêcheur, lui, ne se déshabille pas. Il vit dans son coutil bleu et, hiver comme été, garde son chandail à col roulé. Satisfait sans doute de s'être ainsi montré, M. Goulos traversa le salon et disparut. Dans ce salon, l'aisance avait laissé des traces : buffet Henri II, fauteuils recouverts d'une miteuse tapisserie à glands, porcelaines dépareillées, argenterie. On touchait à ces restes avec une certaine honte. Les quarante dernières années n'ont pas englouti que des millions d'existences humaines, elles ont englouti aussi des modes de vie, une sorte de chaleur et de raffinement modestes. Les enfants des Goulos ne parlaient pas français. Ni l'anglais des touristes, ni l'italien des derniers occupants. Ils ne parlaient que le grec. Il faut des guerres et des invasions, des classes sociales, des pauvres et des petits riches pour que les peuples se connaissent et mélangent leurs langues. Mme Goulos c'était encore une civilisation. La génération qui suivait, ce n'était plus rien. Le tourisme ne rendait qu'une activité éphémère à cet îlot de solitude. Pendant quelques semaines, il apportait de l'argent, des femmes aux cuisses nues et aux fesses provocantes, il pourrissait de ses pourboires toute fierté, semait le vice et la bêtise de l'Europe, puis à l'automne, l'île retombait dans le silence et la misère.

Par les ruelles de Kalymnos, Mme Goulos nous accompagna vers une station de taxi. Elle avait sorti d'un placard sa vieille ombrelle et sous ce dais de soie beige effrangée, nous marchions dans la foule matinale, évitant l'étal des fruitiers — oranges et mandarines —, les ânes chargés de poteries en argile, les paniers de poisson frais que les hommes portaient sur la hanche. Nous trouvâmes enfin les taxis et par discipline je pris le premier qui n'était pas le plus beau. Mme Goulos nous regarda gentiment partir, son ombrelle bien droite. Jamais je n'aurais osé me plaindre à elle des punaises. Pour sa dignité, j'étais prêt à supporter une seconde nuit blanche.

La route encaissée nous conduisit à Myrtiès, une plage de sable gris ardoise face à un sublime rocher jeté dans la mer comme un

Gibraltar. Sur ce rocher, on apercevait quelques maisons, des champs en terrasse, des olivettes dominées par une muraille de lave basaltique. L'îlot semblait bien proche. En fait, il était à un mille de la côte, et le chauffeur nous avait prévenus : le détroit était le lieu de rencontre favori des « chiens de mer ». Nous essayâmes de deviner leurs ailerons redoutables, mais l'Égée moutonne et les requins naviguent entre deux eaux. Il fallait une barque, je n'en voyais pas. Pourquoi depuis une île a-t-on toujours envie d'une autre île plus petite ? Pourquoi aussi l'islomanie ? Quelle protection réelle ou imaginaire trouve-t-on à s'entourer d'eau, à n'être relié au continent que par des bateaux porteurs de lettres et quelquefois de visages amis ? D'île en île, d'îlot en îlot on doit finir gardien de phare ou stylite, position idéale pour mépriser l'humanité, jouir des aubes et des couchants, défier les tempêtes, le froid, le chaud. Nous n'irions pas en face. Mieux valait en rêver, rêver à tous ces blocs volcaniques qui parsèment l'Égée et rappellent la bataille des Titans contre Zeus.

Le chauffeur revint nous chercher tandis que nous finissions une friture de rougets, attablés sur une affreuse terrasse en ciment. Une fois de plus, nous nous disions : comme tout est beau et tout est laid en Grèce ! Ce n'est pas assez de dire que les Grecs d'aujourd'hui n'ont pas de goût. Ils ont mauvais goût et le pire mauvais goût. Dans des paysages sans faute se dressent, hideuses, d'insensées constructions, défis au bon sens, au confort, quelque chose d'impie à quoi on ne sait que vous répondre : « Mais c'est un pauvre qui a fait ça ! » Comme si la pauvreté expliquait la laideur. Pourtant au siècle dernier, la pauvreté a parsemé les îles d'exquises maisons blanches sans une faute. Notre civilisation n'invente plus que des horreurs à moins qu'elle n'imite grossièrement, signant ainsi sa fin tragique dans le meilleur des cas, stupide dans le plus banal.

Le chauffeur n'était d'ailleurs pas de notre avis : il trouvait jolie la bâtisse inachevée qui souillait la plage. Le détromper, c'était entrer dans des considérations que ne suggérait plus la route menant à Vathys. Là, au fond d'un fjord, s'ouvre une ravissante vallée de citronniers et d'oliviers. En face, c'est l'Anatolie. Le regard embrasse la belle côte violette, déchirée, crevassée, où se dressent des silhouettes de minarets. Un autre monde commence là, le monde de l'Asie. Les Grecs ont cru pouvoir le peupler. Il a fallu plus de vingt siècles pour les déraciner, les rejeter sur des îlots arides, sur le continent déjà surpeuplé.

Pour ceux qui ont échoué à Kalymnos, il ne reste plus que le fabuleux. Le chauffeur s'expliqua : on vit de la chasse au trésor, c'est dire que l'on vit assez mal quand on ne possède pas les « cartes ». Oui, trois ans auparavant, des Allemands qui ne connaissaient ni l'île, ni un mot de grec, étaient arrivés à Vathys et, après avoir regardé leurs cartes, avaient creusé à un endroit précis, au chevet d'une chapelle. Trois coups de pioche leur avaient suffi pour découvrir un trésor. L'année suivante, des Anglais étaient venus camper, eux aussi avec des cartes. Après avoir démoli le mur d'une vieille maison accotée à la falaise, ils avaient puisé à larges mains dans un tombeau. Et voilà à peine un an que des Français, toujours armés de cartes, retrouvaient le souterrain qui relie deux des kastros de l'île. Nous allâmes le voir, ce souterrain qui commence derrière une murette et serpente sous les champs. Je m'y enfonçai de quelques mètres provoquant un vol de chauves-souris. Je ne serai jamais spéléologue. L'angoisse m'étreignit, moins grave que dans l'escalier de Perséia qui descend à la source de Mycènes, mais assez pour reculer. Là des hommes avaient couru haletants, fuyant les envahisseurs, les pirates qui attaquaient les villages côtiers. Le chauffeur ne suivait pas. Il attendait en fumant à l'entrée. En fait, il aurait bien voulu savoir où on peut se procurer les fameuses cartes. Son taxi était vieux, il désirait en changer.

Nous rentrâmes mélancoliquement par la corniche vers le port. Il fallait trouver un caïque pour se rendre le lendemain à Leros ou à Patmos. Une dizaine de patrons se récusaient. Ils ne savaient pas quand ils partiraient, attendant un chargement ou étant sans gazole. Nous finîmes par conclure avec le *Taxicardis* qui pensait appareiller vers 10 heures du matin pour Leros. Le patron était d'une beauté inoubliable : long vieillard sec aux moustaches blanches, aux yeux bleus. Je lui demandai son prix. Il haussa les épaules. La question n'était pas là.

Le soir tomba. Des lumières jaunes en guirlande s'allumèrent le long des quais. La mer devint rouge, puis « vineuse », violette. La chaleur monta des pierres, du sol brûlant. Nous bûmes un ouzo en grignotant du poulpe grillé à la terrasse d'un café. J'avais bouclé la boucle, fermé le cercle et il n'était pas vicieux. Ces journées dans le Dodécanèse avaient un langage que j'entendais de loin, comme une rumeur. Je les raconterai mais sur l'instant il n'y avait que des riens à offrir : une vision parfaite, des voix, des visages. Attablés tous deux, nous rêvions, sans parler, à la Grèce, nous rêvions aux îles, à l'Asie qui est en face et que nous approcherions plus tard, ou peut-être même jamais si nous trouvions le point d'équilibre et nous étions bien près de l'avoir trouvé avec un blue-jean, un chandail, un sac à matelot pour tout bagage. N'avoir besoin que du nécessaire, ne pas quitter d'un pouce l'être que l'on aime, voir chaque jour le soleil se lever et se coucher, manger quand on a faim, écrire sur une table même boiteuse, se répéter que ce qui est beau c'est la mer, le ciel, un olivier retroussé par le vent, que l'amitié est partout où l'on franchit un seuil, que, déracinés, sautant d'un bateau dans l'autre, une anthologie de poètes remplace tous les livres, voilà un peu de ce que je cueillais en Grèce…

Les lumières de Kalymnos s'éteignirent de bonne heure. Bientôt il ne resta plus que la guirlande des lampadaires le long du quai, des chats qui rôdaient sous les tables des cafés et un groupe de joueurs de tarots à l'intérieur de la taverne. Nous regagnâmes notre silencieux palace qui voguait déjà dans le sommeil. Le courage dont je m'étais armé pour demander à Mme Goulos une bombe antiparasite devenait inutile. Résignés, nous passâmes les châlits à la flamme d'un briquet. Les punaises furent intimidées car je m'endormis et ne me réveillai que vers 3 heures du matin, assailli de tous côtés. La lune éclairait la chambre et j'allai m'accouder à la fenêtre pour contempler la ville découpée en pans d'ombres et de clartés laiteuses. Des lambeaux de nuages couraient dans le ciel. Je pensai à toutes les autres nuits grecques que nous avions vécues depuis que nous nous promenions dans les îles, pures, profondes, constellées, balayées par le vent du nord ou le sirocco. Elles étaient indicibles, chacune gardant son beau secret, aussi riches que le jour. Nous étions bien coupables de dormir à ces heures-là. Sous la fenêtre, le jardin des citronniers frémissait doucement et dans les arbres les fruits dessinaient de petites taches claires.

Je crus d'abord que c'était un linge agité par le vent. Une forme bougeait dans l'angle du jardin, mais le mouvement semblait si régulier qu'il ne permettait pas de doute. Quelqu'un grattait la terre avec précaution pour éviter tout bruit. Des minutes passèrent, puis la silhouette se releva. On la devinait qui, du pied, repoussait la terre dans le trou et la tassait. La traversée du jardin révéla Mme Goulos serrant un paquet contre sa poitrine. Peu après, je m'endormis dans un fauteuil jusqu'à l'éclatement de la fanfare des coqs. Cette nuit sereine et agitée à la fois me laissait un grand goût de fatigue dans la bouche et je ne me souvins de l'apparition du jardin que quand Mme Goulos nous apporta le petit déjeuner. Lui parler des punaises ? Il n'y fallait pas songer. Son doux visage ne le méritait pas. À Athènes, Spach

Katsimbalis m'avait raconté que la même mésaventure lui étant arrivée en Crète, sa logeuse indignée lui avait répondu : « Mais c'est vous qui les apportez ! » Je demandai la note. Mme Goulos m'appela du salon :

— Voulez-vous la vérifier, Monsieur ?

Elle se tenait près de la table, ses lunettes de presbyte à la main. Je jetai un coup d'œil. Nous ne serions pas ruinés. Comme je sortais de l'argent de ma poche, elle me dit très vite :

— J'ai des lettres pour vous.

— Vous m'étonnez. Personne ne sait que nous sommes à Kalymnos,

— Non, des lettres adressées à moi. Je les gardais dans une cachette, mais je peux mourir et personne ne saura. Il faut que vous les gardiez. Un jour, vous les publierez... C'était un grand écrivain... Emportez-les. Je ne veux plus penser toutes les nuits qu'elles sont ici, que quelqu'un risque de les trouver et qu'elles seront déchirées ou perdues ou salies. Vous aussi, vous êtes un écrivain, vous comprendrez ce qu'elles veulent dire.

Elle me tendit un paquet enveloppé d'un papier journal. Sa main tremblait.

— Vite, prenez-le. Je vous en prie.

Je le pris et nous ne la revîmes pas. En pyjama, M. Goulos nous bégaya un adieu.

Le moteur du *Taxicardis* démarra comme sur tous les caïques après un laborieux chauffage à la lampe à souder. Des hoquets précédèrent de fortes pétarades avant qu'il trouvât son régime, mais le patron, Hadzimichaelis, restait à quai, le regard fixé sur la ligne des falaises qui surplombent à gauche les dernières maisons bleues de Kalymnos. « *Papa !* »

me dit-il quand je l'interrogeai. Il pointait du doigt le monastère qui semble taillé dans le roc. Les yeux perçants d'Hadzimichaelis suivaient un « papa », un pope minuscule qui dévalait le sentier de chèvre, disparaissait derrière un massif de lauriers-roses, surgissait en haut d'un escalier qu'il semblait descendre quatre à quatre, s'engouffrait dans une ruelle, arrivait enfin à l'extrémité du quai où des enfants, des femmes l'arrêtaient pour lui baiser la main. Il les expédiait aussi vite qu'il pouvait, emportait un petit paquet et courait presque entre chaque fidèle si bien que nous le vîmes grandir à mesure qu'il approchait, dominer tout le monde et finalement mettre le pied sur la passerelle avec une heure de retard, mais immense et vigoureux, riant de dents très blanches qui éclairaient la barbe de jais. Les deux fils d'Hadzimichaelis, Petro et Yorgo, nous avaient déjà appris que le pope était un joyeux vivant, ne tenant jamais en place et qu'il savait pêcher à la dynamite comme personne. À peine à bord il s'empara de la barre debout sur la poupe et on largua les amarres. Petro disparut dans la soute à moteur et le *Taxicardis* sortit du port. Je contemplai une dernière fois Kalymnos : les rochers rouillés, la ville étalée.

— Vous voyez le drapeau des Hellènes, me dit Hadzimichaelis.

Son doigt dessina dans l'air les rayures horizontales du drapeau bleu et blanc, les maisons bleues et blanches de Kalymnos.

— Quand les Italiens s'en sont aperçus, nous leur avons dit que c'était pour écarter les mouches. Ils l'ont cru !

Il ne s'esclaffait pas, il souriait à peine sous sa moustache jaunie, me laissant imaginer la scène : les hauts fonctionnaires italiens arrivant ici en inspection avant la dernière guerre et découvrant de leur navire ce large drapeau déployé dans le panorama. Il faudra un jour écrire un manuel de l'ingéniosité grecque à narguer les oppresseurs, ces trésors de ruse déployés pour signifier aux Turcs, aux Italiens, aux Allemands qu'une vie terrestre ce n'est rien — une seconde à peine — avant le retour de la liberté.

Un fort vent se levait et pour gagner Leros nous longions la côte orientale de Kalymnos, de grandes falaises grises et rouges sans un arbre. Au pied des falaises, quelques barques pêchaient innocemment à la palangrotte tandis que nous passions. Hadzimichaelis se tourna vers moi et cligna de l'œil. La dynamite n'était pas loin. Il fallait bien s'en servir depuis que les eaux territoriales turques étaient interdites. Là-bas en face, parmi ces îlots, au creux de ces fjords, près des grottes sous-marines, le poisson pullule et le Turc ne le pêche pas. Du doigt, le patron me montra un triangle de verdure sur la côte :

— Ma patrie, dit-il. J'ai tout laissé là-bas. Par beau temps, on voit ma maison. On voit aussi les oliviers plantés par mes aïeux. Ils me donnaient 12 000 okades d'huile tous les ans. J'ai tout perdu. Il ne me reste que ça !

Sa main retomba sur le plat-bord du bateau. Le *Taxicardis* avait bien quarante ans. Mais sait-on les âges ? Et Hadzimichaelis savait-il le sien ? Durrell raconte que les paysans de Corfou mesurent la durée d'un aller à la ville en cigarettes : « J'habite à trois cigarettes de Benitsa. Et vous ? » Combien de cigarettes aurait-il fallu compter dans la vie de Hadzimichaelis ? Quelques centaines de milliers pour donner la mesure de son âge inestimable.

Le pope rendit la barre à Yorgo s'empara d'un sac de lustrine noire dans lequel il avait enfourné les cadeaux recueillis le long de sa route, et en sortit triomphalement des concombres, du fromage blanc, une bouteille de cognac Metaxas. Ses paroissiens avaient pensé au voyage. Il coupa les concombres en deux, les évida à la pointe du couteau et tendit à chacun de nous l'écorce en éclatant de rire :

— Un verre !

Oui, c'était un verre dans lequel on pouvait boire du cognac en mangeant du fromage blanc sur des tartines de pain à l'anis. La bouteille mourut quand nous dépassâmes la pointe septentrionale de Kalymnos. Le vent d'ouest balayait le détroit et nous traversâmes les vagues à grands coups de nez brutaux. Les concombres marinaient dans le cognac doux et se rappelaient à nous. Il était temps d'arriver à Leros.

LEROS

N'importe où j'y voyage la Grèce me fait mal.

Séféris.

Le *Taxicardis* pénétra au ralenti dans la rade de Lakki, immense et vide, bordée de bâtiments militaires éparpillés parmi les plantations de lauriers-roses. Le pope avait soif d'un « cafédaki ». Ce fut mon tour de régaler et nous nous installâmes à une terrasse proche de la douane, près de grillages hérissés de barbelés. Je découvrais Lakki : port désert sans caïques, quais vides, un marin de la police y faisait les cent pas, jugulaire au menton. C'était sinistre, indiciblement sinistre sous un ciel gris. Quelque chose m'étreignait. Je ne sais quoi d'angoissant. Ces îles du Dodécanèse ont perdu la vie alors que les Cyclades, éclatantes sous le soleil, blanches et fouettées par le vent du nord, aspirent à la beauté. Je regrettais Andros, Tinos, Mykonos. Je regrettais Spetsai. Pourquoi aller chercher plus loin ce qu'on a tout de suite trouvé ? Il y a ainsi des moments en voyage où l'on se sent extrêmement misérable par sa faute, où l'on se rappelle brutalement qu'une bonne règle du bonheur est l'immobilité. J'y songeai en levant mon verre d'eau à la santé du pope et de Hadzimichaelis quand derrière nous retentit une sonnerie lointaine. Des cris, des beuglements s'élevèrent. Le pope éclata de rire, se vissa l'index sur la tempe et dit :

— Fous !

Oui, il fallait être fou pour crier dans cet endroit. Mais je me retournai : dans le terrain, de l'autre côté des barbelés, des hommes couraient ou titubaient. Quelques-uns vinrent juste derrière nous s'accrocher au grillage. Leurs doigts agrippaient les mailles. Des yeux fixes nous contemplaient, des voix mendiaient. C'était un asile de fous.

Un taxi passa : pris de panique, nous sautâmes dedans. Nous devions, selon des renseignements douteux, trouver au port d'Ayia Marina un caïque pour Patmos. Le taxi traversa un bois de lauriers-roses et entra dans Leros. Leros est jaune. D'un jaune d'œuf qui contraste étrangement avec le souvenir du bleu de Prusse kalymniote. Le port se trouvait en dessous de la ville dans une anse protégée des vents, mais le quai en était désert. Impossible de savoir si le caïque de Patmos était déjà parti ou pas encore arrivé, ou si, plus simplement, il n'avait jamais existé que dans l'imagination perturbée des gens de Lakki. Il se fit bientôt un rassemblement où chacun donna son avis. Nous étions déjà une dizaine quand un officier du port en tenue blanche arriva, le sourcil froncé.

— Que faites-vous ? demanda-t-il.

— Mon mari est écrivain, répondit C. trompée par la question.

Le froncement de sourcil disparut comme par miracle.

— Alors, vous parlez anglais !

Oui, aussi, et bien que ce ne fût pas une loi générale chez tous. Mais l'officier baragouinait un peu d'anglais et les occasions de le prouver devaient être rares. Nous parlâmes donc l'anglais, cette langue d'intermédiaires et quelquefois de poètes.

— Il n'y a pas de caïque, dit-il. Demain, je vous arrangerai une traversée avec un pêcheur. Je m'appelle Papadimitriou, montez prendre un café dans mon bureau. Celui-là s'occupera de votre sac et de votre logement.

Un grand diable efflanqué aux moustaches de marlou avait déjà mis la main sur notre bagage.

— C'est moi, assura-t-il, le propriétaire du meilleur hôtel d'Ayia Marina.

De toute façon, il n'en existait pas d'autres. Papadimitriou nous conduisit dans son bureau où sur une table mauresque on nous apporta des cafés et le traditionnel verre d'eau. Les cafés bus, le jeune officier établit notre programme : installation à l'hôtel, déjeuner sur le port, sieste, puis, à 4 heures il nous emmènerait nous baigner en compagnie de sa « girl » et le soir nous dînerions ensemble. Il se frotta les mains, ravi. Et pour repartir ? Il en faisait son affaire.

— Dormez sur vos deux oreilles.

En toute autre circonstance, cette mainmise sur notre journée nous aurait poussés à la fuite. Mais le moyen de fuir ? Après la tristesse de l'arrivée à Lakki, il nous fallait de l'autorité. Papadimitriou attira une liasse de papiers devant lui. L'entretien se terminait. Le meilleur hôtel d'Ayia Marina était une chambre au-dessus d'une taverne fermée. On y entrait par une sorte de boutique au milieu de laquelle trônait un lit indécent. Une femme émergea d'un réduit qui lui servait de cuisine. Elle n'avait pas la discrétion coutumière des Grecques, un rouge violent enduisait ses lèvres, ses cheveux noirs grisonnaient aux tempes, ses bras étaient nus.

— Bonjour ! fit-elle en français.

Il n'était pas difficile d'imaginer qu'originaire du Pirée, elle avait appris, au temps de son premier métier, quelques mots clés : « Bonjour, matelot ! Petit amour ou grand amour ? Mon cadeau. Merci. Bonne nuit. » Nous devions, par la suite rencontrer quelques autres retraitées de ce type *, disséminées dans des îles où elles achètent un hôtel et un mari qui n'est généralement pas tout à fait un maquereau, mais une sorte de beau gosse paresseux, affligé d'un poil dans la main, peu curieux du passé. La chambre qu'elle nous montra était en tout cas d'une propreté exemplaire. J'ouvris le sac et retrouvai le paquet de Mme Goulos. Je n'y pensais plus depuis le départ et son contact me rappela soudain le visage encadré de cheveux gris, l'air de mystère et de ferveur de l'excellente femme. Je déchirai le paquet et une cinquantaine d'enveloppes s'éparpillèrent sur le lit, toutes libellées au nom de Mme Goulos, poste restante XIe arrondissement. Côte à côte, nous déchiffrâmes les lettres dans l'ordre indiqué par l'estampille des timbres. C'était une histoire à la fois bête, simple, charmante, puis assez triste que nous pouvions reconstituer par les seules réponses. Manquaient les lettres envoyées par elle, mais on en devinait la naïveté, puis l'enhardissement, les reculs et les frayeurs. Il ne m'appartient pas de révéler ici le nom de l'auteur de ces lettres. Disons seulement qu'il fut, aux environs de 1930, un écrivain à la mode, très à la mode, connaissant de grands tirages avec des romans dont à peine un ou deux titres sont restés dans les mémoires. Ses livres figuraient en bonne place sur les rayons de mes parents et je crois qu'il eut surtout un public féminin passionné par ses héroïnes qui savaient si bien triompher des vicissitudes de l'amour. Il était facile de calculer qu'en 1930, 1931, Mme Goulos avait au plus vingt-cinq ou vingt-six ans. Son auteur préféré n'avait répondu qu'à la troisième lettre, brièvement d'abord, flatté et s'interrogeant sur cette jeune Grecque vivant à Paris qui lui disait son admiration. Le dialogue continuait et on sentait l'homme intéressé par la personnalité de sa correspondante, commençant à lui poser des questions (« J'apprends avec une certaine jalousie que vous êtes mariée »), se livrant à son tour (« Je suis aussi marié avec une femme que je n'aime guère, nous avons deux fils »), la pressant d'envoyer une photo (elle refusait), d'accorder un rendez-vous (« Mais non, je ne vous trouverai pas bête »), et enfin leur rencontre aux Tuileries sous le Carrousel où elle était arrivée avec un chapeau blanc et une robe grise dont il n'oubliait aucun détail. Oui, elle avait dû être belle et maintenant, fermant les yeux, nous essayions, C. et moi, d'imaginer Mme Goulos jeune, sa chevelure noire en gros chignon sur la nuque, le simple ovale de son visage au nez droit et aux belles lèvres. Le séducteur semblait séduit. Il suppliait qu'on lui accordât un rendez-vous, attendait impatiemment un voyage du mari, et emmenait enfin la jeune femme dîner dans un restaurant de Montmartre où plusieurs personnes le reconnaissaient, ce qui avait fort effrayé son invitée. Naturellement, après, on soupçonnait la tentative de concrétisation de ces rapports sentimentaux, le refus (qu'il prenait pour un échec), la mauvaise humeur (trois lignes : « Je suis très occupé. Je commence un nouveau livre »), puis un remords et le besoin de se ménager une sortie à sa gloire, de ne pas laisser la jeune femme seule avec le souvenir d'un monsieur pressé de satisfaire une envie urgente, de lui laisser, au contraire, l'image impérissable d'un homme qui avait souffert, souffrait de nouveau, souffrirait encore malgré tout le bien qu'elle lui avait fait en lui portant un sentiment aussi exquis. Elle partait (« Vous rejoignez la Grèce des dieux, la Grèce immortelle, ayez pitié de ceux qui restent. Je vous ai aimée... »). Le roman s'arrêtait là, écrit en marge d'autres romans, d'une facture aussi peu sûre. Voilà de quoi, depuis près de trente ans, vivait Mme Goulos, et ce qu'elle confiait à un inconnu à la seule vue d'un passeport qui portait mention de sa profession. Nous rangeâmes les lettres. Que fallait-il en faire ? Il y avait encore une veuve, cacochyme certes, mais deux fils tout à fait connus et qui ne plaisanteraient pas sur la mémoire — pourtant si oubliée — de leur père. J'optai pour la destruction. C. se rallia. Le merveilleux souvenir de Mme Goulos finit dans la corbeille à papiers.

Nous descendîmes déjeuner, croisant dans l'escalier notre hôtesse. Elle portait une pile de linge. Dans le mouvement qu'elle fit pour nous éviter, une effroyable odeur d'aisselle s'échappa d'elle qui sourit, enchantée. Le ciel s'était dégagé. Du soleil passait entre les branches des platanes. En ce début de printemps, aucun restaurant ne fonctionnait à Ayia Marina. Seul un café demeurait ouvert. Au-dessus de la caisse, sous un verre, j'aperçus un diplôme en français : « Athanassiou Petridès a été pendant cinq ans manœuvre dans nos usines. Nous n'avons qu'à nous louer de ses services. *Signé* : Louis RENAULT. » Athanassiou se montra ravi de m'entendre déchiffrer son diplôme maculé de chiures de mouches.

— Ah ! Renault ! dit-il. Billancourt !

Une infinie nostalgie passa dans ses yeux. Avec cinq ans d'économies, sou à sou, il s'était acheté ce café poisseux et bourdonnant de mouches. Athanassiou cuisit deux œufs qu'il nous servit dehors sur une table de fer. Pas un caïque n'était arrivé depuis le matin. Comment Papadimitriou se faisait-il fort de nous en trouver un pour le lendemain ? La perspective d'attendre deux ou trois jours à Leros nous coupait les jambes. Rien ici ne nous intéressait, sauf peut-être ces deux types qui discutaient dans notre dos.

— Ce sont des étrangers.

— Des Allemands.

— Comment le sais-tu ?

— Je les ai entendus parler entre eux.

— Ah ! bon... Tu sais l'allemand ?

— Comme ci... comme ça...

— Alors propose-leur de faire un tour en barque pour 100 drachmes.

— Pourquoi on n'essayerait pas de leur demander tout de suite 200 drachmes ? Tu verras bien s'ils marchent.

— Tais-toi. Ne parle pas si fort. Tu sais ce qui est arrivé la semaine dernière avec les Italiens. Ils connaissaient le grec et ils t'ont laissé parler. Tu as été refait.

Mais C. impatiente se retourna.

— Ne vous en faites pas ; je ne vous laisserai pas parler.

Un instant médusés, ils éclatèrent de rire et se tapaient encore sur les cuisses quand Papadimitriou fit une arrivée bruyante dans un vieux taxi Fiat, porte ouverte.

— Montez ! Il faut y aller maintenant.

Son ton n'autorisait pas à lambiner. Quelques minutes plus tard nous grimpions une route en lacet évitant Leros. Après les dernières maisons, nous croisâmes une grande fille cambrée, aux cheveux dans le dos. Notre officier se retourna et fit signe au chauffeur de s'arrêter quand nous aurions atteint le prochain virage. La fille nous dépassa, yeux baissés. Cent mètres plus loin, nous la rattrapions et elle monta dans le taxi. Dans son genre elle était assez belle : visage régulier aux traits épais, mince front, long cou. Ses pieds nus dans des sandales à lanières me fascinèrent : au moins du 44. Elle serrait contre son ventre un sac en plastique dans lequel on apercevait un ouvrage-prétexte et en dessous un maillot de bain.

— Je vous présente ma « girl », dit Papadimitriou.

Le taxi roulait sur un chemin en corniche conduisant à l'extrémité d'un cap. Au loin, la silhouette rouge de Kalymnos surgit de la mer calmée. La côte turque semblait plus violette que jamais. Nous nous arrêtâmes au-dessus d'une crique à l'eau transparente. Transparente et glacée. C. plongea la première vers un fond d'émeraude pâle, d'anémones de mer et d'oursins. La jeune fille suivit. Elle nageait bien et l'officier moins bien. Vexé, il remonta et la rappela. Elle revint docilement et ils se cachèrent dans une grotte tandis qu'avec une délicatesse inouïe, nous feignîmes, C. et moi, de trouver plaisir à rester dans l'eau. Eh quoi ? Dans un endroit aussi inconfortable où les rochers étaient coupants comme des lames de rasoir ? Ils n'avaient sans doute pas d'autre solution. Je remontai enfin et ils sortirent de leur cachette, elle honteuse, lui enchanté. Le taxi revenait. Nous laissâmes la jeune fille sur la route à l'endroit où nous l'avions cueillie. Papadimitriou voulait boire un ouzo à Leros.

— Elle est très belle, nous affirma-t-il, mais ses parents la surveillent de près. Personne ne sait que je la vois en dehors de chez elle.

— Le chauffeur de taxi est discret ?

— C'est mon homme. Je l'ai sauvé de la prison. Il était contrebandier. Je voulais vous organiser un dîner chez les parents de ma « girl ». Malheureusement sa mère est malade, ce sera pour une autre fois.

Nous le rassurâmes : le soir nous prenions

un verre avec Hadzimichaelis et après nous allions au théâtre d'ombres annoncé sur la place des Platanes. Papadimitriou se sentit la conscience légère : nous ne restions pas inoccupés. Il me serra la main avec effusion. Je suppose qu'il retournait chez sa « girl » où, devant les parents, il jouait les fiancés cérémonieux. Sa volubilité nous fatiguait. Nous préférions les silences de Hadzimichaelis attablé devant un raki avec son fils Yorgo. J'aurais aimé que nous parlions de tout, du passé, de l'exode, des massacres de Smyrne, de l'Asie perdue. Mais le langage est un moyen bien triste et bien lent pour se comprendre alors que quelques mots suffisent et une certaine façon d'être ensemble, de boire en même temps, de goûter aux carrés de fromage ou aux olives piquées d'une allumette. Ai-je jamais vu vieillard plus beau, visage où la peau semble mieux décalquer le masque osseux jusqu'à en être transparente sous les pommettes luisantes et roses ? Les yeux étaient délavés et la longue moustache jaunie de tabac. Deux doigts fins aux ongles incurvés saisissaient le verre de raki et le portaient à la bouche où le contenu disparaissait d'un trait.

Nous en étions là de notre amitié quand un petit homme en loques se planta devant nous.

— Capétan Michaelis, demanda-t-il, est-ce que ces étrangers auront honte si je m'assieds à votre table ?

Il lui donnait le beau titre de capétan et je me rappelai que « hadzi » c'est le « hadji » turc, celui qui a fait un pèlerinage. Mais « capétan » est un titre glorieux qu'on accordait aux chefs des maquis antiturcs après leurs victoires sur l'occupant.

— Non, dit notre Capétan. Personne n'a jamais honte !

Le petit homme rit et se commanda un raki qu'il but d'un trait. Un second subit le même sort.

— Maintenant ça suffit ! dit le capétan Michaelis.

Mais j'en commandai un troisième pour ce doux ivrogne dont le costume rappelait celui d'Albert Fratellini et lui demandai :

— Que fais-tu dans la vie ?

— Moi, je suis journaliste.

Toute la taverne se tordit de rire, ce qui ne le désarçonna nullement.

— Mais il n'y a pas de journal à Leros !

— C'est bien pour ça ! Quand un caïque arrive à Lakki avec des légumes et des fruits, on me paye pour que j'annonce la nouvelle. Alors je vais dans les rues et j'annonce : y a des oranges ! Y a des poireaux ! Y a des patates !

Il se leva et mima en tourniquant dans la taverne, entre les tables, ses annonces du matin. Sa voix éraillée s'étrangla mais il cria de plus belle et virevolta comme une toupie jusqu'à ce qu'un de ses pieds s'accrochât dans le bas du manteau troué qui traînait jusqu'à terre. Notre journaliste se ramassa de justesse sur une table, l'œil émerillonné, la figure hilare. Il était enchanté. Il n'y a rien de plus généreux que de faire rire l'humanité souffrante et pauvre. Tous les bateleurs ne songent qu'à la faire pleurer. Pour être un comique, il faut une âme de saint. Je voulus offrir au loqueteux un dernier verre de raki, mais Hadzimichaelis qui avait un instant consenti à sourire, me fit signe qu'il ne fallait pas. Nous nous quittâmes après avoir échangé, à la mode grecque, des adresses sur l'envers de nos paquets de cigarettes. Le capétan avait passé notre paquet à son fils. Il ne savait pas écrire, il était de la vieille école, celle qui se défendait avec un air buté. Yorgo, lui, tira la langue comme un enfant. D'une génération à l'autre les progrès n'étaient pas foudroyants.

Le théâtre d'ombres chinoises avait dressé ses tréteaux en face, sous les platanes. Quatre piquets tendaient des murs de toile rapiécée. À l'intérieur, des bancs en équilibre instable. Nous nous y assîmes parmi les gendarmes fort nombreux (en ce pays, sans doute, les gendarmes ne sont hélas pas rossés par les ombres) et les enfants qui, pour l'instant, jouaient à la bascule avec les bancs. Les gendarmes ne rirent pas moins que les enfants aux exploits de Karaghiosis, le héros qui apparut dès le premier acte sur le transparent. La marionnette en couleurs représentait un extraordinaire palikare aux énormes moustaches, un peu bossu et cagneux mais vif comme une anguille. Autour de lui, de ses vantardises, de ses combats, de ses fuites, l'action s'organisait. Derrière l'écran, un récitant faisait toutes les voix, aiguës pour les femmes, barytonesques pour le héros, bégayantes pour les victimes de ses escroqueries. Une cuiller en bois sur une vieille casserole suffisait à imiter le roulement d'une charrette, une charge d'éléphants, une maison qui s'écroule et mille inventions aussi extraordinaires que le héros en personne à la fois hardi et grotesque, sublime et couard. Nous ne comprenions pas tout le discours du récitant, mais l'image suffisait qui nous montrait ce guignol grec en train de rouler son meilleur ami, de se mesurer avec un dragon qui allait le dévorer jusqu'à ce que Karaghiosis, à bout de forces et d'idée, ouvrît la bouche et soufflât dans la gueule du monstre une haleine empestée d'ail. Le dragon tombait raide endormi et Karaghiosis en profitait pour le découper en morceaux sanglants. La salle ne se tenait plus. Nous assistâmes encore à de multiples exploits du héros qui jouait tous les rôles, tantôt Thésée, tantôt mari de Lysistrata, tantôt Don Juan, tantôt agent électoral. Le répertoire était follement varié et il est probable que le récitant, porté par l'enthousiasme, en inventait à plaisir. Quand la lumière revint, ce fut un beau chahut, presque une émeute. Karaghiosis dut revenir expliquer qu'il tombait de sommeil, qu'il avait voyagé sur un foutu caïque toute la nuit dernière, qu'il crevait de faim, mourait de soif et que c'était bien son tour d'aller à la taverne. L'assistance consentit à le laisser partir mais en lui faisant promettre de revenir le lendemain. Il assura tenir toujours ses promesses. Un hurlement lui répondit et Karaghiosis, prudent, plongea derrière l'écran pour éviter les projectiles.

Nous rentrâmes à pied vers Ayia Marina. La nuit fraîchissait sous les platanes et les grands lauriers-roses. De timides lumières veillaient derrière les fenêtres. Sur la place du port les vociférations d'un pick-up nous accueillirent. Notre hôtelier, assis sur une chaise en équilibre dossier au mur, savourait la douceur du soir en fumant devant sa porte, bercé par la musique tonitruante. Il espérait que nous aimions ces sérénades. La réponse le stupéfia. Mais avait-il compris ? Couchés, nous entendîmes encore longtemps les beuglements du pick-up. Le silence tomba après une longue heure. Je me réveillai au milieu de la nuit quand le clair de lune entra par la fenêtre. Le souvenir me revint de Mme Goulos déterrant son secret maintenant déchiré en mille morceaux dans la corbeille à papiers. Il n'y avait pas d'amours éternelles comme elle l'aurait voulu, tout juste des amours brèves sauvées de la platitude et de la bêtise par des mensonges.

La belle du Pirée nous monta un petit déjeuner de bonne heure. Je dis « la belle du Pirée » mais les matins lui étaient assez fatals. En peignoir de cotonnade rouge, le cheveu défait, la voix rauque, le teint brouillé et l'aisselle plus virulente que jamais, elle rappelait plutôt une gorgone. C. qui avait découvert son maillot légèrement déplacé sur le lit était persuadée que la tôlière avait profité de notre absence pour l'essayer. Il n'était plus question que de le faire bouillir.

— Alors ? nous dit-elle. Vous avez pris un bon bain hier ?

— Très bon merci.

— Avec la fille du pope ?

— La fille du pope ?

— Comment, vous ne savez pas que la petite de Papadimitriou est la fille d'un pope ? Ah là là, celle-là, ça ne la gêne pas pour s'envoyer en l'air. Et si elle croit que le Papadimitriou l'épousera, eh bien elle se trompe. Moi, je les connais, les officiers, les marins et les autres. Ils plantent des drapeaux et puis, un jour, pff ! ils s'évanouissent. Moi je vous le dis, la petite, après ça, elle ne se mariera jamais.

Je me refusai aux commentaires et elle sortit, heureuse de son effet. Ainsi donc, tout se savait. Qui fallait-il accuser ? Papadimitriou persuadé d'agir avec la plus extrême discrétion ? La malignité publique avide de commérages ? Un pauvre édifice de ruse s'effondrait. Argus aux cent yeux veillait et dans ces îles vouées à une sorte de mort lente par inanition, tout le monde s'épiait sans indulgence, seule occupation laissée avec le ménage aux femmes frustrées. Nous eûmes de la peine pour la jeune fille. Mais fallait-il tant la plaindre ? C'était encore une autre question. Celle-là connaissait l'amour que tant de filles de son âge, mariées à l'aveuglette pour leur dot, ne connaîtraient jamais. Le plaisir valait le risque, ce risque que Mme Goulos n'avait pas pris.

En bas, le mari nous attendait en pyjama, la note à la main. C'était un peu exagéré : je le lui dis. Il fronça le sourcil, refit son addition. Il s'était trompé de 30 drachmes, et me rendit le compte avec un sourire tellement heureux que je ne saurai jamais si je lui avais fait très plaisir en corrigeant une erreur ou si je lui faisais encore plus plaisir en ne me comportant pas comme un imbécile.

Papadimitriou arpentait le quai. Ce nerveux avait peur que nous rations un embarquement. Pourtant, le caïque n'était pas encore là, mais un homme s'inquiétait, debout entre deux grosses valises. À la voix, nous reconnûmes le récitant de Karaghiosis. Quoi, c'était là tout son théâtre ? Dans ces deux valises de fibranne liées avec des ficelles ? Le glorieux héros, le flibustier des îles dormait dans ces cercueils de pauvre ? Il y avait disproportion entre l'énormité de ses aventures et le côté dérisoire de la boîte qui l'enfermait. Ne frappait-il jamais contre la paroi de fibranne pour s'évader, respirer un air moins empuanti par l'ail qui, d'ordinaire, le régalait ? Le récitant était un homme encore jeune, au teint cuit, à la voix brisée. Il voulait se rendre à Kos mais le bateau régulier ne passait que dans deux jours. Nous lui proposâmes d'embarquer pour Patmos. Il eut un refus dédaigneux. À Patmos on n'aimait pas le théâtre, on n'aimait rien. Tous des curés. Pour un peu nous l'aurions suivi, mais le caïque approchait et Papadimitriou n'aimait pas nous voir parler aux croquants. Il nous poussa à bord et nous fit promettre qu'au retour nous nous arrêterions. Sa « girl » préparerait le dîner manqué. Que ne jurerait-on pas quand on se met en route pour l'Apocalypse ?

LE RENDEZ-VOUS DE PATMOS

*Le navire qui voyage s'appelle l'*AGONIE 537.

Séféris.

— Qu'attendons-nous rassemblés sur la place ?
— Les Barbares vont arriver aujourd'hui.

Cavafy.

Gaméo Stefanidès ne pensait, lui, qu'à nous conduire à Lipsos, son île, à mi-chemin de Patmos. À l'entendre, c'était la perle de l'Égée, une douce colline égarée dans la mer, abritée des intempéries. On y buvait le meilleur vin du monde ce qui nous laissa un peu sceptiques car nous connaissions déjà au moins une vingtaine d'autres endroits en Grèce où le vin était le meilleur du monde. Assis à l'avant du caïque, tandis que son fils barrait entre les récifs et les îlots, Gaméo réparait son filet, entassant d'un côté les flotteurs, de l'autre les plombs. Dès qu'il remarquait un accroc, il allongeait la jambe, attrapait une maille avec un gros orteil extraordinairement habile, tendait le filet et le remaillait. Cela, sans cesser de parler en sabir méditerranéen, cette merveilleuse langue qui répond aux besoins les plus urgents : la santé, l'amitié, la soif, la faim, l'amour, avec des mots empruntés à une dizaine de langues, malaxés, déformés et pourtant reconnaissables : « *Parlo tourco kai ingliche. Tu as sirst ? Drink krassi. Il pesce inai discolo. Aveté paidi ? Ego two : koritzaki kai boy. Buenas noches, monsieur.* » Son potpourri le transportait d'aise et il semblait impossible de l'arrêter pour goûter à cette promenade accompagnée de dauphins qui jouaient autour du caïque sur une mer d'huile.

À tribord, Lipsos avait l'air d'une grosse pierre ponce endormie à la surface de l'eau. Je ne ressentais, après l'expérience de Leros, aucune envie d'en éprouver l'exotisme. Patmos, déjà, se détachait à l'horizon, couronnée par la pierre blanche du monastère. Peu à peu l'île se dessina, hautaine et pourtant accueillante avec sa grande rade ouverte semée de récifs aux formes étranges, comme une pluie de météores. Gaméo rangea ses filets, prit la barre et dirigea son bateau vers le port dont on distinguait maintenant les arcades et la placette. Quelques curieux attendaient. De près, sur sa hauteur, le monastère de Saint-Christodule ne semblait plus si blanc, mais gris-mauve, veillant sur un troupeau chaotique de maisons chaulées. À peine avions-nous mis pied à terre qu'on nous proposa des mulets, une barque pour aller nous baigner, à manger, à boire, un taxi. Je retins le taxi. Il nous monta au monastère où un jeune moine attendait derrière la porte, guettant les rares proies qui se hasardent à Patmos le premier mois du printemps. Nous le suivîmes à un train d'enfer dans le labyrinthe immaculé et désert. Les portes huilées s'ouvraient sans bruit et nous jetions des coups d'œil dans les cellules, le réfectoire, les cuisines vides, la chapelle, gueule d'ombre parfumée à l'encens, tachetée par les flammes de quelques cierges et les éclats de l'argent qui cerne les icônes et pare une châsse. Cet étrange couvent semblait abandonné de ses servants. Le jeune moine nous attira dans la bibliothèque, une salle basse aux voûtes soutenues par de rondes colonnes romano-byzantines. La fraîcheur y régnait. Notre entrée ne fit pas lever la tête d'un gros homme chauve et blafard assis à une table, en train de lire un manuscrit avec une loupe et de prendre des notes sur un cahier. Notre guide roula des yeux et posa un doigt sur ses lèvres pour nous intimer le silence. Toujours pressé, il nous indiqua du geste les manuscrits exposés sous les vitrines : actes de fondation par Alexis Comnène, empereur de Byzance, prières rédigées sur parchemin, début d'un récit de voyage. La visite se terminait. Si je voulais consulter des livres, il fallait solliciter l'autorisation de l'Igoumène. Nous étions libres de monter sur la terrasse pour goûter à la vue. Un escalier raide y conduisait et là-haut nous découvrîmes enfin les moines se chauffant au soleil et papotant, jeunes ou vieux, visages rubiconds fort peu travaillés par l'ascétisme. Ils se passaient une longue-vue et regardaient à tour de rôle l'horizon brumeux au fond duquel se silhouettait Samos. Le bruit d'une claquette les fit se lever et disparaître par l'escalier vers la chapelle. Le jeune moine descendit à leur suite, nous abandonnant sur la terrasse tandis qu'une prière et des répons montaient vers nous par le puits de la cour.

Patmos s'étendait à nos pieds : toits plats, ruelles dallées, escaliers plongeant dans la blancheur. Le petit caïque de Gaméo était déjà loin, en route pour Lipsos, mais voilà qu'entrait dans la rade un cotre noir dont le grand foc faseyait. Un marin courut à l'avant et le cargua. Le moteur prit le relais et le cotre vint mouiller à une encâblure du quai de Skala. Avec la longue-vue des bons moines on distinguait les deux pavillons arborés à la vergue et à la poupe ; hellène rayé bleu et blanc, panaméen avec ses carrés bleu, rouge et blanc et les deux étoiles. Il n'y avait que quatre hommes à bord. La belle silhouette élancée vira, évita et ne bougea plus.

Nous descendîmes par un sentier jusqu'à Skala, réservant la visite de la grotte de Saint-Jean pour l'après-midi. Patmos était une île lente. On ne la violait pas à toute allure. Le tavernier installa une table sur le quai, acheta les rougets traditionnels à une barque qui venait de les pêcher, et l'odeur de la friture nous enveloppa pendant que nous buvions du résiné, les yeux perdus sur la rade aux eaux lisses et le beau cotre dont les cuivres étincelaient. Un youyou avec deux hommes à bord se détacha et rama jusqu'au quai où il s'amarra devant nous. L'un des hommes était visiblement un Arabe, l'autre un garçon de dix-sept ou dix-huit ans, maigre, brûlé, les yeux très clairs. Je ne pouvais pas le reconnaître. Je ne l'avais pas vu depuis dix ans, pourtant je fus certain que c'était lui, avant même d'avoir vu à la poupe du youyou le nom du bateau : *Cordelia*, le nom de sa mère. Je l'appelai :

— Émery !

Il sursauta et tourna un visage inquiet. L'Arabe se rapprocha de lui et en un instant je les devinais qui faisaient bloc, muscles tendus, prêts à bondir comme des chats.

— Je suis un ami de votre père. S'il est à bord, portez-lui ce mot de ma part.

Sur un coin de la nappe en papier, je griffonnai mon nom et quelques lignes. Émery s'était approché, un peu détendu bien qu'encore aux aguets.

— Je ne me souviens pas de vous, dit-il.

— Il y a dix ans que je ne vous ai vu. Vous étiez encore enfant à Genève et j'ai connu votre père aux États-Unis. Asseyez-vous ici pendant que votre marin ira porter ce papier.

— Non, si vous permettez… je dois l'aider à transbahuter des gallons d'essence. Nous reviendrons vous voir ensuite.

Nous le regardâmes s'éloigner, souple, léger comme l'avait été la pauvre Cordelia, les hanches étroites et les épaules arrondies par les muscles. Le cotre était trop loin pour que je pusse deviner lequel des deux hommes restés à bord était Pierre, mais je ne pensai pas à lui sans une excitation qui, tout d'un coup, effaçait la morosité des jours précédents. Patmos que je désirais connaître depuis des années, que des contrariétés diverses avaient éloignée de nos périples méditerranéens, Patmos devenait un de ces rendez-vous fatals comme je les aime, une de ces rencontres qui exaltent. Retards, indécisions s'étaient habilement conjugués pour que je n'arrive pas ici un jour plus tôt, ni un jour plus tard.

Le youyou retourna vers le cotre puis revint nous chercher comme nous goûtions au dernier rouget frit. Pierre était bien à bord. Une grande émotion me saisit de le voir ainsi après le silence de ces trois dernières années. Les cheveux gris, la silhouette toujours aussi jeune, mais la parole peut-être un peu plus brève, plus elliptique, il demeurait celui que j'avais connu à des moments cruciaux de sa vie. Et sa vie m'appartenait un peu : je l'avais romancée à diverses reprises. Il s'était toujours tu à ce sujet, n'approuvant ni ne désapprouvant l'éclairage que j'avais pu porter sur lui à certaines époques. Nous nous tapâmes vigoureusement dans le dos à la manière espagnole, façon de nous rappeler les années madrilènes enfuies, heureuses dans notre souvenir parce que nous y avions respiré ensemble les premières bouffées d'air de la paix. Maintenant, Pierre était proscrit pour la deuxième fois de sa vie. Pour la deuxième fois, il se retrouvait errant, sa femme morte, sans attaches. Je connaissais trop sa fierté pour douter un instant qu'il en souffrît. Mais décidément la France ne voulait plus de lui, et cela devenait tragique, à la longue, ce pays qui depuis vingt ans emprisonnait, fusillait, exilait tout ce qui s'opposait à lui et se rebellait. L'hémorragie continuait et les hommes qui savaient dire non ne se voyaient plus offrir qu'une ressource, l'étranger où ils refaisaient leur vie, élevaient des enfants qui, un jour peut-être, seraient conduits comme les protestants de la Révocation à prendre les armes ou à lutter d'une manière ou d'une autre contre la France ou du moins contre ce qui en ferait encore figure. Depuis vingt ans, je rencontrais au hasard des routes ces exilés. Les uns s'aigrissaient, s'étriquaient, remâchaient leurs rancœurs, sombraient dans la folie, les autres, après une période d'hébétude, brisaient les ponts, se jetaient dans le travail comme pour se prouver à eux-mêmes et à ceux qui les bannissaient leur droit à l'existence. Pour Pierre, cette fois, les données du problème n'étaient plus aussi dures que vingt ans auparavant : il était riche — cela permettait d'acheter un pavillon panaméen pour un bateau qui devenait son territoire personnel (Dieu merci, disait-il, on n'emporte pas sa patrie à la semelle de ses souliers) — et il avait un fils en lequel — on en jugeait sur-le-champ — il pouvait se reconnaître avec un certain orgueil.

— Je suis venu voir von Brauchitsch, me dit-il. Comment savez-vous aussi qu'il est à Patmos ?

— Je le savais d'autant moins que je me persuadais de sa mort.

— C'est Hans qui est mort quand nous avons quitté l'Afrique. Je vous parle d'Hermann qui est resté dix-huit ans prisonnier des Soviets en Prusse-Orientale. Hermann a été longtemps un joyeux vivant, ne carburant comme son frère qu'au champagne. Après un coup dur, cette espèce d'homme tourne facilement à l'illuminé. Nous le verrons ensemble ce soir, si vous le voulez bien. Il m'a télégraphié à Smyrne qu'il avait un message de la plus extrême urgence pour moi. Pourquoi et comment à Smyrne ? je n'en sais rien. Il n'y avait aucune raison particulière pour que nous y soyons. J'en suis réduit à croire ou bien qu'il a des dons de voyance ou bien qu'il a envoyé 200 télégrammes dans les ports de l'Égée. Les 200 télégrammes lui ressemblent assez, la voyance aussi depuis qu'il s'est mis dans la tête de déchiffrer les écritures hittites et crétoises.

J'avais à peine connu Hans avant qu'il tombât sous les balles de la police tunisienne. Mais suffisamment quand même pour que sa désinvolture cynique, son goût de la vérité sans fard demeurassent inoubliables à une époque où l'hypocrisie et le mensonge réglaient seuls les rapports des nations et des hommes. Si Hermann jouissait de la même liberté d'esprit que son frère et l'appliquait à lire le passé ou à pressentir l'avenir, le rendez-vous de Patmos pouvait signifier beaucoup.

Je croyais que nous avions à nous dire. Ce n'était probablement pas exact. Les mots tombèrent. Le marin apporta du cognac que nous bûmes sur les banquettes du cockpit, distraits, les yeux fixés sur la liqueur ambrée qui tournait dans les verres ballon. Son parfum me fit un instant penser à la Charente, aux paysages peignés par les hommes, à la douceur des vergers, des vignes, à l'ombre des chemins creux, aux caves humides dont l'odeur de champignon et de salpêtre finit par griser. Comme nous en étions loin ! Et peu désireux les uns et les autres de goûter encore à cette forme de vie. Plus un souffle n'agitait l'air, et le ciel se voilait de nuages bleuâtres qui tamisaient la lumière du soleil. Soudain, sur la mer couleur de plomb, tout se figea. Îlots et récifs parurent pétrifiés dans l'attente d'un orage. Il me sembla que je devais lutter contre une oppression aussi indicible qu'inexprimable, une peur qui remontait du fond des âges. L'eau ne clapotait même plus contre la coque du *Cordelia*. Les mouettes cessèrent de tournoyer autour du mât, la dernière qui s'en alla nous abandonnant avec un cri d'enfant plaintif. L'air même était dense, opaque, et chaque bouffée engourdissait lentement comme un narcotique. L'île perdait tout relief et flottait amorphe et verdâtre à la surface de la mer. J'imagine que les tremblements de terre sont précédés de ces silences terribles que seuls interprètent les animaux. Nous étions en train de nous noyer, incapables d'esquisser un geste, anéantis par les disproportions du paysage qui nous encerclait, prêt à nous étouffer. Pour se délivrer, il aurait fallu prononcer des mots sans suite, laisser tomber un verre, mais je m'en sentais incapable. Avant sa vision de l'Apocalypse saint Jean avait vécu des heures semblables à l'entrée de sa grotte.

— La vie s'est arrêtée, dit Pierre très bas.

Pas une silhouette n'apparaissait sur les quais de Skala. C'était fantastique comme s'il n'y avait plus eu que nous sur terre. Quelque chose de sombre menaçait dont nous ne discernions pas encore la nature et l'ampleur. Des minutes passèrent ainsi, silencieuses, puis les cloches de Saint-Christodule, sonnées par une main molle, égrenèrent jusqu'à nous des notes graves qui parlaient d'une âme enfin délivrée du monde des vivants.

— Quelqu'un est mort au monastère, dit Pierre. La mort est pleine de tentations ici. Les cimetières sont exquis avec leurs ombres de cyprès, leurs vues sur la mer, les berceaux qui entourent les tombes et toutes ces petites flammes votives qui veillent dans les lanternes de cuivre. Je ne connais pas de pays où l'on ait plus envie de se faire enterrer.

Ces mots rendirent — à nous du moins — la vie. Des risées coururent à la surface de l'eau et les mouettes revinrent décrire de larges spirales autour du *Cordelia*. Je bus mon verre d'un trait et l'alcool flamba dans ma gorge. Il n'était pas si mauvais de vivre. Nous verrions plus tard pour le choix d'un cimetière.

— Ce qui est tentant en Grèce, dis-je, ce n'est pas la mort elle-même, mais l'« après-la-mort », cette organisation charitable qui nous installe aux premières loges pour voir les civilisations s'écrouler, se recouvrir en couches bien régulièrement stratifiées. Qui et quoi vont recouvrir notre civilisation ? Je pense à cela sans tristesse, plutôt comme un géologue.

— Vous savez que ce sont là les préoccupations de von Brauchitsch, et que, peut-être ce soir, nous aurons une réponse plausible ou possible à des interrogations de ce genre.

— À quelle heure le retrouvez-vous ?

— Émery lui a fait porter un mot. Et voici l'invitation...

Une barque se détachait du quai et ramait vers nous. Quelques minutes après, un jeune Allemand aux cheveux paille abordait, le fils d'Hermann. On nous attendait le soir à 8 heures. Le taxi nous conduirait en dehors de la ville, sur l'autre versant de Patmos où se trouvait leur maison, mais la soirée ne serait pas aussi heureuse que nous l'espérions.

Hermann venait d'être frappé à vif il y a quelques instants, par la mort inattendue de l'Igoumène du monastère qui l'aidait dans ses travaux. Sans notre présence, il aurait passé la nuit à veiller le saint homme.

Nous profitâmes de la barque pour regagner la terre. Je tenais à visiter la grotte fabuleuse avant la tombée du soir. Helmut ramait avec vigueur. On ne pouvait pas avoir l'air plus allemand que lui avec son fin visage aux traits réguliers, ses yeux limpides et sa musculature d'athlète. Il ne devait pas avoir plus de vingt ans. Dans quelle Allemagne avait-il vécu pendant l'emprisonnement de son père ? Cette génération ne pouvait même pas se souvenir de la guerre. Tout au plus en supportait-elle encore la malédiction. Il nous laissa sur le quai, indiquant le taxi qui nous conduirait le soir chez Hermann.

À mi-chemin de la côte, nous trouvâmes l'entrée du séminaire où des moinillons aux mentons duvetés et aux cheveux longs, aux soutanes grises crasseuses et déchirées, tapaient dans un ballon crevé. L'un d'eux s'avança, important, déjà gras, et s'empara de nous. Dans la cave suintante éclairée par le jour las d'une ouverture sur la mer, quelques bougies veillaient sur des ex-voto. Le moinillon désigna la couche de saint Jean, l'accoudoir sur lequel il prenait appui pour se relever presque centenaire et apercevoir par la fissure des rochers le monde que condamnait la Révélation, le monde du péché et des faux dieux. L'émotion ne tenait pas tant à la mémoire supposée de l'évangéliste qu'à l'inquiétant équilibre de trois rochers pressés les uns contre les autres comme près d'éclater. Je me souvins de pareille impression, au cœur des Pouilles, à Monte Sant'Angelo dans la grotte où l'Archange saint Michel était apparu à un taureau : un souffle — la trompette de l'ange exterminateur — et l'on était enseveli, prisonnier de ces blocs cyclopéens pour l'Éternité. La menace était si vraie qu'on en arrivait à la souhaiter pour échapper à son obsession. N'en étions-nous pas tous plus ou moins là les uns et les autres, thaumaturges visionnaires ou exilés du monde dont nous refusions les mensonges, les tares et les expériences à ras de terre ?

Le moinillon s'impatientait. Ses attributions comprenaient le récit de deux ou trois des miracles de saint Jean, pauvres miracles embrouillés dont il démêlait mal le fil. Je l'arrêtai : l'apôtre n'avait pas été l'homme de ces miracles qui retardent le châtiment, la grotte se suffisait, tout ce que l'Église y ajoutait altérait son symbolisme. Il me regarda inquiet et, vexé (mais quoi ? Lui expliquer que c'est l'Antéchrist qui opère les miracles ? Nous serions là pour huit jours !), il sortit précipitamment le premier, déposant dans une assiette d'étain une pièce de 5 drachmes pour m'inciter à une aumône. J'obéis bien volontiers et nous nous retrouvâmes, dans le jour déclinant, sur le chemin de Skala. Le soir adoucissait tout ce que Patmos avait de trop rude et même de tragique. La rade prenait des airs de beau lac italien aux couleurs fauves du ciel. Des troupeaux remontaient vers les bergeries dans un concert de bêlements, la brebis préférée en tête, un collier de verroterie bleue autour du cou. Les agneaux de Pâques suivaient en gambadant avec de charmantes frayeurs. Nous échangeâmes des souhaits avec les bergers et l'un d'eux me demanda si j'étais Russe. Sur l'assurance que non, il me serra vigoureusement la main, invoqua les foudres du ciel et repartit de son pas lourd en maugréant.

Le youyou du *Cordelia* accostait comme nous arrivions sur le quai. Émery et Pierre en descendirent. Nous étions en avance, le taxi n'était pas encore arrivé. On nous sortit une table de la taverne et le garçon apporta des verres d'ouzo, les olives et les carrés de fromage. J'avais le temps d'apprendre quelques détails de la vie d'Hermann avant de le rencontrer. Il était l'aîné des von Brauchitsch, l'aîné et le seul survivant. Trois d'entre eux avaient disparu en Russie, Hans ne se sauvant que d'extrême justesse, les pieds gelés, et retrouvant, la guerre terminée, des fonctions diplomatiques qui l'avaient conduit en Tunisie. Là, la mort qui l'avait sans raison épargné en Russie l'avait retrouvé, frappant d'un seul coup, mais un coup sûr, une balle très propre, juste un petit trou sous le sein, dans le cœur. Après la mort de ses trois frères et l'infirmité de Hans, Hermann avait été retiré du front et rendu à ses terres de Prusse-Orientale, 2 000 hectares de forêts et de champs autour du lac d'Eck-Schilling. Décision absurde et inutile : Hermann docteur en philologie, professeur à l'Université de Königsberg, n'entendait rien à la vie agricole et l'invasion soviétique ne lui avait pas laissé le temps de tirer la leçon de ses premières expériences.

Aussitôt arrêté, traîné dans des prisons ou des camps de concentration plus atroces les uns que les autres, il n'avait dû la vie qu'à sa parfaite connaissance du russe et à l'amitié inattendue d'un colonel de l'Armée Rouge, lui aussi professeur de philologie. Libéré enfin après deux ans, vêtu de sacs en jute cousus avec de la ficelle, il avait regagné Eck-Schilling pour retrouver des ruines : sa mère avait été fusillée, sa sœur cadette s'était suicidée après avoir été violée, sa femme violée aussi par une section de voltigeurs entière mourait dans une cave, sur un grabat, d'une syphilis qui la couvrait d'abcès. Après l'enterrement, Hermann avait tenté de gagner l'ouest, mais les Polonais veillaient. De nouveau jeté en prison, il avait vécu des mois et des mois dans une misère physique incroyable avant de réussir à faire parvenir un message à son collègue russe. Libéré de nouveau, mis en résidence surveillée, on l'avait chargé de reconstituer une bibliothèque avec ce qui pouvait rester des quelque deux ou trois millions de volumes de l'Université de Königsberg devenu Kaliningrad. Peu à peu, son sort s'était amélioré et on l'avait même invité à un congrès de philologues à Moscou où il était arrivé en sabots, emmitouflé de chiffons. Ses confrères l'avaient habillé, mais de retour à Königsberg il s'était à nouveau fait tout voler et c'est à peu près nu sous une capote de soldat qu'il avait réussi à s'embarquer sur un chalutier de Pillau, à se faire transborder en mer sur un vapeur norvégien en route pour Hambourg. De là il avait gagné la Suisse et retrouvé son fils Helmut qui y vivait en sécurité depuis 1943 chez des cousins bernois. Ils restaient tous deux, depuis la mort tragique de Hans, les seuls Brauchitsch en vie. C'est en classant ce qui restait de la fameuse bibliothèque de Königsberg qu'Hermann avait retrouvé une thèse encore inédite sur le déchiffrage des écritures hittites et crétoises, linéaires A et B. L'étude l'avait passionné et seul, avec des moyens dérisoires, il avait commencé d'identifier les signes, de reconstituer mot à mot les listes tenues par les scribes du minoen récent III, se persuadant, plus il allait, que la lecture des minoens moyens I et II se ferait un jour par le rapprochement de quelque écriture antique, babylonienne ou hittite déjà connue, et non en partant des découvertes du minoen récent I. En avait-il découvert la clé à Patmos ? Et de quelle importance pouvait être son secret ? Les archéologues qui avaient réussi à déchiffrer la linéaire B avouaient leur déception : les tablettes d'argile représentaient des listes tenues par des magasiniers : huile, blé, vin, fruits secs étaient l'objet d'une comptabilité précise. On ne retrouvait ni un poème, ni une prière, ni même un compte rendu de victoire. Mais Hermann croyait ferme que la lecture du disque d'argile cuite retrouvé dans une cachette à Phaestos, sous une pierre qui semblait bien être un autel, serait une découverte susceptible de bouleverser toutes les connaissances historiques récentes et peut-être même d'éclairer l'humanité sur les grands thèmes de ses destins successifs.

Le taxi nous conduisit par un chemin empierré vers l'autre versant de l'île. Assis sur une borne, Helmut attendait, sa torche électrique à la main. Le sentier conduisait en bas d'une crique où l'on apercevait une maison aux fenêtres éclairées. Hermann nous ouvrit la porte et je reconnus le gros homme blafard et chauve de la bibliothèque du monastère. Au premier abord, on pouvait encore deviner sur ses traits un lointain air de famille avec le beau Hans, mais, peu à peu, l'œil oubliait cette ressemblance et ne voyait plus qu'un visage boursouflé par l'anémie graisseuse, aux yeux jaunes, à la bouche déformée par un dentier. Seules les mains avaient gardé une étrange beauté qui choquait dans un corps disgracié par les souffrances physiques. J'aimai tout de suite chez lui cette façon d'être de plain-pied avec des inconnus, de ne pas se perdre dans les formalités, de nous accepter avec Pierre au seul souvenir que nous avions connu son frère.

— Perdrons-nous du temps à boire et à manger des petites choses avant de dîner ? dit-il. Je propose que non. Attablons-nous tout de suite. On ne parle bien qu'avec du solide dans le corps. Moi, j'ai besoin d'une antenne de terre.

Son rire était resté jeune, presque enfantin. Venant de cet homme que dix-huit ans de tortures morales et physiques avaient ruiné, il résonnait d'une façon terriblement émouvante. Comparé à son père, Helmut me parut grave, enfermé sur soi, lointain. Il alluma les lampes à pétrole d'une salle à manger basse, occupée par des tabourets et une grande table de bois d'olivier, puis apporta des langoustes froides, de la salade de chou et deux bouteilles de champagne.

— Les deux dernières, dit Hermann. Je ne sais pas quand nous pourrons nous en procurer d'autres. Patmos semble plus loin de Reims que la Patagonie. Je gardais ces bouteilles pour le plaisir, pour la vue. Helmut est d'une génération qui ne boit pas, et moi d'une génération qui ne peut plus boire. Vous n'avez pas idée comme la nature humaine s'adapte à tout. À force de crever de faim, j'ai fini par ne plus avoir d'estomac, de foie, de rate, de vésicule biliaire. Tout mon organisme s'est merveilleusement simplifié. Je serais resté un peu plus que je parvenais sûrement sans en souffrir à ne plus manger ni boire. Quelle réussite, vous vous en rendez compte ! Le marxisme enfin parvenu à créer un homme idéal, sans appétit ! L'ennui après, si l'on recouvre une vie normale, c'est qu'on ne se réhabitue à rien. Je suis gros et bouffi et je me nourris de pilules. Comment sont ces langoustes ?

Elles étaient parfaites.

— Helmut les a pêchées ce matin, à l'aube. Helmut s'occupe de tout. Il est un père pour moi.

Le jeune homme disparut dans la cuisine, silencieux sans même un sourire.

— Émery est-il ainsi avec vous ?

— Nous nous entendons bien, dit Pierre. Du moins, je le crois.

— Moi aussi, je le crois, répéta Émery.

— Naturellement, je devrais être gai de vous voir tous, ce soir ici, reprit Hermann, mais je ne le suis qu'avec une certaine tristesse. J'ai perdu un ami cet après-midi, le doyen du monastère, un Igoumène de quatre-vingt-dix-neuf ans, le Père Alexis. Il se portait comme un charme et n'avait aucune raison de mourir, vraiment aucune. Tout le monde lui disait qu'il était taillé pour vivre deux cents ans. Et puis, tout d'un coup, après le déjeuner, il s'est endormi sur son fauteuil et quand on l'a appelé pour la prière, il ne bougeait plus, déjà froid. C'est bien la mort qu'on peut souhaiter à son meilleur ami, mais pour moi c'est une double perte. J'aimais les égalités de son âme sereine et il connaissait les archives de Patmos par cœur. Grâce à lui, j'ai gagné des années de recherche. Sa mémoire avait photographié les 800 manuscrits de la bibliothèque. Il en connaissait jusqu'aux remarques marginales laissées par les moines au cours des siècles. Et avec ça une curiosité de policier. Quand je lui ai dit que la Vaticane m'avait déçu, il a levé les bras au ciel : « Ces modernes ne savent rien ! Vous avez gâché six mois avec eux. Il fallait venir tout de suite ici. » Vous savez, Pierre, ce que me disait mon intuition ?

— Je le sais et l'ai brièvement expliqué à nos amis.

— Les deux écritures trouvées sur les tablettes d'argile à Cnossos, à Phaestos, à Ayia Triada et à Mallia n'ont pratiquement pas de point commun. La linéaire B ne découle pas de la linéaire A. Chacune appartient à une époque entièrement différente, le minoen moyen III et le minoen récent I séparés par trois ou quatre siècles et des bouleversements dont nous ne pouvons que suspecter la cause : tremblements de terre, éruptions, incendies, invasions. Des traditions ont pu se conserver de l'une à l'autre époque, des artisans ont pu maintenir certaines formes de dessin sur les poteries, on a pu encore invoquer les mêmes dieux ou en tout cas des dieux apparentés, les deux âges restent distincts et il n'est pas certain que ce soit la même race qui ait vécu les deux civilisations. Mon sentiment est que ce sont deux races aux différences fondamentales. L'une ayant effacé l'autre, nous pourrions désespérer de jamais déchiffrer la linéaire A si d'autres civilisations voisines ne lui avaient été comparées. J'ai d'abord pensé à l'Égypte, mais les rapports distants entre les deux pays se bornent à de simples relations commerciales. En revanche, les relations sont très étroites avec le Moyen-Orient et avec les Hittites. Or Achéens et Hittites se sont rencontrés pendant une brève période, ne serait-ce qu'à Troie d'ailleurs, durant la guerre de dix ans. Des textes mycéniens accusent de nettes parentés avec les textes hittites. Par les Mycéniens et les Crétois il m'a semblé que nous pouvions remonter jusqu'à l'an 2800 ou même 3400 avant l'ère chrétienne, ce qui est antérieur à l'existence même de Mycènes *. Là, nous avons un fil. Avec beaucoup de chance, il était possible de trouver chez les Hittites des textes qui fussent contemporains de ceux de Cnossos. Je les ai trouvés...

Hermann laissa tomber sa phrase. Il parlait très doucement, à voix presque basse, détachant les mots en un français sans faute. Ses yeux jaunes nous regardèrent à tour de rôle.

— Ici ? demandai-je.

— Ici.

— Par hasard ?

— Par déduction et en prenant appui sur l'Apocalypse de saint Jean.

— Si l'on en croit la tradition, l'Apocalypse est de la fin du Iᵉʳ siècle après Jésus-Christ.

— Ou même plus tard, dit Hermann. Il est vraisemblable que ce texte est d'un disciple de saint Jean. Cela ne l'empêche pas de reprendre à son compte des images et des prophéties d'Ézéchiel ou d'Isaïe, de n'être sans doute qu'un résumé de révélations beaucoup plus anciennes, de révélations qui avaient peut-être deux ou trois mille ans. Ainsi un texte grec d'une importance considérable et que le plus commun des mortels peut lire chaque jour est-il en partie la clé d'un passé infiniment plus lointain. L'important a été pour moi de retrouver d'autres textes dans la tradition de l'Apocalypse. Les théologiens les situent aux premiers âges de l'ère chrétienne, mais, en réalité, ce sont des reprises d'une longue tradition orale et écrite de la Mésopotamie. Pour moi, la clé de l'écriture linéaire A est en Asie Mineure. Cette clé, je l'ai. Elle ouvre de nouveaux horizons sur ce monde d'il y a quatre mille ans où d'immenses forces spirituelles luttaient contre le chaos.

— Vous voulez dire que la révélation de saint Jean n'est pas un texte original ?

— Oui bien sûr, et cela tous les théologiens l'admettent. Au fond de sa grotte, par la fissure qui ouvre sur la rade de Skala, saint Jean a vu des tornades soulever la mer, le vent, la grêle, la foudre, les bateaux brisés contre les rochers, peut-être même une éruption sous-marine, et il s'est souvenu d'une prédiction transmise par la tradition depuis vingt-cinq ou trente siècles, prédiction aux images si terrifiantes qu'elles étaient connues seulement de quelques initiés. L'Apocalypse est à la fois une sublimation de ces visions monothéistes et leur utilisation pratique. Tout ne va pas bien dans les sept églises, à Éphèse, Smyrne, Pergame, Thyatire, Sardes, Philadelphie et Laodicée. Pour les maintenir dans le droit chemin tracé par Jésus, l'apôtre brandit des menaces qui glaceront de terreur les hérétiques, mais en même temps il altère à des fins pratiques la véritable Apocalypse dont j'ai retrouvé sinon le texte original, du moins une des premières versions.

Nous avions terminé nos langoustes. Hermann n'y touchait pas et buvait à petits coups un grand verre d'eau. Quand il se tut, nous entendîmes les cris de la nuit qui entraient par la fenêtre ouverte : cigales, chouette, et les vagues sur la grève toute proche. Helmut régla la mèche de la lampe-tempête et nous précéda dans la pièce voisine, longue et basse, aux murs garnis de rayonnages et de livres. Au centre se trouvait une table ronde recouverte d'une plaque de verre et sous la plaque apparut la photo d'un disque gravé en spirale. Je reconnus le disque de Phaestos, mystérieux et quasi unique témoignage écrit de l'époque minoenne moyenne. Au musée d'Heraklion sa présentation dans une cage de verre soulève un monde d'interrogations ésotériques, mais le message reste indéchiffrable et l'homme mesure devant ce texte sacré son impuissance à renouer avec le passé. Nous ne sommes pas isolés que dans l'espace, nous le sommes aussi dans le temps et cela veut dire que toute affiliation est vaine. Il n'y a pas une chaîne et des maillons, il n'y a que des maillons isolés et chaque âge, chaque civilisation est un amer nouveau départ. Sisyphe roule son rocher avec un entêtement digne d'un meilleur sort, mais l'on se prend à désespérer devant ce gâchis : un peu moins de destructions et d'aveuglement, et l'homme, aujourd'hui, en haut de la pyramide des civilisations, maîtriserait son destin au lieu de s'y abandonner comme une bête.

— Je ne sais pas, reprit Hermann, si vous avez bien en tête les prédictions très précises de l'Apocalypse ? L'écrasement de notre monde par des cataclysmes d'origine profane et divine : invasion barbare, feu tombé du ciel, grêle de blocs de glace, tremblements de terre, éclatement de la lune, déluge et inondation. C'est la description exacte, presque scientifique, d'une réaction atomique en chaîne dont le contrôle échapperait aux apprentis sorciers qui l'ont déclenchée après une invasion. Saint Jean sauve 144 000 fidèles à la parole de Dieu, c'est-à-dire 12 fois 12 000 hommes, 12 étant le nombre des apôtres, celui des tribus d'Israël, celui des portes du ciel. L'interprétation traditionnelle veut que les chiffres de la Bible et de l'Apocalypse ne soient pas à prendre pour ce qu'ils valent, mais pour des symboles : 4 étant le nombre créé, 7 la perfection, 12 l'Église, 1 000 la multitude, etc. Mais l'interprétation traditionnelle simplifie. Les chiffres ont aussi une valeur d'information dont personne ne peut douter. Les ésotéristes ont pressenti depuis longtemps qu'il y avait là les clés de quelque mystère sondable, mais je crois que leur erreur a été de vouloir trop vite appliquer au présent les prédictions de l'Apocalypse. Las de ne pas voir se réaliser les prédictions, ils se sont détournés en partie des résultats obtenus par un déchiffrage méthodique qui, à mon sens, prend sa pleine valeur depuis quelques années seulement...

Helmut apportait sur un plateau des cafés turcs et de grands verres d'eau. Von Brauchitsch but de l'eau pour accompagner une triste tablette de vitamines. Ses paupières pâles, presque transparentes, se baissèrent sur ses yeux jaunes et brillants. Pendant un court moment, nous pûmes contempler, sans la gêne de rencontrer son regard, ce visage douloureux et j'eus l'impression soudaine qu'il n'était plus aussi torturé qu'à notre arrivée. L'exercice de la parole apaisait ses traits tourmentés.

— Helmut, reprit-il, éclaire-nous bien la table... Voilà ! Maintenant, voulez-vous compter avec moi les signes gravés sur le disque retrouvé à Phaestos... 114, n'est-ce pas ? Chiffre banal, en apparence, divisible par 3 ce qui nous intéresse peu. En revanche, ce qui nous intéresse c'est sa somme : 1 + 1 + 4 égalent 6, premier multiple de 3 aussi, et chose beaucoup plus importante chiffre de la Bête tel que le donne saint Jean : 666 dans lequel on a voulu voir César Néron en donnant aux lettres la valeur numérique qu'elles ont en hébreu. Rien n'est hasard : vous savez que la valeur numérique d'Adolf Hitler dans l'alphabet latin était aussi 114, que celle de Josef Staline dans l'alphabet cyrillique était encore 114, que celle d'un troisième chef d'État toujours vivant est 114 dans l'alphabet latin. Notre époque a donc connu trois chefs d'État, trois dictateurs qui donnent exactement le chiffre de la Bête, le premier de ces hommes a déclenché le fléau, le deuxième a commencé l'invasion et réduit à l'esclavage les peuples à portée de sa main, le troisième est sans doute appelé à faire pleuvoir le fer et le feu.

— Mais quand ? demanda Pierre.

— Le déchiffrage de l'écriture linéaire A inscrite sur le disque m'a permis de le préciser d'une façon relativement précise dans le cadre d'une seule année. Le mois, le jour me manquent. Seule une calculatrice électronique résoudrait le problème de pure mathématique qui, maintenant, se pose, mais que je ne pose pas. Il me suffit de savoir l'année divisible par 12 bien entendu, et dont la somme numérique contient, bien entendu, deux fois le chiffre 12. L'heure doit rester ignorée, comme reste ignorée pour chacun depuis l'apparition de la vie sur terre, l'heure de sa mort. Tout se trouve dans l'écriture de ce disque que vous avez sous les yeux. Les prêtres de Phaestos étaient initiés. Qu'est-ce qui a pu les décider à graver ce message ? C'est encore une énigme car la Révélation était orale depuis des siècles, réservée à quelques élus et il y avait grand danger en la fixant dans l'argile qu'elle tombât en des mains profanes. Aussi le disque fut-il caché sous un autel dans un endroit que peu de personnes devaient connaître. La destruction de Phaestos a sauvé le disque qui recueillait le message babylonien ou hittite : message asiate dont l'origine restera toujours indéterminable, que Mycènes, la Grèce classique, les premiers Chrétiens et la civilisation byzantine connurent par fragments déformés et non dans sa pureté originelle, tel que nous l'avons là et comme je vais vous le lire…

Il ne m'appartient pas de révéler ce que fut cette lecture. Le silence qui suivit pesa sur nous jusqu'à ce qu'Hermann ouvrît la porte-fenêtre donnant sur une terrasse. La lune courait entre les nuages cotonneux et à nos pieds la mer roulait de courtes vagues phosphorescentes. L'air embaumait la belle-de-nuit, nos yeux s'habituèrent à l'ombre et la crique se détacha lentement des ténèbres pour se dessiner paisible, protégée des vents. J'eus du plaisir à penser que nous étions peut-être parvenus ici au bout du monde, retrouvant la nuit des temps. Les cigales qui s'étaient tues à notre approche reprirent leur grincement monotone, puis la chouette.

— Quel dommage ! dit enfin Hermann. Tout est si beau dans ce monde ! Même au plus profond de la misère, au fond d'une cave en compagnie de dix dysentériques, sans autre lumière qu'une fois par jour la trappe qui se soulevait pour qu'on nous jette un pain moisi et une gourde d'eau, sans autre contact que celui des bourreaux qui nous extrayaient de là pour nous casser méthodiquement les dents à coups de poing, même au comble du désespoir, je n'ai pas cessé d'espérer. Un rien, une lueur. Je pensais aux belles forêts désertes de ma Prusse, à la Méditerranée la nuit. Je me disais qu'il y avait encore des espaces vides d'hommes où l'on pouvait respirer sans crainte et s'emplir les yeux d'une beauté immortelle. Avec quel regret je partirai…

— S'il faut partir ! corrigea Helmut dont nous crûmes entendre la voix pour la première fois.

— Voilà, il y aura toujours l'espérance d'être un des 144 000 rescapés, mais seul saint Jean parle de ces rescapés. Je crains que ce ne soit par charité chrétienne. Pourtant la charité chrétienne, telle que je la concevrais, serait de promettre un sort égal à tous.

— J'ai toujours pensé, dis-je, que le châtiment et la récompense étaient des inventions sataniques.

— Peut-être ! dit Pierre. Mais si on se met à croire à Satan, il faut croire aussi à Dieu. C'est un piège sans fin. Qu'allez-vous faire, Hermann, dans les années qui viennent ?

Hermann haussa les épaules, geste qui pouvait être compris comme du dédain ou du mépris pour ces temps indécis :

— Je vais brûler tous ces livres, cette paperasse accumulée depuis deux ans. Cela n'intéresse personne, même plus moi, et j'accompagnerai Helmut à la pêche. Nous avons un caïque qui marche à la voile et au moteur. Nous nous promenons autour de l'île, quelquefois jusqu'aux rives turques, jamais très loin. J'aime, le soir, retrouver cette maison, le parfum d'herbe qui glisse jusqu'à nous, et dans mes pauvres nuits d'insomniaque, j'écoute le bruit des vagues sur la grève. Il n'y a pas de musique plus belle.

— Nous nous reverrons, dis-je. Il est bien possible que nous ne quittions guère l'Égée. Au contraire de vous, ma femme et moi nous aimons bouger, même si c'est parfois pour le regretter parce qu'il est peu d'îles plus douces que celle que nous avons élue.

— Je vous attendrai toujours. Enfin… « toujours » est un bien gros mot.

Le taxi revenait nous chercher en haut du chemin. Avant d'y monter, je regardai une dernière fois la maison de pêcheur au bord de l'eau. Le bruit des vagues montait encore jusqu'à nous, scandé par le cri des cigales. Mais la chouette s'était tue. La lumière passa d'une pièce dans une autre puis s'éteignit et la maison ne fut plus qu'une ombre parmi les ombres. Quelques instants plus tard, nous arrivions à Skala où une taverne demeurait ouverte. Des femmes en noir, des hommes endimanchés, un couple de gitans avec ses trois enfants à peu près nus, dormaient sur des chaises ou des tables, un pauvre barda à leurs pieds. Au-dessus des têtes, oscillait une lampe où l'acétylène brûlait avec un sifflement. Des nuées de moustiques avaient envahi la pièce et des phalènes tournoyaient autour de la flamme blanche. Notre entrée fit se lever un gnome aux cheveux en brosse qui nous servit un oka de résiné. Les ronflements des hommes, les gémissements des vieilles nous condamnaient à parler à voix basse.

— Où allez-vous ? demanda Pierre.

— Avec ces gens-là, nous attendrons l'*Ellas* qui fait escale à 3 heures du matin, en route pour Rhodes. Et vous ?

— Je crois que nous allons quitter la Méditerranée, passer Suez, nous diriger vers la Malaisie. Je peux vous débarquer à Rhodes.

— À la vérité, je n'ai pas très envie de vous quitter maintenant.

— Moi non plus, dit-il.

Le youyou nous reconduisit à bord et le *Cordelia* appareilla dans la nuit. Pierre envoya les deux marins dormir et nous restâmes tous les quatre dans le cockpit, Émery à la barre. Un vent d'ouest régulier permit de laisser Leros à bâbord. Le ciel, la mer ne continrent plus que nous. Yeux levés, je voyais le grand mât se balancer, indécis, entre les étoiles, entre ces myriades de mondes qui ridiculisaient notre mort. Un moment, j'imaginai notre monde à nous près d'éclater, recouvert par des océans furieux, charriant des cadavres innombrables et les reliefs de nos pauvres civilisations, quelques bateaux échappés du désastre et cherchant éperdument un abri, une terre, montés par des marins que l'angoisse des étendues infinies et noirâtres conduiraient lentement à la folie. Oui, cependant tout cela n'était encore qu'un jeu. On pouvait le rêver comme un destin possible mais notre goût invétéré de la liberté refusait qu'il fût le seul. L'humanité avait peur et pressentait, certes, que ce n'étaient plus seulement ses habitudes, ses petits vices et ses petites vertus, ses dieux locaux, ses amourettes que menaçait le déchirement de l'atome, mais aussi l'espèce d'éternité relative vers laquelle elle tendait encore en procréant. Pourtant la vie continuait, les foules ne hurlaient pas à la mort, tout au plus les mieux averties couraient-elles ardemment vers les plaisirs qui dispensent l'oubli et le sommeil. En savions-nous réellement davantage que ces foules ? Oui, sans doute, mais notre attitude ne pouvait être différente. Nous serions plus calmes que les non-initiés et la mort nous atteindrait résignés parce que sans regrets. Que perdrions-nous ? Une civilisation à laquelle un politicien assignait pour but « la création toujours accrue de marchandises et de biens ». Je n'en voulais pas, et c'est pour cela que C. et moi nous vivions sur les bords de l'Égée, aussi éloignés que possible de cette création forcenée. Hermann von Brauchitsch ne voulait pas signifier autre chose en annonçant qu'il brûlerait ses papiers et sa bibliothèque et partirait pour la pêche avec son fils.

— Y croyez-vous ? demanda Pierre.

— Oui et non.

— Ce oui et ce non sont comme le bien et le mal, le néant et la vie éternelle. Tant pis ! Vivons...

— Il y a peu d'autres solutions.

— Parce que rien n'est fatal.

— Rien n'est fatal parce qu'en fait tout est fatal, la survie comme la mort. Il y a de la douceur à s'abandonner.

— Après avoir lutté, dit-il.

— Après avoir lutté, certainement, mais avec la conscience que la marge impartie pour réussir est extrêmement mince.

— Il ne s'agit jamais au départ que de quelques dixièmes de millimètre quand une balle va droit au but et le manque. Quelques dixièmes de millimètre, c'est vraiment peu pour sauver le monde ou le détruire. On ne nous laisse pas beaucoup de chances.

— J'ai toujours trouvé cela très excitant, dis-je.

— Votre point de vue est purement esthétique.

— Le vôtre ne l'a-t-il jamais été ?

— Au début, oui, j'en conviens. On voudrait que les choses soient propres, ne serait-ce que pour l'œil, mais après le premier mort dont j'étais responsable, je n'ai plus regardé les hommes et les événements que d'un point de vue purement pratique. Au fur et à mesure, on corrige son estime en bon navigateur. La boussole se trompe de quelques degrés quand vous faites le point. Il faut prêter grande attention, sinon Dieu sait où vous vous retrouvez.

— Dans un cul-de-basse-fosse généralement. Les souvenirs d'Hermann ne sont pas encourageants. Qu'allez-vous voir en Malaisie ?

— Rien. Strictement rien. Nous aimons nous promener, Émery et moi.

— J'aime bouger mais dans un petit cercle.

— Il s'agit bien du même réflexe.

Peu avant l'aube, les feux de Kalymnos apparurent à bâbord. On nous apporta du thé bouillant, puis le soleil d'Asie rougit le ciel et le vent tomba soudain. Les voiles furent carguées. Un des marins mit le moteur en marche, l'autre prit la barre. Nous n'avions plus qu'à nous coucher. Vers midi, l'arrêt du moteur et la bande me réveillèrent. Le *melthémi* soufflait et nous marchions largue vers Kos. La mer avait changé de couleur. De courtes lames couraient après nous. Émery revint prendre la barre et je m'assis à ses côtés.

— Vous avez bien dormi ? demanda-t-il.

— Oui, très bien. Et vous ?

— Très bien.

— On dirait que nous sommes indestructibles. Rien ne saurait être plus grave que ce que l'on nous a annoncé hier soir et nous nous enfonçons dans le sommeil comme des enfants.

— Vous savez, moi j'ai dix-sept ans. Je commence à peine.

— Helmut est comme vous.

— Sans doute. Sa vie avec son père lui plaît. Ma vie avec mon père me plaît. Je me demande quelles inquiétudes nous pourrions avoir. C'est moi qui ai eu envie de connaître la Malaisie et nous y allons. Je vous assure que je ne demande rien d'autre.

— La Malaisie a changé depuis Joseph Conrad. Je pense que c'est à cause de ses livres que vous avez envie de l'océan Indien ?

— Oui, c'est vrai, dit-il en riant.

Nous discutâmes longtemps de Conrad, puis Pierre sortit de la cabine et C. nous rejoignit. Le vent était froid et le cuisinier nous servit à déjeuner dans la cabine. Dans l'après-midi, nous longeâmes les côtes turques. Je parlai encore avec Pierre.

— J'ai essayé, dit-il, de penser aux conquêtes de notre ère qu'il sera regrettable de voir englouties si la prédiction de von Brauchitsch se réalise. J'en vois peu.

— C'est bien une question qu'on a le droit de se poser. A priori, je dirais que nous avons inventé des moyens d'atténuer les souffrances physiques. L'aspirine est une des plus nobles conquêtes de l'homme. Il est vrai qu'en même temps que nous soulageons des peines insupportables, nous créons d'autres désordres physiologiques qui minent l'humanité.

— Oui, il y a l'aspirine. Je l'oubliais... Très important l'aspirine. Et en dehors de ça ?

— Rien, je le le crains. À moins que l'on compte parmi les conquêtes le triomphe de l'esclavage. Jamais dans l'histoire la pratique de l'esclavage n'a été aussi développée. Les circonstances s'y prêtent merveilleusement et il semble même qu'un volontariat se soit créé. On recrute beaucoup dans les villes et les campagnes. Quand un peuple se voit refuser l'esclavage par des élections plus ou moins truquées, il se jette dans la guerre civile, certain qu'au bout il trouvera toujours une forme de société qui remplira ses espérances. Dans les îles de l'Égée, dans quelques coins du monde encore, beaucoup d'hommes n'éprouvent aucune envie pour cette domestication, mais les jeunes sont tentés. Une génération encore — si elle nous est donnée — et la contagion aura gagné le monde entier.

— Je ne vois pas beaucoup d'espoirs. Les deux formes de société qu'on nous offre ont conclu une bien ténébreuse alliance. Quoi faire ? Se glisser entre les deux et faire éclater le tout ?

— C'est un rêve.

— Tant pis. Je ne rêve plus.

Le soleil se couchait quand nous arrivâmes devant Rhodes, verte et alanguie. Le *Cordelia* mouilla près des moulins. Au petit matin, quand je poussai les volets de notre chambre d'hôtel, le cotre avait déjà levé l'ancre.

III

Spetsai revisité

1987-1988

Qu'y a-t-il de plus sinistre que l'aéroport d'Athènes en décembre sinon le même aéroport en été quand la foule en transit du Moyen-Orient s'entasse sur les banquettes ou à même les dalles de marbre, les hommes drapés dans leurs burnous de laine rêche, les femmes roulées comme des momies dans des châles, pressant contre leurs seins informes des enfants bourrés de sucreries ? À quel instinct migratoire obéissent-ils ? D'où viennent-ils, où vont-ils ? À quelles haines essayent-ils d'échapper, à quelles misères ? Ils sont là des centaines, si semblables les uns aux autres qu'à quelques jours d'intervalle on ne saurait dire si ce ne sont pas toujours les mêmes en attente d'un visa, d'une autorisation de s'envoler vers des pays dont ils n'ont aucune idée mais dont ils ont tout lieu d'espérer que ce sont des havres où les voitures n'explosent plus dans la rue, où les roquettes ne viennent pas fouiller les étages supérieurs des immeubles, où la mort est moins aveugle. L'aéroport d'Athènes est leur plaque tournante, leur réfectoire, leur dortoir. Ils y ont imprimé une odeur de musc mêlée aux aigres vapeurs d'aisselles. Leurs déchets jonchent le sol : écailles de galettes, peaux de concombres, os de poulets, bouteilles d'eau crevées. Ils sont là, même pas hébétés, plutôt somnolents, silencieux, écrasés par le monde qu'ils côtoient : robustes Scandinaves bien dorées, longues Américaines, belles Allemandes en shorts trop courts, les habitantes sans pudeur d'une autre planète. Et encore, grâce à la touffeur de l'aéroport ne sont-ils pas tout à fait dépaysés, ignorant ce qui les attend dans la Ruhr, à Detroit, à Stockholm, les journées d'hiver, les ciels bas, et le froid, le froid dont on croirait qu'ils commencent déjà à souffrir, tant, malgré la température ambiante, ils se pelotonnent dans leurs hardes. Parmi eux, quelques visages émaciés, la peau collée aux pommettes, les dents longues déchaussées dans la bouche ouverte qui aspire avec peine, les mains tremblantes serrées sur une canne ou l'anse d'un couffin rempli de pauvres trésors. L'an dernier, l'un d'eux est mort allongé sur la banquette. Une femme a pleuré et chuinté. Des policiers ont enlevé le cadavre. Une serpillière a nettoyé la banquette déjà souillée et une famille s'est installée, a déballé ses nourritures. La mère gavait les enfants.

Mais c'est décembre : les émigrants ne transitent plus par Athènes. Le hall est désert, gigantesque, absurde, et tout d'un coup on en vient à regretter le remords inspiré par ces déracinés qui coloraient la bâtisse sans âme. Eux, au moins, ils gardaient une âme encore nourrie d'espérances, une lueur au fond d'eux-mêmes, faible comme une veilleuse, alors qu'on n'est pas sûr que ces policiers rogues ou veules, le méprisant employé du bureau de change, les douaniers pourris en possèdent une.

En voiture avec N.M., nous traversons Athènes pour gagner la Voie Sacrée. Il y a trop longtemps que je connais cette sortie, à travers une zone qui ressemble à un dépôt d'ordures, pour en être choqué ou simplement attristé, et je me demande si, la première fois, alors que nous arrivions de Mégare, je m'en suis aperçu tant m'obsédait l'idée qu'allait surgir, dans la lumière dorée d'une fin d'après-midi, le temple des temples. Mais si l'on tourne le dos à la sublime apparition, si la poussière grise est gluante, alors saute aux yeux une Grèce désolante, un corps malade et pustuleux, une sorte de dégueuloir où s'entasse le rebut d'un pays qui casse à peu près tout ce qu'il touche. Bric-à-brac, boutiques sordides regorgeant de ferrailles croûteuses, cimetières de voitures où des hommes-vautours errent entre les carcasses à la recherche d'une poignée de porte, d'un siège, d'un phare, d'une boîte de vitesses ; antres noirs où de poilus mécanos en débardeurs crasseux maquillent de vieux pneus ; montagnes d'autoradios volés, de téléviseurs brisés. Tout est à vendre et rien n'est achetable. Plus loin, ce sont des enclos remplis de portes, de persiennes, de fenêtres, de cheminées arrachées à des maisons mourantes, et, juste à côté, un plâtrier offre un beau choix de moulages pour jardins de banlieue : des Aphrodites, des Cérès, des Hermès ou des *kouros* aux mols testicules, et, bien entendu, des chats aux yeux de verre phosphorescent et même, un jour, je l'ai vu, un renne blanc qui n'est pas resté longtemps et doit faire aujourd'hui le bonheur orgueilleux d'un nouveau riche. Aussi surprenant que le renne blanc, un entrepreneur offre trois tailles d'une même maison : des chalets en bois, aux toits en pente, d'un style qui ferait les délices de Verbier et dont on se demande de quelle crique exquise et pure ils iront déflorer la grâce et la tradition. À l'entrée d'un terrain vague, un géant maigre et moustachu comme un Crétois, en costume trois pièces noir, mais sans cravate, le col de chemise largement ouvert à la Danton, se tient devant la grille, gardien d'un entassement insensé de tracteurs démantelés, de pelleteuses rouillées, d'autocars sans roues, de wagons sans toit. Cette mêlée furieuse de fer pourri, de fonte en miettes, de tôle gondolée, est largement dominée dans sa misère par un cylindre à vapeur qui date bien du début du siècle et par une locomotive, à vapeur aussi, qui est là depuis trois ou quatre ans si je ne me trompe, sans trouver preneur. Que font ici ces machines invendables sauf à de très hypothétiques collectionneurs ou à des accessoiristes de cinéma ? Nul ne le sait. Et comment ont-elles échoué chez ce faux ou vrai Crétois, parmi ces clochards de ferraille, solitaires et hautaines malgré des pièces perdues ? J'aurais dû m'arrêter, questionner le Crétois, mais il a toujours été trop tard quand j'y ai songé, et sur une route populaire grecque on n'opère pas un demi-tour, on continue, enchaîné à la voiture qui précède, poussé à coups de pare-chocs par celle qui suit dans un hourvari d'avertisseurs et une forêt de bras d'honneur.

La route qui relie un Éleusis sans mystères à une Corinthe sans raisins, nous l'avons parcourue peut-être cent fois, C. et moi, tout au début alors qu'elle était une étroite corniche épousant les dentelures de la côte. Maintenant, sur l'autoroute, c'est à peine si on aperçoit Éleusis et la baie avec ses minéraliers à couple, blessés à mort, désarmés. En cet après-midi de décembre, tout est noyé dans une brumasse humide qui voile les escarres ouvertes et saignantes aux flancs de ces paralytiques. Dans le ciel gris, la torchère d'une raffinerie brûle une flamme jaune tordue en spirale par les rafales de vent. Des anneaux de fumée passent au-dessus de l'autoroute qui mord profondément dans la falaise. Autrefois, quand on suivait un camion pendant un quart d'heure sans pouvoir le doubler et que ses gaz commençaient à vous asphyxier, on pouvait s'arrêter sur d'étroits belvédères et respirer une goulée d'air pur en contemplant Salamine qui est, à la surface des eaux, comme une grosse améthyste mal facettée. La vision est d'une telle beauté qu'en trente ans de Grèce, je me suis gardé d'aller y voir de près, craignant de découvrir que ce joyau serti dans le bleu intense du golfe Saronique est défiguré par les hideux bungalows grecs en fûts de ciment, aux murs de brique qu'on ne chaule même plus, à jamais inachevés, leurs toits plats hérissés de crochets de fer destinés à un hypothétique étage supérieur que la loi interdit et qu'un jour, peut-être, on ajoutera en une nuit pour damer le pion de la police qui dort. Et tous ces volets, ces portes outrageusement peints de couleurs vomitives : caca d'oie, vert diarrhée, jaune pipi, avec les ferronneries peinturlurées de gris amiante ! Intolérable au pays de tant de beauté !

Je ne sais pas. J'espère me tromper. J'espère que Salamine est, au contraire, un enchantement, un bonheur d'architecture comme Mykonos ou Hydra, mais sans doute m'en aurait-on avisé. Personne ne m'ayant conseillé de m'y rendre, j'ai toujours préféré la contempler de la côte, rêvant à jouer Xerxès sur son trône d'or, Dieu mortel de l'immense flotte partie d'Asie pour exterminer les impudents Grecs de Thémistocle. On le sait, le contraire advint : les amiraux perses se laissèrent piéger comme des novices dans le chenal entre l'île et le continent. Forcés de réduire leur ligne de front, manœuvrant mal dans un étroit espace, empêtrés les uns dans les autres, les Perses furent coulés et massacrés. Admirable mise en scène de tragédie pour Xerxès assis sur son trône flamboyant dans la lumière du couchant, la main soutenant le front, pensif, impassible je le souhaite, car je ne parviens pas à l'imaginer gesticulant, insultant ou encourageant ses capitaines, comme le vulgaire supporteur d'une équipe de ballon rond ! Non, je continue de le voir plus ou moins absent du drame qui se joue sous ses yeux, un pli barrant son front, un sourire amer errant sur ses lèvres. Le golfe, ce soir-là, a été rouge de sang comme il l'est encore parfois au couchant, semé d'épaves à la dérive, de brûlots fumants, de cadavres aux ventres ballonnés. Dans la diffuse lumière de l'été comme dans la bruine et la gaze tendue par de fines averses, j'aimais aussi rêver au départ pour Troie des douze nefs du roi de Salamine, Ajax le valeureux, le meilleur des Grecs… après Achille évidemment, mais Achille est un enfant gâté par sa maman, la belle Thétis qui l'a eu d'un malfrat, le maladroit Pélée. Est-ce une raison pour qu'Achille soit une « honteuse » — « a closet queen », dit-on en anglais — et se croie obligé de feindre une passion malheureuse pour Briséis alors que tout ce qu'il aime c'est rester sous la tente — si j'ose dire — avec son ami Patrocle ? Combien d'hommes Ajax embarqua-t-il pour Troie ? Homère donne des chiffres déraisonnables : cent vingt par bateau, par exemple, pour les Béotiens. En divisant par dix, on doit être plus proche de la vérité. Mais qu'importe le nombre ? Seul comptait le geste de solidarité envers Ménélas. Pauvre Ajax ! Une crise de démence le pousse au suicide. Il ne reverra pas Salamine qui porte encore son deuil, en mauve et violet.

Depuis quelques années, les Titans ont taillé une autoroute dans le roc et sacrifié des oliviers centenaires. On ne s'arrête plus sur une autoroute. On suit, on est aspiré comme dans un tunnel sans avoir le temps de jeter un regard au golfe, à Salamine, et voici déjà l'isthme, le pont sur le canal, les immenses cafés-bazars vides avec leurs étalages débordants de vases grecs aux motifs bien léchés, de chaussons d'evzones, de poupées de Metsovon, de Parthénons en sucre, d'Aphrodites en plastique (fesses très rondes, seins trop parfaits), de faunes en érection et de cartes postales et grivoises. La foule, que vomissent les autocars et qui remplit ces halls de gare, a reflué comme la marée, laissant les hideux pavillons dans une sorte de désarroi dont on ne peut que se réjouir. Tout, ici, a été conçu pour ce tourisme de masse qui assassine la Grèce. Comme nous nous arrêtons pour boire un café, les cinq ou six serveurs désœuvrés, accotés au comptoir, curant mélancoliquement leurs ongles avec des couteaux de poche, finissent par céder à nos appels et délèguent l'un d'entre eux qui vient, fort désabusé, nous demander si nous désirons quelque chose. Pendant que nous buvons nos cafés tièdes et innommables — puisqu'on ne sert même plus de cafés grecs — la pluie tombe, brouillant les vitres de notre aquarium. Les grandes enseignes au néon rouge et jaune des cafés-bazars rivaux faseyent dans le soir tombant comme si nous étions secoués par un tremblement de terre.

Quand nous repartons, l'averse s'arrête. De Corinthe à Épidaure, la route en corniche épouse les beautés de la côte. Je n'en regrette pas moins la vieille route qui détournait par Nauplie. Elle était semée d'occasions de rêver : Hercule à Némée, Oreste à Mycènes, les Cyclopes à Tirynthe, Palamède à Nauplie, le petit pont en pierres cyclopéennes à Ligourion que nous projetions, Pierre Dupouey et moi, de faire franchir par Thésée pour un film qui, bien entendu, n'a jamais été réalisé. Sur la nouvelle route qui serpente entre des arbres calcinés par les incendies de l'été, je me dis qu'en Grèce la mythologie m'a constamment tiré par les basques. J'ai eu beau m'en défendre, me convaincre (et y parvenir souvent) que j'étais venu là pour un certain art de vivre et pas du tout pour des raisons littéraires, je n'ai pas cessé de rêver aux dieux et aux héros de l'Antiquité, à l'obsédante guerre de Troie qui ruina deux civilisations, celle des vainqueurs comme celle des vaincus.

Il fait déjà très sombre quand nous passons le col ouvrant la vallée de Didima et je ne ressens pas le pincement au cœur qui, autrefois, accompagnait l'apparition de Spetsai dans le lointain. Passé cette limite, nous nous disions, C. et moi, qu'après une courte absence, nous allions rejoindre notre Shangri-la où nous resterions éternellement jeunes, où tout m'aiderait à écrire de nouveaux livres à ma table devant la fenêtre donnant sur l'entrée du Paleo Limani, où les enfants achèveraient de grandir en liberté. Ce n'était pas qu'une illusion. Il y avait du vrai, mais encore aurait-il fallu savoir aussi arrêter le temps, ne pas le laisser nous ravager. L'idéal eût été de vivre dans un présent continuel, sourds au passé, sans avenir, de créer du temps imputrescible, étirable à l'infini dans un monde inchangé. En somme, nous aurions dû donner quelques heures par jour à la recherche d'une quatrième dimension pour en capter le remède magique contre les usures du corps et de l'âme, mais nous avions négligé de le faire, peut-être parce qu'il est beau d'être prodigue, de ne pas plus compter ses jours que ses sous.

Si nous arrivions l'après-midi, nous apercevions l'île verte flottant sur les eaux bleues. Du col, à peine discernait-on qu'il s'agissait d'une île tant la perspective faussait la distance avec la côte, mais la forme ne trompait pas : une sorte de gros scarabée avec quelques taches blanches. De nuit, brillaient les lumières jaunes du port et du village, l'éclat intermittent du phare.

Ce soir, nous ne distinguons dans le noir de la nuit que de rares lueurs comme si Spetsai s'était mise en veilleuse. Pour la première fois, j'y retourne avec anxiété, le cœur serré, ne sachant quel choc m'attend, ou plutôt le pressentant, mais décidé à l'affronter pour l'exorciser.

La voiture plonge par la route en lacet dans la vallée aux oliviers. C'est la nuit, nous ne nous arrêterons pas à Didima, le plus pauvre des villages de l'Argolide. Ici, on ne parlait guère qu'albanais à la fin des années 50. Quand nous traversions Didima sur ce qui était à peine une piste, nous avions l'impression de secouer la poussière rouge qui ensevelissait le village, d'allumer une lueur dans les regards délavés des vieillards que des parents invisibles déposaient sur une chaise branlante devant le seuil de maisons aux fenêtres de bois plein. Ces corps desséchés comme des momies incas, rebuts cireux de la Grèce ottomane, tournaient encore lentement leurs têtes vissées sur des cous de poulets, suivant peut-être plus au son qu'à la vue le passage d'une voiture, un des rares signes que leur adressaient la Grèce libérée, les temps modernes. Une déviation a rendu Didima à sa solitude moribonde. Rentre-t-on le soir les momies dans leurs cercueils ou les laisse-t-on dehors dans l'air sec et froid qui les conserve intactes, plus desséchées que jamais, l'iris si pâle qu'elles semblent aveugles ? Il n'y a pas d'enfants dans ce village.

La route grimpe vers un col moins élevé que le premier, mais, là, Spetsai a disparu et il faut dépasser Kranidi, traverser une forêt d'oliviers infiniment vieux, si noués sur eux-mêmes qu'ils semblent prisonniers d'une camisole de force. On en a rasé un bon millier pour construire une piste d'atterrissage, et puis les fonds ont manqué, ou le gouvernement a changé, ou des fonctionnaires n'ont pas reçu leur pot-de-vin, et les travaux se sont arrêtés, laissant une large saignée blanche dans le flanc de la colline au-dessus de Porto-Kéli qui aurait pu être un des beaux ports de Grèce si d'ignares promoteurs ne l'avaient souillé d'une enfilade de caravansérails en béton. Le soir de notre arrivée, un vent violent tourne en spirale dans la baie frisée de moutons. Des algues, des branches cassées, des épaves de barques fracassées contre la jetée jonchent le quai. Trois kilomètres plus loin, Kosta est plongé dans une nuit d'encre. La plage, les hôtels, les quelques maisons, le môle où accoste le ferry sont si animés à la belle saison que j'ai peine à m'y retrouver. Un cataclysme, un deuil national ont vidé ce faux village pour le punir d'avoir, comme à Porto-Kéli, défiguré la côte. L'ennui est que pour gagner Spetsai, en face à trois milles seulement, s'il y a bien un caïque qui se balance comme un bouchon au môle, son marin refuse de traverser par un temps pareil. Ai-je donc fait tout ce chemin dans la journée pour rester en panne dans ce qu'il serait vraiment flatteur d'appeler une station balnéaire ? N.M. me propose de venir chez lui à Hinitsa quand apparaît le gyrophare d'un des canots-taxis rouges qui bondit comme un chevreuil sur la crête des vagues. Un poussah en ciré jaune fait signe de sauter à bord. Surgi de la nuit, sans que je l'aie vu venir, un couple suit. Nous avons la chance de ne pas nous rompre le cou en posant le pied sur le plat-bord glissant. À peine ai-je le temps de remercier N.M. et nous partons pour une traversée qui ressemble fort à celle d'Henry Miller le jour où le Colosse de Maroussi l'entraîna jusqu'à Spetsai. Aussi distraits l'un que l'autre ou égarés peut-être dans les méandres d'une des fameuses histoires que ce génial conteur de Katsimbalis inventait au fur et à mesure, avec des rebondissements infinis jusqu'à ce qu'il ait trouvé une chute presque toujours admirable, les deux hommes avaient débarqué du bateau de ligne à Ermioni, l'escale précédant Spetsai. Impérial, Katsimbalis avait frété un caïque, mais si Ermioni est un bon mouillage sur le continent, dès qu'on sort de sa baie, le chenal entre Dhokos et la côte est une vraie soufflerie dans laquelle alternent les vents d'ouest et de nord-est. Embrassant éperdument le mât, tous les deux avaient cru sombrer vingt fois avant d'arriver à Spetsai. Katsimbalis prétendait même qu'un âne, qui était du voyage, avait vomi sur eux, une de ces légères exagérations et impropriétés dont il se montrait prodigue. Cela dit, sans sombrer dans le délire katsimbalesque, il faut concéder que la traversée peut être rude, et ce soir elle l'est, sous un ciel ténébreux. Le poussah jaune, jambes écartées, accroché à son volant sans lequel il s'envolerait, ne cède pas un nœud de sa vitesse, et les déferlantes assènent des gifles de brute au canot qui taille sa route dans la mer méchamment courte. À bord, rien ne ferme. La porte de la cabine s'ouvre et claque au rythme de nos descentes au creux des abysses et de nos remontées à l'air libre. Terrifiée, la jeune femme a caché sa tête dans le blouson de son compagnon. Le feu du port de la Dapia disparaît, réapparaît, à croire qu'il est lui-même flottant, et bouchonne sur la mer démontée. Quand nous passons le travers du fanal, les vagues s'allongent. Le vent pousse dans le port mal conçu une houle huileuse qui court le long du môle, éclate en gerbe contre le quai du fond et reflue, creusant un maelström au centre où tout d'un coup nous piquons du nez comme dans un trou d'obus, mais le poussah, il faut l'avouer, connaît bien son canot. Pleins gaz, il en sort et j'ai juste le temps de sauter sur le quai après lui avoir tendu un billet. Il est déjà loin, reparti vers le Paleo Limani, le Vieux Port, bien mieux protégé, avec le couple qui n'a pas eu le temps de débarquer. Une banderole de lumières oscille dans le vent. Un seul café est ouvert. À l'abri du kiosque à journaux, quatre ou cinq hommes engoncés dans des cirés, coiffés de bonnets de laine contemplent, muets, les vagues qui se fracassent contre le quai et y vomissent le rebut de la mer : sacs en plastique, poissons crevés, un gouvernail rongé par les tarets, une chaussure, des aiguilles de pin et ces longues algues molles qui ressemblent à des rubans de caoutchouc. Au bord de l'Atlantique, par une telle tempête, une odeur d'iode et de marée enivrerait, mais la Méditerranée ne sent plus rien, ou si elle sent quelque chose, c'est le gazole. Mer morte, en proie à d'ultimes convulsions si on ne la sauve pas, elle éructe et dégorge ses parasites et les déchets de l'été.

Ils ont bloqué la porte vitrée exposée au nord et il faut passer derrière, par la ruelle. Dispersés à des petites tables devant des cafés, un ouzo ou un simple verre d'eau, ils sont là, une dizaine à peine, casquettes vissées sur le crâne. Les chaises branlent, les tables sont crasseuses mais on a repeint les murs et accroché des cadres avec des photos en couleurs de la Coupe d'Amérique.

Ces regards, je les connais bien. Ils sont indifférents, atones chez les plus âgés, gris comme était le ciel de l'après-midi. Nous échangeons un signe de tête et ils continuent d'observer la porte contre laquelle on a poussé deux tables pour la barricader sans l'empêcher de se gonfler à éclater sous les rafales trop violentes.

Kostaki est déjà là, son plateau dans la main gauche l'autre main sur la hanche :

— Qu'est-ce que tu prends ?

Peu importe que je tombe parmi eux en trench-coat, encore cravaté, avec un costume de ville et un sac de voyage, l'idée c'est d'affecter de croire que, depuis trente ans, je n'ai jamais quitté Spetsai sauf pour aller sur le continent acheter des allumettes. Pourtant Kostaki sait bien que nous avons vendu la maison l'été dernier, que d'autres y habitent, mais il est plus simple de prétendre que rien n'a changé, que, même si depuis une vingtaine d'années, je viens seulement au printemps et à l'automne, j'appartiens à la famille. Nous nous sommes connus quand il était grouillot de ce café dont il est devenu propriétaire. L'âge l'a curieusement déformé. Avec ses épaules étroites et tombantes, son ventre en œuf ceint d'un tablier sale, ses énormes fesses moulées dans un pantalon de lustrine noire, il a l'air d'une vieille lesbienne. En déposant le cognac sur ma table il dit :

— Je t'ai mis du cinq étoiles. Tu veux que je téléphone à Fuller ?

— S'il te plaît, et je lui parlerai.

Ainsi me fait-il savoir, sans qu'il y ait besoin de clin d'œil ou de sous-entendus, que mon vieil ami m'attend, et que tout le monde sait ici pourquoi. Au bout du fil, la voix de Hod est émue et enrouée.

— J'arrive avec la voiture. Rendez-vous chez Kostaki dans un quart d'heure.

À la table voisine, est venu s'asseoir Yannis le cocher. Lui aussi, je l'ai connu enfant, mince et blond. Les années ont passé. Il est boudiné dans son caban trop serré. Deux ans auparavant, une Française, médecin a-t-on dit, l'a kidnappé. Il a passé deux mois à Lille et s'est enfui pour revenir dare-dare à Spetsai.

— Elle est restée, dit-il. Ça lui plaît.

La doctoresse ? Non, je retarde. Il s'agit d'une jolie Anglaise au visage grêlé de taches de rousseur. Secrétaire à Londres... Elles sont toujours secrétaires ces filles qui, au mois d'août, empalées par un cocher ou un batelier, croient au bonheur hors saison et décident de tout abandonner pour hiverner à Spetsai. Elles baragouinent trois mots de grec, ils parlent un anglais onomatopéique. De toute façon, les échanges de subtilités sont rares. Désœuvrés, leurs fiacres garés sous l'auvent ou leurs barques au radoub, ces Ben Hur démontés, ces loups de mer à la côte ont perdu de leur prestige. Pendant qu'ils jouent aux cartes ou au jacquet dans un café, l'Yseut britannique ou scandinave, restée au foyer, lave à genoux le carrelage glacé sous l'autorité satanique de la belle-mère d'un hiver. Finis les mignardises, les cuillerées de fruits confits, les biscuits aux amandes, les rires de gorge, les baisers mouillés... l'ordre matriarcal est revenu. Quel respect les vieilles auraient-elles pour ces étrangères folles de leur cul, venues dévoyer leurs fils ?

Yannis est accompagné d'un homme étrange dont je n'ai jamais vraiment su le nom, car il me semble qu'une fois il a prétendu s'appeler Yorgo, et une autre fois Thanassi ou Thémistocle. Pour plus de sûreté les Spetsiotes l'ont affublé d'un surnom, d'abord *Arapis*, l'Arabe parce qu'il parlait sans cesse de ses voyages à dos de chameau en Arabie, puis Gadafos le jour où il nous a assuré être l'ami intime du dictateur libyen. Pour ma part, je l'ai baptisé Karaghiosis, comme la marionnette du théâtre d'ombres. Il en a le corps disloqué, le nez aquilin, la moustache-balai, la voix de capitaine de forfanterie. Son âge reste indéfinissable. J'opterai pour la soixantaine. Il a certainement navigué, mais moins qu'il ne le prétend, baragouine trois ou quatre langues dont une tout à fait indéchiffrable qu'il assure être du chinois. Ses humeurs varient avec le temps. Tantôt, il repère un interlocuteur, se saisit de lui et débite un discours d'une logique rigoureuse à partir d'une proposition complètement farfelue, tantôt il vous ignore et passe sans accorder un regard, perdu dans un rêve dont rien ne semble pouvoir le tirer. L'espèce de chapska florentine que porte la marionnette en guise de couvre-chef lui irait bien, car le voici qui, sans transition, ayant décidé ce soir de me reconnaître, me félicite chaudement — il me serre même la main — de la réélection de M. Mitterrand à la présidence de la République française. J'ai beau dire que je n'y suis pour rien, mon Karaghiosis insiste : si, si... un homme de ma qualité ne peut être que le partisan de M. Mitterrand, l'ami de Kadhafi. N'ont-ils pas fait ami-ami en Crète et sauvé la paix dans le monde ?

Yannis ricane grassement et se visse un doigt dans la tempe en me désignant d'un coup de tête son copain qui s'enfonce vertigineusement dans son idée fixe : c'est un chef comme M. Mitterrand qu'il faudrait à la Grèce, aux Balkans, à l'Europe, aux Amériques et peut-être même bien à notre planète. Là, je sens Karaghiosis qui marque un temps. Que reste-t-il à commander après la planète qui est peu de chose dans l'Univers, une goutte d'eau de l'océan, un grain de sable du pays de Ghadaffi à la grosse tête d'angelot vérolé. Oui, concède-t-il, c'est un peu limité comme rayon d'action quand on est un génie comme M. Mitterrand ou comme le colonel du désert. Son enthousiasme étant communicatif, je sens aussitôt la nécessité de renchérir : le Président français ferait aussi du bon travail au ciel. Une vision seulement planétaire ne permet pas de déceler à temps les mille petits défauts de nos sociétés, leurs craquelures, les combinaisons louches et secrètes qui entravent le Progrès et la Liberté, déclenchèrent des guerres, des famines, des cataclysmes, des bavures boursières. Tandis que, du ciel, un homme politique attentif muni de pouvoirs dictatoriaux bénéficierait à la fois du recul et de la hauteur nécessaires pour juger des remèdes applicables aux maux des Terriens. En envoyant ce chef idéal patrouiller dans les champs élyséens, il serait cependant prudent de bien lui définir ses objectifs. Un homme au cœur large pourrait être tenté de s'intéresser à d'autres planètes et de nous négliger pour des cas plus urgents, alors que, dans un élan d'égoïsme bien naturel, nous voulons garder à notre service exclusif un si bon docteur.

Karaghiosis reste interdit quelques secondes. Un éclair de malice est passé dans ses yeux. Voilà, pense-t-il, quelqu'un qui joue son jeu, avec qui on peut étaler ses connaissances. C'est un vrai plaisir d'être aussi bien écouté. La plupart du temps il n'a pour public que des rustres ignares qui l'appellent Gadafos. De la langue, il humecte la moustache-balai. Sa jouissance est extrême. J'imagine qu'il boirait bien un cognac comme celui que je viens d'avaler d'un trait pour me réchauffer ou plutôt pour chasser l'angoisse levée par la tempête qui fait trembler les vitres et secoue le fragile échafaudage dressé devant la porte. Au plafond, les deux ampoules nues se balancent comme si nous étions à bord d'un bateau. Kostaki apporte trois autres cognacs. Karaghiosis s'illumine. Sans doute s'est-il tu depuis plusieurs semaines comme cela lui arrive souvent quand il sombre dans son passé aventureux, muet soudain, ne s'exprimant plus que par gestes jusqu'à ce qu'une étincelle imprévisible remette le moteur en marche. Et c'est décidément un beau jour pour sa logorrhée cyclique. Je suis un client qui l'invite galamment à en rajouter si le cœur lui en dit. Je suivrai, et il est même probable que je le pousserai à en rajouter. Dans un souffle magnifique, Karaghiosis m'explique qu'au fond la situation de Maître de l'Univers n'est pas si enviable que ça. On y est en proie aux tentations que les flagorneurs agitent devant les puissants comme le matador agite la muleta devant le taureau. La corruption n'est pas loin. Dans son amour inconditionnel pour MM. Mitterrand et Kadhafi, Karaghiosis s'interroge afin de savoir si ce n'est pas jouer une mauvaise blague au Président et au Colonel que de leur offrir la maîtrise de l'Univers. Je lui accorde que, en effet, la promotion est truffée de pièges. Ne s'accompagne-t-elle pas du don d'infaillibilité ? Dieu, pourtant fort doué à l'origine, a pris trop d'assurance et n'a pas surveillé sa Création. Beaucoup pensent même qu'il a laissé s'installer un vrai bordel et se demandent si un usurpateur n'a pas pris sa place en catimini. La source de nos malheurs serait là, dit le sosie de Karaghiosis. Pour s'en convaincre, il suffit d'observer les représentants que Dieu s'est choisis sur terre, ces « Papas » qui exploitent le peuple... Yannis calme son ami qui, en fait, est ravi qu'on interrompe sa diatribe. En bon Grec, il est aussi superstitieux qu'anticlérical. Je sens venir les concessions qui rendent les conversations politico-métaphysiques si décevantes. Donc, ajoute Karaghiosis avec regret, si des gens veulent croire en Dieu, c'est leur droit puisque nous sommes en démocratie. Ah, quel beau mot grec ! Karaghiosis ouvre les bras et prend les consommateurs à témoin. Mais personne n'a bronché. Son discours est passé inaperçu ou sans doute est-il usé. Les parties de jacquet et de cartes continuent sans que les joueurs échangent un mot. L'odeur du café grec que Kostaki prépare sur son réchaud se mêle à la fumée froide. Apostolis dont seul l'énorme œil de verre exorbité luit d'étonnement et d'intérêt dans un visage plutôt obtus, est entré pour s'asseoir à côté de Michaelis. Les chapelets de faux ambre tournent entre leurs doigts au même rythme lent, et je m'aperçois que, depuis que le canot rouge m'a laissé sur le quai, la vie autour de moi tourne au ralenti : les joueurs de jacquet vident sans bruit le godet de cuir sur un tapis vert, les joueurs de cartes abattent les atouts avec des gestes de demoiselle.

Je sors dans la ruelle voir si Hod arrive et nous nous cognons l'un dans l'autre, lui toujours aussi grand bien qu'un peu voûté, gonflé par sa parka bleue au col relevé. Au premier coup d'œil, dans le vent et la pluie qui nous giflent, il me semble inchangé après sa lutte contre la mort pendant l'été. Les jambes arquées ont conservé à ce grand corps vigoureux, que la guerre du Pacifique cribla d'éclats, la démarche chaloupée des Marines américains. Couturé, rapiécé de toutes parts, anesthésié, bourré d'antibiotiques, charcuté trois fois en deux mois à Boston, il se dresse comme un revenant dans la sombre ruelle, par moments un peu vacillant, mais vivant et de retour à Spetsai « pour y mourir », dit-il. Nous n'allons pas nous mentir bêtement, avec des paroles réconfortantes qui ne tromperaient ni l'un ni l'autre, et que les imbéciles manient sans grâce pour se rassurer égoïstement tant ils ont horreur de voir les choses en face. Le mieux n'est-il pas, après les quelques mots qui clarifient la situation, de se taire et de parler de tout et de rien, ce pour quoi je suis venu en ce mois de décembre hargneux et brutal, sur une île qui, après les égarements de l'été, retombe dans son morne isolement.

La petite voiture découverte au toit de cotonnade festonnée tout à fait déplacé par un temps pareil, nous attend sur l'Agora d'où nous remontons vers la route par un dédale de ruelles tranformées en torrents d'eau rougeâtre. Après Ayia Marina, le vent frappe de plein fouet et au premier tournant nous empoigne par l'arrière pour nous soulever et nous pousser comme un fétu jusqu'à Kouzounou. Agrippé à son volant, Hod lance à mort le moteur de vespa et nous collons à la route trempée, à peine éclairée par des ampoules pisseuses dont la moitié a déjà éclaté sous la pluie. À hauteur du long mur qui protège la maison de Petros M., nous retrouvons une zone de calme bien qu'un eucalyptus soit tombé laissant un étroit passage. Je pense à la femme de Petros entrevue quelques jours avant qu'elle fasse le grand saut : une admirable statue grecque dont on aurait cassé le nez à coups de marteau, toujours drapée dans des plissés dont la blancheur contrastait avec ses épaules, ses bras, son visage si brûlés de soleil qu'on eût dit d'une Aphrodite noire. Un violet tragique cernait ses yeux de jais, immenses, enfoncés dans les orbites sous des sourcils d'homme. La belle propriété enfouie dans les tamaris et les bougainvillées avait été édifiée pour elle qui n'est plus. Une autre y vit désormais, qui efface lentement les traces de la précédente dont les rares apparitions me fascinaient comme d'une Électre après le crime.

Un peu plus loin — il suffit de traverser un chenal — Eugénie N. vivait discrètement dans son luxe, attentive aux misères des uns et des autres, aimée des artistes. Un jour, elle est morte, à notre grande tristesse. Sa tombe blanche, pure et simple comme elle, veille sur un cap avancé, et tous les matins le soleil qui se lève en « des confitures de crime » (H.J.M. Levet) salue la dépouille de cette créature trop tendre pour un monde de requins dont le banc s'est refermé sur son souvenir.

Et qui était-elle, cette autre femme dont on a retrouvé le corps nu échoué sur un récif d'Ayia Marina ? On ne l'a jamais su, je ne l'ai pas vue — et bien peu ont dû la voir, les policiers étant arrivés aussitôt pour l'enfermer dans un cercueil de bois blanc et l'envoyer en Athènes, trop heureux de se débarrasser rapidement d'un cas difficile — mais, au fil des jours, personne ne voulant admettre qu'on ne savait rien, qu'on ne saurait probablement jamais rien, l'imagination populaire a brodé et la noyée est devenue d'une mystérieuse et énigmatique beauté, nue certes, née comme Aphrodite de l'écume des mers, mais au cou des perles, et aux poignets des bracelets d'or. Ainsi, il n'y a pas une plage, un cap, un sentier qui n'évoque une histoire, une rencontre, un drame obscur qu'on enfouit vite sous une épaisse couche de mensonges, certain que l'oubli ne tardera pas à effacer ce qui a osé troubler un instant la beauté d'un paysage parfait. Et c'est vrai : l'oubli vient vite quand la vision du monde est une fête renouvelée tous les matins. La beauté est un anesthésique qui laisse à peine surnager une douleur diffuse dont on ne sait plus la cause réelle. De la tragédie on peut dire qu'elle est un vivant reproche adressé à la paix. Les dramaturges de la Grèce antique ont joué avec les amours et les cadavres pour maintenir éveillés les Grecs.

Un feu de bois d'olivier brûle dans la cheminée. C'est une odeur beaucoup plus suave que celle du pin. L'olivier ne lance pas d'étincelles. Bois introverti, il brûle de l'intérieur. Hod a préparé des verres de vodka et nous nous asseyons face au feu. La tempête s'essouffle contre la maison. Nous avons tellement de choses à évoquer avant que l'un de nous parte : un fameux coup de vent en route pour Cythère, une chasse au canard en Irlande, une entrée épique dans le port de Céphalonie, une navigation hasardeuse dans les Keys.

Le lendemain, quand je pousse les volets, la *voria* a nettoyé l'horizon et blanchi la mer. L'île n'a pas sombré. À peine est-elle décoiffée : des arbres abattus, un poteau de téléphone cassé, un caïque coulé dans la baie de Kouzounou. Sur la plage où l'été se bronzent les sirènes, les galets sont recouverts d'épaves et de sacs en plastique. Les sirènes ne durent pas plus d'un été. Octobre venu, elles remettent leurs soutiens-gorge et quittent le rivage. S'il faut prendre garde, c'est surtout parce que les îles sont instables par nature. Survivance d'un continent englouti ou parcelles en fugue d'une terre ferme, elles risquent de chavirer sous le poids des envahisseurs. En fin de matinée, l'été, Spetsai penche dangereusement du côté des plages. À l'heure des repas, le reflux des hôtes de passage vers les tavernes et les cafés du port, rétablit brutalement l'équilibre compromis. Mais pas toujours : d'autres îles moins stables font naufrage et, dès l'automne, remontent à la surface, dévastées, polluées, leurs volets clos, inertes comme après le passage d'un cyclone. La nuit tombe vite et, dans les ruelles ou sur les quais déserts, on ne voit plus que des vieillards claudicants, des marins à la retraite, le regard bleu délavé par les embruns, la main crispée sur la poignée d'une canne ou jouant avec leurs *komboloïs*.

Ce matin d'hiver, la terre glaiseuse, arrachée par les vagues, teinte de minium la mer qui pousse encore vers les récifs une houle fatiguée. Plus loin, les eaux verdissent et virent au bleu cobalt à plus d'un mille au large. On devine à peine l'éléphantesque masse d'Hydra gommée par des voiles de brume. Une lumière plate plombe la côte d'Argolide. L'*octopodaras* Yannis n'est pas au rendez-vous habituel. Cette baie est la sienne. Hiver comme été, il arrive dès l'aube, dans sa barquette grise, arrête son moteur et se laisse dériver la tête plongée dans un bidon à fond de verre qu'il immerge à demi. À vivre ainsi, plié en deux pendant des heures, son dos s'est bossué et la pression du plat-bord a creusé sa poitrine. En le croisant, le matin, avec mon Boston Whaler, je ralentissais pour ne pas le secouer et il me remerciait des deux doigts en V de sa main mutilée. Trente ans de ce métier-là ! Il n'en connaît pas d'autre. Personne ne lui succédera, il n'a que des filles, et les filles n'ont jamais le don de la pêche au poulpe. Le secret se cache peut-être dans la couleur de ses yeux : un bleu-vert enfantin, à la teinte passée des glauques fonds marins qu'il scrute des heures durant. Pendant des années, de ma terrasse donnant sur le Vieux Port, je l'ai vu revenir au moment le plus torride de la journée, coiffé de son grand chapeau de jardinier. Il s'amarrait à la jetée, et commençait d'attendrir les poulpes en les lançant un nombre indéfini de fois sur une dalle noircie par l'encre. Cette claque molle renvoyée par l'écho résonnait comme une litanie dans la torpeur de l'après-midi. Le soir, à l'arrivée des bateaux du Pirée, on retrouvait Yannis, un panier d'osier sous le bras, vendant ses mollusques, propre, rasé de frais, une chemise bien repassée au col ouvert sur son cou bronzé, indifférent au spectacle des estivantes à demi nues, fardées comme des poules, sanglées dans des shorts trop courts, qui passent en lançant des petits cris de dégoût à la vue de ces chairs plus flasques encore que leurs fesses. J'espère qu'il est toujours là, que seul l'état de la mer empêche sa sortie matinale. Son visage brûlé d'ascète, creusé de rides noires, ses cheveux bouclés, gris et blonds, appartiennent à un type de Grec qui va en s'affadissant sur cette île où la prospérité, l'alcool, les sucreries en ont bouffi tant d'autres. Le jour où Yannis remisera sa barque et, perclus, enroulé sur lui-même comme un vieux sarment de vigne, se retirera, je me demande qui pêchera encore ces poulpes que les tavernes mettent à sécher sur un fil comme autant de hideuses araignées. Les Spetsiotes ont choisi d'être garçons de café, de restaurant ou de bain, nautoniers, cochers de fiacre, se livrant pieds et poings liés au travail saisonnier. Cette île découverte il y a déjà plus de trente ans, si vivante l'hiver, si occupée d'elle-même, puisant dans toute son énergie pour survivre avec dignité de ses propres ressources, cette île aimée, préférée aux autres, est devenue un corps mort ancré dans la mer des Myrthes, épave qui vit des illusions de l'été.

Hod me prête une canne et nous descendons vers Ayia Marina. Il n'a pas retrouvé ses enjambées d'ancien officier des Marines, cette démarche chaloupée qui le faisait reconnaître de loin, avec sa haute taille et son air souvent absent, tel que l'a vu Cocteau lors de son voyage de 1952 en Grèce. Et c'est Hod qui a su attirer Cocteau à Spetsai, ce dont témoigne *Le passé défini*[1].

« Les ruines me rendent triste. Elles sont la tombe du beau. Mais Spetsai vit. Était-il possible qu'une île pareille existe ? C'est presque incroyable. Dans cette île, la laideur n'a jamais mis le pied. Elle est si belle que la laideur la déteste et se sauve. Si élégante que la vulgarité y crève... On voudrait habiter chaque maison, s'asseoir sur chaque place, pénétrer dans toutes les boutiques ouvertes jusqu'à l'âme...

1. *Le passé défini*, tome I, page 226, Gallimard 1983.

Si la France me devenait insupportable, je sais que Spetsai existe et qu'on peut y vieillir dans une petite maison blanche et ne plus voir de formes absurdes. »

Pour avoir cru cela en 1959, nous nous sommes installés, C. et moi, à Spetsai, émerveillés par tant de grâce et, peu à peu, au fil des années, perdant la foi.

J'évoque ce souvenir pour Hod, et nous nous arrêtons sur la route en haut d'une falaise qui domine la baie d'Ayia Marina. Derrière nous, une forêt d'oliviers grimpe à l'assaut de la montagne, propriété privée de Niarchos qui a eu le bon goût de l'acheter pour qu'on ne construise pas de hideux hôtels en face de son île.

— C'est vrai, dit Hod, je n'oublie pas. Cocteau parlait beaucoup et pourtant il écoutait bien. Nous sommes venus du Pirée à la voile, lui sur l'*Orphée*, moi le précédant avec le *Vellila*. Nous l'avons, Dozia et moi, emmené avec ses amis à Ayios Anargyros où un berger nous préparait un chevreau à la broche. Une journée magnifique qu'il n'a pas dû oublier malgré les tracasseries immondes de la police et de la douane à son entrée en Grèce. Rien n'a changé ou peut-être même est-ce pire : ils ont besoin de touristes pour vivre, mais ils ne peuvent s'empêcher de les arnaquer, et de multiplier les obstacles sur leur chemin. Incompréhensible, mais c'est quand même le plus beau pays du monde.

— Et tu y as rencontré l'amour !

— Oui. Maintenant Dozia dort là, au monastère, côte à côte avec ma sœur, et il y a juste assez de place pour que je leur tienne compagnie.

Je m'interroge : cet homme qui a tant aimé la vie en Grèce, Dozia si parfaitement belle, naviguer d'île en île, bâtir sa maison de Kouzounou parmi les lauriers-roses et les oliviers, qui a choisi pour toujours ce pays adopté après une guerre héroïque dont il ne parle jamais et qui a laissé de profondes cicatrices sur son corps d'athlète superbement tatoué, cet homme généreux et bon, si américain et si peu américain, a-t-il, dans un dernier oubli de soi, dit adieu, sans regrets, aux choses de la vie et mesuré le temps incertain qui lui reste et les souffrances des derniers instants ? Il a tant de fois affronté la mort dans sa jeunesse qu'elle n'a plus de secrets pour lui. Il l'a rencontrée à Guadalcanal, dans tout le Pacifique, il l'a bravée dans le sud-ouest de la France où, parachuté, il instruisait le maquis à la veille de la débâcle allemande. Il a navigué sur toutes les mers. L'an dernier nous étions encore ensemble, dans le golfe du Mexique, sous un ciel immaculé, à bord du *Pied à terre* de Carleton Mitchell. Et maintenant, c'est la fin. Le mois prochain, dans six mois, dans un an, il n'en sait rien, et peut-être à chaque promenade, à chaque rencontre se dit-il que c'est la dernière fois et qu'il présente ses adieux à cette terre aimée, à ses amis.

Aujourd'hui, pourtant, aucune pensée mélancolique ne l'atteint. Un ami est venu briser sa solitude, détourner quelques jours ses pensées. Nous arrivons à Ayia Marina. Les tavernes sont closes et même, mieux que cela, barricadées avec des planches en croisillons qui interdisent portes et fenêtres. L'enseigne du restaurant Paradiso, arrachée par le vent, gît dans le sentier boueux. Au centre de la grève de galets, se dresse un tronc d'olivier que le tavernier dionysiaque a grossièrement élagué et taillé en forme de lingam, inscrivant en dessous pour que personne ne s'y trompe : *happy holiday in Spetsai*. Ce sexe dressé, si suggestif, encore humide des pluies de la nuit comme s'il sortait du vagin géant de la Grèce, de son ciel érotique et indécent, rappelle les nuits d'été, le parfum langoureux des belles-de-nuit (*nikta louloudia*), les senteurs sucrées du jasmin ou du chèvrefeuille et le ressac amoureux de la mer qui roule les galets de la grève en un lancinant refrain. Ici, autour de ce symbole de toutes les érections, dans la lumière d'or de l'été, les secrétaires londoniennes, les Suédoises aux cheveux de paille, les walkyries allemandes ou australiennes somnolent, corps verni par les onguents, seins nus et laiteux, piqués d'une fraise, offerts à la brûlure du soleil égéen. L'image qu'elles emportent dans leur pays est aussi inaltérable pour elles qu'éphémère pour la Grèce. À peine sont-elles parties que les jours raccourcissent, que le tavernier rentre ses pédalos, ses tables poisseuses, ses chaises bancales, plie les parasols, arrête l'abominable musique qui viole les jours et les nuits, retire ses affiches, démonte les cannisses de sa pergola et compte ses sous. Le spectacle est terminé. On enlève le décor. Ne restent que le muret chaulé, une treille nue dont la peinture s'écaille, et, sur la grève, les reliefs d'un négligent festin de nuit : bois flottés, ulves déroulées en longs rubans brunâtres à l'odeur âcre, un bottillon de femme, deux bouées rongées par le sel, la plaque de mazout d'un cynique cargo qui a dégazé au large, les inévitables boîtes de Coca-Cola et les indestructibles sacs en plastique, ces vomissures de notre société bon marché.

Passons. Un étroit sentier de gabelou taillé dans le roc conduit à la chapelle, et, par la chapelle, une brèche du mur permet de pénétrer dans le terrain de K. Ce vieil homme vient de mourir, ayant réussi, jusqu'au dernier jour, à sauver de l'avidité de ses héritiers les terres qu'il possédait encore à Spetsai. Ces quelques hectares s'étendent d'Ayia Marina au Vieux Port, le Palio Limani, une idyllique forêt de pins maritimes et d'oliviers, à la grisante senteur de thym et de résine, et, partout, disséminés, orgueilleux et putrides si on a la prétention de les couper et de les mettre dans un vase, les asphodèles aux fleurs blanches et au cœur mauve.

Nous marchons entre les arbres et d'un coup tout redevient beau, léger, la mer apparaît bleue dans les éclaircies, le silence est grand, l'air est embaumé, un vieil homme, debout sur ses jambes torses dans un grossier pantalon bouffant sur les fesses et serré aux chevilles, coiffé d'un bonnet de laine écrue, le menton appuyé sur son bâton de berger, garde ses moutons qui broutent l'herbe rare. Nous entrons dans un autre monde pour quelques instants. Au moment où la Grèce nous désespérait, la voilà qui nous rejoint, pastorale avec son dernier troupeau, son dernier berger, et toute la scène semble reconstituée pour nous ravir et oublier le blasphème qui la précédait. Qui ose encore parler de progrès ? Comme à Mavromati, en Messénie, où un sordide et puant village cachait les ruines d'une ville qui fut exquise cinq siècles avant J.-C., avec un théâtre beau comme une bonbonnière, des thermes envahis par les ronces, quelques colonnes, restes d'un palais gracieux, un petit Trianon, ultime témoignage de la civilisation du Péloponnèse. Spetsai a souillé un passé, moins ancien certes mais un passé glorieux.

Je ne crois pas qu'elle soit mentionnée dans l'Antiquité bien qu'elle se tienne proche de l'Argolide où se sont noués tant de drames. Elle a pu servir de havre aux caboteurs qui descendaient vers Monemvasia ou Cythère, mais son vrai destin commence avec la guerre d'Indépendance que menèrent des armateurs enrichis par la contrebande, presque tous des forceurs du blocus napoléonien. Avec une femme à leur tête, la Bouboulina, les Spetsiotes ont brûlé, taillé en pièces une flotte turque venue les rançonner en 1827. Une photo panoramique prise en 1865 montre le Palio Limani encombré de trois-mâts et de bricks. Le destin est cruel qui veut que l'île ayant le plus contribué à la libération de la Grèce ait été ensuite ruinée par le trafic détourné vers Le Pirée. Des splendeurs passées, demeurent quelques maisons orgueilleuses protégées des assauts ennemis par un glacis plongeant dans la mer. Leurs plafonds délicatement peints par des artisans italiens amenés à grands frais, leur mobilier inconfortable et sévère, des volets intérieurs pleins pour se défendre de la lumière et des voisins, leurs sols en froides dalles grises de Dokos témoignent d'un style de vie hautain et fier. Qu'en reste-t-il ? Rien ou presque.

Nous longeons la ruine qu'habitèrent quelques semaines Phil et Claire M… quand j'écrivais *Le balcon de Spetsai*. Le toit s'est effondré, découvrant une charpente noircie, rongée par les termites, des murs à demi éboulés dont la pluie a rongé le plâtre rougeâtre. À l'intérieur, la cheminée d'angle reste seule, noire et triste. La sorte d'aventure qui s'est vécue ici n'aura plus lieu. On n'a aucune peine à imaginer que les héritiers de K. lotiront ce dernier enclos pastoral et qu'il suffira d'arroser les fonctionnaires du Pirée pour obtenir des permis de construire. Ici s'érigeront les bungalows, les prétentieuses et absurdes villas qui défigurent le Cap du Phare. Comme je le dis à Hod, il s'arrête, vacille deux secondes et s'accote à un arbre :

— Nous n'empêcherons rien, dit-il. Je ne serai plus là dans un an, et tu as sagement vendu maison et bateau, mais au moins, s'il y a une autre vie, j'emporterai une image encore intacte de la Grèce. J'ai connu Spetsai quand c'était une des perles de l'Égée. Je considère que c'est un privilège, un très grand privilège dont les nouvelles générations n'ont même pas idée.

Nous nous reposons un instant avant de trouver, dans la clôture, une brèche qui permette d'accéder au Vieux Port. Hod préfère revenir chez lui. Tout à l'heure, il passera me prendre avec sa voiturette sur l'agora et nous remonterons déjeuner. Je le regarde s'éloigner de son pas désormais lent comme celui d'un marcheur plein de songes, puis j'aborde le raidillon qui conduit au phare et à notre ancienne maison. Le paysage est bouleversé.

Je n'aperçois même plus la maison de Claude de L., ni, bien entendu, l'ex-nôtre occultée par une bâtisse grotesque, percée de fenêtres en forme de meurtrières, dressée sur son bout de terrain comme un dromadaire, dit Nata Mella qui a le sarcasme aussi prompt et dur que son ciseau de sculpteur. Les trois derniers étés, il nous a fallu subir le voisinage de ce caravansérail, les cris de pintade de la bonne femme, les bougonnements du mari, le nasillement d'une télévision et les conversations des dames de la petite bourgeoisie qui perchent haut leurs voix comme on lève le petit doigt en buvant sa tasse de café, comble du chic dans la nouvelle classe moyenne si commune et si satisfaite de soi. Cette première construction, qui défiait le plan de la ville et le site classé, a été l'appât entraînant les autres. Puisque l'on pouvait bâtir sans égard pour le style de Spetsai, pourquoi se gêner ? Le spectacle est indescriptible et désolant. Des murs gris en parpaings s'élèvent partout, coiffés de la charpente des toits. La pluie des derniers jours a inondé les fondations. Un Cypriote mégalomane s'est commandé une sorte de palais dans le plus mauvais style hollywoodien, avec piscine, tennis, une tour aveugle, des palmiers d'Égypte. On dirait d'une cassate napolitaine avec des embrasures vanille, des murs orange, des huisseries vertes. C'est pure prétention ou démence sur cette île qui fut si blanche et si paisible. En somme l'horreur, l'insulte à la beauté avec la complicité, largement arrosée, des planificateurs. La route est défoncée par le passage des camions, des bouteurs et des bennes à ciment, et je dois fermer les yeux pour retrouver l'image du chemin sinueux entre les lauriers, les buissons de gentiane, les touffes de sarriette, les caroubes desséchées au pied de leur arbre dont la feuille a toujours l'air crispé par la soif, les saxifrages qui poussent si hardiment leurs têtes bleues entre les pierres, ce chemin que les femmes de l'île montaient en ahanant sur leurs grosses jambes aux bas de coton noir serrés par un élastique au-dessous du genou, portant devant elles, comme le Saint-Sacrement, une bougie et un brin de basilic. Derrière elles, trottait une portée d'enfants endimanchés. Je n'oublie pas chaque après-midi la promenade de Barba Pano, l'Oncle Pano au crâne rasé comme le professeur Nimbus, à la peau sèche et jaune collée au masque déjà mortuaire, admirablement propre et soigné, appuyé sur une canne de berger, nonagénaire et entreprenant avec les gouvernantes anglaises de nos enfants. Le matin, dès le lever du soleil, je le voyais, de la terrasse, passer dans sa barque à voile latine gouvernée par deux avirons, partant pour rapporter un sac de friture, heureux sous le ciel de son île après une vie au long cours. Il est maintenant dans sa boîte où je suis sûr qu'il achève de se momifier à la perfection tant il avait, dans la vie déjà, soin de sa personne. Enfin notre maison, volets fermés, enlacée par les branches de la bougainvillée qui a perdu ses feuilles et ses fleurs, les citronniers déjà lourds de fruits. Je ne regarde pas par-dessus le mur et contourne la maison pour descendre vers l'anse où travaille Dino. Cet homme excellent, ce génial charpentier de marine qui a construit, seul sur son bout de grève, je ne sais combien de caïques parmi les meilleurs de la Grèce, sans jamais les dessiner autrement qu'au fusain sur un mur, possédé d'un sixième sens, Dino ouvre grand les bras. Nous nous étreignons et sans doute cela ne serait-il pas arrivé si j'avais continué d'habiter la maison qui surplombe son chantier, mais mon départ a donné du prix à l'amitié discrète que nous cultivions. Bien que jeune encore, il est assez sourd et si je ne parle pas fort, il secoue la tête comme s'il avait de l'eau dans les oreilles. Son premier geste est d'enlever le pot de colle qui mitonne au-dessus d'un brasero et d'y poser un *briki* pour nos cafés. Nous nous asseyons sur des billots. Le fond du port est bourré de bateaux de plaisance, voiliers ou luxueux canots à couple sur trois rangs. L'hiver, le vent secouait les drisses mal arrimées aux mâts d'aluminium et un cliquettement incessant meublait les nuits d'une musique étrange comme celle d'un moulin à prières. Contre la jetée, une espèce de chalutier reconverti s'est ouvert le flanc. Les vagues lèchent le pont incliné, pénètrent par une écoutille ouverte.

— À qui est-ce ?

Dino a un geste vague.

— Personne ne sait. Ils sont venus là en octobre, une bande de jeunes, des Anglais je crois. Ils ont laissé leur bateau sans rien dire. C'est une pourriture qui prend l'eau de partout. Encore une journée de vent et il coulera. Personne n'ira le renflouer. Le capitaine du port n'est venu ici que pour me dire que maintenant il faut déposer mes plans au Pirée avant de commencer à construire un bateau. Des plans, vous le savez, je n'en ai jamais fait. Ça me coûtera cent, deux cent mille drachmes avant que j'aie touché un sou.

Les propriétaires de l'ancien chalutier n'ont même pas amené leur pavillon. L'Union Jack flotte au vent, déchiré, sale comme un chiffon de mécanicien. Dino découvre la bureaucratie, la force d'inertie la plus puissante de toute la Grèce. On va le ruiner, on va ruiner le dernier artisanat qui justifiait Spetsai. Dino et quatre autres charpentiers de marine qui lancent chaque année une dizaine de caïques parfaits devront demander une autorisation à des fonctionnaires véreux qui ne sont jamais montés sur un bateau. Je le sens découragé, butant au milieu de sa vie contre un mur de paperasseries auxquelles il n'entend rien. J'essaye de lui expliquer que les règlements sont faits pour être tournés, sinon rien ne marcherait plus dans son pays.

Une fine pluie tombe et nous buvons nos cafés brûlants. Cette rade si animée en été a des airs de cimetière avec ses bateaux désarmés. Je lui demande des nouvelles de son fils qui, à quinze ans, construisait seul de petites barques. Lui aussi avait le don.

— Marino ne voulait plus travailler avec moi. Il est parti, serveur dans une taverne, au Pirée. En septembre il est revenu ici avec une moto. Une nuit où il avait bu, il est rentré dans un mur. Il est défiguré, il a perdu un œil. Ils sont tous comme lui, ils veulent de l'argent tout de suite et vite, et sortir la nuit avec les étrangères. Nos enfants ne nous écoutent plus…

Un de plus à la liste déjà longue qu'on m'apprenait à chaque retour en été : morts, infirmes à vie, choqués, désemparés, victimes de la bruyante frénésie des moteurs qui déchiraient nos nuits. Dino ne comprend pas. Toute sa vie, il a travaillé à ses bateaux, seul, heureux, sans demander rien à personne, et comme un bon artisan son rêve était de transmettre à son fils le seul bien qu'il possède : la passion inimitable de construire de ses mains un bateau.

Nous nous quittons avec mille promesses de revoirs bien que je sache que les liens sont désormais coupés. Tout retour serait un serrement de cœur insupportable.

En septembre dernier, Jacques Lacarrière m'écrivait : « De nouveau à Spetsai pour quelques jours. Seront-ils les derniers ? Je suis toujours aussi émerveillé par la lumière de septembre et aussi épouvanté par les atrocités qu'on fait subir au paysage. Voilà un crime qui ne figure pas dans le Code pénal : défigurer un paysage ! Spetsai deviendra-t-elle peu à peu une île sans visage ? Le visage d'une île c'est son littoral et c'est lui, bien sûr, qui est bouleversé en premier. » De la part de cet inconditionnel de la Grèce dont les livres plongent au cœur du pays réel, c'est une constatation dramatique. Partout, dans l'espoir de louer des chambres, on ajoute un étage, ou, en tout cas, on essaye, tant nombre de ces additions sauvages restent en plan, soudain arrêtées par la police qui fermera les yeux deux ans plus tard. Ainsi le Palio Limani a-t-il l'air en perpétuelle construction. Le désordre est tel qu'on ne pourra jamais plus construire la marina prévue qui devait, hiver comme été, assurer un travail de gardiennage et d'entretien aux chantiers. Il est vrai que le gardiennage est ici une duperie. La nuit, les bateaux désarmés sont systématiquement pillés quand on ne les vole pas carrément. Il y a trois ans, Terence M. qui habite, haut dans la montagne, une idéale maison de paysan avec une admirable vue, prenait livraison de son cotre dont Ghika venait de faire le plein d'eau et de diesel, de remplir le réfrigérateur et les équipets de provisions pour une traversée de quinze jours vers Gibraltar. Le cotre ancré au milieu du port, fin prêt à prendre la mer, a disparu entre quatorze et quinze heures, en plein mois de juillet. On ne l'a jamais retrouvé. *Xeni, xeni !* Des étrangers, affirme Ghika. Je ne compte pas les amarres coupées, la nuit, à ras des écubiers au risque qu'un coup de vent d'ouest drosse le bateau sur les rochers, le matériel électronique de navigation volé mystérieusement à la barbe des gardiens. *Xeni, xeni !* Sans parler d'un moteur hors-bord de cent dix chevaux disparu de mon Boston Whaler tout aussi mystérieusement sans que personne ait rien vu et bien qu'il pesât cent cinquante kilos fort mal commodes à cacher dans une poche. Depuis quelques années, les plaisanciers écœurés se dirigent vers les marinas turques, et les chantiers du Vieux Port perdent une clientèle lasse d'être rançonnée.

Je repasse devant la maison. Les volets sont tirés et je ne verrai pas ce qui fut la chambre d'Alice dans l'aile que nous ajoutâmes en 1972. Une autre chambre du rez-de-chaussée n'a pas de volets mais l'ameublement a changé. C'est de là qu'un matin, seul dans la maison ou croyant l'être, me parvinrent des raclements de gorge pendant que je préparais dans la cuisine mon petit déjeuner. Un vieil homme couché habillé dans le lit grommelait indistinctement. Le soleil, le vent avaient durci son visage, creusé d'abondantes rides sous les yeux pers. Il avait eu soin de déplier les deux draps posés à la tête du lit, de les étendre sur le matelas nu et d'ajouter, pour se préserver de la fraîcheur nocturne, deux *kourelloudès,* ces tapis tissés de bouts d'étoffe multicolores. Il fut facile de constater qu'il n'entendait rien à ce que je lui demandais et répétait seulement : « Café, café. » Je lui aurais bien servi un café mais Marianna arrivait et, furieuse qu'il ait sali les draps, le secouait pour qu'il se levât. Elle m'assura qu'il n'était pas de Spetsai, qu'elle ne le connaissait pas. Elle prétendait même comprendre que dans ses grognements il parlait de Kranidi, un village perché sur la côte en face où ils étaient tous fous. Force fut d'appeler un policier qui arriva sur sa moto. À sa vue, mon hôte clandestin recouvra la parole et tendit ses papiers. Marianna avait raison, il venait de Kranidi. Le policier l'interrogea gentiment, l'appelant « oncle », essayant de retrouver les chaussures pour les pieds noirs de crasse du vieux qui ne voulait pas s'en aller sans elles. Nous regardâmes sous le lit, dans l'armoire, la commode. Introuvables. Le policier argumentait patiemment : il l'emmènerait sur le tan-sad de sa moto pour qu'il n'ait pas à marcher. Rien à faire. L'homme tapait du poing sur son genou. Je finis par lui apporter deux vieilles espadrilles qu'il accepta non sans dégoût et, tout d'un coup volubile et clair, nous assura :

— Tu comprends, policier, que si je sors sans chaussures, les cocottes vont me voir.

Oui, « cocotte » est la traduction exacte de *kokotès* en grec. Notre homme avait bourlingué. À peine assis sur le tan-sad derrière le policier qu'il enlaçait presque tendrement par la taille, il me cria en français :

— Au revoir et merci.

Le lendemain, ouvrant le congélateur, je mis la main sur un dentier qu'il y avait remisé pour la nuit. J'ignore si la police a fait suivre. Fou ? À demi seulement. Comme Frangouli qui passait plusieurs fois par jour sur le chemin, gesticulant et remuant les lèvres sans qu'aucun son sortît de sa bouche. Bien habillé, cravaté, des chemises fraîches, la cinquantaine, on l'imaginait retraité de l'administration apportant ses mensualités à la famille qui l'hébergeait. En fait, il y avait de cela : la rumeur publique le disait ancien sous-marinier, seul survivant d'un équipage coulé par les Italiens en 1941 et devenu aphasique depuis la tragédie. La manie de Frangouli consistait à sortir de sa poche un mètre d'arpenteur et à mesurer les maisons en construction. Nous le rencontrions ainsi, en fin d'après-midi, quand les maçons quittaient le chantier, sérieux, appliqué, marmonnant, hochant la tête d'un air entendu, pas gêné par notre présence. Jusqu'à ce qu'il y eût une porte au jardin, il se promena dans toutes les pièces. Quelques années après, Claude de L. bâtissait à son tour et l'ancien sous-marinier vécut des mois heureux son mètre d'arpenteur à la main, surgissant dans la maison, jusque dans les chambres, surtout le petit matin quand ces dames dormaient encore, sans doute peu couvertes. On prévint la famille et plus personne ne vit Frangouli mesurer le vide, puis les murs et les plafonds. Sozon, la plus mauvaise langue du Palio Limani, prétendait que Frangouli, guéri depuis longtemps, mimait la folie pour toucher sa pension d'invalide à cent pour cent. Parmi les siens, il parlait, écoutait la radio, cuisinait et repassait en ancien matelot soigneux de sa tenue. Paix aux cendres de Sozon, je lui laisse la responsabilité des clés de ce mystère local.

Au fond du port, je ne suis jamais passé devant l'ancienne maison de Sam B. sans un soupçon de regret pour son destin gâché par une femme. Ce splendide et blond Viking, ancien officier de la Royal Navy, avait, pendant la guerre et l'occupation allemande, organisé et commandé la flottille des caïques grecs qui tissaient les liens de la Résistance entre les îles et renseignaient les flottes alliées sur les mouvements de la Kriegsmarine. Tombé amoureux de la Grèce alors dans sa nue splendeur, blessée, meurtrie, héroïque et déchirée par la guerre civile, il s'y était établi comme Hod Fuller, comme Patrick Leigh Fermor, comme Lawrence Durrell, tous fascinés par une nation qui relevait plus du mythe que du fait historique, une nation écartelée entre ses contradictions viscérales et portée par un somptueux passé dont elle remâchait amèrement les bribes. Avec de maigres moyens, Sam avait rendu habitable une maison de pêcheur et armé pour la plaisance un ancien caïque gréé en goélette, d'un magnifique bleu roi sous ses voiles lie-de-vin. Le *Stormy Seas* était son bonheur, sa passion et il manœuvrait superbement ce lourd bâtiment malgré sa mastoc carène, son étrave en bec de hibou, son ancienne timonerie sculptée en forme de sirène. Nous l'avons vu heureux promenant des Anglais entre les îles dont il connaissait par cœur les traîtrises et les mouillages forains. C'était un héros de Conrad cherchant d'hypothétiques aventures à vivre sur mer, sa passion. Hélas ! l'aventure au singulier tomba sur lui comme une proie. Un matin qu'il vernissait le rouf, une femme en sari, pieds nus, s'avança sur la passerelle : « Je suis amoureuse du *Stormy Seas* et peut-être bien de vous. » La vérité oblige à dire qu'elle n'était pas laide (ni belle), plutôt pulpeuse, probablement laissée en rade par un compagnon provisoire, affamée et assez maîtresse d'elle-même pour se nourrir au début d'une tranche de concombre. Elle s'ancra, pondit un bébé de porcelaine et commença d'exiger que Sam restât près d'elle : « Le rôle d'un père est de s'occuper de ses enfants. Rien ne remplace un père », nous disait-elle avec un accent convaincu. Qu'après avoir roulé sa bosse de bateau en bateau, de port en port, elle découvrît soudain la morale de *La Veillée des chaumières* nous amusait plutôt. Elle jouait bien son nouveau rôle. Sam, subjugué, s'abandonnait pieds et poings liés à sa compagne, confiait le commandement du *Stormy Seas* à son second qui, dès le premier voyage, de retour au Palio Limani, emboutit le quai. Il fallut tirer à terre la goélette qui resta quelques jours en équilibre disgracieux sur son gril de carénage, ses rondeurs féminines soutenues par des étais, lourde, infirme, secouée par les coups de marteau qui la pansaient avec l'énergie du désespoir. Un instant, je crus qu'il reprendrait sa vie d'antan, mais l'intruse veillait, le bébé dans les bras, expliquant que Sam, merveilleux charpentier de marine, méritait mieux que de réparer la coque d'un vieux caïque pourri. Doué comme il l'était, il pouvait monter une fabrique de meubles en Angleterre, dans une ville de province où la petite B. recevrait une éducation décente dans une école privée. Si plat que fût ce discours, il l'emporta. Sam vendit le caïque, la maison. Nous eûmes des nouvelles : ils vivaient dans le Yorkshire et Sam sculptait des meubles. Quelques années après, il apparut à Spetsai, un après-midi. Elle avait filé avec l'enfant et il venait revoir les restes de sa vie saccagée. Le choc dut être intolérable et Sam repartit par le bateau du soir sans avoir parlé à personne.

Le *Spetsai Yacht Club* est fermé. Cette boîte prétentieuse a été installée sur le quai, à demi creusée dans le roc. L'été précédent, nous passions devant en nous bouchant les oreilles. Par la porte ouverte, un vacarme épouvantable soufflait à briser les tympans. Sur le seuil, une espèce de voyou longiligne, vautré sur une chaise, un verre de whisky à la main, secouait élégamment du petit doigt la cendre de sa cigarette. À l'intérieur où je fis trois pas dans la salle vide, une boule de prismes rouges tournoyait follement au plafond, projetant sur les murs blancs, les tabourets noirs du bar, un absurde Hermès de plâtre et la face hilare et déjetée du barman, une ronde de taches psychédéliques qui dansaient une folle sarabande comme une de ces pluies de papillons chères à Malraux. C'était insupportable à la vue, à l'oreille, et on n'y vit personne de tout l'été. Le voyou tassait de plus en plus ses whiskies, l'air profondément dégoûté, et son grand corps moulé dans un costume de coutil bleu s'affaissait un peu plus chaque soir. Le bruit courait que, s'il vendait rarement de l'alcool, en revanche il fournissait à des prix intéressants une autre marchandise dont, faute de clients, il dut consommer en excès car, au mois d'octobre, on le trouva sur le carrelage de son bar, foudroyé par une overdose.

Cette boîte n'est pas la seule du genre et quelques-unes attirent la jeunesse pour un été avant d'être désertées, mais aucune ne me parut aussi louche, aussi insultante pour nos nuits grecques résonnant, il y a peu encore, de ces mélopées poignantes et nostalgiques, les musiques de Theodorakis, de Hadzidaki, de Xarkakos sur des paroles de Ritsos, de Séféris, d'Elytis. Noyées dans le vacarme furibond des boîtes comme l'inepte *Spetsai Yacht Club* — où jamais un yachtman ne mit les pieds — elles ne survivront pas sous les coups de ces assourdissants tam-tams. Quand un pays perd sa musique et l'échange contre des rythmes casseurs et des onomatopées, c'est qu'il est bien près de perdre son âme. Il y perd aussi sa danse, l'expression corporelle de sa joie, de sa timide approche des amours, ces minutes où des garçons lourdauds, des filles sans éclat entrent en grâce, leurs mains unies par un mouchoir blanc. Combien en avions-nous vu de ces jeunesses graves au début et lentement gagnées par le plaisir de la danse, laissant affleurer les avares sourires de leurs vies condamnées aux deuils d'une ribambelle de collatéraux qui, à des milliers de kilomètres, les vouaient méchamment au noir des pleureuses. Le vacarme des nuits reléguait ces humbles joies dans un passé dont on voulait de moins en moins.

Je serais injuste si, passant devant *Il padrino*, je ne saluais pas Monika et Kostaki, elle Allemande, lui Grec qui ont décoré avec goût un vieil entrepôt et une jetée où, la nuit, assis devant un ouzo laiteux, on suit des yeux les bateaux qui croisent leurs feux sur les eaux noires du Palio Limani : un instant de paix dû à ces deux êtres charmants et si justes de ton, qui ont su isoler leur havre du bruit et des vulgarités de la foule. Si, par un coup de baguette magique, les tables et les larges fauteuils d'osier empilés dans l'entrepôt reprenaient leur place dans la salle oblongue et sur la jetée en plein air où sèchent ce matin des filets safran, les plaisirs de l'été renaîtraient d'un coup, effaçant le gris du ciel, les eaux souillées par la tempête, les quais déserts, les caïques dont trois pêcheurs en cirés jaunes écopent la cale inondée la dernière nuit. Les Dieux irrités punissent l'île de prostituer à vil prix ses beautés flétries.

Je remonte vers l'église d'Ayios Nikolaos. Un cadenas boucle l'entrée du monastère et interdit l'église. Le chiendent pousse entre les galets blancs et verts de la mosaïque qui décore l'esplanade. Symboles du passé, ces naïfs dessins se couvrent d'une mousse verdâtre et à peine reconnaît-on la méduse, les cyprès du bonheur, les canons et le vengeur palikare en pantalon bouffant, coiffé d'une calotte. D'un geste impérieux, il chasse l'oppresseur turc. Le chemin tant de fois parcouru quand à notre premier séjour nous louions la maison Lambert est bordé de lauriers dont les averses ont arraché les dernières fleurs blanches et roses de l'automne. Plus bas, la tempête a brisé le remblai inondant la route semée de gravats et de madrépores. Stellio n'est pas dans son kiosque à tendre un paquet de cigarettes et à saisir la monnaie de sa main difforme. Son bon sourire de traviole me manque. Mon but est plus loin : depuis plus de trente ans Panayotis me coupe les cheveux et si, au début, nous n'échangions en guise de conversations que des noms d'écrivains donnant à rêver, mon grec amélioré permet désormais des échanges moins superficiels. Par chance, il est dans son étroite boutique enfumée où règne une odeur de chien mouillé. Certes il a pris du bidon, son front s'est dégarni, ses cheveux grisonnent mais sa superbe moustache à la crétoise est intacte, indiquant toujours la même heure : quatre heures moins vingt. La sclérotique est jaunie par la fumée de la cigarette qu'il garde au coin des lèvres. Il a des mains de femme manucurées avec soin. Son coup de ciseaux est parfait, et je partage avec Taki qui, tous les ans le rappelle dans sa chronique ultra-snob de *Spectator*, l'agréable illusion qu'il est le meilleur coiffeur de Spetsai, peut-être bien de la Grèce si ce n'est pas du monde... L'intérêt du salon de Panayotis — ou plutôt du magasin face au marché aux poissons — est que, rassemblant les Spetsiotes les plus divers, on y tient bourse de nouvelles. Éliséo, constructeur de notre ancienne maison, homme admirable de droiture et de sagesse, qui, à lui seul, avec Dino le charpentier, sauve les Spetsiotes de l'enfer, Éliséo est là, fraîchement rasé, caressant son menton d'une main satisfaite et buvant un café en compagnie de deux autres Spetsiotes dont je connais les têtes mais dont les noms ne me reviennent pas tout de suite. Il est inutile d'expliquer ma présence un jour d'hiver aussi peu glorieux, ils savent déjà tout et on commande de nouveaux cafés chez Kostaki, on souffle sur les charbons ardents du « bengali » qui entretient un semblant de tiédeur. Tout à l'heure nous boirons des ouza avec de grands verres d'eau et un triangle de fromage blanc ou une rondelle de concombre pendant que Panayotis fignolera sa coupe en passant la tondeuse sur ma nuque.

À travers la vitrine embuée, on aperçoit des silhouettes difformes en cirés jaunes ou caban noir. J'ai innocemment interrompu une conversation qui reprend après quelques grognements : Éliséo renifle, un pouce sur la narine, le nommé Théodori glaviote dans le crachoir et le troisième — peut-être un Dimitri — tire sur le tuyau plein de salive d'une pipe en terre. Des mots sur la chasse ouvrent une parenthèse entre ce qui se disait et ce qui se dira de bien plus d'importance, mais peut-être a-t-on décidé qu'après tant d'années dans ce pays et sur cette île, je suis en mesure d'apprécier leur commentaire de la situation politique. Je les rassure tout de suite : la presse américaine m'a déjà renseigné et j'en sais autant sinon plus qu'eux. Assez platement, je prétends m'indigner du scandale Koskotas : cet ancien plombier, retour d'Amérique, a réussi un coup de bluff fabuleux en rachetant la Banque de Crète avec les propres fonds de ladite banque, une superbe affaire de cavalerie qu'ont rendue possible des complicités au sein du gouvernement. En deux ans, cet ingénieux escroc a créé un empire de presse à la dévotion du parti socialiste, le PASOK, arrosant largement les ministres qui ont perdu toute prudence : maisons en Suisse, voitures de grand luxe, voyages vers les paradis fiscaux et cadeaux divers. Tout cela est si énorme, si franchement cynique que l'on croirait à une grossière farce, à un piège dans lequel les politiciens se sont précipités, tête baissée, à une de ces saynètes de Karaghiosis, la marionnette à qui ressemble Gadafos. Mon indignation — de pure forme, je l'avoue — tombe à plat. Panayotis est d'avis que Koskotas, qui a réussi à retourner aux États-Unis avant que les sbires de Papandréou lui fassent la peau, devrait revenir et accepter le ministère des Finances. Son raisonnement est simple et empreint du plus pur bon sens : un homme qui crée de l'argent avec du vent est un génie dont la Grèce, pillée par le PASOK, a besoin en ces temps d'inflation. Il faut appeler Koskotas au secours et surtout ne pas remplacer les ministres compromis. Fortunes déjà faites, ces ministres n'ont plus intérêt à se servir dans la caisse tandis que de nouveaux promus se rempliront aussitôt les poches aux dépens des contribuables et le cycle infernal recommencera. Les ministres qui ont bénéficié des largesses de Koskotas et fermé les yeux sur ses escroqueries ne sont ni les seuls ni les premiers. Panayotis affirme hautement que si on ne s'enrichissait pas en politique, personne ne briguerait les suffrages des électeurs. Éliséo approuve en ricanant, les autres restent méditatifs. Panayotis me tend un miroir de poche pour que je voie s'il m'a suffisamment dégagé les oreilles. C'est parfait. Nous commandons des ouza avant de nous séparer. Je veux encore me promener dans le village avant de retrouver Hod et son élégante voiturette.

La plupart des boutiques sont fermées et je regrette de ne pas voir assise sur sa chaise, entre les pêches qui ont son teint et les tomates qui s'harmonisent avec son fort rouge à lèvres, la brune fille du fruitier, méprisante et sûre de sa vulgaire beauté, chassant une mèche de son front bombé. Il faut vraiment qu'il y ait bousculade pour qu'elle daigne servir un client sans dire un mot. Que se passe-t-il dans sa tête, quelle mystérieuse attente poursuit-elle, et, le jour venu, se rebellera-t-elle contre le fiancé choisi par son chauve père aux belles bacchantes : un maître d'hôtel de Spetsopoula, l'île de Niarchos, ou, à tout le moins, un sous-officier de son équipage. Ou doit-on espérer pour son ascension sociale déjà commencée dans l'arrogance, qu'elle inspirera un coup de foudre à un parvenu athénien qui l'installera dans un appartement du quartier chic de Kolonaki. Elle y régnera sur d'affreux meubles et des abat-jour recouverts de plastique transparent pour les protéger de la lumière ?

Je préfère me souvenir d'Irina, la fille de

l'infirmière, Kyria V. qui, dans l'espoir de me guérir d'une allergie aux hibiscus, me piquait les fesses avec une aiguille qu'elle agitait comme un marteau piqueur. Quand j'entrais dans la pièce aux volets toujours tirés, à peine éclairée par une lampe votive en dessous d'une icône d'Épinal et du portrait du fils, un jeune pope hilare, la ravissante Irina passait dans la pièce voisine. On l'entendait effleurer les touches d'un piano, jouer quelques mesures de Chopin, ou tendre les cordes de sa guitare pour esquisser un air espagnol.

— C'est une artiste ! disait Mme V. Elle a étudié au Conservatoire d'Athènes. Deux ans nous lui avons payé des études. Elle parle anglais. Mais maintenant, c'est fini, elle se marie avec un très bon garçon, Thanassi, le fils du boucher. Il a ouvert une taverne.

Quand j'avais remonté mon pantalon, Irina apparaissait, exquise de finesse et de grâce au côté de sa sphérique mère qui nous écoutait avec ravissement parler anglais et interrompait sa fille pour me répéter plusieurs fois comme si je ne m'en apercevais pas :

— Elle vous parle anglais !

Irina parlait un anglais musical, avec un léger accent chantant et sans timidité. Elle me disait chaque fois qu'elle aurait voulu, tant voulu continuer son piano et sa guitare, que son professeur, une femme, l'encourageait et lui promettait une place dans l'orchestre philharmonique d'Athènes et peut-être un jour un concert. Je détaillais son fin visage encadré de cheveux bruns, ses grands yeux verts sous les sourcils fournis et ses lèvres mauves qu'aucun fard n'avivait. Oui, c'est cela, elle ressemblait à l'émouvante Pier Angeli jeune, merveille de grâce italienne dans son premier film.

— Vous ressemblez à une actrice italienne.

— Pier Angeli ! On me l'a dit. J'ai vu un film d'elle au Rialto, mais nous ne nous ressemblons pas : elle est très belle.

— Il faut continuer vos études au Conservatoire.

— Mon fiancé trouve que ça ne sert à rien.

Ce fiancé, je le croisai un jour dans le jardinet de Mme V. et me souvins de lui enfant, vingt-cinq ans auparavant, joueur de football (*foutibolle*) et plus souvent à rôder autour du port qu'autour de l'école.

— Kyrié Missel, vous vous souvenez ? Thanassi ? Moi je me souviens de vous et de votre chien noir qui sautait par-dessus le mur et faisait le mort.

La maturité épaississait Thanassi. Bientôt, il serait plus large que haut. Une abondante toison apparaissait à l'ouverture de son col et sur ses bras nus jusqu'aux coudes.

— J'épouse Irina à la fin de la saison. Si vous êtes encore là, faites-nous l'honneur de venir au mariage.

Cette idée me hérissa : une journée de fête, de beuverie, de goinfrerie pour célébrer la mise dans le lit d'un gorille de la délicate Irina ! Non, jamais.

— Elle n'aura plus besoin d'aller en Athènes pour étudier. J'ai une grande maison à Kouzounou, il y a beaucoup à faire et à tenir la caisse du restaurant. Vous voyez, Irina chez elle ne touche à rien. Sa mère qui est si capable s'occupe de tout. Un jour, il faudra bien qu'Irina ait des enfants et qu'elle les élève. C'est autrement plus important qu'un piano ou une guitare.

Je la regardais. Elle ne montrait ni tristesse ni signe de rébellion. La vie se présentait ainsi depuis des générations. En allant au Conservatoire, Irina avait eu droit à un léger répit, à une brèche dans la tradition et maintenant elle s'apprêtait à rentrer dans le rang. Elle ne toucherait peut-être plus jamais un piano et une guitare, mais il n'était pas besoin d'être romancier pour imaginer que, derrière son beau front noble, des phrases de Chopin ou d'Albeniz viendraient, la nuit, troubler le bonheur qu'on lui imposait. Il était déjà trop tard pour lui souhaiter le destin d'une Akrivie Phrangopoulo, l'héroïne de Gobineau enlevée aux charmes de Naxos par un fringant officier britannique. Dans ces îles de l'Égée, combien étaient-elles qui lui ressemblaient et voyaient, après la rémission de l'adolescence, se refermer sur elles le monde clos des mœurs familiales ? En un sens, on pouvait admirer, un temps encore, que ces familles au sein desquelles régnaient la pire tyrannie matriarcale, la vanité sociale et les minables calculs d'intérêt, fussent aussi imperméables au spectacle de l'été, à cette débauche de provocations érotiques au bord des grèves et jusque dans le village où les étrangères se promenaient pratiquement nues et changeaient de partenaire avec une déconcertante innocence. L'invasion touristique a pollué la Grèce, mais, en vérité, a fort peu changé le fond de l'idiosyncrasie des insulaires. On continue d'ignorer les surprises de l'amour qui sèmeraient le trouble dans une règle du jeu arrêtée depuis des générations.

Rares sont celles qui parviennent à exercer un métier. Dans la ruelle, derrière la taverne de Kostaki, la plaque de Johanna B., doctoresse, brille comme au premier jour. Son père, un petit homme aux cheveux gris, toujours en bras de chemise, son trop vaste pantalon retenu par des bretelles, l'astique chaque matin. Johanna est, si l'on peut dire, une généraliste d'une trentaine d'années, plutôt jolie dans un genre sans finesse, mais déjà enflée par les pâtisseries au miel et aux amandes qu'elle mange debout, dans la rue, coudes et jambes écartés, penchée en avant pour ne pas tacher son généreux corsage. Ses beaux bras dodus font oublier le cou qui commence à rejoindre le menton. En somme, elle est à point, promettant, pour les nombreux amateurs, des rondeurs qui classent une femme.

Elle reçoit au premier étage, dans une pièce unique divisée en deux par un rideau vert et empestant l'embrocation qu'elle applique indifféremment sur tous les coups de soleil des Anglaises. Assis à même des bancs de bois, les patients — jamais le mot n'a été plus exact — attendent que la doctoresse entrouvre le rideau et libère le précédent visiteur. Le père est là, expliquant à chacun que sa fille est diplômée de l'Université d'Athènes, des études très difficiles et interminables qu'il a payées de sa poche, avec ses économies. Il doit être vraiment très fier d'elle qu'il appelle « mon enfant » comme si c'était un garçon et non « ma fille ». On lui verse le prix des consultations et, méfiant, il compte un à un les crasseux billets de cent drachmes avant de les enfermer à clé dans un coffret scellé au creux du mur, non sans avoir jeté sur l'assistance un regard terrible destiné à décourager les éventuels voleurs. Après quoi il se rassied sur une chaise paillée et plonge dans ce qui lui sert de pensées, sursautant si sa fille l'appelle tout d'un coup d'une jolie voix jeune et gaie : « Baba ! » et l'envoie à la pharmacie acheter deux sous de désinfectant ou un sparadrap. Il y court, dévalant l'escalier quatre à quatre, bousculant les passants qui flânent, entrant comme une trombe dans la pharmacie toujours pleine et criant « urgent » pour passer devant tout le monde.

Si Johanna montre moins d'arrogance mêlée de servilité, et plus d'humanité, il est bien dommage que sa science soit des plus rudimentaires. Venu la consulter pour une méchante brûlure de méduse d'abord localisée sur un bras puis gagnant l'autre bras et la ceinture, je la trouvai perplexe devant cette métastase qui dépassait ses connaissances. Elle examina mon dos encore intact, voulut savoir si j'en avais sur les jambes, puis, timide, un doigt sur ses lèvres carminées :

— En avez-vous aussi sur le petit poulet ? (*Sto poulaki.*)

J'offris de lui prouver que non. Elle me crut sur parole, gênée, rosissante, avec des trémoussements de vierge. Les méduses infestaient la mer Égée cette année-là et brûlaient beaucoup de baigneurs. Son conseil eut le charme de la simplicité :

— Ne vous baignez plus de l'été et prenez de l'aspirine. C'est mille drachmes.

Nous en restâmes là : je continuai de me baigner et même de guérir.

Le printemps suivant, je la rencontrai dans la rue, vraiment majestueuse. Elle attendait un enfant qui apparut à la fin de l'été sans qu'elle perdît de ses rondeurs accentuées par d'amples robes à volants souvent roses.

La plaque est toujours là, astiquée fièrement par le père à bretelles.

Plus loin, sur la terrasse qui surplombe le port de la Dapia, j'aperçois Gadafos. Assis sur la margelle, sanglé dans un paletot de ville qui semble cousu sur lui, coiffé d'une casquette de marin à la visière cassée, il est en pleine crise de mentisme. Ses lèvres miment ses pensées incoercibles et son bras gauche décrit des cercles. Des enfants passent devant lui, pouffent et l'imitent sans qu'il y prenne garde. La terrasse, dépouillée des fauteuils, des tables et des tentes a perdu ses couleurs d'été. J'essaie de me souvenir de la grâce du port quand nous le découvrîmes en 1959 : les maisons basses, une taverne et surtout la pharmacie avec ses bocaux en faïence bleue et blanche d'Amaroussi, ses tonnelets de verre remplis d'alcool teinté et parfumé aux herbes sauvages de la montagne : gentiane, thym, lavande, jasmin, sarriette. Le pharmacien parlait fort bien le français et depuis un séjour dans le Sud-Ouest vivait avec un béret landais vissé sur sa bonne tête.

Les deux hôtels le *Roumani* et le *Star* qui ont remplacé les vieilles boutiques de la Dapia sont d'un commun innommable. L'hôtel *Poséidon*, datant de 1900, a pauvrement copié le style des vieux palaces de la Côte d'Azur, sans réussir, avec l'âge, à se faire prendre pour une folie baroque. On dirait d'un vieux paquebot au rebut, échoué sur l'esplanade, hublots fermés, stores déchirés, sa terrasse plantée de piquets de tente qui ont perdu leurs parasols à l'automne. Dans quels placards range-t-on après la saison les vieilles dames à cheveux mauves, fardées comme des poupées, vacillant sur leurs talons aiguille ou jouant aux cartes avec d'élégants mouvements de leurs mains aux bagues qui scintillent. Il y a des accessoires sans lesquels le *Poséidon* n'est plus qu'une ruine digne de la casse, destin que semble lui promettre, sur l'esplanade, la statue de la Bouboulina, superbe walkyrie grecque sculptée par Nata Mella. Dressée sur son socle, face à la Turquie qu'elle accuse d'un bras coléreux, l'héroïne spetsiote rappelle douloureusement que les temps épiques sont enfouis à jamais dans le passé. Elle est là, très seule sur son esplanade le long des nouveaux quais d'ailleurs totalement inutilisables dès que soufflent le vent d'Est ou le vent du Nord.

Qu'on m'entende bien... je ne fais pas dans le misonéisme systématique, mais cette Grèce, qui a conçu la beauté architecturale la plus parfaite de l'Histoire des civilisations, cherche en vain une résurgence du talent, une audace qui exalte, inquiète ou irrite. Comment s'irriter de ce qui n'a ni passé ni futur et, au présent, se délite avant de vieillir, en somme de ce qui, à peine né, agonise déjà sans même être fonctionnel ? Les civilisations ne produiraient-elles qu'une seule fleur et mourraient-elles ensuite lentement avec à peine quelques sursauts dans leur agonie ? Comme d'autres grandes lueurs dans les ténèbres, la Grèce a connu son heure de grâce, une heure qui a épuisé sa sève. Restent les génies du lieu, ces minutes théâtrales où la nature, la montagne, la mer nous révèlent les raisons d'une si extraordinaire efflorescence. Ce n'est donc pas le cadre qui a changé, c'est l'homme, le mauvais ordonnateur de son pouvoir, qui efface les traces de sa lente, et parfois glorieuse, ascension. Je n'oublie pas les moments où le soleil se couchant à l'ouest, derrière les montagnes du Péloponnèse, incendie le ciel et la mer, ces îles qui au cours de nos navigations apparaissent à l'horizon chargées de légende et de vie simple. Il suffit de quelques arbres acharnés à vivre, leurs racines agrippant la roche volcanique, d'une crique opalescente, d'un débris de colonne dans un site majestueux pour qu'on se sente non pas tiré vers le passé, mais au contraire projeté dans l'avenir avec un fol espoir : puisque la terre a de ces beautés, veillons sur elle qui est notre trésor, et la Grèce est une de ses gemmes les plus précieuses, tout peut recommencer...

Il est près d'une heure et le bateau de ligne surgit à la pointe de San Emiliano. Sur les eaux encore vertes de la tempête d'hier, il n'est qu'une tache blanche qui halète le long de la côte éclairée d'une pâleur dorée par un soleil encore timide. Au temps du *Balcon de Spetsai* — plus de trente ans déjà — il ne se passait guère de jours sans que je guette son arrivée qui rythmait la vie de notre île. Le *Saronis* apportait la rumeur du Pirée et jusqu'à ses odeurs de café grillé, d'épices et d'huile, débarquait des passagers encombrés de paquets cousus dans de la toile, de dames-jeannes clissées, de nouveau-nés langés dans des châles de grosse laine, de familles en deuil retour d'un enterrement, de dames de la bourgeoisie qui, venues rouvrir leurs maisons de vacances pour Noël ou pour Pâques, commençaient par tordre leurs pieds enflés sur la claire-voie de la coupée ou les pavés disjoints de la jetée. Debout sur la passerelle à bâbord, le commandant ne perdait pas de temps. À coups de sifflet il précipitait l'embarquement des passagers et du fret, libérait les amarres. Les machines broutaient et le *Saronis* déhalait à reculons, l'eau bouillonnant sous sa poupe. Niko, le facteur, emportait le courrier dans un sac de toile, et nous retournions nous asseoir au café sous la capitainerie. Le bateau était notre cordon ombilical, notre lien nourricier avec la terre ferme. Il déversait des amis que l'on voyait débarquer encore éblouis par le trajet et les escales, pâles parmi les visages hâlés.

Dans les dernières années, des monstres à mufles de requin, montés sur skis, ont réduit le trajet de cinq à deux heures, mais ce ne sont que des machines conduites par un chauffeur. La seule revanche du bateau de ligne est qu'il passe par presque tous les temps et retrouve sa majesté en hiver. Sur son pont, on hume le vent salé qui griffe les joues. Il faut souffrir — un peu — pour mériter les édens.

Hod m'attend avec son drôle de véhicule et nous suivons la promenade du bord de mer. Le vent a chassé les nuages et l'île baigne dans la sublime lumière grecque qui rend tout si distinct : le couvent blanc comme une mouette au sommet d'Hydra, l'église de San Emiliano et, au faîte de Spetsai, la chapelle du prophète Élie.

Un grand gaillard blond, aux hanches étroites et aux larges épaules de kouros, à peine vêtu d'une chemisette et d'un short, les pieds nus dans des sandales, récolte dans une brouette les galets que les vagues de la veille ont éparpillés sur notre chemin. Il s'écarte et de la main salue la voiture.

— C'est un Écossais, dit Hod. Il est là depuis un an, ramasseur de crottin pendant l'été, cantonnier l'hiver. Plus personne ici ne veut de ce métier-là. Thomas sort d'un bon collège anglais, pas Eton mais Harrow je crois. Par tous les temps, il se baigne dans le Palio Limani une demi-heure. La semaine dernière j'ai entendu une cornemuse sous mes fenêtres. Il faisait le tour de l'île en jouant. Je l'ai appelé, il est venu déjeuner avec moi. Il m'a aidé à nettoyer la chaudière et il est reparti en soufflant dans sa cornemuse. Il vit seul. On ne le voit jamais avec personne. Les gens l'aiment bien. Bon bricoleur, il aide qui le demande. Il est très heureux et veut rester…

Ainsi, même défigurée, la vie grecque garde de sa magique attraction pour ceux qu'un refus agite, fût-il vague ou puéril. Peut-être l'Écossais, las de ses chances, appelle-t-il bonheur une vie dont il a désiré l'insignifiance pourvu qu'elle emplisse ses yeux et son cœur de la lumière grecque si délicate qu'en ce jour à son zénith, elle ne dessine aucune ombre. Nous avons tous été ainsi à un moment de la vie. Hod ne lèvera l'ancre que pour le grand départ qui approche. Je l'ai levée plus tôt pour enfermer dans ma mémoire des heures parfaites qui étaient aussi le bonheur que j'ai eu la chance inouïe de reconnaître et de saluer quand il s'offrait.

Tassoula est une vieille fille, enfin pas vieille encore, et même plutôt jeune malgré son visage fripé. Grande et mince, elle a pris la succession de sa mère auprès de Hod. Pieds nus, elle n'est pas plus bruyante qu'un chat dans la maison et glisse sur le dallage. Elle a de jolis gestes, une vraie grâce, une voix niaise quand elle se risque à dire quelques mots. La salade de tomates et de concombres est déjà sur la table, le vin blanc dans la carafe. Le traditionnel feu d'olivier brûle dans la cheminée. La vodka est au frais. Nous nous asseyons les pieds dans le feu.

— Je ne devrais pas boire d'alcool, dit Hod, mais ça n'a plus aucune importance.

— Nous repartirons ensemble pour Athènes, si tu dois suivre ton traitement de chimiothérapie. Là-bas on ne te servira pas de vodka.

— Je n'irai pas. À quoi bon ? Pour gagner un mois, deux mois, six mois ? C'est indécent de s'accrocher à la vie. Il faut savoir partir.

Il étire ses longues jambes, tend ses mains amaigries vers le feu et pousse un soupir d'aise.

— J'ai épousé la plus belle des Greques, dit-il. Elle dort là-haut et bientôt j'irai m'étendre à son côté. On ne nous séparera plus.

Tassoula apporte des keftédès, un plat de courgettes au gratin et s'éclipse sans bruit. Nous finissons d'un trait nos deux vodkas. Il se lève, les mains crispées aux bras du fauteuil, reste immobile quelques secondes, s'appuie sur mon épaule et marche à pas comptés vers la table.

— C'est fou, dit-il, ce que, toi et moi, nous avons été heureux ici.

H. W. Fuller a été enlevé à l'affection de ses amis le 15 août 1988 et enterré, auprès de son épouse grecque, au cimetière d'Ayii Pandes dans son uniforme de général de brigade des Marines.

NOTES POUR
LE RENDEZ-VOUS DE PATMOS

* SÉFÉRIS page 245. Les nombreuses citations qui émaillent ce livre sont empruntées pour la traduction, tantôt à Jacques Lacarrière et Égérie Mavrakis (*Mercure de France* 1963), tantôt à Robert Levesque et Georges Katsimbalis (*Icaros* 1945, Collection de l'Institut français d'Athènes). On se souvient du concert d'imbécillités françaises qui accueillit, à deux ou trois exceptions près, en 1963, le Prix Nobel décerné à Séféris. Ce que les Français ignorent n'existe pas. Ils crurent de mauvaise foi que Séféris était un poète hermétique. Je n'en connais pas qui ait baigné ses vers dans plus de lumière. Des vers de Séféris mis en musique par Theodorakis sont sur les lèvres de tous les Grecs. Henry Miller dans *Le colosse de Maroussi* a parlé de Séféris avec amour. N'oublions pas non plus l'admiration que lui portaient Lawrence Durrell et Rex Warner.

* BOUZOUKI page 253. Il faut bien employer parfois le mot grec moderne en transcription phonétique. J'ai essayé de limiter cette licence à quelques termes indispensables. Le *bouzouki* (pl. *bouzoukia*) est la guitare-mandoline grecque. Le *palikare* est un beau garçon de vingt ans qui fait l'orgueil de ses parents. Le *caïque* est un bateau de toutes les dimensions de 12 à 50 pieds, de 2 tonneaux à 40 ou 50 tonneaux. Beaucoup utilisent encore la voile, mais les moteurs à gazole l'emportent depuis quelques années. *Barba*, c'est l'Oncle, formule polie pour précéder un prénom. Le *melthémie* et la

voria sont le même vent du nord, le premier souffle en été, le second en hiver. Une *oka* (pl. *okades*) est l'ancienne mesure correspondant à 1,282 kg ou 1 litre 1/4. Les *keftédès* sont des boulettes de viande hachée et de pain mêlées à des herbes odorantes telles que l'origan, frites dans la poêle.

* ULYSSE page 281. Dans *Aurore*, Nietzsche a admirablement situé Ulysse par rapport à la psychologie des Grecs : « Qu'est-ce que les Grecs admirent en Ulysse ? Avant tout la faculté de mentir et de répondre par des représailles rusées et terribles ; puis d'être à la hauteur des circonstances ; paraître, si cela est nécessaire, plus noble que le plus noble ; savoir être tout ce que l'on veut ; l'opiniâtreté héroïque ; mettre tous les moyens à son service ; avoir de l'esprit — l'esprit d'Ulysse fait l'admiration des dieux, ils sourient en y songeant : — tout cela est de l'idéal grec ! Ce qu'il y a de curieux dans tout cela, c'est que l'on ne sent pas du tout la contradiction entre être et paraître et que par conséquent on n'y attache aucune valeur morale. Y eut-il jamais des comédiens aussi accomplis ? »

* ONGLE page 311. Sur la longueur inusitée de l'ongle auriculaire chez certains Grecs, j'ai en vain interrogé le folklore. On pouvait y voir un instrument pratique pour se gratter l'oreille, mais il paraît que ce n'est pas exact. On pouvait encore imaginer là un restant inexplicable de l'occupation turque, une arme secrète datant de la guerre d'indépendance, mais ce n'était pas sérieux. La réponse est plus simple. Il s'agit d'une mode qui a franchi allégrement trois siècles et elle vient de France. On en retrouve une trace dans *Le Misanthrope* où Alceste reproche à Célimène ses complaisances pour Philinte :

Est-ce par l'ongle long qu'il porte au petit doigt
Qu'il s'est acquis chez vous l'estime où l'on le voit ?

C'était la mode chez les petits marquis et Scarron l'avait également tournée en dérision : « Il s'était laissé croître l'ongle du petit doigt gauche jusqu'à une grandeur étonnante, ce qu'il croyait le plus galant du monde. »

* ELYTIS page 331. Bien que né en Crète, est d'ascendance mytilénienne. La traduction du poème cité est empruntée à Robert Levesque et Georges Katsimbalis (*Hestia*, Athènes 1945).

* MOULIN page 375. On retrouvera dans *Six exceptional Women*, de James Lord (Farrar, Straus, Giroux, 1994), le portrait d'Erietta Perdibi, la femme qui restaura ce moulin en ruine, y vécut entourée d'artistes et le légua à son mari, un jeune menuisier.

* DIEUX page 430. Le caractère irascible de Poséidon et des autres dieux de l'Antiquité, leurs sautes d'humeur, leurs plaisirs et leurs déplaisirs imprévisibles finiront par attirer sur eux la colère des humains. On douta de leur bon sens, puis, plus simplement encore, de leur existence. D'autres civilisations les ignorèrent et sans les poètes, ils eussent totalement disparu. J.L. Borges aime raconter un rêve : « Le lieu était la Faculté des Lettres de Buenos Aires ; l'heure, la fin du jour. Comme il arrive d'ordinaire dans les rêves, tout était un peu changé ; un léger grandissement altérait les choses. Nous élisions les autorités de la Faculté ; je parlais avec Pedro Henriquez Urena, qui dans la réalité est mort depuis des années. Brusquement nous fûmes étourdis par une clameur de manifestation ou de mascarade. Des hurlements humains et animaux nous parvinrent du Bajo. Une voix cria : *Ils arrivent !* puis : *Les dieux ! Les dieux !* Quatre ou cinq individus sortirent de la foule et occupèrent l'estrade de la Grande Salle. Nous applaudîmes tous, en pleurant ; c'étaient les dieux qui revenaient au terme d'un exil de plusieurs siècles. Grandis par l'estrade, la tête rejetée en arrière et le torse en avant, ils reçurent avec superbe notre hommage. L'un d'eux tenait une branche, sans doute conforme à la botanique simple des rêves ; un autre, dans un geste ample, étendait une main qui était une griffe ; un des visages de Janus regardait avec appréhension le bec recourbé de Thot. Peut-être excité par nos applaudissements, un autre, je ne sais plus lequel, lança un gloussement victorieux, incroyablement aigre, où se mêlaient le bruit du garga-

risme et le sifflement. À partir de là, les choses changèrent.

« Tout commença par le soupçon (peut-être exagéré) que les Dieux ne savaient pas parler. Des siècles d'une vie fugitive de bêtes féroces avaient atrophié en eux l'humanité ; le croissant de l'Islam et la croix de Rome avaient été implacables avec ces bannis. Des fronts très bas, des dentures jaunes, des moustaches rares de mulâtres ou de Chinois, des lippes bestiales étalaient la dégénérescence de la race olympienne. Leurs vêtements n'évoquaient pas une pauvreté honorable et décente, mais le luxe canaille des tripots et des lupanars du Bajo. À une boutonnière saignait un œillet ; dans un veston ajusté se laissait deviner la forme d'un poignard. Brusquement nous sentîmes qu'ils jouaient leur dernière carte, qu'ils étaient rusés, ignorants et cruels comme de vieux animaux de proie et que, si nous nous laissions gagner par la peur ou par la pitié, ils finiraient par nous détruire.

« Nous tirâmes nos lourds revolvers (il y eut soudain des revolvers dans nos rêves), et, joyeusement nous donnâmes la mort aux dieux. » (*Mercure de France*, numéro de janvier 1965.)

En toute logique, on ne saurait rêver d'autres dieux que ces équivoques et minables personnages en complet veston. Il est juste qu'une humanité se dégrade jusque dans ses symboles.

* CRÈTE page 437. Dans *Le millénaire retrouvé* (Plon 1962. Collection « D'un monde à l'autre »), l'historien anglais Geoffrey Bibby émet une hypothèse qui n'est pas déplaisante pour l'imagination si, en revanche, elle malmène quelque peu la légende. Vers l'an 1400 avant Jésus-Christ la Crète est le royaume le plus prospère de la Méditerranée. Sa flotte sillonne les mers bien au-delà de Gibraltar, en même temps qu'elle la protège contre les tentatives de débarquement. La population de Cnossos est extrêmement mêlée : Scandinaves, Celtes et Moyen-Orientaux s'y coudoient dans le commerce et l'artisanat. Parmi les étrangers dominent les Achéens ou si l'on veut déjà les Grecs d'avant l'invasion dorienne. Tous les ans, le roi

Minos donne de grandes fêtes. Acrobates et toreros de différents pays affrontent les nobles taureaux de Crète. La tradition remonte à deux mille ans. Toujours selon Bibby, à la fin du XIVe siècle, à l'aube du XIIIe siècle, un des guerriers envoyé par son pays pour combattre les taureaux de Minos s'appelle Thésée. Il est le fils du vieux roi de l'Attique, Égée. Thésée n'arrive pas seul, mais accompagné de quelques-uns des plus valeureux parmi les jeunes Athéniens. Thésée se fait particulièrement remarquer pendant les jeux crétois. La dernière nuit avant son retour en Attique, alors que les habitants de Cnossos reposent en paix, une insurrection éclate : des bandes armées parcourent la ville, sèment la terreur, exterminent toute résistance, massacrent les notables et les officiers de la garde minoenne. Les bandes armées sont composées d'Achéens, commerçants, marins ou artisans installés dans la ville, et que les jeunes gens amenés par Thésée encadrent et commandent. Une cinquième colonne préparait depuis longtemps la prise de la Crète par une insurrection intérieure. En quelques jours l'île est mise à sac, sa flotte dispersée, sa population réduite à l'esclavage. Les plus riches s'en tirent avec de l'or, les plus pauvres ne voient guère leur sort changer. Thésée laisse derrière lui un gouverneur et une garnison. Ses navires partent chargés de butin. Il emmène avec lui la fille aînée de Minos, la princesse Ariane qui semble être partie sous les vivats et les acclamations de la foule. La Crète est ruinée. Elle ne se relèvera jamais et les archéologues s'interrogeront longtemps pour savoir comment une pareille civilisation, parvenue à ce point de raffinement et de puissance, a disparu ne laissant que de maigres traces. Tremblement de terre ou révolte paraissent les deux seules hypothèses. Geoffrey Bibby opte pour la seconde avec, semble-t-il, un certain bon sens.

* MYTHOLOGIE page 450. Sur les personnages de la mythologie le livre de Mario Meunier *La Légende dorée des Dieux et des Héros* (Albin Michel, dernière édition 1961) reste le seul qui ait délibérément choisi d'être lyrique. Le risque fou pris par Mario Meunier a été

récompensé. Ses pages ont la douceur et les illuminations d'un conteur inspiré. La beauté en est aussi profonde que respectueuse. Cela dit, pour plus de détails il n'est pas mauvais de se référer à *Mythology, timeless tales of gods and heroes* par Edith Hamilton (Little, Brown and Company, 1942) qui a le mérite d'être complet et de raconter la mythologie grecque sur le ton de la conversation la plus naturelle. Pour l'infinité des détails, pour les dix versions de chaque histoire importante, pour la généalogie des héros et des demi-dieux, on ne trouvera pas mieux, quoiqu'un peu confus, que *The Greek Myths* par Robert Graves (Penguin Books Ltd, réédition de 1962).

* ALBANAIS page 456. L'imprégnation albanaise est beaucoup plus forte qu'on ne croit. Les Spetsiotes passent eux aussi pour être d'origine albanaise mais aujourd'hui les caractères se sont fondus dans le creuset grec. Jane Joyce me passe un extrait de *History of the Greek Revolution* par Thomas Gordon, un livre du milieu du XIXe siècle : « Les Spetsiotes sont de vraie race albanaise, grossiers, violents, illettrés, enclins à l'intempérance et, à quelques exceptions près, incivils. Ils sont bigots et ont une aversion pour les étrangers. » Les choses ont changé, Dieu merci, mais de-ci de-là, quelques caractères, heureusement rares, rappellent ce jugement.

* NAPOLÉON page 459. Il est juste de reconnaître que le général Bonaparte compta parmi les plus ardents philhellènes de la fin du XVIIIe siècle. Les armées françaises nées de la Révolution entendaient promener dans toute l'Europe le flambeau de la Liberté. En 1797, l'occupation des îles Ioniennes par les Français fit se lever un immense espoir. Bonaparte promettait la liberté aux esclaves héritiers d'une civilisation impérissable. Deux Corses d'origine grecque lointaine, les frères Stephanopoli, tentèrent de soulever le Péloponnèse mais les partisans, récemment échaudés, demandèrent des assurances. On ne les leur donna pas. Ceux qui voulaient à toute force se battre finirent par s'enrôler dans l'armée française qui avait du pain sur la planche pour près de vingt ans. Les Grecs furent plus

déçus encore lorsque Bonaparte, mué en Empereur, considéra désormais la Turquie comme un des éléments de la sécurité européenne, un bienfaisant contrepoids à la terrible Russie. Ce n'était pas la première fois que les Grecs faisaient les frais de l'ordre européen. En 1964, la réserve des nations du pacte Atlantique à l'égard de l'affaire cypriote a participé du même désir de maintenir, au flanc de la Russie, une nation forte et bien armée, la Turquie. Une nouvelle fois, les Grecs ont laissé percer leur amertume. Il faut lire à ce sujet : *L'opinion publique française et la révolution grecque* 1821-1827 par Aristide G. Dimopoulos (Publications du centre européen universitaire de Nancy, 1962).

* EURIPIDE page 461. J'emprunte à Mme Marie Delcourt Curvers cette citation des *Bacchantes* (premier stasimon, strophe II) dans son édition de la Bibliothèque de la Pléiade (Gallimard 1962), édition remarquable dont la présentation, les notes et la traduction nous rendent un Euripide dépouillé des scoliastes et des tripatouilleurs.

* ALTAMURA page 487. Citons nos sources. Elles contrôlent à quelques détails près l'histoire racontée par Éliséo : « Ελενη Αλταμουρα, η προτη Σογραφος στην Ελλαδα μετα το Εικοσεαννα » par Αθηνας Ταρβουλη, Athènes 1934.

* UNE HÉTAÏRE RETRAITÉE page 506. Celle de Leros me fait penser à une autre, caricature du genre, que nous rencontrâmes dans l'île d'Eubée où elle tient un hôtel dans un port qui, par sa laideur, déshonore une côte admirable. Échoués là un soir de mars éventé, nous fûmes saisis par le spectacle de cette statue de chairs boursouflées et ballonnées. Dans les mauvais films populaires, la prostituée a ce type : cheveux noirs frisés d'Arabe passés à la teinture, anneaux d'or aux oreilles, grosse bouche peinturlurée, yeux faits comme pour un bal. Un corsage en soie japonaise multicolore comprimait ses seins énormes vers lesquels descendait une croix orthodoxe en or maintenue par un ruban de velours noir. Sa jupe trop courte moulait des cuisses d'éléphante. Quand elle s'asseyait,

l'étoffe découvrait bien au-dessus des genoux des jambes gainées de soie noire maintenue par des jarretières roses agrémentées d'une petite fleur. La peau nue était marbrée par la cellulite et l'artériosclérose, mélange verdâtre et rosé. Elle marchait sur des souliers pointus à talons hauts qui se prenaient dans les trous du sol. Le mari, plus jeune qu'elle, avec une gueule d'une veulerie à peine soutenable, l'entourait de soins craintifs et respectueux. Cette créature nous parut d'une humeur de dogue, incapable de rendre un bonjour. Elle ne daigna nous renseigner que par l'intermédiaire d'un enfant qui nous répétait ses réponses qu'il fallait donc entendre deux fois. Une sorte de silence terrifié régnait autour d'elle quand elle quittait son fourneau et venait s'asseoir près du poêle. Puis, tout d'un coup, son visage changea. La haine et le mépris la quittèrent. Les élèves-officiers d'une école de la marine marchande voisine faisaient irruption dans la taverne de l'hôtel. Ils étaient jeunes, gais, bruyants, un peu bêtes mais quelques-uns d'entre eux pouvaient passer pour assez beaux. L'hétaïre retraitée sentit monter en elle comme une bouffée de l'air vicié et vicieux des ports. Des années durant, avant d'acheter son bouge sordide, elle avait peiné avec les pères de ces garçons, elle les avait connus dans son lit, tendres ou violents, lui parlant de leurs fiancées, de leurs mères. C'étaient ses petits, ses enfants. Elle se mit à rire et à tortiller du train. Conscients ou non, les garçons jouaient avec elle, pinçaient ses cuisses prodigieuses tandis qu'elle leur servait quelques frites froides et de la salade à l'eau. Quand ils partirent, son visage s'affaissa soudain, ses épaules ployèrent. Elle eut un moment de désespoir infini puis nous la vîmes se ressaisir, apercevoir son mari et l'injurier pour un rien, pour le plaisir, pour lutter contre les souvenirs qui venaient la blesser.

* MINOEN page 537. La chronologie proposée par Evans a été discutée, mais les archéologues modernes acceptent sa classification qui a le mérite de rendre claires les différences propres à chaque âge de la Crète : Minoen ancien (M.A.), Minoen moyen (M.M.)

et Minoen récent (M.R.), chacune de ces époques étant divisée en trois parties. Je ne donne ce tableau (d'après Raymond Matton : *La Crète au cours des siècles*, Athènes 1957, collection de l'Institut français d'Athènes) que pour illustrer le propos d'Hermann :

MA I : 3400-2800
MA II : 2800-2400
MA III : 2400-2100
MM I : 2100-1900
MM II : 1900-1700
MM III : 1700-1550

MR I : 1550-1450
MR II : 1450-1375
MR III : 1375-1100

DU MÊME AUTEUR

Aux Éditions Gallimard

LE BALCON DE SEPTSAÏ («Folio», nº 1524)

UN PARFUM DE JASMIN, NOUVELLES («Folio», nº 1055)

LES PONEYS SAUVAGES, *roman*. Prix Interallié («Folio», nº 71)

UN TAXI MAUVE, *roman*. Grand Prix du roman de l'Académie française («Folio», nº 999)

LE JEUNE HOMME VERT, *roman* («Folio», nº 2858. Nouvelle édition augmentée d'une préface de l'auteur)

LE JEUNE HOMME VERT – LES VINGT ANS DU JEUNE HOMME VERT. Édition en deux volumes

THOMAS ET L'INFINI. *Illustré par Étienne Delesser* («Folio cadet», nº 202)

THOMAS ET L'INFINI. «La Bibliothèque Gallimard», nº 103. Accompagnement pédagogique par Isabelle Genier et Cécile Templier

LES VINGT ANS DU JEUNE HOMME VERT, *roman* («Folio», nº 1301)

DISCOURS DE RÉCEPTION DE MICHEL DÉON À L'ACADÉMIE FRANÇAISE ET RÉPONSE DE FÉLICIEN MARCEAU

UN DÉJEUNER DE SOLEIL, *roman* («L'imaginaire», nº 145; «Folio», nº 2857)

«JE VOUS ÉCRIS D'ITALIE…», *roman* («Folio», nº 1720)

MA VIE N'EST PLUS UN ROMAN, *théâtre* («Le Manteau d'Arlequin», nouvelle série)

LA MONTÉE DU SOIR, *roman* («Folio», nº 2038)

JE NE VEUX JAMAIS L'OUBLIER. Édition revue et corrigée avec une préface de l'auteur («Folio», nº 2157)

DISCOURS DE RÉCEPTION DE JACQUES LAURENT À L'ACADÉMIE FRANÇAISE ET RÉPONSE DE MICHEL DÉON

UN SOUVENIR, *roman* («Folio», n° 2373)

LES TROMPEUSES ESPÉRANCES, *roman*. Nouvelle édition avec une postface de l'auteur («Folio», n° 2489)

LOUIS XIV, PAR LUI-MÊME. Morceaux choisis du roi avec introduction et commentaire de l'auteur («Folio», n° 2305). Première édition

LE PRIX DE L'AMOUR, *nouvelles* («Folio», n° 2579)

ARIANE OU L'OUBLI, *théâtre* («Le Manteau d'Arlequin», nouvelle série)

PARLONS-EN..., avec Alice Déon, conversation

PAGES GRECQUES, *récits* («Folio», n° 3080)

LA COUR DES GRANDS, *roman* («Folio», n° 3106)

PAGES FRANÇAISES : MES ARCHES DE NOÉ – BAGAGES POUR VANCOUVER – POST-SCRIPTUM, *récits*

L'ENFANT ET LA SORCIÈRE. *Illustré par des photographies de Nutan* («Folio Junior», n° 841)

TAISEZ-VOUS J'ENTENDS VENIR UN ANGE, *sotie* («Folio», n° 3916)

UNE AFFICHE BLEUE ET BLANCHE ET AUTRES NOUVELLES, *nouvelles* («Folio 2 €», n° 3574)

LA CHAMBRE DE TON PÈRE, *nouvelles* («Folio», n° 4247)

CAVALIER, PASSE TON CHEMIN ! («Folio», n° 4493)

Aux Éditions de la Table Ronde

LA CORRIDA, *roman* (repris dans «Folio», n° 1350)

LES GENS DE LA NUIT, *roman* («Petite Vermillon» ; repris dans «Folio», n° 557)

LE RENDEZ-VOUS DE PATMOS (repris dans « Folio », nº 969)

MÉGALONOSE, *pamphlet* (« Petite Vermillon »)

TOUT L'AMOUR DU MONDE, *récits* (« Vermillon » ; repris dans « Folio », nº 1016)

MES ARCHES DE NOÉ, *récits* (repris dans « Folio », nº 1211)

LA CAROTTE ET LE BÂTON, *roman* (« Vermillon » ; repris dans « Folio », nº 1471)

BAGAGES POUR VANCOUVER, *récits* (repris dans « Folio », nº 1886)

JE ME SUIS BEAUCOUP PROMENÉ..., *miscellanées* (« Vermillon »)

UNE LONGUE AMITIÉ, *lettres*

Aux Éditions Laffont

LE FLÂNEUR DE LONDRES

Aux Éditions Albin Michel

MADAME ROSE, *roman* (repris dans « Folio », nº 3323)

Aux Éditions Presses Pocket

LE DIEU PÂLE, *roman*

Aux Éditions Fata Morgana

LE JEU DES MIROIRS, *illustrations de Jean Cortot*

Aux Éditions Fasquelle

LETTRE À UN JEUNE RASTIGNAC

FLEURS DE COLCHIQUES, *avec des eaux-fortes de Jean-Paul Vroom*

À la librairie Nicaise

HISTOIRE DE MINNIE, *eaux-fortes de Baltazar*

BALINBADOUR, *eaux-fortes de Baltazar*

LE BARBARE AU PARADIS, *eaux-fortes de Baltazar*

Aux Éditions Cristiani

OUEST-EST, *illustré par Jean Cortot*

Aux Éditions Matarasso

TURBULENCES, *eaux-fortes de Baltazar*

UNIVERS LABYRINTHIQUE, *illustré par B. Dorny*

HU-TU-FU, *eaux-fortes de Baltazar*

Aux Éditions La Palatine

UNE JEUNE PARQUE, *eaux-fortes de Mathieux-Marie*

Chez Alain Piroir

SONGES, *eaux-fortes de Baltazar*

Chez André Biren

LETTRE OUVERTE À ZEUS, *gravures de Fassianos*

LES CHOSES, *gravures de Maud Gruder*

G., *gravures de George Ball*

AVANT-JOUR, *gravures d'Olivier Debré*

À l'Imprimerie nationale

DERNIÈRES NOUVELLES DE SOCRATE, *gravures de Jean Cortot*

Aux Presses Typographiques

DE NAZARE…, *bois gravés de Georges Ball*

Aux Éditions Fayard

DISCOURS DE RÉCEPTION D'HÉLÈNE CARRÈRE D'ENCAUSSE ET RÉPONSE DE MICHEL DÉON

COLLECTION FOLIO

Dernières parutions

4929. Judith Perrignon	*C'était mon frère...*
4930. Danièle Sallenave	*Castor de guerre*
4931. Kazuo Ishiguro	*La lumière pâle sur les collines.*
4932. Lian Hearn	*Le Fil du destin. Le Clan des Otori.*
4933. Martin Amis	*London Fields.*
4934. Jules Verne	*Le Tour du monde en quatre-vingts jours.*
4935. Harry Crews	*Des mules et des hommes.*
4936. René Belletto	*Créature.*
4937. Benoît Duteurtre	*Les malentendus.*
4938. Patrick Lapeyre	*Ludo et compagnie.*
4939. Muriel Barbery	*L'élégance du hérisson.*
4940. Melvin Burgess	*Junk.*
4941. Vincent Delecroix	*Ce qui est perdu.*
4942. Philippe Delerm	*Maintenant, foutez-moi la paix !*
4943. Alain-Fournier	*Le grand Meaulnes.*
4944. Jerôme Garcin	*Son excellence, monsieur mon ami.*
4945. Marie-Hélène Lafon	*Les derniers Indiens.*
4946. Claire Messud	*Les enfants de l'empereur*
4947. Amos Oz	*Vie et mort en quatre rimes*
4948. Daniel Rondeau	*Carthage*
4949. Salman Rushdie	*Le dernier soupir du Maure*
4950. Boualem Sansal	*Le village de l'Allemand*
4951. Lee Seung-U	*La vie rêvée des plantes*
4952. Alexandre Dumas	*La Reine Margot*
4953. Eva Almassy	*Petit éloge des petites filles*
4954. Franz Bartelt	*Petit éloge de la vie de tous les jours*
4955. Roger Caillois	*Noé* et autres textes
4956. Casanova	*Madame F.* suivi d'*Henriette*
4957. Henry James	*De Grey, histoire romantique*
4958. Patrick Kéchichian	*Petit éloge du catholicisme*
4959. Michel Lermontov	*La Princesse Ligovskoï*

4960. Pierre Péju	*L'idiot de Shangai* et autres nouvelles
4961. Brina Svit	*Petit éloge de la rupture*
4962. John Updike	*Publicité*
4963. Noëlle Revaz	*Rapport aux bêtes*
4964. Dominique Barbéris	*Quelque chose à cacher*
4965. Tonino Benacquista	*Malavita encore*
4966. John Cheever	*Falconer*
4967. Gérard de Cortanze	*Cyclone*
4968. Régis Debray	*Un candide en Terre sainte*
4969. Penelope Fitzgerald	*Début de printemps*
4970. René Frégni	*Tu tomberas avec la nuit*
4971. Régis Jauffret	*Stricte intimité*
4972. Alona Kimhi	*Moi, Anastasia*
4973. Richard Millet	*L'Orient désert*
4974. José Luís Peixoto	*Le cimetière de pianos*
4975. Michel Quint	*Une ombre, sans doute*
4976. Fédor Dostoïevski	*Le Songe d'un homme ridicule* et autres récits
4977. Roberto Saviano	*Gomorra*
4978. Chuck Palahniuk	*Le Festival de la couille*
4979. Martin Amis	*La Maison des Rencontres*
4980. Antoine Bello	*Les funambules*
4981. Maryse Condé	*Les belles ténébreuses*
4982. Didier Daeninckx	*Camarades de classe*
4983. Patrick Declerck	*Socrate dans la nuit*
4984. André Gide	*Retour de l'U.R.S.S.*
4985. Franz-Olivier Giesbert	*Le huitième prophète*
4986. Kazuo Ishiguro	*Quand nous étions orphelins*
4987. Pierre Magnan	*Chronique d'un château hanté*
4988. Arto Paasilinna	*Le cantique de l'apocalypse joyeuse*
4989. H.M. van den Brink	*Sur l'eau*
4990. George Eliot	*Daniel Deronda, 1*
4991. George Eliot	*Daniel Deronda, 2*
4992. Jean Giono	*J'ai ce que j'ai donné*
4993. Édouard Levé	*Suicide*
4994. Pascale Roze	*Itsik*
4995. Philippe Sollers	*Guerres secrètes*
4996. Vladimir Nabokov	*L'exploit*
4997. Salim Bachi	*Le silence de Mahomet*
4998. Albert Camus	*La mort heureuse*

4999. John Cheever	*Déjeuner de famille*
5000. Annie Ernaux	*Les années*
5001. David Foenkinos	*Nos séparations*
5002. Tristan Garcia	*La meilleure part des hommes*
5003. Valentine Goby	*Qui touche à mon corps je le tue*
5004. Rawi Hage	*De Niro's Game*
5005. Pierre Jourde	*Le Tibet sans peine*
5006. Javier Marías	*Demain dans la bataille pense à moi*
5007. Ian McEwan	*Sur la plage de Chesil*
5008. Gisèle Pineau	*Morne Câpresse*
5009. Charles Dickens	*David Copperfield*
5010. Anonyme	*Le Petit-Fils d'Hercule*
5011. Marcel Aymé	*La bonne peinture*
5012. Mikhaïl Boulgakov	*J'ai tué*
5013. Arthur Conan Doyle	*L'interprète grec et autres aventures de Sherlock Holmes*
5014. Frank Conroy	*Le cas mystérieux de R.*
5015. Arthur Conan Doyle	*Une affaire d'identité et autres aventures de Sherlock Holmes*
5016. Cesare Pavese	*Histoire secrète*
5017. Graham Swift	*Le sérail*
5018. Rabindranath Tagore	*Aux bords du Gange*
5019. Émile Zola	*Pour une nuit d'amour*
5020. Pierric Bailly	*Polichinelle*
5022. Alma Brami	*Sans elle*
5023. Catherine Cusset	*Un brillant avenir*
5024. Didier Daeninckx	*Les figurants. Cités perdues*
5025. Alicia Drake	*Beautiful People. Saint Laurent, Lagerfeld : splendeurs et misères de la mode*
5026. Sylvie Germain	*Les Personnages*
5027. Denis Podalydès	*Voix off*
5028. Manuel Rivas	*L'Éclat dans l'Abîme*
5029. Salman Rushdie	*Les enfants de minuit*
5030. Salman Rushdie	*L'Enchanteresse de Florence*
5031. Bernhard Schlink	*Le week-end*
5032. Collectif	*Écrivains fin-de-siècle*
5033. Dermot Bolger	*Toute la famille sur la jetée du Paradis*
5034. Nina Bouraoui	*Appelez-moi par mon prénom*

5035. Yasmine Char	*La main de Dieu*
5036. Jean-Baptiste Del Amo	*Une éducation libertine*
5037. Benoît Duteurtre	*Les pieds dans l'eau*
5038. Paula Fox	*Parure d'emprunt*
5039. Kazuo Ishiguro	*L'inconsolé*
5040. Kazuo Ishiguro	*Les vestiges du jour*
5041. Alain Jaubert	*Une nuit à Pompéi*
5042. Marie Nimier	*Les inséparables*
5043. Atiq Rahimi	*Syngué sabour. Pierre de patience*
5044. Atiq Rahimi	*Terre et cendres*
5045. Lewis Carroll	*La chasse au Snark*
5046. Joseph Conrad	*La Ligne d'ombre*
5047. Martin Amis	*La flèche du temps*
5048. Stéphane Audeguy	*Nous autres*
5049. Roberto Bolaño	*Les détectives sauvages*
5050. Jonathan Coe	*La pluie, avant qu'elle tombe*
5051. Gérard de Cortanze	*Les vice-rois*
5052. Maylis de Kerangal	*Corniche Kennedy*
5053. J.M.G. Le Clézio	*Ritournelle de la faim*
5054. Dominique Mainard	*Pour Vous*
5055. Morten Ramsland	*Tête de chien*
5056. Jean Rouaud	*La femme promise*
5057. Philippe Le Guillou	*Stèles à de Gaulle* suivi de *Je regarde passer les chimères*
5058. Sempé-Goscinny	*Les bêtises du Petit Nicolas. Histoires inédites - 1*
5059. Érasme	*Éloge de la Folie*
5060. Anonyme	*L'œil du serpent. Contes folkloriques japonais*
5061. Federico García Lorca	*Romancero gitan*
5062. Ray Bradbury	*Le meilleur des mondes possibles* et autres nouvelles
5063. Honoré de Balzac	*La Fausse Maîtresse*
5064. Madame Roland	*Enfance*
5065. Jean-Jacques Rousseau	*« En méditant sur les dispositions de mon âme... »*
5066. Comtesse de Ségur	*Ourson*
5067. Marguerite de Valois	*Mémoires*
5068. Madame de Villeneuve	*La Belle et la Bête*
5069. Louise de Vilmorin	*Sainte-Unefois*
5070. Julian Barnes	*Rien à craindre*
5071. Rick Bass	*Winter*

5072. Alan Bennett — *La Reine des lectrices*
5073. Blaise Cendrars — *Le Brésil. Des hommes sont venus*
5074. Laurence Cossé — *Au Bon Roman*
5075. Philippe Djian — *Impardonnables*
5076. Tarquin Hall — *Salaam London*
5077. Katherine Mosby — *Sous le charme de Lillian Dawes*
5078. Arto Paasilinna — *Les dix femmes de l'industriel Rauno Rämekorpi*
5079. Charles Baudelaire — *Le Spleen de Paris*
5080. Jean Rolin — *Un chien mort après lui*
5081. Colin Thubron — *L'ombre de la route de la Soie*
5082. Stendhal — *Journal*
5083. Victor Hugo — *Les Contemplations*
5084. Paul Verlaine — *Poèmes saturniens*
5085. Pierre Assouline — *Les invités*
5086. Tahar Ben Jelloun — *Lettre à Delacroix*
5087. Olivier Bleys — *Le colonel désaccordé*
5088. John Cheever — *Le ver dans la pomme*
5089. Frédéric Ciriez — *Des néons sous la mer*
5090. Pietro Citati — *La mort du papillon. Zelda et Francis Scott Fitzgerald*
5091. Bob Dylan — *Chroniques*
5092. Philippe Labro — *Les gens*
5093. Chimamanda Ngozi Adichie — *L'autre moitié du soleil*
5094. Salman Rushdie — *Haroun et la mer des histoires*
5095. Julie Wolkenstein — *L'Excuse*
5096. Antonio Tabucchi — *Pereira prétend*
5097. Nadine Gordimer — *Beethoven avait un seizième de sang noir*
5098. Alfred Döblin — *Berlin Alexanderplatz*
5099. Jules Verne — *L'Île mystérieuse*
5100. Jean Daniel — *Les miens*
5101. Shakespeare — *Macbeth*
5102. Anne Bragance — *Passe un ange noir*
5103. Raphaël Confiant — *L'Allée des Soupirs*
5104. Abdellatif Laâbi — *Le fond de la jarre*
5105. Lucien Suel — *Mort d'un jardinier*
5106. Antoine Bello — *Les éclaireurs*
5107. Didier Daeninckx — *Histoire et faux-semblants*
5108. Marc Dugain — *En bas, les nuages*
5109. Tristan Egolf — *Kornwolf. Le Démon de Blue Ball*
5110. Mathias Énard — *Bréviaire des artificiers*

Composition Jouve.
Impression CPI Bussière
à Saint-Amand (Cher), le 10 janvier 2011.
Dépôt légal : janvier 2011.
1er dépôt légal dans la collection : mai 1998.
Numéro d'imprimeur : 103671/1.
ISBN 978-2-07-040422-3./Imprimé en France.

182026